Une Lueur au Cœur des Ténèbres

Série Le Cristal du Cœur du Gardien Livre 4

Amy Blankenship, RK Melton

Amy Blankenship, RK Melton

Copyright © 2009 Amy Blankenship
Édition Anglaise Publiée par Amy Blankenship
Deuxième Édition Publiée par Tek Time
Édition Française Publiée par Tek Time
Traduction Française par Bella Nazaire
Tous droits réservés.

LA LÉGENDE DU CŒUR DU TEMPS

Les mondes peuvent bien changer... Mais les véritables légendes ne s'effacent jamais. L'obscurité et la lumière ont été constamment opposées depuis la nuit des temps. Des mondes sont formés puis écrasés du talon de leurs créateurs, pourtant le besoin persistant du bien et du mal n'a jamais été remis en question. Cependant, parfois un nouvel élément est jeté dans le plat... La seule chose que veulent les deux parties mais qu'une seule peut avoir.

Paradoxe par nature, le Cristal du Cœur du Gardien est la seule constante que les deux camps, dans la lutte, ont toujours cherché à atteindre.

La pierre cristalline a le pouvoir de créer autant que de détruire l'univers tel que nous le connaissons, pourtant elle peut mettre fin à toutes les souffrances et les luttes en un seul souffle.

En un sens le Cristal possède son propre esprit... D'autres disent que ce sont les dieux qui sont derrière tout ça.

Chaque fois que le Cristal était apparu, ses gardiens

s'étaient toujours tenus prêts à le défendre contre tous ceux qui voudraient l'utiliser dans un but égoïste. L'identité de ces gardiens demeure inchangée et leur amour conserve sa férocité peu importe le monde ou la dimension considérée.

Une fille se dresse au milieu de ces anciens gardiens en tant qu'objet de leurs affections. Elle porte en elle le pouvoir du Cristal lui-même. Elle est porteuse du Cristal et source de son pouvoir. Il est souvent malaisé de distinguer la protection du Cristal et la protection de la prêtresse contre les autres gardiens.

C'est de ce vin que s'enivre le cœur de l'obscurité. C'est en cela que réside l'opportunité d'affaiblir les gardiens du Cristal et de les rendre vulnérables aux attaques. L'obscurité désire le pouvoir du Cristal ainsi que la fille comme un homme désirerait une femme.

Dans les limites de chacune de ces dimensions et réalités, vous trouverez un jardin secret connu sous le nom de Cœur du Temps. Dans ce jardin, la statue d'une jeune prêtresse humaine agenouillée. Elle est entourée de magie aussi vieille que le temps qui dissimule et protège son trésor secret. Les mains de la jeune-fille sont tendues comme dans l'attente qu'un objet précieux y soit placé.

La légende prétend qu'elle attend le retour d'une puissante pierre que l'on nomme le Cristal du Cœur du Gardien.

Seuls les gardiens connaissent les véritables secrets cachés de cette statue et l'histoire de son apparition dans le monde. Avant que les cinq frères ne paraissent à la vie, leurs ancêtres, Tadamichi et son frère jumeau Hyakuhei protégeaient le Cœur du Temps pendant sa période la plus sombre. Pendant des siècles, les jumeaux ont protégé le sceau qui empêche le monde humain de se superposer au royaume démoniaque. Cette tâche était sacrée et les vies des hommes de même que celles des démons devaient être protégées en restant un secret les unes pour les autres.

 De manière inattendue, pendant leur règne, un petit groupe d'humains traversa accidentellement la frontière et se retrouva dans le monde des démons à cause du Cristal sacré. Pendant une période de troubles, ses pouvoirs avaient causé une déchirure dans le sceau qui avait jusque là séparé les dimensions. Le dirigeant du groupe d'hommes s'était rapidement allié à Tadamichi, faisant un pacte afin de sceller la déchirure et de garder les deux mondes séparés pour toujours.

 Mais à cette époque, Hyakuhei et Tadamichi s'étaient tous deux épris de la fille du dirigeant humain. En dépit des vœux d'Hyakuhei, la déchirure avait été réparée par Tadamichi et le père de la fille. La force du sceau avait été multipliée par dix, séparant le dangereux triangle amoureux pour toujours. Le cœur d'Hyakuhei fut fracassé... Même son propre frère de sang, Tadamichi, l'avait trahi en s'assurant que sa prêtresse et lui soient séparés pour l'éternité.

 L'amour peut se révéler la plus mauvaise des choses lorsqu'il est perdu. Le cœur brisé d'Hyakuhei se transforma en colère malveillante et en jalousie, causant une bataille entre les frères jumeaux. Cela mit fin à la vie de Tadamichi et l'éclatement de leurs âmes immortelles. De ces fragments d'immortalité, cinq nouveaux gardiens furent crées afin de prendre en charge la protection du sceau et de le défendre contre Hyakuhei qui avait rejoint les démons au sein du royaume du mal.

Comme il était désormais prisonnier des ténèbres, Hyakuhei rejeta toute pensée de protection du Cœur du Temps... à la place, il concentra son énergie sur la destruction totale du sceau. Ses longues mèches couleur de nuit dépassant ses genoux et un visage comme on en voit seulement chez les plus grands séducteurs dissimulent la véritable nature maléfique cachée sous son apparence angélique.

Alors la guerre commence entre les forces de la lumière et de l'ombre, une lumière bleutée aveuglante rayonna de la statue sanctifiée, indiquant la renaissance de la jeune prêtresse et que le Cristal avait refait surface de l'autre côté de la frontière.

Alors que les gardiens sont attirés vers elle et deviennent ses protecteurs, la bataille du bien contre le mal commence réellement. Ce qui explique l'entrée dans une nouvelle ère ou l'obscurité est dominante dans un monde de lumière.

Voici une de leurs nombreuses aventures épiques...

CHAPITRE 1

Pendant des siècles, la lune rouge avait toujours été signe du porteur de mort. Ceux qui voyaient ce signe de mauvais augure se terraient de peur de perdre la vie emportés par la puissante mélopée du sommeil sans fin qu'il promettait.
Dans la distance, un cri à vous glacer le sang pouvait être entendu des milles à la ronde alors que trônait haut dans le ciel de minuit ce funeste symbole.

Dans la clairière, deux silhouettes solitaires se dressaient, l'une blessée, respirant avec difficulté, des dagues jumelles serrées au creux de la main ; l'autre telle une ombre dominante et menaçante au dessus d'elle, un sourire mauvais illuminant son visage à la beauté venue d'ailleurs. Un regard de prédateur couleur rubis scintillait à la pleine lune en attendant de voir ce que sa proie ferait ensuite. La peau à la pâleur surnaturelle de Hyakuhei semblait briller dans la nuit, lui donnant l'apparence d'une faucheuse angélique.

— Tu nous as tué sans mort ! aboya Toya, laissant apparaître ses longues canines.

Ses yeux couleur de poussière d'or brûlaient de haine pour l'homme se tenant devant lui. Jadis son ami... Le propre frère de son père... À présent son ennemi mortel.

— Espèce de salopard !

— Tu dis cela maintenant avec tant de conviction mais je t'ai donné la vie éternelle, je t'ai formé et je me suis occupé de toi. Je vous ai aimé ton frère et toi comme si vous étiez miens.

— Pour toi nous transformer en monstres... C'est de l'amour ? Tu nous as confisqué nos vies ! Tu m'as manipulé afin que j'essaie de forcer mon frère à te rejoindre ! Tu nous as menti, en disant que tu pourrais annuler le sort si seulement nous voulions bien nous joindre à toi.

Il perdit le souffle devenu sifflement de colère alors qu'il continuait.

— Sans ta fascination perverse pour mon frère, nous serions des hommes normaux, vivant des vies normales comme une vraie famille, et non les créatures nocturnes sanguinaires que tu as fait de nous !

Des larmes amères de colère face à la trahison s'écoulèrent des yeux de Toya... leur donnant une étrange nuance argentée.

— Tu es un sot si tu as un jour cru que vous ayez jamais été normaux !

Hyakuhei avait une trace malveillante d'amertume dans la voix.

— Ton frère et toi avez eu le tort de pleurer une chose qui n'a jamais été votre pour commencer.

Sa voix s'adoucit l'espace d'un instant alors qu'il ravalait les souvenirs de son frère jumeau... leur père.
Peu importe.
Ses yeux brûlaient lorsqu'il concentra à nouveau son attention sur Toya.
— Tu es exactement comme ton père... Égoïste.

— La mort de ton père t'as placé sous ma responsabilité ! Ton frère et toi êtes miens et j'ai toujours pris ce qui était à moi. J'aurais votre obéissance lorsque j'en aurais terminé avec vous.

Hyakuhei desserra le poing par anticipation, pressé qu'il était de sentir le sang de l'homme plus jeune dégouliner de ses doigts meurtriers.

— C'est toi qui a trahis ta chair et ton sang !

Toya pivota sur lui-même en écoutant la voix tant détestée comme Hyakuhei scintillait et disparaissait juste le temps de réapparaître du côté opposé. Il savait que le vampire meurtrier s'amusait seulement avec lui mais Toya ne le craignait plus. Cette peur était morte avec elle.

— Pourquoi la tuer ? demanda Toya d'une voix douce dont le sifflement était empreint de colère et de désespoir.

— Pensais-tu qu'en la tuant tu obtiendrais le Cristal ? Jamais ! Elle a refusé de te donner ce pouvoir et tu ne l'as pas supporté. N'est-ce pas, Hyakuhei ?

Il hurla et pivota en essayant de suivre son ennemi car Hyakuhei le contournait dans un but meurtrier.

— Ce n'était pas un secret que tu la voulais pour toi seul.

La main de Toya se resserra sur la dague, de fureur alors qu'il se remémorait l'aspect hanté... La filature... La vue de son corps sans vie.

— N'importe qui avec les yeux en face des trous pouvait voir de quelle manière tu la regardait quand tu pensais que ni moi ni Kotaro ne faisions attention.

Son souffle s'éteignit dans un sanglot alors qu'il se balançait quelques instants, sachant que Kotaro et lui l'avaient tous deux aimé... Ils avaient combattu Hyakuhei puis s'étaient affronté pour elle. Nul n'avait gagné.

— Nous t'avons vu.

— Kyoko était mienne et sera toujours mienne ! hurla Toya de colère face à la perte de celle qu'il avait aimée plus que l'air...

Elle n'était plus là. Elle avait été la lueur au cœur des ténèbres qui constituaient désormais son monde. Elle était la raison pour laquelle il avait défié Hyakuhei. À présent cette raison n'était plus et Toya senti le feu de son âme monter à une température mortelle. Il l'avait trouvée étendue sans vie avec un petit poignard planté dans le cœur. Tout au fond de lui il savait... Kotaro et lui savaient tous les deux... Hyakuhei était parvenu d'une façon ou d'une autre à lui ôter la vie.

Le regard d'Hyakuhei devint un ton plus sombre alors qu'il contemplait avec dédain le benjamin de son frère.

— Ah oui, l'introuvable Cristal du Cœur du Gardien... Un tel pouvoir n'a rien à faire entre les mains d'un fol enfant tel que toi. Les êtres les plus puissants ont cherché le Cristal du Cœur du Gardien... T'imaginais-tu être le seul cher petit ? Les vampires mais également les immortels, les sorciers et même les loups-garous partagent ce désir de réunir un tel pouvoir. Comprends-tu ce qui ce serait produit si le Lycan avait été le premier à prendre possession d'elle ?

Les yeux d'Hyakuhei laissèrent s'écouler des larmes écarlates à la pensée d'un tel pouvoir se retrouvant entre les mains de Kotaro, maître des tribus Lycan.

Sa fureur ne fit qu'un bond alors que lui revenait le

souvenir du parfum du Lycan sur sa chair cette même nuit-là. Il n'avait pas rester là et permettre à des choses aussi dangereuses de se produire.

— Non, petit inconscient... Je me suis déjà occupé de la prêtresse qui portait en elle le cristal.

Le regard d'Hyakuhei se durcit alors qu'il songeait à ce petit mensonge.
En vérité, il n'avait pas assassiné la fille. Elle s'était suicidée, pensant ainsi l'empêcher d'obtenir le cristal. Il l'avait tenue entre ses mains, il avait été prêt à s'approprier le pouvoir qui reposait en elle. Le pouvoir dont parlait la légende, si l'on pouvait s'y fier... aurait donné la capacité à son obscurité d'arpenter la lumière et de s'en nourrir.

Il sentait encore le fourmillement dans ses doigts d'avoir brièvement effleuré sa peau. Il s'était tenu derrière elle... Percevant la chaleur de son corps de sa main glacée. Ses yeux émeraude s'étaient tournés vers lui et l'avaient défié pendant à peine une seconde. Il avait seulement voulu goûter. Trop tard, il avait vu la dague dans sa main alors qu'elle disparaissait prestement dans sa poitrine. Il aurait pu la transformer et tout partager avec elle mais... Elle avait refusé son offre généreuse. La brave femme pourtant sotte avait cru qu'en se tuant elle le tiendrai isolé du pouvoir du cristal pour toujours. Toujours, ça faisait long comme durée pendant laquelle il faudrait tenter d'échapper à sa détection.

— Elle renaîtra ! hurla Toya avec angoisse,

conscient d'avoir échoué à la protéger de la colère d'Hyakuhei.

Il était rongé par le remord de n'avoir pas été là pour la sauver. Elle avait su qu'il était vampire... Une créature de la nuit... Pourtant, elle ne lui avait pas tourné le dos. Au lieu de cela, elle était devenue son amie. Kyoko lui avait fait confiance, même pour sa vie. L'esprit de Toya le renvoya à ce moment où il l'avait connue... Son corps s'affaissant, agenouillé alors qu'il s'accrochait au sol en regardant couler ses propres larmes.

Cela n'avait pas fait assez longtemps ! hurla-t-il mentalement, comme un refus de la réalité.

Il ne l'avait connue que durant une si courte période ; six cycles lunaires. Lorsqu'il l'avait rencontrée pour la première fois... Tout ce qu'il voulait c'était le cristal... Le cristal qu'elle ignorait porter en elle dans un premier temps. Mais il pouvait le voir briller en elle, qui l'appelait. Puis quelque chose avait changé. Toya s'était retrouvé malgré lui à essayer de la protéger au lieu de tenter de lui enlever le cristal.

Depuis qu'elle était entrée en collision avec son monde obscur, Toya avait découvert la vérité derrière la légende du Cœur du Cristal du Gardien, des choses dont Hyakuhei lui-même n'avait aucune idée. Il avait partager ces secrets avec son frère mais Hyakuhei l'avait empêché de trouver Kyou à temps... Désormais, il était trop tard.

— Tu ne pourras jamais avoir sa lumière dans tes ténèbres... Je retrouverais Kyoko et garderais le cristal hors de ta portée !

Dans la voix de Toya, résonnaient les durs accents de la soif de vengeance.

— Elle revivra, et je serais là en train de l'attendre.

Une larme d'argent solitaire glissa le long de sa joue, inaperçue alors qu'il criait :

— Ensemble ! Elle et moi trouverons un autre moyen de libérer Kyou de toi !
Hyakuhei se rapprocha de Toya, un gloussement sinistre s'élevant du plus profond de son torse.

— Mais oui, mon cher Toya, elle revivra. Le cristal reviendra en ce monde et je serais celui qui saura s'approprier son pouvoir, mais également la fille. Et pour ce qui sera de mon précieux Kyou... Je suis certain de pouvoir trouver quelque chose pour occuper le temps libre de ton frère jusqu'à ce que ce jour arrive.

Toya émit un sourd grondement de gorge, conscient d'avoir là une épée à double tranchant.

— Garde donc tes idées de malade pour toi. Je trouverais le moyen de nous ramener à la normale. Et toi... Je t'amènerais à la mort !

Il termina dans un cri alors que le vent commençait à se lever, hurlant férocement à travers la clairière. La dague dans sa main fusa dans un éclair de lumière argentée, effleurant à peine la tunique noire qui habillait gracieusement le corps d'Hyakuhei. Toya avait du mal à croire à quel point son adversaire était rapide mais l'expression de détermination se lisait sur le haut de son visage. Une seconde lui apparut dans l'autre main et il la balança vers sa cible, faisant de même avec la première immédiatement après.

    Hyakuhei esquiva les lames mortelles grâce aux siècles d'entraînement qu'il avait subi. Les humains étaient si faciles à vaincre comme créatures et Toya, bien que changé, était encore très humain dans sa manière de penser... Il était encore tel un enfant aux yeux du vampire. Il lui fallait bien admettre, malgré tout, qu'étrange ment, d'avoir protégé la prêtresse avait fait mûrir son pouvoir au point de le rendre presque égal à celui d'un ancien. Lui enlever la prêtresse avait servi à deux choses. Sans sa raison de lutter, le pouvoir de Toya avait grandement faibli. D'un mouvement violent de la main gauche, Hyakuhei s'arrangea pour emprisonner les deux poignets de Toya en une étreinte écrasante. Total n'avait aucun moyen de défense au moment où les griffes droites du vampire tailladèrent cruellement sa joue. Il y eût une confrontation entre yeux d'argent et yeux écarlates l'espace d'un instant suspendu dans le temps alors qu'Hyakuhei rétractait ses griffes. Ses lèvres esquissèrent un sourire pervers alors qu'il tendait la main pour caresser doucement la blessure qu'il venait juste d'infliger si méchamment.

    — Quel tristesse, gâcher une telle perfection... Tu es si semblable à ton frère.

Il se lécha …

Sentant ses poignets en train d'être relâchés, Toya fit un pas en arrière et tenta de parer l'attaque suivante visant son torse. Il poussa un grognement de douleur lorsque le sang gicla des trous laissés sur sa poitrine. Pressant un bras contre les blessures, il tituba à reculons, ses yeux dorés écarquillés et cette fois, Hyakuhei le laissa faire. Toya pu sentir les os brisés de ses poignets se frotter les uns contre les autres et il lui fallut se concentrer pour empêcher seulement ses dagues de tomber au sol. Relevant les yeux vers l'homme qu'il détestait plus que la mort, Toya tenta de faire abstraction de la douleur conscient du fait qu'il ne s'agissait pas d'un jeu... Même les non-morts pouvaient périr.

— Petit sot, tu pensais pouvoir sauver ton frère en me tuant ? Tu parviens à peine à tenir tes lames à présent, alors m'ôter la vie... railla Hyakuhei puis son visage devint placide,, sa colère subitement envolée.

La brise nocturne releva les pointes de sa longue chevelure d'ébène lui donnant l'apparence d'être vivante.

— Tu n'avais pas la moindre chance dès le départ, petit. Je vais t'aider à trouver le repos afin que tu ne souffres plus, murmura Hyakuhei, posant un regard qui était en train de se radoucir sur le blessé tel celui d'un père qui gronde son enfant indiscipliné.

Un éclair rougeoyant de colère passa dans le regard argent à ces mots.

— Tu n'auras jamais mon frère, espèce de fils de pute ! Aussi longtemps qu'il lui restera un souffle de vie, Kyou ne te laissera pas gagner, et moi non plus ! hurla Toya en fonçant vers la silhouette vêtue de noir dans une dernière tentative de sauvetage de son âme immortelle.

Hyakuhei disparut en un clin d'œil avant que la dague de Toya ne puisse pénétrer le cœur froid caché profondément dans son corps sans âge. Les globes rouges brillèrent, assoiffés du sang du jeune homme qui pensait le défier. Sa forme sombre en lévitation en haute altitude marqua une pause pendant quelques instants avant de redescendre pour attaquer sa proie.

Les sens de Toya criaient au danger alors qu'il percevait la menace envers son existence mais il n'était pas encore assez chevronné pour localiser exactement l'origine de l'attaquant. Il chercha autour de lui frénétiquement mais à présent, avec des sens émoussés par la perte de sang due à ses plaies... En plus de la blessure cachée à l'intérieur de son cœur, Toya sentit sa peur décupler. Son cœur était blessé par les paroles jetées à la figure par son soit-disant «père».

— Je ne saurais te laisser gagner, monstre. La vie de mon frère en dépend. murmura Toya dans un souffle laborieux, provoquant un écho tonitruant dans ses propres oreilles.

Un éclat de peur fulgurant traversa sa colonne

vertébrale alors que son regard était levé vers le ciel nocturne. Ses yeux s'agrandirent de terreur à la vue de ce qu'il ne connaissait que pour l'avoir donné... Jamais pour l'avoir reçu.
Alors... C'est cela que ça fait.

Les pensées s'égrenaient dans son esprit tourmenté.
Il tenta de bouger mais fut maintenu immobile par une force inconnue. Leurs regards étaient verrouillés dans une intensité meurtrière. Les yeux rouges perçaient le cœur de son âme et Toya su que la mort arrivait.

Le cri logé dans sa gorge fut remplacé par un gargouillement. La lueur argentée de son regard pâlit pour laisser place à l'or d'origine de ses yeux qui rencontrèrent ceux de son assassin, alors que le temps sembla s'arrêter. Il commença à sentir son corps s'engourdir en regardant lentement le sol entre leurs deux corps.
Des larmes tombèrent des yeux de Toya alors que la couleur vive dorée commençait à pâlir.

J'ai failli, pardonnez-moi je vous en prie... Kyoko... Kyou. furent ses dernières pensées alors qu'il expirait.

Il pouvait sentir les battement de son cœur s'éloigner de plus en plus alors que la douleur disparaissait. Des mystères se révélèrent à ses derniers battements de cœur alors qu'il murmura avec un émerveillement tourmenté,

— Kyoko... Depuis combien de temps es-tu là ?

Regardant avec un plaisir tordu, la silhouette vêtue de noir avec ses yeux rouges étincelants sourit de satisfaction. Lentement il les fit tous deux redescendre au sol dur et compacte. Sa main griffue incrustée profondément dans la poitrine du jeune homme au yeux comme le soleil. Hyakuhei arracha sauvagement le cœur qui avait cessé de battre.

En regardant les yeux sans vie de Toya, il murmura :

— Je me suis toujours demandé de quoi auraient l'air les yeux de Kyou quand il pleurerait... Je parierai qu'ils seront beaux.

Il se pencha et déposa un baiser sur le front de Toya avant de se relever et de se tourner pour faire face à l'homme qui venait de se poser à une courte distance derrière lui.
Un sourire sadique embellit ses lèvres alors qu'il tendit le cœur sanglant et attendit que Kyou réduise la distance qui les séparait.

— Pour toi mon trésor, à présent plus rien ne pourra se mettre entre nous.

Sa voix était portée par la brise du soir.

Les yeux de Kyou rétrécirent de dégoût lorsqu'il regarda le cœur fraîchement arraché qui lui était tendu. Serait-ce qu'Hyakuhei avait été un mort-vivant si longtemps que pour lui la mort était un cadeau ?

Dégoûté, Kyou se détourna de cette vision perturbante. Il avait senti l'angoisse de son frère et était venu en chercher la cause. A la place il avait trouvé son soit-disant "père" et il ne pouvait plus percevoir l'aura de son frère.

Quelque chose de terriblement mauvais s'était produit et Kyou pouvait sentir les nerfs de tout son corps picoter sa peau comme un avertissement.

Il ne pouvait voir le propriétaire du cœur dont la vie dégoulinait encore de la main du vieux vampire puisque Hyakuhei obstruait sa vue. Cela l'ennuyait d'être retardé et empêché de chercher son jeune frère. Il n'avait pas vu son frère depuis plus d'un an mais cette nuit... Il savait que Toya avait eu besoin de lui. Cela avait dé être important pour que Kyou ressente son appel aussi intensément.

Sentant l'impatience de l'homme face à lui, le regard doré de Kyou se fixa sur celui d'Hyakuhei.

— De qui as-tu volé l'âme cette fois ? demanda-t'il avec mépris.

— Pourquoi ne viens-tu pas voir par toi même, mon trésor ? Je suis certain que tu seras réellement étonné. C'est mon présent pour toi.

Alors qu'Hyakuhei faisait un pas de côté, révélant clairement la scène au milieu de laquelle gisait sa victime, un sourire fourbe illumina ses traits dans l'ombre. Tendant la main négligemment vers Toya, il se tourna pour regarder le cadavre sur le sol.

Le regard de Kyou suivit celui d'Hyakuhei alors qu'il faisait quelques pas de plus pour se rapprocher, ne saisissant pas bien l'importance de l'identité de cette victime. Ses yeux dorés s'élargirent de stupeur devant la forme ratatinée étendue dans la poussière alors qu'un mauvais pressentiment fit tressaillir d'alarme toute sa colonne vertébrale. Les battements de son cœur s'accélérèrent lorsqu'il vit les familières mèches argentées brillantes parsemant la chevelure couleur nuit profonde, à présent mêlée de sang et de poussière, à travers le visage de l'homme comme pour dissimuler sa véritable identité.

Il sentit dans son être tout entier un cri de rage et de déni devant l'évidence du spectacle offert à lui de la silhouette de son frère qu'il cherchait, assassiné.

— Non !

Kyou envoya sa tête en arrière et rugit. Des larmes envahirent ses yeux comme il se retournait pour faire face au responsable.

— Qu'as-tu fais ? dit-il dans un grondement menaçant en fusant en direction du meurtrier de son frère, s'arrêtant net à quelques millimètres de lui.

De ses yeux or comme le soleil, s'échappaient des larmes de sang... Les canines allongées étaient à nu comme celles d'un chien enragé. Il contracta sa main griffue avec une rage à peine contenue, dans l'attente d'une confession.

— Rien de plus que ce que j'aurai du faire dés le début... me débarrasser de celui qui ne t'appréciait pas comme je le fais.

L'expression d'Hyakuhei s'adoucit pendant un bref instant alors qu'il regardait son enfant favori. Il avait dispensé à Kyou toute son attention et son affection depuis qu'il lui avait fait le don de l'obscure immortalité... Mais en dépit de cela Kyou n'avait jamais été heureux. C'était cette mélancolie dans le regard d'or de Kyou qui l'avait tant attiré... La solitude en lui était belle et était la parfaite copie de la propre mélancolie d'Hyakuhei. Il avait ensuite transformé le frère de Kyou, Toya, dans l'espoir que cela lui vaudrait le dévouement de son précieux fils. Mais... Cela n'avait servit qu'à rendre Kyou plus malheureux.

Hyakuhei observait les larmes douces amères se former dans les yeux de Kyou et su qu'il ne s'était pas trompé... Kyou était des plus divins quand il pleurait.

À cet instant, quelque chose au plus profond de Kyou se brisa alors qu'un cri de désolation à fendre les montagnes explosa en quittant son corps. Dans une rage aveugle, il attaqua l'assassin de son frère, canines en avant et griffes déchaînées.

— Je vais t'arracher le cœur et laisser ton cadavre en pâture aux créatures de la nuit pour ce que tu as fait !

Avec agilité, l'homme diabolique esquiva l'attaque et dans un nuage flou de noir vint visser Kyou au sol. Avec un calme qui ne se reflétait pas dans les profondeurs de son regard rubis, Hyakuhei se rapprocha en se penchant, son regard fixé sur le visage qui le hantait tant... Celui de son propre frère.

— J'ai fait ce qui était nécessaire pour nous. Toya ne voulait pas que tu possèdes mon don et essayait de te le retirer. Tu comprendras avec le temps, murmura-t-il en effleurant une seconde de ses lèvres douces les lèvres grondantes qui lui faisaient face comme il disait ces mots.

Avec une force qu'il ne savait pas qu'il avait, Kyou rejeta par la force l'homme à environs 6 mètres de son corps tremblant. Il essuya sa bouche de son avant-bras, submergé par le dégoût alors qu'il grondait dangereusement.

— Maintenant, petit, calme-toi, roucoula l'homme en se levant et en s'époussetant.

Ses yeux brillaient de promesse alors que son corps scintillait légèrement, puis s'estompa en arrière dans la nuit.

— Je vais regarder… t'attendre… mon petit chat.

Le monde de Kyou vola en éclats autour de lui alors qu'il baissait les yeux sur le corps sans vie de son frère.

Je vengerai la mort de mon frère et passerai l'éternité à te pourchasser si je le dois. Quand je te trouverai, tu paieras pour ça… Hyakuhei …

Il se mit à genoux en tremblant et souleva doucement le corps de Toya contre sa poitrine… berçant doucement sa tête. Les cheveux de son petit frère étaient tombés de son visage, rendant la vision de Kyou floue alors qu'il tentait de retenir le flot de larmes sans succès. Il semblait que Toya était simplement endormi... paisible pour la première fois depuis bien trop longtemps.

Il regarda ses larmes couler sur la joue de Toya et Kyou sentit son cœur se briser. Serrant fermement son frère bien-aimé contre lui, Kyou chuchota d'une voix instable :

— Toya, s'il te plait, pardonne-moi... de ne pas être arrivé à temps.

Son souffle frissonna de lui alors qu'il fermait les yeux de douleur.

— Je savais que tu avais besoin de moi... J'aurais dû te sauver.

L'esprit de Kyou revint au jour où Hyakuhei l'avait transformé en ce qu'il était maintenant... le lendemain de la mort de son père. Kyou savait que Hyakuhei ne voulait que de lui... et Toya n'était qu'un petit enfant. Donc pour protéger Toya... Kyou était parti avec son oncle alors même que son petit frère avait pleuré pour qu'il ne parte pas.

Il se souvenait encore de la méfiance qui brillait dans les grands yeux dorés de Toya alors qu'il regardait Hyakuhei pour avoir osé éloigner son grand frère de lui. C'était le souvenir de ce regard hanté qui avait aidé Kyou à rester loin de son frère pendant plusieurs années... pour le protéger.

Pendant que Toya grandissait, Kyou avait eu envie de le voir… lui rendre visite secrètement et l'observer de loin… regarder son frère vivre la vie qu'il ne pouvait pas. Regarder Toya dans l'ombre avait été le seul bonheur de Kyou pendant ces jours sombres. Il s'était souvent glissé dans la chambre de Toya… pour le regarder dormir.

S'il avait su que Hyakuhei le suivait et le regardait regarder Toya… il n'aurait jamais mis Toya en danger comme ça. Son oncle avait transformé Toya parce qu'il avait pensé que c'était ce que Kyou voulait. C'était sa faute si Toya était mort la première fois.

Toya avait combattu leur oncle, pendant le processus de transformation et après. Alors que leurs disputes devenaient plus violentes, Kyou avait essayé de garder l'attention de Hyakuhei loin de son frère. Ensuite, Toya avait commencé à parler d'un remède contre les vampires… le cristal du cœur du gardien. Il avait juré de le trouver et de les guérir tous les deux. Toya avait trouvé son remède… dans la mort.

Faisant de son mieux pour éviter de regarder la cavité désormais vide où le cœur de son frère avait autrefois résidé, Kyou se leva et transporta le corps de Toya loin de la scène pour lui donner un enterrement approprié.

Il ne pouvait plus sentir la présence de Hyakuhei mais savait qu'il était proche, le regardant d'une manière ou d'une autre… le regardant toujours. Kyou comprenait maintenant qu'il devrait partir, se cacher jusqu'à ce qu'il soit assez fort pour vaincre le mal qui avait volé la seule chose qui lui était chère… son petit frère. Il passa devant l'obscurité, quittant la clairière dans un silence total.

Kamui poussa un léger soupir de soulagement quand les frères furent partis et abaissa sa barrière d'invisibilité qui entourait la forme battue de Kotaro. Baissant les yeux vers le Lycan, Kamui savait que cela prendrait un certain temps aux blessures de Kotaro pour guérir… non seulement les blessures de son corps, mais aussi les blessures qui étaient profondément ancrées dans son cœur.

— Allez, murmura Kamui en tirant l'un des bras de Kotaro sur ses épaules et en l'aidant à se lever.

— Hyakuhei n'est pas allé loin et je dois vous faire sortir de cet espace découvert.

Ses yeux miroitèrent de la couleur de la poussière arc-en-ciel alors qu'il tentait de retenir ses propres larmes. C'était en vain car il pouvait les sentir glisser le long de ses joues dans des sentiers chauds. Tant de choses avaient été perdues en seulement quelques heures mortelles… il savait maintenant ce qui était vraiment plus sombre que sombre. Il ne perdrait pas Kotaro également.

— Je ne le détestais pas tant que ça, murmura Kotaro, regardant d'un air découragé l'endroit où le corps de Toya était étendu quelques instants auparavant.

Ils avaient tous les deux aimé Kyoko et elle avait à son tour eu de l'affection pour eux deux… ne choisissant jamais l'un plutôt que l'autre quand ils se battaient… jusqu'à ce soir. Les Parques ne lui avaient donné que quelques heures… au moins Toya ne savait pas.

Sa main se serra en un poing et se resserra un peu plus fort Toya aurait été fou… mais il aurait été vivant.

— J'aurai préféré affronter sa colère… mais pas ça… pas ça. Sa voix vacilla.

Ils avaient tous les deux essayé de la protéger mais maintenant Toya… Les yeux bleu glacier de Kotaro étaient embués de larmes non versées,

— Je ne l'ai jamais détesté.

— Il sait bien que non, déclara Kamui en conduisant Kotaro en direction du seul endroit sûr qu'il connaissait … la maison de Shinbe, le sorcier.

Il lui fallait faire connaître à leur ami le sort de Toya… et celui de Kyoko. Shinbe saurait en quelque sorte quoi faire, il savait toujours.

— Je vais tuer ce bâtard Hyakuhei, gronda Kotaro en luttant contre Kamui qui le retenait, sa nature Lycan remontant à la surface.

— Il l'a tuée, il a tué Toya à cause d'elle. Quand je le retrouverai, il va regretter de ne pas être né humain.

Comme s'il avait eu le souffle coupé, le corps de Kotaro frissonna. Il savait que Toya était beaucoup plus fort qu'il ne l'avait jamais reconnu, mais sans Kyoko à protéger… Toya avait perdu sa volonté de se battre. Hyakuhei l'avait su avant même que le combat ne commence. Le chagrin de Toya l'avait rendu impétueux… impatient.

— Si seulement il avait attendu… encore quelques instants. Kyou aurait pu le sauver.

La tristesse planait sur chaque syllabe alors que Kotaro essuyait avec colère les larmes qui laissaient silencieusement des traces sur ses joues.

— Je voulais les sauver tous les deux …

— Kyoko, la douleur de son corps affaibli était trop forte alors qu'il fermait ses yeux bleu glacial brillant et cédait au néant qui apaiserait la douleur pendant un court moment.

Kamui acquiesça en soulevant le corps mou de Kotaro et le porta.

— Tu en as assez fait. Repose-toi pour le moment. murmura-t-il.

— C'est à mon tour d'être le sauveur.

CHAPITRE 2

Au cours de la dernière heure précédant l'aube, Kamui demeura en suspend au dessus de la tombe anonyme. Les deux hommes dont il était flanqué étaient tout ce qu'il lui restait. Il avait regardé Shinbe utiliser ses pouvoirs de télékinésie pour déplacer la terre de la tombe de Toya afin de l'agrandir suffisamment pour y placer deux corps.

Shinbe et Kotaro avaient à présent tous deux la même expression... Celle d'une tristesse mêlée de force entêtée. Kamui savait qu'ils essayaient de rester forts pour lui mais il pouvait voir au delà de la mélancolie qu'ils dissimulaient tous deux. Ils baissèrent tous les yeux vers la tombe... la douloureuse réalité de tout ça s'imposant à eux. Les choses n'étant pas supposées finir de la sorte... Les gentils n'étaient pas censés perdre... ou mourir. Shinbe les avait aidé à prendre une décision concernant la marche à suivre. Récupérant le cadavre de Kyoko, ils l'avaient amenée vers la tombe où Kyou avait déposé son frère et ils les enterrèrent ensemble. Toya l'aurait voulu ainsi... C'était la seule chose qui paraissait juste.

    Kamui avait semblé incapable de porter le corps de Kyoko jusqu'à la sépulture une fois qu'ils l'avaient retrouvée. Ce n'était pas le sang autour d'elle qui l'avait perturbé. C'était juste à vous fendre le cœur de voir quelqu'un de si bon et pur, en possession d'une telle luminescence qu'on en attrapait mal aux yeux à la regarder... Étendue là dans l'obscurité, les yeux grands ouverts, éteints.

Ressentant le choc de Kamui et voyant ses mains tremblantes, Kotaro était intervenu et l'avait soulevée avec amour dans ses bras, en tentant de toutes ses forces d'ignorer la rigidité de ses membres alors qu'il la portait. Il ne pouvait s'autoriser à ressentir autre chose que de la colère et de la tristesse à cet instant. s'il avait laissé le reste se manifester... combien il l'avait aimée, ses genoux auraient lâché sous son poids... le chagrin étant un fardeau bien trop lourd pour lui.

    Voir l'expression sur le visage de Kamui était suffisant pour l'aider à contrôler ses propres émotions... Cela faisait également une différence concernant cet engourdissement qui s'était installé. Kamui n'était pas humain mais n'était pas non plus une créature... Quelque soit sa nature, son cœur était en train de se briser.
Kotaro décida de prendre la responsabilité de veiller sur lui à partir de cet instant, même si le garçon n'en avait probablement pas besoin.

Kamui essuya les traces de larmes de ses yeux, une tentative de se montrer fort comme Kotaro et Shinbe. Sa chevelure violette rebelle s'ébouriffait au gré du vent alors qu'il baissait les yeux vers la terre fraîchement retournée. Il avait retiré sa propre tunique et les en avait doucement enveloppés afin d'augmenter la puissance du sort qu'il s'apprêtait à jeter.

Fermant ses yeux scintillants, il garda les doigts entrelacés alors que des ailes illuminées émergeaient de son dos dans une pluie de plumes.
Elles émettaient des reflets intenses de couleurs inconnues de l'œil humain.

Shinbe et Kotaro, surpris, firent tout deux un pas en arrière, comprenant soudain ce qu'était véritablement Kamui. Le mot ange était sur le bout de leurs langues mais il semblait si triste. Tel un ange au cœur brisé...
Un ange déchu.
D'un doigté doux, Kamui retira une plume de son aile droite et étendit la main , paume retournée vers le ciel.

L'expression triste et sereine de son visage demeura immuable. Ses yeux brillaient d'une lueur d'espoir alors qu'il glissait rapidement la plume désormais acérée sur la paume de sa main, provoquant une coupure peu profonde.

Le liquide cramoisi forma une flaque dans sa paume et Kamui referma lentement le poing sur elle avant de tendre la main au-dessus de la tombe non marquée. Les gouttes sacrées du sang de sa vie sont tombées sur la terre faisant briller le sol d'une puissance bleue électrique surnaturelle.

Shinbe et Kotaro ne pouvaient faire qu'une chose : se tenir dressés là, en état de choc, à le regarder faire.

Ils n'osaient bouger de peur de perturber Kamui dans l'accomplissement de son rite. Tous deux comprirent qu'ils étaient en train d'assister à quelque chose d'incroyable et que, sans doute, ils ne reverraient jamais.

L'air même, autour de Kamui, tourbillonnait ; formant un vortex qui l'entourait d'une lumière bleue fluorescente. Sa voix résonnante quitta ses lèvres, leu semblant plus ancienne et plus sage qu'elle ne l'avait jamais été, de mémoire. Elle ricocha à travers le ciel, un son effrayant qui porta à des kilomètres provoquant l'immobilisation respectueuse de tout ce qui pouvait l'entendre par sa seule puissance.

Un millier d'années il faudra...
Nous plions par amour cette fois...
Quand d'un gardien coule le sang...
De la prophétie sonne le temps...
Alors seulement, deux âmes seront ranimées.
Par le sang, à la lumière retrouvée...
Destinées à affronter la sombre magie de la nuit...
Par ce serment, nous, immortels prendrons les armes...
Protégeant ceux qui renaissent contre d'autres larmes...
Entre les mains de roc et de marbre, délivrant de nôtre ennemi...
L'unique désir qu'il chérit... au cœur de la lumière, de vivre.

Alors que le vortex tournait autour de Kamui, une

plume rougeoyante de chaque aile illuminée s'était détachée et avait jailli en avant dans le cyclone… tournant comme deux petites dagues pour foncer vers le sol, atterrissant sur la tombe. Les plumes scintillantes demeurèrent coincées dans la terre molle pendant quelques brefs instants avant de s'enfoncer dedans pour fusionner avec l'âme de ses amis.

Les genoux de Kamui touchaient le sol alors que le sort se dispersait, propageant une onde de choc dans toutes les directions.

— Jusqu'à ce que nous nous revoyions, Kyoko ... Toya, chuchota Kamui en sentant la solitude se refermer sur lui.

— Peut-être que la prochaine vie sera dans un temps meilleur et beaucoup plus lumineux.

Shinbe demeura silencieux à côté de lui, ne voulant rien de plus que de pleurer lui-même ... mais il ne pouvait pas se permettre ce luxe. Hyakuhei était toujours là-bas et il savait que le vampire au cœur noir finirait par venir le chercher. L'ennemi saurait ce qu'ils avaient fait. Il effacerait toutes les traces qu'il pouvait pour l'instant.
Enfonçant la main dans sa poche, Shinbe sortit une petite bouteille d'améthyste remplie de poudre magique sans âge. En répandant un peu de poudre sur le sol, il fit le tour de la tombe pour la protéger de tous regards indiscrets. Le sol devint instantanément solide pour cacher l'emplacement de la nouvelle tombe.
Les yeux de Shinbe s'illuminèrent de la même

couleur améthyste lorsqu'il murmura des paroles que lui seul pouvait comprendre.

Il percevait un lien séculaire de fraternité, celui partagé par ceux qui avaient livré une bataille éternelle contre les ténèbres, traverser son âme pour devenir un symbole de protection sur la tombe. Au-dessus du lieu de repos de ses amis jaillissaient des fleurs sans qu'aucune graine ne fut plantée. Cinq couleurs de fleurs apparurent sur des vignes épineuses… argent… or… bleu glacier… améthyste… et une scintillante couleur de poussière d'arc-en-ciel.

— Je prends congé, déclara Shinbe après un long silence.

Il ne voulait pas que sa présence trahisse l'emplacement des autres et savait qu'il était temps de passer à autre chose. Son regard revint vers vers le buisson de fleurs étrangement colorées. Toya et Kyoko étaient maintenant protégés contre Hyakuhei et le sort ne serait pas perturbé. Pour l'instant… c'était tout ce qu'il pouvait leur offrir en plus du chagrin.

Kamui leva les yeux vers le sorcier, choqué par ce nouveau développement.

— Pardon ? Mais pourquoi ?

Ses yeux s'écarquillèrent dans un moment de panique… Est-ce que tout le monde allait le quitter maintenant ? La perte de Toya et Kyoko n'était-elle pas assez grave ?

Sentant croître la peur de Kamui, Shinbe plaça une main ferme sur l'épaule de son ami et tenta d'expliquer :

— Tu sais aussi bien que moi que Hyakuhei finira par apprendre ce que nous avons fait ici.

Il regarda Kotaro par-dessus l'épaule de Kamui sachant que le Lycan comprendrait son abandon.

— Tu pourras échapper à ses yeux toujours vigilants… mais je n'ai pas ce genre de pouvoir. Je pourrai cependant me cacher, mais je ne sais pas combien de temps.

Shinbe lâcha un long soupir et leva les yeux vers la lune suspendue bas dans le ciel.

— Mes jours sont désormais comptés ... un doux sourire déforma le coin de ses lèvres comme s'il connaissait un secret.

— Ainsi soit-il .

— Je monterai à bord du prochain vaisseau en direction de l'ouest, de l'autre côté de l'océan. Là, j'aurai une meilleure chance de garder mon identité à l'abri d'Hyakuhei et peut-être même trouver un moyen pour ma propre âme de se réincarner en même temps que nos chers amis.

Il espérait que ce qu'il disait était la vérité. Ils auraient besoin de lui le moment venu.

Kamui baissa les yeux vers la tombe en dessous de lui puis remonta vers son ami avec plus de calme qu'il ne l'avait ressenti depuis le début de cette soirée cauchemardesque. Il ne voulait pas que Shinbe soit la prochaine victime alors, oui, il comprenait. Il arracha doucement une plume arc-en-ciel de son aile droite et la pressa contre le cou de Shinbe.

Shinbe haleta quand elle commença à briller de mille feux avant d'être absorbée par sa peau. Il baissa les yeux et vit le contour le plus bref de la plume juste en dessous du col de sa tunique.

— Cela vous aidera le moment venu, avait déclaré Kamui avec un sourire et il serra très fort Shinbe dans ses bras en signe de compréhension. Il ne perdrait pas Shinbe pour longtemps… quoi qu'il arrive.

— Nous nous reverrons mon ami, chuchota Shinbe avant de se défaire de l'étreinte de Kamui.

Il hocha la tête vers Kotaro sachant que le Lycan s'occuperait de Kamui pour chacun d'eux. Shinbe regarda la tombe, puis détourna les yeux, laissant sa frange tomber pour cacher la tristesse.

— Qu'il en soit ainsi, murmura-t-il à nouveau en disparaissant dans l'obscurité environnante.

— Tu es prêt, petit ? demanda Kotaro doucement alors qu'il gardait le dos à la tombe.

Il savait qu'il ne pouvait pas rester. Shinbe avait

raison... plus ils étaient loin, mieux le sort serait protégé.

Kamui voulait froncer les sourcils au surnom que Kotaro venait de lui donner mais n'avait pas le cœur. Son cœur était enfoui dans la poussière à ses pieds et, même si cela devait prendre jusqu'à la fin des temps, il verrait Hyakuhei payer pour ses crimes.

— Ouais, dit Kamui, en passant un bras sur ses yeux.

— Je suis prêt.

Kotaro passa un bras autour de ses épaules et l'emmena. Le Lycan découvrit qu'il ne pouvait plus verser de larmes pour la femme qu'il avait aimée de tout son être. Son âme avait l'impression que quelqu'un l'avait arraché à son corps, l'avait déchiré en lambeaux et n'en avait rendu que la moitié.

Si le sort que Kamui et Shinbe avaient trouvé fonctionnait, il reverrait sa bien-aimée Kyoko. Il ne pouvait s'empêcher de sourire à toutes les bouffonneries que lui et la réincarnation de Toya allaient forcément trouver pour gagner ses affections. Il se ferait un plaisir de se la disputer à nouveau si seulement Toya revenait. Après tout... il les aimait tous les deux.
Il résista à l'envie de regarder en arrière vers la tombe.

— Mille ans, c'est long à attendre mais je serai là pour toi ... Kyoko.

*****

Plus de mille ans dans le futur… Aujourd'hui.

Une silhouette solitaire se tenait sur le toit du plus haut bâtiment, surplombant la ville bondée en contrebas. Ses traits ne trahissaient jamais la mémoire déchirante du corps de son frère unique gisant seul et sans vie sur le sol froid et dur, il y a des siècles. Son cœur autrefois chaud et battant serrait dans les griffes du monstre sadique qui les avait créés tous les deux.

Il avait fait tout ce qui était en son pouvoir pour se séparer du mal qui l'entourait silencieusement. Tout comme les humains de ce monde, il ne se nourrissait que des animaux que la nature fournissait. Même si l'obscurité était tout ce qui lui était permis, tout comme la malédiction d'un vampire, il ne deviendrait jamais le démon que son oncle avait voulu.

Au cours des dernières années, quelque chose en lui remua… un désir qu'il ne pouvait pas comprendre et qu'il n'avait pas ressenti depuis plus de mille ans.
Des souvenirs jamais oubliés rejoués dans l'esprit de Kyou d'un jeune homme autrefois innocent qui avait rempli sa vie de bonheur, même dans un monde d'obscurité. Toya… Il avait été si plein de vie… avec des yeux d'or rieurs et l'ignorance d'un enfant. Une fois de plus, cela lui a fait ressentir de la culpabilité de ne pas pouvoir protéger son jeune frère.

Des yeux dorés qui avaient durci après des

centaines d'années de solitude, saignèrent de rouge au souvenir d'une promesse qu'il n'avait pas encore tenue. Chaque décennie qui s'était écoulée, Kyou était devenue beaucoup plus fort. Plusieurs fois, il s'était approché, mais l'objet de sa haine et de sa colère lui échappait à chaque instant.

 Il ne se reposait que lorsque la vile créature qu'il cherchait se tordait d'agonie à ses pieds et que son âme était jetée en enfer où elle appartenait. Le regard de Kyou était attiré par le seul endroit serein de toute la ville… le parc calme du centre.

 — De tels endroits ne devraient pas être si proches de tant de mal, murmura-t-il dans la nuit.

 Sautant du bâtiment, Kyou poursuivit ses recherches comme il l'avait fait pendant tant de siècles. Hyakuhei paierait de sa vie même pour avoir pris le seul qui lui importait ou le ferait. Son frère était à jamais perdu et ne reviendrait jamais.

 —Toya ... chuchota Kyou alors qu'il disparaissait dans la nuit, laissant derrière lui l'image d'un ange vengeur ...

*****

 Le parc était toujours paisible à cette heure de la journée. C'était encore l'après-midi et le soleil était haut dans le ciel. Kotaro se promenait paresseusement à travers les arbres près du centre où était assis un énorme bloc de marbre. Il n'avait aucune idée d'où cela venait… il était là depuis aussi longtemps qu'il se souvienne, c'était encore plus ancien que la ville elle-même. Tout ce qu'il savait avec certitude, c'était qu'il ressentait un sentiment écrasant de paix chaque fois qu'il était près d'elle.

— Qui aurait cru qu'un simple rocher carré provoquerait des pensées tranquilles? marmonna Kotaro.

Prenant un autre chemin entre les arbres, il se dirigea vers la pierre pour pouvoir la regarder. Même s'il avait été complètement heureux ce jour-là… le simple fait de s'assurer qu'il était toujours là le faisait se sentir mieux.

Kotaro s'arrêta sur ses traces quand il entra dans le centre où il se trouvait et fronça les sourcils en regardant l'individu assis en tailleur sur le dessus avec les coudes sur les genoux et le menton en coupe dans ses mains. De courts cheveux violets se balançaient dans la douce brise donnant au jeune homme un air très enfantin.

— Qu'est-ce que tu fous ici ?! demanda Kotaro.

Kamui grimaça sans le regarder. Au lieu de cela, il inclina la tête dans la direction de l'université au loin dans la distance.

— J'attends que les cours commencent.

Kotaro secoua la tête et se déplaça dessus avant de s'arrêter encore et tourbillonner autour au visage

Kamui.

— De quoi parles-tu ? Tu n'es même pas inscrit ici.

Kamui fit un clin d'œil avant de disparaître lentement de son existence dans une rafale de poussière arc-en-ciel scintillante.

— Je sais.

Kotaro regarda fixement la poussière tourbillonner avant de disparaître complètement.

— Parfois, ce garçon est une telle énigme, lança-t-il à l'espace désormais vide, puis ses yeux glissèrent plus bas comme s'ils caressaient la pierre.

Il entendit le bruit des pieds qui couraient frapper le trottoir mais n'y prêta pas vraiment attention jusqu'à ce que quelqu'un lui tape sur l'épaule. Il sursauta littéralement et se retourna pour voir Hoto et Toki penchés, les mains posées sur les genoux en train d'essayer de reprendre leur souffle.

— Qu'est-ce qui vous a essoufflé de la sorte ? demanda Kotaro avec un sourire narquois alors qu'il retrouvait son calme.

Hoto agita un morceau de papier devant lui.

— Pour vous... de la part de la police ... important. Kotaro prit le papier :

— De la part de la police, hein ? Ça doit être vraiment important pour vous faire courir le marathon tous les deux.

Toki hocha la tête avant de tomber sur le côté pour se reposer. Hoto tomba simplement à genoux et posa la tête sur l'herbe.

— Vous deux, vous êtes les plus grosses mauviettes que j'ai jamais vues, râla Kotaro avec bonhomie.

— Ça fait mal aux côtes, gémit Toki.

— Il faut que je rentre ... dans ... un bureau climatisé.

Kotaro soupira de résignation et les laissa cuire sous le chaud soleil avant d'ouvrir le billet. Sa main se ferma, froissant le papier qu'il venait de recevoir du poste de police non loin du campus. Une autre fille avait disparu sans laisser de trace. Il avait passé beaucoup de temps à enquêter sur les disparitions de nombreuses jeunes filles, ce qui l'avait finalement conduit à l'université où il était désormais chef de la sécurité.

Ses pensées se tournèrent instantanément vers sa bien-aimée Kyoko. Il l'avait retrouvée et comme il l'avait prévu… Toya n'était pas loin. Une chose qui l'avait surpris était le fait que Toya soit né de nouveau normal… humain, du moins c'est ce qu'il semblait.

Parfois, il pouvait sentir le vrai Toya gisant juste sous la surface… inconscient de sa propre existence, mais jusqu'à présent cette partie de lui était restée endormie.

— Dieu merci pour les petites faveurs. Kotaro passa une main agitée dans ses cheveux au vent.

Cela lui convenait bien qu'aucun d'eux ne se souvienne du passé… c'était un souvenir qu'il valait mieux oublier. Il souhaitait avoir le même privilège d'oublier… mais pour lui, le souvenir restait… le réveillant souvent la nuit dans une sueur froide.
En quittant le parc, il se retrouva debout sur la promenade en pierre devant le campus. Kotaro leva ses yeux bleu glacial dans la direction où Kyoko vivait. Il fronça les sourcils tandis que l'inquiétude se gravait dans ses traits et il avait soudain l'envie de vérifier comment allait « sa femme ».

La partie longue de sa chevelure noire aux mèches effilées était tirée en arrière par un élastique placé bas. Le reste de ses cheveux, de la frange à la couronne, avait constamment l'air d'avoir été naturellement balayés par le vent; lui donnant l'apparence d'un mauvais garçon punk mais cela lui convenait très bien. Cette apparence lui avait servi plus d'une fois ces dernières années.

Son corps était grand avec des muscles minces… mais les regards pouvaient être trompeurs. Il n'avait pas une once de graisse à perdre et était plus fort que cinquante humains mâles réunis. Les seules personnes qui connaissaient sa force inhumaine étaient celles qui choisissaient de lui donner du fil à retordre ou osaient se mettre sur son chemin. Et ces quelques-uns avaient trop peur de dire un mot. Personne sur le campus ne connaissait le côté secret de Kotaro et il voulait qu'il en soit ainsi.

Kotaro était responsable de la sécurité de chaque personne qui marchait sur le campus, que ce soit un visiteur, un étudiant ou un membre du corps professoral. Les jeunes femmes avaient commencé à disparaître de cette zone il y avait environ un mois à un rythme alarmant et principalement à partir de la grille entourant les terrains de l'université.

Un grognement sourd se forma profondément dans sa poitrine alors qu'il inhalait les parfums autour de lui. L'air était soudain teinté d'une odeur ancienne… diabolique. Il se rapprochait de celui qui était responsable de bien plus que les filles disparues… il le sentait. Repoussant ces pensées pour l'instant, il commença à marcher rapidement vers les appartements environnants qui abritaient de nombreux étudiants innocents.

Il irait voir Kyoko et si elle le permettait… Ses yeux s'assombrirent de manière séduisante… il ne la quitterait pas pour le reste de la journée… ou de la nuit. Il espérait seulement que Toya ne traînerait plus avec elle aujourd'hui. Il la voulait pour lui tout seul. Après tout, elle était vraiment sa femme et il faudrait que ce «garçon» s'occupe d'avoir sa propre vie.

Ses pas ralentirent un moment alors que l'ironie de la situation le frappait … il était heureux que Toya ait au moins maintenant une vie. Un sourire presque amusé apparut alors qu'il menaçait mentalement cette vie s'il n'arrêtait pas de harceler Kyoko tout le temps.

La simple pensée d'elle assise à côté de lui sur son canapé confortable, mangeant du pop-corn et regardant un film ringard ressemblait à la soirée parfaite. Ils partageaient ce type d'instants au moins une fois par semaine et pour lui… c'était sa partie préférée de la semaine. Il avait ses moments ininterrompus avec la beauté aux cheveux auburn. Peu importait qu'ils soient en train de regarder un film ou qu'ils soient simplement assis sur son canapé à parler… il adorait juste la sensation d'elle blottie à côté de lui.

    Kotaro eut un sourire narquois satisfait en se demandant ce que ce serait de toujours être à ses côtés… jour et nuit.

Son sourire s'évanouit avec sa prochaine pensée… Kyoko ne l'avait pas encore choisi plutôt que Toya. Du moins, pas dans cette vie. Certaines choses ne changent jamais. Il leva les yeux vers le ciel comme pour envoyer un sarcastique et silencieux
    merci pour toute l'aide dans ce domaine. à celui qui écoutait. Quelque chose lui disait que les dieux devaient avoir le plus dérangeant des sens de l'humour.

*****

Les examens étaient enfin terminés et Kyoko avait chanté ces mots tout l'après-midi. Elle avait été bonne fille et avait étudié jusqu'à ce n'en plus pouvoir, mais tout avait payé. Elle savait juste qu'elle avait réussi ces tests diaboliques. Cette seule pensée lui avait donné envie de faire la danse de la victoire jusqu'à son appartement aujourd'hui.

En fait, la première chose qu'elle avait faite dès qu'elle avait franchi la porte était de jeter ses livres à travers le salon comme s'ils étaient vecteurs de maladies et avait finalement succombé à l'envie ... d'effectuer une «danse de la victoire» impromptue juste dans l'embrasure de la porte, apparemment, elle avait encore un peu de geek en elle après tout. Cela avait été immédiatement suivi par sa propre interprétation d'une danse de buteur qu'elle avait vu Toya faire une fois, en secouant les fesses tout le long du couloir jusqu'à sa salle de bain afin de se faire couler un bain moussant chaud. Kyoko décida alors que pour faire cela, il fallait le faire bien et alla allumer sa chaîne stéréo et attraper quelques bougies.

Elle faisait encore de mignons gloussements de joie au moment où la baignoire achevait de se remplir et elle ne perdit pas de temps avec ses vêtements en les enlevant et en les jetant où bon lui semblait.

Je trouverai très probablement mes sous-vêtements suspendus au ventilateur de plafond quand j'aurai fini. pensa-t-elle, puis, haussant les épaules, elle entra dans l'eau.

Elle se glissa plus loin dans le bain pour laisser les bulles flottant à la surface caresser son cou et ses épaules. Ses yeux vert émeraude, qui étaient parfois connus pour devenir orageux à tout moment, brillaient de contentement.

Ses vagues de cheveux auburn étaient empilées au hasard sur le dessus de sa tête et sa peau douce et soyeuse était maintenant cachée sous les bulles. C'était une fille heureuse… et tout ce qu'elle voulait vraiment, c'était se détendre pour le reste de la journée. Un peu de musique douce en fond sonore, des bougies délicatement parfumées allumées dans toute la salle de bain et c'était le cadre parfait.Elle ferma les yeux sachant que son image allait bientôt devenir nette… comme si elle l'attendait. C'était son secret.

Des yeux bleu glacial la regardaient de l'intérieur de son esprit. Elle avait rêvé de lui tellement de fois pendant les nuits qu'elle pouvait maintenant les invoquer même pendant ses heures d'éveil. Plus elle s'enfonçait profondément dans le rêve, plus il devenait réel jusqu'à ce qu'il semble qu'il était vraiment là… agenouillé près de la baignoire.

Ses lèvres s'inclinèrent dans un sourire sensuel alors qu'il tendait la main et lui prit le gant de toilette ... ses yeux devenant aussi brillants qu'une flamme bleue.

— Les rêves sont agréables, murmura-t-elle en roulant la tête sur le côté, le laissant faire ce qu'il voulait.

Dring dring....

L'un des sons les plus agaçants du monde résonna dans tout l'appartement. Kyoko eut un mouvement précipité vers l'avant, dans la baignoire, faisant déborder l'eau par dessus le rebord et sur le carrelage. Portant la main à sa joue, elle pouvait sentir la chaleur et se mit à rougir juste au moment où le téléphone sonnait de nouveau.

— Mince !

Elle se leva rapidement sachant que le téléphone était jusque dans le salon. Sortant de l'eau, elle attrapa le peignoir en soie sur le comptoir et et s'enveloppa avec alors qu'elle courait pour répondre. Se rendant compte qu'elle laissait une traînée d'eau, elle prit note mentalement de se souvenir de prendre le téléphone sans fil avec elle la prochaine fois dans la salle de bain.

À l'autre bout du fil, Suki tapota de ses ongles le comptoir de la cuisine en espérant que Kyoko se dépêche de décrocher le téléphone. Elle avait ce sentiment tenace que Shinbe serait là d'une minute à l'autre, et elle ne voulait pas qu'il sache quoi que ce soit sur ce qu'elle prévoyait. Elle entendit le déclic à l'autre bout.

— Enfin !

Kyoko éloigna le téléphone de son oreille pour le regarder d'un oeil mauvais puis le remit contre sa joue.

— Suki, j'étais dans le bain !

Kyoko gémit presque en regardant avec envie vers la porte de la salle de bain où elle savait que l'eau était encore chaude et parfumée au jasmin. Elle lui faisait signe de revenir et de profiter… tout comme le rêve. Elle se mordit la lèvre inférieure en éloignant ses yeux de ce qu'elle voulait.

— Tu es vraiment debout là, toute nue ?

Suki ricana en sachant que Kyoko rougissait facilement.

— Suki ! s'écria Kyoko dans le combiné.

Son amie avait simplement un sens de l'humour tordu, qui provenait probablement du fait qu'elle passait trop de temps avec Shinbe. Elle sourit malicieusement en répliquant :

— Il te fallait quelque chose ? J'ai un bain chaud et plein de vapeur qui m'appelle et tu interromps mon petit rendez-vous.

— Rendez-vous ? Suki regarda le téléphone et roula des yeux.

— Tu as vraiment besoin d'aide Kyoko. Depuis quand tu la joues romantique dans l'eau du bain sans être accompagnée ? Aies au moins une étincelle d'imagination et pense à un homme sexy pour te laver le dos pendant que tu y es.

Elle soupira d'un ton exaspéré, ignorant qu'elle venait de choquer Kyoko profondément en évoquant une image mentale si proche de sa réalité.

— Quoi qu'il en soit, toi et moi avons une soirée entre filles pour célébrer la fin des examens, gazouilla Suki.

Elle n'allait pas laisser Kyoko dire non.

— Il n'est pas question que tu dises non, alors commence à te préparer. Et porte cette tenue que nous avons achetée le week-end dernier. Je ferai de même.

Suki inspira profondément et recommença rapidement avant que Kyoko ne puisse placer un mot.

— Sois prête pour 7h30. J't'adore. Byeeee !

Kyoko cligna des yeux lorsque le déclic lui indiqua que l'appel avait pris fin. Ses lèvres étaient toujours entrouvertes parce qu'elle s'était tenue prête à dire «non» à sa première occasion. En silence, elle lança un regard au mur au fond du salon qui séparait les appartements des deux filles en se demandant si Suki avait appelé de là ou de son téléphone portable, quelque part ailleurs. En regardant l'identifiant de l'appelant, elle soupira.

—Téléphone mobile, pas étonnant.

Pas besoin d'aller taper sur le mur alors. Mais l'image de ses mains autour du cou de Suki la fit sourire.

— Je peux bien faire semblant cependant.

Remettant le téléphone sans fil sur le comptoir, Kyoko baissa les yeux vers le peignoir de soie accroché à son corps humide et gémit. L'eau chaude encore sur sa peau était maintenant devenue froide et piquante, faisant apparaître la chair de poule. Rapidement, elle fit demi-tour pour retourner à son bain.

Dring dring....

Kyoko tressaillit. Elle fit volte-face, le sourcil gauche relevé en signe de frustration.

—J'espère que c'est Suki pour que je puisse lui donner ma façon de penser concernant ses méthodes d'intimidation !

Saisissant brusquement le téléphone, elle dit un peu plus fort que d'ordinaire :

— Allô ?

Toya eut un sourire narquois en entendant l'accueil fait par Kyoko.

— Et bien, ta maman ne t'a-t-elle jamais appris à être polie en répondant au téléphone ?

Kyoko avait envie de marcher calmement jusqu'à la fenêtre, de l'ouvrir et de laisser le téléphone lui glisser des mains vers l'inconnu.

— Pourquoi est-ce que personne ne veut me laisser

finir de prendre mon bain ? gémit-elle, tapant du pied seulement pour sentir l'air conditionné se frayer un chemin sous son peignoir.

Le sourire de Toya s'évanouit alors que son imagination s'emballait et des visions explicites commencèrent à danser dans son esprit.

— Es-tu n...

Il s'arrêta soudainement la langue comme liée avant de lui avoir demandé si elle se tenait là, toute nue. Secouant la tête comme pour en chasser cette pensée , Toya prit une profonde inspiration pour se calmer et, il l'espérait, contrôler ses hormones qui faisaient maintenant rage.

Punaise, quelle belle image...

Kyoko fronça les sourcils en se demandant si Tous était juste à côté de Suki à l'instant même.
Toya tenta de nouveau de parler.

— Hé, peu importe. Écoute, je viens te chercher pour t'emmener au cinéma ce soir, alors habilles-toi.

Kyoko cligna des yeux en se demandant qui avait décidé qu'aujourd'hui était «la fête du harcèlement».

— Euh, j'ai des projets pour ce soir.

Bien sûr, son projet était de se transformer en pruneau dans son bain avant de se pelotonner sur le canapé et de regarder un film. Peut-être même s'endormir pendant le film, et non d'avoir le monde entier faisant pression pour la pousser à «sortir».

— Pardon ? Annule, car tu viens avec moi ! fit Toya d'un ton de commandement, s'énervant qu'elle ne fasse pas faire ce qu'il voulait qu'elle fasse… comme si elle avait jamais fait autrement.

Kyoko ferma les yeux et éloigna le téléphone de son oreille en scandant

— Je ne le jetterai pas par la fenêtre, je ne le jetterai pas par la fenêtre,

Toc, Toc

Kyoko se retourna pour faire face à la porte en pensant.

Mais je le jetterai à quiconque se trouve derrière cette foutue porte!

Elle put entendre le rire dément provenant de quelque part out au fond d'elle, où résidait sa jumelle maléfique. Elle marcha calmement jusqu'à la porte, la déverrouilla, puis passa la tête par l'entrebâillement pour voir de qui il s'agissait.

— Kotaro, murmura-t-elle un peu à bout de souffle, puis ferma la bouche d'un air coupable, espérant qu'il ne l'avait pas remarqué.

Les yeux de Kotaro s'illuminèrent et s'assombrirent en même temps que la porte s'ouvrit. Il était content de voir Kyoko en sécurité… et visiblement pas entièrement habillée. Il haussa un sourcil à la façon dont elle avait dit son nom. Pressant sa main contre la porte au-dessus de sa tête, il l'ouvrit un plus avec son sourire assuré habituel alors qu'il passait devant elle… la frôlant presque.

— Comment va ma femme aujourd'hui ?

Kotaro la dépassa et entra dans l'appartement comme si c'était chez lui.

Je ne commettrai pas de meurtre, je ne jetterai pas le téléphone, je ne le ferai pas…

Kyoko continuait mentalement de scander ces paroles tandis que Kotaro lui faisait face avec son sourire habituel à couper le souffle. Elle eut soudain l'impression que la climatisation avait cessé de fonctionner.

Comment était-il possible que cet homme, qui ne pouvait être décrit que comme un aimant sexuel ambulant, l'affecte à ce point ? Elle avait toujours l'impression d'être en train de s'empêcher de le jeter au sol. Secouant la tête, elle baissa les yeux et poussa un petit cri quand elle vit que son peignoir était partiellement ouvert. Ce n'était pas suffisant pour montrer quoi que ce soit mais assez de peau était visible pour la faire rougir.

Toya se tendit, entendant le coup frappé à la porte en fond sonore à travers le téléphone puis la voix de Kotaro. Il cria dans le téléphone pour attirer son attention.

— Bon sang, Kyoko ! Pourquoi diable Kotaro est-il chez toi ? grogna-t-il, en colère que l'agent de sécurité se soit présenté à nouveau dans l'appartement de «sa» Kyoko.

Kyoko grinça des dents quand le cri du téléphone se fit entendre haut et fort dans le salon. Regardant l'horloge murale par-dessus l'épaule de Kotaro, elle comprit qu'elle devait commencer à se préparer ou Suki serait la prochaine à frapper à la porte. C'en était vraiment trop. Elle se tourna et se dirigea vers le comptoir avec l'intention de raccrocher le téléphone. L'élevant au niveau de son oreille, elle cria :

— Je te verrai plus tard !

«Clic»

… un de moins… au suivant.

Kotaro eut un sourire narquois sachant que c'était après Toya qu'elle avait crié. Ses yeux parcoururent la soie qui s'accrochait à un corps joliment façonné comme une seconde peau et il n'aurait pas pu s'arrêter s'il avait essayé d'avancer… plus près d'elle. Il ferma lentement les yeux seulement une seconde alors qu'il inspirait profondément, son corps entier maintenant à moins d'un centimètre du sien. La pensée de la toucher sans contact le fit courber mentalement son corps autour du sien en se resserrant.

Il se pencha en avant, rapprochant ses lèvres du creux de son oreille avant de chuchoter son nom. Ses lèvres s'adoucirent, tout comme ses yeux bleu glacier. Il se retrouvait sur le point de souhaiter qu'elle se souvienne du passé… et à quel point ils étaient autrefois proches. Que ferait-elle si elle se souvenait qu'ils avaient vécu ensemble ? Elle, Toya et lui… afin qu'ils puissent la protéger.

Kyoko s'essouffla alors que l'air se précipitait hors d'elle et elle sentit la peau le long de son cou et de ses joues la picoter. C'était déjà assez difficile de garder ses pensées claires avec lui si près mais en ce moment elle pouvait le sentir la toucher même s'il ne la touchait pas. Se rappeler de ce qu'elle faisait avant que le téléphone ne l'interrompe fit monter instantanément de la chaleur à son visage.

Ne voulant pas qu'il remarque sa culpabilité, elle lui tourna le dos et s'efforça de supprimer le souvenir du bain. Fermant les yeux, elle combattit l'envie de s'appuyer contre lui et dut saisir la table pour se stabiliser.

Kotaro voulait mettre ses mains sur la table de chaque côté de son corps… la piégeant dans ses bras mais s'arrêta soudain. Il pouvait sentir les savons qu'elle avait utilisés dans le bain mais une saveur lui parvint et son expression devint curieuse… de l'excitation ? Il recula loin d'elle, se sentant se durcir.

Passant la main dans ses cheveux indomptés, il se retira à une distance plus sûre essayant sincèrement d'ignorer la secousse dans le creux de son estomac… pourquoi était-il revenu ici ?… C'était important.

Il sentit son instinct protecteur se réveiller, il se rappela des alertes récentes qu'il avait reçues.

— Vas-tu passer la soirée avec moi ?

La question à consonance innocente cachait un double sens, car il prenait le goût du désir.

Kyoko ralentit à nouveau sa respiration, prête à combattre ses sentiments. Elle fronça les sourcils sachant que ce serait trop dangereux d'être seule avec lui. Soudain, elle aurait voulu remercier Suki de l'avoir menée à la baguette.

La voyant froncer les sourcils, Kotaro ajouta rapidement :

— On pourra faire tout ce que tu veux. Louer un film et rester ici… ou sortir.

— Louer un film et rester à la maison … répéta Kyoko en pensant que c'était exactement ce qu'elle voulait faire.

Puis, remarquant que les yeux de Kotaro s'éclairent, elle rectifia rapidement :

— C'est du moins ce que je voulais faire et si je n'avais pas été entraînée dans les projets de quelqu'un d'autre. J'aurais adoré rester à regarder des films avec toi. Mais je suis désolée Kotaro. Je ne peux pas.

Elle lui lança un sourire d'excuse en tapant mentalement du pied à l'idée de rater une soirée très chaleureuse avec le bel agent de sécurité.

Les épaules de Kotaro s'abaissèrent d'un centimètre mais il sourit quand même sachant qu'elle n'essayait pas de le blesser. Il voyait même qu'elle voulait qu'il reste et il se demanda à quel point elle le désirait… était-ce la même chose que ses désirs à lui ? Pour lui, Kyoko était le joyau le plus précieux sur terre et il ferait tout ce qu'il pouvait pour la faire sourire et la garder en sécurité en même temps.
Après tout, il avait attendu plus de mille ans juste pour la revoir. Ayant besoin de s'assurer qu'elle était protégée et hors de danger, il lui demanda :

— Alors, quels sont tes projets, je peux peut-être participer aux réjouissances ?

Il lui fit son sourire le plus espiègle en espérant que ça marcherait. Sinon, il pourrait recourir à la traque… les coins de ses lèvres parfaites se penchaient en un sourire secret.

Kyoko savait que Suki n'accepterai jamais ça. La soirée entre filles signifiait une soirée entre filles. Elle savait aussi que si Kotaro découvrait qu'elle n'était qu'avec Suki… il la suivrait, débarquant près d'elles comme par accident. Elle l'avait vu le faire plusieurs fois.

Là où Toya était insistant, Kotaro avait toujours essayé d'être subtil, même si lorsque les deux étaient dans la même pièce, ils semblaient se comporter de manière très similaire et s'ennuyaient constamment l'un l'autre. Les deux gars avaient un cœur d'or et elle le savait. D'une certaine manière, elle les aimait tous les deux... tellement que c'en était douloureux, c'est pourquoi elle avait choisit de ne pas choisir et juste rester célibataire pour l'instant. Honnêtement, elle ne voulait blesser ni l'un ni l'autre.

Une chose dont Kyoko était certaine c'était que Kotaro ne se donnerait pas la peine de la suivre s'il pensait qu'elle devait sortir avec Toya ce soir. Du moins, c'est ce qu'elle espérait.

— Je suis désolée, Kotaro, j'ai déjà prévu de sortir avec Toya mais on pourra louer des films ou faire autre chose une autre fois, promis !

Kyoko baissa les yeux car elle n'aimait pas lui mentir mais c'était le seul moyen de lui faire lâcher prise.

Les yeux au sol, elle remarqua qu'il avait avancé d'un pas et immédiatement elle fit un pas en arrière en se mordant la lèvre inférieure lorsqu'elle sentit la table derrière elle.

Kotaro sentit vibrer en lui la jalousie mais il en gardait le contrôle. Son unique réconfort était que la savoir avec Toya cette nuit garantissait qu'elle ne viendrait pas grossir le rang des filles portées disparues. De plus, il savait que Kyoko et Toya étaient tous deux en secret sous la surveillance de Kamui.Il devait s'avouer mentalement que Toya avait tendance à la surprotéger et saurait la garder en sécurité. Il voulait être celui qui passerait la nuit avec Kyoko, celui qui la protégerait.Même si ça ne lui plaisait pas, Toya ne laisserait rien lui arriver.

 Il la regarda lentement relever les yeux vers les siens et il put voir l'inquiétude dans son regard, la crainte qu'il ne tente de l'arrêter... Il aurait voulu la retenir mais il n'en ferai rien. Le moment venu, elle ferait son propre choix.
 Hochant la tête en signe d'acceptation avec réticence, Kotaro tendit la main vers la sienne qu'il garda pendant un moment, le regard bleu glacier verrouillé sur un regard orageux vert émeraude. Il pouvait voir dans ses yeux qu'elle avait eu une rude journée. Il arrivait toujours à savoir ce qu'elle ressentait rien qu'à la couleur de ses yeux... Il avait appris à faire ça il y avait plus de cent ans. Il aurait seulement voulu qu'elle s'en souvienne.

 — Ça marche, Kyoko. Je viendrai prendre de tes nouvelles demain. Prend garde à toi, ma belle.

 Se penchant vers elle, il effleura son front d'un baiser puis lâcha sa main, se détournant, prêt à partir. Kyoko sourit.

 — Merci, Kotaro.

 Elle ressentait encore un picotement sur son front, à l'endroit que ses lèvres chaudes avaient touché. Elle était heureuse qu'il soit plus facile à gérer que ne l'était Toya. Il l'embrassait souvent sur la joue, sur le front ou sur la main, laissant à cet endroit une zone chaude pleine de fourmillements.

Elle se demanda ce qu'il penserait s'il savait qu'elle n'avait jamais été embrassée sur les lèvres. Nul ne voudrait jamais croire qu'à dix-huit ans, elle soit aussi pure qu'elle l'était... Enfin, physiquement pure. Elle rougit de nouveau, consciente du fait que ses pensées n'étaient pas réellement sans tâche.

Elle voulait en tenir pour responsable le traître qui vivait dans sa poitrine et qui allait plus vite chaque fois qu'elle avait une pensée pour lui.

Kotaro ouvrit la porte pour se glisser à l'extérieur, non sans lui avoir jeté un sourire par dessus l'épaule en ajoutant :

— Rappelle toi juste une chose, tu es encore ma femme.

Il partit rapidement, refermant la porte derrière lui, un sourire carnassier sur les lèvres à cause de son dernier commentaire.

Il savait qu'elle ne franchirait pas les limites avec Toya et il n'était pas inquiet. Même par le passé, alors que Toya et lui s'affrontaient, elle se rangeait toujours de son côté et non du côté de Toya. Elle avait toujours aimé Toya mais Kotaro savait que c'était de lui qu'elle était réellement éprise.

La vitesse à laquelle son cœur battait en sa présence avait toujours trahit la réalité de ses sentiments... Dans cette vie comme par le passé. Il ne lui restait plus qu'à attendre qu'elle en prenne de nouveau conscience. Kotaro inhala doucement son parfum, le savourant. Même à cet instant, il pouvait sentir sa pureté et il savait qu'elle n'était pas de celles qui prennent ce genre de choses à la légère. Elle était si innocente des manières de ce monde. Cette pensée fit s'évanouir le sourire de Kotaro.

Il n'était pas si sûr de vouloir qu'elle apprenne jamais l'existence du côté obscur de ce monde... Il ne voulait pas risquer de détruire son bonheur. Lui-même n'était pas ce qu'elle croyait. Il savait qu'elle l'accepterai quoi qu'il en soit mais le souvenir de l'avoir enterrée lui fit garder le silence sur le passé.

Il y avait des choses dont il valait mieux ne pas se rappeler. Alors que Kotaro sortait du bâtiment et se retrouvait sur le trottoir, il leva les yeux vers sa fenêtre depuis la cour, en bas, en se demandant ce qu'elle ferait lorsqu'elle apprendrait pour lui.

Et oui, il allait lui dire la vérité... Mais pas maintenant. Comment expliquer qu'on est plus âgé que n'importe quel homme normal et qu'on possède des pouvoirs tels qu'elle n'en a vu qu'au cinéma ?

Kotaro secoua la tête alors qu'il reprenait le chemin de la fac en évaluant la prochaine action à mener en corrélation avec les filles portées disparues.

Il savait ce qui était en train de leur arriver et qu'elles étaient plus que probablement déjà mortes ou du moins en état de suspension de mort. Des éclairs de colère fusèrent dans ses yeux l'espace d'un instant, révélant la nature plus sombre de son âme de Lycan. Il avait besoin de repérer l'odeur de ses enfoirés de buveurs de sang et celle de celui qui les commandait avant qu'ils ne retrouvent Kyoko.

CHAPITRE 3

Kyoko farfouilla dans le placard à la recherche de ce que Suki l'avait poussée à acheter le weekend dernier. Elle gloussa en repensant au fait que Shinbe les avais suivies pendant toute leur virée shopping, prêt à les laisser essayer tout ce sur quoi elles auraient pu avoir besoin d'un avis.

Le comble avait été quand il s'était glissé dans la cabine d'essayage des filles pour parler à Suki en restant derrière le rideau. Shinbe avait pris une voix si haut perchée, avec l'intention de faire croire à Suki qu'il était la vendeuse en charge du salon d'essayage et il avait offert de remonter sa fermeture éclair.

Suki avait accepté l'offre et avait tourné le dos vers le rideau. Kyoko avait manqué de tomber à la renverse lorsque Shinbe fit un vol plané à travers le salon d'essayage pour aller se planter dans le mur de l'autre côté.

Elle avait demandé à Suki comment elle avait fait pour deviner que c'était Shinbe et la réponse de Suki avait été :

— Je ne crois pas qu'on aurait engagé une lesbienne pour gérer les cabines d'essayage alors quand il a posé la main à l'intérieur de la robe au lieu de la mettre sur la fermeture à glissière, c'était grillé !

— Pauvre Shinbe, soupira Kyoko en prenant un haut court blanc à volants, dont les manches de soie fluide étaient évasées et bouffantes du coude jusqu'au poignet.

En vérité, elle le trouvait très joli. Cela lui rappelait un peu une tunique d'ange mais en version sexy. c'était suffisamment court pour dévoiler son nombril avec la mini jupe serrée noire qu'elle avait achetée.

Après avoir enfilé les vêtements et après avoir trouvé des chaussures qu'elle voulait, elle attrapa les cheveux qui lui pendaient près des oreilles et les releva à l'aide d'un chouchou, laissant pendre le reste d'une façon séduisante. Appliquant une légère quantité de maquillage et mettant un collier dont le pendentif était en forme de larme, elle se considère prête à affronter ce dans quoi Suki avait l'intention de l'entraîner.

Elle aurait secrètement voulu pouvoir dire à Kotaro où elles se rendait mais elle même n'avait pas la réponse à cette question. Elle mâchouilla sa lèvre inférieure en prenant conscience du fait qu'il lui manquait déjà puis elle s'efforça de mettre ce sentiment

mélancolique de côté, sachant que Suki le détecterait à coup sûr.
La dernière chose dont elle avait besoin ce soir était que sa meilleure amie la bombarde d'un million de questions auxquelles elle n'avait nulle envie de répondre.

***

Shinbe passa les doigts dans les mèches bleutées qui brillaient dans sa chevelure sombre alors qu'il prenait appui sur le chambranle de la porte en souriant.
Il s'était rué chez Suki aussitôt qu'il avait reçu son appel l'informant qu'elle serait absente toute la soirée et lui demandant de ne pas se déplacer.

— Elle se fourre le doigt dans l'œil si elle pense pouvoir se débarrasser de moi aussi facilement.

Shinbe leva un sourcil alors qu'il attendait.
Lorsqu'elle ouvrit la porte, la chevelure encore enveloppée dans une serviette, les premières paroles de Shinbe furent

— Wow, est-ce que je viens de rater ton bain, Suki ?

Il lui adressa un sourire coquin alors que ses sourcils tressautaient.
Dès qu'il avait rencontré Suki et Kyoko, il avait ressentit le besoin d'être auprès d'elles à toute heure. Il était souvent en tandem avec Toya et les filles.
Suki savait que Toya se considérait comme son

petit ami car il était le seul avec qui elle sortait mais elle n'avait jamais été d'accord pour être enchaînée à lui.

Elle tenta de masquer l'embarras qui menaçait de faire rougir son visage tout entier alors qu'elle répliquait :

— Il faudrait au moins une masse de démolition et de l'eau de javel pour t'enlever tes pensées les plus sales.

Il se pencha plus près d'elle, faisant disparaître tout le reste alors que ses yeux améthyste s'assombrissaient sensuellement.

— Si tu me laissais... entrer... Je crois que nous pourrions trouver un bonne raison de prendre un nouveau bain.

Suki sentit les battements de son cœur accélérer au son de sa voix rauque et recula de plusieurs pas tandis que lui, avançait vers elle avant de refermer la porte derrière lui. Décidée à ne pas le laisser prendre le dessus, elle lui lança le plus crédible de ses regards menaçants et fut récompensée lorsqu'il cessa de la poursuivre. Si jamais il découvrait combien il avait d'emprise sur elle... Ce serait la fin.

— Hey ! Écoute, Shinbe, je dois vraiment finir de me préparer parce que j'ai prévu de sortir ce soir avec une amie. Je t'en avais déjà parlé au téléphone, tu t'en souviens ?

Elle s'était bien douté qu'il allait venir quand même... Ne serait-ce que pour tenter de savoir où elle comptait se rendre. Retirant la serviette de sa tête, la chevelure encore humide, Suki se dirigea vers la salle de bain tout en continuant à parler d'une voix suffisamment forte afin qu'il puisse l'entendre.

— Nous pourrons faire quelque chose ensemble demain soir, ça te va ?

Shinbe s'appuya contre le bar séparant sa cuisine du salon. Il était sur le point de commencer à se plaindre lorsqu'il remarqua un flyer posé sur le comptoir. S'en saisissant, il parcouru rapidement la page. Il leva les sourcils car il venait de comprendre.
Le club le plus grand et le plus beau de la ville
CLUB MINUIT
Soirée exceptionnelle du Vendredi
Ladies Night

Ladies Night avait été entouré. Shinbe fronça un sourcil en redéposant le papier sur le bar et se dirigea vers la salle de bain.
Il dissimula un sourire alors qu'il pénétrait sans frapper dans la salle de bain avant de se glisser derrière Suki qui, le bras levé, s'apprêtait à brosser sa chevelure.

— Demain, alors murmura Shinbe d'une voix séductrice au creux de son oreille avant de poser un baiser sur son épaule.

Il se détourna pour partir, dissimulant son sourire éclairé.
Suki demeura figée, fixant le miroir des yeux, l'impression qu'elle venait juste d'avoir ne lui disait rien qui vaille. Cela ne ressemblait pas à Shinbe de ne pas la supplier ou de ne pas insister. Ne voulant pas chercher

la petite bête alors qu'il ne semblait y avoir aucun problème, elle se dépêcha de finir de se préparer. Craignant désormais que Shinbe ne soit en train de mijoter quelque chose, Suki décida d'aller à la rencontre de Kyoko un peu plus tôt que prévu.

*****

À plusieurs kilomètres de là, deux yeux rouges perçants regardaient par la fenêtre d'une suite penthouse surplombant la ville. Une longue chevelure noire soyeuse tombait en cascade sur la peau pèle comme la lune d'un dos nu dans un contraste saisissant. La beauté du visage angélique était frappante, des traits anguleux très marqués et le corps était fin et dur tel celui de la mythique divinité Adonis.

Son corps dénudé brillait à la lueur de la lune et les muscles semblaient danser à chacun de ses mouvements. Quiconque posait les yeux sur lui le trouvait beau mais son âme sombre n'était que malice et mort. Un sourire embellissait ses lèvres parfaites alors que ses pensées se concentraient sur les évènements de la nuit précédente.

Se détournant de la fenêtre, il commença à se préparer pour la soirée. Son regard passa distraitement sur le fauteuil bergère de style anglais près du feu dans lequel était assise une jeune étudiante sans vie.

Hyakuhei sourit en repensant au dîner de sang frais qu'il avait fait la veille au soir.

— Dommage, c'était une si jolie fille.

Il se lécha les lèvres en se rappelant le plaisir qu'il avait ressentit lorsqu'il s'était emparé de la fille et qu'il s'en était nourrit. Il ne pourrait jamais se lasser des jeunes femmes qu'ils attirait et enlevait pour sa propre satisfaction.

Ce soir, il se rendrait dans une boite de nuit à la mode afin de chasser sa proie et il avait besoin de s'assurer que ses "enfants" étaient bien. La "ladies night" était toujours une bonne occasion et un buffet de chair à volonté pour les promeneurs de la nuit.

Il était un seigneur vampire puissant et nul n'aurait osé le contrarier ni remettre en question sa force.

Pendant plus d'un millénaire, son unique désir avait le plaisir. Désormais il voulait plus. Il voulait ce qui lui revenait de droit. Son beau visage fut déformé par un froncement de sourcils alors qu'il repensait à sa quête, à l'objet qui était devenu son obsession alors qu'il attendait qu'il renaisse au monde. Le légendaire cristal du cœur du gardien.

Le cristal Sacré était un joyau qu'on disait capable de donner à un vampire la force de marcher au delà de la nuit jusque dans la lumière du jour.

Dans la légende, il était dit qu'une fille au sang non souillé et au cœur d'enfant serait porteuse en son corps du joyau.

Elle serait une prêtresse du plus haut rang et d'une grande puissance, la protectrice et porteuse du cristal du cœur du gardien.

Son regard sombre se porta à nouveau sur le ciel nocturne dans lequel une lune rouge sang était haut perchée.

— Je t'ai perdue une fois, chère prêtresse, mais ne t'y trompe pas, je te retrouverais.

Son regard se durcit alors qu'il faisait sa promesse à la nuit.

— Cette fois, je prendrais possession à la fois du cristal et de toi...

***

C'était exactement pour cette raison que Suki avait emmenée Kyoko faire du shopping le weekend précédent, seulement, elle n'avait pas dévoilé à son ami ses raisons. Suki s'était également acheté une tenue. La retirant de son placard, elle se glissa dedans en se tortillant d'excitation. C'était une robe noire très moulante. Cela avait été le coup de foudre dès qu'elle avait posé les yeux dessus.

C'est une bonne chose que Shinbe ne soit pas dans les parages, se dit Suki avec un sourire mystérieux en regardant la robe dans le miroir.
Elle était très courte mais n'en dévoilait pas trop... Juste assez pour titiller l'intérêt et faire travailler l'imagination. Tirant sa chevelure sombre en arrière à l'aide d'un chouchou noir, Suki appliqua un peu de maquillage et attrapa ses clès, se dirigeant vers l'appartement d'à côté, celui de Kyoko.

Kyoko sortit de la chambre en espérant qu'elle aurait le temps de grignoter quelque chose avant de sortir mais avant même qu'elle n'ait pu atteindre la cuisine, quelqu'un tambourinait à la porte.

— Mon Dieu, j'espère que ce n'est pas Toya, murmura-t-elle de façon inaudible et elle se demanda même si c'était une bonne idée d'aller ouvrir.

Il lui restait encore environs 20 minutes avant qu'il ne soit l'heure de son rendez-vous avec Suki alors Kyoko se décida à ignorer les coups frappés à la porte pour le moment, craignant d'avoir à affronter quiconque se trouvait de l'autre côté.
C'est étonnant comme la peur a le pouvoir de vous faire vous sentir comme un enfant de cinq ans. Les sourcils de Kyoko tressaillirent alors qu'elle retenait son souffle.
Les coups à la porte se faisaient un peu plus sonores mais cette fois ils furent suivis de paroles.

— Allez, Kyoko, je sais que tu es là. Ne m'oblige pas à enfoncer cette porte !

Ce fut dit dans un ricanement.

Kyoko leva les yeux au ciel en pensant que Suki parlait comme un flic. Elle ouvrit la porte à sa souriante meilleure amie qui immédiatement l'attrapa par le bras et la tira hors de l'appartement.

— Viens, allons-y. J'ai un mauvais pressentiment qui me dit que si nous ne partons pas maintenant , Shinbe va se montrer ou quelque chose du genre.

Kyoko eut à peine le temps de verrouiller la porte avant que Suki ne la traîne dehors.

*****

Kyou tira les lourds rideaux noirs afin de révéler la fenêtre, à présent que le crépuscule était là. Sa longue crinière blanche argentée se déploya autour de lui lorsqu'il ouvrit la fenêtre, laissant entrer le vent nocturne qui vint caresser son visage d'ange. Vêtu de noir, il avait l'air d'un ange déchu.

L'argent lui avait apporté la liberté de décider de ses propres horaires et le pouvoir de s'assurer qu'il ne serait pas dérangé. Avoir acheté entièrement le dernier étage de l'hôtel le plus cher de la ville lui donnait accès à toute la solitude dont il avait besoin et à la vue qu'il voulait. Regardant de l'autre côté de la rue, il pouvait voir que la queue avait déjà commencé à se former devant le Club Minuit, la boîte de nuit la plus à la mode de la ville. C'était une cantine parfaite pour les créatures de la nuit.

 La longue queue était composée d'un grand nombre de jeunes étudiantes vicieuses et de jeunes cons qui les suivaient. Le regard torturé de Kyou fut traversé d'une lueur de mépris alors qu'il commença à parcourir la file d'attente des yeux en se demandant lequel d'entre eux attirerait l'attention de celui qu'il traquait. Qui serait la prochaine victime d'Hyakuhei ?

 Kyou pouvait ressentir la présence d'Hyakuhei dans la ville et se demanda si Hyakuhei pouvait sentir que la mort était à ses trousses. Cette fois les choses seraient différentes. Kyou l'avait retrouvé trop facilement, comme si Hyakuhei avait laissé une piste exprès afin qu'il la suive. Les morts et disparitions d'étudiants du coin était comme une évidente carte de visite en ce qui concernait Kyou, qui ne pouvait provenir que d'une personne. Il n'aimait pas penser qu'Hyakuhei soit en train de le mener jusqu'ici.

— Je ne suis plus sous ton contrôle. gronda Kyou alors que le sang s'écoulait entre ses doigts refermés, les yeux teintés de rose.

— Tu n'as plus aucun pouvoir sur moi... plus maintenant !

Calmant sa rage croissante, Kyou remit le masque sans émotion sur son visage, masquant son aura. Il était temps pour le prédateur de devenir la proie.

S'il pouvait ressentir la force vitale d'Hyakuhei, Kyou aurait besoin de faire très attention afin d'empêcher son créateur de sentir également sa présence.

*****

Kyoko était surprise de la taille réelle de la boîte de nuit. Ses lèvres s'entrouvrirent quand Suki entra dans l'immense parking. Suki avait voulu arriver un peu tôt pour éviter la file mais d'après ce que Kyoko pouvait dire, une file avait déjà commencé alors ils se dépêchaient de sortir de la voiture. Kyoko pouvait voir des visages familiers de l'université qu'ils fréquentaient et sourit en remarquant que son amie de longue date Tasuki était l'un d'eux.

Tasuki aperçu Kyoko et Suki depuis l'endroit ou il se trouvait dans la foule. Il avait laissé ses amis le convaincre de venir et comme il n'avait rien de mieux à faire à présent que les examens de fin d'année étaient terminés, il avait accepté gracieusement.

Il était beau et bien bâtit, avec des cheveux bruns lui arrivant aux épaules et des yeux couleur chocolat qui faisaient fondre le Cœur des filles.

Il était également un des gars les plus populaires de la fac mais Tasuki était surtout connu pour les excellents résultats qu'il obtenait dans toutes les matières et il était plus gentil que la plupart de ses camarades.

Bien sûr, le fait qu'il soit l'une des personnes les plus riches de l'école, même si rien dans son comportement ne l'indiquait, boostait également sa réputation.

Se faufilant à travers la horde de gens, Tasuki approcha Kyoko avec un sourire authentique. Il la connaissait depuis le collège et il avait toujours eut, en secret, le béguin pour elle. Ils étaient sortis ensemble de façon discontinue mais cela n'avait rien été de sérieux... un peu plus comme des meilleurs amis en vérité, et cela faisait un moment qu'ils n'avaient pas fait ça.

Il lui aurait demandé de sortir avec lui plus souvent mais ce mec, Toya, ou le chef de la sécurité étaient toujours à proximité ces derniers temps. Il aurait pu jurer qu'il avait entendu un grondement la dernière fois qu'il l'avait approchée alors qu'elle était avec l'un d'eux.

Avec cela en tête, il parcouru la zone des yeux en espérant la trouver seule. Non pas qu'il ait peur d'eux... non... Jamais...

Suki pouvait voir la nervosité de Tasuki et rigola bien fort.

— C'est bon, Tasuki.

— Nous sommes venues ici par nous-même.

Elle sourit devant l'expression de confusion de Kyoko puis attrapa Tasuki par le coude, le faisant entrer dans la file d'attente avec elles. Comme chaque personne qui connaissait Tasuki, elle savait qu'il avait un faible pour Kyoko... enfin, tout le monde sauf Kyoko, à vrai dire.
Kyoko rougit lorsque Tasuki se retourna pour lui faire face. Elle n'avait pas réalisé à quel point il était devenu grand.

— Salut, Tasuki, cela fait un bail. J'ai entendu dire que tu t'en sors très bien encore cette année.

Son visage s'illumina de joie car il s'était passé bien trop de temps depuis la dernière fois qu'elle et lui avait passé du temps ensemble. Elle avait toujours eu ce sentiment de sécurité à ses côtés... comme avec un meilleur ami. Il lui avait manqué.
Un doux sourire vint embellir les lèvres de Tasuki, cela lui faisait plaisir qu'elle ai continué à se préoccuper de lui, même à distance. Peut-être avait-il encore une chance avec elle ? Il souhaitait réellement avoir une chance de lui prouver à quel point elle comptait encore pour lui et combien il voulait être avec elle, qu'il n'était pas trop bien pour elle comme elle avait toujours eu l'air de le croire.

Pour une raison inexplicable, elle semblait penser qu'il s'efforçait de faire tout ce qui était possible pour la voir uniquement en raison de leur amitié née en fin de collège. Il avait l'intention de rectifier cette idée fausse.

— Ouais, Kyoko, si jamais tu a besoin d'aide, ce sera avec plaisir que je viendrais t'aider avec tes leçons, peut importe le moment.

Il avait la secrète envie de se cogner la tête contre le mur de briques car une fois de plus, il avait parlé comme un meilleur ami au lieu de s'exprimer comme un petit-ami potentiel.

Suki secoua la tête en détectant le regard torturé de Tasuki alors qu'il souriait à Kyoko.

Pauvre gars pensa-t-elle en se mettant à sourire malicieusement. Il avait seulement besoin d'un petit coup de pouce dans la bonne direction.

*****

Le regard de Kyou se concentra sur la foule d'enfants naifs qui grossissait. Un si grand choix pour Hyakuhei. songea-t-il. C'était toujours la même chose. Ôter la vie et s'en tirer... exactement comme le monstre s'en était tiré par le passé. Ses doigts griffus s'accrochèrent au rebord de la fenêtre, il se demandait, frustré, s'il pouvait arrêter le massacre.

Il lui faudrait se rapprocher et se mêler à la foule. Souriant à l'idée que sa chevelure argentée et ses yeux dorés puisse avoir une chance de passer inaperçu dans la foule, Kyou concentra à nouveau son attention sur la foule compacte.

Balayant le parking du regard une fois de plus, il s'arrêta en sursaut sur un groupe de trois se trouvant dans la première partie de la queue. L'aura qui enveloppait le trio était remarquablement différente de celle des autres humains. Une douce nuance de pure lumière blanche qui enveloppait le groupe éblouit l'œil intérieur vampirique de Kyou.

Regardant avec moins d'intensité, Kyou secoua la tête et regarda à nouveau le groupe.

Même avec ses sens émoussés volontairement, il pouvait détecter une faible lueur tourbillonnante autour de ces trois silhouettes. Un pâle arc-en-ciel de poussière pailletée flottait directement au dessus d'eux, obscurcissant la lumière comme pour les masquer à son regard.

Kyou explora du regard le ciel au dessus d'eux pour ne trouver que la nuit. Il ferma à demi les yeux avant de les poser à nouveau sur le groupe car il était en train de comprendre bien plus que ce qu'il était supposé savoir.

Il n'avait jamais rien vu de tel de toute sa vie sans fin. Un vague souvenir attira son attention, le faisant écarquiller les yeux toujours posés sur le groupe. Il était en train de se rappeler les paroles de son jeune frère avant qu'Hyakuhei ne l'assassine sans pitié.

— ... Si seulement nous pouvions trouver le Cristal du Cœur du Gardien... alors peut-être que nous serions délivrés de l'obscurité, mon frère...

Kyou avait ri avec insolence, répondant à Toya que le joyau n'était qu'un mythe et qu'il était impossible à trouver, même dans les légendes. Toya avait ignoré sa réponse :

— L'aura de celle qui protège le joyau brillera d'une lumière sacrée. Ne veux tu pas être libre ?

Un sentiment de mélancolie s'installa en Kyou avec le souvenir de cette question de son frère. Il aurait donné n'importe quoi pour libérer son frère de cette vie dans laquelle Hyakuhei l'avait entraîné. La courant d'air passa par la fenêtre, écartant sa longue chevelure de son visage, comme pour lui dire de s'en aller, comme si Toya lui même lui disait de partit.

Ramenant l'obscurité environnante à son corps meurtrier, Kyou émergea sans se faire remarquer au milieu de la foule de jeunes qui ne se doutaient de rien, son intense regard ne quittant jamais le point d'où scintillait la plus pure des douces lumières.

*****

Kyoko gloussa lorsqu'elle vit Suki tortiller ses sourcils dans le dos de Tasuki. Suki avait vraisemblablement passé trop de temps en compagnie de Shinbe récemment. Elle loucha et tira la langue faisant presque plier de rire Suki, puis elle changea brusquement d'expression lorsque Tasuki se retourna pour comprendre la raison de l'hilarité de Suki. À cause de cela, Suki fut obligée de s'accrocher au mur pour empêcher ses jambes de se dérober sous elle alors que Kyoko se contentait de hausser les épaules à l'intention de Tasuki en disant :

— Qui sait ce qui peut bien lui passer par la tête... Elle n'a jamais été normale.

Elle leva un sourcil en ajoutant :

— Au moins une fois par semaine, je suis obligée de la faire échapper de l'asile autrement son état empire et elle essaie de ronger les arbres devant le dortoir.

Tasuki sourit en se penchant vers l'oreille de Kyoko comme pour lui murmurer quelque chose puis dit à voix suffisamment haute pour que Suki puisse entendre :

— Peut-être que tu devrais l'y ramener en rentrant chez toi ce soir.

Kyoko hocha la tête joyeusement puis elle sentit le duvet sur sa nuque se dresser comme si quelqu'un était en train de la surveiller. espérant que ce ne soit pas Toya en train de les suivre en secret, elle tenta de l'ignorer en gardant son attention sur Suki et Tasuki.
Suki reprit finalement son souffle suffisamment pour rappeler à Kyoko qu'elles avaient une soirée pyjama de prévue plus tard, dans la cellule capitonnée puis elle demanda à Tasuki s'il aurait aimé se joindre à elles.

— Nous avons même une camisole de force pour l'occasion.

Elle leur tira la langue à tous les deux.

— Rentre ça avant de blesser quelqu'un, répliqua Kyoko et sa prompte récompense fut une Suki qui resta bouche bée.

Alors que la file commençait à se mouvoir, Kyoko regarda par dessus son épaule en se demandant qui était en train de la surveiller. Elle ne vit que les lumières du parking et une horde de gens en train d'attendre pour entrer puis elle se renfrogna devant son évidente paranoïa. La sensation désagréable qu'une personne était en train de la surveiller refusait de disparaître et cela l'inquiétait. Elle se souvint de l'avertissement de Kotaro à propos d'un harceleur sur le campus et se mit soudain à regretter de ne pas lui avoir donné d'infos sur le lieu où elles allaient.
Suki l'attrapa par la main et la traîna derrière elle puisqu'elle bloquait la file. Kyoko ignora la sensation d'étrangeté alors qu'elles pénétraient dans le bâtiment et que son attention était attirée par l'intérieur de l'immense boîte de nuit.

Kyou l'avait vu se retourner comme si elle pouvait le percevoir et en fut étonné. Ses yeux s'étaient attardé à l'endroit même ou il se tenait mais il savait qu'elle ne pouvait pas le voir dans l'ombre. Sous couvert de l'obscurité il l'avait gardée à l'œil alors qu'il pénétrait dans l'établissement. Son regard doré se déplaçait dans la pièce car il n'y avait pas que des humains dans les coins sombres mais ils n'étaient qu'un danger de seconde catégorie et ne méritaient pas son attention.

Suki les mena dans une zone proche du bar afin qu'ils n'aient pas à aller trop loin pour chercher des boissons et qu'ils puissent avoir quand même une bonne vue sur la piste de danse. La musique battait déjà son plein mais pas au point qu'on soit obligé de hurler pour se faire entendre.

    Kyoko était ébahie de voir à quel point l'endroit était joli à l'intérieur. Elle commençait à être vraiment contente d'avoir laissé Suki la persécuter jusqu'à ce qu'elle accepte de venir. Après tout, il n'y avait pas que les études, dans la vie, à ce qu'il semblait et pendant plus d'une semaine, tout ce qu'elle avait fait c'était étudier. Toute l'énergie du lieu était addictive et elle sourit, excitée.C'était un des rares moments ou elle avait l'impression que n'importe quoi pouvait arriver.
    Au lieu de tables et de chaises, l'établissement avait opté pour des canapés trop rembourrés ici et là avec de petites tables de verre pour poser les boissons. Violet, bleu, noir étaient les principales couleurs de la boîte, lui donnant un air de mystère et de magie avec toutes les lumières changeant constamment en créant une atmosphère de chaos sensuel. C'était presque enivrant.

    Des zone profondément sombres prêtaient de l'intimité à ceux qui en voulaient et Kyoko rougit en pensant à toutes les choses qui se produisaient parfois dans l'ombre... des choses qu'il lui restait encore à découvrir. Elle se remit à se demander ce que Kotaro était en train de faire avant de s'arracher à ces pensées pour se concentrer à nouveau sur ses amis, en se sentant coupable.

    Kyou pris un siège dans un des coins les plus sombres proche de l'aura intensément pure. En observant le groupe, il pu constater que la lumière provenait uniquement d'un seul individu. Son regard s'adoucit pour la première fois depuis un nombre incalculable d'années, uniquement pour un instant alors qu'il la regardait sourire pendant qu'elle jaugeait la grandeur du club. C'était comme regarder le soleil se lever et c'était quelque chose qu'il n'avait pas fait depuis longtemps.

    Elle était belle, avec une longue chevelure auburn qui ondulait et se détachait du haut de soie blanche qu'elle portait.

    Il détailla du regard son corps parfait, prenant note de la chair exposée au niveau de la taille et de la petite jupe mini dont émergeaient deux longues jambes musclées avant de remonter vers son cou... qui était également exposé. Il suivait la courbe qui allait jusqu'à son visage avec un grondement désapprobateur. Elle lui offrait un angle de vue qui lui empêchait de voir ses yeux... les yeux étaient le miroir de l'âme et il lui fallait les voir. Son instinct le poussait à réagir d'une façon qui lui était inconnue. Ce sentiment qu'il ne savait décrire l'agitait et lui rappelait, d'une façon, son frère. Il n'aimait pas l'inconnu. Il obscurcit les ombres autour de lui alors qu'elle se retournait, le balayant du regard, mais il les avait vus. Cela lui avait presque coupé le souffle. Elle avait des yeux d'émeraude respirant l'innocence... mais il pouvait également voir la puissance et la turbulence dissimulées là.

    Kyou serra le poing si fort qu'il sentit des gouttes de sang en train de perler là où ses ongles acérés avait crevé la chair. Pourquoi une telle innocence ici, dans un tel lieu ? Ca devrait être interdit. Il sentit naître un grondement provenant du plus profond de lui et tenta de le faire taire.

Si son pressentiment se révélait juste et qu'Hyakuhei faisait une apparition, alors la situation pouvait devenir très périlleuse, très rapidement. Était-elle celle qui détenait le Cristal du Cœur du Gardien en elle ? Les paroles de son frère revinrent le hanter une seconde fois.

— ... Mon frère, si nous le trouvons alors nous pourrons être délivrés de lui...

Faisant abstraction des autres sons dans la boîte de nuit, Kyou concentra tous ses sens sur elle afin de pouvoir en apprendre plus et de se préparer. Son regard doré torturé luisait presque alors qu'il s'enfonçait dans les pensées du groupe attablé avec elle. Écouter les pensées des mortels était une méthode qu'il n'avait pas employée depuis longtemps.

Tasuki proposa de payer la première tournée puisque le barman était son cousin. Il n'allait pas laisser se perdre sa chance d'impressionner Kyoko. Il savait qu'elle le considérait comme un ami mais il voulait être tellement plus, si seulement elle pouvait ouvrir les yeux et voir le dévouement qu'il lui offrait. Il n'y aurait jamais d'homme qui l'aimerait plus que lui. C'était tout simplement impossible.

Suki sourit en entendant dire qu'il connaissait le barman et demanda à Tasuki de leur ramener à tous un Long Island ice tea. Tasuki fit un clin d'œil à Kyoko en rougissant, hochant la tête et leur disant qu'il reviendrait de suite.

Il partit chercher les boissons des filles aussi vite que cela lui fut possible.

Kyoko se mit à faire les yeux ronds en regardant Suki.

— Des Long Island ice tea ? Mais nous sommes...

Suki agita la main d'un geste péremptoire pour la faire taire.

— Allez, Kyoko. Faut vivre un peu ! Les exams sont finis et de plus... nous en avons déjà bu,

Suki tenta d'égayer l'humeur de Kyoko en faisant la grimace et en roulant des yeux. espérant changer de sujet, elle ajouta :

— Je dois l'avouer, Kyoko, dans cette tenue et avec tes courbes... tu n'as pas l'air d'une mineure.

Elle rigola très fort en voyant l'expression choquée de Kyoko.

Kyoko lança à Suki un regard sceptique.

— Deux fois, Suki ! J'en ai bu deux fois, et je me rappelle à peine de chaque occasion... et je n'ai pas besoin de m'habiller ainsi pour prouver que j'ai l'âge de boire.

Kyoko rougit en visualisant ce dont elle pouvait encore se rappeler de son dernier anniversaire. À cause de Suki, elle n'avait pas beaucoup de souvenirs de sa propre fête d'anniversaire.

Elle se rappelait une coupe de fruits géante que Suki lui avait tendue avec un sourire innocent. Elle savait le faible que Kyoko avait pour les fruits et elle s'en était servie. Kyoko avait ù

Elle avait avalé presque tout le contenu de la coupe avant de se rendre compte que les fruits avaient été imbibés d'alcool.

Elle va encore m'attirer des ennuis... j'en suis sûre ! gémit Kyoko intérieurement.

CHAPITRE 4

Alors que le trio pénétrait sur la piste bondée, Suki et Kyoko commencèrent immédiatement à bouger en rythme avec la musique, laissant Tasuki en train de les regarder, fasciné. Les corps échauffés autours d'elles provoquaient l'échauffement de leurs peaux avec l'alcool qui coulait dans leurs veines.

Suki rapprocha son corps de celui de Kyoko lorsqu'elles s'attrapèrent par le cou et commencèrent à se frotter l'une contre l'autre. Riant des bêtises l'une de l'autre, elles dansaient comme des amantes se laissant aller au tempo de la musique. Elles s'étaient mutuellement enseigner à danser ainsi à l'école primaire, il y avait bien longtemps.

Immergées dans l'instant d'amusement pur et simple, les filles avaient momentanément oublié leur compagnon.

Tasuki regarda les deux amies danser passionnément ensemble et sentit une chaleur envahir ses joues.

Wow !

Son corps réagissait à la scène qui se déroulait sous ses yeux. Il avait la sensation d'avoir le souffle coupé. Regarder le corps de Kyoko se frotter contre celui de Suki alors que leurs mains respectives se promenaient sur leurs corps était presque trop pour lui.
Décidant qu'il voulait sa part d'amusement, Tasuki força ses pieds à se mouvoir avant de perdre son courage.
S'arrêtant juste devant Kyoko, il vit qu'elle avait les yeux fermés alors qu'elle bougeait tout contre Suki. Son regard se fixa sur celui de Suki alors qu'il sourit en venant se glisser derrière Kyoko qui était lentement en train de se relever en caressant les cuisses de son amie. Elle espérait que Tasuki trouverait suffisamment de cran pour danser ainsi avec Kyoko.

— Pourquoi ne te joins-tu pas à nous ? C'est vraiment trop amusant !

Elle rit et attrapa Tasuki par la boucle de sa ceinture, l'attirant droit contre Kyoko.
Kyoko choquée, écarquilla les yeux lorsqu'elle sentit un corps dur, inmanquablement mâle se plaquer contre elle d'une façon très intime. Elle sentit brûler ses joues lorsqu'elle compris que Tasuki était en train de la tenir serrée.

— Hey, sourit-elle timidement, elle aimait la sensation de son corps contre le sien.

Elle savait qu'elle pouvait compter sur lui pour ne pas dépasser les limites. Il se comportait toujours en gentleman.

Se sentant d'humeur à oser, Kyoko continua de danser avec Suki qui bougeait derrière elle alors qu'elle posait une main sur l'épaule de Tasuki... comme un encouragement silencieux.

Il n'en fallait pas plus à Tasuki pour attraper les hanches de Kyoko et commencer à suivre le mouvement de son corps. Il eut la sensation d'être au Paradis en dansant avec la fille de ses rêves collée séduisamment contre lui. Percevoir le mouvement de chacune de ses courbes en train de se frotter contre lui était la torture le plus douce qu'il ait jamais subit.

Son regard brun s'adoucit alors qu'il avait la sensation d'être en feu et il voulait la sentir autant qu'il le pouvait. Se pressant un peu plus contre Kyoko, il commença à se frotter contre elle, bougeant son corps en chaleur avec le sien comme un amant après une longue absence.

Kyoko leva les yeux vers ceux de Tasuki et remarqua pour la première fois qu'ils contenaient de jolis flocons d'améthyste dans ses globes de chocolat. Magnifique... fut le seul mot qui lui vint à l'esprit.

Plus elle regardait au fond de ses yeux... plus il lui faisait penser à Shinbe.

*****

L'humeur de Toya ne s'était pas améliorée depuis

qu'il était allé au dojo de la fac en espérant y passer ses nerfs. Il avait décidé qu'il était mieux pour lui de partir rapidement lorsqu'il avait fait éclater un sac de frappe à cinq cent dollars. Ce n'était pas sa faute s'il avait visualisé le visage de Kotaro au moment où il l'avait frappé.

— Crétine ! grommela-t-il.

Pourquoi fallait-il toujours qu'elle soit si difficile à gérer ?
Il lança un regard mauvais sans avoir de cible spécifique alors que ses pensées le ramenaient à l'agaçant agent de sécurité avec lequel Kyoko était sortie.
Il était encore livide d'avoir entendu la voix de Kotaro dans l'appartement de Kyoko un peu plus tôt. Il n'aurait rien aimé de mieux que d'arracher à l'homme sa tête avant de la lui enfoncer là où elle ne verrait jamais le soleil. Toya avait toujours eut un sixième sens pour ces choses, et ses sens lui disaient que Kotaro n'était pas ce qu'il paraissait être.
Un loup déguisé en agneau, c'est plus que vraisemblable.

Il sourit, puis se sentit instantanément un peu coupable car lui aussi cachait des choses à Kyoko. Des choses qu'il ne pouvait même pas comprendre lui même.
Il avait appris, tout petit, à cacher ses capacités particulières aux autres, des capacités telles que sa force surhumaine et sa vitesse, ainsi que ses sens exacerbés de l'odorat et de la vue. Le seul ennui était qu'elles se

manifestaient et disparaissaient lorsqu'elles le voulaient. Il ne pouvait y faire appel à n'importe quel moment et c'était peut-être une bonne chose.

    Perdu dans ses pensées, Toya sentit un picotement sur sa peau lorsqu'il remarqua l'agent appuyé contre la porte de l'immeuble de l'équipe de sécurité.
    On parle du diable et on voit le bout de sa queue.
    Toya fusilla Kotaro du regard, marchant comme s'il allait le dépasser puis se ravisant, il s'arrêta net.

    — Tu fous quoi ici ? gronda-t-il.

    Kotaro pris tout son temps pour se redresser de toute sa hauteur et pour marcher jusqu'à l'endroit où se tenait le rencart supposé de Kyoko en train de lui montrer les dents. Regardant autour de lui mais ne la voyant nulle part, son attitude décontractée disparut pour devenir tendue et Kotaro transperça Toya d'un regard furieux.

    — Où se trouve Kyoko ? Je pensais qu'elle était avec toi ce soir.

    S'il y avait bien une chose que Toya détestait, c'était être dans la confusion et là tout de suite, il n'était pas d'humeur.

    — Espèce de connard... Je pensais qu'elle avait rencart avec toi, dit-il sèchement sans réfléchir.

    Les nerfs de Kotaro étaient sérieusement secoués, là. Kyoko lui avait dit qu'elle sortait avec Toya et elle avait menti.

— Putain !

Sans accorder à Toya un regard de plus, il s'élança en direction de l'appartement de Kyoko, luttant pour ne pas faire usage de sa vitesse surnaturelle. Pourquoi lui avait-elle menti ? S'il avait su qu'elle ne serait pas avec cette tête de con, il l'aurait suivie.
Toya ressenti un moment de panique lorsqu'il vit l'inquiétude gagner le regard de son rival et la façon dont il était parti à toute vitesse ne lui disait rien qui vaille. Une part de lui savait qu'il pouvait avoir une totale confiance en Kotaro mais il n'irait jamais le lui dire.

Sans même réfléchir à ce qu'il faisait, il s'élança à la suite de Kotaro pour voir où il allait. N'ayant aucun mal à ne pas le perdre de vue, il remarqua cependant la vitesse à laquelle il se déplaçaient tous deux et certains de ses soupçons furent confirmés. Kotaro était bien plus que ce qu'il paraissait être... avaient-ils le même ADN ou quelque chose du genre ? Il grinça les dents car cette idée lui déplaisait.
En moins d'une minute, Kotaro était à l'appartement de Kyoko en train de frapper à la porte, espérant contre toute logique qu'elle y soit. Frappant l'innocente porte de ses deux paumes, il hurla :

— Putain de merde, Kyoko ! T'es où ?

La terreur et l'inquiétude imprégnaient chaque cellule de son être.

— C'est pas bon, gronda-t-il.

— Qu'est-ce qui n'est pas bon ? demanda Toya apparaissant derrière Kotaro.

Les vibrations émanant de Kotaro provoquaient une douleur abdominale chez Toya, tant elles étaient intenses. S'il avait su que Kyoko ne serait pas en compagnie de Kotaro, il serait venu juste pour être avec elle. Il aurait dû suivre son instinct et venir quand même. Tôt ou tard, il lui faudrait mettre une putain de laisse à cette fille.
    Kotaro fit volte-face, ayant complètement oublié Toya dans sa hâte de rejoindre Kyoko. Ayant désormais une cible toute trouvée pour sa colère, il la laissa éclater.

— Je croyais qu'elle était avec toi !

Kotaro serra le poing et retint sa rage avant que les choses ne puissent aller trop loin.

— Et comment diable as-tu fais pour me suivre ? Peu importe, j'ai pas besoin de savoir.

Toya le dévisagea, surpris que l'agent de sécurité ait seulement remarqué mais il n'y prêta pas attention.

— Je suis juste aussi rapide que ça, connard.

Calmant la moitié qui le dominait, Kotaro ouvrit grand ses yeux perçants couleur bleu glacier, les fixant sur la personne qui allait l'aider à retrouver «sa Kyoko». C'était déjà dur de savoir que Toya n'était pas revenu sur terre en tant que vampire afin qu'ils puissent régler ça par les poings, mais à présent Toya était en train de recouvrer ses anciennes capacités sans savoir pourquoi. Pour couronner le tout, le meilleur ami de Toya était Shinbe et Shinbe lui-même ignorait également tout de son propre passé.

    Kotaro fit claquer la paume de sa main contre sa tempe en se demandant pourquoi diable il était censé se fier à Toya pour prendre soin d'elle... une seconde fois, alors qu'il avait échoué la première fois. Le fait que Toya ne se rappelle rien empêchait Kotaro de se plaindre à voix haute. Il pris une profonde inspiration en absorbant la réalité... ils lui avaient tous deux fait défaut. Il se pinça la lèvre en le dévisageant en silence.

    Toya fit un sourire à demi forcé.

— Comme ça, elle t'a menti et jeté en disant qu'elle devait sortir avec MOI. Ah !

Même s'il savait qu'en vérité elle lui avait fait le même coup, il n'allait pas laisser Kotaro le savoir.

Kotaro pris une autre profonde inspiration en tentant de contrôler son mauvais caractère. C'était comme s'adresser à un putain de môme.

— C'est pas un putain de jeu, merdeux. Des filles ont commencé à disparaître à tour de bras sur le campus et dans la ville depuis un peu plus d'un mois. à présent, aucun d'entre nous ne sait où se trouve Kyoko.

Kotaro pouvait entendre la panique dans sa propre voix mais il fit mine de l'ignorer.

— As-tu la moindre idée de l'endroit où elle aurait pu s'éclipser ?

Toya sentait sa cage thoracique craquer sous le poids de inquiétude en imaginant Kyoko en danger.

— Putain de merde !

Il se tourna vers la porte de Suki et commença à tambouriner dessus jusqu'à ce qu'il entende la porte émettre un léger craquement, ce qui l'incita à frapper moins fort. Pas de réponse.

— Fais chier !

Se trouvant proche de la panique, Toya tritura son portable dans l'espoir que Shinbe saurait où se trouvaient les filles.

— Décroche, connard libidineux ! hurla-t-il dans le téléphone qui sonnait encore.

Après la quatrième sonnerie, Shinbe finit par décrocher.

— Shinbe ! Saurais-tu où se trouvent Suki et Kyoko ?

Il lança un regard à Kotaro lorsque ce dernier se rapprocha comme pour attendre d'entendre la réponse.

À l'autre bout du fil, Shinbe eut un sourire révélateur,

— Peut-être...

*****

Kyou demeura caché dans l'ombre à regarder la fille avec ses amis. Il avait appris que son nom était Kyoko en écoutant leurs conversations. Jusque là, le garçon dénommé Tasuki avait gardé ses mains pour lui, ce qui était une bonne chose, si on considère que Kyou avait décidé de le laisser vivre aussi longtemps qu'il ne se rapprocherait pas trop d'elle. Il semblait assez inoffensif... si ce n'était qu'il était un peu trop épris d'elle.

Ils s'étaient frayé un passage jusqu'à la piste et la fille avait commencé à danser avec sa copine. La façon dont elles dansaient était indécente. Ça devait être l'alcool qu'elle a consommé si rapidement, il avait du mal à croire qu'il put en être autrement.

Un grondement sourd vibra dans son torse lorsque son champ de vision fut obstrué par un groupe de crétins humains. En l'entendant et en voyant le regard doré glacial les foudroyer en guise d'avertissement, ils se retirèrent promptement à l'autre bout du club. Les lèvres de Kyou formèrent un sourire amusé lorsqu'il vit de quelle manière ils s'étaient instantanément dispersés.

Il retourna son attention vers la piste de danse en se concentrant sur la jeune fille qui le laissait perplexe. Ce qu'il vit fit bouillir son sang de rage. Un grondement mauvais se fit entendre d'un endroit indéterminé alors que son regard d'or colère était traversé d'éclairs de sang.

L'inoffensif garçon Tasuki était en train de danser avec Kyoko comme s'il était en train de la séduire.

*****

Kyoko était étourdie par les sensations provoquées par les mains de Tasuki sur ses hanches, en train de caresser la peau nue de sa taille alors qu'il prenait le contrôle de la danse. Il avait réellement l'air sexy avec sa chevelure ébouriffée alors qu'il dansait de façon provocante avec elle. Un gloussement lui échappa au détour d'une pensée.
Alors qu'elle le sentait en train de caresser la peau exposée au bas de son dos, elle remarqua que son regard était à présent d'une couleur approchant l'améthyste pure.
Suki, décidant qu'elle aurait bien besoin de quelque chose de frais et d'humide, frappa Kyoko sur les fesses.

— Allez, vous deux ! J'ai besoin de carburant !

Elle rigola de sa propre tournure de phrase en entraînant le couple à nouveau vers la table qu'ils avaient occupée un peu plus tôt en espérant un autre verre.

*****

Kyou resta debout en train de tenter désespérément de calmer la rage dans ses veines. Sa coutumière attitude calme et ses nerfs d'ordinaire en acier trempé avaient complètement disparu lorsqu'il avait vu danser le garçon Tasuki avec Kyoko comme si elle était sa maîtresse.

Dans les recoins de son esprit, il sut qu'il lui fallait rapidement se calmer, sans quoi Hyakuhei sentirait sa présence si ce n'était déjà le cas. Prenant une profonde inspiration pour se fortifier, il se blâma mentalement pour sa stupidité.

Pendant des siècles il était demeuré un démon de la nuit, froid et sans émotions. Sa détermination était comme celle de la montagne qu'on ne pouvait ni déplacer ni soumettre par la force. Ses émotions étaient bien gardées par cet extérieur froid, impénétrable pour une raison... afin qu'il puisse dissimuler son aura à son véritable ennemi.

En une nuit, la présence de la jeune fille plus qu'innocente et pure, l'avait fait faillir pour la première fois de son existence sans vie.

Inconscient de la présence du vampire enragé à la chevelure d'argent, le trio retrouva le chemin des sièges occupés précédemment. Le rire innocent de Kyoko flotta jusqu'à lui, calmant à peine sa rage. La tension s'apaisa quelque peu et il se demanda pour quelle raison il avait réagit de façon si possessive face à la jeune fille.

Son regard meurtrier se figea, fixé sur le garçon avec elle, comme la promesse d'une lente et douloureuse mort s'il osait seulement l'effleurer de façon inappropriée une fois de plus. Elle avait besoin d'un gardien.

Kyou ne pouvait comprendre l'immense influence qu'elle possédait sur lui mais la regarder était devenu comme une addiction. Sa beauté et son innocence l'envoûtaient et il commença à se demander si sa peau était aussi douce qu'elle le paraissait. Le fait de voir un autre verre de liquide impur glisser au devant d'elle le mit en colère.
 à chaque gorgée qu'elle prenait, l'incandescence de lumière pure qui l'entourait semblait se déformer et faiblir. Elle était déjà plus difficile à percevoir. Si elle continuait à boire l'eau du diable qui était placée devant elle, bientôt elle tomberait du côté obscur. Comme si elle était en train de le défier, il regarda la fille enlever la paille de sa coupe avant de la porter à ses lèvres, absorbant les dernières gouttes du liquide pollué.

Kyou fit une chose qu'il n'avait pas fait depuis des siècles... il sourit, certain à présent que son secret demeurerait imperceptible aux yeux de la force maléfique qui venait de pénétrer dans la boîte de nuit. Peut-être qu'après tout, la dissimulation de l'aura pure d'une belle fille si innocente que c'en était inimaginable n'était pas une mauvaise chose.
 Kyou se retira dans l'obscurité dont son ennemi émergeait tout juste.

*****

Hyakuhei passa la porte sans prêter la moindre attention à ses laquais qui suivaient dans l'ombre. Ils pouvaient se charger de leurs propres divertissement pour la soirée. Ils ne feraient que perturber ses plans s'il leur permettait de se joindre à lui ce soir. Son regard écarlate balaya l'étalage de chairs échauffées avec intérêt.

Il avait perçu la vie ici, dissimulée quelque part parmi les humains. Elle l'avait appelé comme une maîtresse en manque de ses caresses, mais pour l'instant cette douce sensation s'était presque évanouie, comme une bougie soufflée trop tôt.

Il s'était bien nourrit la nuit précédente et il ne ressentait pas le besoin de se nourrir à nouveau aussitôt après. Non... ce soir il avait autre chose à l'esprit.

Cette ville détenait le pouvoir du légendaire Cristal du Cœur du Gardien, il en était sûr. Toutes les routes qu'il avait empruntées, à la recherche de la lumière cachée, l'avaient mené ici. Et même là, il pouvait percevoir l'élusive lumière cachée sous un manteau d'obscurité alors qu'il s'appuyait contre le mur, en regardant les humains.

Plusieurs mortels qui ne se doutaient de rien l'avaient déjà remarqué et il savait qu'ils viendraient à lui, offrant leurs âmes par erreur.

Être grand, sombre et beau était la simple combinaison attirante qui lui avait facilité la capture de ses proies. Sa longue chevelure sombre ondulait autour de lui par vagues comme un écrin de sa beauté inégalée. Il pouvait percevoir le désir des humains mais ce soir il n'y prêta aucune attention.

Ce soir, il irait à la recherche de celui ou celle qu'il pourrait contrôler. Parfois, il prenait la peine de transformer une âme confiante seulement pour lui ôter la vie la nuit suivante. Il n'offrait la vie éternelle que lorsque cela lui convenait et cela arrivait moins d'une fois par siècle. Mais cette nuit, il allait chercher cette personne qui allait lui porter assistance dans sa quête afin de déterminer qui était détenteur du Cristal du Cœur du Gardien.

    Le regard d'Hyakuhei s'assombrit avec ces pensées. La dernière fois il avait été si proche du mystérieux cristal de légende, la fille transportant le puissant cristal avait démasqué ses intentions. Avant qu'il ne puisse l'arrêter, elle avait mis fin à ses jours... emportant le cristal avec elle hors de sa portée une fois de plus.
    Son esprit s'égara dans le regret. Cela avait été une si grande perte... car la jeune fille avait été incomparable en beauté et en pureté sans tâches. Son corps gracile ne fit aucun mouvement alors qu'il cherchait nonchalamment dans la foule avec son regard couleur de nuit noire.

    Le cristal ne refaisait surface qu'une fois tous les mille ans si l'on devait en croire les rouleaux anciens qu'il avait pris au mage Shinbe avant de lui prendre la vie. Un cruel sourire effleura ses lèvres au souvenir de ce meurtre en particulier... délicieux en effet.
    s'il comptait les années depuis cet évènement, la vierge élue qui détenait à présent le cristal près de son Cœur devrait avoir vingt et un ans, peut-être moins. Hyakuhei l'avait perçue dans les parages de l'université et à présent, ici, parmi la foule d'étudiants présents dans le club.

Le fait que cette ville ait été construite sur le même sol où le cristal avait disparu ne faisait que confirmer qu'il se trouverait au même endroit pour sa renaissance.

s'il ne pouvait pas trouver celle qui détenait le Cristal du Cœur du Gardien, alors il lui faudrait recruter celui qui était accepté parmi eux et qui pourrait l'aider dans sa recherche. Un non-humain, une créature de la nuit, plus que toute autre, pouvait détecter le pouvoir qu'il recherchait et voulait acquérir.

Un sourire plein de malice apparut sur ses lèvres parfaites en anticipation de la fièvre de la chasse. Ayant appelé ses enfants favoris à le joindre, cette fois il obtiendrait ce qu'il désirait. Il était demeuré dans l'obscurité pendant bien trop longtemps et même la plus plaisante des choses avait commencé à l'ennuyer.

Hyakuhei voulait quelque chose de neuf et un défi était exactement ce qu'il fallait pour le sortir du sommeil de toute une vie. Il pouvait vaguement percevoir une perturbation dans l'air et eut un sourire informé. Il n'y avait pas d'urgence... car le temps ne comptait pas... pour un vampire.

*****

Tasuki regarda avec étonnement Kyoko descendre ce qu'il restait de son Long Island ice tea. Son regard désormais d'un brun medium se posa sur son propre verre qui était encore plein, il avait l'air inquiet.

— Ah, Kyoko, si tu as soif je pourrait aller te chercher du vrai thé au bar, ça te dit ?

Il fit un grand sourire en la regardant rougir lorsqu'elle prit conscience de ce qu'elle avait fait.

Suki leva un sourcil en prenant note du verre vide de Kyoko et eut un léger mouvement de recul, consciente que Kyoko se ferait une joie de la tuer le lendemain quand elle aurait la gueule de bois. Mentalement honteuse, elle réussit à se convaincre que cette nuit était une nuit de fête, et que Kyoko lui pardonnerait... un jour.

Regardant Tasuki avec sa meilleure expression pitoyable en lieu et place d'un :

— Au secours, aide-moi, je suis dans la merde !

Suki renchérit.

— Je crois que c'est une bonne idée.

Elle lui fit un clin d'œil d'encouragement malicieux.

Elle avait toujours bien aimé Tasuki et elle se surprenait souvent à souhaiter que Kyoko sorte plus souvent avec lui plutôt qu'avec Toya qu'elle aimait bien mais qui ne traitait pas toujours Kyoko aussi bien qu'il devrait. Elle était heureuse que Kyoko ne se laisse pas faire et soit capable de rendre à Toya coup pour coup.

Puis il y avait Kotaro, qui aurait emporté Kyoko pour l'épouser si l'opportunité s'était présentée. Il était gentil et la traitait comme une déesse, mais Suki n'était pas à l'aise à l'idée de perdre sa meilleure amie.

Le regard de Suki s'illumina à l'idée de tenter de rapprocher Tasuki et Kyoko, particulièrement après la façon dont ils avaient dansé ensemble à l'instant. Elle n'était pas assez bête pour se faire surprendre en train de s'en mêler, parce que Kyoko pouvait être super effrayante lorsqu'elle était méga furieuse. Il fallait qu'une fille en ait pour sortir avec les deux têtes brûlées avec lesquelles elle sortait. Le sourire de Suki s'adoucit à la pensée de son propre petit-ami, même si c'était un titre qu'elle ne lui donnerait jamais officiellement.

Shinbe était aussi fou que les deux gars qui sortaient avec Kyoko, sinon plus.
Revenant à ses pensées présentes, Suki se leva avec un sourire joueur.

— Je vais aller dire un mot au D.J. pour le convaincre de jouer ma chanson préférée, je reviens tout de suite !

Sur ces mots, elle laissa les deux autres seuls. Elle espérait secrètement que le temps passé ensemble sans elle allait déclencher une flamme entre ces deux là. Kyoko retourna la tête vers Tasuki, se sentant étourdie et sourit d'un air coupable.

— J'adorerai un peu de thé... ou peut-être du café serait encore mieux. Même si parfois le rush de la caféine est presque aussi néfaste.

Elle sourit à ses propres paroles,

— Si ça ne te dérange pas d'aller m'en chercher

pendant que je vais faire un tour aux toilettes.

    Elle saisit la main tendue de Tasuki et le laissa l'aider à se lever.
    Kyoko cligna des yeux rapidement alors que les choses commençaient à lui paraître un peu flou, et puis elle se mit à glousser.
    — Je reviens tout de suite !
    Elle balaya les murs à la recherche d'un panneau indiquant la direction des toilettes des femmes. S'apercevant qu'elles se trouvaient près de la porte d'entrée, elle partit en espérant ne pas paraître aussi chancelante qu'elle se sentait. Peut-être que si elle se passait de l'eau froide sur le visage et qu'elle ne buvait plus d'alcool de la nuit, alors tout irait bien.
    Le corps de Kyou se tendit alors qu'il regardait la fille se diriger tout droit vers le dernier endroit où il voulait la voir aller, vers l'entrée et ... en direction de l'ennemi. Son regard doré torturé se teinta de rose et avec un grondement de fureur, il disparut comme s'il ne s'était jamais trouvé là.
    L'esprit brumeux de Kyoko se demanda pourquoi on avait placé les toilettes jusqu'à l'entrée de la boîte, près de la porte alors qu'elle regardait une horde de gens qui continuait de pénétrer dans le club. Certains nouveaux arrivants semblaient déjà bien partis en terme d'ébriété, et le bruit provenant de la salle s'amplifia.
    Yohji, un des gars de la fac, arriva en titubant, sans regarder ou il allait.
    Son frère l'avait déjà convaincu de faire le tour des bars de la rue un peu plus tôt et ils venaient seulement de quitter le dernier pour venir tenter leur chance dans ce club. Alors qu'il se retourner pour appeler son jeune

frère, Hitomi, il entra en collision avec un corps chaud et mou.

Entendant un cri poussé par une voix de femme,n Yohji tendit instantanément les bras et la rattrapa. Alors que son regard se posait sur le visage de celle qu'il tenait contre lui, un sourire carnassier s'étala sur son visage.

— Kyoko ?

Une fois que la pièce fut décidée à ne plus tournoyer et à être dans le bon sens, Kyoko leva les yeux vers le gars qui lui était rentré dedans, pour finir par jouer le héros en la rattrapant au vol.

— Yohji... Salut...

Kyoko rougit lorsqu'il la serra d'un peu plus près et elle tenta immédiatement de se libérer de son étreinte en se tortillant.

Pas bon ! Pas bon ! psalmodiait-elle quelque part dans sa tête ... elle pouvait entendre l'avertissement clairement.

Elle avait rencontré Yohji plein de fois à la fac, et bien qu'il soit un favori auprès des filles, avec sa grande beauté et son attitude si machiste, typique des mecs populaires, elle avait toujours tenté de l'éviter. Il était bien trop agressif à son goût et elle choisit de se tenir éloignée de lui et du groupe avec lequel il traînait.

— Je vais bien maintenant, Yohji, alors tu peux me lâcher, elle sourit, masquant son anxiété, en tentant de conserver son calme sans faire de scène.

Yohji ne relâcha pas son étreinte et lui adressa un sourire calculé en constatant son malaise.

— Pourquoi devrais-je te lâcher maintenant que je t'ai enfin dans mes bras, Kyoko ?

Ses yeux étaient déjà pleins de désir et son visage

prit un air de prédation. Il avait été eut des vues sur elle depuis longtemps et elle ne lui avait jamais accordé la moindre attention. Et bien, à présent que ses deux gardes-du-corps n'étaient pas à proximité pour l'arrêter, elle n'allait pas s'en aller aussi facilement.

Hyakuhei vit la scène en train de se produire à peine à quelques mètres de lui avec intérêt. Il pouvait voir le gars parfaitement mais n'avait vue que sur le dos de la femme.

Cette fille…

Son regard s'illumina d'une lueur étrange alors qu'il la regardait. Il pouvait sentir sa nervosité et sa pureté à tel point que cela surchargeait ses sens.

Concernant le gars qui la tenait, son désir était tellement lourd dans l'air qu'on pouvait y goûter. Le regard d'Hyakuhei devint fixe alors que le besoin de tuer ce crétin commençait à brûler dans ses veines. Il se mit à avancer dans sa direction, uniquement pour se retrouver bloqué par un bouclier fait d'un arc-en-ciel de poussière. Les paillettes apaisantes se posèrent alors qu'il se penchait pour s'adosser au mur une fois de plus, le regard soupçonneux, figé. Elle était protégée par l'immortel ?

Il tendit la main et toucha ce qu'il restait de la barrière et laissa le sentiment d'apaisement l'envahir. Un tel effect calmant ne suffirait pas à supprimer ses intentions maléfiques bien longtemps.

Les petits garçons et leurs jeux, sourit-il alors que ses yeux couleur d'encre revenaient à la fille.

Son aura l'avait complètement pris par surprise. Son regard parcouru son joli corps et sa peau luisait comme la rosée sur une fleur avant la première lueur de l'aube. Le besoin de la toucher l'envahissait alors qu'il avançait encore dans sa direction... ignorant cette fois l'agaçant bouclier de paillettes protectrices de l'immortel.

    Alors même qu'il s'apprêtait à prendre la fille dans ses propres bras, une autre vague de possessivité le frappa comme un coup physiquement porté. L'aura familière caressa ses sens, une aura qu'il n'avait pas perçue depuis des décennies. Avec un dernier regard pour la fille qu'il venait de se réserver mentalement, son sombre regard s'adoucit brièvement alors qu'il prenait sa décision. Il l'aurait... bientôt.

    Un sourire malin vint courber ses lèvres face à cette nouvelle aura alors qu'il se retirait dans l'obscurité, hors de vue.

    Alors, Kyou, mon égaré, a décidé de se joindre au jeu... Voyons qu'elles sont ses réelles intentions.

*****

    Toya se rua dans l'appartement qu'il partageait avec Shinbe mais lorsqu'il ne vit pas son ami, il commença instantanément à hurler.

— Shinbe, bordel, t'es où ?

    Sa colère était si grande et pour des raisons évidentes, il avait un très mauvais pressentiment concernant la sécurité de Kyoko, en particulier après ce que Kotaro lui avait dit à propos des autres filles disparues... si nombreuses.

    Déjà, ses nerfs avaient subit un choc et s'il ne pouvait poser les yeux sur Kyoko rapidement, il allait casser quelque chose. Mais en même temps, lorsqu'elle poserait les yeux sur elle, elle aurait bien de la chance s'il la laissait à nouveau quitter son champ de vision... Si cela ne dépendait que de lui, il l'aurait menottée à lui de façon permanente pour sa sécurité.

Shinbe sortit de la salle de bain en boutonnant sa chemise bleu glacier en ayant l'air de quelqu'un qui avait prévu une sortie en ville.

— Je suis là, y a le feu quelque part ?

Il s'assit sur le canapé et commença à mettre ses chaussures comme s'il n'avait pas la moindre préoccupation.

Kotaro se tint debout derrière Toya en attendant de voir si Shinbe avait la moindre information sur le lieu où se trouvait Kyoko. S'appuyant sur le comptoir de la cuisine, il regarda Toya qui se dressait tel une tour au dessus de Shinbe.

Si Toya se rappelait ce que Shinbe avait fait pour lui par le passé, il lui montrerait sans doute plus de respect. Kotaro pencha la tête dans une drôle de position en y repensant.

Non, ça n'y changerait rien, se corrigea-t-il. Regarder le garçon péter sa crise aurait été amusant si Kyoko n'avait pas disparu.

— J"ai perdu Kyoko et à présent, je n'arrive pas non plus à retrouver Suki !

Toya tressaillit lorsque Shinbe ne leva même pas les yeux vers lui.

Le sourire suffisant de Shinbe commençait vraiment à lui taper sur les nerfs. Si Shinbe n'avait pas déjà été à moitié abruti par les fréquents coups que Suki lui administrait sur la tête, Toya n'aurait pas hésité à lui éclater la tête. Mais là tout de suite, il avait besoin du cerveau de son ami en état de marche pour obtenir des réponses à ses questions.

Shinbe termina d'attacher les lacets de ses chaussures en sachant que Suki allait lui en vouloir pour ça mais il n'en avait rien à faire. Il lui revaudrait ça. Ils s'amusaient toujours beaucoup lorsqu'ils se réconciliaient après une dispute... son regard était comme figé dans cette pensée plaisante. Se réconcilier avec elle serait amusant...

En entendant un dangereux grondement, Shinbe revint brutalement à lui et accorda à nouveau son attention à son ami, levant un sourcil calmement.

— Quoi ?

— Shinbe, merde ! Je ne joue pas ! Où diable sont Suki et Kyoko ? aboya Toya, son regard doré perçant son ami tel la lame d'un couteau.

Si Shinbe ne se dépêchait pas de lui répondre, il savait qu'il allait exploser.

Shinbe fronça les sourcils, confus lorsqu'il remarqua que Kotaro s'appuyait contre le bar. Toya et l'agent de sécurité ne s'appréciaient même pas, ils ne traînaient certainement pas ensemble. Sa cage thoracique se serra.

— Je ne suis pas certain, mais Suki m'a lâché ce soir en disant qu'elle sortait avec une amie, mais elle ne m'a pas dit avec qui.

Lorsque Toya commença à nouveau à jurer, Shinbe se leva.

— Attends, j'ai pas fini ! Alors calme-toi. Pendant que j'étais à son appartement un peu plus tôt, j'ai vu un flyer sur son bar pour une soirée au Club Minuit avec la date d'aujourd'hui entourée dessus.

Il sourit lascivement.

— Je m'apprêtais à y aller pour voir si j'arrive à la trouver.

Kotaro soupira alors que Toya commença une tirade sur la stupidité des filles. Ne souhaitant pas perdre de temps, il se tourna vers la porte.

— Merci Shinbe, jeta-t-il par dessus son épaule en partant, désormais encore plus inquiet que jamais.

Il espérait seulement qu'elle était en compagnie de Kamui... sous sa protection en quelque sorte.

Shinbe inclina la tête sur le coté en regardant Kotaro partir par dessus l'épaule de Toya, puis il la redressa pour fixer son regard renfrogné sur Toya.

— Il se passe quoi et pourquoi Kotaro était-il ici ?

l'inquiétude zébrait ses yeux améthyste. Il avait toujours apprécié Kotaro mais il ne pouvait l'admettre devant Toya sans se voir épingler comme traître.

Toya attrapa ses clés sur le bar en répondant.

—Je te dirais ça en chemin.

Il se retourna et se dirigea vers la porte, sans même se donner la peine de s'assurer que Shinbe était derrière lui.

Il détestait être sans Kyoko. ça lui sonnait toujours l'impression d'être à la dérive dans la confusion. Il était temps de la retrouver et de la remettre à sa place... à ses côtés.

CHAPITRE 5

Kyoko n'aimait pas la façon dont Yohji la tenait serrée contre lui et elle sentit le ressentiment en elle sur le point d'éclater. Le repoussant aussi fort qu'elle pouvait avec les paumes contre son torse, elle lui lança un regard électrisé par la colère alors qu'elle tentait à nouveau de l'obliger à la lâcher.

— Écoute, tu dois me lâcher tout de suite, Yohji ! Je suis ici avec quelqu'un.

Elle écarquilla les yeux lorsqu'il se contenta de lui adresser un regard suffisant en la serrant à nouveau.

— Merde !

Kyoko enrageait et se mit à taper du pied, en tentant de piétiner les orteils de Yohji.

De l'autre côté de la pièce, Tasuki avait rapporté un simple thé à la table et il le déposa.

Regardant en direction de la porte afin de voir s'il apercevait Kyoko, son regard s'assombrit lorsqu'il remarqua Yohji en train de la harceler. La plupart des gens qui le connaissaient croyaient que Tasuki était le garçon Américain de base, gentil, bon voisin et populaire à l'école... Mais il avait caché son sale caractère.

Yohji était sur le point de le voir se déchaîner s'il n'ôtait pas rapidement ses mains du corps de Kyoko.

La colère de Tasuki était visible sur son visage alors qu'il traversait la pièce pour aller secourir sa douce Kyoko/

Il savait, par les conversations des autres à l'université, que Yohji et son frère étaient agressifs envers les filles et il avait même fait l'objet d'accusations de viol après des rendez-vous galants, plus d'une fois.

Alors qu'il les approchait, il remarqua le frère de Yohji, Hitomi, qui se tenait près de lui mais cela n'allait pas l'arrêter. Ces deux gars étaient du poison et il le savait. Le regard de Tasuki s'illumina d'une lueur améthyste alors qu'il avançait. Le niveau d'adrénaline était élevé et il grinça des dents en voyant Kyoko lutter pour se libérer.

Kyoko commença à avoir les sourcils qui tremblaient alors que les mains de Yohji remontaient le long de son dos et qu'il saisissait fermement entre ses mains la rondeur de ses fesses, la forçant à se courber contre lui. Elle pouvait percevoir son désir alors qu'il lui adressait un sourire diabolique.

— ça suffit !

Elle avait levé la main si rapidement que Yohji ne l'avait pas vue venir, pas avant d'entendre claquer l'écho à son oreille.

Le frère de Yohji, Hitomi, entendit le son et se retourna pour regarder la joue de son frère, rouge. Il eut un sourire suffisant puis en regardant au delà de son frère, il constata que la garçon nommé Tasuki se dirigeait droit vers son frère, une expression de rage sur le visage.

Connaissant son frère, il savait que ce dernier saurait se débrouiller seul avec la fille récalcitrante, alors Hitomi les contourna pour aller se placer directement en travers du chemin de Tasuki.

— Ou crois-tu aller exactement, mon petit ?

Tasuki regarda derrière Hitomi, confrontant directement Yohji du regard. Il pouvait voir la main de celui caresser la... de Kyoko. Sans même réfléchir, il projeta tout son poids dans le coup de poing qu'il balança dans le ventre d'Hitomi. à son grand étonnement, l'autre garçon bougea à peine.

Comme il était tellement plus costaud que l'élève de prépa, d'un coup de poing, Hitomi envoya Tasuki s'écraser contre le mur opposé du couloir. Il leva les épaules, se disant que le garçon ne se relèverait pas et il se retourna afin de regarder son frère s'amuser avec son nouveau jouet.

Voir la fille lutter pour se libérer provoqua un sourire chez Hyakuhei. "Donc, cette fille ne se laissera pas faire si facilement. Ce sera mon plaisir de la faire plier." En regardant le jeune homme qui était venu défendre son honneur, Hyakuhei décida qui il voulait comme dernière recrue.

Il attrapa promptement le garçon du nom de Tasuki avant qu'il ne s'écrase contre le mur.

Ses sens lui disaient que le garçon était encore pur... un puceau... Comme c'était étrange. S'entourant d'un voile d'obscurité afin que les autre ne les voient pas, Hyakuhei baissa les yeux vers lui. Il l'avait regardé se comporter avec cette fille et plusieurs autres. Il serait un bon choix.

— Bienvenu dans l'obscurité, mon fils... murmura-t-il alors qu'il plantait ses canines dans les veines de Tasuki.

Les yeux d'Hyakuhei s'agrandirent alors qu'il s'imprégnait du parfum du sang du garçon. Pouvoir caché ? Il avait un goût d'améthyste. Il serra le garçon plus fort car il en voulait plus.

Tasuki avait encaissé le coup au visage sans broncher tellement il avait d'adrénaline dans le corps. Il avait l'intention de se relever mais alors que des bras l'enlaçaient par derrière, tout devint noir et il fut paralysé d'une peur instantanée. Une voix douce presque séductrice l'accueillit dans l'obscurité.

Il tenta d'avaler un peu d'air et il sentit des dents acérées s'enfoncer dans la chair de son cou. Alors que sa vie était aspirée, sa dernière pensée fut pour Kyoko. Il avait vraiment besoin d'arriver jusqu'à elle. Il tendait la main vers elle dans sa tentative finale pour aller vers lorsque l'oubli pris le dessus, prenant possession de son dernier souffle.

*****

La main de Kyoko était encore brûlante après l'impact avec la joue de Yohji. Elle voulait revenir en arrière maintenant que tant de regards se tournaient désormais vers elle. Le fait que la claque ait résonné comme un putain de coup de feu n'arrangeait pas la situation.

— Qu'ils aillent tous au diable !

C'était ce qu'elle avait tenté d'éviter mais non, Yohji devait s'en aller et c'était un tel trou du cul. En parlant de culs, il lui restait encore à retirer la main du sien. Elle leva lentement le regard vers lui à nouveau. L'expression de colère dans ses yeux ne l'inclinait pas à croire une seconde qu'il avait l'intention de la lâcher.

Elle lui retourna son regard incendiaire, en attendant de voir s'il allait lui retourner la claque ou la laisser partir. Si elle était le genre de fille à faire des paris... elle aurait parié sur la première option.

Kyou voyait bien que le petit brin de fille ne faisait pas le poids contre le désir émanant de ce gars qui la serrait si fort. Il mit mentalement en pièces le chien qui osait toucher ce qu'il avait l'intention d'obtenir pour lui-même. Soudain, cela lui importait peu qu'Hyakuhei le détecte ou pas alors qu'il se décidait. Au moment même ou Kyou fit mine de sortir des ténèbres avec l'intention de l'éloigner de son harceleur, il entendit un grondement grave.

Sonné l'espace d'un instant, Kyou reconnut que ce type de grondement ne pouvait provenir que d'un Lycan. Son regard doré suivit le son jusqu'à sa source alors qu'il continuait de vibrer depuis l'entrée seulement à quelque mètres de la fille. La rage du loup engloutit le couloir bondé.

Kyou concentra son regard sur la scène, en se demandant s'il pouvait se fier à une telle force sans âge aussi près de la fille. Il n'avait pas vu un Lycan depuis la période ou il venait d'être transformé et alors il n'avait regardé que de loin. Il se rappelait avoir une fois dit à Toya que les Vampires et les Loups-garous ne se fréquentaient pas. Toya lui avait demandé pourquoi et il ne lui avait pas répondu car il n'avait fait que répéter les paroles d'Hyakuhei et il n'en connaissait pas la raison.

Kotaro jeta un œil à Yohji en train de tripoter «Sa Femme» et perdit le contrôle. En un clin d'œil, Yohji fut plaqué contre le mur, la main de Kotaro autour de la gorge, le soulevant dans les airs de plusieurs centimètres. Il avait déjà eu affaire aux frères libidineux et ou il y en avait un... l'autre n'était jamais loin.

Ses sens étaient en alerte maximale et il perçut la puanteur d'Hitomi et il sut qu'il arrivait par derrière. D'un seul coup de pied bien placé, Kotaro envoya Hitomi voler dans les airs, pour atterrir, masse informe sur le sol à l'autre bout de la salle. Les gens se dispersèrent et le couloir fut rapidement déserté.

Kyoko était assise où elle était tombée sur le sol, les yeux grand ouverts... ayant presque manqué ce qui venait de se produire, puisque cela s'était produit si vite. Son regard alla de la silhouette informe d'Hitomi à la silhouette d'un Kotaro furieux qui tenait par le cou, Yohji qui lentement bleuissait.

Elle savait qu'il lui fallait arrêter Kotaro avant qu'il ne blesse sérieusement quelqu'un. Kyoko resta bouche bée et commença à se relever. Appuyant ses mains au sol, elle trébucha en se redressant derrière Kotaro, posant une main sur son épaule pour tenter de le calmer.

— Merci, Kotaro, mais ça va maintenant, alors tu peux lâcher Yohji. OK ?

Sa voix était douce mais sa panique s'aggrava lorsque les doigts de Kotaro se resserrèrent autour de la gorge de Yohji. Kotaro tourna le visage vers Kyoko et elle recula instinctivement en voyant la teinte rouge autour de ses yeux bleu glacier.

— J'ai vu où se trouvait sa main, Kyoko, et je crois qu'il est temps de sortir les ordures ! gronda Kotaro alors qu'il se retournait vers Yohji en écoutant avec une fascination morbide alors que le garçon produisait une série de gargouillis et continuait à se cyanoser de façon terrifiante.

La colère de Kotaro fut satisfaite par la couleur plus sombre et il reprit suffisamment le contrôle pour se rendre compte que Kyoko était en train de le regarder, choquée. Il lui fallait calmer sa peur, il attrapa Yohji par le collet et se dirigea vers la porte pour apprendre au salopard les bonnes manières. Elle n'avait pas besoin de voir le reste.

Kyoko cligna des yeux alors que la porte se refermait en claquant derrière Kotaro. Abasourdie, elle était encore dans une confusion liée au choc. Wow... Kotaro pouvait vraiment se révéler effrayant quand il était fou de rage. Elle se sentait même désolée pour Yohji à cet instant précis.

Regardant par dessus son épaule, elle vit le frère de Yohji, Hitomi, encore étalé par terre là où Kotaro l'avait laissé au sol. Pour une fois, cela ne l'embêtait pas que Kotaro se montre si protecteur envers elle. Elle frissonna et tenta de ne pas penser à ce qui aurait pu se produire si Kotaro n'était pas arrivé au moment où il était intervenu.

Kyou la regarda mordiller sa lèvre inférieure comme si elle n'était pas certaine de savoir quoi faire. Lorsque son regard se déplaça à nouveau jusqu'à la porte, il rêvassa. Ainsi, elle avait la protection du Lycan. Il se demanda quels autres mystères entouraient cette fille. Celui-ci n'était vraiment pas un loup normal, celui qu'elle avait appelé Kotaro. Il pouvait sentir qu'il était aussi ancient que lui-même.

Kyoko se rapprocha des portes de verre donnant sur le parking sombre, en se demandant où Kotaro avait bien pu aller. Posant la main sur la poignée, elle commença à ouvrir la porte mais un jeune homme vint se placer devant, lui bloquant le passage. Elle demeura immobile pendant un moment alors que le garçon de petite taille plongeait son regard dans le sien. C'était la plus étrange sensation qu'elle avait connue.

Le garçon avait une chevelure complètement blanche et une peau presque aussi pâle que ses cheveux. Mais ce n'était pas le pire. Ses yeux étaient si noirs, ils semblaient sans fond, donnant à Kyoko la sensation qu'elle était en train de tomber dedans. Le garçon lui adressait un doux sourire, montrant à peine ses canines inhumaines et l'espace d'un instant, Kyoko cru réellement les avoir vu.

Une main sortie de nulle part attrapa l'épaule de Kyoko, accrochant un hurlement terrifié dans sa gorge alors qu'elle se retournait pour voir à qui appartenait la main.

*****

Kyou sortit de l'obscurité lorsqu'il vit le serviteur d'Hyakuhei de l'autre côté de la vitre. Il avait entendu parler du garçon trompeur. Le plus jeune qui semblait si innocent était souvent le plus fatal.

Glissant derrière Kyoko, ses yeux saignèrent et ses canines s'allongèrent, faisant comprendre à ce fantôme de garçon qu'il ne mordrait pas cette fille sans y laisser sa propre vie d'immortel.

La main de Kyoko se figea sur la porte, elle n'était pas vraiment sûre de vouloir l'ouvrir. Quelque chose en ce garçon l'épouvantait réellement. Alors qu'elle commençait à reculer, une lourde main sortie de nulle part attrapa son épaule. Un hurlement de terreur vint se loger dans sa gorge alors qu'elle se retournait pour voir de qui il s'agissait.

Kyoko oublia de respirer alors qu'elle levait les yeux dans un regard d'or éclaté. Une longue chevelure blanche encadrait son visage et ses épaules. Il avait environs deux ans de plus et sa chevelure n'avait pas cette sombre couleur en dessous des mèches argentées, mais il ressemblait presque à ...

— Toya ? murmura Kyoko, hésitante, certaine de se tromper mais la question la plus pressante... pourquoi la pièce tournoyait-elle ?

Aussitôt que leurs regards se rejoignirent, Kyou se sentit attiré par ses yeux. Elle le regardait comme si elle le connaissait. Mais ce n'était pas aussi perturbant que de l'entendre murmurer le prénom de son défunt frère. Ses bras glissèrent autour d'elle, lorsqu'il la vit perdre pied à cause de la boisson impure qu'elle avait consommé plus tôt.

Alors que ses mains glissait sur la surface de sa peau nue, là où le haut était trop court pour la masquer, il sentit une agitation dans son sang de vampire, quelque chose qui lui murmurait de la garder.

La vision de Kyoko avait décidé de lui faire faux-bond pour l'instant. Elle semblait faire fi de sa volonté alors que l'homme devenait flou pendant qu'elle levait un regard curieux vers lui. Même si elle ne pouvait le voir correctement, elle pouvait encore sentir le corps qui la tenait.

Tendant les doigts pour lui toucher la joue, elle demanda :

— Tu n'es pas Toya... Qui es-tu ?

Avant qu'elle ne puisse obtenir une réponse, Bouddha ou quelque soit le Dieu qui continuait à lui jouer des tours, éteignit les lumières alors qu'elle sombrait dans l'inconscience.

Kyou la serra fermement contre lui au moment où son corps devint mou entre ses bras. Elle s'était évanouie mais au moins ça n'avait pas été dans les bras d'un ennemi. Sa tête retomba en arrière, laissant paraître la douce et pâle colonne de sa gorge et Kyou lutta contre ses instincts. Il se demanda en silence si elle n'était pas dans les bras d'un ennemi, après tout. Ses canines commençaient à s'allonger et il imposa sa volonté à la sensation... Celle-ci était trop pure pour de telles ténèbres.

Puis, il sentit la colère monter contre la fille naïve. s'il n'avait été là pour la protéger, que lui serait-il arrivé ? Il trouva bien pratique d'oublier les pulsions qui l'avaient submergé quelques instant auparavant. Si le loup avait été un protecteur adéquat, il ne l'aurait pas laissée. Il regarda autour de lui, comprenant que les amis avec lesquels elle s'était trouvée plus tôt l'avaient également abandonnée.

Étendant sa perception sensorielle, Kyou put encore ressentir la présence de son ennemi juré à lui, Hyakuhei, dans les confins de cet immeuble. Sentant venir le mal depuis les étages au dessus de lui, il sut qu'Hyakuhei se trouvait quelque part en haut dans les pièces du deuxième étage.

*****

Shinbe bondit hors de la voiture avant même qu'elle n'ai cessé de bouger. Une chose le propulsait vers l'avant et le poussait directement vers l'entrée principale de la boîte à vitesse grand V. Il ne pouvait s'enlever de la tête l'image de Suki et Kyoko venant s'ajouter au nombre des filles disparues et ça le terrorisait.

    Toya lui avait rapporté ce que Kotaro lui avait dit et une fois qu'il aurait mis la main sur Suki, il s'arrangerait pour la garder là. Sur quelle partie de son corps, il n'aurait su le dire, il lui fallait la retrouver d'abord.

    Shinbe s'arrêta net lorsqu'il passa les portes du Club Minuit tel un boulet de canon.

    Juste là, au milieu du grand couloir se tenait un homme tenant Kyoko et elle n'avait pas l'air si bien. Elle était sans mouvements et beaucoup trop pâle. D'ailleurs, l'homme non plus n'avait pas tout à fait l'air normal. Pâle était un bien faible mot pour le décrire... ce qui fit Shinbe s'arrêter nerveusement lorsqu'il comprit que l'homme lui rappelait son meilleur ami.

    La chevelure argentée et le regard doré... La chevelure de Toya était aussi sombre que la nuit mais elle était parsemée des mêmes mèches argentées que l'homme devant lui. C'étaient là des caractéristiques très peu communes et la seule personne à combiner ces traits inhabituels qu'il ait jamais connu était Toya.

    Remarquant que l'homme était en train de se déplacer afin de partir avec elle, Shinbe repoussa son sentiment de malaise. Toya le tuerait s'il n'arrêtait pas le kidnapping de Kyoko.

    — Que crois tu être en train de faire avec Kyoko ?

    Les yeux améthystes émirent une lueur alors que Shinbe hurlait, sentant bouger ses pieds sans y avoir pensé. Elle n'était peut-être pas sa petite amie mais elle comptait beaucoup pour lui... plus encore qu'il n'aurait voulu l'admettre et de plus, elle était la meilleure amie de Suki. Il était hors de question de laisser partir ce gars avec Kyoko entre ses griffes.

Kyou glissa un bras sous les genoux de Kyoko et la souleva sans efforts. Il la tenait comme on tient un bébé, elle avait la tête posée sur son épaule, il prenait garde de ne pas la déranger. Au moment où sa tête toucha son épaule, elle se blottit dans ses bras en poussant de doux soupirs.

Il pouvait percevoir la confiance et la satisfaction dans son aura alors qu'elle s'habituait à ses bras. Cette femme-enfant le perturbait grandement et plus il la regardait dormir, plus il voulait la dissimuler à tout le monde. Il savait qu'il le pouvait... s'il le voulait vraiment et la tentation était grande, en fait. Il n'avait jamais transformé quiconque en ce qu'il était... mais s'il l'avait voulu... il aurait pu.

Son attitude protectrice envers la fille, ainsi que ce besoin possessif de la garder furent une surprise pour lui et Kyou poussa un léger grognement en repensant à ses actes. Comment était-ce possible que cette fille l'affecte de cette façon ? Arrachant son regard à ce visage angélique, il leva les yeux alors qu'un jeune homme criait à son intention. On aurait dit que les hommes qui la voulaient ne cessaient de se mettre en travers de sa route.

Des yeux d'or se fixèrent sur un regard améthyste et il perçu quelque chose d'étrangement familier.

— Ce n'est pas à toi de le décider, sorcier, menaça Kyou d'un ton grave, assassin.

à cet instant, il sut qu'Hyakuhei lui-même ne pourrait la lui prendre, elle était à lui. Ses bras se resserrèrent autour d'elle, il n'aimait pas l'amour pour la fille qu'il sentait monter dans la puissante aura de cet autre homme.

Prenant une résolution ferme comme l'acier de rejeter ses pensées vagabondes, Kyou gronda de nouveau, doucement. Il ne laisserait pas cette fille l'atteindre, mais... il n'était pas prêt à renoncer à elle tout de suite. Il avait bien trop de questions et elle allait y répondre, qu'elle le veuille ou non.

Certain d'être à nouveau pleinement sous contrôle, Kyou décida qu'il était temps de partir.

Shinbe était en chemin pour aller rejoindre Kyoko lorsque l'homme se déplaça. Se déplaça ? Ce n'était sans doute pas le terme approprié. Il scintilla et disparut, puis réapparut comme sorti de nulle part, juste devant lui, c'était plutôt ça.

— Putain de...

Shinbe s'immobilisa brutalement lorsqu'en levant les yeux il vit un visage qui avait la mort marquée sur toute sa surface.

Il écarquilla les yeux sous l'effet du choc, il eut la sensation que son Cœur venait de s'arrêter de battre. Aussi proche de lui... il pouvait clairement distinguer la peau blanche de l'homme presque comme de la porcelaine et il ressemblait trop à Toya pour qu'il s'agisse d'une plaisanterie.

Clignant des yeux, il aurait pu jurer avoir remarqué des canine protubérantes dans la bouche de l'homme et un grognement d'avertissement semblait en provenir.

Shinbe demeura planté là alors que l'homme poussait son torse d'un seul doigt. La prochaine chose dont Shinbe eut conscience, c'était d'être sur le cul au milieu de la pièce. Clignant à nouveau des yeux, il demeura assis dans la confusion alors que l'homme à la chevelure d'argent habillé de noir l'enjamba tout simplement, puis, disparut soudain.

Suki atteignit la salle juste à temps pour voir Shinbe toucher le sol brutalement et un grand homme à la chevelure argentée en train de disparaître avec Kyoko. Elle cligna une fois des yeux et ils étaient partis... Là une seconde et disparus la suivante.
Shinbe, qui avait l'air d'être dans la quatrième dimension, resta assis là un instant de plus, en train de cligné des yeux, confus.

— Putain de merde ?!

Courant vers Shinbe, Suki tenta de l'aider à se relever, les mains tremblantes.

— Qui était cet homme qui a disparu avec Kyoko ?

Elle regarda Shinbe d'un air inquiet alors qu'ils se retournaient tous deux et se précipitaient à l'extérieur pour les retrouver.
Avait-il tout simplement disparu ?
Ils quittèrent l'immeuble et cherchèrent autour d'eux, frénétiquement sans trouver traces de l'homme ou de Kyoko ou que ce soit.
Se tournant vers Shinbe, Suki eut le regard qui scintilla. Elle eut l'impression d'être sur le point de pleurer.

— Où sont-ils allés ? Cet homme a kidnappé Kyoko !

Elle tremblait de peur. Ce qui avait commencé comme une soirée d'amusement entre filles avait viré au cauchemar.

— Calme-toi, Suki. Nous allons la retrouver. Toya est ici également.

Shinbe chercha avec anxiété autour de lui son ami disparu.

— Je croyais qu'il était juste derrière moi !

l'inquiétude vira rapidement à la colère à présent que le fait que Suki soit en sécurité à ses côtés était indiscutable. Une ombre pitoyable passa dans son regard perdu alors qu'il se perdait dans le passé.

— Et à quoi diable pensiez-vous ? Il aurait pu vous arriver quelque chose et je n'aurais pas su ou vous vous trouviez !

Il l'attrapa sauvagement par les bras alors que son regard améthyste s'assombrissait de manière possessive.

Les lèvres de Suki s'amincirent en réaction à sa colère. Quel était son problème ? Ce n'était pas comme si elle n'était jamais sortie avec ses amis. Son regard se fixa sur le sien alors que sa propre colère commençait à monter.

— Que veux-tu hmmmf ?

Ses paroles furent interrompues alors que les lèvres de Shinbe se fracassaient contre les siennes dans un baiser brûlant et déchirant. Shinbe avait été tellement inquiet pour elle qu'il ne pouvait pas arrêter les sentiments qui s'étaient précipités. Il voulait s'assurer qu'elle pouvait ressentir toutes les émotions qui parcouraient ses veines sur-le-champ. Il la serra fort dans ses bras, se jurant qu'elle n'allait plus jamais quitter sa champ de vision.

Suki gémit doucement à l'intensité du baiser de Shinbe. C'était comme s'il lui découvrait chaque émotion brute de son âme. Elle pouvait pratiquement les sentir du bout de ses doigts alors qu'elle agrippait ses épaules. Sachant que si elle lâchait, elle ne pourrait pas se tenir debout, vu que ses jambes venaient de se transformer en gelée, elle s'accrocha à lui comme si sa vie en dépendait.

Son esprit se trouva vide pendant un moment et elle oublia qu'elle était en colère contre lui ou que Kyoko venait de disparaître. Tout ce qu'elle pouvait ressentir était Shinbe et un amour qui leur survivrait sans aucun doute.

Doucement, il relâcha sa prise, mettant fin à leur baiser en frottant son nez contre le sien. Ses yeux se remplissaient de soulagement, mais étaient toujours sombres de désir. Secouant légèrement la tête, il essaya de se concentrer sur la situation actuelle et pour une fois, son esprit lubrique ne s'égara pas à la sensation du corps doux de Suki dans ses bras... après tout, elle avait été là pendant plusieurs vies.

— Il y a des évènements qui se sont produits et tu dois le savoir. Ce n'était pas sans danger pour Kyoko et toi de sortir seules ce soir. Je vais tout t'expliquer pendant que nous cherchons Toya. Je pense que Kotaro est ici quelque part aussi.

Shinbe enroula un bras protecteur autour d'elle alors qu'ils se dirigeaient vers le parking pour trouver Toya.

Suki fut trop abasourdie pendant un certain temps pour faire autre chose que hocher la tête.

CHAPITRE 6

Relevant légèrement la tête, de façon à ne pas perturber Kyoko, regarda vers la fenêtre d'où provenait le bruit. Chaque fibre de son corps lui disait que quelqu'un ou quelque chose était là... en train de les regarder. Son regard se fixa sur l'ombre de ce qui semblait être un homme. On aurait juré qu'il était debout à la fenêtre... au deuxième étage ?

Un contour argenté se dessina autour de la silhouette, lui donnant un aspect presque fantomatique. Toya avait déjà vu cette apparition... dans ses cauchemars.
Les yeux comme des soleils d'or étaient dirigés vers le sol mais Toya pu voir des éclairs rouges les zébrer l'espace d'un instant et il aurait également pu jurer avoir vu des crocs.

L'image scintilla alors que des flocons métalliques de poussière multicolore se mirent à pleuvoir contre la fenêtre, comme pour obstruer la vue. Toya secoua la tête et cligna rapidement des yeux avant de regarder à nouveau vers la fenêtre pour constater qu'il n'y avait plus rien.

— Mais bordel, c'était quoi ?

Se sentant plus qu'un peu sur les nerfs, il quitta le lit et se dirigea discrètement vers la fenêtre. En regardant au dehors, il ne vit rien d'autre que l'obscurité et les ombres. Prenant une profonde inspiration, il demeura perplexe lorsqu'il détecta une odeur persistante sur le rebord de la fenêtre, un parfum qu'il ne reconnaissait pas. Un sourd grondement d'irritation lui échappa alors qu'il tentait de l'identifier. Décidé à croire que c'était sans doute un tour de son imagination lié aux événements de la soirée, il vérifia une dernière fois, par acquis de conscience, qu'il n'y avait effectivement rien. Se satisfaisant temporairement du fait que l'odeur était au moins en train de se dissiper, il se glissa à nouveau dans le lit avec Kyoko en gardant pendant un bon moment un œil ouvert... Au cas où.

***

Kotaro demeura sous la fenêtre de Kyoko, percevant la présence du vampire qu'il avait rencontré dans l'allée près de la boite de nuit. Bien qu'il n'ai jamais eu l'opportunité de regarder de près le promeneur de la nuit, il était certain qu'il s'agissait de Kyou. Il pouvait percevoir la froide puissance tranquille de Kyou et c'était une chose dont il ne voulait pas aux abords de Kyoko. Kyou était une énigme et on ne pouvait lui faire confiance.

Avec un grondement, il utilisa sa vitesse inégalée pour parvenir jusqu'au deuxième étage devant la porte de Kyoko en un clin d'œil.

Humant l'air, il se calma un peu en percevant le parfum de Kyoko, récent et fort. Il eut la confirmation qu'il n'y avait aucun suceur de sang dans ses murs mais un grondement lui échappa lorsqu'il perçu l'odeur de Toya, presque aussi récente que celle de sa Kyoko. Toya était entré dans l'appartement également mais n'en était pas ressorti. Posant la main sur la poignée, Kotaro la tourna et compris qu'elle était cassée. Cassée mais verrouillée.

— Mais qu'est-ce que... gronda-t-il en colère devant le signe évident d'effraction.

Kotaro maintint la main devant lui, regardant ses griffes. Aucune serrure ne lui avait jamais résisté et celles de sa Kyoko ne faisaient pas l'affaire. Kotaro eut un sourire arrogant. Kotaro maintint la main devant lui, regardant ses griffes s'allonger et s'affiner vers la pointe. Aucune serrure ne lui avait jamais résisté et celles de sa Kyoko ne faisaient pas l'affaire. Kotaro eut un sourire arrogant en insérant sa griffe dans la serrure. Jouant à peine avec, il entendit avec satisfaction, un clic. Avec la discrétion d'une ombre, il pénétra dans l'appartement... Refermant doucement la porte derrière lui.

N'entendant rien, que le silence, il suivit la trace laissée par l'odeur de Kyoko

Un instant plus tard, il se retrouva debout à la porte de sa chambre. Son regard bleu incandescent, aiguisé tel une lame, il était concentré sur ce sentiment de malaise qui parcourait tout son corps.

Ignorant ce qu'il allait trouver de l'autre côté, il ouvrit lentement la porte.

***

Kamui décida de demeurer invisible alors que Kotaro pénétrait dans l'appartement de Kyoko. Ce n'était pas comme s'il se cachait de son ami, non... Il ne s'agissait pas de cela du tout. Mais en sachant qui se trouvait en ce moment dans le lit de Kyoko... Et bien, il pensait plus judicieux de demeurer caché plutôt que de s'offrir comme cible à ce qui ne manquerait pas de péter. Il avait fait tout son possible pour garder Kyoko en sécurité toute la soirée mais en ce qui concernait Toya, le gardien d'argent allait devoir se débrouiller seul.

Kamui grimaça en silence lorsque Kotaro ouvrit la porte de la chambre à coucher.

La scène qui accueillit Kotaro dépassait son entendement. Couché dans le lit de Kyoko, ce chien galeux, Toya ! La tenant comme si elle était à lui et seulement à lui...

Dans l'attitude de Kotaro, il y avait la promesse d'une punition dans l'éventualité où la réponse donnée devait se révéler inacceptable.

— Putain de merde, lâche-moi, connard !

Toya griffa les doigts serrés enroulés autour de son cou alors que de son autre main, il frappa Kotaro avec une force qui aurait dû lui secouer le crâne.

Bien que Kotaro aie à peine bougé, l'impact avait permit à Toya de se libérer et il se prépara à encaisser, pour le cas où cet imbécile n'en aurait pas fini avec lui.
Toya pouvait ressentir l'intense colère émanant de la silhouette lui faisant face.
Sa propre colère explosa lorsqu'il comprit d'où devait venir Kotaro pour l'attaquer à ce sujet.

— Et tu croyais faire quoi dans la chambre de Kyoko, espèce de sale obsédé ? balança-t-il en retour.

Kotaro sentait que l'altercation était sur le point de devenir plus bruyante car Toya avait haussé le ton. Jetant un œil vers la chambre de Kyoko, il pu voir que sa porte était toujours entrouverte, il indiqua la porte d'entrée d'un mouvement de la tête en grondant :

— Sortons avant que ça ne la réveille.

Lorsqu'il parut clair que Toya ferait preuve de réticence, Kotaro se fit provoquant, sachant que ça allait marcher.

— À moins que tu ne craignes de te retrouver seul avec moi ?

Il lança un sourire moqueur et un regard méprisant à Toya pour qu'il tombe dans le panneau.

— Bien sûr que non, les connards d'abord...

Toya attendit que Kotaro fasse le premier pas, il espérait vraiment qu'il le fasse.
Sa mauvaise humeur était suffisamment consommée pour qu'il élimine tout le voisinage. Il avait besoin d'une personne sur laquelle il pourrait se défouler, qui plus est, cela faisait longtemps qu'il attendait une bonne excuse pour se battre avec Kotaro.
Tous deux semblèrent devenir flou le temps de quelques battements de cœur avant de se retrouver dans la cour déserte en bas de l'immeuble de Kyoko.

Alors même que Kotaro se retournait pour lui faire face, Toya le frappa au visage d'un coup de poing suffisamment puissant pour lui faire perdre conscience.

Il gronda de colère lorsque Kotaro fit un dérapage vers l'arrière à travers l'herbe sans tomber. Ce n'était pas comme s'il n'appréciait pas Kotaro... Sur bien des plans, c'était le contraire. C'était comme avoir un ami comme ennemi.

Toya le fixa du regard, sentant augmenter sa jalousie... La raison pour laquelle Kotaro et lui étaient toujours en train de se sauter à la gorge était qu'ils désiraient toys deux Kyoko.

Kotaro secoua la tête et posa à nouveau les yeux sur son adversaire.

— Voyons si tu seras cap de le refaire alors que je suis prêt, pervers ! lança Kotaro alors qu'ils fonçaient l'un sur l'autre en grondant.

    Ceux qui avaient la capacité d'entendre ce genre de choses purent entendre les échos de pouvoir au moment de l'impact.

    Kamui les suivit dans la cour et était désormais appuyé contre le mur de briques en train de regarder les deux en train d'évoluer sous les lampadaires.
    Voyant la puissance derrière le coup de poing de Toya, il émit un sifflement.
    Il semblerait que notre Toya soit en train de se réveiller.

    Les yeux de Kamui s'arrondirent lorsqu'il remarqua une ombre étrange projetée depuis l'immeuble contre lequel il était adossé sur le mur de l'immeuble d'en face. S'éloignant quelque peu du mur, il leva les yeux vers le toit pour tenter de comprendre qui pouvait s'y tenir debout.

    Kyou se dressait sur le toit de l'immeuble de deux étages, le regard baissé vers la cour alors que les deux autres sortaient sur la pelouse.

    Il s'accroupit bien bas, regardant le garçon enragé frapper le lycan avec plus de force qu'aucun homme normal n'aurait pu rassembler. C'est au moment où ils foncèrent l'un vers l'autre à une vitesse surnaturelle qu'il en fut certain... Aucun des deux n'était humain. Il regarda les vagues de pouvoir les quitter et éclater comme des échos d'éclosions bleues.

Le pouvoir des anciens ?

Kyou avait cru qu'Hyakuhei et lui étaient les seuls à encore posséder ce genre de puissance antique. Ses yeux commencèrent à briller alors qu'il continuait à regarder l'agressivité qui augmentait en bas.

Toya n'avait jamais senti sa force atteindre de tels sommets comme à cet instant où Kotaro et lui s'affrontaient coup pour coup, ne reculant ni l'un ni l'autre. Alors qu'ils entraient en collision avant de se repousser mutuellement pour entrer de nouveau en collision, il sentit quelque chose en lui qui s'éveillait, comme tiré d'un profond sommeil.

S'il avait pu se voir, Toya aurait été choqué. Sa chevelure déjà longue s'était allongée d'environ un mètre et ses yeux avaient pris une teinte argentée.

Il avait remarqué une chose, c'était que les ongles de ses doigts avaient rapidement poussé et ressemblaient désormais à des griffes avec lesquelles il tentait de taillader Kotaro qui esquivait de justesse.

Kyou semblait hypnotisé par les mouvements de celui qui ressemblait tant à son frère. Mais c'était insensé... Son frère avait péri de la main d'Hyakuhei des siècles auparavant... Il l'avait enterré.

Ses doigts griffus serraient le rebord du toit fermement alors qu'il sentit l'intensité de la puissance du Lycan s'élever à un niveau désormais menaçant. Il savait que le loup s'était retenu mais comme la puissance de son adversaire augmentait la sienne également.

Kyou ressenti l'impérieux besoin de porter secours à l'imprudent garçon avant qu'il ne soit blessé.

Dans la chambre obscure, juste en dessous du regard attentif de Kyou et au dessus de l'intense combat dans la cour en bas, Kyoko s'assit droit dans le lit, comme si elle venait d'être réveillée par une peur soudaine.
    Elle pouvait le sentir... Quelque chose n'allait pas. Son attention se concentra sur la fenêtre car elle savait que quoi que ce quelque chose fut, il se trouvait au delà de la vitre.

    Rampant rapidement à travers le lit, Kyoko se précipita vers la fenêtre et lutta pour parvenir à l'ouvrir. Alors que le panneau glissait vers le plafond, elle se pencha par dessus le rebord de la fenêtre à la recherche de quoi que ce soit sortant de l'ordinaire.
    Ses lèvres s'entrouvrirent lorsque son regard se fixa sur Toya et Kotaro. Ils étaient tous deux en position de combat et avaient l'air d'avoir du mal à respirer comme si le combat ne venait pas tout juste de commencer.
    Kyou se pencha en avant, ses instincts protecteurs crépitant dans ses veines pour ce garçon qui ressemblait tant à son frère bien-aimé. Il avait l'intention de plonger et d'attraper cet irrationnel garçon avant que le Lycan ne puisse véritablement le blesser.

    Au moment même ou le rouge commençait à être visible dans ses yeux et qu'il s'apprêtait à prendre son envol, les deux adversaires se foncèrent dessus de nouveau.
    Un nom résonna comme un cri qui mit un terme au

développement de ces deux scénarios.

— Toya ! hurla Kyoko au moment même ou ils étaient sur le point de se tacler mutuellement.

— Assez ! Je t'en prie, Toya.

Elle dit cette seconde partie plus bas... ignorant que tous trois, en train de l'écouter, pouvaient entendre cette supplique murmurée du fond de son cœur.
Le cri de ce nom fit vaciller Kyou lorsqu'il s'agenouilla, serrant de nouveau le rebord du toit.

Toya ? Ce ne pouvait être vrai.

Arrachant lentement son regard à cette fille inconsciente, il regarda à nouveau celui qu'elle avait appelé dans la cour. Alors que les deux rivaux dirigeaient brusquement leur attention vers la fille en hauteur, ils l'avaient vu et avaient maintenant leur attention directement concentrée sur lui.

Toya gronda du fond de sa gorge alors que cette même apparition qu'il avait cru voir à l'extérieur de la fenêtre de Kyoko un peu plus tôt baissait à présent les yeux vers lui, il était aussi réel que lui-même.

Kotaro manqua d'exploser, dans un réflexe de protection, en voyant Kyou si proche de Kyoko. Il se força à attendre car il voyait que le regard du vampire était fixé uniquement sur Toya. Il se demanda secrètement si Kyou pourrait reconnaître le frère qu'il avait perdu... en l'humain qu'il était à présent devenu.

Ses yeux se plissèrent avec soupçon lorsqu'il entendit Toya murmurer d'un ton inamical,

— C'est toi !

Kotaro leva à nouveau les yeux vers l'image ombrageuse au dessus de la fenêtre ouverte de Kyoko. Le reflet d'un cheveu argenté alors que la lueur de la lune tombait sur Kyou lui donna à réfléchir. Ce pourrait-il que Toya, de manière inexplicable, se rappelle de Kyou ? Même s'il s'agissait du frère mort-vivant de Toya... était-il prudent de le laisser approcher de Kyoko ? Kotaro n'avait pas la moindre idée du lieu ou il avait passé tout ce temps ou encore si Hyakuhei possédait toujours une emprise sur lui.

Kyoko fronça les sourcils en voyant à la fois Toya et Kotaro en train de regarder au dessus d'elle comme s'ils ne pouvaient pas la voir du tout.
Prise d'une étrange sensation sur la nuque elle se persuada qu'il y avait quelque chose là-haut, elle se pencha par la fenêtre aussi loin qu'elle pouvait, et elle se tortilla pour tenter de voir ce qu'ils étaient en train de regarder.
Alors que l'apparition drapée d'étoffe noire et de chevelure argentée flottant au vent juste au dessus d'elle captait son attention, Toya hurla son nom.

Tout ce qui comptait c'était Kyoko et qu'il lui fallait la sauver.
Kotaro savait qu'il pouvait sauter suffisamment haut pour l'attraper avant même qu'elle n'aie une chance de toucher le sol... ou les bras tendus de Toya. Mais

alors même qu'il se mettait en mouvement, Kyou bondit du toit et descendit sur Kyoko tel un nuage de ténèbres.

Alors que son regard plongeait dans celui de la fille qui tombait en arrière, Kyou n'hésita pas. Comme si elle était délibérément en train de tenter de le fuir, il s'élança pour la capturer de nouveau. Son instinct lui disait de ne pas la laisser chuter... ou s'évader.

Tout semblait se passer au ralenti. Kyoko ne pouvait détacher ses yeux du pâle visage et des cheveux argent encerclés de ténèbres alors qu'il glissait en se rapprochant de plus en plus. Puis elle sentit ses bras autour d'elle et elle fut brusquement tirée vers le haut contre son corps dur... elle n'était plus en train de tombée mais elle était à présent suspendue dans les airs.

— C'est encore... toi, murmura-t-elle, en se demandant pourquoi elle n'était pas effrayée.

Toya demeura figé alors qu'une image qui avait souvent hanté ses rêves sauvait Kyoko du trottoir en dessous. Il serra les dents lorsque le couple commença son ascension au lieu de venir au sol.

— Oh, non ! Espèce de salaud !!! Ramène Kyoko ici !!!

Il hurla en serrant le poing, en souhaitant avoir le pouvoir de voler pour pouvoir les pourchasser.

Entendre Toya hurler secoua Kyoko et la sortit de sa transe. Elle fronça les sourcils, repoussant soudain de ses paumes l'homme dangereusement sensuel qui la tenait serrée si fort. Tournant la tête aussi loin qu'elle le pouvait, elle pu voir Toya et Kotaro en train de courir sous eux et soudain elle comprit que celui qui la tenait... était en train de voler.

    Le repoussant plus fort d'une main et s'accrochant pour ne pas mourir de l'autre, elle hurla, elle n'aimait pas ce qui était en train d'arriver et elle espérait que ce ne soit qu'un rêve causé par les Long Island ice teas que Suki l'avait convaincue de boire.

    — Kotaro ! Toya ! hurla-t-elle avant d'ajouter silencieusement en se retournant pour regarder l'homme au dessus d'elle, aidez-moi, je vous en prie !

    Kyou pouvait sentir le pouvoir monter chez la fille alors qu'elle faisait appel à ses amis mais il ne voulait pas la lâcher. Il avait trop de questions qui ne sauraient demeurer sans réponses. Il baissa les yeux vers les deux homes qui étaient en train d'essayer de ne pas perdre sa trace alors qu'ils couraient à travers le parc et s'émerveilla devant cette étrange paire.

    — Ils sont ennemis... et pourtant ils te protègent tous les deux ? s'interrogea-t-il à haute voix comme pour se parler à lui-même.

    — Chuttt, murmura-t-il au creux de son oreille, en essayant de la mettre sous son contrôle.

    Il avait de besoin de calmer la peur naissante qui provoquait la montée de sa puissance.

— Tu es à moi pour l'instant.

À sa grande surprise, elle tourna ses yeux émeraude vers lui et il resta bouche bée en remarquant les larmes soudaines qui en émergeaient. Son expression se tinta de confusion lorsqu'il réalisa qu'il n'avait pas voulu la faire pleurer.

La douce lueur surnaturelle entourant son aura changea instantanément. Son corps commença à brûler d'une lumière aveuglante pour ses sens vampiriques... il voulait fermer les yeux mais ne pouvait détourner le regard. La lumière brûlante fusa droit vers le bas puis fit un ricochet sur une énorme pierre au milieu du parc avant de fuser de nouveau vers le ciel tel un signe invoquant les dieux eux-mêmes

Une image fusa si vite qu'il n'était pas certain de ce qu'il venait de voir. On aurait dit que la fille avait été pétrifiée et était agenouillée, les mains tendues. Alors que les yeux de la statue commençaient à s'ouvrir... les siens se fermèrent brutalement, faisant barrage à cette image inoubliable. Il aurait pu jurer qu'il l'avait entendu murmurer son nom.

Alors que Kyoko remarquait la lumière aveuglante provenant d'entre eux deux, les yeux dorés de l'ange mystérieux se fermèrent et son emprise se desserra. Elle le repoussa, sans réaliser ce que serait la conséquence et elle chuta d'une hauteur vertigineuse.

Alors qu'elle tombait, elle regardait, pleine de confusion, alors qu'il plaquait le bras par dessus ses yeux comme pour les protéger mais les lèvres entrouvertes et et les canines allongées qu'elles avaient dissimulées ne lui échappèrent pas. Elle ne fit pas un bruit alors qu'elle tournoyait vers le sol en espérant envers et contre tout qu'elle allait soudain se réveiller.

Toya s'arrêta en dérapant sous Kyoko lorsqu'ils s'arrêtèrent en plein vol mais lorsque la lumière irradia d'elle pour aller ricocher sur l'énorme pierre, il fut momentanément aveuglé. Il mit les mains en l'air tout en essayant de voir entre ses doigts afin de jauger de l'endroit ou elle risquait de tomber mais tout ce qu'il pu voir était une image dingue de Kyoko statufiée.

— Mais que se... ? gronda-t-il, enragé plus encore lorsque ses yeux se fermèrent, interrompant la vision contre son gré.

La lumière émanant d'elle provoquait une douleur insupportable.

Kotaro ne cligna même pas alors que la lumière émanait de la silhouette descendante de Kyoko. Il sentit sa chaleur et cela l'attira vers elle encore plus vite... elle l'appelait. Il bondit haut dans les airs, l'attrapant avant qu'elle ne tombe sur l'énorme roc, puis promptement disparu dans les allées environnantes, serrant fort sa précieuse charge.

Elle était étendue, gémissante entre ses bras, tremblant de la peur qu'elle venait de connaître. Aussitôt que le choc fut estompé, Kotaro su qu'il y aurait pour lui beaucoup de questions auxquelles il ne voulait pas vraiment qu'elle obtienne de réponse. Cela viendrait plus tard. Tout de suite, il lui fallait la conduire en sûreté.

Il partit si vite... aucun humain ou aucun autre n'aurait pu suivre ses déplacements.

CHAPITRE 7

Alors que le vent soufflait autour d'eux, la chevelure auburn de Kyoko voleta par dessus l'épaule de Kotaro pour aller se mêler à ses mèches plus sombres. Elle eut l'impression d'être encore en train de voler. Son attention se concentra sur son visage comme il regardait vers l'avant, ses yeux était d'un bleu le plus brillant qu'elle ait jamais vu. Tout était encore si lumineux comme si un éclair avait zébré le ciel mais n'avait pas encore disparu.

Elle commença à se détendre. Elle était en sécurité avec Kotaro et n'était plus dans les bras du bel inconnu, elle se souvint alors de Toya.
Kyoko tenta de se concentrer et regarda par-dessus l'épaule de Kotaro pour voir si elle pouvait encore le voir. Il allait bien ? Est-ce que l'homme étrange qui lui a tant rappelé Toya serait prêt à lui faire du mal ?
Le plus étrange de la soirée avait été de voir les arbres défiler à une vitesse étonnante.

Elle aperçut le grand bloc de marbre dans le centre du parc et fronça les sourcils. Il s'éloignait de plus en plus, mais l'espace d'un instant il lui sembla diffèrent... comme si elle pouvait voir à travers quelque chose de caché. Encore plus étrange était ce halo de poussière arc-en-ciel qui l'entourait.

Secouant la tête en signe de dénégation, elle rejeta l'idée et l'attribua au fait d'avoir bu un verre de trop ce soir-là.

— Toya...

Elle murmura son nom, tout comme la lumière rougeoyante qui se reflétait dans tout ce qu'ils dépassaient mourrait lentement. Ses yeux se fermèrent malgré elle comme si son énergie avait soudainement été aspirée et l'obscurité revint.

Allait-il bien ? Est-ce que l'étrange homme qui lui rappelait tant Toya allait lui faire du mal ?

Kotaro serra Kyoko de plus près, tentant d'ignorer le fait qu'elle venait juste de prononcer le nom de Toya alors qu'il était celui qui l'avait sauvée. Une fois de plus, ce sentiment de paix l'entourait et il reconnaissait l'aura que le bloc de marbre dans le parc lui avait toujours montré. À l'heure actuelle, il n'était pas sur le point de remettre en question l'effet de la pierre sur ses émotions car ça l'empêchait de faire quelque chose de stupide pour le moment.

Il garda son rythme rapide afin de déjouer et semer les autres même si ses sens décuplés lui disaient qu'aucun des deux ne les avaient suivi.

Alors que les ténèbres revenaient à leurs frontières autour de lui, Kotaro baissa les yeux, remarquant que Kyoko s'était endormie. Il la voulait en sécurité et avec lui seul. Pourrait-il la tenir éloignée des dangers de la nuit ? Était-ce en partie à cause de Kyou qu'il y avait des disparitions d'étudiantes ? Était-il de mèche avec Hyakuhei ?

Après tout, Kyou avait tenté de kidnapper Kyoko juste sous ses yeux. Une expression soucieuse balaya le visage de Kotaro alors qu'il la regardait en se demandant si Kyou l'aurait emmenée à Hyakuhei. Il secoua la tête comme pour apporter une réponse négative à sa propre question.

Kyou ne pourrait jamais pardonner à Hyakuhei d'avoir tué Toya.
Même un millier d'années ne sauraient guérir cette blessure.
Mais une question demeurait. Si Kyou n'était pas allié à Hyakuhei... Pourquoi, alors, avait-il tenté d''enlever Kyoko ?

— Cela n'a aucune importance, gronda-t-il pour lui-même.

Je ne te donnerai ni à toi, ni à personne d'autre une nouvelle opportunité d'essayer.
Il allait la ramener chez lui. Kotaro était certain que nul ne savait où il vivait
Que faisait donc Kyou ici et depuis quand Toya était-il devenu si fort ? Kotaro pouvait sentir les plaies infligées pendant la confrontation encore en train de se

refermer. Toya avait réussi à le blesser ? Comment ?

Il était né de nouveau en tant qu'humain... La part vampire avait-elle trouvé un moyen de renaître elle aussi ?
Si tel était le cas, alors ils étaient tous dans les ennuis jusqu'au cou, en particulier si Toya se rappelait de ce qui s'était passé.

Ou s'il ne se souvenait pas du passé et était devenu tel qu'il était... quel chemin choisirait-il ? De plus, avec Kyou qui refaisait surface après tous ces siècles, cela soulevait plus de questions que cela n'apportait de réponses.
s'il y avait bien une chose qu'il souhaitait éviter c'était que Kyou ou Hyakuhei ne fasse le lien entre Toya et Kyoko.
Il craignait qu'il ne soit déjà trop tard.

***

Toya baissa la main lorsque l'"énervante lumière eût disparut. Il avait encore le menton relevé lorsque Kyou baissa le bras qui lui avait protégé les yeux. Deux paires d'yeux d'or se confrontèrent.. l'une flottant haut dans les airs et l'autre plantée fermement au sol.

Kyou commença à descendre pour affronter le garçon qui se tenait là et qui avait le regard de son frère mais quelque chose attira son attention. Le ciel qui s'assombrissait était l'avertissement qu'il allait bientôt s'embraser et reprendre vie avec les premières lueurs de l'aube. Aussi puissant que soit son désir de savoir ce qui se cachait derrière ces yeux d'or... il lui faudrait attendre le retour de l'obscurité.

Avec un léger grondement, Kyou voltigea sa cape devant lui et disparut comme aspiré par la nuit.

Toya demeura perplexe alors que la vision disparaissait. Il cligna des yeux, se demandant si ce n'avait été qu'un rêve de plus comme ceux qui hantaient parfois ses nuits. Les rêves étaient devenus plus fréquents récemment.
Son expression se durcit lorsqu'il comprit que ce qui venait de se produire n'avait pas été un figment de son imagination.

Soudain pris de dégoût envers lui-même parce que ça lui importait, il se détourna et renifla l'air pour tenter de détecter de quel côté Kotaro avait pu emmener Kyoko. Il recula d'un pas, s'adossant à contre la pierre et se laissant lentement glisser vers le sol en position assise lorsque des visions commencèrent à fuser dans son esprit comme autant d'images qu'il ne parvenait pas à décrypter.

Sans qu'il ne le sache, la pierre devint translucide, révélant la statue de la jeune fille à l'intérieur... Guidant ses souvenirs jusqu'à lui.

La dernière image à fuser à travers sa pensée fut celle d'un homme à la chevelure d'argent tenant Kyoko comme si les chiens de l'enfer même ne pouvaient la lui arracher.

Cette seule pensée fit bondir Toya sur ses deux pieds et hors du parc.

Il se rua à travers les allées, l'esprit envahi de pensées dérangeantes concernant un sombre monstre qui suivait souvent celui au teint pèle jusque dans ses rêves.

    Dans ces visions, celui aux cheveux argent n'avait jamais été celui qu'il craignait.

    Au contraire... Ils avaient été proches alliés.

    Toya grinça des dents. Une chose dont il était sûr, c'était qu'il lui fallait Kyoko auprès de lui, chaque fibre de son être l'appelait et il n'allait pas laisser un inconnu, des monstres, ou Kotaro se mettre en travers de sa route.

***

    Hyakuhei regarda le garçon nommé Tasuki aspirer le premier souffle de sa nouvelle vie. Il dormirait pendant encore un bon moment alors que son corps s'adaptait.

    — C'est fait, ses paroles murmurées rebondirent sur les murs tel un écho de mauvais augure.

    Sa longue chevelure sombre flottait par dessus ses épaules, se relevant dans un vent absent. Dans un flot de soie noire, Hyakuhei emporta le garçon et le laissa sur les marches de l'école à attendre l'aurore. La lumière ne lui ferait aucun mal car il n'était pas encore complètement vampire. Aussi longtemps qu'il s'abstiendrait de se nourrir, il pourrait continuer à profiter de la lumière et aussi à le mener droit à la fille qu'il recherchait. Appelant à lui l'obscurité qu'il restait, Hyakuhei s'évanouit... Retournant à son lieu de repos pour y attendre le retour de la nuit.

    Tasuki se réveilla en sursaut, cherchant désespérément Kyoko de la main comme s'il ne s'était écoulé qu'une brève seconde depuis sa dernière pensée consciente.

Alors que la couleur améthyste quittait ses iris... Ils reprirent une coloration plus normale d'une brune douceur. Confus, il baissa la main en regardant tout autour de lui les premières lueurs d'un matin brumeux.

L'université ? Comment me suis-je retrouvé ici ?
Où était Kyoko ? Il passa la main dans sa chevelure emmêlée, choqué.
Combien de Long Island Ice teas ai-je bu ?
Il se mit debout, se sentant soudain alerte et bien réveillé. Plongeant les mains au fond de ses poches, il partit en direction de son appartement, encore en proie à une certaine confusion concernant ce qui s'était passé la nuit précédente.

*****

Yuuhi, lentement, fit un sourire horrible alors qu'il essuyait le sang étalé sur son visage.

Hyakuhei serait fier du tourment qu'il avait infligé à l'humain avant qu'il ne perde conscience et ne meurt d'une mort temporaire. Le cadavre du garçon était presque méconnaissable avec ses membres étrangement inclinés dans la mauvaise direction à cause de tous les os brisés... la plupart de ces os dépassant à travers la peau déchirée.

En entendant l'appel de son maître, Yuuhi disparut quelques instants avant que l'aurore ne frappe le pli brumeux de l'horizon.

Yohji hurla alors que l'aube se précipitait sur lui, faisant reculer les ombres de l'allée. S'étiolant dans une douloureuse agonie, il sentit la multitude de blessures placardées sur son corps se refermer comme par soudure grâce à la chaleur du feu intense jusqu'à ce que la peau recouvre de nouveau ses entrailles. La douleur provoquée par les os brisés reprenant leur place n'était pas moins terrifiante que celle qu'il avait ressentit lorsqu'ils s'étaient disloqués.

Il manqua de vomir en regardant sa peau serpenter pendant le processus de réparation.

Se redressant sur les genoux et les mains, Yohji releva le visage vers l'aube et hurla alors que le sang disparaissait du blanc des yeux. Alors que le reste de la douleur infernale s'estompait, il tituba en se relevant, comme s'il était en train de s'extirper d'une vieille tombe.

En tremblant alors qu'il se trouvait saisi de sueurs froides, il regarda autour de lui, effrayé, désireux de s'éloigner de la zone ou le cauchemar avait prit vie. Quittant l'allée et se dirigeant vers le parc et vers le raccourci menant chez lui, il remarqua des enfants en train de jouer. Sa soudaine peur des enfants le fit aller plus vite.

Quiconque l'aurait vu en train de courir aurait cru que les chiens de l'enfer eux-même étaient à ses trousses.

*****

Toya claqua la porte derrière lui en entrant dans

l'appartement qu'il partageait avec Shinbe. Il était tellement inquiet qu'il cru qu'il allait en perdre la tête. Entendant un cri derrière lui, Toya fit volte-face alors que la tête de Suki, suivie de celle de Shinbe, sortit de derrière le canapé.

— Putain de...?

Il secoua la tête. Suki n'avait jamais passé la nuit dans leur appartement auparavant.
Suki bondit hors du canapé avant que Shinbe n'ait une chance de la rattraper pour l'arrêter.

— As-tu retrouvé Kyoko ? Elle va bien ?

Voyant qu'il s'était arrêté d'avancer et qu'il baissa la tête, Suki eut l'impression que ses genoux allaient la lâcher.

— Toya... Où est Kyoko ?

Ses yeux commencèrent à se remplir de larmes alors qu'elle le fixait du regard.
Craignant que Suki ne s'évanouisse, Shinbe bondit par dessus le dossier du canapé et la serra contre lui pour lui éviter de tomber.

— Je suis certain qu'elle va bien, Suki, ne t'inquiète pas, lui dit-il d'un ton rassurant en serrant légèrement ses bras autour d'elle.

Il espérait juste ne pas être en train de mentir alors qu'il lançait un regard à son meilleur ami dont l'expression était à présent dissimulée par l'ombre de sa frange.

Toya laissa échapper un grondement de frustration, levant brutalement vers eux ses yeux dorés malheureux.

— Ce n'est pas ce que vous croyez, putain. Je l'ai sauvée mais à présent elle est avec Kotaro !

Encore un peu et il crachait le nom au lieu de le prononcer.

— Il est parti avec elle après que nous ayons eu un affrontement devant chez elle...

Toya fronça les sourcils en se remémorant à quel point Kotaro avait semblé rapide et fort. Quelque chose d'étrange était en train de se produire... d'abord Kotaro, ensuite ce gars sorti de ses rêves, c'était comme s'il était déjà censé savoir ce qui se passait. Les pensées de Toya commencèrent à lui peser, à le provoquer sans pitié. Ces rêves étaient remplis de gens vraiment mauvais et si l'un d'entre eux pouvaient en sortir, alors... les démons ne tarderaient-ils pas à suivre ?

Suki et Shinbe inclinèrent tous deux la tête sur le côté en même temps en lui lançant un regard incrédule.

— Sans vouloir t'offenser mon pote, mais depuis quand laisses-tu Kotaro prendre la poudre d'escampette avec Kyoko sans rien faire ? Hummm... et tu n'es pas en train de défoncer cet endroit. Tu te sens bien ?

Shinbe allongea la main et téta son front pour s'assurer qu'il n'était pas en train de couver quelque chose.

Roulant des yeux avec un soupir de défaite, Toya repoussa la main de Shinbe et passa devant eux pour aller dans sa chambre, faisant claquer la porte derrière lui. Il savait que Kyoko était en sécurité. Ce qui le fâchait était qu'elle soit avec Kotaro et non avec lui. Son regard doré inquiet se tourna vers la fenêtre et il regarda l'aube.
Il avait toujours aimé l'aube.

Les pensées de Toya devinrent sombres et ses lèvres se pincèrent. Kotaro... cet homme avait Beaucoup de choses à expliquer. C'était presque comme s'il n'était pas surpris qu'il y ait un gars volant dans les airs.

Putain de merde, il l'avait vu de ses propres yeux et il avait malgré tout encore du mal à le croire. Bien entendu, comment expliquerait-il ses propres capacités augmentées ? Elles n'étaient pas normales non plus. Il serra le poing le long de son corps en se disant qu'aussi perturbant que cela soit, plus rien ne semblait plus normal.
Toya resta étendu en travers de son lit en train de penser un peu plus à cet homme à la chevelure argentée aux yeux dorés si semblables aux siens... identique à l'homme qui hantait ses rêves.

— Qui diable es-tu et pourquoi en as-tu après Kyoko ? grinça-t-il en jetant un oreiller à l'autre bout de la chambre.

Est-ce que ses rêves cauchemardesques avaient pris vie pour venir le hanter ? Si le vampire aux yeux d'or s'était matérialisé depuis son rêve, le vampire ténébreux ne le suivrait-il pas ? Tenteraient-ils de prendre Kyoko... la seule qu'il pourrait jamais aimer ? Si seulement la lumière ne l'avait pas aveuglé... elle aurait été rattrapée par lui et non par Kotaro.

Toya se redressa brusquement sur le lit, la panique s'insinuant à nouveau en lui. Il avait la sensation d'avoir de plus en plus de mal à respirer. Il se leva et retourna près de la fenêtre pour essayer de disperser ces pensées perturbantes.
Ses doigts s'agrippèrent au rebord de la fenêtre et sa vision se concentra sur eux... il se souvint.
Levant lentement les mains au visage, il rechercha une trace de la présence de griffes acérées... lorsqu'il avait affronté Kotaro.

Baissant ses mains, Toya écarquilla les yeux alors que son esprit traitait une information. Les silhouettes de ses rêves étaient des vampires. Alors cela signifiait que l'homme à la chevelure d'argent qu'il avait vu deux fois en une nuit...

— C'est un véritable vampire... Kyoko !

*****

Kyou s'étira sur lit, flottant quelques mètres au

dessus du matelas moelleux. Il était encore trop agité pour parvenir à véritablement dormir. Son esprit était un tourbillon d'images. Fermant les yeux, il rechercha dans sa mémoire son frère et se concentra dessus.

    La même voix qu'il avait entendu ce soir . Le même language ordurier... les même yeux dorés... la vitesse qu'il avait observé cette nuit n'avait pu être d'origine humaine. La seule chose qui lui avait provoqué un nœud à l'estomac était l'étincelle dans le regard du garçon indiquant qu'il l'avait reconnu, alors qu'ils se dévisageaient... même si cela n'avait duré qu'un instant.

    Il avait entendu dire une fois qu'un vampire ne meurt jamais vraiment mais il ne put effacer cette image de son frère défunt dans ses bras alors qu'il l'avait transporté jusqu'à sa tombe.

    — Je t'ai enterré, murmura-t-il, incrédule.

    Son frère avait-il inexplicablement repris vie et avait-il fini par trouver sa lumière dans les ténèbres ? Son cristal du cœur du Gardien comme dans la légende ? Les pensées de Kyou se tournèrent vers la fille. Si le garçon de cette nuit était Toya de quelque manière que ce soit, alors son frère était sous son enchantement. Cela pouvait être dangereux.

    Il l'avait tenue dans ses bras, et le pouvoir qu'il avait perçu en elle l'avait également affecté. Pouvait-il seulement se fier à son frère quand il s'agissait d'un tel pouvoir ou lui faudrait-il la prendre pour lui afin de la garder hors des griffes d'Hyakuhei ?

    Non, s'il s'agissait de Toya, alors il n'était pas encore capable de la protéger contre Hyakuhei. Il pouvait se rendre compte aux yeux du garçon qu'il était amoureux de la prêtresse humaine. Son cœur lui parut froid et vide en un instant écrasant tel un coup de tonnerre, comme s'il avait perdu quelque chose d'irremplaçable.

    Kyou prit une difficile inspiration car il savait qu'il s'agissait véritablement de son frère. Mais il lui semblait que ses pouvoirs étaient encore principalement en veille... comme l'étaient ses souvenirs. Et à moins que ses pouvoirs ne soient libérés, il tomberait de nouveau sous les coups d'Hyakuhei. Il aura besoin de comprendre qui il est et ce qu'il est... très bientôt.

    Connaissant son frère aussi bien qu'il le connaissait, Kyou savait que Toya ne serait pas très content. Il avait refusé sa nature vampirique par le passé et à présent, s'il devenait à nouveau ce qu'il avait détesté jadis... ce serait pareil.

    Kyou commença à avoir mal au cœur avec une intensité presqu'oubliée en se rappelant la patience qu'il lui faudrait pour gérer un Toya colérique, irationnel et furieux. Le plus dénudé des sourires se glissa sur ses lèvres à cette pensée. La vie... même s'il devait la passer dans le noir vaudrait à nouveau la peine d'être vécue.

    Quelque part dans un recoin de son esprit, persistait une image du Lycan qui avait protégé celle qui se nommait Kyoko. La vue de cela demeurait un peu choquante si l'on considère que le clan de loups-garous était virtuellement resté dissimulé pendant des siècles. À moins que le protecteur de Kyoko ne soit le dernier restant ? Lui-même n'en avait pas vu depuis plus de mille ans. Peut-être ce loup avait-il le pouvoir de la protéger contre Hyakuhei.

Celui qu'on appelait Kotaro n'avait pas montré la véritable étendue de son pouvoir ce soir, mais ce qu'il avait révélé était suffisant pour qu'il se demande si Hyakuhei était dans la même ligue qu'un ennemi redoutable. Si le loup pouvait la garder loin de lui, alors il pourrait aussi la protéger d'Hyakuhei.

Un pli parut sur son front alors qu'il pensait à la fois à Kotaro et à Toya. Ils s'étaient battus pour une fille endormie. Kyou émit un grondement de mauvais augure dans la chambre silencieuse lorsqu'il comprit que son frère et Kotaro la voulait tous les deux.
Un Toya en colère, jaloux, impétueux, c'était déjà suffisamment dur… mais deux ? Il avait le sentiment que ces deux-là allaient se mettre en travers de son chemin quand il irait chercher la fille, mais pour l'instant, elle serait plus en sécurité avec Kotaro. Lui seul connaissait les aspirations et les faiblesses de Hyakuhei. Il connaissait mieux l'ennemi qu'aucun d'entre eux. Il protégerait son frère cette fois… même si cela signifiait que pour cela il devait lui enlever la fille.

Par le passé, il avait pensé que le seul moyen de protéger Toya était de rester loin de lui. Cette fois, Toya ne serait pas abandonné. Les pensées de Kyou plongèrent dans le passé alors que ses yeux se fermaient lentement et il attendait que les ombres de la nuit réapparaissent.

*****Kotaro se tenait dehors devant les énormes

barres d'acier du portail, regardant vers l'autre extrémité du vaste jardin qui s'étalait devant sa maison. Personne au campus ne connaissait cette adresse. La seule adresse qu'il leur avait communiquée était celle du petit appartement près du terrain de l'université.

Après tout, pourquoi quelqu'un avec autant de pouvoir et d'argent que lui accepterait-il un travail de modeste agent de sécurité pour une université ? Kotaro eut un sourire narquois. Il était le gardien et le prince de sa propre race. Son regard se baissa vers la jeune fille qu'il tenait de manière si protectrice dans ses bras. Il était un protecteur de tant de choses.

Il grogna, d'un ton grave et sourd. Un son que les humains ne pouvaient même pas entendre, à moins de savoir exactement à quel son s'attendre. à ce signal, les grilles du portail pivotèrent en position ouverte comme pour obéir à son commandement. Serrant ses bras autour d'elle, Kotaro pénétra dans sa forteresse secrète.

*****

Kyoko prit lentement conscience du confort lourd et moelleux qui l'entourait, la maintenant dans une dans une étreinte chaleureuse. Ce confort même la poussa un peu plus loin du monde des rêves alors qu'elle fronçait légèrement les sourcils, en se demandant depuis quand son lit était devenu si doux.
Hmm, la seule fois où je me sens aussi à l'aise, c'est quand je n'ai pas besoin de me lever... pensa paresseusement Kyoko.

Soudain, le léger brouillard du sommeil lui fut arraché alors qu'une pensée lui tomba dessus telle la foudre.

La fac !

Se redressant, dispersant les couvertures, Kyoko se précipita aveuglément vers le bord du lit en criant :

— Je suis en retard pour les cours !

Une douleur lancinante l'arrêta en pleine course et elle se saisit la tête avec confusion.

— Aaah, pourquoi ai-je l'impression d'avoir été frappé par une mule ? marmonna-t-elle en retombant sur le lit. Allongée sur le flanc, elle grimaça, espérant que la pièce cesserait bientôt de tourner.

— Tes derniers partiels étaient hier, Kyoko. Tu es en vacances à présent... tu peux te détendre.

Soupirant alors que la voix douce à sa droite lui rappelait qu'elle avait une semaine de vacances, Kyoko hocha la tête. Le mouvement provoqua un gémissement de la part de la fille étourdie, alors que la douleur montait à nouveau entre ses tempes.

Puisque ses yeux étaient fermés, elle se mit à avoir des visions qui vinrent avec les souvenirs précis du Club Midnight et des trop nombreux Long Island Ice Teas. Cela répondait à la question concernant les circonstances qui avaient transformé sa tête en terrain de jeu de petits démons avec d'énormes tambours.

— Quand je mettrai la main sur Suki, je vais... grogna-t-elle doucement en pensant à une vengeance douloureuse à infliger à sa meilleure amie.

Entendant un petit rire, Kyoko tourna la tête pour sonder l'obscurité à sa droite.

— Hé !

Bondissant sur le lit en reculant, Kyoko tira les couvertures jusqu'à son menton, se tenant à genoux derrière la toile tendue comme un rideau.
Là… debout collé contre la fenêtre, éclairé dans le dos par la lueur bleu électrique qui arrive juste avant l'aube… se trouvait Kotaro. Les jambes croisées au niveau de la cheville, il se prélassait contre l'encadrement de la fenêtre, une douce brise jouant avec les brins plus courts de sa chevelure noire corbeau et soulevant doucement les mèches plus longues qui pendaient le long de son dos comme si elles voulaient se libérer de sa queue de cheval basse.
Elle resta bouche bée.

— Qu'est-ce que tu fais ici ?

Surmontant son choc initial, Kyoko le fusilla du regard alors qu'elle le regardait s'éloigner de la fenêtre. Pourquoi diable était-il dans sa chambre à la regarder dormir ?
Le pervers !
Elle fulminait en ajoutant mentalement son nom à la liste grandissante de «personnes qui vont le payer cher».

Qu'est-ce qui n'allait pas avec les hommes dans sa

vie ? Comme si ce n'était pas suffisamment grave qu'ils pénètrent dans son appartement sans frapper ou l'appeler avant pour prendre rendez-vous ou sans se demander si elle avait déjà quelque chose de prévu. Non ! À présent, selon toutes apparences, voilà que Kotaro s' invitait dans son appartement pour lorgner sur elle pendant qu'elle dormait pour faire passer sa gueule de bois.

Cependant, elle ne pût s'empêcher de prendre un moment pour admirer son apparence sensuelle. Quelque chose en lui lui donnait toujours cet air d' «enfant sauvage», mais quand il ouvrait la bouche pour parler, il donnait une toute autre impression. C'était comme s'il était issu de la royauté et ce mélange des genres l'avait toujours l'avait toujours captivée.

Elle gronda intérieurement alors que Kotaro s'approchait d'elle.
Je suis censée être furieuse contre lui pour s'être introduit dans ma chambre... je ne suis pas censée le déshabiller du regard.
Kotaro sourit en entendant ces imperceptibles grondements. Faisant un pas de plus, il inclina la tête sur le côté... ses lèvres affichant un doux sourire.

— J'habite ici.

Essayant de réprimer l'éclat de rire qui bouillonnait en lui quand elle tourna la tête pour regarder ce qui l'entourait, Kotaro ne s'autorisa qu'un haussement de sourcil en signe d'amusement.

— Toto, j'ai l'impression que je ne suis plus au Kansas, murmura Kyoko.

Ses lèvres tremblèrent alors qu'il tentait d'étouffer les signes de son amusement grandissant. Elle pouvait être si mimi par moments.

Alors que Kyoko était assise là, la confusion assombrissant ses traits. Kotaro la regardait alors qu'elle laissait retomber les couvertures pour reposer les mains entre ses genoux,là où elle était agenouillée sur son lit. Une chaleur soudaine le traversa alors qu'il regardait l'aube souligner les mèches désordonnées de cheveux auburn. Ses joues étaient encore rouges de sa récente colère et de sa confusion persistante.. Retournant rapidement la tête vers le côté quand elle commença à mordiller sa lèvre inférieure de ses petites dents blanches, Kotaro se mit à tripoter l'élastique retenant ses cheveux, une tentative désespérée de donner une tâche à ses mains… pour les distraire de cet impérieux besoin de se promener sur le corps mou de Kyoko.

Passant ses mains légèrement tremblantes dans ses cheveux, il se retourna vers la femme dans son lit et gronda doucement en signe d'approbation.

Sa place est ici… Jadis, maintenant et pour toujours, déclara sa voix intérieure de manière possessive alors qu'il s'efforçait de s'appuyer de nouveau contre le rebord de la fenêtre.

Il avait le souvenir de la même scène qui se jouait dans sa tête plus de mille ans auparavant … quelques jours seulement avant la nuit infernale qui la lui avait enlevée.

Toya était une fois de plus parti à la recherche de son frère, laissant Kyoko à sa charge pendant les heures les plus sombres de la nuit.

Kotaro l'avait emmenée dans l'endroit le plus sûr qu'il connaissait… son propre lit bien qu'il n'ait pas souillé sa pureté cette nuit-là. Il n'avait fait que la tenir dans ses bras, mais cela avait signifié tellement plus pour lui. Ses yeux commencèrent à émettre la lueur hantée caractéristique provoquée par ces choses qui n'auraient pas dû être oubliées.

Ils étaient restés éveillés toute la nuit, à se chuchoter des secrets alors qu'il la tenait… des secrets à propos des vampires qui la pourchassaient... à propos de son amour profond pour l'un d'entre eux... un amour qui n'avait comme seul rival l'amour qu'elle lui portait. Ils s'étaient fait des promesses cette nuit-là que le destin avait refusé de les laisser tenir.

Si seulement elle pouvait se rappeler la vérité derrière ces sentiments qui s'éveillaient. Son regard s'attrista quand il se rappela la dague qu'il lui avait donnée pour se protéger… il n'avait jamais voulu qu'elle l'utilise comme elle l'avait fait… ce même poignard qu'il avait retrouvé enfoncé dans son cœur.

Les yeux de Kyoko, surprise, se posèrent à nouveau sur Kotaro qui la regardait depuis le rebord de la fenêtre en maintenant sa pose lascive. Il avait lâché ses cheveux et Kyoko avait presque cessé de respirer à l'effet que cela avait eu sur son apparence.

Sa longue chevelure noire charbon avait toujours attiré son attention lorsqu'elle se balançait dans son dos, attachée en une queue de cheval désinvolte mais à présent qu'ils étaient libérés de leur lien, les cheveux de Kotaro ondulaient autour de lui, retombant sur une épaule comme une cascade d'encre. Dangereusement séduisant, son regard d'un bleu saisissant semblait hypnotique à présent que ces mèches virevoltantes les encadraient.

Elle dut résister à l'envie de descendre du lit pour aller passer ses doigts dedans. Si seulement il savait combien de fois elle avait rêvé de lui. Même des rêves éveillés... Dans tous ceux qu'elle avait fait ses cheveux étaient comme elle les voyait maintenant... libérés de leur prison et véritablement indomptés.

Un sourire se dessina lentement aux coins des lèvres de Kotaro alors qu'il contemplait l'expression étonnée sur le visage de Kyoko. Ses yeux émeraude orageux s'agrandirent alors qu'elle le regardait. La chaleur de son regard le submergea, faisant prendre à Kotaro une profonde inspiration tremblante. Elle l'avait regardé exactement de cette façon par le passé... avant qu'il ne la perde.

Soudain, une image de son regard atterré alors qu'elle tombait de la fenêtre de sa chambre la nuit précédente lui traversa l'esprit. Le fait de savoir qu'il était parvenu à la secourir ne contribuaient en rien à étouffer la colère qui recommençait à brûler alors qu'il se rappelait avec quelle facilité le vampire aux yeux dorés l'avait arrachée en plein vol.

Kyou avait tenté de la lui voler.

Le frère de Toya n'était pas l'ennemi, mais il n'en savait toujours pas assez sur Kyou pour lui faire confiance. Kyou était une énigme et ne respectait d'autres lois que les siennes. Il n'allait pas risquer la sécurité de Kyoko sur un caprice du frère imprévisible de Toya.

Le calme de Kotaro s'effrita et il traversa la pièce en direction du lit. Il ne savait pas s'il voulait lui donner la fessée qu'elle méritait amplement ou le baiser impérieux d'un amant contrarié. à cet instant, elle méritait les deux. Il devait lui faire comprendre. Elle ne pouvait pas tout simplement s'enfuir sans protection à chaque fois qu'elle avait une envie de passer la nuit dehors. Sa colère fit de nouveau un pic alors que le souvenir du mensonge qu'elle lui avait servi pour échapper à sa vigilance lui revenait. Il ne le permettrait pas.

Les lèvres de Kyoko s'écartèrent lorsqu'il quitta la fenêtre pour venir vers elle, une lueur de désapprobation dans le regard. Soudain, elle eut envie de se recroqueviller de nouveau sous les couvertures, mais releva le menton comme pour défier sa propre couardise instinctive. Elle se mordilla la lèvre inférieure en espérant qu'il ne se rendrait compte de rien. Se sentant comme une enfant de cinq ans sur le point de prendre une fessée, elle bégaya :

— Comment suis-je arrivée...

Kyoko détourna le regard de ses yeux bleus intenses, balaya de nouveau la chambre des yeux.

... Où suis-je exactement ?

Elle leva de nouveau le regard vers lui, se remémorant brusquement un peu plus des évènements

de la nuit précédente.
Des yeux d'or... Kotaro et Toya en train de se battre... Suki et Tasuki... des yeux dorés obsédants à nouveau.

Kotaro posa un genou sur le côté du lit tout en la fixant du regard, alors que les souvenirs des quelques heures précédentes la submergeaient. Il se moquait qu'elle ait l'air effrayée… Elle aurait dû avoir peur de ce qui aurait pu se produire. Il fallait qu'elle soit très effrayée.

— Te rends-tu compte du danger dans lequel tu te trouvais ? demanda-t-il presque durement.

— Tu aurais pu être tuée ou pire hier soir. Pourquoi m'as-tu menti Kyoko ?

Ces dernières paroles semblèrent surgir de ses entrailles telles des grognements :

— J'aurais pu te perdre !

Tendant la main sans prévenir, Kotaro attrapa sa frêle silhouette et la traîna sur le lit. L'écrasant contre lui, il avait besoin de se convaincre une fois de plus qu'elle allait vraiment bien. Kyoko était là dans ses bras… il ne l'avait pas perdue au profit du vampire qui l'avait si dangereusement tenue la nuit précédente. Kyou ne lui avait pas fait de mal alors qu'il aurait pu si facilement le faire.
Enfouissant son visage dans le creux de son cou, il la serra plus près, absorbant son odeur et la laissant calmer ses nerfs crépitants.

CHAPITRE 8

Les lèvres de Kyoko s'écartèrent pendant que Kotaro la tenait. Elle pouvait sentir son cœur battre d"un rythme rapide et fort. Elle pouvait sentir sa force... sa protection et son âme la reconnut. Fermant les yeux alors qu'un sentiment de paix la submergeait, elle manqua de tomber sur le dos quand Kotaro recula soudainement et se leva, comme pris d'une rage, pour faire les cents pas.

— Tu ne partira plus jamais comme ça sans ma protection !

La force de ses paroles lui fit avoir un mouvement de recul pendant une fraction de seconde avant que ses paroles ne prennent sens.

— Quoi ? Kyoko fusilla Kotaro du regard tout en le pointant du doigt.

— Comment oses-tu ! De qui penses-tu avoir hérité ce droit ? Qu'est-ce qui te fait croire que je vais rester assise là et te laisser me dicter ma conduite comme un chiot dressé, juste parce que je me suis saoulée la gueule hier soir ?

— Pour ton information, je ne suis pas la première personne à me saouler dans un bar. Bien sûr, je me suis peut-être évanouie, mais ce n'est pas comme si j'étais sortie toute seule Kotaro. J'avais des amis là-bas. J'étais en sécurité avec Suki et Tasuki. Tu n'es pas mon gardien !

Elle enfonça ses petits poings dans la couverture en essayant de maîtriser sa colère.
Kotaro leva un sourcil se demandant si elle avait vraiment eu un rendez-vous secret avec Tasuki sans lui dire. Son regard se figea comme il repensait à cette idée de fessée.
Enfin calmée, Kyoko s'assit sur le lit et détourna son visage de lui en soufflant. Puis les événements de sa soirée bizarre lui revinrent à l'esprit. Nerveusement, elle se tordit les mains dans la couverture alors qu'elle se rappelait d'une paire d'yeux dorés vifs la regardant tomber de la fenêtre de sa chambre. La similitude entre ces yeux et ceux de Toya faisait naître en elle un sentiment des plus étranges.
Frissonnant, elle réprima la peur qui s'insinuait le long de sa colonne vertébrale, refusant de laisser Kotaro voir à quel point elle était mal à l'aise. Cet homme l'avait attrapée en plein vol sans hésitation comme s'il avait était contraint de voler à son secours un peu comme Kotaro et Toya l'avaient toujours fait.

Elle connaissait ses deux amis pour ça... ils avaient toujours été comme ça avec elle depuis la première rencontre... souvent en conflit l'un et l'autre, mais toujours là pour elle.

L'homme qui l'avait sauvée d'une chute mortelle était un parfait inconnu.

— Il volait ... pas vrai ? demanda-t-elle plus à elle-même qu'à Kotaro.

Un léger froncement de sourcils déforma son front alors qu'elle repensait à l'apparence de l'étranger.

— Il aurait pu être le frère de Toya ... sauf pour le fait que Toya n'avait jamais mentionné de frère ou de sœur.

Kotaro la regardait alors que son esprit s'éloignait de plus en plus de lui dans ses propres spéculations et loin du fait qu'il voulait lui faire admettre. Tendant la main, il saisit son épaule et la retourna pour la regarder.

— Kyoko ! Cet homme... S'arrêtant soudainement quand l'expression curieuse de son visage lui fit réviser son jugement, il tenta une approche différente.

— Diable, tu n'as pas la plus petite idée de qui il est.

— Écoutes-moi très attentivement, sa voix s'adoucit.

— Sais-tu que ça fait plus d'un mois que des filles disparaissent dans toute la ville ? Tu aurais pu être... cet homme, il aurait ... Dieu Kyoko... Tu as failli être la victime suivante. Je ne me le serait jamais pardonné si quelque chose t'était arrivé.

Les paroles de Kotaro lui fendaient le cœur alors qu'elle percevait leur sincérité.

Quand elle ouvrit la bouche pour argumenter, il resserra son emprise sur ses épaules, se retenant de la secouer pour faire entrer un peu de bon sens dans sa tête innocente, trop naïve et belle. Désireux de lui faire comprendre à quel point elle avait été en danger, Kotaro lui cracha les faits, ne se souciant pas de cacher les vérités les plus odieuses de sa situation.

— Kyoko, quand je suis arrivé au club, tu étais en train de te faire agresser sexuellement par le tyran de la fac. Je suis arrivé juste à temps... mais pendant que je m'occupais de cette saloperie tu as disparu. Personne ne savait où tu étais et selon la dernière personne à t'avoir vue... ce type de la fenêtre t'emportait loin du club. Quand j'ai finalement pu retrouver ta trace tu étais de retour à ton appartement.

Il inspira difficilement, en essayant de ne pas s'étouffer avec ses prochains mots.

— Je t'ai trouvé au lit avec Toya. Il t'avait enveloppé de ses bras comme si tu étais un oreiller corporel. Je l'ai expulsé car je n'étais pas sûr que tu lui aies accordé de telles libertés. Il profitait simplement de ton état. Je pensais que tu serais en sécurité dans ton propre lit alors que je sortais les «ordures», mais juste au moment où j'étais sur le point de l'emmener sur le trottoir, voilà que tu tombes de ta propre fenêtre !

— Avant que je puisse t'attraper, tu m'as été arrachée par K... Kotaro s'arrêta de nouveau en pleine tirade et essaya désespérément de se ressaisir avant d'en dire plus qu'elle n'était prête à entendre.

Est-ce que Kyou lui aurait fait du mal ? Pourquoi la suivait-il ? Pour ce qu'il en savait, Kyou avait simplement eu faim et Kyoko avait le type de sang dont il avait envie. Il avait semblé surpris de voir Toya donc ça devait être Kyoko qu'il était venu chercher.

Fermant les yeux, Kotaro la prit dans ses bras dans une forte étreinte possessive.

— Tu as besoin d'un gardien, ne le vois-tu pas ?

Il grogna. La pensée que Kyoko soit en danger et qu'il ne soit pas en mesure de lui venir en aide à cause de sa propre obstination naïve le mettait en colère. Comment pourrait-il la garder en sécurité si elle devait le défier à chaque minute ?

L'esprit de Kyoko avait cessé d'être attentif, bloqué sur le fait qu'il venait de hurler qu'il avait trouvé Toya dans son lit.

— Toya était dans mon lit ?

Elle essaya de s'éloigner de Kotaro et dut en fait se débattre pour se dégager de ses bras avant qu'il ne cède avec un long soupir et la laisse partir.

— Que veux-tu dire en disant qu'il était dans mon lit ?

Une sensation de chaleur la submergea mais s'embrasa alors que la colère atteignait son esprit.

— Il se prend pour qui bon sang ?

Avec des yeux émeraude orageux flamboyants, elle se retourna sur le lit en saisissant un oreiller et en l'étranglant entre ses mains en grognant,

— Ce présomptueux fils de... dans MON lit !

Le choc des lèvres chaudes capturant les siennes coupa la parole à Kyoko alors que son souffle s'arrêtait. Son esprit partit dans un tourbillon alors que les lèvres de Kotaro retenaient les siennes captives et que de ses grands yeux elle fixait les siens, mais les siens étaient fermés.
Mon premier... murmura sa conscience au plus profond de son esprit.
La sensation de ses bras forts enroulés étroitement autour d'elle s'ajouta à l'intensité du moment jusqu'à ce qu'il recule et la regarde. La lumière intense dans ses yeux bleu glacier lui piqua la mémoire, la faisant reculer.
Kotaro la regarda s'éloigner et la vit tressaillir lorsque la tête de lit arrêta sa retraite. Elle ressemblait à un cerf aveuglé par des phares, mais cette fois, elle ne s'enfuirait pas. Il ne la laisserait faire. Avançant vers elle, il plaça une main de chaque côté de son corps, l'emprisonnant contre la tête de lit.

— Kyoko, il y a des choses là-bas dans la nuit dont

tu as besoin d'être protégée. Mais tu dois me laisser te protéger, il regarda ses yeux se briser comme du verre.

Il pouvait voir qu'elle connaissait la vérité mais refusait de la croire. Kotaro la regarda, scrutant son visage et son regard. Quelle sorte de douleur lui causerait-il en lui faisant admettre la vérité ? Ses cils sombres étaient abaissés… ombrageant ses yeux émeraude et il comprit qu'elle se cachait de lui de plus d'une manière.

Il plongea ses lèvres près du creux de son oreille, s'appuyant contre elle.

— Kyoko, je veux te sauver… laisse-moi te sauver. Sa voix était envoûtante, son souffle chaud… une séduction délibérée.

— Je ne peux pas supporter l'idée que quelque chose de grave t'arrive… pas cette fois, murmura-t-il durement.

Kyoko sentit les sensations se répandre de l'endroit où ses lèvres étaient à son oreille, envoyant son souffle chaud à travers son cou.

— Pas cette fois ? demanda-t-elle confuse, se demandant ce qu'il voulait dire.

Il en avait trop dit. Kotaro se redressa pour ne plus être penché sur elle, luttant pour garder ses émotions sous contrôle. Au moins, sa réaction en apprenant que son rival était dans son lit était encourageante.

Eh bien, il supposait que cela signifiait que Toya

n'avait pas été invité dans sa chambre... mais cela prouvait justement la pertinence de ses inquiétudes. Ne voyait-elle pas qu'elle aurait pu être blessée ou... ou pire ? Son esprit refusa de suivre cette pensée jusqu'à son terme alors que la douleur agrippait son cœur sans âge. Il l'avait perdue une fois... une fois suffisait. Il refusait de le vivre une seconde fois... il n'était pas assez fort.

Kyoko baissa son regard vers la couverture dont elle tordait le bord autour de ses doigts,

— Kotaro... pourquoi m'as-tu embrassée ?

Ignorant sa question parce que ses propres émotions étaient trop confuses pour une réponse spirituelle, il continua.

— T'es à côté de la plaque. Tu t'es mise en danger la nuit dernière, plus de danger que tu ne pourras jamais imaginer.

Il se pencha à quelques centimètres de son visage, de nouveau sa colère revenait alors qu'il pensait à sa tromperie délibérée.

— Pourquoi m'as-tu menti sur l'identité de ceux qui t'accompagnaient la nuit dernière, Kyoko ?

Ses yeux se plissèrent en attendant sa réponse. Elle ne lui avait jamais franchement menti auparavant, et cela lui faisait plus mal qu'il ne l'admettrait jamais.
La question grognée de Kotaro mit un frein à sa curiosité concernant le baiser. En regardant tout ce qui

n'était pas lui, elle se mit à mâchouiller sa lèvre inférieure avec culpabilité. Ne sachant quoi dire, elle tordit le bord de la couverture un peu plus fort, ce qui fit blanchir ses jointures.

— Je... Son anxiété commença à s'estomper alors que son esprit retournait aux événements qui l'avaient amenée ici en premier lieu.

La confusion fit de nouveau surgir la colère de Kyoko alors qu'elle faisait face à Kotaro.

— Je ne te dois aucune explication ! Je suis assez grande pour prendre mes propres décisions, et si je veux sortir sans Toya ou toi ou n'importe qui d'autre d'ailleurs et passer un bon moment avec mes amis, je le ferai. Tu n'as pas le droit de me dire quoi faire ! Merde Kotaro, je ne suis pas une enfant. Je n'ai pas besoin de ta permission pour quitter la maison.

Kyoko se sentait coupable de lui avoir menti mais l'homme n'était pas son père. Pour qui se prenait-il en pensant qu'il pouvait lui dire ce qu'elle pouvait et ne pouvait pas faire ? Sa colère grandissante lui donna du courage alors qu'elle soutenait son regard avec défi.

Kotaro avait déjà vu cette expression entêtée dans son regard. Elle agissait comme une enfant rebelle ! S'il continuait à exiger sa coopération, elle sortirait probablement et ferait quelque chose de stupide juste pour prouver qu'elle n'avait pas besoin de sa permission. Il gémit intérieurement. Comment pouvait-il la faire écouter sans faire usage de la force ?

Décidant d'adopter une approche différente, les

yeux bleu cristal de Kotaro s'adoucirent alors qu'il tendait la main pour cacher une mèche de cheveux derrière son oreille.

— Je ne peux pas te protéger si tu ne me laisses pas faire. J'essaye seulement de te protéger. Je ne veux pas que tu deviennes l'une de ces victimes…

Baissant les yeux, Kyoko frissonna légèrement en se rappelant les rumeurs circulant sur ce qui était arrivé aux femmes qui disparaissaient en ville. Que ferait Kotaro si elle lui disait qu'elle avait déjà entendu parler des filles disparues ? Elle ne le lui dirait pas car cela ne ferait que le bouleverser un peu plus et l'endurcir.
Elle décida également de garder bouche cousue sur tous les rêves qu'elle avait de vampires et d'autres créatures… elle avait rêvé d'eux toute sa vie. Au lieu de cela, elle ferait semblant de ne rien savoir et verrait s'il allait confirmer la vérité.

— Kotaro, commença-t-elle plus qu'un peu nerveuse,

—Sais-tu ce qu'était cet homme ? Il volait… n'est-ce pas ? Il m'a aidé au club… m'a sauvé la vie. Pourquoi ? Qui est-il ? Kotaro, cet homme volait et j'ai vu ses crocs.

Ne voulant pas se trahir en parlant, Kotaro garda la bouche close concernant le vampire aux cheveux argentés qui lui avait sauvé la vie. Il aurait pu faire la même chose avec un seul saut. Sa colère revint avec les images du frère aîné de Toya l'attrapant au vol. Il n'était pas si sûr que l'intention était de lui sauver la vie… c'était probablement plus une tentative d'enlèvement.

La silhouette tremblante de Kyoko le fit sortir de sa tirade interne et il l'enveloppa dans ses bras pour la troisième fois.

— C'est bon, Kyoko… Je ne suis pas sûr. N'y pense pas, c'est tout. Tu es en sécurité maintenant et j'ai l'intention de m'assurer que tu le restes.

Il pouvait sentir son rythme cardiaque s'accélérer de seconde en seconde et il grimaça en sachant ce qu'elle était enfin sur le point de comprendre.

Elle avait été difficile à gérer par le passé et, à cause de cet entêtement, elle était morte.

— Ne pas y penser ?! T'es cinglé ? IL VOLAIT, KOTARO ! J'étais dans ses bras et il volait. Incroyable ! Il avait des crocs !! Comment suis-je censée ne PAS y penser ?!

Kyoko hurla alors qu'elle regardait Kotaro, poussant fort contre sa poitrine, exigeant à nouveau sa liberté.

— Pourquoi ne me dis-tu pas simplement la VÉRITÉ ?!

Kotaro grimaça au volume et à la proximité de la voix de Kyoko. Son ouïe trop sensible prenait définitivement un coup dur ce soir. Le bourdonnement dans ses oreilles continua alors qu'il la relâchait et se leva à côté du lit. Il la fixa pendant un moment avant que toute expression ne quitte son visage, remarquant les larmes cristallines coulant sur ses joues.

— Je suis désolée, Kotaro... je ne voulais pas... c'est juste... j'avais peur. Je ne sais plus quoi penser, je suis tellement confuse...

Son corps tremblait alors qu'elle enroulait ses bras autour d'elle-même en essayant d'arrêter les tremblements qui refusaient de se calmer.
— J'en ai déjà rêvé... tant de fois. Des vampires... des démons... mais il n'en faisait pas partie.

Les yeux de Kotaro s'écarquillèrent face aux implications du passé en collision avec le présent. Elle n'avait jamais rencontré Kyou par le passé... mais se souviendrait-elle de Toya, du vrai Toya ? Se souvenait-elle par quelque enchantement de Hyakuhei et de ses sbires ? Se rappellerait-elle bientôt de lui tel qu'il était ? Une peur froide le saisit.

Cédant immédiatement, Kotaro retourna sur le lit et l'attira contre lui en la tenant fermement.
— C'est bon, Kyoko... Nous allons comprendre cela, je le promets. Tu es en sécurité avec moi. Personne ne t'éloignera jamais de moi. Je ne les laisserai pas.

Elle se calma, donnant à Kotaro un moment pour fermer les yeux. La première chose qui lui vint à l'esprit fut la dernière fois qu'il avait prononcé ces mêmes paroles sincères. Il ne l'avait pas sauvée cette nuit-là, mais il l'avait sauvée plusieurs fois depuis... chaque nuit il l'avait sauvée... encore et encore... seulement c'était dans ses rêves et ses cauchemars.

Il inspira profondément, captant l'odeur de ses cheveux et du merveilleux savon au jasmin qu'elle utilisait.

Exactement comme dans mes souvenirs, pensa-t-il et il laissa son esprit se remémorer les heures avant que le cauchemar ne commence… il y avait plus de mille ans, même si pour lui c'était hier…

Kyoko s'assit à genoux près du feu, regardant avec inquiétude les flammes. L'air froid de la nuit était menaçant et Kotaro plaça une belle couverture chaude sur ses épaules, laissant ses mains s'attarder un peu plus longtemps avant de les retirer.

— Toya sera de retour avant l'aube, murmura-t-il en se laissant descendre à ses côtés.

Il manqua de sourire lorsqu'il ajouta,

— Il n'aura pas le choix, à moins d'aimer les intenses coups de soleil.

Kyoko lui adressa un bref sourire avant de se retourner vers le feu.

— Je sais. Mais je ne peux m'empêcher de m'inquiéter pour lui, tout seul, dehors.

Elle s'allongea sur plusieurs fourrures composant un lit de fortune à proximité du feu auprès duquel elle avait dormi tant de nuits durant. Elle avait perdu le compte du temps passé à vivre auprès des deux hommes qui avaient juré de la protéger.

Kotaro grimaça intérieurement, sachant ce qu'elle ressentait pour Toya... Elle ressentait exactement la même chose pour lui mais il avait espéré que ce soit plus que ça. Le feu reflété dans ses yeux bleus glacier s'intensifia en une flamme bleue alors qu'il se demandait si ça ne s'était pas déjà produit.

S'installant sur le sol à ses côtés, il s'inclina sur le côté, prenant appui sur son coude pour mieux pouvoir regarder son visage.

Il tendit la main lentement pour arranger une boucle derrière son oreille et entendit son rythme cardiaque accélérer. Il connaissait la vérité mais comment la lui faire admettre ?

— Oh toi, femme de peu de foi, dit-il en essayant de la faire sourire.

Elle était censée sourire, ne pas plisser son visage d'inquiétude. Sa voix s'était faite solennelle quand il avait demandé :

— Est-ce que tu l'aimes à ce point ?

C'était une question simple et dont il connaissait déjà la réponse.

Sans pause, les mots glissèrent de ses lèvres avec la vérité enroulée solidement autour d'eux.

— Oui, soupira Kyoko et elle se tourna pour le regarder de nouveau.

— Comment pourrais-je ne pas l'aimer autant ?

Il s'agissait davantage d'une observation que d'une question.

Kotaro pencha légèrement la tête sur le côté… la regardant. Elle ne le savait pas, mais le doux sourire qui incurvait ses lèvres parfaites venait du fait que lorsqu'il avait arrêté de jouer avec ses cheveux… il avait entendu son rythme cardiaque ralentir pour revenir à un rythme normal. Il n'avait pas accéléré de nouveau à la mention de Toya.

Il tendit la main et prit sa joue en coupe avec sa paume tout en faisant doucement glisser la pulpe de son pouce sur sa lèvre inférieure.

— Tu peux aimer Toya… mais de qui es-tu réellement amoureuse ?

Kotaro regarda le secret se briser dans ses yeux émeraude alors que son rythme cardiaque recommençait à s'emballer. Elle n'avait pas à lui répondre… il pouvait l'entendre.

Son souffle se bloqua silencieusement dans sa gorge à sa vue. Ses longs cheveux noirs pendaient par-dessus son épaule et sur sa chemise d'un bleu profond tandis que le reste était assez court pour toujours paraître hérissé et sauvage. Sa peau embrassée par le soleil brillait à la faible lueur du feu, ajoutant à son apparence séduisante. La chemise bleue était ouverte jusqu'à son nombril exposant plus de sa chair et Kyoko résista à l'envie de lui tendre la main.

Kotaro vit la façon dont elle le regardait et comment sa respiration commençait à s'accélérer, poussant ses seins contre le tissu bordeaux de sa robe. S'asseyant, il la rapprocha lentement pour pouvoir sentir la chaleur de son corps contre le sien. Elle était déjà à lui... elle ne le savait pas encore. Incapable de se retenir, il baissa les lèvres pour capturer les siennes dans un baiser brûlant.

Quand elle gémit puis commença finalement à répondre au baiser, il leva la tête pour pouvoir la regarder.
Kyoko se dégagea rapidement de dessous lui et se rapprocha du feu mais elle pouvait sentir Kotaro se rapprocher d'elle. Il méritait la vérité... avant qu'il ne soit trop tard.

—Tu as raison, tu sais. Je vous aime tellement tous les deux mais... je suis amoureuse de toi. Je le suis depuis le moment où tu pensais que tu me sauvais d'un vampire.

Elle sourit doucement en se rappelant que le vampire n'avait été que Toya et qu'elle n'avait été en aucun danger... pas de lui en tout cas. Elle sentit la main de Kotaro monter sous ses cheveux pour caresser la peau douce le long de son cou et ses lèvres s'ouvrirent. C'était une zone si sensible et aussi très meurtrière. Son toucher doux était tellement mieux que la connaissance de ce que Hyakuhei ferait là, au même endroit, quand il la rattrapait.

Hyakuhei enfoncerait ses dents mortelles en elle et emporterait la lumière en elle, la transformant dans l'obscurité totale... si elle le laissait simplement, alors la guerre serait finie. Elle en avait rêvé la nuit précédente et savait quel destin avait choisi pour elle... et pour Toya. Pourrait-elle aller à l'encontre de tout ce qui était déjà en marche? Si elle essayait de changer l'avenir... est-ce que tout cela se retournerait contre eux ?

Alors que les doigts de Kotaro glissaient sur l'arc de son cou, la main de Kyoko vint couvrir la sienne et elle murmura :

—Toya risque tout pour essayer de me protéger d'un monstre... mais il échouera. Je pensais que ce serait cruel de lui briser le cœur deux fois... mais il est déjà trop tard.
Elle ferma les yeux de confusion comme si elle écoutait une voix lointaine.

— Il ne saura jamais pour nous, mais son cœur se brisera toujours... entre les mains du monstre dont il a essayé de me sauver.

Kotaro ne put empêcher la panique qui s'élevait en lui à ses mots. Tendant la main, il la fit pivoter pour lui faire face et était prêt à lui remettre un peu d'espoir jusqu'à ce qu'il remarque ses yeux. Ils étaient les plus brillants de l'émeraude et complètement calmes... d'une manière ou d'une autre, elle savait ce qui allait arriver et l'avait accepté.

— NON !

Kotaro grogna alors que ses lèvres descendaient sur

les siennes dans un mélange de désir refoulé qui était maintenant intensifié par la peur. Il pencha la tête en arrière, approfondissant le baiser et prêt à se battre pour son amour à chaque étape du chemin s'il le fallait mais quelque chose a changé. Elle lui rendait son baiser… dur et exigeant et il frissonna à l'intensité de cela.

Il ne la laisserait pas lui faire oublier ce qu'elle venait de dire. Ses mains se crispèrent alors qu'il s'empêchait de la retenir. Libérant ses lèvres, il recula d'un pas instable, conscient soudain de ce qu'elle était en train de faire.

— Non Kyoko… tu n'es pas une martyre ! Je ne te dirai pas au revoir de cette façon !

Kyoko se tenait devant le feu lui faisant face… inconsciente du halo que la lumière derrière elle projetait autour de son corps.

— Si je me donne à Hyakuhei, cela l'affaiblira et vous pourrez le vaincre.

— Non !

Il la tenait dans ses bras, écrasant son corps contre le sien avec un grognement de colère.

— Promets-moi que tu ne le feras pas !

Kyoko acquiesça silencieusement. Elle savait ce qui allait arriver… même maintenant, la nuit se tordait avec des coins sombres et sombres couverts de bords pointus qui l'attendaient. Son regard voyagea vers l'obscurité au-delà de la fenêtre, sachant qu'elle ne verrait jamais l'aube. Il ne lui restait plus que quelques heures avant leur arrivée.

— Je te le promets, murmura-t-elle en essuyant une larme solitaire et s'éloignant de lui pour qu'elle puisse voir son visage.

Elle ne mentait pas… elle ne laisserait pas Hyakuhei avoir ce qu'il pensait être le remède mais de toute façon… elle ne pouvait avoir que ce qu'elle voulait pendant quelques heures et c'était Kotaro.
Sans un mot, elle tendit la main et défit sa robe, la laissant tomber sur le sol dans une piscine autour d'elle.
~~

Les pensées de Kotaro se précipitèrent vers le présent, ne voulant pas se souvenir du chagrin de l'aimer cette nuit-là en sachant que c'était la dernière. Il frotta ses lèvres contre sa tempe en murmurant doucement :

— Rendors-toi… je serai là. Rien ne t'arrivera pendant que je veillerai sur toi.

Sa voix avait un effet apaisant… un de ses pouvoirs Lycan sur les humains qu'il n'avait pas utilisé sur elle depuis plus de mille ans.

Allongé contre la montagne d'oreillers sur son lit, Kotaro écarta doucement les cheveux de son visage. Kyoko hocha la tête d'un air endormi, sa joue toujours appuyée contre sa poitrine. Il ne voulait pas qu'elle se souvienne de leur amour... pas si cela entraînait aussi le coût de se souvenir de sa propre mort.

Alors qu'il commençait à s'éloigner d'elle, elle resserra ses bras autour de lui, incapable de le laisser partir. Kyoko était si fatiguée et voulait se reposer mais la peur l'empêchait de se détendre complètement. Avec les bras de Kotaro autour d'elle, elle se sentait en sécurité et elle en avait besoin plus que tout pour le moment.

— Euh... Kyoko, murmura Kotaro alors qu'il essayait sans enthousiasme de se lever.

— Non... ne me laisse pas seule... Sécurité... murmura sa voix alors qu'elle enfonçait son visage plus profondément contre lui.

Alors qu'il s'installait à côté d'elle, elle sombra finalement dans un sommeil agité.

Les yeux bleu glacier adoraient son visage détendu alors que les premiers rayons directs de la lumière du matin le traversaient pour se poser sur les lèvres de cerise. Son cœur intemporel l'avait choisie il y a longtemps et maintenant il devrait à nouveau se battre pour la garder... même s'il devait combattre le destin lui-même.

*****

Les yeux cramoisis brillèrent avec intensité alors qu'il sentait la chaleur du Cristal du Cœur du Gardien pulser soudainement à proximité. Hyakuhei regarda par la fenêtre avec des yeux plissés sachant maintenant avec certitude qu'il avait trouvé ce qu'il cherchait. Il ouvrit le verre voulant se sentir plus proche. La chaleur ne dura pas plus de quelques secondes insaisissables avant de disparaître.

La source était redevenue cachée et il était incapable de la suivre alors que l'approche de l'aube le confinait dans sa prison des ténèbres. Sachant que ça ferait mal mais ne s'en souciant pas, Hyakuhei tendit la main par la fenêtre. Un grognement enragé qui n'était ni humain ni animal se fit entendre à des kilomètres alors que les premières traînées de lumière balayaient le ciel et sa peau.

Grognant de colère, Hyakuhei se dirigea vers sa chambre à coucher. Claquant la porte derrière lui, il contempla l'obscurité familière et réconfortante avant de laisser son regard se poser sur le plus grand meuble de la pièce.

Allongée sur son lit se trouvait une jeune fille que Yuuhi avait sans aucun doute volée à la discothèque et lui avait apporté à boire. Son regard se fixa sur sa forme tremblante alors qu'il marchait volontairement vers elle, en colère contre l'intrusion dans sa solitude.

L'odeur de sa peur et le battement de son sang l'auraient normalement excité… mais sa proie le dégoûtait maintenant. Elle manquait à tous points de vue.

Elle avait de longs cheveux roux ardents mais ils

n'étaient pas auburn et soyeux comme il en avait envie. La matité des yeux noisette était ce qui le regardait, pas les émeraudes vertes. Sa peau n'était pas assez douce et son parfum n'était pas aussi enivrant que l'enchanteresse qu'il avait vue au club… du jasmin et des épices.

Son subalterne, Yuuhi, essayait juste de lui plaire en lui apportant un cadeau comme il le faisait habituellement, mais cette fois c'était différent. Normalement, il se faisait plaisir, mais c'était avant qu'il ait posé les yeux sur la beauté qui portait le cristal légendaire.

Cette fille allongée sur ses draps de satin cramoisi n'était pas celle qu'il désirait… personne d'autre ne ferai l'affaire.

Appelant mentalement Yuuhi, l'enfant fantomatique qu'il avait transformé en ce qui se rapprochait le plus d'un fils, il regarda la jeune femme, la faisant grincer des dents de peur. Il grogna de dégoût et se détourna de la fille sur son lit. Ses longs cheveux couleur d'encre flottèrent brièvement avant de tomber en parfait désordre sur ses épaules et son dos.

Yuuhi apparut dans sa chambre, entendant le grognement presque constant venant du plus profond de la poitrine de son maître… il savait que Hyakuhei n'était pas content de son cadeau.

— Vous m'avez appelé Hyakuhei ?

Tournant son regard d'enfant vers la fille qu'il avait offerte à son maître, Yuuhi le regarda avec confusion.

— N'avez-vous pas aimé mon cadeau ?

Ne voulant pas passer sa frustration sur le petit garçon, Hyakuhei se calma un peu en se tournant vers lui. Regardant le visage d'une douceur trompeuse de l'enfant… sa voix se teinta d'ennui alors qu'il dit :

— Tu sais que j'apprécie toujours tes petits cadeaux Yuuhi, mais pas ce soir. Prends cette fille et fais-en ce que tu voudras. Tu peux la donner aux autres ou la garder pour toi. Je m'en fiche.

Ses yeux se sont une fois de plus concentrés sur la jeune fille terrifiée.

— Ote-la de ma vue.

La dernière demande d'Hyakuhei fut exprimée dans un grondement alors qu'il pensait à la fille qu'il avait cherché pendant si longtemps. Le fait qu'elle soit juste hors de sa portée sonnait comme un appel... comme une lueur au cœur des ténèbres.
Inclinant sa tête pâle sous les ordres d'Hyakuhei, Yuuhi convoqua Amni, l'un des favoris de son maître, pour enlever la jeune fille en difficulté.

— Tu peux la garder, dit Yuuhi d'une voix mélancolique en regardant dans les yeux la jeune fille qui lui avait fait assez confiance pour le raccompagner chez lui, pensant qu'il avait perdu son chemin.

Yuuhi leva la main pour lui toucher la joue comme si, au fond, il la voulant pour lui-même.

— Les gentilles ont toujours meilleur goût.

Il baissa sa petite main pâle quand elle eut un mouvement de recul à ses mots.

Amni tourna ses yeux bleus vers son maître l'espace d'un seul instant fugace avant d'enlever la jeune fille de leur vue. Il avait vu ça plusieurs fois... Yuuhi agissait comme s'il était un enfant perdu et une belle jeune femme attentionnée tentait de l'aider à trouver son chemin pour rentrer chez lui. Ce simple et fatal stratagème avait fonctionné pendant des siècles.
Ses longs cheveux blonds s'élevèrent dans la brise alors qu'il se glissait rapidement dans sa propre chambre non loin de la chambre du maître au bout du couloir.

Mettant la jeune fille en pleurs sur ses pieds, il se tourna pour verrouiller la porte derrière lui, se demandant pourquoi il se fatiguait encore à faire une chose si résolument humaine. Mais la pensée de Yuuhi, se faufilant dans sa chambre plus tard pour voir s'il avait tué la jeune fille ... c'était tout simplement révoltant. L'enfant était de nature à terrifier jusqu'aux autres vampires.

En entendant le souffle de la jeune fille devenir soudain saccadé, et ses gémissements lancinants, il se tourna pour la trouver regardant avec terreur ce qui se trouvait au centre de la pièce enveloppé d'un rideau de dentelle transparent qui pendait du plafond. Alors que la plupart des vampires préféraient le luxe des lits modernes... il était différent.

Le cercueil était vieux de plusieurs siècles et très différent de la plupart d'entre eux. Sur le dessus du cercueil était la sculpture d'un jeune homme comme s'il était simplement couché sur le couvercle endormi. Le détail de la sculpture était la perfection pure. L'homme couché là sur le couvercle paisiblement était l'image exacte de lui-même ... un cadeau de son maître le jour même où il avait été transformé en ce qu'il était maintenant.

Hyakuhei avait dit au fabricant du cercueil sculpté qu'il vivrait s'il faisait un bon travail sur la sculpture. Mais après l'avoir terminé, le vieil homme était mort de toute façon sachant qu'il venait de signer l'arrêt de mort de son propre fils.
Amni n'avait jamais échangé le cercueil contre un lit moderne sachant que son père humain avait travaillé si dur... sculptant le berceau éternel de son fils unique.

Tournant ses yeux bleus mystérieux sur la femme, il lui tendit la main en sachant qu'elle la prendrait de son plein gré... prise au piège de son emprise. La conduisant à l'intérieur du rideau… il ouvrit silencieusement le cercueil.

*****

Yuuhi s'approcha de son maître pour verser un verre de vin rouge contaminé, puis s'approcha de la forme tendue de Hyakuhei sans crainte et lui offrit la coupe à clouer au rubis. Les yeux noirs sans âge de l'enfant regardaient son maître prendre le verre de sa main blanche. Il était le seul qui n'a jamais craint la colère d'Hyakuhei parce qu'il avait la capacité de voir à l'intérieur celui qui l'avait fait et de comprendre ses pensées les plus sombres.

Yuuhi utilisa sa vue intérieure pour regarder au plus profond de l'âme noire d'Hyakuhei où il ne pouvait cacher sa solitude. Voyant la vérité derrière sa rage, Yuuhi laissa sa voix douce apaiser la colère sous-jacente de son maître.

— Ils ont toujours mal compris vos véritables intentions. Nous la trouverons, père, et elle sera à vous comme vous l'avez toujours voulu. Elle ne se souvient pas de son passé et ses gardiens ne lui ont pas dit, pensant qu'ils sont en train de l'épargner. Une partie de son pouvoir a été libérée et maintenant il deviendra plus difficile pour elle de se cacher de vous.

Hyakuhei s'arrêta, regardant le liquide rouge tourbillonner à l'intérieur du verre de cristal, pensant à la prochaine manoeuvre qui lui permettrait d'obtenir la jeune fille insouciante. Trouver Kyou si près de la fille avait été intéressant pour dire le moins. Son enfant rebel préféré avait-il été à sa poursuite ... ou à celle de la fille ?

Il ne pouvait que supposer que Kyou avait senti les pouvoirs cachés de la jeune fille ainsi et la voulait... c'était dans sa nature vampire comme ça avait été le cas pour Toya il y avait si longtemps. D'autre part, peut-être la prêtresse avait-elle capté l'attention de Kyou avec son innocence et sa beauté... faisant appel à la part de lui qui était homme avant tout.

Hyakuhei eut un sourire cruel alors que ses pensées devenaient plus sombres.
Il devrait agir prudemment à partir de ce point. Même s'il voulait Kyou à ses côtés, la beauté aux cheveux d'argent mourrait de ses mains s'il se tenait sur le chemin entre lui et sa récompense. La fille était à lui et personne ne la toucherait. Jadis, le frère naïf de Kyou l'avait découvert à ses dépends.

Hyakuhei ferma les yeux, décidant d'utiliser ses nouvelles recrues et de les faire aider sans le savoir à localiser la jeune fille. Son besoin de se l'approprier devenait de plus en plus fort et il la voulait bien plus maintenant que son précieux Kyou était après elle aussi. Si les deux êtres qu'il aimait le plus devenaient un ... il devrait les détruire tous les deux.

— Yuuhi, suis nos nouvelles recrues, Tasuki et Yohji ce soir. Il est temps de commencer à agir avant que mon cher Kyou fasse une autre apparition. Je ne veux pas le tuer, mais il n'aura pas ce qui est destiné à être mien.

Le ton d'Hyakuhei vibrait de possessivité alors que ses yeux se teintaient de pourpre.

Yuuhi baissa la tête, ses cheveux blancs comme neige tombant pour couvrir un sourire méchant alors qu'il quittait les chambres de son maître.

— Comme vous le souhaitez, murmura-t-il puis

disparut.

Hyakuhei demeura silencieux pendant que Yuuhi le laissait à sa solitude. En avalant le vin d'une longue gorgée, il jeta le verre vide de côté, remarquant à peine le bruit qu'il fit en éclatant contre le sol de marbre noir froid. Le scintillement des éclats de cristal brisés pleuvait comme des diamants alors que le soleil se levait assez haut pour jeter la lumière sur le sol en pierre... envoyer le dernier soupçon de ténèbres en exil.
De lourdes tapisseries noires furent descendues par-dessus la fenêtre, empêchant les rayons mortels d'atteindre leur but.

Revenant à son lit maintenant vide, les lèvres parfaites de Hyakuhei dessinèrent un rictus, sentant encore la peur dans la chambre, venant principalement du lit... des relents de la fille qu'il avait renvoyée. Un ordre émit en silence fit bientôt paraître deux de ses sbires se précipitant dans la piece avec des draps frais.
Il ôta ses vêtements sombres, ses cheveux de minuit lui tombant en cascade sur le dos comme de l'ébène soyeux. Sa peau pâle ondulait avec les muscles sous-jacents de la créature la plus exotique de la nuit.
Il s'approcha de son lieu de repos nocturne au moment où le dernier oreiller en satin fut remplacé. Les draps et la couette furent tirés vers l'arrière et il soupira intérieurement de plaisir à la sensation de la soie froide couvrant son corps. Il aurait besoin de repos pour les nombreuses nuits à venir.

Un sourire sombre et sinistre apparut sur son visage alors qu'il rencontrait son propre reflet dans le miroir au-dessus de lui. Il en avait tué beaucoup pour acquérir le seul miroir qui allait montrer l'âme des marcheurs de la nuit. Cela faisait des siècles qu'il n'avait pas vu son propre reflet quand il s'était introduit dans les cavernes cachées du sorcier et l'avait trouvé. S'y contempler maintenant valait dix fois la bataille. Il avait été nommé adéquatement « Le miroir des âmes perdue ».

Ses longs cheveux noirs étaient étalés sur les oreillers dans un abandon sauvage et sa peau pâle contrastait délicieusement contre eux et la soie rouge qui l'entourait... l'image offrait l'impression qu'il dormait sur une mer de sang. Ses pensées retournèrent à la fille qu'il désirait. Il savait qu'il ne faudrait pas grand-chose pour charmer la jeune fille et la mettre sous son emprise. Quelques mots bien placés ici... une touche innocente là ... elle serait séduite et prête à devenir sienne.

Sa beauté aux cheveux auburn avait le feu... il en avait eu la preuve lorsqu' elle avait frappé le salaud qui avait posé ses mains sur elle. Il fléchit une de ses propres mains griffues, imaginant la sensation de sa chair tendre contre ses doigts. Ses oreilles résonnèrent de ses cris d'extase imaginés, le suppliant pour avoir plus d'un plaisir que lui seul pouvait lui donner.

— Bientôt ma chère... murmura-t-il avant que le sommeil de l'aube ne l'emporte.

CHAPITRE 9

Kotaro sentit la douce lumière du soleil du matin réchauffer son visage et savait que les dangers des noctambules étaient passés. Il ouvrit les yeux pour regarder silencieusement la fille qui s'était innocemment recroquevillée contre lui dans son sommeil.Il l'avait tenue une fois auparavant… il y avait de cela plus de mille ans, à peu près de la même manière. Même si ce n'était que pour une nuit remplie des caresses les plus intimes… il n'oublierait jamais. Elle avait maintenant le même âge et était la réplique exacte de sa vie passée… comme si elle n'était jamais morte. Il ferma les yeux alors que le souvenir le frappait à nouveau… elle était morte cette nuit-là.

Elle avait été sous sa protection et celle de Toya pendant peu de temps. Un triangle si étrange… un Lycan et un vampire protégeant un humain c'était une nouveauté. Toya et lui avaient passé le plus clair de leur temps à se battre pour elle, comme ils le faisaient maintenant. Ils l'avaient tous les deux aimé… comme ils le faisaient encore aujourd'hui.

Cette nuit-là, il y avait de cela si longtemps, Toya avait laissé Kyoko à sa charge pour pouvoir tenter de localiser son frère aîné qui avait été renvoyé par Hyakuhei dans un endroit inconnu. Le simple fait qu' Hyakuhei se donne tant de mal pour garder les deux frères séparés donnait du poids aux soupçons de Toya.

Toya était convaincu qu'avec l'aide de Kotaro et Kyou, ajoutée au pouvoir de la magie de Kamui et Shinbe, ils pourraient percer le mystère derrière les pouvoirs de la prêtresse et la sauver d' Hyakuhei… en même temps qu' eux-mêmes.
Kotaro avait offert son aide dans la bataille entre les vampires, bien qu'il n'ait pas eu besoin d'être sauvé. Il avait seulement voulu la sauver. Quand il avait rencontré Kyoko pour la première fois, elle était avec Toya et elle était rn fuite pour préserver sa propre vie. Kotaro l'avait pensée en danger à cause du vampire et l'avait emportée.
Il avait découvert très vite qu'elle était en danger… mais pas à cause de Toya.
Toya avait eu raison à son sujet depuis le début, même s'il n'avait pas eu tous les faits.

Elle était la clé pour les sauver son frère et lui. Kyoko avait paniqué quand Toya avait dit qu'il allait partir trouver Kyou et le ramener à elle. Elle l'avait supplié de ne pas partir cette nuit-là mais Toya avait promis qu'il ne serait pas parti longtemps. En y repensant maintenant… elle devait savoir ce qui allait arriver.

Et ils étaient arrivés… nombreux. Les plus forts de leur espèce avaient été envoyés pour l'enlever, attendant bien après minuit avant de frapper. Ils avaient tous les deux su qu'ils n'étaient plus seuls lorsque tous les bruits nocturnes s'étaient arrêtés. C'était comme si même les grillons avaient senti l'arrivée du mal.

Kotaro avait tué de nombreux vampires très puissants cette nuit-là, accordant moins d'attention à celui qui avait été le plus dangereux d'entre eux… celui qui avait semblé le plus faible. Les anciens promeneurs de la nuit qu'il avait tué s'étaient battus pour leurs vies immortelles et l'avaient laissé blessé et affaibli. C'est alors que l'enfant Yuuhi avait montré ses véritables pouvoirs.

Cette nuit du temps jadis... Il l'avait sauvée d'un petit enfant... D'un enfant des ténèbres. S'il avait pu savoir que Yuuhi n'était qu'une diversion afin de l'écarter de la fille alors qu'Hyakuhei lui rendait visite... Il ne l'aurait jamais laissée.

Il s'était souvent demandé ce qui s'était exactement passé cette nuit-là pour obliger Kyoko à faire ce qu'elle avait fait. Il ne comprenait pas.

Le cœur de Kotaro se serra avec le souvenir de son retour à la cabane juste à temps pour la voir plonger le poignard dans son propre cœur. Ses yeux émeraude effrayés avaient croisé les siens par-dessus l'épaule de Hyakuhei juste avant de se fermer pour toujours. Le monstre s'était retourné et l'avait regardé droit dans les yeux, une multitude d'émotions traversant toujours son visage confus avant que le vampire démoniaque ne disparaisse de la pièce.

Il était tombé à genoux et avait commencé à ramper vers elle.

— Kyoko ! Ce n'est pas vrai… Non !

Kotaro ne prêta aucune attention à la traînée de sang qu'il laissait sur le sol ou au sifflement des vampires de plus en plus nombreux à l'extérieur alors qu'ils se présentaient pour l'achever. S'il n'y avait pas eu Kamui… il l'aurait suivie dans la vraie mort… au moins il aurait été avec elle.

Kamui était apparu de nulle part et avait enroulé ses ailes autour du corps battu et saignant de Kotaro, chuchotant des enchantements qui empêcheraient les vampires nouvellement arrivés d'entrer dans la petite cabane et d'achever le Lycan.

— Kotaro, nous ne pouvons rien faire… il est trop tard pour la sauver.

Kamui le serra fort tandis que Kotaro tendait toujours ses bras vers la fille sur le sol. Ils entendirent tous les deux les cris des vampires mourants à l'extérieur de la petite hutte et surent que Toya était arrivé.

— Qu'est-ce que…

La voix de Toya se brisa alors que ses yeux captaient tout. Il se tenait au seuil de la pièce et sentait la barrière que Kamui avait érigée contre tous les vampires… y compris lui. Il n'avait pas besoin de se rapprocher pour savoir qu'il l'avait perdue.

Entendant la voix de Toya derrière lui, Kotaro sentit quelque chose claquer dans sa tête, luttant pour se libérer des bras de Kamui, il cria :

— Pourquoi l'as-tu laissée ?! Elle t'as supplié de ne pas le faire !

Il lutta pour se libérer de l'emprise de son meilleur ami même s'il était trop faible.

— Ensemble, nous aurions pu la sauver !!! cria Kotaro alors qu'il recouvrait sa liberté et détournait son regard de la forme immobile de Kyoko vers la silhouette de Toya.

Le souffle de Kotaro se bloqua dans sa gorge, empêchant tout autre parole accablante d'être déversée de sa bouche... L'expression sur le visage de Toya avait tout dit.

Les yeux de Toya étaient devenus de l'or liquide avec de l'argent fondu tourbillonnant. Sa main agrippa l'encadrement de la porte avec tant de force que le bois se fissura sous la pression alors que les larmes se mettaient à couler.

Lorsque le regard tourmenté de Toya s'était tourné pour se fixer sur celui de Kotaro, il avait littéralement pu voir le cœur de Toya se répandre sur le sol déjà cramoisi. Le vent souffla brusquement à côté de lui, faisant miroiter les mèches plus claires de sa chevelure d'encre de la même couleur que les larmes qui coulaient maintenant à torrents sur ses joues.

Toya sentit son monde se briser. Personne n'avait à lui dire ce qui s'était passé… il détenait déjà la connaissance et le seul mot qui passa de ses lèvres en disait long.

— Hyakuhei !

Kamui avait crié son nom juste au moment où Toya se retournait et disparaissait dans la nuit… le destin avait gagné. Depuis cette nuit… presque tous les soirs… il l'avait sauvée, elle… à la fois Toya et elle… ne serait-ce que dans ses rêves.

Maintenant… alors qu'il était allongé avec cette même fille dans les bras, Kotaro savait que l'Histoire avait failli se répéter la nuit précédente. Il les avait déjà perdus, elle et Toya… cette fois, même si cela devait lui coûter la vie, il trouverait un moyen de tous les sauver.

Une fois de plus, il ferma les yeux et la rejoignit dans un sommeil sans rêve. La lumière du jour les protégerait… pour l'instant.

*****

Kyoko commençait à devenir dingue. Il était près de midi et Kotaro avait finalement quitté la pièce pour aller leur prendre quelque chose pour déjeuner. Elle se sentait prisonnière ici, telle Raiponce dans sa tour attendant que son prince la sauve.
Bien sûr, elle aimait bien assez Kotaro…

d'accord... peut-être qu'elle l'aimait tout court, même... mais c'était hors de propos. Là tout de suite, elle voulait des réponses et il semblait très réticent à les lui donner. Elle pouvait dire qu'il lui cachait quelque chose par l'expression d'inquiétude dans son regard et par la façon dont il changeait de sujet à chaque fois qu'elle mentionnait le mot «vampire».

Tout ce qu'il lui avait dit, c'était qu'elle devait rester sur place jusqu'à ce que tout soit fini. Elle essaya de parlementer avec lui mais il avait obstinément mit un frein à toute discussion et avait verrouillé la porte, elle fulmina en silence.

— Jusqu'à ce que quoi soit fini ? grogna-t-elle à la pièce désormais vide, sachant que la question n'aurait pas trouvé de réponse même si Kotaro y était toujours.

Avec un soupir, elle se dirigea vers la fenêtre pour regarder... la belle liberté.

Je me demande ce que fait Toya en ce moment... se dit-elle car soudain il lui manquait.

Une rougeur se manifesta de nouveau pour la centième fois sur son visage alors que le souvenir de la façon dont elle s'était réveillée une heure plus tôt revenait la hanter. Les sourcils de Kyoko se contractèrent car elle avait conscience d'avoir eu parfaitement raison de pousser Kotaro hors du lit avant même qu'il ne se réveille.

Elle eut un léger sourire narquois en se remémorant

le bruit sourd lorsqu'il avait touché le sol. Elle n'avait pu se retenir de rire lorsque son visage confus était réapparu pour jeter un coup d'œil par-dessus le bord du matelas. Elle grimaça silencieusement quand sa comparaison verbale l'impliquant lui ainsi que Toya ne s'était pas si bien passée.

Après cela, elle avait dit à Kotaro qu'elle devait rentrer chez elle et il avait répondu avec un haussement d'épaules et un «non» comme si ce seul mot avait tout réglé.

— Si seulement je pouvais sortir d'ici sans que Kotaro le sache, murmura Kyoko pour elle-même, voyant mentalement ses vêtements d'agent de sécurité se changer en uniforme de gardien de prison.

Essayant de chasser l'image insensée de son esprit, elle appuya sa tête contre l'immense fenêtre.
Kyoko manqua de hurler quand la fenêtre s'ouvrit soudainement et qu'elle dû se rattraper avant d'avoir à revivre l'événement de la nuit précédente. Maudissant silencieusement sa propre stupidité ... elle n'avait même pas pris la peine de vérifier si elle pouvait s'ouvrir en premier lieu.

— Vraiment malin comme plan, abrutie, râla-t-elle dans un murmure étouffé.

— Dis-moi encore comment tu as réussi tes examens ?

Kyoko se pencha par la grande fenêtre et regarda le

sol et vit à quel point le terrain était vraiment vaste.

— Punaise… c'est quoi cet endroit, un château ? On dirait que je suis au quatrième étage !

Son regard se tourna alors vers la hauteur des murs d'apparence médiévale qui entouraient l'habitation aux allures de forteresse et se mordit la lèvre inférieure en se demandant s'il y avait aussi un fossé caché quelque part. Kyoko ricana pour elle-même, se sentant prise au piège dans un conte de fées déformé. Tout ce qu'il manquait maintenant était un dragon cracheur de feu. Elle leva les yeux vers le ciel en attendant que l'un d'eux passe en volant.

— Où est mon chevalier en armure étincelante maintenant ?

Se souvenant d'un vieux film Disney qu'elle avait vu dans son enfance, Kyoko eut une idée. Arquant ses sourcils, elle se demanda si cela pouvait vraiment fonctionner comme dans le film ou si elle allait tomber au sol comme une pomme pourrie.
Revenant à la porte de la chambre, elle tourna la poignée pour s'assurer qu'elle était bien verrouillée. Constatant que c'était le cas, elle sourit, se sentant comme une enfant sournoise craignant de se faire surprendre. Repoussant le sentiment indésirable, elle se mit au travail. Tirant les draps et la couverture du lit surdimensionné, Kyoko entreprit de les nouer ensemble.

Elle avait fait ça avec Suki à plus d'une occasion

quand elles avaient décidé de sortir tard dans la nuit du dortoir qu'elles partageaient. La chambre n'était cependant qu'au deuxième étage.

    Cela avait été une expérience. Personne n'était censé quitter le dortoir après neuf heures du soir, mais Suki, comme toujours, l'avait convaincue. Cela ne s'était pas très bien passé et Kyoko savait que cela pouvait se reproduire, mais elle avait besoin de sortir d'ici et de retourner à son appartement. Elle comprenait que tout ce que Kotaro voulait faire était la protéger, mais il s'était passé trop de choses la nuit dernière pour qu'elle accepte simplement la décision de Kotaro.

    Finissant sa tâche, elle attacha une extrémité au pied du lourd cadre du lit et jeta le reste par la fenêtre.

    C'est tellement stupide, se réprimanda Kyoko.
    Des trucs comme ça n'arrivent que dans les films. Eh bien, c'est un film qui m'a donné l'idée de toute façon.

    Ignorant sa propre répartie douteuse, elle saisit la corde de fortune et se fraya un chemin par la fenêtre. Les paumes de ses mains étaient comme en feu mais son entêtement l'emporta. Utilisant ses pieds comme appui, elle commença très lentement à descendre le mur de pierre déchiqueté.

*****

    Toya se tenait sur le flanc d'une colline à la périphérie de la ville. Les mèches argentés de ses cheveux de cendre virevoltaient dans la brise alors qu'il observait son environnement. Ses sourcils se rejoignirent momentanément en un froncement alors qu'il remarquait qu'il voyait beaucoup mieux que d'habitude aujourd'hui et qu'il pouvait entendre même le plus petit des sons.

Il ferma les yeux en écoutant pendant un moment alors que la chair de poule se répandait sur ses bras. Lorsque les sons dans l'herbe devinrent assourdissants, Toya grogna et ouvrit les yeux pour retrouver la zone à nouveau calme.

Après tout ce qui s'était passé la nuit précédente… il n'avait pensé qu'à Kyoko et à rien d'autre. La simple idée des vampires là-bas… et Kyoko au milieu… avait soulevé sa colère. Il devait la trouver et la retrouver rapidement.

Toya était allée à la fac et avait essayé de trouver des informations sur le petit agent de sécurité… une adresse ou quoi que ce soit d'autre, mais était reparti les mains vides si on exclue l'adresse d'un petit appartement complètement vide. Après quelques petites menaces adressées au propriétaire, celui-ci avait finalement admis que Kotaro avait payé la note mais n'y avait jamais séjourné.

— Et merde ! Toya fixa la route en dessous de lui.

C'est comme si Kotaro n'existait pas du tout… aucune trace nulle part.

Il avait commencé à conduire et s'était retrouvé en train de quitter la route ici au milieu de nulle part. Un instinct secret lui avait dit d'arrêter… il pouvait en quelque sorte la sentir.

Regardant vers la gauche, Toya pouvait voir les hauts murs d'une maison d'apparence historique qui semblait l'appeler. Suivant cet étrange appel, Toya avait descendu la colline pour regarder de plus près. Il s'était approché du mur accidenté et l'avait rapidement escaladé, en utilisant des vignes roses épineuses qui semblaient pousser depuis des siècles. Elles lui avaient écorché les mains, mais ça en vaudrait la peine si son instinct avait raison.

Atteignant le sommet de la paroi rocheuse, Toya jeta un œil par dessus et vit l'énorme maison qui se trouvait au-delà. Les yeux manquèrent lui sortir de sa tête quand il vit une personne qui n'était nulle autre que Kyoko, qui descendait maladroitement le mur déchiqueté de la maison en utilisant ce qui ressemblait à un… drap ?

— Qu'est-ce que...

Se hissant rapidement par-dessus le mur, Toya sauta de l'autre côté et courut vers elle avec une vitesse qu'il ne savait pas posséder.

Kyoko s'accrochait à sa corde de fortune de toutes ses forces en pensant que ça allait marcher. Un gémissement lui échappa quand elle réalisa qu'elle était trop courte d'environ six mètres. Elle n'avait jamais été douée pour évaluer les distances.

Un sentiment de terreur la remplit et elle prit une décision très rapidement. Elle perdait de toute façon son emprise et ferma les yeux.

— Ça va vraiment faire mal. chuchota Kyoko pour elle-même.

Prenant une profonde inspiration, elle lâcha prise et se laissa tomber sur la distance restante. La dernière chose à laquelle elle s'attendait était d'atterrir dans les bras de quelqu'un. Elle garda les yeux délibérément fermés alors qu'elle était envahie de visions d'un Kotaro très en colère qui la rattrapait.

— Hé, fille stupide, elle entendit une voix très familière marmonner et ouvrit les yeux.

— Toya ? demanda-t-elle, incertaine car c'était juste impossible qu'il ait pu apparaître comme ça à l'improviste.

— Tu connais qui d'autre qui soit aussi beau que moi ? S'enquit Toya d'un air suffisant, retournant rapidement au portail.

Dans la fraction de seconde qu'il avait fallu pour la rattraper, le duvet sur sa nuque s'était dressé alors qu'il captait l'odeur de l'agent de sécurité dans l'air.
Il grogna,

— Qu'est-ce que ce bordel… mais fut interrompu en pleine phrase quand Kyoko parla, sa colère faisant rapidement surface.

— Ne commence pas, Toya. Je ne comprends rien pour la nuit dernière. Des gars qui volent, des petits garçons aux yeux noirs et pour couronner le tout, tu étais dans mon lit hier soir. Tu veux bien m'expliquer pourquoi ? Son sourcil gauche se leva alors qu'elle attendait une réponse mais elle savait qu'elle n'en aurait pas.

— Vu ton odeur… je n'ai pas été le seul avec qui tu as dormi la nuit dernière !

Toya gémit en la laissant presque tomber exprès mais il la remit doucement sur ses pieds et la tira vers le portail principal. Elle résista à sa traction, enfonçant ses pieds dans le sol mais il n'allait pas lâcher prise après avoir fait tout ce chemin pour la trouver. Même si ses pieds devaient laisser des tranchées tout le long du jardin… elle allait venir avec lui, putain de merde !
Il posa la main sur les lourdes portes de fer, ses yeux d'or se rétrécissant quand les battants refusèrent de bouger. Un grondement de colère et une poussée brutale plus tard, il avait le portail grand ouvert.

*****

Kotaro tourna la poignée de la porte de la chambre, souriant de la savoir encore verrouillée. Il tira une clé de son trousseau et déverrouilla la porte en se demandant combien de temps il lui avait fallu pour arrêter de lui crier après une fois qu'il eût quitté la pièce.

C'est pour son bien ! se dit-il comme pour s'en convaincre de nouveau alors que la porte s'ouvrait.

— Voilà, Kyoko, j'ai apporté quelques-uns de tes...

Il écarquilla les yeux quand en jetant un œil dans tous les coins de la chambre il la trouva vide et il grogna quand il remarqua la corde faite de draps attachés au pied du lit. Le plateau de nourriture lui tomba des mains brisant le silence de sa stupéfaction et éclaboussant le sol, vite oublié alors que Kotaro courait à la fenêtre. Se penchant, il suivit du regard la corde vers le bas, espérant la voir suspendue contre le mur. Un grondement fit irruption des profondeurs de sa poitrine quand tout ce qu'il trouva fut une corde vide qui n'arrivait même pas jusqu'au sol !

— Comment diable a-t-elle pu sauter si loin sans se blesser ?

Kotaro inspira pour se calmer puis il s'immobilisa. Si quelqu'un l'avait vu, il aurait donné l'impression d'avoir soudain une ampoule allumée qui venait d'apparaître sur sa tête. Prenant une seconde inspiration, il gronda encore plus fort et ses mains agrippèrent le rebord de la fenêtre.

— Et merde ! s'exclama-t-il.

— Je sens Toya.

*****

Tasuki se réveilla de ce cauchemar persistant quel qu'il fut, qui avait provoqué sur son corps une soudaine éruption de sueur. Il cligna des yeux quelques fois, soudain heureux de ne pas se souvenir du rêve... la seule chose qu'il savait, c'est qu'il avait été mauvais.

— Pourquoi ai-je l'impression d'avoir mangé mon oreiller la nuit dernière ? soupira-t-il en léchant ses lèvres desséchées.

Assis dans son lit, il résista à l'envie de se retourner et de chercher à s'assurer que son oreiller était encore derrière lui. Jurant silencieusement de ne plus consommer d'alcool, il sortit du lit.

Tasuki pénétra en titubant dans sa cuisine et se demanda pourquoi il avait si soif.

— Ah oui, le long island ice tea.

Ses yeux devinrent vitreux comme il se souvenait des lumières clignotantes et d'une déesse dans ses bras en train de danser.

— Kyoko...

Il se lécha encore les lèvres. Son estomac grondait aussi depuis qu'il avait ouvert les yeux. Le seul problème, c'est qu'il ne pouvait pas identifier ce dont il avait envie. Tout ce qu'il pouvait donner comme description, était qu'il avait envie de quelque chose d'

acidulé, de salé et de légèrement collant.
 Il ne pouvait penser à rien correspondant à cette description, d'où sa présence ici et maintenant... dans la cuisine.

 Avec un soupir, Tasuki a commencé à ouvrir les placards, à la recherche de quelque chose. Il saisit des boites de conserves au hasard, regardant leurs étiquettes avant de les jeter négligemment par-dessus son épaule. Jusque là, rien ne semblait retenir son attention. Bientôt, le sol de la cuisine était jonché de boîtes de soupe, de boîtes de thon, même des paquets de Ramen, mais il ignora tout cela.

 Avec quelque chose qui ressemblait presque à un grognement animal, il avait presque arraché la porte du congélateur et l'avait vidé de la même manière qu'il avait vidé les placards. Secouant la tête dans sa frustration, il jeta un coup d'œil dans le réfrigérateur.
 Tasuki se figea quand son regard tomba sur le steak rouge sang qu'il avait retiré du congélateur tôt la veille. Sa langue courut inconsciemment sur ses lèvres comme il regardait le steak cru posé dans l'emballage, le sang rouge faisant une mare autour.

 Il vit sa main tremblante se tendre vers, et même toucher l'emballage de plastique transparent avant de frissonner et de retirer brusquement sa main, dégoûté. Il claqua rapidement la porte du réfrigérateur en se demandant ce qui avait pu lui passer par la tête. Quelque chose en lui semblait lui crier de prendre le bœuf cru et de le déchiqueter tel un animal enragé.

Se passant une main sur le visage, il s'efforça de quitter la cuisine, sans même remarquer le désordre qu'il y avait mit.

— De la viande crue et du sang... n'importe quoi ! Il ne manquerai plus que je me fasse pousser des crocs et que je tente de mordre Kyoko , murmura-t-il, se dirigeant vers la douche.

Ses pas ralentissaient alors que l'inquiétude commençait à le ronger. Il ne se souvenait pas que Kyoko soit revenue des toilettes la veille au soir.

Tasuki s'arrêta net alors que tout lui revenait pour finir par le coup du frère surdimensionné de Yohji. Il frotta à un endroit douloureux de son cou alors qu'il partait prendre une douche rapide afin de pouvoir se ruer à l'université pour découvrir ce qui était arrivé à Kyoko et à Suki.

*****

Se réveillant en proie à des sueurs froides une fois de plus, Yohji gémit en descendant lentement du lit. Son corps nu brillait de la lumière du soleil qui coulait qui entrait par la fenêtre. Il avait dormi le plus clair de la journée. Ses cheveux foncés normalement hérissés étaient plaqués sur sa peau humide alors qu'il se tenait debout et s'étirait, grimaçant à cause de ses muscles endoloris.

Il était resté couché là toute la mati née à glisser

vers et hors du sommeil et une partie de l'après-midi à attendre que la douleur s'en aille. En entrant dans la salle de bain, il regarda son reflet et bégaya de stupéfaction. Les blessures qui auraient dû être là avaient presque disparu, à l'exception des très grandes ecchymoses sur son cou.

Il se souvenait d'avoir eu un énorme combat et d'avoir pris une raclée qui aurait fait pleurer les dieux, mais ne se souvenait de rien au-delà. Un sourire se dessina sur ses lèvres quand le souvenir du petit corps serré de Kyoko, tenu collé contre le sien, lui revint. Il sentit quelque chose se tendre dans son sous-vêtement en réponse à cette pensée. La garce l'avait excité encore plus en le giflant. Il les aimait chaudes et fougueuses, c'était tellement plus amusant de prendre celles là.

Attrapant le peigne à fourche sur le lavabo de la salle de bain, il se mit à l'agiter dans ses cheveux humides. Yohji était fier du fait qu'il n'avait jamais eu un nœud dans ses cheveux soyeux de toute sa vie, mais qu'il pouvait toujours les faire tenir debout à chaque fois. C'était l'une des choses qui attirait les filles vers lui et beaucoup d'entre elles avaient passé leurs doigts dans ses cheveux pendant qu'il couchait avec.
En regardant de nouveau dans le miroir, il fronça les sourcils quand il tira le peigne à travers sa chevelure pour le faire sortir sur le côté de sa tête. L'espace d'une seconde, il crut voir, à travers son reflet, le porte-serviettes derrière lui.

Se penchant plus près, il posa le peigne et agita lentement la main devant le miroir. Il écarquilla les yeux en comprenant que ce n'était pas seulement le fruit de son imagination. Le reflet sur lequel il avait passé des années à s'émerveiller… était en fait en train de s'estomper.

Était-il, en vérité, mort la nuit dernière sans s'en rendre compte ? Fermant les yeux, Yohji gloussa et secoua un peu la tête.

— Je suis en train de perdre la boule, s'exclama-t-il doucement.

Ouvrant de nouveau les yeux, il poussa un cri et recula soudainement contre le mur. Son reflet avait clignoté et disparu pendant une seconde puis était réapparu. Il était désormais encore plus effacé qu'il ne l'avait été quand il l'avait remarqué pour la première fois.

Frappant du poing dans le miroir, il regarda avec une fascination stupéfaite alors que les éclats commençaient à pleuvoir dans le lavabo, laissant des morceaux encore attachés. En regardant de plus près, il remarqua encore son reflet dispersé et grogna en le voyant aussi fort que toujours.

Reculant lentement vers la porte de la salle de bain, il retourna dans sa chambre et enfila à la hâte des vêtements. Après les coups qu'il avait reçu la nuit dernière, il ne doutait pas que c'était juste sa vue qui lui jouait des tours. Il ne prêta aucune attention aux petites coupures qui étaient apparues sur ses jointures à l'endroit où il avait brisé le miroir ou au fait qu'il ne saignait pas alors que les petites blessures guérissaient rapidement.

—Probablement une petite commotion cérébrale ou quelque chose comme ça, marmonna Yohji en ramassant ses lunettes de soleil et en se dirigeant vers la sortie.

*****

Kotaro se détourna de la fenêtre avec l'intention de pourchasser Kyoko jusqu'à ce qu'il voit qui se tenait là, appuyé contre l'embrasure de la porte de la chambre comme s'il n'avait aucun souci au monde.

— Tu l'as encore perdue, hein ? demanda Kamui avec un sourire narquois.

Il avait regardé secrètement Kyoko sortir par la fenêtre depuis le début mais avait refusé de se montrer à elle… enfin, à moins qu'elle ne tombe. Sans ses souvenirs du passé, elle aurait paniqué et lâché la corde avant que Toya n'ait pu la rattraper.

— Tu étais censé la surveiller pour moi, imbécile ! gronda Kotaro face à l'immortel aux cheveux violets dont il était le meilleur ami depuis plus de mille ans.

Pendant tout ce temps, il n'avait jamais découvert le vrai pouvoir de Kamui ni d'où il venait… certains secrets étaient censés être gardés.

Le jeune homme n'avait jamais vieilli d'un seul jour

depuis que Kotaro le connaissait. Il se demandait encore souvent ce qu'était exactement Kamui. Ce n'était pas un vampire, Lycan ou aucune autre créature de la nuit. Ses pensées retournèrent silencieusement à la nuit au-dessus de la tombe lorsque Kamui avait montré ses ailes.

Comme Kyoko, il était aussi pur que le lever du soleil mais avait une bonne dose d'espièglerie en lui. Les cheveux violets indomptés et les yeux scintillants qui changeaient de couleur avec ses humeurs lui rendaient presque impossible une intégration aux foules normales des temps passés, mais avec l'étrange génération d'aujourd'hui… il avait simplement l'air de jouer dans un groupe de rock alternatif ou quelque chose comme ça.

La plupart du temps, Kamui était heureux d'être simplement invisible au monde. Kotaro ne l'avait pas vu montrer ses ailes depuis la nuit où ils avaient enterré Kyoko et Toya. Il détourna le regard pour le fixer une fois de plus sur ce qui était visible par la fenêtre.

— Tu m'avais dit que tu ne voulais pas qu'elle me voie. répondit Kamui.

— Si je l'avais arrêtée, elle m'aurait vu.

— Tu aurais dû venir me chercher quand elle est sortie par la putain de fenêtre. Kotaro haussa un sourcil en signe d'agacement.

— Tu me paies ? Kamui essaya de retenir son rire

face à l'expression comique qui traversa le visage de Kotaro quand il se retourna.

— Non, répliqua Kotaro.

Kamui haussa les épaules.

— Alors tu es tout seul.

Kotaro grogna puis aperçut une lueur d'espièglerie dans les yeux soudainement verts de Kamui.

— Je me suis assuré que Toya la rattrape…. n'était-ce pas assez ?

Kamui eut un sourire narquois en enfonçant ses mains dans ses poches larges et en s'éloignant nonchalamment. Il s'arrêta dans le couloir juste à l'extérieur de la chambre et regarda de nouveau l'expression de Kotaro.

— À plus ! héla Kamui et il partit comme une chauve-souris s'éclipsant de l'enfer.

CHAPITRE 10

Toya venait de terminer une longue diatribe concernant tout ce qui s'était passé la nuit précédente et avait même ajouté toutes les choses effrayantes qui auraient pu arriver avant de considérer qu'il avait finalement vidé son sac. À présent, il était silencieux… trop silencieux.

Kyoko demeura assise à côté de Toya sur le trajet pour retourner en ville, les bras croisés sur sa poitrine et elle regardait par la fenêtre de la voiture. Elle détestait se sentir comme une enfant qui venait de se faire prendre en train de faire quelque chose de mal. Ce qui empirait les choses, c'était que tout ce qu'il disait était juste.

— Ce n'est pas de ma faute… tu sais, marmonna Kyoko pour elle-même en regardant le reflet de Toya dans la vitre.

Son expression s'adoucit car elle savait que ce n'était pas de sa faute non plus. Tout ce qu'il avait fait était essayer de la sauver. Sans regarder vers lui, elle abaissa un bras et posa la main sur la sienne posée sur le levier de vitesses, sachant qu'il le prendrait comme une excuse silencieuse. Son anxiété s'est complètement évanouie alors que son pouce caressait le côté de sa paume.

— Alors, Suki est restée chez toi avec Shinbe hier soir ? elle essaya de ne pas sourire à cette seule pensée.

— Ouais, sans Shinbe ... nous ne vous aurions pas trouvé toute les deux, remarqua Toya en se promettant mentalement de remercier son meilleur ami plus tard.

Il sourit intérieurement en sachant qu'au moins Suki serait en sécurité pendant un moment car à en juger par le regard dans les yeux de Shinbe, son ami n'allait pas la laisser hors de sa vue pendant les prochains jours, semaines ou peut-être même le les deux prochains siècles.

Kyoko remarqua à peine le paysage qui défilait alors que son esprit essayait de comprendre tout ce qui s'était passé la nuit précédente et comment elle s'était retrouvée chez Kotaro. Elle s'en souvenait à peine. Elle se souvint de l'incident avec Yohji et ses mains agressives et du petit garçon étrange à la peau et aux cheveux blancs… et aux yeux très noirs. Elle réprima le frisson effrayant qui accompagnait cette pensée.

Elle se rappela également cet homme étrangement

séduisant à la longue chevelure blanche... Elle lança un regard latéral à Toya, et se perdit dans la contemplation de ses mèches claires qui parsemaient sa sombre chevelure. Elles avaient toujours eu cette couleur si étrange mais elle avait retrouvé cette même nuance dans la crinière de cet homme.

Ce n'était pas la couleur des cheveux d'un vieil homme.... C'était comme de l'argent blanc fondu en brins soyeux doux. Et ces yeux... personne n'avait d'yeux comme ça à part Toya. Qui était cet homme qui était arrivé à son appartement la nuit dernière pour ensuite prendre son envol... Était-il seulement réel ? était une sorte de harceleur ? Était-il seulement humain ? Elle en doutait.

Le regard de Toya rencontra le sien dans le reflet dans la vitre. Les lèvres de Kyoko s'écartèrent et son cœur se mit à battre très fort l'espace d'un instant comme si elle essayait de lui dire quelque chose. Elle prêta l'oreille alors que tout devenait complètement silencieux ... même son propre cœur. Une voix douce venue du passé murmura à travers son âme :

— Protège-le.

Les sons étaient à nouveau audibles et Toya se concentra de nouveau sur la route. Kyoko sourit doucement s'interrogeant sur sa propre imagination. Voyant sa main saisir le levier de vitesse encore plus fort, elle enveloppa ses doigts un peu plus de sa propre main et sentit la tension dans la sienne disparaître instantanément.

Toujours, répondit-elle silencieusement à la voix mystérieuse.

Quelque part loin ... parmi les plantes enchantées qui cachaient encore une tombe non marquée fleurissait une autre fleur d'argent comme pour sceller la demande silencieuse.

Kyoko soupira doucement, essayant de régler les questions dans sa tête. Plus elle y pensait, plus elle avait l'esprit embrouillé, alors elle décida que pour l'instant... elle n'y penserait tout simplement pas. Ce n'était pas comme si ça la menait à quelque chose de toute façon. Elle avait bien d'autres choses à quoi penser maintenant, comme aller à l'université pour pouvoir récupérer ses livres pour le semestre suivant. Ça l'empêcherait de chercher les ennuis et étudier aiderait à la distraire de toute cette bizarrerie.

Toya était encore contrarié par le fait que Kotaro aie emmené Kyoko et l'aie planquée loin comme un trésor secret. Il n'avait pas l'intention d'admettre qu'il avait eu exactement la même idée. Le fait qu'elle ne se soit guère débattue contre Kotaro lui avait vraiment tapé sur les nerfs. Il avait dit à l'agent de sécurité à plusieurs reprises de rester loin d'elle, mais ce bâtard arrogant l'ignorait constamment.
Sentant la douce main de Kyoko sur la sienne tempéra ses jalouses pensées. Les pensées négatives s'écartèrent de Kotaro lorsque l'image qui imitait son propre reflet pénétra dans son esprit.

Ce dont Toya n'avait parlé à personne, c'était sa propre réaction à l'homme aux cheveux argentés la veille. Le poursuivant l'avait regardé comme s'ils se connaissaient et Toya avait bien ressenti une sorte de lien avec l'homme, mais il ignorait ce que c'était. Il l'avait déjà vu, mais c'était des rêves... n'est-ce pas cela ? Les rêves et la réalité étaient deux choses distinctes... Pas vrai ? Ils arrivèrent à un feu rouge et Toya prit un moment pour réfléchir. Il laissa son regard errer un instant et sourit presque au parc de la ville au loin. Mais qu'avait donc cet endroit pour le calmer ainsi, et ce, apparemment, à chaque fois ?

Toya ferma les yeux un instant et des yeux d'or apparurent dans son esprit... regardant droit dans les siens comme pour tenter de dire à son âme une chose qu'il avait oublié depuis longtemps. Il hoqueta à la vue du sang et il ressentit une douleur incroyable au fond de sa poitrine. Tout comme ses rêves nocturnes se transformaient souvent en cauchemars… maintenant ses rêves éveillés faisaient de même.

Le feu de signalisation est devenu vert mais il ne l'avait pas vu alors qu'il essayait de reprendre son souffle.

Kyoko tourna la tête et le vit penché au-dessus du volant. Une fine couche de sueur s'était répandue sur son front et il agrippait son torse.

— Qu'est-ce que s'est passé ? demanda-t-elle, soudain effrayée.

— As-tu besoin d'aller à l'hôpital ?

Pivotant rapidement sur le siège, elle lâcha sa main et la posa sur son épaule, elle voulait l'aider… elle voulait que sa douleur disparaisse.

— Je vais bien, réussit-il à dire.

— C'est seulement un spasme musculaire.

La main sur son épaule était si chaude… si relaxante comme si elle lui enlevait ces pulsations intenses.
Toya poussa un grognement quand la voiture derrière eux klaxonna. La douleur ayant complètement disparu, il tendit la main par sa fenêtre ouverte pour leur faire un doigt avant de filer dans la circulation.

Kyoko tenait la poignée de la porte d'une main et le tableau de bord de l'autre pour tenter de ne pas tomber de son siège alors que le trajet commençait à lui rappeler un jeu auquel elle avait joué autrefois appelé «Pole Position». Indépendamment de son humeur, ce qu'elle avait à lui dire le mettrait certainement en colère.

— Emmène-moi à la fac, demanda-t-elle en sachant qu'elle devrait se battre avec lui pour arriver à ses fins.

— Quoi ? hurla Toya.

— Hors de question ! Tu rentres chez toi, il n'y a pas à discuter.

Sa main agrippa le volant alors qu'il sentait la colère de Kyoko monter de quelques crans. Il détourna lentement ses yeux de la route pour la regarder et tressaillit lorsqu'il se retrouva nez à nez avec elle.

— Depuis quand tu te prends pour mon père ?! hurla Kyoko directement dans sa face.

Merde, elle avait l'air sexy quand elle était énervée...

Il cligna des yeux plusieurs fois avant de lui répondre.

— Ce n'est pas ma faute si tu as besoin d'un protecteur !!

Les yeux dorés de Toya transpercèrent les siens et om en oublia complètement qu'il était en train de conduire jusqu'à ce qu'il entende un klaxon résonner juste devant lui.

Kyoko et Toya grincèrent des dents alors qu'il ramenait la voiture dans la voie sur laquelle il était censé circuler, manquant de peu un 18 roues venant en sens inverse.

— Je ne sais pas quoi craindre plus... ta conduite ou l'homme avec des crocs, lui lança Kyoko alors qu'elle s'affalait sur son siège en commençant à faire la moue.

— J'ai besoin de mes manuels scolaires avant de

rentrer à la maison, abruti.

Mon Dieu, il peut être si autoritaire parfois… se plaignit Kyoko pour elle-même, se sentant comme une enfant de cinq ans qui voulait un cookie et se voyait répondre NON !

Les phalanges de Toya devinrent blanches alors que ses mains se resserraient sur le volant. Il se pencha en avant et leva les yeux vers le soleil en remarquant qu'il n'était que 3 heures de l'après-midi environ. Les vampires ne pouvaient pas sortir à la lumière du jour… en plus, il détestait dire à Kyoko «non» même si c'était pour son bien.

En poussant un soupir, il se sentit céder…

— Mais… euh, très bien… on va s'arrêter et récupérer tes bouquins…

Ses paroles furent interrompues alors qu'elle le plaquait contre la portière.
Kyoko jeta les bras autour de Toya, un sourire illuminant son visage.

— Merci.

— Hé, marmonna Toya et il tenta de prêter attention à la route.

Avoir Kyoko pressé contre lui était assez dur à gérer comme ça, mais que cela se produise pendant qu'il conduisait était extrêmement satisfaisant et perturbant.

Cédant à son désir le plus sincère l'espace d'un bref moment; Toya plaça sa joue contre ses cheveux et frotta son nez dans la masse, respirant le doux parfum qui semblait toujours calmer ses nerfs. Glissant un bras autour d'elle et gardant l'autre main sur le volant, il laissa ses pensées dispersées se détendre.

C'était comme s'ils étaient ensemble depuis une éternité... comme il se devait.

Ils arrivèrent à la fac en un seul morceau environ dix minutes plus tard et arrêtèrent la voiture. Kyoko avait quitté la voiture et se précipitait vers la librairie du campus avant même que Toya n'ait le temps d'éteindre la voiture.

Murmurant des jurons dans sa barbe, il sortit rapidement de la voiture et la suivit. C'est alors qu'il a eu un très bon aperçu de ce qu'elle portait. Il hésita pendant seulement une seconde puis partit à sa poursuite. Un grognement possessif surgit de la poitrine de Toya. Il avait complètement oublié qu'elle portait toujours sa tenue de soirée de la nuit dernière. Mais en vérité, il l'avait mise au lit entièrement habillée et elle n'avait visiblement pas eu d'opportunité de se changer avant que tout parte en vrille la nuit précédente.

Le vif souvenir d'avoir été allongé avec elle la nuit précédente faisait des ravages dans son esprit. Il s'arrêta à la porte de la librairie et saisit le chambranle pendant un moment... perdu dans un songe délicieux.

Essayant de chasser de son esprit ce souvenir, il entra dans la librairie et trouva Kyoko près de la section dédiée à l'Histoire. Elle trouva rapidement localisé le livre qu'elle cherchait avant de se précipiter vers la section littérature. Avec un soupir résigné, il la suivit silencieusement pendant quelques minutes avant qu'elle ne réalise qu'il était seulement là.

— Oh, Dieu merci, murmura Kyoko.

— Tiens ça.

Toya grogna quand elle fourra les livres dans ses bras avant de le fusiller du regard alors qu'elle s'éclipsait à nouveau. Avec un autre soupir, il le suivit. Il manqua de faire tomber les livres qu'il portait quand Kyoko balança un livre de mathématiques sur le dessus de la pile comme s'il avait été rempli de germes de la peste noire.

— Tu crois que t'es cap de faire un peu plus gaffe ? demanda-t-il bruyamment pendant qu'il serrait les livres avant qu'ils ne basculent.

Kyoko le regarda d'un air désolé.

— Pardon, Toya. J'ai encore un livre à prendre, puis on ira à la cafétéria prendre une pizza. Qu'en dis-tu ?

Elle tentait de le soudoyer car elle le connaissait depuis assez longtemps pour savoir ce qui fonctionnait et ce qui ne fonctionnait pas.

Toya ne pu s'empêcher de sourire. Qu'il soit damné

si cette femme ignorait son point faible ultime en dehors d'elle ... la nourriture ! Son sourcil commença à trembler quand il remarqua qu'elle avait déjà fui vers un autre livre le laissant là à tenir le sac ... ou les livres.

*****

Tasuki avait tenté de localiser Kyoko. Il était même passé par son appartement, mais elle n'était pas là. Il ne pouvait la trouver nulle part et maintenant il était assis dans la cafétéria de l'école perdu dans ses propres pensées ... la pensée principale était d'éviter sa propre cuisine.

— Steak tartare

Tasuki secoué à nouveau à l'idée de la viande crue mariner dans son propre sang.

— C'est tout simplement dégoûtant.

Ses pensées furent dispersées jusqu'à ce qu'il entende la voix de Kyoko. Toute son attention fut soudain fixée sur la porte et sa respiration s'accéléra alors qu" attendait.
Les souvenirs de la veille l'envahirent alors qu'il visualisait la danse qu'ils avaient partagée quelques heures auparavant. Son corps appuyé contre le sien... se déplaçant au même rythme que le sien. La couleur améthyste brillait une fois de plus dans ses iris. Il avait l'impression que le soleil venait de laisser la lumière revenir dans sa vie lorsqu'elle apparut à la porte du refectoire de l'école ... puis il remarqua le nuage

orageux derrière elle sous les traits de Toya prêt à lui tomber dessus.

Tasuki soupira alors que ses épaules s'affaissaient :

— C'est vraiment pas mon jour.

Ses yeux brillants la suivaient à chaque mouvement... faisant complètement abstraction de la tête brûlée qui la suivait comme son ombre.

Au moins, elle va bien ... se dit Tasuki alors que ses yeux erraient sur son corps pour s'assurer que Yohji n'avait pas fait de dégâts.

Kyoko se précipita pour regarder dans la vitrine à côté de la caisse enregistreuse. Voyant toute la nourriture délicieuse à vendre, elle se mordit la lèvre inférieure en essayant de choisir. Elle sourit lorsqu'un homme de la cuisine sortit avec une pizza encore chaude.

— Ça ! Je veux ça.

La vieille dame à la caisse lui demanda combien de parts elle voulait. Kyoko haussa les épaules en lui disant qu'elle voulait toute la pizza. Secouant la tête devant la taille de la pizza, mais la mettant quand même en boîte la dame la donna à Kyoko qui se retourna avec et commença à marcher.

Elle s'arrêta à mi-chemin tournant la tête vers Toya.

— Toya, dit Kyoko avec un sourire trop doux.

— Je n'ai plus d'argent sur moi, dit-elle en prenant son meilleur air de petit chiot.

Toya grogna :

— Pourquoi est-ce à moi de payer pour ça ?

Elle tenait la pizza sur le côté et se mit presque nez à nez avec lui.

— C'est le moins que tu puisses faire après t'être faufilé dans mon lit la nuit dernière ! MAINTENANT, PAYE ! sa voix devenait plus audible à chaque mot.

La vieille dame commença à toussoter et Toya mis la main à la poche marmonnant :

— Ce n'est pas comme si j'avais profité de toi ou de quoi que ce soit..

Il jeta quelques billets à la dame aux cheveux gris, choquée, puis fila après la jeune fille avec la pizza qu'il venait de payer.

Décidant de se montrer juste pour voir si Toya avait déjà retrouvé la mémoire, Kamui se tint tranquillement dans la queue sans être remarqué par le jeune homme aux cheveux longs qui passa devant lui comme une tornade après la jeune fille qui lui avait fait payer pour son déjeuner.

Non... pas même un semblant de réaction.

— Toya, tu ne changeras jamais, n'est-ce pas ? se murmura l'homme aux cheveux violets avec un sourire alors qu'il poursuivait sa surveillance du couple.

— Comme au bon vieux temps.

En utilisant ses sens améliorés, Kamui rechercha tous les dangers inconnus pouvant rôder dans la salle bondée et ses pupilles se figèrent lorsqu' il détecta les vibrations les plus étranges. Ses iris passèrent d'un bleu ciel à une couleur océanique profonde, puis s'élargirent de confusion alors qu'ils se dirigeaient vers la fenêtre en voyant le soleil toujours briller.

— Des vampires ? Mais il fait jour , marmonna-t-il dans un souffle.

Payant rapidement la nourriture qu'il n'avait pas l'intention de manger, Kamui se dirigea vers la table juste derrière l'une des auras entachées. Il aurait dû savoir que ce serait lui. La nuit précédente, Kyoko avait appelé ce garçon Tasuki et ils avaient semblé être des amis de longue date. C'était logique, en vérité, qu'il se retrouve mêlé à tout ça vu qu'il était le... réincarné de Shinbe bien que personne ne le sache.

La veille au soir, le garçon était bien, mais maintenant ... son aura était entachée d'ombres plus sombres. Kamui ferma les yeux en essayant de regarder à l'intérieur de l'âme du garçon. Dans son esprit, il pouvait le sentir... la pureté au cœur de l'âme maintenant assombrie de Tasuki était encore forte et s'efforçait de garder le contrôle.

Kamui se frotta la tempe face à ce fait nouveau. Bientôt, l'un l'emporterait sur l'autre... car l'obscurité et la lumière dans le même corps ne pouvait conduire qu'à... Son attention fut attirée quand Kyoko s'arrêta à côté de la table du garçon... suivie d'une lumière encore plus sombre que celle que Tasuki possédait.

Toya va bientôt se réveiller...

Kamui pouvait sentir la turbulence en sommeil juste sous le pouls de son ami perdu depuis longtemps. Toya avait été un innocent par le passé… tout comme Tasuki. Il avait combattu l'obscurité même après que celle-ci l'ait consumé... combattu jusqu'à son dernier souffle.

Les mains de Kamui avaient été liées. alors… tout comme ils étaient maintenant.

Ces mêmes poings se serraient alors qu' il tentait de penser à un moyen d'empêcher tout cela de se reproduire. Il ne pouvait pas regarder l'âme de son ami être torturée pour la deuxième fois alors qu'elle combattait la lumière dans les ténèbres. Il avait déjà envoyé à Toya des avertissements sur ce qui allait arriver en provoquant chez lui des rêves du passé.

Il avait utilisé sa magie pour ramener l'âme de Toya dans ce monde pour une seconde chance et s'assurer que tous les gardiens étaient ensemble une fois de plus. Cette fois, ils protégeraient l'unique être qui avait le pouvoir de donner à l'âme de Toya la chance dont elle avait besoin... et de les sauver tous de l'obscurité qu'Hyakuhei avait apporté à cette dimension.

Kamui ferma les yeux alors qu'il laissait le passé lui balayer l'esprit... pas le passé de ce monde, mais le passé de nombreux mondes. Le lien des frères avait été rompu dans cette dimension et les protecteurs du Cristal du Cœur du Gardien dispersés. Il y avait encore une chose qui les maintenait tous ensemble... la prêtresse.
ça ne donnerait rien de bon que Kotaro le sache ... Pas maintenant. Dans ce monde, Kotaro n'avait pas vécu dans la même obscurité que le cœur du vampire... il ne pouvait pas comprendre que même les cœurs les plus purs n'ont souvent pas la moindre chance avec ce genre de ténèbres. Mais Toya et Kyou s'étaient quand même battus.

Les yeux scintillants de Kamui s'adoucirent lorsqu'il pensa à ses frères. Même si son ami ne s'en souvenait pas encore... il le ferait bientôt. Toya les avait combattu et avait perdu la vie en essayant de protéger son frère. Le même frère qui à présent ne se nourrissait plus que de vengeance. Même dans ce monde, le véritable lien entre les gardiens ne pouvait être rompu. Après tout... ils partageaient des éclats de la même âme.

Kamui serra les dents dans sa frustration en sachant qu'il ne pouvait pas leur dire la vérité ... ce n'était pas son rôle de la dire. Kotaro et lui étaient amis depuis plus de mille ans dans ce monde. Mais même Kotaro ne savait pas la vérité, pas toute la vérité de toute façon. Kotaro le considérait comme un enfant uniquement parce qu'il avait l'air plus jeune.

Que penserait Kotaro s'il se rendait compte que le garçon était aussi vieux que l'homme ? L'ombre projetée sur le sol derrière Kamui par les grands rayons du soleil à travers les vitres révéla sa forme véritable. Une image sombre de ses ailes étendues se replia en lui alors qu'il regardait silencieusement la lumière et les ténèbres se mêler comme si c'étaient de vieux amis.

*****

Kyoko se fraya un chemin à travers plusieurs tables envahies d'étudiants qui travaillaient et mangeaient avant de faire une « volte-face » quand elle sentit quelqu'un la regarder. Se retournant pour localiser l'origine de ce sentiment familier, elle se retrouva à regarder dans le regard doux de Tasuki.

Son regard glissa de son visage à l'arc de son cou quand elle tourna la tête et que ses cheveux balayèrent son épaule, l'exposant. Il se trouva à admirer la peau douce de cette zone. Alors même qu' il remarquait que son attention était maintenant sur lui, Tasuki baissa les yeux vers ses mains qui semblaient serrées ensemble dans une frustration silencieuse à la surface de la table.

Kyoko fronça légèrement les sourcils. Tasuki était assis tout seul et avait l'air un peu malheureux. Elle se sentit soudain coupable, pensant qu'il était peut-être déprimé parce qu'elle avait disparu du club la veille au soir sans même dire au revoir. Sortant rapidement son sourire éclatant, Kyoko se dirigea vers sa table avec la pizza surdimensionnée et lui mit une petite tapé sur l'épaule.

— Hé Tasuki, ça te gêne qu'on se joigne à toi ? demanda-t-elle joyeusement.

Elle n'avait jamais vu Tasuki si ... déprimé avant. Elle le connaissait depuis l'école primaire et à plusieurs reprises, souvent après avoir obtenu une mauvaise note à un contrôle, Tasuki était celui qui lui remontait le moral. L'expression de Kyoko s'adoucit à cette pensée. Il était temps de lui retourner cette faveur.
Tasuki leva les épaules en essayant de réprimer l'envie de regarder une fois de plus son cou. Au lieu de cela, il lui sourit et hocha la tête joyeusement. Prenant l'odeur de la pizza qu'elle tenait dans les mains, il détecta immédiatement l'odeur de saucisse, de bacon, de pepperoni et de toutes les garnitures. Il ne se souciait pas vraiment de ce qu'il y avait dessus, il était soudainement affamé et ça sentait tellement bon.

— C'est impossible que Toya et moi on arrive à finir tout ça sans aide, déclara Kyoko en prenant place à côté de son ami de longue date.

— N'importe quoi ! s'écria soudain Toya se sentant soudain possessif envers elle... et envers la pizza.

Il n'aimait pas la façon dont Tasuki regardait Kyoko ou la pizza qui venait de lui coûter une petite fortune.

— J'ai assez faim pour manger une vache entière.

— Meuh, rétorqua Kyoko en plaisantant.

Toya s'assit à côté d'elle, souriant lavec une expression lubrique.

— Est-ce que ça signifie que tu veux que je te mange ?

Son sourcil se releva quand il se rendit compte de l'impression que ça pouvait donner et détourna rapidement le regard.

Pourquoi j'ai dit ça ? se demanda-t-il en silence en essayant de ne pas loucher.

Kyoko ne put contrôler le sang qui lui montait aux joues avant qu'elle ne parvienne rapidement à effacer de son esprit le fait qu'elle l'avait entendu et tourna son attention vers Tasuki. Une aura sombre semblait se développer autour de la forme silencieuse de Tasuki. L'étincelle de colère améthyste qu'elle put voir dans les yeux habituellement bruns et calmes du garçon la choqua. Qu'est-ce qui avait pu provoquer une telle fureur chez une personne si douce ?

Tasuki pouvait sentir son cœur battre violemment juste sous sa peau, alimentant la rage jalouse qui circulait soudain à travers lui à l'invitation perverse de Toya. Comment ce salopard ose-t-il parler ainsi devant Kyoko ?

Toujours assis à la table derrière eux, Kamui pouvait sentir la rage du garçon faire surface et il ferma rapidement les yeux... murmurant un sort costaud pour le contenir. La dernière chose dont ils avaient besoin était un demi-vampire énervé montrant son vrai visage pour la première fois. Libérer un tel pouvoir chez le garçon naïf provoquerait des complications dans la cafétéria bondée.

Tasuki sentit l'émotion dangereuse sortir de son corps et son pouls ralentit pour revenir à un rythme normal alors que son attention revenait sur Kyoko.

Maintenant que le garçon était de nouveau sous contrôle, Kamui fourra de la nourriture dans sa bouche pour s'empêcher de rire de ce qui avait provoqué la jalousie en premier lieu. «Pauvre Toya... Je crois que c'est ce qu'on appelle mettre les pieds dans le plat... Après faut pas s'étonner d'avaler des trucs qui puent la chaussette sale. Il ricanait à ses propres divagations avant de retourner son attention vers leur table.

— Alors, tu veux manger avec nous ? demanda Kyoko alors que les ténèbres quittaient lentement ses yeux.

Tasuki reprenait du poil de la bête.

— J'adorerais en avoir une tranche, répondit-il poliment en décidant d'ignorer l'homme arrogant qui était assis si près d'elle.

Il voulait demander ce qui s'était passé la nuit dernière, mais la honte l'en empêcha. Après tout, c'était de sa faute s'il ne se souvenait pas de ce qui s'était passé et elle semblait être de bonne humeur, donc c'était peu probable que ça se soit si mal terminé.

Après avoir envoyé un Toya grognon chercher des

serviettes et sodas, Kyoko leur donna à chacun une tranche et pris une très grande bouchée de la sienne. Toya manqua de laisser tomber les boissons quand Kyoko commença à gémir.

— C'est tellement bien, dit Kyoko la bouche pleine de pizza.
— Miam... elle lécha la sauce sur un de ses doigts et sourit.
— ... Bon à s'en lêcher les doigts.

Bon Dieu ! se dit Toya. « N'a-t-elle pas la moindre idée de ce que cela me fait ?

Des images de Kyoko, nue et se tordant sous lui, refaisaient surface dans son esprit. Il pouvait soudain la voir couverte de sueur, les cheveux collés sur son visage, son cou et ses seins. Chassant l'image de sa tête, Toya mordit dans la pizza et dû admettre qu'elle était très bonne.

Tasuki resta assit là, la mâchoire tombante pendant un moment en regardant Kyoko. Il ne savait pas que ses pensées suivaient le même cours que celles de Toya. Haussant les épaules dans sa tête tout en essayant de garder son érection subite sous contrôle, il mordit dans la pizza.

Tout le bruit et le mouvement dans la salle s'étaient arrêtés pendant que le monde se rétrécissait pour ne plus comprendre pour lui que ce qu'il mangeait. Sans prévenir, sa bouche commença à brûler et il eut l'impression qu'il allait être malade.

Kamui se gifla en signe de défaite sachant que la

pizza dans laquelle le garçon venait de mordre était couverte d'ail. Il pouvait sentir l'odeur depuis l'endroit où il était assis.

— Pauvre enfant, se murmura-t-il à lui-même.

— J'aimerais vraiment t'aider, mais tu es tout seul sur ce coup-là.

Il était silencieusement heureux Toya n'avait pas eu d'effets secondaires ... Pour le moment.

— ça va, Tasuki ? demanda Kyoko en le voyant lutter pour avoir de l'air.

— Tu as l'air un peu pâle.

C'était l'euphémisme de l'année, car toute couleur semblait avoir quitté le visage de Tasuki. Incapable d'avaler la bouchée, au lieu de répondre, Tasuki sauta de son siège et courut aux toilettes.

— Mais qu'est ce qui lui prend ? s'enquit, Toya prenant une autre grosse bouchée de pizza comme s'il s'en foutait.

Il tendit la main vers sa boisson et il regarda autour de lui vers les autres tables. Son regard tomba sur un autre étudiant avec les cheveux en mode punk et il fronça les sourcils à la vue des mèches violettes.

Quelque chose dans l'esprit de Toya s'imbriqua dans un autre élément l'espace d'un instant. Comme dans un souvenir, il vit le même gars debout à côté de lui sur la rive sombre d'un cours d'eau. Dans la vision... le garçon se tournait vers lui et Toya le regardait droit dans les yeux qui lançaient des étincelles multicolores. Il essaya de s'en défaire mais la vision persista. Un sentiment des plus étranges le submergea… comme s'il avait connu ce mec toute sa vie et en même temps, il n'avait pas la moindre putain d'idée de qui il était.

Les doigts glacés du destin parcoururent lentement sa colonne vertébrale alors qu'il comprenait où il avait vu le garçon auparavant… dans ses rêves. Il manqua s'étrangler avec la pizza en comprenant qu'à présent deux des personnes peuplant ses rêves étaient entrées dans sa réalité comme si elles étaient censées être là.

— Toya, je t'ai pas déjà dit qu'il fallait mâcher ta nourriture avant de l'avaler ? se plaignit Kyoko, véritablement convaincue qu'un de ces jours, son ami allait mourir étouffé.

Elle regarda vers les toilettes des garçons en espérant que la même chose n'était pas en train d'arriver à Tasuki.

Toya détourna son regard de l'étudiant et fixa Kyoko.

— De quel droit tu te mêles de savoir comment je mange ? Au moins je mange.

Il lança un regard impassible, remarquant qu'elle ne lui prêtait aucune attention.

Il se détourna d'elle et se retourna vers l'étudiant. Son regard se figea imperceptiblement quand il vit que le gars était parti. De brillants rayons de soleil fusaient dans la pièce par la fenêtre, frappant la chaise désormais vide. Il pencha légèrement la tête, poussant un soupir de soulagement. Pendant un bref instant, il crut avoir vu des paillettes multicolores flotter dans la lumière du soleil.

*****

Tasuki éclaboussa son visage après s'être rincé la bouche au robinet des toilettes. Il pouvait sentir l'ail tout autour de lui et cela le rendait encore plus malade… si c'était possible. Il se pencha vers le miroir, le touchant alors qu'il regardait avec confusion son propre reflet, voyant à quel point il devenait pâle.

— Mais… à la base, j'aime normalement l'ail...

Tasuki fronça les sourcils en direction de son reflet dans le miroir, regrettant de ne pas avoir sous la main un bain de bouche pour pouvoir se débarrasser de la saveur acidulée qu'il détestait soudainement.
Entendant la porte des toilettes s'ouvrir, il releva la tête pour se regarder dans le miroir par-dessus sa propre épaule. Ses yeux bruns chauds se transforment rapidement en une améthyste foncée.

Yohji !

Agrippant si fort le lavabo que ses phalanges devinrent blanches, il sentit son sang se mettre à bouillir. Il avait vu ce que Yohji avait essayé de faire à Kyoko la nuit précédente. Tasuki grogna silencieusement alors que d'autres souvenirs lui tiraient dessus depuis une région sombre de son esprit.

Le frère surdimensionné de Yohji l'avait frappé… fort, mais il s'était quand même battu pour se rendre à Kyoko. Quelqu'un l'avait attrapé par derrière, l'empêchant de... qui ? Tasuki fronça les sourcils. Il se souvint avoir cherché Kyoko alors qu'il se sentait drogué à fond, ne se souvenant pas vraiment de grand chose après ça. Tout ce dont il se souvenait était une piqûre de douleur puis une obscurité totale. Inconsciemment, sa main remonta pour frotter son cou.

— Eh bien, si ce n'est pas le héros de la place. annonça Yohji d'une voix traînante, se dirigeant vers le lavabo à côté de Tasuki.

Il fronça les sourcils et plissa le nez vers le garçon à côté de lui.

— N'as-tu jamais entendu parler des douches ? Ta puanteur suffirait à faire vomir quelqu'un.

— Tes actes envers Kyoko suffiraient à rendre quelqu'un malade, répliqua Tasuki, bouillonnant maintenant d'une colère silencieuse.

Les yeux de Yohji se vitrèrent un peu avec une rougeur malsaine alors qu'un sourire arrogant apparut sur son visage.

— Kyoko… c'est une petite chose sexy n'est-ce pas ? Tu la veux… n'est-ce pas ? Je parie que sous cet extérieur de bon petit garçon, tu rêves de lui faire les mêmes choses que je vais lui faire.

— Kyoko est une femme et devrait être traitée comme telle.

Tasuki montra les dents, ressentant une puissance incontrôlée au fond de lui qui tentait de se frayer un chemin vers la surface.

— Les gens comme toi ne pourrons jamais la toucher !

Yohji posa la main sur sa joue, feignant d'être sous le choc.

— Oh c'est vrai ! Je parle avec le puceau du campus. J'avais complètement oublié !

Son sourire narquois disparut; remplacé par le même regard de colère que Tasuki avait reçu la nuit précédente.

— Ne t'imagine même pas te mettre en travers de mon chemin, boy scout. Kyoko sera ma copine et tu ne peux rien y faire.

Se sentant craquer, Tasuki se tourna vers le salaud souriant pour le frapper et le rata, seulement pour se retrouver avec un poing dur planté douloureusement dans son estomac déjà fragile. Il tomba à genoux, enveloppant de ses bras sa taille, s'étouffant légèrement.

— Tu es vraiment pathétique, tu sais ? Je ne sais pas ce que Kyoko peut trouver à une tapette comme toi.

Yohji fit craquer ses jointures en se détournant :

— Elle a besoin d'un vrai homme et j'ai l'intention de lui donner juste ça.

Avec un sourire sarcastique, il quitta les toilettes et le garçon qui était toujours à genoux sur le sol.

Tasuki se leva, secouant la tête avec colère pour dissiper le reste de la douleur. Il ne prêta même pas attention au fait que ça n'avait pas vraiment fait aussi mal que ça aurait dû… le coup de poing dur l'avait seulement étouffé. Alors qu'il se tenait de toute sa hauteur, il grogna et suivit le salaud hors des toilettes… ses iris maintenant entièrement de couleur améthyste.

Kyoko prit la dernière gorgée de son verre et décida qu'elle en voulait un autre.

— Punaise, tu penses qu'ils ont mis assez d'ail sur ce truc ? Cela me donne tellement soif.

Se levant rapidement, elle attrapa le gobelet vide de Toya.

— C'est ce que tu as gagné pour avoir été m'en chercher un tout à l'heure.

Elle sourit et partit chercher les boissons.

Toya entendit à peine ce qu'elle disait, ses yeux s'attardaient sur ses hanches qui se balançaient alors qu'elle s'éloignait. Il ne remarqua pas non plus la personne qui venait de sortir des toilettes et se dirigeait maintenant droit en direction de Kyoko. Tout se passa si vite que Toya eut à peine eu le temps de se lever.

Kyoko tenait le gobelet sous la fontaine à soda au moment où une ombre tomba sur elle. Tournant la tête pour voir de qui il s'agissait, ses yeux s'agrandirent lorsqu'ils se fixèrent sur ceux de Yohji et la timbale lui tomba d'une main qui tremblait désormais.

— NON ! cria Tasuki alors qu'il fonçait dans les côtes de Yohji, le projetant à travers la pièce avec plus de force qu'il n'était même supposé en avoir.

— Lâche-moi, espèce de monstre amoureux des arbres ! hurla Yohji et il donna sauvagement des coups de pied, atteignant Tasuki au menton.

Les deux combattants se levèrent et commencèrent à se tourner autour tels des vautours. Ni l'un ni l'autre ne remarquèrent que leurs ongles s'allongeaient, ni la légère rougeur qui s'est glissée dans leurs yeux.

— Tu ne poseras pas la main sur Kyoko ! s'exclama Tasuki en poussant l'autre garçon.

— Et comment une faible mauviette comme toi compte-t-il m'arrêter ? se moqua Yohji en retour avec une poussade.

Kyoko ne pouvait faire plus que les regarder, sous le choc, alors que les deux hommes continuaient à se battre. Mais elle comprit rapidement que d'une manière ou d'une autre Yohji l'avait provoqué et que Tasuki essayait seulement de la protéger. L'autre problème était que maintenant tout le monde à la cafétéria de l'école écoutait activement. Personnellement, tous les combats qui avaient eu lieu à cause d'elle depuis la nuit dernière commençaient à lui taper sur les nerfs.

— Allez-vous arrêtez-vous battre tous les deux ?! demanda Kyoko en tapant du pied.

— Reste en dehors de ça, salope, grogna Yohji.

— Je montre juste au joli garçon ici que ce dont tu as besoin c'est un homme, un vrai ... pas un gamin.

Les deux jeunes hommes se jetèrent à nouveau l'un sur l'autre pour être attrapés par le col de leurs vestes et soulevés dans les airs alors qu'ils étaient littéralement voltigés dans des directions opposées.

— Avons-nous un problème, les gars ? demanda sombrement Kotaro.

— Non, grogna Yohji en se rappelant la punition de la nuit dernière.

— Y a aucun problème. Il tenta de lui arracher sa main mais finit par abandonner quand la prise puissante ne céda pas.

— D'accord, répondit Tasuki même si la promesse de la mort luisait encore dans ses yeux alors qu'ils se fixaient sur ceux de Yohji.

— C'est vraiment top, déclara Kotaro, en les laissant tomber comme des sacs d'ordures.

— ça me ferais vraiment chier de voir quelqu'un se blesser.

Ils levèrent les yeux vers lui, percevant la menace sous-jacente dans les paroles de l'agent de sécurité.

— Cassez-vous ! ordonna Kotaro.

Yohji s'enfuit hors de la cafétéria comme si un animal sauvage le pourchassait tandis que Tasuki se levait lentement et souriait d'un air contrit à Kyoko.

— Désolé pour tout ça.

Ses yeux qui avaient retrouvé leur ton brun doux ne montraient que de la chaleur envers la fille en face de lui.
Kyoko hocha simplement la tête et regarda s'en aller Tasuki. Elle gémit intérieurement lorsqu'elle sentit ses deux mains prises dans les paumes chaudes de Kotaro.

— Tu m'as fait peur, Kyoko, s'exclama doucement Kotaro.

— Ôte tes sales pattes, hurla Toya en se précipitant pour se placer entre Kotaro et Kyoko.

— Écartez-toi de mon chemin, grogna presque Kotaro.

— Pas avant qu'il ne gèle en enfer, grogna Toya en retour.

La colère commençait vraiment à bouillir en Kotaro qui sentit sa nature profonde de lycan s'exciter.

— Tu n'as aucune idée de ce que je suis, petit homme.

L'expression de Toya s'assombrit.

— Va te faire foutre !

Kamui s'était déplacé à travers la cafétéria, imperceptible à tous les sens et se tenait maintenant derrière Kotaro. Il avait besoin de protéger Toya d'un réveil complet et en même temps il lui fallait les calmer tous les deux. Jetant un coup d'œil à Kyoko, Kamui sentit son cœur se briser car on aurait dit qu'elle était au bord des larmes de colère. Posant une main invisible sur l'épaule du loup-garou, il se pencha en avant pour chuchoter à l'oreille de Kotaro.

— Il y a des gens ici Kotaro, ne me fais pas trop chier. Je ne pense pas que nous puissions facilement expliquer un Lycan de deux mètres qui se promène dans le campus en tenue d'agent de sécurité comme si c'était une scène de la suite de Fright Night.

Il sourit de sa petite blague sachant que Kotaro n'avait jamais pu se transformer en ces choses que les films associaient à sa nature.
Les yeux de Toya s'écarquillèrent et sa vision ondula quelque peu lorsque les paillettes multicolores réapparurent derrière Kotaro, formant de manière à peine perceptible la silhouette de quelqu'un avec des ailes d'ange. De nouveau, il cligna des yeux et la vision avait disparu.

— Bon, ça suffit ... J'en ai marre ! hurla Kyoko.

— J'en ai plus que marre de vous deux et de votre manie de vous bagarrer pour moi. Au début, c'était flatteur, mais en là, ça commence à me mettre sur les nerfs. Je prends mes livres... Je rentre chez moi... toute seule... et vous deux pouvez aller vous entre-tuer si ça vous chante !

Sur ces paroles, Kyoko fracassa le gobelet de soda restant sur le sol et quitta la cafétéria, ses livres à la main. Elle courut à travers les couloirs et dans le parking, avec l'intention de rentrer directement à la maison, priant les dieux que Kotaro et Toya ne la suivent pas.

Elle venait de commencer à traverser le parking quand quelqu'un klaxonna. Avec un sourire de soulagement elle agita la main alors que Suki arrêtait brutalement le véhicule juste à côté d'elle.

— Kyoko, Dieu merci ! déclara Suki alors que Kyoko se précipitait sur la banquette arrière derrière Shinbe.

— Où est Toya ?

Kyoko fit une drôle de tête,

— Il est à la cafétéria en train de se battre avec Kotaro une fois de plus.

Elle croisa les bras sur sa poitrine dans son l'agitation tout en s'inclinant en arrière dans le siège.

— Tu veux jouer à pole position ? demanda Kyoko, sachant que Suki capterait son message subtil l'invitant à la sortir de cet enfer en quittant le parking avant que ces nuls ne décident de se joindre à eux.
Suki se retourna immédiatement et poussa la pédale d'accélération au sol.

— Qu'est-ce qui t'est arrivé hier soir ? Où es-tu allé ? C'est Toya qui t'a trouvée ? On était tellement inquiets !

Son regard allait de la route au rétroviseur en attendant que ses questions trouvent réponses.

— Je ne suis pas vraiment sûre de ce qui s'est passé la nuit dernière ... juste... des trucs vraiment bizarres se passent. J'ai été emmenée à la maison par Toya et j'ai fini chez Kotaro. C'est Toya qui m'a retrouvé et qui m'a amené ici à l'école. continua Kyoko dans un souffle en prenant soin d'occulter absolument tous les évènements bizarres.

—Pour le moment, je veux juste rentrer à la maison, loin de ces deux-là et prendre une bonne douche chaude.

Shinbe se retourna sur le siège passager, avec un sourire lubrique pour Kyoko.

—Alors tu as passé la nuit avec deux hommes différents ? Tu devrais avoir honte, Kyoko.

Shinbe hurla quand Suki lui colla une baffe sur le côté de la tête.

— Tu en as assez dit espèce de pervers. Kyoko a visiblement eu une nuit très difficile et il semble que sa journée ne se soit pas beaucoup mieux passée.

Les sourcils de Suki se contractèrent nerveusement alors qu'elle attendait de voir si elle aurait une raison de le frapper à nouveau.

— Oh les hommes... !

— Merci Suki. dit Kyoko et elle s'installa confortablement dans le siège à côté de ses livres.

— Kyoko ? N'est-ce pas ce que tu portais hier soir ? demanda Shinbe. Il haussa un sourcil juste avant de hurler à nouveau… cette fois, il avait été frappé par les deux.

— Quoi ?

CHAPITRE 11

— Regarde ce que tu as fait ! murmura Toya.

— Et c'est toi qui parle, abruti.

Kotaro poussa son visage près de celui de Toya en se souvenant du fait qu'il avait trouvé Toya dans le lit de Kyoko la veille. Cela ajouté au fait que Toya l'avait enlevée chez lui il y avait de cela plusieurs heures, il était déja enragé.

— Tu n'as aucune idée de l'étendue du danger dans lequel tu l'as mis ! rugit-il.

Tout comme Kotaro levait le poing pour le frapper, les yeux de Toya s'élargissaient alors qu'une épaisse pluie de flocons scintillants apparaissait entre eux, laissant Kotaro grogner d'agacement face à l'ingérence de Kamui.

Alors qu'il regardait Kotaro baisser le poing et prendre du recul avec colère, l'ouïe de Toya perçut un grondement au loin. Ses yeux s'illuminèrent contre le ciel qui rapidement s'assombrissait, se remplissant de nuages orageux à l'aspect inquiétant qui semblaient donner au ciel une teinte proche d'un noir profond.

Attirant l'attention de Kotaro et ils grondèrent tous deux à l'unisson,

— Kyoko.

Les reflets argentés de Toya se mêlaient à ses mèches d'encre alors qu'elles voletaient latéralement dans la brise causée par le départ soudain de Kotaro, le laissant là, grognant de frustration.

Kamui regardait, invisible, le visage de Toya contorsionné dans une mêlée d'émotions, la plus importante étant la colère.

C'est un moment Kodak, se dit Kamui en souriant aux expressions que son ami exposait.

Par le passé, si Toya avait pu penser même une demi-seconde que quelqu'un riait de ses dépens, il lui aurait botté le cul. Ce n'était pas la première fois, Kamui était ravi que Toya ne puisse pas le voir ou l'entendre rire de toute la situation.

Il rit encore plus fort quand Toya récita chaque injure qu'il connaissait avant de partir à la poursuite de son rival.

Certaines choses ne changent jamais, pensa Kamui en silence et il les suivit.

Seuls ceux possédant des yeux capables de voir de telles choses auraient remarqué les paillettes multicolores qui s'attardaient dans la lumière décroissante du soleil sur son passage.

Toya rattrapa Kotaro sur le parking du campus au moment où l'agent de sécurité montait dans son véhicule.

— Ne pense même pas aller à l'appart de Kyoko ! hurla Toya.

— Tu l'as déjà kidnappée une fois, enculé !

— Va t'asseoir sur un gode, hurla Kotaro en retour.

— Au moins, je ne l'ai pas tripotée alors qu'elle était évanouie d'avoir trop bu comme un sale pervers souffrant de nécrophilie.

Kotaro voulait rire de l'expression qui passait sur le visage de Toya, mais le grondement du tonnerre claquait sur le parking alors que la lumière du soleil glissait derrière les nuages noirs promettant la tombée de la nuit viendrait plus vite que prévu.
Poussant le levier de vitesse à fond, Kotaro fit hurler les roues de son véhicule contre le trottoir alors qu'il traçait hors du parking, laissant Toya planté là pour la deuxième fois en moins de cinq minutes. Levant le regard vers son rétroviseur, Kotaro écarquilla les

yeux alors qu'une traînée argentée traversait son champ de vision et la voiture de Toya vint s'insérer en dérapant dans la voie derrière lui.

—C'est quoi ce bordel ? Kotaro grogna de confusion.

Il fit rapidement un écart vers la voie dégagée pour éviter de se faire emboutir par Toya. Il ne comprenait pas ce que cet idiot essayait de prouver. Dans l'esprit de Kotaro, il n'y avait aucune confusion possible quant à savoir avec qui Kyoko devait finir avec… lui. Le choix avait été fait il y a plus de mille ans, mais même en refusant de tenir compte de ce petit fait… il devrait gagner quand même. Il s'occupait d'elle, prenait soin d'elle et respectait ses souhaits. Tout ce que Toya, évidemment, négligeait. Le suceur de sang devenu humain devrait déjà s'estimer heureux de ne pas avoir déjà été mutilé par lui.

— Cependant, je commence à m'interroger sur lui, murmura Kotaro.

— C'est comme s'il devenait plus fort et plus rapide chaque jour.

— Et merde ! hurla-t-il et fit un écart pour éviter de se faire balayer par la voiture de Toya.

Toya bouillonnait… il n'y avait pas moyen qu'il laisse Kotaro se rapprocher de Kyoko de nouveau si tôt. Il y avait quelque chose à propos de l'agent de sécurité qui le hérissait et il n'aimait pas ça. Ce n'était pas mauvais en soi, mais c'était encore suffisant pour rendre Toya très mal à l'aise. Avoir vu Kotaro malmener Yohji et Tasuki à la cafétéria avait été suffisant pour le mettre encore plus sur les nerfs. Et s'il se mettait en colère contre Kyoko pour une raison quelconque ? Ce n'était pas comme si Kyoko était incapable de faire enrager quelqu'un tous les jours si elle le voulait. Ce n'était pas quelque chose que Toya était prêt à risquer. C'était à lui à protéger et Kotaro n'avait tout simplement qu'à s'effacer.

Il regarda et vit que Kotaro essayait de rester loin devant lui.

— Pas avant qu'il ne gèle en enfer, grogna Toya pour lui-même et il braqua violemment vers la droite.

Il faillit rire en voyant l'expression sur le visage de Kotaro. Les yeux de l'agent de sécurité s'étaient élargis à la taille d'une assiette juste avant qu'il ne se réfugie dans la file la plus à droite.

Cela lui rappela des souvenirs de l'époque où il pratiquait la course de dragsters au lycée. Il n'y avait aucun moyen pour Kotaro de le battre à ce jeu.

*****

Kyoko sortit de la voiture de Suki, remarquant à quelle vitesse l'obscurité tombait. Elle rassembla ses livres et se pencha à la portière de Shinbe, un sourire sur le visage.

— Merci encore Suki. Elle fit un clin d'œil à Shinbe.

— Appelle-moi demain. ordonna Suki.

—Nous avons encore un peu de shopping à faire avant le début du prochain semestre.

Kyoko ne manqua pas le sourire malicieux sur le visage de son amie et lui fit un salut militaire par dérision.

— Oui, Madame.

Elle savait également que la principale motivation de Suki serait de la voir seule et de lui soutirer tous les détails sur les événements de la nuit dernière et d'aujourd'hui.
Kamui apparut derrière Kyoko… bien que personne ne puisse le voir. Son regard s'éclaira en tombant sur le jeune homme assis sur le siège passager. Voir Shinbe avait toujours un effet apaisant sur lui.

Il regarda Shinbe regarder Kyoko avec envie et il sut quelle vérité se cacbait derrière ce regard. C'était un sentiment que l'homme n'avait jamais pu lui cacher, à lui. Après tout, il n'y avait pas un seul gardien qui ne soit amoureux de Kyoko d'une manière ou d'une autre.

Shinbe, on dirait que notre cercle de frères absents a été rétabli et que l'ennemi se rapproche… tu ne veux pas te réveiller et me rejoindre ? pensa Kamui, avec un sourire affectueux que son ami du passé ne pouvait voir.

Il était heureux que Shinbe ait trouvé Toya dans cette vie et l'ait empêché d'avoir des ennuis pendant aussi longtemps. Il savait à quel point c'était une tâche difficile.

L'esprit de Kamui retourna au passé. Il avait veillé sur Toya toute sa vie mais là où les humains ne pouvaient généralement pas le voir à moins qu'il ne le permette... pour une raison inexplicable, Toya pouvait le voir même lorsqu'il avait été enfant... avant qu'il ne soit transformé. Ils étaient devenus des amis rapidement.

Toya et Shinbe avaient également été inséparables lorsqu'ils étaient enfants. Kyou avait toujours pris grand soin des deux garçons, intégrant pratiquement Shinbe dans la famille et l'aidant à perfectionner ses compétences magiques... jusqu'à ce que le mal soit entré dans leur vie sous la forme de Hyakuhei et Kyou avait disparu.

Bien que Shinbe n'ait jamais été transformé en vampire, il était devenu puissant dans le domaine de la magie. C'était un sorcier parmi les mortels, bien qu'il ait choisi de garder ces pouvoirs cachés aux yeux des humains.

Quand Kamui avait ramené l'âme de Shinbe sur terre pour qu'il puisse renaître, il avait placé un sort spécial sur la plume de Shinbe... lui confiant la prévoyance de ce qui allait arriver et de ce qui avait été.

Ses pouvoirs se sont-ils également réveillés ? se demanda silencieusement Kamui puis il faillit tomber quand Shinbe le regarda droit puis détourna les yeux avec un sourire entendu.

— Fais attention Kyoko, dit soudain Shinbe, levant les yeux vers le ciel.

— On dirait que ça risque peut-être une autre longue nuit.

Il jeta un coup d'œil à la silhouette sombre qu'il reconnut, dressée derrière Kyoko.

— Espérons que… ton ange gardien soit proche.

Kamui fit un sourire narquois en entendant le même surnom que Shinbe lui avait donné il y a plus de mille ans.

Ange gardien… il aimait cette idée.

Kyoko et Suki froncèrent les sourcils en regardant Shinbe mais elles n'avaient jamais douté de son sixième sens. S'il leur disait de faire attention… il y avait généralement une raison à son avertissement. Plus d'une fois, il avait évité à Kyoko des ennuis en la persuadant de prendre une décision différente.

Kyoko posa affectueusement une main sur son épaule.

— Merci, je le ferai.

Elle se redressa et commença à s'éloigner de la voiture en agitant la main par-dessus son épaule.

— On se parle plus tard, vous deux !

Kyoko sourit lorsqu'elle remarqua que Suki attendait qu'elle soit à l'intérieur avant qu'elle ne puisse entendre la voiture partir. Cela faisait une bonne vingtaine de minutes de route entre l'université et son appartement, donc elle aurait au moins un peu de paix avant qu'inévitablement on ne commence à tambouriner à sa porte.

Posant ses livres sur le canapé, elle se dirigea vers la salle de bain avec la ferme intention de quitter les vêtements qu'elle avait portés au club la nuit précédente et de prendre une bonne douche chaude.

*****

Yohji avait immédiatement décollé pour se rendre à l'immeuble de Kyoko, sachant qu'elle devrait éventuellement rentrer à la maison. Maintenant que l'agent de sécurité n'était plus là, il se sentait plus à l'aise. Il se tenait de l'autre côté de la rue à l'ombre d'un autre bâtiment, attendant que la renarde innocente fasse son apparition.
Un sourire sensuel se dessina lentement sur son visage quand il vit Kyoko quitter la banquette arrière d'une voiture et marcher jusqu'à la porte d'entrée de l'immeuble d'habitation.

Ce n'était pas la première fois qu'il suivait Kyoko à la maison et il savait exactement où se trouvait son appartement. Il savait même où elle gardait sa clé de secours et l'avait utilisée plus d'une fois pendant son absence. Cela lui avait donné un frisson de fouiller dans sa vie privée. Il adorait l'idée de traquer ses proies avant de prendre leur innocence.

Elle n'avait probablement même pas remarqué les quelques sous-vêtements qu'il avait volés dans sa commode. Un rire presque diabolique sortit de sa poitrine quand il repensa à ces quelques pièces maintenant en sa possession. Qui aurait pensé que la douce et innocente Kyoko portait comme sous-vêtements des strings ?

Yohji gémit à l'idée même de la voir dans l'un d'eux… en particulier celui en dentelle rouge. Il divagua pendant une minute, sombrant dans son fantasme préféré, Kyoko les poignets attachés à la tête de lit de son immense couche… ne portant rien d'autre que ce vêtement.

Son souffle se manifesta sous la forme d'un fort soupir alors que sa main descendait pour frotter son érection lancinante à travers son jean. Ouvrant les yeux, il leva le regard vers la fenêtre de la salle de bain de Kyoko au moment où ses lumières s'allumaient.

— Mais qui diable est-ce donc ? demanda-t-il, prenant conscience de la présence de quelque chose ou quelqu'un avec des cheveux noirs incroyablement longs planant à quelques centimètres de la fenêtre de Kyoko.

Il serra les dents en réalisant où il avait eut cette vision avant… la nuit précédente, l'homme mystérieux dans l'ombre. Le même homme qui avait ordonné sa torture.

Yohji se figea sur place, incapable de faire autre chose que de regarder de peur d'être remarqué par la créature manifestement dangereuse.

Son regard anxieux parcourut la zone juste au cas où cet enfant démon malveillant réapparaîtrait. Laissant échapper un souffle nerveux quand il constata qu'il se trouvait encore seul, son regard revint vers la forme sombre au-dessus.

Hyakuhei planait dans l'air orageux juste à l'extérieur de la fenêtre de la salle de bain alors que Kyoko entrait en vue. La nuit n'était pas encore tombée mais les nuages étaient devenus si épais que toute lumière avait disparu comme pour lui donner la permission de la chercher. Maintenant qu'il avait son odeur, tout ce qu'il avait fait était de fermer les yeux et cela l'avait conduit directement à elle.

Ses lèvres dessinaient un légère courbe séductrice alors qu'il la regardait silencieusement se déshabiller. Alors que chaque partie de son corps lui était révélée, Hyakuhei savait qu'il serait plus tard hanté par la vision.

Il tendit la main et toucha le verre au moment où elle entrait dans la douche fumante. La foudre fila derrière lui, donnant à son corps sombre une lueur étrange. Alors que l'éclair électrique illuminant le ciel disparaissait… son image fit de même.

Hyakuhei réapparut dans les confins de la la salle de bains faiblement éclairée. Il lui faudrait instruire la fille sur la façon de maintenir ses fenêtres fermées à clef et protégées... même contre ceux qui n'avait nul besoin de les utiliser pour entrer.

Il émit un grondement érotique quand il vit le contour du corps de Kyoko par transparence à travers le rideau de douche et il tendit la main pour le ratisser silencieusement de ses griffes. Ses yeux rouges de sang obscurcis tandis qu'il combattait la tentation de déchirer en bas du rideau et de corrompre la fille d'une manière extrêmement agréable.

Il se sentit durcir et fit un pas en arrière pour s'éloigner de la douche.

Non... Un millier d'années auparavant il avait utilisé la peur pour contrôler la fille. La crainte qu'il lui avait injectée avait été si grande qu'elle avait cherché la mort afin de lui échapper. Même si elle n'avait aucun souvenir de son passé... il savait au fond qu'il trouverait la même issue s'il essayait à nouveau.

Cette fois, il allait tenter une approche différente. Il jouerait la victime. Après tout, ce n'était pas de sa faute si la lumière lui avait été enlevée. C'était simplement la malédiction qui s'abattait sur les promeneurs de la nuit. Essaierait-elle de le sauver si elle pensait qu'il était celui qui en avait besoin ? Ou serait-il encore une fois rejeté ?

Il ferma les yeux un instant seulement alors qu'il cherchait dans sa mémoire un indice indiquant qu'il avait déjà vu la lumière. Il n'y en avait aucun souvenir. C'était comme s'il était né dans les ténèbres... pas transformé comme les autres. Il n'avait même jamais rencontré un autre vampire qu'il n'avait lui-même transformé.

Il connaissait la vérité sur son origine mais l'avait repoussée si loin de lui que parfois il l'oubliait lui-même pendant un petit moment.

Les enfants qu'il avait créés n'avaient pas ce pouvoir… lui seul pouvait choisir ceux qui étaient suffisamment dignes pour devenir des disciples des ténèbres. Ses yeux d'ébène se rouvrirent pour se poser sur la prêtresse devant lui. Il lui ferait comprendre qu'elle n'était née que pour lui.

Le destin l'avait écrit il y a longtemps. Elle était née pour être la lueur dans les ténèbres et il était le cœur de ces ténèbres… même la mort ne lui avait pas permis d'échapper à son destin.

Ce n'était pas le moment de tester les limites d'un tel destin. Elle devait d'abord lui faire confiance, devenir une victime de sa transe avant qu'il ne la prenne. Il n'avait pas l'intention de la tuer. Au lieu de cela, il la garderait. Une fois qu'il aurait obtenu le Cristal du cœur du Gardien, il l'utiliserait à ses propres fins.

Quiconque interférerait avec ses plans trouverait une mort lente et douloureuse… peut-être même sans fin. Il repoussa ses mauvaises pensées et laissa son expression s'adoucir alors qu'il s'appuyait contre le mur et la regardait. Elle sentirait qu'il était diabolique… mais il s'amuserait à la faire changer d'avis.

Laissant l'eau couler le long de son corps, Kyoko

leva les yeux vers le pommeau de douche en regardant l'eau jaillir vers le bas avec un élan passionné. Se rapprochant, elle la laissa frapper son visage dans l'espoir de laver son esprit de toutes les visions troublantes qu'elle avait eues ces derniers temps. Entendant le tonnerre même à travers les bruits de la douche, elle se pencha et coupa l'eau.

— C'est vraiment ma chance, soupira-t-elle...

— Maintenant c'est l'orage.

Tout devint trop calme lorsque les dernières gouttes frappèrent la surface de la baignoire et éclatèrent en un écho. Kyoko frissonna en se demandant pourquoi elle avait voulu être seule… soudainement, être seule lui semblait très mal.

Au moment même où elle ouvrait le rideau de douche et attrapait une serviette, les lumières de la salle de bain vacillèrent puis s'éteignirent et un autre fort coup de tonnerre se fit entendre. Le duvet sur sa nuque se dressa alors qu'elle sortait rapidement de la douche pour se poster au milieu de la salle de bain, espérant désespérément que le courant reviendrait en quelques secondes comme c'était souvent le cas avec les orages électriques.

Ses cheveux auburn lui collaient dans le dos tandis que des ruisseaux d'eau coulaient sur elle. Elle se tenait immobile comme une statue, s'interrogeant sur l'étrangeté de l'air autour d'elle. Elle avait l'impression que quelque chose l'attirait et lui coupait le souffle en même temps. C'était comme si elle était dans les bras d'un inconnu.

Hyakuhei sortit de l'ombre derrière Kyoko sachant qu'elle pouvait le sentir. Il savait aussi que ses protecteurs s'approchaient à une vitesse alarmante et il masqua son odeur pour qu'ils ne le détectent pas. Dans l'obscurité totale de la pièce, il pouvait la voir parfaitement.

Elle avait la serviette pressée contre la poitrine… laissant son dos exposé à son regard affamé. Ses yeux glissèrent vers le miroir ovale devant elle, hypnotisé par le regard séduisant de ses lèvres entrouvertes et de ses grands yeux émeraude.

Ses cheveux d'encre flottaient autour de lui alors qu'il se rapprochait… la faim commençait à se faire plus pressante mais ce qu'il voulait c'était autre chose que du sang et des cristaux. Ses crocs s'allongeaient et sa langue jouait sensuellement avec eux. La tentation de sa chair devenait plus difficile à ignorer. Son pouvoir résidait dans les battements de son cœur et il voulait y goûter.

La foudre zébra le ciel à travers la fenêtre maintenant ouverte, bannissant les ombres pendant seulement une seconde et les yeux de Kyoko s'écarquillèrent alors qu'elle sentait un souffle chaud sur son cou. Son regard se posa sur le grand miroir alors que la serviette lui échappait des mains.

Rien. Il n'y avait personne là, mais elle pouvait le sentir… sentir le souffle chaud contre sa peau. La foudre déchira de nouveau le ciel et Kyoko se pris à souhaiter soudain ne plus être seule. Voulant voir ce qu'elle pouvait ressentir, elle se retourna à la hâte, ses yeux s'écarquillant alors qu'elle levait les yeux sur le visage sombre de la beauté sombre et séduisante.

Ses mains se saisirent immédiatement de son poignet alors qu'elle se tournait vers lui si instantanément. Dans ses yeux, il ne pouvait voir qu'une légère frayeur enveloppée de curiosité. Elle ne luttait pas pour sa libération comme elle l'avait fait il y a plus de mille ans. Cette fois, il n'avait pas utilisé la terreur comme préliminaires.

La regardant dans les yeux comme s'il la voyait vraiment pour la première fois, Hyakuhei ne put arrêter la requête impulsive qui quitta ses lèvres dans des tons doux et feutrés.

— Pourquoi m'as-tu quitté ?

C'était une question sincère du passé mais cette question venait d'un passé dont il ne pouvait pas se souvenir complètement… un passé caché que lui-même avait oublié depuis longtemps.

Kyoko avait l'impression d'être en transe alors qu'elle faisait un petit pas vers son aura. A ce moment… il avait l'air si triste et beau qu'elle ne pouvait pas imaginer une raison pour laquelle elle l'aurai jamais quitté.

— Je n'aurais pas… qui êtes-vous ?

En inclinant la tête vers l'arrière pour avoir son visage vers le sien, elle s'étonna de la familiarité de son toucher et de sa voix. Ses lèvres s'entrouvrirent lorsqu'elle remarqua à quel point il était vraiment pâle... tout comme celui aux cheveux argentés qui l'avait sauvée.

— Êtes-vous... elle ravala la boule dans sa gorge et murmura,

— ... un vampire ?

Pour une raison inexpliquée, cette simple question le piquait au vif et il voulait le nier. Il sentit un grondement grandir en lui face à la confusion qu'elle causait et montra ses crocs en représailles. Le charme fut rompu alors que la peur bondissait dans son regard.

Juste au moment où il commençait à la tirer en avant contre lui, elle ferma ses yeux émeraude et le repoussa. La luminosité inondait la salle de bain comme si les éclairs tonitruants de l'orage étaient entrés dans la pièce pour danser dangereusement autour d'eux.

Hyakuhei la combattit cette fois... la lumière aveuglante qu'elle avait utilisée contre lui il y avait plus de mille ans. Cette fois, il refusa de la lâcher ou de protéger ses yeux alors qu'il sentait une faiblesse l'envahir... épuiser son pouvoir immortel.

Cette fois, alors que la peur s'emparait de lui, cela ne faisait que le mettre en colère. Il l'avait attendue plus de mille ans. Comment osait-elle une fois de plus faire s'élever en lui une telle peur ? Il ne pouvait permettre à quiconque de posséder un tel pouvoir.

Alors qu'il s'accrochait à elle avec une poignée de

fer, la salle de bain s'effaça de sa vue et il se retrouva dans l'image d'un jardin captivant. Sentant la chaleur de sa main dans la sienne disparaître soudain pour faire place à quelque chose de solide et froid, il baissa les yeux pour découvrir qu'il touchait à la place une antique main de pierre et il retira la sienne avec affolement.

    Il refusa de regarder le visage de pierre qu'il savait être juste au-dessus des mains tendues. Les aiguilles glaciales de la terreur qui couraient le long de sa colonne vertébrale ne le permettaient pas. Hyakuhei sentit la force qu'il lui restait le quitter alors qu'il se détournait et fermait les yeux en signe de rejet.
    La vision s'évanouit et la lumière s'estompa. Il se retrouva allongé dans les airs. Elle était dans ses bras et pressée contre le plafond comme si c'était elle qui l'avait soulevé dans les airs au lieu de l'inverse. De ses longs doigts, il lui serrait encore les poignets qui étaient maintenant épinglés au plafond au-dessus d'eux. Ses cheveux auburn retombaient en cascade, créant un rideau autour de son visage qui les isolait du reste du monde.

    Il vient de se passer quoi, là ?

    Lui avait-elle jeté un sort pour lui faire voir de telles choses ? De son regard, il lui caressa le visage et il voyait ses paupières toujours fermées, avec l'éventail de ses longs cils noirs contre ses joues rouges. Pourquoi l'avait-elle emmené à cet endroit ? Il regretta soudain de n'avoir pas combattu son appréhension pour lever les yeux vers la statue.

Se sentant toujours affaibli, il les reposa lentement sur le sol en se demandant pourquoi ses yeux demeuraient fermés. Hyakuhei siffla silencieusement alors qu'il sentait une autre présence se rapprocher. Il savait que ce n'était pas le moment de chercher à la persuader de lui révéler ses secrets. Il allait d'abord devoir l'éloigner de ceux qui la protégeaient et toutes ces distractions n'avaient fait que leur donner le temps de se rapprocher de la fille.

Étendant ses sens, il pouvait les sentir venir un par un. Ses protecteurs ainsi que ses propres enfants les encerclaient petit à petit. Ses lèvres esquissèrent un sourire entendu. Ce soir n'était pas encore terminé.
Il s'était presque perdu quand la fille avait laissé tomber la serviette révélant sa peau d'albâtre à ses yeux vagabonds… tant de distractions. Il relâcha son poignet et fit un pas en arrière quand elle ouvrit les yeux. Il pouvait encore le voir… cet endroit existait dans son âme comme pour le défier une fois de plus d'y aller.
Cela ressemblait plus à une menace qu'à une invitation et il grogna dangereusement, la faisant tressaillir.

Il maudit intérieurement la nouvelle présence qui était arrivée, il voulait plus de temps pour essayer d'apprivoiser la prêtresse. Hyakuhei se consola en songeant au fait que la fille n'aurait bientôt nulle part où se réfugier, ce qui faisait d'elle sa prisonnière bien qu'elle l'ignore encore.

Ma chère petite, votre prison sera vraiment choisie, promit-il silencieusement puis grinça plus fort lorsqu'une autre présence entra dans l'appartement. Sentant l'aura de son favori, il frémit de sa propre jalousie.

Kyou, murmura le nom dans son esprit comme une caresse d'amant. Comme s'il se séparait d'un secret, il plongea ses lèvres près des siennes et murmura :

— Il va essayer de te séparer de moi mais nous ne le permettrons pas… n'est-ce pas ?

Hyakuhei lui effleura les lèvres des siennes comme pour la marquer comme étant à lui.

Sentir des lèvres contre les siennes brisa ce qui restait de son courage et Kyoko paniqua. Se retournant pour s'enfuir de la salle de bain, elle courut vers sa chambre, attrapant son peignoir sur le renfoncement de la fenêtre. Elle regarda rapidement par-dessus son épaule pour vérifier que le sombre inconnu ne l'avait pas suivie avant de tourner de nouveau les yeux vers la fenêtre et les traînées de foudre alors qu'elles illuminaient la ville.

Combien de temps cela prendrait-il avant que Toya ou Kotaro ne se montrent ? Juste au moment où elle avait besoin d'eux… aucun d'eux n'était là.
Son regard scruta le ciel orageux puis se baissa vers les habitations environnantes, notant que leur électricité était également coupée. Elle ne voulait pas rester seule dans l'appartement mais elle ne voulait vraiment, vraiment pas non plus sortir seule.
Quelque chose attira son attention et elle baissa les

yeux vers l'arbre devant les appartements. Des yeux... des yeux rouges la fixèrent de l'obscurité. Kyoko cligna des yeux juste au moment où la foudre éclairait le ciel. Des yeux... deux yeux rouges... ceux d'un enfant portant de vieux vêtements en lambeaux. Un petit garçon... le même petit garçon effrayant qu'elle avait vu hier soir au club.

La cour devint sombre de nouveau lorsque le tonnerre secoua le bâtiment et Kyoko se rapprochée de la fenêtre, l'ouvrant en grand au moment même où l'éclair suivant arrivait. Le garçon était parti ... où ?

Kyoko se pencha par la fenêtre sans se soucier de savoir si la pluie pilonnait ses cheveux déjà humides. Cherchant l'enfant des deux côtés, elle fronça les sourcils quand elle ne pu le trouver... puis quelque chose lui dit de regarder tout droit vers le bas. Le souffle de Kyoko se figea dans ses poumons tout comme le cri qui aurait dû s'en échapper pour correspondre à la vision devant elle.

Là... en train de ramper vers le haut du mur de briques était la chose la plus effrayante qu'elle ait jamais vue. Les yeux du petit enfant d'une beauté envoûtante étaient maintenant d'un noir profond alors qu'il fixait Kyoko. Sans aucune sorte de prise, il escaladait le mur de briques juste en dessous de sa chambre... comme une sorte d'araignée bizarre.

Yohji regarda avec horreur le petit garçon commencer à escalader le mur comme une imitation tordue de Spider Man... le même garçon dangereux qui lui avait causé tant de douleur.

Au lieu de trembler de peur comme il l'avait fait la nuit précédente, Yohji se sentait plus fort maintenant... en quelque sorte invincible alors qu'il regardait les jambes du garçon sortir de leur contexte alors qu'elles se levaient au-dessus de lui et soulevaient son corps derrière elles comme si ses os s'étaient transformés en caoutchouc.

Il jeta un coup d'œil au-dessus de la vision effrayante et ses yeux tombèrent sur les seins de Kyoko alors qu'elle se penchait par la fenêtre, mais cela ne l'excita pas comme à l'ordinaire. Cette fois, Kyoko était en difficulté. Il ne voulait pas que ce petit monstre lui fasse la même chose qu'il lui avait fait la nuit précédente.

Si quelqu'un devait pilonner Kyoko, alors ce serait lui et d'une manière très différente du martèlement qu'il avait subi.

Un sourire se forma sur le visage de Yohji quand il songea à la récompense que Kyoko, très reconnaissante, lui accorderait pour l'avoir sauvée. La soirée s'avérait bien meilleure qu'il ne l'avait pensé. Il regarda autour de lui pour s'assurer que l'étranger plus sombre était parti avant de bouger.

*****

Kyou apparut derrière Kyoko juste au moment où elle reculait, effrayée, pour s'éloigner de la fenêtre.

L'attrapant par la taille, il la pressa contre lui juste au moment où Yuuhi franchissait le rebord de la fenêtre. Les yeux de Kyou devinrent cramoisis lorsqu'ils se posèrent sur la silhouette de Yuuhi et il lui lança un regard furieux et dangereux.

Soudain, le garçon écarquilla les yeux lorsqu'il se sentit poussé par une force invisible du haut de la fenêtre. Elle l'envoya en arrière dans les airs et il retomba sur le sol dur en bas.

Maudissant Hyakuhei et son serviteur, Kyou grogna de colère et toutes les fenêtres de l'appartement se fermèrent et se verrouillèrent automatiquement en obéissance à son ordre. Il entendit Kyoko prendre une profonde inspiration pour crier et lui couvrit rapidement la bouche de sa main. Son regard se durcit lorsqu'il perçut l'odeur d'Hyakuhei accrochée à sa peau.

Elle commença à lutter contre son corps dur, ce qui fit glisser son peignoir de ses épaules. De nombreuses images luttaient pour dominer son esprit et elle résista plus fort pour se libérer. Le vampire sombre et dangereux était-il revenu pour la tuer ?

— Tu vas arrêter ce mouvement infernal, grogna Kyou dans son oreille, mais sa voix était subitement devenue très rauque.

Les lèvres de Kyoko s'entrouvrirent alors que des cheveux argentés se perdaient dans sa vision latérale. C'était la même personne qui l'avait sauvée la nuit dernière. Elle se laissa presque tomber de soulagement.

Au moins, ce n'était pas le garçon araignée ou l'ange des ténèbres et sa confiance en elle était quelque peu revenue.

    Kyou poussa un soupir mental lorsqu'elle arrêta de bouger. Elle s'était frottée contre lui de telle manière que son pantalon était devenu incroyablement serré. Intérieurement, il était choqué au plus profond de son être. Depuis qu'il avait été mordu il y avait plus de mille ans, il n'avait plus jamais eu d'érection, mais là, son corps ne lui mentait pas. Il avait été excité par un petit brin de fille et cela ne le dégoûtait pas.
    Kyoko respirait fort mais elle s'arrêta de bouger comme il l'avait commandé. Elle ne croyait même pas qu'il s'en rendait compte, mais quand elle s'était arrêtée, il avait poussé légèrement ses hanches contre le bas de son dos. Elle sentit quelque chose de très dur et elle sut que ce n'était pas une boucle de ceinture. Bien sûr, elle était vierge mais elle n'était pas complètement stupide lorsqu'elle était amenée à faire face aux réactions des hommes.

    C'est à ce moment-là qu'elle eut la pire idée qu'elle ait jamais eu le malheur de croire potentiellement efficace.

CHAPITRE 12

Kotaro et Toya tentèrent de se provoquer mutuellement des sorties de route pendant tout le trajet jusqu'à l'appartement de Kyoko. Ils venait de prendre le virage au coin de sa rue quand ils virent un petit garçon portant d'étranges vêtements passer en volant de la fenêtre de Kyoko et atterrir sur le dos sur la pelouse à l'avant.

— C'est quoi ce bordel ? hurla Toya.

Kotaro écrasa ses freins et bondit hors de sa voiture. Il aurait reconnu ce sale petit gosse n'importe où.

— Yuuhi, grogna-t-il puis détecta un mouvement du coin de l'œil.

Yohji avait choisi ce moment pour courir de sa cachette aux escaliers menant à l'appartement de

Kyoko. Son esprit n'avait pas enregistré pleinement l'arrivée des deux véhicules qui s'étaient arrêtés devant l'immeuble ou qui les conduisaient. La seule chose qu'il avait à l'esprit était de « sauver » Kyoko de ce monstre quel qu'il fut qui avait rampé jusqu'à sa fenêtre. Il avait vu le garçon tomber par terre et a failli rire.

Il a dû glisser, pensait Yohji.

Utilise les escaliers la prochaine fois, crétin.

— Celui-là est à moi, s'écria Toya en se lançant à la poursuite de Yohji, qui montait les escaliers jusqu'à l'appartement de Kyoko.

Yohji venait d'atteindre la sixième étape quand une main l'attrapa par le col de sa veste et le renvoya en arrière comme s'il n'était rien. Il se releva immédiatement et regarda qui était celui qui le séparait de son but. Sans qu'il ne le sache, les yeux de Yohji commençaient à devenir rouges et ses canines avaient en fait grandi de quelques centimètres, formant de minuscules crocs sous-développés.

— T'es quoi, connard ? demanda Toya alors qu'il prenait du recul pour jeter le premier coup de poing qui devait lui fendre la lèvre.

*****

Kyou entendit le bruits des combats commencer à l'extérieur et sut que le Lycan et celui qui ressemblait à son frère mort depuis longtemps se battaient contre Yuuhi et quelqu'un d'autre. Il reconnut l'aura comme étant celle de celui qui avait accosté la jeune fille au club la veille, mais maintenant l'aura du garçon était encore plus entachée.

Tous ses processus de pensée s'arrêtèrent brusquement quand il la sentit soudainement pousser fermement son cul contre son érection encore palpitante. Sous le choc, il avait suffisamment relâché son emprise sur elle pour qu'elle essaie soudainement de s'éloigner de lui. Kyou reprit ses esprits à temps pour saisir son bras et la plaquer à nouveau contre lui, cette fois face à face.
— Fais attention à la façon dont tu me tentes, cbérie», murmura-t-il, sa voix mielleuse recouvrant sa peau sensuellement.

— Je pourrai te prendre au mot.

Kyoko avait pensé que c'était un bon plan jusqu'à ce qu'il l'attire contre lui, cette fois cette chose dure était poussée contre son ventre. Elle ne pouvait pas contenir le rougissement qui se formait sur ses joues quand il parlait.
Elle sentit son long trench noir effleurer ses jambes tandis que la soie de sa chemise frottait de manière excitante contre ses seins et son ventre exposés. Ses jambes frottaient maintenant légèrement contre ses cuisses recouvertes de cuir et Kyoko ressentit une incontrôlable envie de gémir.

*****

Yuuhi se leva, grinçant violemment par la fenêtre. Il avait été si proche de la fille que son maître désirait. Jamais il n'avait manqué d'apporter à Hyakuhei ce qu'il voulait et cette fois ce ne serait pas différent. Son sens aigu de l'ouïe attira son attention sur l'homme silencieux vêtu d'un uniforme d'agent de sécurité qui s'approchait de lui par le côté.

Un sourire déformé changea l'expression habituellement stoïque de Yuuhi alors qu'il observait son ancien rival.

— Eh bien, eh bien, murmura-t-il.

— Je pensais que ton espèce avait été anéantie, Kotaro.

Kotaro grogna pour toute réponse :

— Tu devrais être mieux informé que ça maintenant, suceur de sang.

Yuuhi secoua la tête.

— Tu as pensé pouvoir la sauver jadis. Tu as échoué alors, tout comme tu échoueras maintenant, Lycan.

Ses yeux noirs ressemblaient à des fosses sans fond dans son visage cendré.

— C'est toi qui as échoué Yuuhi… tu ne pouvais

pas la toucher à l'époque et je ne te permettrai pas de mettre le doigt sur elle aujourd'hui, déclara Kotaro à l'enfant démon vaniteux.

Yuuhi disparut soudainement puis réapparut derrière Kotaro. Lui sautant sur le dos, il passa sa langue sur la courbe de l'oreille de Kotaro avant de mordre le lobe comme par jeu.

Kotaro grogna et l'attrapa par les cheveux, éloignant le garçon de son oreille.

— Lâche-moi, petit monstre pervers.

— Ooh, s'exclama Yuuhi.

— La saveur du pouvoir dans ton sang a augmenté. Je vais te saigner, aspirer toute cette puissance et terminer ce que j'ai commencé il y a plus de mille ans.

— Dans tes rêves, grogna Kotaro quand l'une des griffes de Yuuhi lui fit une petite entaille dans le dos.

Il grogna encore plus fort et fit basculer le garçon par dessus sa tête pour le faire atterrir durement dans l'herbe.

Yuuhi reprit rapidement pied et se tourna pour faire face au loup qui lui avait échappé il y a si longtemps.

— Notre maître a des désirs, Kotaro, murmura-t-il.

— Des désirs que même toi tu ne pourras jamais imaginer ou comprendre.

— Il n'est pas mon maître, grogna Kotaro.

— Il a déjà essayé ça... tu te souviens ?

— Oh oui, répondit Yuuhi.

— Je crois que ta réponse de traître a été «meurt, sale trouduc d'assassin.»

Kotaro sourit,

— Un de mes plus beaux moments.

Yuuhi s'inclina,

— Devons-nous continuer ?

Kotaro grogna sourdement avant d'attaquer.

*****

Kyou baissa les yeux sur Kyoko, absorbant les moindres détails. La façon dont son corps séchant s'adaptait au sien, ses joues rougissantes et ses lèvres tremblantes suffisaient à donner à n'importe quel homme l'envie de traverser l'enfer juste pour se tenir à ses côtés. Avait-elle la même emprise sur Toya ? Pouvait-il permettre une telle chose ?

Cédant à un moment de tentation jalouse qu'il

n'avait pas connu depuis trop longtemps, Kyou baissa la tête et l'embrassa.

Kyoko sentit son souffle s'accrocher dans sa gorge, ses yeux s'écarquillant. Le baiser était chaste et doux mais il suffisait quand même à lui crisper délicieusement ses orteils. Cet homme n'était pas comme Toya ou Kotaro. Cet homme semblait prendre sans demander ni se soucier de savoir s'il aurait eu la permission de prendre de telles libertés.

Elle devrait lui marteler la poitrine et le forcer à s'arrêter mais être embrassée par lui était comme quelque chose dont elle pouvait presque se souvenir. Elle se retrouva penchée contre lui au moment où il s'éloignait. Ses joues montèrent en température lorsqu'elle réalisa ce qu'elle venait de faire et baissa les yeux.

Kyou ne put s'empêcher de rire doucement à sa réaction.

— T'as aimé ça, pas vrai, petite ? murmura-t-il à son oreille.

Il fut surpris de sa propre question et se demanda pourquoi il l'avait posée. Qu'est-ce que ça pouvait lui faire qu'une fille humaine aime son baiser ? Faire usage de l'emprise vampire n'était pas quelque chose qu'il approuvait, mais pour l'instant ça permettrai de la garder calme et à l'abri des combats qui se déroulaient à quelques mètres d'eux.

Il n'était pas sûr de comprendre ce qui était en train de se passer mais, il voulait l'embrasser à nouveau... le genre de baiser après lequel une femme en redemande. Il regarda ses lèvres rouge cerise et se demanda si elles n'avaient pas leur propre pouvoir d'emprise.

Il sentit la fille s'agiter contre lui alors que les bruits de combat se rapprochaient.

*****

Tasuki claqua la porte de son appartement derrière lui alors qu'il entrait, se tenant là un moment pour calmer son sang encore bouillonnant. S'appuyant contre la porte, il réalisa qu'il avait toujours faim et gémit de frustration. C'était comme s'il était dévoré de l'intérieur. Il regrettait de ne pas avoir mieux réagi à la pizza que Kyoko lui avait offerte, mais il était trop tard maintenant.

Sans le harcèlement de Yohji, il serait toujours là avec Kyoko. Poussant un soupir mélancolique, il entra dans la cuisine toujours en désordre et ouvrit la porte du réfrigérateur. Une fois de plus, son regard se posa sur le steak cru posé innocemment sur l'étagère. Un son jaillit du fond de sa gorge et il saisit le paquet, le mettant quasiment en lambeaux. Tirant la tranche de bœuf cru du paquet de cellophane, il en arracha un gros morceau avec les dents et se laissa tomber sur le sol, mâchant à la hâte.

Le besoin de boire quelque chose le poussa à regarder dans le réfrigérateur ouvert. Au bout d'un moment, il repéra un grand bidon de jus de tomate et haussa les épaules. Oubliant ses manières habituelles, il ouvrit le jus, jeta le bouchon sur le côté et le grogna.

Au fond, Tasuki était dégoûté de ses actions, mais son corps fonctionnait en mode pilotage automatique. Il dévora rapidement la viande et se lécha les doigts, puis trouvant l'emballage dans lequel le bœuf s'était précédemment trouvé, le nettoya également d'un coup de langue.

Sa faim désormais satisfaite, il s'appuya contre la porte ouverte du réfrigérateur et étira ses jambes sur le sol devant lui. Ramenant à nouveau le bidon de jus de tomate à ses lèvres, il but plus de la moitié de ce qui restait, sans remarquer les traînées qui couraient de chaque coin de sa bouche et dans sa gorge.

Il soupira de contentement puis l'envie soudaine de revoir Kyoko le saisit à nouveau d'une main de fer. "Je dois m'assurer qu'elle va bien," dit Tasuki avec inquiétude. Se soulevant du sol de la cuisine, il sortit de nouveau de son appartement, ne prenant même pas la peine de fermer la porte du réfrigérateur.

Il ne pouvait pas comprendre d'où venait cette envie. Le besoin de voir Kyoko dominait tout le reste. C'était comme si quelqu'un le nourrissait de ces sentiments de désir, de besoin et, oui, même de luxure.

— Depuis combien de temps je la veux comme ça? demanda Tasuki, confus, puis ses yeux devinrent hantés par le fait qu'il avait toujours voulu d'elle.

— Oh oui... depuis toujours.

Avec des jambes qui ne semblaient pas être les siennes, il continua à marcher dans la rue vers l'appartement de Kyoko. Le jeune homme était inconscient de ce qui l'attendait. Le ricochet du rire dément d'Hyakuhei résonna dans l'esprit de Tasuki... profondément où il ne pouvait pas entendre de tels sons.

*****

Shinbe n'avait même pas remarqué la circulation alors qu'il passait... il était tellement perdu dans ses pensées. Au moins, il avait convaincu Suki de ne pas rentrer seule dans son appartement mais de rester avec lui. En soi, cela a été un énorme pas dans la bonne direction. Il se demanda tranquillement ce qu'elle dirait s'il lui demandait de se retourner et de repartir.

Ne voulant pas aller chez Shinbe pour le moment, Suki s'était plainte d'avoir faim et avait fait un arrêt en voiture dans un drive pour avoir quelque chose à manger rapidement. La procrastination était parfois une chose merveilleuse.

Suki soupira et but une gorgée de sa boisson, avec le sentiment soudain d'avoir abandonné sa meilleure amie. Elle ne pouvait s'empêcher de se souvenir de ce qui s'était passé la dernière fois qu'elle avait laissé Kyoko hors de sa vue. La même peur la saisissait à nouveau... la peur de ne plus jamais revoir Kyoko.

Elle jeta un coup d'œil à Shinbe qui était maintenant assis à côté d'elle dans un silence relatif, prenant une bouchée occasionnelle de son hamburger. «Un centime pour tes pensées ?» demanda Suki doucement en agitant la paille de sa boisson.

Shinbe fronça les sourcils en pensant à la même

chosse que Suki. Ils n'auraient jamais dû laisser Kyoko toute seule. «Retournons chez Kyoko. Je veux vérifier quelque chose. L'améthyste dans ses yeux brillait presque avec la connaissance que quelque chose d'indicible était en train de se passer. Le besoin de sauver Kyoko faisait rage à travers lui et ne serait pas ignorée.

Suki faillit sourire de soulagement. Elle avait eu un mauvais pressentiment quand ils s'étaient éloignés de l'immeuble de Kyoko et était contente que Shinbe ait enfin dit quelque chose. Sans plus attendre, elle démarra la voiture et sortit du parking de la restauration rapide.

Ils n'étaient qu'à quelques kilomètres de là, donc il ne leur faudrait pas longtemps pour rentrer. Toutes les voitures avaient semblé disparaître et tous les feux de signalisation restaient verts comme pour leur confirmer qu'il fallait se dépêcher.
Shinbe s'assit sur le siège passager, son coude droit sur l'accoudoir, ses doigts tapotant lentement sa lèvre supérieure. Il n'avait pas été en mesure de faire sortir de sa tête l'image de la silhouette qu'il avait à peine vue debout derrière Kyoko.

Bien que ce n'ai été rien de plus que la plus pâle des ombres, pour une raison inexplicable, Shinbe ne pouvait penser qu'à… des anges gardiens et des paillettes. Il avait cru que ces souvenirs n'étaient que des rêves. Il n'avait rien perçu de mal pour ainsi dire, mais quelque chose le dérangeait tout de même. Presque comme un souvenir dont il ne se rappelait pas mais qu'il n'avait pas vraiment oublié.

— Kamui… le nom effleura ses lèvres d'un ton si étouffé que lui-même n'était pas sûr de l'avoir dit à haute voix.

Ils descendirent la rue de Kyoko et Shinbe fronça les sourcils quand il vit ce qui se passait devant le bâtiment.

— Par tous les diables ? chuchota Suki.

— Est-ce que c'est l'agent de sécurité du campus en train de combattre un… enfant ?

Shinbe posa sa main sur celle de Suki, qui agrippait le volant. Envoyant secrètement son pouvoir en elle, il sentit son pouls rapide revenir à un rythme plus calme alors qu'ils regardaient l'enfant qui semblait être albinos bondir bien plus haut qu'un enfant normal ne pourrait jamais sauter et atterrir sur le dos de Kotaro, seulement pour être projeté sur lui pour s'écraser dans le mur de briques.

L'espace d'un instant, ils crurent que Kotaro avait mortellement blessé le petit garçon alors qu'il glissait le long du mur de briques. Leurs deux mâchoires s'affaissèrent lorsque l'enfant se releva pour attaquer à nouveau.

Suki tourna de grands yeux vers Shinbe et demanda d'une voix tremblante :

— Est-ce que… cet enfant a-t-il des yeux rouges ?

Ne prenant même pas la peine de lui répondre, Shinbe fit un signe de tête vers le bâtiment.

— Arrête-toi à l'arrière du bâtiment. Nous devons sortir Kyoko d'ici MAINTENANT.

Des vampires ? Ici ? Pour de vrai ? Shinbe en avait rêvé depuis aussi loin qu'il se souvenait. Certains des rêves avaient été effrayants, mais d'autres l'avaient amené à croire que tous les vampires n'étaient pas mauvais… seulement ceux qui choisissaient de l'être. Il commençait à croire qu'il s'agissait de rêves du passé… ou de souvenirs du passé.

Le regard améthyste de Shinbe se durcit alors qu'il se rappelait un rêve récurrent… celui où il avait été victime de meurtre . Ses yeux se posèrent sur Suki pendant un bref instant alors qu'il comprenait qu'il n'avait pas été seul dans ces cauchemars. Une pesanteur se glissa dans son cœur alors qu'il essayait de ne pas se souvenir d'un rêve aussi horrible… sachant en même temps qu'il n'oublierait jamais.

— Dépêche-toi, murmura Shinbe, comme pour imiter la voix en lui.

Suki hocha la tête et descendit une petite rue qui les mènerait à un petit parking derrière leurs appartements. Ne prenant pas la peine de se garer, Suki s'arrêta au pied de l'escalier arrière et suivit rapidement Shinbe jusqu'au troisième étage.

*****

Toya frappa Yohji dans l'estomac d'un coup de genou, le renvoyant contre les escaliers. Le stupide athlète se résistait plus que ce à quoi il s'attendait. Toya savait qu'il était plus fort qu'un humain normal était censé l'être et l'avait été depuis qu'il était enfant, mais depuis quand cette terreur de cour d'école avait-il acquis une telle force ? Le monde avait-il tourné à l'envers alors qu'il avait le dos tourné ?

Jamais Toya n'avait affronté quiconque pouvant se défendre contre lui dans un combat à l'exception de Kotaro, et pour une raison inexplicable... cela ne comptait pas. Ses yeux s'écarquillèrent quand Yohji se releva comme s'il n'avait même pas été blessé.

Yohji, voyant sa chance et le regard stupide sur le visage de Toya, s'élança vers la gauche et autour de lui avant que Toya ne sache ce qui s'était passé. Rapidement, il se précipita vers la porte de l'appartement de Kyoko.

Toya jura bruyamment et courut après lui. Il attrapa le salaud au même niveau que l'appartement de Kyoko, à quelques mètres de sa porte. Le saisissant par le dos de sa chemise, Toya le jeta au sol, lui coupant le souffle sous l'impact. Il allait d'une manière ou d'une autre le garder au sol cette fois.

Toya était maintenant assis sur le ventre de Yohji, les mains autour de la gorge du garçon. Son humeur massacrante empirait à chaque battement de cœur. — Je ne sais pas quel genre de stéroïdes tu prends, connard, mais si tu crois que je te vais te laisser approcher Kyoko… alors la drogue te rend stupide et je te conseille d'arrêter d'en prendre.

Non loin de là, Hyakuhei regardait Yuuhi et Kotaro alors que leur bataille commençait à s'intensifier. Il fut distrait quand il sentit une de ses nouvelles recrues se battre à l'intérieur du bâtiment et plus près de la prêtresse. Il sourit d'un sourire malsain alors qu'il se glissait dans l'esprit de Yohji pour narguer l'adversaire qui pensait protéger la prêtresse du subalterne qu'il avait envoyé chercher elle.
Ses yeux sombres se fermèrent alors qu'il ressentait l'aura du garçon que Yohji combattait.

Il s'adossa au mur et sentit les vibrations du passé entrer en collision avec le présent. Si familier… si possessif… rebelle… l'enfant qu'il avait déjà détruit une fois… ce garçon provocateur du passé aurait-il pu ressusciter d'une manière inexplicable ?

— Toya !

Il leva le poing devant lui, puis le claqua contre le mur derrière lui avec colère.

— De telles choses ne sont pas permises !

Les yeux de Hyakuhei saignèrent cramoisi pendant qu'il commençait à contrôler les paroles de Yohji qui destinées à provoquer et à offenser le jeune frère de

Kyou.

— Tu la désires comme un malade, hein ? demanda Yohji de manière cryptique, sa voix résonnant d'un écho sinistre derrière lui... comme si c'étaient beaucoup de voix au lieu de la sienne seule.

— Tu veux la goûter... faire qu'elle crie ton nom. Je suis prêt à partager... notre propre jouet à chevaucher à volonté.

Yohji n'était pas au courant de l'effet que ses paroles avaient sur l'homme aux cheveux noirs striés d'argent. Toya sentit soudain son désir pour Kyoko monter en flèche et sans relâcher l'étranglement sur Yohji, il jeta un coup d'œil à sa porte à quelques mètres de là. L'obscurité s'accumulait au plus profond de son âme et elle était centrée sur elle.

Encore une fois, les images de Kyoko étalée sous lui se frayèrent un chemin vers la surface, le faisant grogner d'une manière très inhumaine.
Yohji entendit les mots dans sa tête et entendit sa voix les dire mais il n'avait aucune idée d'où ils venaient. C'était comme si quelqu'un avait pris le contrôle de son âme. Une partie de lui devint terrifiée alors qu'il était allongé là et regardait les yeux de Toya saigner d'un rouge profond. Le garçon au-dessus de lui grogna, révélant des crocs petits mais toujours très visibles.

Dans l'esprit de Toya, il le combattait... pas le vampire à l'intérieur. Il n'y avait pas de vampire en lui... seulement un démon qui attendait sa libération. Une malédiction qui avait été oubliée plusieurs fois jusqu'à ce qu'il soit trop tard.

Un sourire des plus malveillants se dessina sur les lèvres de Hyakuhei alors qu'il regardait à travers les yeux de Yohji. Il pouvait voir la preuve que Toya était de retour, même s'il semblait que son aura humaine dominait toujours son côté le plus sombre. Il ne s'était pas encore complètement réveillé. Combien de temps cela prendrait-il avant que ne revienne la soif de sang chez le démon ?

— Oui... grinça Yohji. — Tu as essayé de la sauver une fois déjà jadis et tu avais échoué. De nouveau, je te la prendrai, Sa voix semblait plus profonde et plus sensuelle... comme celle du maître qui la commandait de pas trop loin.

Toya fusilla du regard l'homme sous lui et gronda de nouveau. Il n'aimait pas ces paroles venant des lèvres d'un autre homme. Une bataille de proportion presque cosmique faisait rage à l'intérieur de sa tête. L'instinct qui le poussait à vouloir briser le cou à Yohji frolait le point de non retour D'où diable pouvaient donc provenir ces sentiments ?

— Elle est à moi ! Grogna-t-il possessivement.

— Tu crois vraiment qu'elle t'appartient, Toya ? demanda Yohji, d'une voix qui n'était toujours pas sous son contrôle. — C'est mon nom qu'elle va crier ce soir !

La rougeur dans les yeux de Toya recula soudain à ces mots et il frappa Yohji d'un poing fulgurant à la tempe. — Pas si ta vie en dépend ! aboya-t-il. — Qu'est-ce qui peut te laisser croire que je te laisserais ne serait-ce qu'approcher un doigt de MA Kyoko ?

Les yeux de Hyakuhei se rétrécissèrent alors qu'il se retirait rapidement de l'âme de Yohji. — Ma Kyoko... mon Kyou... le garçon avait toujours été si possessif, dans la voix de Hyakuhei, résonnait un soupçon de déception. Toya avait échoué une fois et Hyakuhei s'assurerait qu'il ressente de nouveau la mort.

Yohji secoua légèrement la tête, l'emprise mentale sur lui disparut et il roula, tentant de se libérer du poids de Toya. Soulevant les pieds, il les fracassa dans la cage thoracique de Toya, l'envoyant voler vers l'arrière mais pas assez vite pour empêcher Toya de se saisir de son pied et de l'emporter avec lui.

Il ressentit à peine son corps frapper l'escalier alors qu'ils roulaient loin de la porte de Kyoko et descendaient la volée de marches menant au deuxième étage.

*****

Ce que les combattants ignoraient encore c'était que Suki et Shinbe venaient d'arriver au deuxième étage. Shinbe allongea la main pour arrêter Suki et jeta un coup d'œil de l'autre côté de la paroi après avoir entendu une série de grognements. Il se retourna immédiatement, poussant Suki face contre le mur pour éviter d'être renversé par Toya et Yohji comme ils passaient près d'eux dans une boule de fureur véloce.

En dépit de la situation, Suki était passée par dix nuances de rouge.

— Déplaces-toi s'il te plait, mumura-t-elle en se mordant la lèvre inférieure.

Un grimace lubrique transforma le visage de Shinbe et il poussa son bassin contre les fesses de Suki,

— je pense que tu aimes ça.

Ses efforts n'eurent pour toute récompense qu'une Suki fâchée et une soudaine et intense sensation de brûlure sur la joue gauche.

— Qu'est-ce que j'ai fait ? demanda Shinbe, feignant d'être totalement perplexe, mais toujours souriant.

— Pervers, murmura Suki.

— C'est bien ma veine, l'amateur de cul de l'université décide de se coller au mien à la super glue.

Le visage de Shinbe redevint sérieux et il jeta un coup d'œil le long de la coursive pour s'assurer qu'elle était vide. Il vit les échanges de coups de Toya et de Yohji. Saisissant Suki par la main, il la tira vers le haut des escaliers, ne prenant pas la peine de lui donner une chance de voir qui combattait à quelques mètres de distance.

*****

Kyoko recula puis cligna des yeux quand elle entendit le hurlement de Toya juste devant sa porte. On aurait dit qu'il se battait avec quelqu'un Son regard revint à l'homme aux cheveux argentés qui la tenait si fermement et elle fronça les sourcils en constatant la ressemblance avec Toya.

— Sauve-moi Toya, murmura-t-elle alors que l'homme lui retournait l'étrange regard dont elle l'avait gratifié. Des sueurs froides parcouraient son corps alors qu'elle regardait ses yeux se rétrécir avec colère à ses paroles.

La tête de Kyou pivota et il regarda le morceau de bois qui les séparait de l'extérieur. Toutes les entrées étaient verrouillées, donc il savait qu'il n'y avait aucun moyen d'entrer. La jeune fille, cependant, ne le savait pas. Il la sentit inspirer très profondément pour crier à l'aide et la réduisit précipitamment au silence de la première façon qui lui vint à l'esprit.

— Toy...

Le cri de Kyoko fut de nouveau interrompu par les lèvres de l'homme. Elle gémit lorsque le baiser d'abord énergique se fit sensuel en un clin d'œil. On avait l'impression que le monde basculait sur son axe et l'homme semblait plus grand que nature. Elle s'agrippa fermement aux revers de son trench-coat, essayant de s'accrocher à un semblant de santé mentale.

Tout avait été réduit au silence, ne laissant que le son de leur souffle dans le baiser qui était devenu urgent. Si Toya l'avait entendue crier son nom et était accouru, le mal contre lequel il luttait serait également venu et il ne pouvait pas permettre cela. Kyou avait seulement voulu la calmer, mais alors que ses lèvres prenaient possession des siennes ... il y eut une véritable

sensation d'interdit.
Il n'avait jamais été du genre à suivre les règles et interdit ou non... il en voulait plus et le prendrait.

Kyoko sentit son baiser s'approfondir et devenir plus exigeant. Quelque part dans le fond de son esprit, elle se demandait ce qui brûlait profondément à l'intérieur d'elle qui venait contredire la sécurité qui coulait à travers elle. Comment pouvait-t-elle se sentir en sécurité dans l'étreinte d'un vampire ?

Cette fois, elle gémit, sentant ses mains bouger de son dos, à travers son derrière, à l'arrière de ses cuisses. Elle haleta quand il la souleva soudainement et tira ses jambes pour les placer autour de sa taille. Il n'y avait aucune notion de mouvement jusqu'à ce qu'elle sente qu'il était en train de l'allonger sur le canapé l'épinglant de son propre corps aux coussins mous.

Pour le moment, tout ce que Kyoko pouvait faire était de le voir... le sentir. était-elle cernée par lui ou était-ce lui qui était cerné par elle ? Une part d'elle, très profondément enfouie le connaissait... l'avait aimé et maintenant, elle voulait le sauver des ténèbres.

Kyou, son esprit murmura le nom oublié comme s'il caressait son âme cachée.
Kyou entendit le murmure balayer son aura et ouvrit les yeux. L'obscurité dans la pièce s'était estompée et une douce lueur émanait de l'endroit où ils se trouvaient. C'était la même lumière qu'il avait vue la nuit précédente mais cette fois elle ne l'avait pas aveuglé mais au lieu de ça... c'était la première

véritable chaleur qu'il avait ressentie d'aussi loin qu'il s'en souvienne.

L'appartement sembla s'évaporer et il se retrouva allongé sur Kyoko dans un bouclier de plumes moelleuses. Les plumes se resserrèrent autour d'eux et il réalisa que c'étaient des ailes… ses ailes à lui. Il leva les yeux, sentant la présence de quelque chose au-dessus d'eux et aperçut de manière fugace une statue… aussi vieille que le temps lui-même. Le détail de la sculpture sur pierre était impeccable… une réplique exacte de la fille qui gisait maintenant sous lui.

Bien que les lèvres de la statue soient toujours demeurées immobiles… il pouvait entendre sa voix effrayée alors qu'elle disparaissait, — Sauve-nous.
Alors que la scène s'estompait et que la lumière mystérieuse redevenait ténèbre, Kyou mit fin doucement au baiser et regarda la fille sous lui. — Sauve-nous ? Ses yeux dorés descendirent jusqu'au pouls battant rapidement sur l'arc de son cou comme s'il lui faisait signe.

— Je ne suis pas un sauveur, murmura-t-il avec confusion. Il savait qu'il n'y avait qu'une seule façon de la garder en sécurité… pour toujours.

Kyou abaissa ses lèvres sur son cou, conscient de la puissance s'y trouvant.
Kyoko comprit soudain ce qu'il allait faire et déplaça brusquement son visage pour le regarder. Leurs regards se croisèrent et Kyou tressaillit. Elle aurait dû être complètement sous son emprise maintenant mais

elle ne l'était pas. Pourquoi ? Il avait l'impression, à la place, qu'il était celui qui se trouvait sous son emprise et qu'il pouvait voir dans son âme.

Elle n'avait pas peur de lui… tout comme il savait qu'il ne pouvait pas la mordre. Quelle étrange compréhension mutuelle tacite, pour deux inconnus.

L'attention de Kyou fut rapidement détournée d'elle lorsqu'il entendit un rire presque silencieux envahir la pièce.

— Hyakuhei, le nom lui glissa des lèvres alors que la froideur le submergeait, bannissant la chaleur qu'il avait ressentie.

La réalité qui se manifestait de nouveau s'écrasa sur lui comme pour lui rappeler qui il était vraiment et pourquoi il était là en premier lieu. Il pouvait sentir le démon sans cœur à proximité et savait qu'ils étaient cernés de tous côtés par le frai de l'ennemi.

Se maudissant mentalement quand Kyoko commença à lutter pour se lever, Kyou plaça ses deux mains de chaque côté de son visage, ses pouces cherchant une place derrière chaque oreille. Exerçant juste un peu de pression, il regarda les yeux de la fille s'écarquiller juste avant qu'elle ne s'évanouisse contre les coussins.

— C'est pour ta propre protection… pour le moment, murmura-t-il attristé par le fait qu'il ne pouvait plus voir le fond de ses yeux émeraude fracassants.

Il ne se souciait plus de savoir si elle avait une étrange emprise sur lui. Il le permettrait.

Kyou se souleva du corps de la fille et l'emmena dans sa chambre. La recouvrant du drap, il explora l'appartement pour s'assurer qu'aucun autre danger n'entrerait cette nuit... du moins pas sans sa permission. Il attendrait qu'elle soit en sécurité... puis, il irait à la recherche d'Hyakuhei.

Il ne pouvait pas laisser ce monstre mettre la main sur la fille qui qu'il avait désormais vraiment dans la peau.

*****

Hyakuhei se tenait sur le bord d'un toit, faisant face à la fenêtre de l'appartement de Kyoko. De son point de vue, tout en utilisant sa vision vampirique améliorée, il pouvait tout voir parfaitement. Un petit rire passa ses lèvres quand il vit Kyou embrasser passionnément la fille. Hyakuhei voulait secrètement se presser contre la fille, entourant les deux de ses brast.

— Amène-la dans notre monde mon fils. Montre-lui à quel point l'obscurité est belle, murmura-t-il en regardant Kyou la coucher sur le canapé devant la fenêtre.

Il pensait que son favori allait obéir à la demande jusqu'à ce qu'une lumière blanche aveuglante lui fasse détourner le regard du couple.

Quand la lumière s'estompa, la pièce était vide. Les yeux de Hyakuhei se plissèrent alors qu'il regardait Kyou revenir se poster seul à la fenêtre comme pour le défier une fois de plus. Le fait que Kyou n'exécute pas sans réfléchir chacun de ses ordres était l'une des raisons pour lesquelles Kyou avait toujours été son préféré... le joyau d'entre ses enfants.

Kyou l'avait toujours contrarié les rares fois où ils s'étaient rencontrés au cours des siècles. Ce jeu du chat et de la souris l'avait comblé jusqu'à présent. Il était temps de rassembler tous les joueurs et de terminer la partie. Il y avait déjà eu suffisamment d'attente !

Hyakuhei fronça les sourcils mais son expression se calma quand il sentit une âme proche... une âme qu'il possédait désormais. Il tourna la tête, voyant une silhouette solitaire qui remontait lentement la rue.
Oui... viens mon enfant... laisse ton amour pour la fille vous conduire tous les deux vers moi.

Tasuki se fraya un chemin à travers les ténèbres avec une seule pensée en tête,

Kyoko.

*****

Kotaro tourna la tête et cracha le sang au goût détestable sur le sol où le petit morveux s'était fendu la lèvre grande ouverte avec des griffes acérées et mortelles. Sa chemise pendait maintenant de son corps en lambeaux avec du sang dégoulinant des marques de griffes que Yuuhi avait laissées sur son torse ferme. C'était comme combattre un animal sauvage.

— Toujours aussi rapide que lorsque je t'ai

combattu pour la première fois... il y a plus de mille ans, ronronna Yuuhi en contournant le loup, à l'affût de sa prochaine chance d'attaquer.

Il n'avait pas eu d'adversaire aussi fort depuis si longtemps, il s'amusait réellement.
Yuuhi avait son propre compte de blessures qui guérissaient aussi rapidement, sinon plus vite que celles de Kotaro. Après tout, il venait de se nourrir au cours des dernières heures et sa puissance était à son apogée. Son nez se réajustait de là où Kotaro l'avait cassé de son poing de fer.
Le sang coula jusqu'à ses lèvres et la langue de Yuuhi se glissa furtivement à l'extérieur pour le lécher alors qu'il regardait son adversaire avec des yeux aussi sombres que de l'encre.

Kotaro frissonna.

— Tu es dégueulasse. Après toutes ces années, tu n'es toujours qu'un enfant meurtrier qui ne deviendra jamais un homme.

Un grognement se forma au fond de sa poitrine.

Yuuhi haussa les épaules avec agitation, il n'aimant pas ce que son adversaire sous-entendait.

— Vieillir ne mène qu'à la mort ! répliqua-t-il avec arrogance.

— Il n'est pas nécéssaire d'être vieux pour mourir ... Je vais te prouver ce fait et te laisser mourir puceau, ricana Kotaro.

L'expression passive de Yuuhi disparu pour faire place à une fureur aveugle et il se précipita sur Kotaro, jetant le Lycan au sol.

Kotaro tenait le garçon par les poignets, s'efforçant de garder ses crocs aussi loin que possible de sa peau. Malgré sa petite taille, Yuuhi était le vampire le plus puissant qu'il ait combattu depuis très longtemps. En fait… la dernière fois, c'était quand il avait combattu l'enfant plus de mille ans auparavant.

Ses yeux devinrent d'un bleu glacial et perçants alors qu'il se rappelait que Yuuhi avait été celui qui l'avait distrait pendant qu'Hyakuhei rendait visite à Kyoko… ça s'était conclu par la mort de cette dernière. Cela lui demanda quelques efforts mais il leva finalement les jambes, ses pieds contre le torse de Yuuhi.

— Bon vol ! grogna Kotaro et il repoussa l'enfant, envoyant de ses jambes puissantes le petit garçon haut dans les airs, le faisant s'écraser contre le mur de briques dans un fracas de bris d'os.

CHAPITRE 13

Tasuki regardait avec une fureur à peine dissimulée alors que Shinbe retournait à la voiture, claquant la portière avant de démarrer et de partir.

Déverrouillant la porte de son appartement, il entra et fut assaillit par l'odeur de nourriture qui était restée dehors trop longtemps. Pénétrant dans la cuisine, il contempla avec horreur le bordel qu'il avait foutu plus tôt.

Poussant un soupir défaitiste, Tasuki se mis en devoir de remettre la cuisine en état tout en se demandant s'il avait perdu l'esprit.

*****

Hyakuhei était encore en train d'attendre sur le toit de l'immeuble en face de l'appartement de Kyoko lorsqu'il entendit un léger bruit de pas derrière lui. Il n'eut pas besoin de regarder pour savoir qu'il s'agissait de son favoris... Kyou. Il avait su que Kyou viendrait à lui... Même si c'était uniquement par colère. Il ferma les yeux et pris une inspiration jalouse.

Il pouvait sentir le parfum de la fille accroché au côté possessif sombre de son enfant égaré.

— Tu as pris ton pied en la touchant ? demanda doucement Hyakuhei, tournant le visage vers lui.

Exactement comme dans ses souvenirs... Kyou se tenait là dans toute sa pâle splendeur argentée, aussi beau que le jour ou Hyakuhei l'avait choisit et lui avait donné le baiser obscur.

— Ce n'est pas à moi de prendre un tel cadeau, répondit Kyou froidement alors que sa colère remontait à la surface.

— Et ce n'est pas à toi non plus.

Son regard doré s'intensifia, menaçant.

Hyakuhei sourit sensuellement, ignorant l'avertissement et marcha vers lui, sa longue chevelure noire se balançant dans la brise légère.
Son regard s'assombrit plus que de l'encre lorsqu'il demanda :

— Insinuerais-tu que tu n'as pas été tenté une seconde par sa chair vierge ? Son corps jamais touché et son sang auraient été assez pour conduire n'importe qu'elle créature obscure au bord de la folie... sans même parler de la puissance sous-jacente.

Il possédait encore un semblant de contrôle sur Kyou... après tout ; il avait créé le garçon qui était à cet instant en train de lutter pour tenter de l'attaquer et qui était en train de découvrir qu'il était incapable de bouger. Hyakuhei fit le tour de Kyou, s'arrêtant avant de se jeter brutalement contre le dos de celui-ci. Il avait besoin de montrer à cet enfant fuyant qu'il était encore le maître.

Enveloppant de ses bras son joli rival afin de restreindre ses mouvements, il lança d'un ton provocateur :

— Je peux la sentir sur toi, Kyou. Je peux sentir le pouvoir du Cristal du cœur du Gardien.

Ses lèvres proches de l'oreille de l'autre homme, Hyakuhei murmura,

— Tu la désires comme tu n'as jamais désiré personne... Je sais que j'ai raison.

Le coin de ses lèvres dessinèrent un sourire pervers.

— Tu ne peux le nier. C'est dommage d'avoir à combattre ton propre frère bien-aimé... Si tu veux vraiment la goûter.

Les yeux de Kyou s'arrondirent alors que son corps se raidissait, sentant le danger s'installer tout autour de lui. Hyakuhei avait vu Toya. Tout doute subsistant concernant l'identité du garçon le quitta dans un souffle entrecoupé. Il perçut l'enchantement sous l'influence duquel le tenait Hyakuhei lorsqu'il tentât de se mouvoir mais s'en trouva incapable. C'était un sort d'obéissance, tel que celui qu'un père aurait utilisé sur son enfant.

— Je n'en ai rien à faire de ce qui arrivera à cette femme, contra Kyou dans une tentative de détourner son attention du fait que Toya était en vie.

Un éclair de défi zébra son regard doré alors qu'Hyakuhei continuait.
Hyakuhei sourit en inhalant le parfum de la colère montante de Kyou... un enfant si obstiné.

— Alors, elle est une femme, à présent, n'est-ce pas ? Peut-être devrais-je aller voir par moi-même ce que tu lui a enseigné.

Kyou gronda et tenta de bouger mais les pouvoirs qu'Hyakuhei possédait sur lui étaient tels des liens. Le simple fait que ce fut le sang d'Hyakuhei qui l'avait transformé renforçait ces chaînes. Il avait besoin de se concentrer la colère silencieuse d'Hyakuhei ailleurs afin de se libérer.

— Un jour... Je serais celui qui te détruira exactement comme les Lycans ont détruit l'enfant démon Yuuhi il y a peu.

Le regard de Kyou lança des éclairs écarlates avec cette petite victoire alors qu'il sentait les liens se desserrer.

Sentant la colère pure de Kyou accentuer sa

puissance afin de briser le sort, Hyakuhei lâcha prise à contre-cœur... reculant d'un pas face à son aura, une expression ressemblant presque à de la tristesse dans son regard noir pervers.

C'est tellement dommage, pensa-t-il avec regret.

Son regard se fit plus étroit à la pensée de perdre l'un ou l'autre de ses élus.
— Ou, peut-être que tu peux me montrer ce que tu as enseigné à la prêtresse, provoqua-t-il, contournant lentement Kyou de façon à lui faire désormais face.

Il pouvait voir le brasier dissimulé faisant rage en cet homme qui le regardait avec tant de dédain.

Hyakuhei tendit soudain la main et attrapa Kyou alors que de l'autre il tenait son visage, ses gants noirs semblant déplacés, tel une arme fatale, contre la peau soyeuse de Kyou.

— Qui devrais-je tuer pour venger Yuuhi ? demanda Hyakuhei alors que sa colère pétait.

— Peut-être Toya... une fois de plus ?

Son regard, à présent de la couleur du sang fraîchement versé alors que ses lèvres esquissaient un sourire plein de malice.
Utilisant tout son pouvoir pour maintenir le corps enragé de Kyou immobile, Hyakuhei tint bon alors qu'il lançait une dernière provocation.

— Souviens-toi... Souviens-toi la crainte que je ne te transforme... te faisant ressentir le plaisir au milieu de la douleur de la mort.

Il effleura de ses doigts la joue de Kyou et les laissa glisser le long de son cou, repoussant le col de son blouson et de sa chemise afin de révéler une trace de morsure qu'il lui avait laissé longtemps auparavant.

— Je peut lui faire ressentir ce que tu a fais l'erreur d'oublier.

Kyou grogna intérieurement et gronda à l'intention d'Hyakuhei, ne souhaitant rien de plus que de voir cette créature le relâcher, afin qu'il puisse se retourner et détruire un tel mal. Rentrant toute sa colère puis la laissant ressortir dans toute sa furie rageuse, Kyou envoya une vague immense de puissance qui fit voler des débris lorsqu'elle rugit à travers l'herbe, l'aplatissant avant de se consumer.

Hyakuhei gronda furieusement en déplaçant ses doigts pour attraper Kyou par la gorge... resserrant son emprise.

— Crois-tu réellement que tu puisses me vaincre, moi qui le désire bien plus salement ?

Dans sa voix, la précision d'un danger mortel.

Alors qu'il ramenait son autre main auprès de la première, ses sens firent un bond, il pouvait ressentir la présence d'une ancienne menace. Son regard sombre fusa de l'autre côté de la rue jusqu'au Lycan qui hantait ses cauchemars. Voyant de dangereux yeux bleus de glace l'observer à distance, Hyakuhei prodigua à Kyou un dernier avertissement,

— Si je ne peux l'avoir... elle mourra en tenant le cœur de Toya au creux de sa main.
Émettant un grognement hargneux, il recula d'un pas avant de disparaître.

Après le départ d'Hyakuhei, il fallu à Kyou tout ce qu'il lui restait de volonté pour demeurer debout.

— Jamais... je ne le permettrais pas. Un jour, Hyakuhei, promis Kyou,
— Un jour, tu paieras pour tout.

Ressentant la même dangereuse présence qu'Hyakuhei avait perçue, Kyou regarda le loup qui se tenait encore dans l'herbe devant l'appartement de la fille. Son regard doré se fit plus dense une fois de plus avant qu'il ne se détourne, la nuit et lui ne faisant alors plus qu'un.

CHAPITRE 14

Kotaro serra les poings alors qu'il se tenait aux côtés de Yohji, essayant de le faire tenir tranquille alors qu'il le menottait.

— Putain, si tu persistes à te prendre pour Nimrod et à ne pas rester tranquille, je vais te foutre une balle dans les rotules, gronda-t-il à l'intention du mec mi-crétin, mi-vampire.
— Après, tu n'auras aucun mal à rester assis sans bouger !

Pourquoi était-ce toujours à lui qu'on laissait la garde des idiots et des fous ?

Les vives lumières des véhicules de police commençaient à gêner ses yeux sensibles, cela l'agaçait. "On pourrait croire que je serais habitué, maintenant," pensa Kotaro amèrement alors que deux officiers en patrouille le soulageait de la présence de Yohji.

Après avoir répondu à quelques questions de la part de l'enquêteur de service, il fut félicité pour avoir déjoué une autre disparition potentielle. Il s'en fichait qu'ils pensent que Yohji était le cerveau derrière la disparition des filles... ce n'était pas comme si les auraient jamais une chance d'attraper Hyakuhei de toutes façons.

Kotaro tira sur le col de la chemise que lui avait donné l'enquêteur principal et poussa un soupir de soulagement lorsqu'on lui dit qu'il pouvait partir. Il savait que les interrogations ne s'arrêteraient pas là et qu'il devrait faire très attention à partir de cet instant. La dernière chose dont il avait besoin était une bande de bleus en train d'essayer d'attraper un vampire se retrouvant vampires à leur tour.

Jetant un regard en arrière vers l'immeuble adjacent, son esprit retourna à ce dont il venait d'être témoin. Hyakuhei et Kyou dans ce qui ressemblait à une guerre des mots...une guerre que Kyou était en train de perdre, à en juger par l'étreinte mortelle d'Hyakuhei tenant son cou. Il espérait que le frère de Toya soit assez malin pour comprendre qu'il faudrait qu'ils soient tous là pour vaincre le monstre.

— Ce n'est pas une bataille que tu dois livrer seul, Kyou, murmura-t-il en sachant que le vampire essayerait malgré tout.

— Toya a déjà commis cette erreur une fois.

Retournant à son véhicule, Kotaro vit l'éclat d'une

paillette sur le siège passager et sourit. Il s'installa derrière le volant, sans même se donner la peine de tourner la tête vers son équipier et démarra.

— Tu as fait du bon travail, dit Kotaro, soupirant avec reconnaissance.

Il était heureux de voir disparaître les gyrophares au loin.

Kamui rentra la tête dans les épaules, laissant retomber son bouclier invisible à présent qu'ils étaient seuls.

— Ce n'était pas simple. En fait, je suis arrivé juste au moment ou Kyou quittait l'appartement.
Kotaro changea de direction au prochain feu et commença a suivre la même direction prise plus tôt par Shinbe et Kyoko. Ses phalanges devinrent blanchâtres alors qu'il agrippait le volant et posait la question qui l'avait tourmentée,

— Kyou lui a-t-il fait le moindre mal ?

Kamui secoua la tête,

— Non, pas physiquement en tous cas.

Il fut interrompu par le grondement de Kotaro.

— Tu veux dire quoi ? demanda Kotaro, oubliant complètement qu'il était en train de conduire, dévisageant Kamui.

— Je pense que Kyou a probablement dû tenter de la faire tomber sous son influence.

Kamui ne n'avait pas bougé le moindre muscle facial alors qu'ils avaient manqué se faire heurter pas un véhicule utilitaire... ce n'était pas comme si l'un ou l'autre pouvait en mourir de toutes façons.

Kotaro renifla.

— Ouais, bien sûr ! Lorsqu'un vampire te fais tomber sous son influence, ce n'est jamais accidentel.

Son regard lança des éclairs dun ton approchant le bleu néon en ajoutant :

— Il n'y a que deux raisons qui poussent un vampire à faire ça... attirer sa victime à lui pour en profiter sexuellement ou pour la tuer et en général c'est les deux en même temps.

— Tu ne comprends pas, Kotaro, tenta d'expliquer Kamui.

— J'étais là. Sincèrement, je ne pense pas que Kyou ai eut l'intention de laisser les choses aller aussi loin.

Il aurait voulu se mordre la langue pour avoir, par ses paroles, donné une fausse impression. Il poursuivit à la hâte avant que Kotaro ne put l'interrompre de nouveau.

— Les traces de son aura dans la chambre étaient troubles et confuses. Cela n'aurait jamais fonctionné de toutes façons , il enfonça sa tête dans ses épaules.

Les pouvoirs de Kyoko ont tout annulé juste après qu'il ait commencé... exactement comme ce qu'elle a fait face à l'influence d'Hyakuhei.

Kamui claqua ses lèvres l'une contre l'autre, conscient de ne pas avoir voulu dire ça.
C'était trop tard, Kotaro avait saisit ce que Kamui avait laissé échapper.

— Quand diable as-tu laissé Hyakuhei l'approcher ? !!
Kamui leva les mains au ciel en signe de défaite.

— Ouais... Je lui ai même ouvert la porte et lui ai indiqué ou elle aimait mieux être mordue.

Kotaro serra les dents si fort qu'il fit ressortir les muscles de sa mâchoire.

— OK, parlons à nouveau de Kyou, vociféra-t-il.

— Alors, nous avons un vampire qui n'a pas la moindre putain d'idée de ce qu'il veut ? demanda Kotaro d'un ton sarcastique.

— Non, nous avons un vampire qui est attiré par Kyoko mais par bien plus que son seul sang... ou que pour le cristal, soupira Kamui car il connaissait bien

Kyou.

Même avant que Kyou ne devienne un vampire, il n'avait jamais véritablement prêté attention au sexe opposé... ou aux gens du même sexe d'ailleurs.

Kamui sourit intérieurement à cette simple pensée. Tout ce qui avait jamais importé à Kyou était de prendre soin de son petit frère. à toute autre personne, l'homme semblait juste un peu froid et effrayant. Mais Kamui connaissait le véritable Kyou et c'était cela qui l'inquiétait.

Cela ne faisait aucune différence de savoir dans quelle zone temporelle ou spatiale ils se trouvaient... Kyou avait toujours aimé Kyoko... Parfois avec une intensité très dangereuse. Cependant, parce que Toya l'aimait, il avait renoncé plusieurs fois, gardant ses véritables sentiments envers Kyoko enfouis sous un extérieur très froid.

En ce qui concernait ce monde, la même chose était en train de se reproduire mais cela ne le surprendrait pas une seconde si Kyou était en train de tenter de se convaincre du fait que la faire sienne serait une façon de protéger à la fois Toya et la prêtresse.

Kamui se frotta les tempes, se demandant pourquoi il sur-analysait tout alors que cela ne lui procurait que des maux de tête. Il fit une prière silencieuse, espérant que Kyou pourrait une fois de plus garder tout enfoui sous sa froide carapace.

Kotaro resserra les mains sur le volant en serrant les dents. Beaucoup d'évènements s'était produits ce jour-là et tout ce à quoi ils pouvaient penser c'était Kyoko et son besoin de la protéger. Cependant, il y avait une chose dont il devait d'abord s'occuper.

— Fais moi plaisir, commença Kotaro.

Kamui hocha la tête,

— Je m'en occupe. Dépose moi dans la prochaine rue. Je garderais un œil sur elle pour toi.

Kotaro arriva à un stop et laissa Kamui descendre. Juste avant qu'il ne s'éloigne, Kamui se pencha à travers l'encadrement de la vitre baissée.

— Je sais ce que tu vois en elle, Kotaro.

La voix de Kamui semblait pleine de regret mais à ses propres oreilles.

— Je pense qu'il est temps d'éveiller le mage qui vient de s'enfuir avec elle, il fit un clin d'œil, sachant que Kotaro serait d'accord.

Kotaro eut un sourire et regarda Kamui s'éloigner dans la rue, disparaissant lentement de son champs de vision. A présent que Kamui était parti, Kotaro pouvait se concentrer sur des choses plus importantes... comme retrouver Hyakuhei.

****

Toya s'était débrouillé pour accéder à sa voiture et partir sans que les flics ne le voient. Il fit un grand sourire en pensant à Kotaro qui aurait à penser vite et bien afin de trouver les réponses aux questions que les policiers ne manqueraient pas de poser.

Il savait que Shinbe et Suki ramèneraient Kyoko à l'appartement qu'il partageait avec Shinbe donc pour le moment, Kyoko était en sécurité. Il avait besoin de temps pour réfléchir et rentrer à la maison était la dernière chose qu'il avait à l'esprit. s'il devait rentrer à son appartement, alors Kyoko serait là. Il manqua de grogner contre lui-même pour s'être déjà laissé distraire.

Il n'avait jamais pu penser clairement lorsqu'il s'agissait d'elle.

Il conduisit sans but pendant un moment avant de comprendre vers quoi il se dirigeait. C'était un lieu tout juste hors de la ville ou il avait eu l'habitude d'aller dans ce genre de circonstance. Il ne pouvait réfléchir avec tout le bruit de la ville beuglant à travers son cerveau de toutes façons et cet endroit était toujours si... paisible. Il n'avait pas vraiment eu de motif pour revenir ici depuis un moment... jusqu'à cet instant.

Se garant au sommet de la petite falaise qui surplombait la ville, Toya sortit de sa voiture et sauta sur le capot. La nuit était calme et les étoiles étaient de sortie, scintillant de tous leurs feux... aucun son pour briser sa concentration. Lever les yeux vers l'infini lui avait toujours fait se demander pour tout cela lui semblait si familier.

Toya regarda sur à côté de l'emplacement ou il

s'était garé avec curiosité. C'était là, exactement ou cela avait toujours été... le long de la haie d'arbres qui enveloppait un côté de la colline qui surplombait la ville.

Cela semblait toujours l'émerveiller quand il trouvait des buissons étranges en fleurs, toujours là, été comme hiver. Il n'avait jamais rien vu de tel excepté ici. Il fleurissait de tant de couleurs différentes et ce qui venait ajouter à l'étrangeté de cela était que les couleurs étaient si uniques et vives.

Il avait même trouvé l'aplomb pour toucher les pétales une fois pour voir s'ils étaient réels. L'étrange sentiment qu'il avait ressentit lorsqu'il avait caressé le pétale était la raison pour laquelle il ne l'avait jamais touché depuis. Le toucher lui avait donné cet irréel sens de déjà-vu... comme si une personne venait de marcher sur sa tombe.
Tentant de se débarrasser de cet étrange sentiment, Toya sauta du capot de sa voiture et commença à marcher vers lui, le regard concentré. Il ignorait pourquoi, mais il lui fallait seulement voir ce qu'il y avait de l'autre coté de ces arbres qui entouraient le buisson.
Il était resté à plusieurs mètres des pétales des fleurs alors qu'il pénétrait dans le feuillage dense et avait marché seulement pendant une minute environs lorsque les arbres se retrouvèrent subitement à surplomber l'autre versant de la colline. Toya gronda en regardant la vallée en contrebas.

Il détestait vraiment ça, quand il devinait juste.

Serrant les poings, il hurla,

— Putain de merde, Kotaro ! T'es vraiment obligé de faire intrusion dans tout ce qui me concerne ?

Il lança un regard mauvais à la forteresse nichée au sein des grands murs d'où il avait sauvée Kyoko moins de vingt-quatre heures auparavant.

Se retournant plein de colère, il retrouva le chemin le menant jusqu'à sa voiture, se disant que ce n'était pas le meilleur endroit au monde, au final. Il jeta un regard à la plante du coin de l'œil, conscient d être en train de se mentir. Ce n'était pas comme si Kotaro était propriétaire du lieu ou quoi que ce soit du genre. Toya hocha la tête en silence, proclamant pour lui-même que l'endroit était sien et effaçant de sa pensée l'agent de sécurité, comme s'il n'avait jamais mis les pieds sur la falaise.

Pourquoi semblait-il que tout le monde était soudainement en train de tenter de prendre ce qui était à lui ? Il les combattrait s'il le fallait. Il leva les mains, examinant ses phalanges pour le cas ou il y aurait des hématomes dont il savait qu'ils auraient du être là mais qui n'y étaient pas. Il venait de sortir d'une grosse confrontation avec Yohji et il n'avait pas une marque sur lui pour le montrer.

— Pourquoi ? mumura Toya.

Ils auraient du tous deux se réveiller dans un lit d'hôpital après tous ces coups... sans parler de la chute du haut des escaliers. Au moins, il avait empêché cet imbécile d'atteindre la porte de Kyoko et c'était ça l'important.

Il rentra la tête dans les épaules en baissant les mains.

— Cela lui apprendra, à cet idiot, à ouvrir sa sale bouche à propos de Kyoko.

L'appréhension telle une décharge électrique parcourut sa colonne vertébrale alors qu'il se rappelait des sentiments provoqués par les paroles de Yohji, sentiments enfouis dans les coins les plus sombres de son esprit. Bien entendu, il avait rêvé que Kyoko soit sienne... mais jamais avec un tel degré de vice. Cela l'avait terrifier de croire qu'il puisse seulement avoir de telles pensées.

C'était des idées comme celles là qui faisaient des tueurs en série ce qu'ils étaient.
Une rafale de vent écarta sa sombre chevelure parsemée de mèches argentée de son visage et il plaça ses pieds sur le pare-choc avant afin de reposer ses bras sur ses genoux. Il ne serait jamais comme ça avec Kyoko. La première fois qu'il l'avait rencontrée... c'était comme si c'était la première fois qu'il avait respiré.

Il y avait des fois ou Kyoko lui avait semblé si proche, puis quelque chose se produisait pour l'éloigner de lui. Il se demandait si d'une certaine manière, ce n'était pas lui-même qui la repoussait... comme dans une sorte de réflexe de défense destiné à la protéger. Après tout, elle était à cet instant même dans son appartement à lui, et pourtant il était ici au milieu de nulle part.

Secouant la tête, Toya gronda pour exprimer sa frustration. Penser à tant de choses commençait à lui donner un putain de mal de tête.

Il resta assis là, en train de regarder la ville en contrebas, tout simplement, lorsque soudain quelque chose le mit sur les dents. Il lui fallut un moment et puis il comprit... les criquets avaient cessé de chanter. à l'exception des sons de la ville venant de très loin, il y avait comme un silence de mort... trop de silence.

Kyou apparut en bordure des arbres avec l'intention de se rendre sur la tombe de son frère. Sa bouche s'ouvrit involontairement lorsqu'il vit Toya en chair et en os à peine à quelques mètres de sa propre tombe. était-il possible qu'il sache... sans toutefois se rappeler ?

Tout cela enragea Kyou au point qu'il devint parfaitement calme. Toya était si proche de sa propre tombe et l'avertissement dans l'air de ce lieu glaça le sang de Kyou jusqu'à l'os. Il ne laisserait pas son frère retourner à la tombe... même si cela signifiait combattre la destinée de son propre frère. Il ne laisserait pas la cruelle prédiction d'Hyakuhei se réaliser.

Soudain, Toya descendit du capot et fit volte-face, se retrouvant devant le même homme aux cheveux d'argent qui s'était envolé la veille au soir avec Kyoko.

— Qui es-tu, bordel ? demanda Toya avec colère pour masquer le fait que cet homme venait de lui foutre la peur de sa vie.

— Je pourrais sans doute te retourner la question, répondit Kyou calmement alors qu'il prenait la mesure de chaque détail du visage et des yeux de Toya.

Il avait porté son corps sans vie... il l'avait même enterré à seulement quelques mètres de là où ils se tenaient à présent.

Incapable de se contrôler, Kyou balaya du regard le chemin menant à la tombe en question afin d'admirer les couleurs qui éclataient de l'étrange monument.
Toya remarqua l'expression mélancolique dans les yeux de l'homme alors que son regard s'attardait sur les mêmes fleurs qu'il avait toujours considéré comme siennes. D'une certaine façon, tout ça le mettait en colère.

— Je n'ai pas la moindre idée de quoi tu parles. Tout ce que je sais c'est que TOI, tu n'es pas humain," gronda Toya en serrant le poing le long de son corps.

— Putain de merde, je t'ai posé une question.

Kyou regarda l'expression sur le visage de son frère et l'ombre d'un sourire se dessina sur son propre visage.

— L'expression de ton regard lorsque tu m'a vu pour la première fois en dit plus long que tes paroles, Toya.
— Assez de devinettes, bordel de merde. Réponds à ma question !

Les yeux de Toya s'arrondirent comme des soucoupes lorsque l'image de l'autre homme vacilla et disparut.

— As-tu remarqué la ressemblance entre toi et moi ? demanda Kyou alors qu'il se rematérialisait juste derrière lui.

C'était difficile de croire que Toya n'avait aucun souvenir de sa propre mort et pourtant se tenait à quelques mètres à peine de la tombe dans laquelle il l'avait déposé pour un repos de plus d'un millier d'années.
Entendant désormais la voix provenant des airs, Toya se retourna pour se trouver à nouveau face à face avec... qu'était-il ? Un fantôme ?

— Nous ne sommes pas semblables...

Son regard s'appesantissait sur les mêmes yeux dorés et la chevelure argentée mais il secouait la tête en signe de déni. Ce qui l'avait fait bloquer le plus était de voir les canines blanches et brillantes qu'il avait aperçu quant l'autre parlait.

— Tu appartiens au royaume des rêves et des cauchemars, murmura Toya comme s'il se parlait à lui-même.

— Pas au monde réel.

Puis son regard se concentra. À nouveau, ce sentiment de familiarité s'installa dans sa poitrine et il déglutit face à cette unique possibilité.

— Quoi, tu crois quand même pas que t'es mon père ou un truc du genre ?

— Père... non, répondit Kyou, dissimulant le souvenir du père qu'ils avaient eut en commun.

— Plutôt frères immortels.

— Ouais, c'est ça ! Mords moi !

Toya se détourna de lui sans comprendre la douleur au cœur de sa poitrine provoquée par la pensée qu'il puisse avoir un frère. Puis il pris conscience de ce qu'il venait de dire... Il venait d'inviter un vampire à le mordre.
Ses yeux lancèrent des éclairs alors qu'ils rencontrèrent un autre regard d'or. Ce mec était-il réellement un vampire ? Son subconscient avait-il tiré la conclusion à sa place ?

Kyou sourit intérieurement pendant qu'il lisait les pensées de son frère.

— Oui, je suis un vampire, Toya. Je n'ai pas besoin de te mordre pour que nous soyons frères. Ne le sens-tu pas tout au fond de toi ? Nous sommes plus semblables que tu ne le réalise.

Ses paroles dégoulinaient de significations cachées alors même qu'il prenait note du sursaut de méfiance dans le regard de Toya. Il connaissait son frère suffisamment bien pour savoir qu'il allait le combattre à ce sujet.

Toya serra les mâchoires alors que le souvenir de Kyoko emportée lui revenait comme une claque.

— Écoute, je ne sais pas à quoi tu joues, mais Kyoko est à moi et si tu la touche encore, je te tuerais... frère... ou pas.

Il avait fait une pause dans sa tirade en prononçant le mot frère, lui donnant presque des accents de manque mais chaque parole qu'il avait prononcé était sincère.

Kyou sentit un pincement de jalousie en entendant cette menace mais il repoussa le sentiment, conscient de ce qu'avait déjà détruit l'amour la fois précédente. L'amour devient quelque chose de mal une fois qu'il t'es arraché.

— Est-ce après la fille que tu en as ou après le cristal du cœur du gardien... mon frère ?

La voix de Kyou semblait spectrale.
Il ne pouvait qu'espérer que les souvenirs reviennent à mesure que Toya se réveillait de son immortel sommeil.
Il avait vu la preuve du retour de sa puissance lors du combat avec le Lycan . Même s'il avait été témoin de leur rivalité pendant l'altercation, il pouvait voir qu'il y avait également un lien indicibles entre les opposants. Une amitié si étrange... Lycan et Vampire.

Toya demeura debout là, en état de choc. Les mots «cristal du cœur du gardien» le secouaient. Oui, il le voulait... en dépit du fait que même si sa vie en dépendait, il n'aurait pas pu se rappeler ce que c'était. Il cligna des yeux, envahit par la confusion puis fronça les sourcils en direction du vampire.

— Je désire Kyoko ! Mais...

Kyoko émit un grondement sourd, son expression de passivité se fondant en quelque chose ressemblant à de la colère.

— Mais quoi, Toya ?

— Le cristal...

Les paroles de Toya furent soudain interrompues alors qu'une main pale et griffue enveloppait sa gorge, lui coupant la respiration. Toya manqua de paniquer lorsqu'il compris qu'il était en train de donner des coups de pied dans le vide. L'homme à la chevelure d'argent le tenait par la gorge et ses yeux avaient viré au rouge sang, une nuance surnaturelle.

— Je ne vais pas tolérer que tu poursuives à nouveau ce cristal, Toya. Le joyau n'a jamais été prévu pour être manipulé par qui que ce soit d'autre que la prêtresse. Hyakuhei t'as tué pendant ta dernière quête pour te l'approprier. Ne refait pas l'idiot !
gronda Kyou, imprimant dans sa pensée sa volonté que Toya puisse se rappeler ce que cela lui avait coûté il y avait plus de mille ans... ce que cela leur avait coûté

à tous les deux.

    Toya arrêta d'agiter les pieds dans le vide lorsqu'un souvenir fugace jaillit dans ses pensées éparses. Mentalement, il vit un homme à la longue chevelure noire debout face à lui ; une joie mauvaise dans le sourire et la malice dans le regard. Il vit également une trace de tristesse et de confiance trahie avant que tout ne change.
    Il ressentit une douleur sévère à la poitrine et baissa les yeux pour voir la main de l'homme obscur incrustée profondément dans son torse. De la bile lui remonta dans la gorge lorsque la main émergea tenant son cœur sanglant.

    Voyant l'étrange réaction de Toya, Kyou utilisa ses pouvoirs pour parcourir les pensées de Toya et vit ce qui était en train de se produire. Il n'avait pas été présent pour assister aux évènements la première fois et la vision le secoua, même s'il était hors de question de laisser voir ce moment de faiblesse à son frère.
    Ne souhaitant pas voir le reste de ce souvenir douloureux, il laissa tomber Toya au sol. Il regarda son frère porter les mains à sa poitrine, visiblement surpris d'avoir encore le cœur battant et d'être encore en vie. Ce fut alors que Kyou se dressa de toute sa hauteur. Il allait s'assurer que Toya demeure en vie cette fois.

    — Tu connais à présent le visage de ton ennemi. Tu as déjà perdu la vie une fois, Toya. Je n'ai pas besoin de ta protection et tu n'as pas besoin du cristal ni de Kyoko. Oublie le nom Cristal du Cœur du Gardien, car tu ne l'aura jamais... même si je devais détruire la fille pour te protéger ainsi que lui d'Hyakuhei.

La voix de Kyou s'endurcit afin d'éliminer toute confusion,

— Je n'ai aucun problème avec le fait d'accomplir cette tâche, Toya. Ne m'y force pas.

Toya redressa brusquement la tête à ces mots.

— De quoi diable parles tu ? Es-tu en train de dire que la seule à ... c'est Kyoko ?
Hyakuhei surveille le cristal alors reste loin de lui ! gronda Kyou avant de tourner le dos.

— Peut-être aurais-tu tout intérêt à oublier également la fille. Si sa vie et la tienne comptent quelque peu, oublie les deux.

Sentant une énorme vague de jalousie et de colère s'écraser en lui, Toya hurla,

— Je REFUSE d'oublier Kyoko. Elle est à moi et si tu poses la main sur elle... je le jure, rien ne m'empêchera de te traquer.

Kyou continua de marcher.

— Alors ne m'y force pas.
Ses pas s'arrêtèrent l'espace d'un moment et il leva son visage vers le ciel. Sa voix froide s'adoucit un instant.

— Tu marches déjà dans la lumière, Toya. Elle a, on ne sait comment, réussit à partager ce pouvoir avec toi. Lorsque ta mémoire te reviendra entièrement, ne commet pas l'erreur de penser que tu pourras me sauver... Je ne le permettrait pas.

Toya regarda l'homme qui prétendait être son frère se fondre simplement dans la nuit sombre avant de disparaître entièrement. Il s'aida du pare-choc de la voiture afin de se relever et lentement, il retourna derrière le volant. Il resta assis là pendant un temps, en train d'attendre que ses mains et son corps cessent de trembler avant d'oser seulement démarrer la voiture.

Qu'avait-il voulu dire... le sauver ? Il regarda à nouveau par la fenêtre de la voiture afin de s'assurer qu'il était véritablement parti lorsqu'il remarqua le buisson dans l'angle mort de son champ visuel et son regard y retourna.
Il cligna des yeux plusieurs fois en se demandant s'il n'était pas en train de perdre l'esprit alors qu'il regardait le scintillement des paillettes multicolores tourbillonner autour de lui comme stimulé par la brise nocturne.

— J'ai besoin de parler à Shinbe, murmura Toya, même s'il n'aurait su dire pourquoi, même si ça vie en dépendait.

*****

Entrant dans le logement de célibataire des garçons, Suki leva un sourcil en voyant Shinbe lorsqu'il tenta immédiatement de mettre Kyoko dans son lit.

— Je ne crois pas. Pervers !

Elle lui lança un regard sévère, tirant sur la partie du corps de Kyoko qu'elle tenait encore dans ses bras, ne laissant pas à Shinbe le choix, le forçant à la suivre dans la chambre de Toya avec leur amie inconsciente.

— Il n'est pas là, de toutes façons, alors cela ne devrait pas poser problème pendant un moment.

Shinbe fit un grand sourire en ajoutant,

— Ouais, et lorsque Toya rentrera à la maison il y aura une surprise sexy l'attendant dans son lit, emballée dans un drap comme un cadeau à ouvrir.

On aurait cru entendre parler un enfant le soir de Noël face à un sapin couvert de cadeaux.

Clac... le bruit fit un écho retentissant même si Shinbe n'y prêtait absolument aucune attention.

— À présent, donne moi un tee-shirt à lui mettre, ordonna Suki alors qu'elle arrachait sa main de sa joue en se demandant pourquoi cela lui piquait toujours la main chaque fois qu'elle le frappait et pourquoi il réagissait toujours comme si cela ne faisait absolument pas mal.

Shinbe recula en levant les mains en signe de soumission innocente.

— OK, OK !

Se retournant, il quitta la chambre pour aller se dresser devant son placard avec un sourire coquin sur ses lèvres sexy. Voyant exactement lequel il aurait aimé voir sur une fille, Shinbe tendit la main et attrapa un tee-shirt noir avec une fière inscription
« J'aime la chatte» imprimée en gras avec un mignon petit chat niché sous les mots.
Tentant de garder son sérieux, il retourna rapidement dans la chambre et tendit le tee-shirt à Suki puis s'éclipsa aussi vite qu'un animal pourchassé.

Suki garda le tee-shirt entre les mains, se demandant pourquoi il avait fui. Sans même remarquer ce qu'il y avait sur le tee-shirt, elle déroula le drap qui enveloppait son amie et l'habilla avec. Recouchant Kyoko, elle sentit son visage commencer à tressaillir à commencer par son sourcil jusqu'à ce que ses lèvres en soient affectées alors qu'elle tentait de ne pas rire.

— Au moins ça arrive jusqu'à ses genoux, Suki voulait plaquer ses mains sur son visage pour cacher son grand sourire.

— Vilain Shinbe... Vilain ! dit-elle à haute voix en sachant qu'il pouvait l'entendre depuis sa cachette.

Comprenant que Kyoko risquait de péter un cable parce qu'elle ne portait pas de sous-vêtements, Suki se mit à réfléchir. Elle ne voulait pas donner à Shinbe la satisfaction de voir Kyoko porter ses sous-vêtements, elle se leva et farfouilla dans la commode de Toya jusqu'à ce qu'elle ai trouvé un boxer.

Soupirant doucement, elle le glissa sur le corps flasque de Kyoko puis se leva et sourit. Le boxer avait en fait de minuscules chatons en train de jouer partout dessus. Elle sentit ses lèvres tressaillir en voyant la signification cachée qu'on pourrait y trouver.

— Et bien, au moins c'est assorti.

Elle ramènerait Kyoko dans la matinée afin de récupérer des vêtements et d'essayer de comprendre ce qui s'était produit.
Sortant et fermant la porte doucement derrière elle, Suki se dirigea vers la chambre de Shinbe.

Debout en silence dans l'embrasure de la porte, son regard s'attendrit face à l'étrange expression de son regard améthyste. Il avait l'air d'avoir le poids du monde sur ses épaules. Elle pouvait voir que sous ses taquineries joueuses, il était véritablement inquiet. En soupirant, elle marcha jusqu'à lui et s'assit sur le lit à ses côtés.

— On aura eu des journées graves. commenta Suki, laissant reposer sa tête sur son épaule.

Shinbe acquiesce,

— je ne peux qu'être d'accord.

— Qu'avons nous vu exactement ce soir ? demanda

Suki.

— Je l'ignore, Suki.

Il se demanda pourquoi il avait l'impression d'être en train de mentir. Passant une main à travers sa frange bleue nuit, il pinça les lèvres... il était en train de mentir.

Suki releva la tête et le vit regarder le mur, les yeux vides d'expressions comme s'il se trouvait à des kilomètres de là.

— Qu'est-ce qui ne va pas ?

Cette expression lointaine dans ses yeux d'améthyste l'effrayait un max et elle voulait subitement le voir revenir à la normale.

Shinbe sourit et se pencha pour poser un baiser sur son front.

— Rien, ma chère Suki, va te reposer. Je vais me mettre à l'aise sur le canapé.

Suki ressentit le soudain besoin de le rappeler lorsqu'il regarda par dessus son épaule, sourit puis lui fit un clin d'œil avant de quitter la chambre.

Shinbe s'isola de la chambre et pénétra d'un pas décidé dans le salon. Après avoir allumé quelques bougies, il s'assit sur le canapé trop rembourré. Il concentra son regard sur le mur opposé et se pencha en avant, les coudes appuyés sur les genoux.

— Je sais que tu es là, murmura-t-il.

— Montres-toi.

Le même scintillement multicolore qu'il avait remarqué à l'appartement de Kyoko commença à se manifester à la faible lueur des bougies. Avec le sourire, un jeune homme parut adossé contre le même mur sur lequel les yeux de Shinbe étaient fixés.

— Je suppose qu'on peut dire que tu n'as pas perdu la main, le félicita Kamui.

*****

Toya ne perdit pas une minute pour retourner à son appartement, mais pour une raison indéterminée, il fit le tour pour aller à la fenêtre de sa chambre au lieu de passer par la porte d'entrée.

Il avait l'impression d'avoir le cerveau si déconnecté à cet instant qu'il n'avait vraiment envie de parler à personne, là tout de suite.
Quelque chose en lui lui disait que tout raconter à Shinbe n'était pas la meilleure idée car son meilleur ami omniscient ne ferait que le faire flipper en confirmant ses soupçons.

Levant les yeux vers la fenêtre de sa propre chambre, Toya se demanda comment il avait pu penser grimper là-haut. Avant de se détourner, il ferma les yeux puis les rouvrit en un éclair pour se retrouver agrippé au rebord de sa fenêtre. Surpris par ce qu'il avait effectivement fait, Toya fit glisser le panneau de la fenêtre vers le haut et se hissa sur le rebord afin de poser silencieusement les pieds sur le sol.

Décidé à effacer de son esprit ce qu'il venait juste de faire, son regard fusa vers le lit et il cessa de respirer.

Il résista à l'impérieux besoin de frotter ses yeux fatigués et décida qu'il devait être en train de rêver. Au milieu de son lit était étendue Kyoko, endormie, à l'abri de tout souci. Sa chevelure auburn était étalée autour d'elle sur des oreillers qui semblaient en soie et les rayons de lune semblait chercher à l'atteindre. Il marcha vers le lit et s'assit à ses côtés, gémissant en passant les doigts dans ses cheveux.

On aurait juré que ses mèches s'enroulaient autour de ses doigts comme pour lui demander de rester et Toya ferma les yeux pour se repaître de la sensation. Reste... oui, il resterait avec elle si elle l'autorisait. La sachant endormie, incapable d'entendre une parole qu'il allait prononcer, il se sentit suffisamment en sécurité pour laisser ses véritables sentiments remonter à la surface.

— Je ne te quitterais jamais, Kyoko... peut importe ce que quiconque pourra dire, chuchota Toya calmement mais à ses oreilles sa voix semblait si bruyante et si claire qu'elle résonnait contre les murs de sa chambre.

— Je ne crois même pas que la mort ait le pouvoir de nous séparer ni que les dieux puissent être assez cruels pour le faire.

Dans ses yeux se reflétaient les rayons de lune, ce qui était en train de leur donner une couleur d'argent fondu alors qu'il promettait,

— la Mort, les frères, les vampires... ils refusent de comprendre que je ne le permettrais pas.

Son esprit retourna à l'homme à la chevelure argentée qui avait cru pouvoir lui ordonner de rester éloigné d'elle.

— Il ne peuvent seulement pas comprendre.

Se levant lentement, il voltigea ses chaussures d'un geste du pied et baissa délicatement le bord de la couverture. Il sourit lorsqu'il put voir complètement le tee-shirt et son boxer à petits minous. Se glissant à ses côtés dans le lit, il enveloppa sa taille de son bras et pressa son corps un peu plus contre le sien.

Il installa sa tête dans sa main et baissa les yeux vers le visage endormi de Kyoko. Il eut l'impression qu'ils étaient restés allongés cote à cote depuis toujours... comme il se devait. Elle était un ange envoyé sur terre seulement pour lui, il en était certain.

Ramenant sa main à son visage, il lui effleura la peau de ses doigts. Des sourcils parfaits, détendus au dessus de ses yeux fermés. Il en connaissait par cœur la couleur... le plus vert des verts émeraude. Ses cils se déployaient par dessus ses joues, qui étaient roses de l'embarras d'un rêve non dévoilé. Les lèvres pulpeuses étaient légèrement entrouvertes, laissant échapper un léger gémissement.

Toya serra les dents, en tentant d'ignorer la soudaine étroitesse de son boxer. Ce n'était pas bon du tout. Il ferma brutalement les yeux et tenta de faire comme s'il était endormi, tout en espérant que son esprit le croirait endormi et cesserait de lui communiquer ce genre d'idées.

Pourquoi diable faut-il qu'elle ai l'air bonne à lécher ? demanda-t-il en silence.

Ressentir la chaleur de son corps pressée fortement contre le sien était ce qui avait causé sa perte et à présent il était complètement en éveil. Ce fut lorsque son cœur commença à accélérer que Toya se sentit forcé de quitter précipitamment le lit, plus vite qu'il ne s'était jamais déplacé de toute sa vie.

Ça suffit ! Il est temps que j'aille rendre visite à ma vieille amie... la douche froide.

*****

Kotaro retourna au campus et gara sa voiture. Assis derrière le volant pendant quelques minutes, il pris une profonde inspiration afin de calmer sa colère avant de sortir dans l'air frais du soir. Regardant sa montre, il fut choqué de constater qu'il n'était que onze heures et demi.

— Trop de bazar s'est produit bien trop vite et tout ça en une seule nuit. gronda-t-il pour lui même, conscient du fait que rien n'était encore terminé.

Quelque chose lui avait dit que ça n'avait même pas encore commencé à aller mal et c'était ça qui le mettait sur les nerfs.

En marchant vers les locaux, il pénétra dans le bureau dédié à la sécurité et hocha la tête lorsqu'il aperçut ses renforts Toki et Hoto assis à leurs places habituelles en train de regarder les moniteurs.

— Rien d'excitant ce soir les gars ? demanda-t-il en regardant les écrans devant eux.

Toki retourna la tête et sourit.

— Bien sûr, on a déjà eu un exhibitionniste et quelques gros plans de démonstrations d'affections en public, rien de trop grave.

— Ouais, ajouta Hoto avec un soupir rêveur.

— Je ne vais pas me plaindre, l'exhibitionniste était une mignonne petite brune qui est parmi les premières de sa classe.

Kotaro gloussa, se laissant gagner par leur état d'esprit du moment, joyeux et rassuré.

— Ah, les mecs, vous et vos munitions à chantage.

Toki rentra la tête dans les épaules,

— On ne peut pas faire autrement étant donné qu'il n'y a rien que ces caméras ne puissent voir.

Il fronça les sourcils en voyant l'expression sérieuse de Kotaro,

— Qu'est-ce qui ne va pas, patron ?

— C'est une des raisons pour lesquelles je suis passé.

Toute trace d'humour avait disparu des yeux bleu glacier de Kotaro car il savait que les caméras ne capteraient probablement pas ce qu'il recherchait. Il aurait besoin de toute l'aide qu'il pourrait trouver pourtant... autre que la seule intuition.

— J'ai besoin que vous fassiez une surveillance intensive de tout ce qui est filmé et que vous trouviez quelque chose... quoi que ce soit sortant de l'ordinaire. Je m'en fiche si vous pensez que c'est quelque chose de réellement con mais faut me le signaler.

Il leva un sourcil en ajoutant,

— L'autre raison pour laquelle j'ai besoin de l'un d'entre vous est qu'il m'en faut un pour reconduire ma voiture à la maison.

Hoto hocha la tête, son propre visage figé dans un froncement de sourcils sérieux alors qu'il se demandait ce que signifiait cette demande des plus étranges pouvait cacher.

— Je vais m'en occuper.

Toki se pencha vers Hoto lorsque Kotaro tourna le dos.

— Il va probablement aller à nouveau chez Kyoko et tenter d'y rester passer la nuit.

— Vous n'y êtes pas, les gars, répondit Kotaro avec un sourire.

— Vous n'y êtes pas du tout.

Kotaro passa ses clés à Hoto.

— Merci. Je reviendrais vers vous deux plus tard. J'ai besoin de faire d'abord un tour sur le campus pour jeter un œil.

Son expression se durcit alors qu'il prévenait.

— Je ne crois pas que le calme durera plus longtemps alors ne baissez pas la garde. Et n'oubliez pas de garder l'œil ouvert et le bon sur ces cassettes de vidéo-surveillance.

Hoto et Toki acquiescèrent au moment même ou un cri suraigu venait briser le calme paisible de la soirée. Aucun d'entre eux ne remarqua le rapide départ de Kotaro alors qu'ils se retournaient pour examiner les écrans afin de localiser la provenance du hurlement.

CHAPITRE 15

Hyakuhei se posa face à la fille qu'il venait de localiser en train de sortir du gymnase de l'école, seule. Lorsqu'elle laissa tomber son sac de sport et poussa un hurlement, il se contenta de sourire comme une personne dérangée, l'attrapant alors qu'elle tournait les talons pour prendre la fuite.

La tirant en arrière contre lui, il murmura les dernières paroles qu'elle entendrait jamais.

— Bienvenue dans l'obscurité.

Plaçant une main lourde sur ses lèvres qui tremblaient désormais pour la faire taire, Hyakuhei se hâta de mordre sa chair tendre là où son cou formait un arc et il l'entraîna en arrière dans l'obscurité des ombres.

Il la but en profondeur, savourant ses luttes comme la plus douce des friandises. Son sang était sucré également mais pas autant que celui de Kyoko, il le savait.

Il mordit son propre poignet et fit couler quelques gouttes de son sang souillé jusque dans sa bouche. Cela ne prendrait que quelques minutes pour qu'elle s'éveille et fasse ses quatre volontés. Il la voltigea derrière les buissons avec dédain. Il s'assurerait de la laisser frire au soleil une fois que son utilité aurait expiré.

Ressentant la colère du Lycan qui se rapprochait de lui, Hyakuhei regarda intensément dans l'obscurité alentours en grondant.

— Tu ne peux les protéger tous Kotaro.

Ce soir, la chasse n'avait pas pour but de nourrir... il était en train de recruter des filles pour une seule raison... la distraction..

Son nez frémit lorsqu'il sentit le Lycan qui se rapprochait à une vitesse alarmante et il se dépêcha de couvrir d'obscurité la jeune fille morte afin d'empêcher sa découverte avant qu'elle ne soit ramenée à la vie.

Levant les yeux vers le réverbère au dessus de lui, le corps d'Hyakuhei se déforma alors qu'il pliait l'obscurité autour de la lumière en faisant éclater l'ampoule dans le réverbère. Alors qu'une pluie de verre brisé tombait sur le chemin, il disparut pour aller chercher sa prochaine victime.

Kotaro gronda lorsqu'il sentit l'odeur du sang tout autour de lui sans pouvoir identifier l'emplacement des cadavres. Son ouïe sensible détecta ce qui ressemblait à une lutte près du parking et il fonça dans cette direction. Faisant un dérapage pour s'arrêter près d'une voiture dont la portière passager avait été laissée entrouverte, il grinça des dents en entendant des bips ininterrompus de ceux qui vous alertent quand vous avez oublié la clé de contact dans la voiture. Ca et le fait qu'un portefeuille de femme était encore posé sur le siège avant ne lui disait rien qui vaille.

    Il y avait des manuels scolaires éparpillés sur le siège et sur le sol près de la portière conducteur également. Des papiers voletèrent dans la douce brise, ce qui dispersait également l'odeur de sa proie. Tous les réverbères du parking éclatèrent en même temps, rendant le grondement de Kotaro plus dangereux alors que ses griffes s'allongeaient.

    — Pourquoi es-tu si vorace d'un seul coup ?

    Les yeux bleu glacier de Kotaro devinrent perçants lorsqu'il entendit un rire moqueur au loin. Son talkie-walkie émit un beep à sa ceinture et il l'attrapa en faisant son maximum pour ne pas l'écrabouiller en serrant trop fort.

    — Quoi ? fut sa réponse agitée.

    La voix d'Hoto lui parvint forte et claire depuis le bout du fil.

    — Il y a une fille sur les marches de la bibliothèque qui vient juste de faire un bond dans les airs. On dirait que quelque chose s'est saisit d'elle.

La voix de Toki lui fit écho alors qu'il regardait le moniteur, les yeux écarquillés.

— Hey, monsieur... je peux vous dire qu'elle est inconsciente et qu'à présent il y a du sang qui s'écoule de son cou.

— Kotaro ! On dirait que quelque chose vient de la faire voler sur le toit !!! hurlèrent-ils à l'unisson, puis ils commencèrent à se plaindre parce que les lumières s'étaient éteintes et que les caméras ne pouvaient voir dans le noir.

Kotaro ferma les yeux en essayant de contenir la colère et de garder un esprit rationnel pendant un instant de plus.

— Je veux que vous mettiez toute l'école en quarantaine pour le reste de la nuit, les gars. Appelez le poste de Police et dites leur que j'ai réclamé de l'aide. Dites leur que nous avons déjà trois jeunes filles portées disparues pour les cinq dernières minutes."

Il jeta son talkie-walkie de l'autre coté du parking, le regardant éclater en à peu près un millier de morceaux. Se calmant, Kotaro laissa ses sens se déployer autour de lui comme un détecteur de mal.
Concentré sur la malveillance, il leva les yeux vers le toit de l'immense université.

— Il est encore là-haut, gronda Kotaro et il partit à une vitesse trop importante pour être jamais détectée par l'œil humain.

*****

Avec un dernier regard de regret vers Kyoko, Toya ferma la porte de la salle de bain derrière lui et appuya sur l'interrupteur pour allumer la lumière. Tendant le bras dans la douche, il déclencha le robinet d'eau froide mais se ravisa et ouvrit plutôt l'eau chaude à fond.

— Qu'est ce que je fous là au lieu d'être avec elle ? se demanda-t-il à haute voix.

— Bien sûr, Toya retourne là-bas, glisse toi dans le lit avec elle et laisse la te trouver là à son réveil. Nous pourrions tout simplement parler de la première chose qui nous viendrait à l'esprit ! s'exclama-t-il, grimaçant à l'idée de la réaction que cela provoquerait.

Passant les doigts dans ses cheveux, il regarda son reflet dans le miroir. Quelque chose dans cette image qui lui faisait face ne semblait pas coller. Le reflet était étrange... il se rapprocha pour au final faire un bond en arrière en sursautant. Les yeux d'or qui habituellement le regardaient en face étaient à présent cerclés d'argent.
Instinctivement, Toya releva sa lèvre supérieure et vérifia qu'il n'avait pas de dents de vampire. Se sentant quelque peu stupide lorsqu'il vit qu'il n'y avait pas de crocs, il jeta sa serviette par dessus le miroir et se glissa dans la douche déjà fumante.

J'ai l'impression d'être en train de perdre la tête, se dit misérablement Toya.

Laissant l'eau chaude courir sur ses muscles bandés, il tenta de se calmer. Relevant la tête vers le flot qui jaillissait du pommeau, il ferma les yeux.

Il se demanda si peut-être il aurait dû s'en tenir à la douche froide alors que ses pensées commençaient à se confondre dans un ordre incertain. Il n'arrivait toujours pas à croire que Kyoko était étendue dans son lit, endormie paisiblement. Il pensa à l'homme, non... au vampire, qui prétendait être son frère venu du passé.

Reniflant, il se passa la main sur le visage, refusant encore d'accepter ce qui était en train de se produire. Il était si absorbé par ses pensées qu'il ne vit pas, n'entendit pas ni ne sentit la présence de l'autre seulement à quelques mètres de là.

Kyou apparut devant le miroir de la salle de bain et le regarda un moment. Levant la main vers la serviette qui le recouvrait, il la tira et grimaça en silence lorsqu'il ne vit pas de reflet le regardant droit dans les yeux.

Il détestait les miroirs exactement pour cette raison. Il avait même ressentit une tendance à la jalousie lorsqu'il avait observé le reflet de Toya dans ce même miroir quelques instants auparavant.

Kyou regarda alors que le miroir commençait à se couvrir de buée à cause de la chaude humidité qui envahissait rapidement la salle de bain. Il pinça les lèvres en se rappelant la rumeur selon laquelle Hyakuhei était en possession de l'unique miroir permettant de voir l'âme d'un vampire.

Il se promit mentalement de s'assurer de le retrouver après avoir tué le démon. Le coin de ses lèvres s'inclina en un léger sourire à la perspective de pouvoir se voir à nouveau... cela serait une preuve qu'il était bien réel, encore maintenant.

    Kyou se retourna, en entendant son frère derrière lui, inconscient du fait qu'il n'était plus seul. Il avait prévenu Toya de se tenir à distance de la fille mais il ne l'avait pas écouté. Il n'avait pas été surpris... pourquoi Toya l'écouterait-il alors qu'il n'avait pas encore véritablement compris la nature du danger ?
    Il avait besoin de se rappeler la raison de l'avertissement sans quoi cela lui coûterai la vie... une fois de plus.

    Kyou chercha le contact avec l'esprit de Toya... plus précisément avec les souvenirs refoulés de sa vie passée. Trois plis horizontaux vinrent déformer les traits de son angélique visage lorsqu'il trouva ce qu'il était en train de chercher. Cela le surprit de voir à quel point les souvenirs étaient profondément enterrés et combien ils étaient bien protégés par son subconscient.
    Kyou pris une profonde inspiration et ouvrit la porte qui isolait ces souvenirs. *Pardonne moi, mon frère*, murmura-t-il par télépathie. *C'est le seul moyen.*
    Les yeux de Toya s'ouvrirent à la volée et il se cogna contre la paroi de la douche alors que des visions d'horreur défilaient devant ses yeux. Il ouvrit la bouche pour hurler mais rien ne sortit. Des visions éclairs de tant de choses traversèrent son esprit toutes en même temps, lui coupant le souffle. Il pouvait les sentir... de véritables souvenirs.

    Il vit Kyoko assise dans une étendue d'herbe sous le ciel nocturne, lui souriant... il pouvait voir Kotaro par dessus son épaule à quelques mètres seulement en train de regarder. Il regarda alors que sa main se tendit vers elle et la pâleur surnaturelle de sa peau attira son attention.

Kyoko n'avait pas eu l'air de se plaindre au moment ou elle prit la fleur qu'il lui offrait et la plaça derrière son oreille. Il leva les yeux pour confronter le regard jaloux de Kotaro mais il pouvait ressentir l'amitié sous-jacente derrière la colère. Le souvenir spectral du Lycan et du Vampire en train de pactiser afin de protéger une fille... Kyoko.

Une ombre vola à travers le champ et Kotaro tendit la main vers Kyoko, la tirant pour la ramener contre lui. Toya pouvait voir la lueur meurtrière briller dans les yeux de Kotaro, alors qu'il regardait au dessus d'eux puis vers Toya et il hocha la tête. Toya sut qu'il lui fallait distraire l'ennemi alors que Kotaro emmenait Kyoko en sécurité.
Puis la scène changea brutalement et un grand homme avec une longue chevelure noire qui lui souriait avec malice apparut. Il pouvait sentir ses propres poings se serrer de colère. Cet homme désirait Kyoko !
La manipulation et l'intervention étaient deux jeux mortels lorsqu'on jouait avec un démon.

Il sentit son corps humain se balancer alors que les souvenirs continuaient de revenir, s'écrasant en lui sans un remords pour la douleur qu'ils lui causaient.
Le corps de Toya glissa sur le sol de la cabine de douche et il s'enlaça. Il avait sacrifié sa propre âme afin de détourner Hyakuhei de Kyoko plein de fois. Il se vit,

et ressentit par lui-même qu'il était en train de mordre dans les veines de personnes innocentes et de boire volontairement leur sang... il devait jouer le jeu ou ils auraient été découverts. La sensation d'avoir été rajeuni après avoir commis un tel acte était euphorique, de nature presque sexuelle.

Puis il vit le vampire aux cheveux d'argent qui avait dit qu'ils étaient frères et il ressentit profondément dans son cœur, la perte. Kyou... son frère... ils était plus proches que ce que l'étranger avait insinué. Plus proche que ne le seraient jamais de véritables frères... parce qu'ils avaient été victimes du même démon de la nuit.

Le souvenir de s'être sentit protégé chaque fois que Kyou s'était trouvé à proximité lui revint et Toya sanglota tant c'était intense.

— Arrête, murmura-t-il pitoyablement.

— Je ne veux pas en voir plus.

Ses yeux se fermèrent brutalement alors qu'il tentait de bloquer le flot d'images mais rien ne pouvait empêcher l'arrivée des visions... pas même ses pleurs. Des larmes d'argent s'écoulaient le long de ses joues pour aller se mêler à l'eau qui tombait encore sur son corps depuis le pommeau de douche.

Kyou regarda l'ombre derrière le rideau de douche pendant un moment alors que Toya glissait le long de la paroi. Il voulait toucher son frère et il avait déjà fait le geste d'approcher sa main du rideau avant de se ressaisir et de la retirer. Il n'avait pas voulu faire souffrir Toya, mais à présent il saurait au moins contre quoi ils devaient se battre et ce seul fait augmentait leurs chances. Entendre son frère bien-aimé supplier que les souvenirs s'effacent avait faillit briser sa détermination.

Le cœur lourd, Kyou lui avait tourné le dos puis il avait disparu. Il n'abandonnait pas son frère... il éveillait son véritable pouvoir. Le brouillard qui avait envahit la salle de bain embuée tourbillonna pour aller précipitamment remplir l'espace vide laissé par le départ de Kyou.

Il méprisait le fait d'avoir du aller aussi loin mais il savait que c'était la meilleure chose à faire. Par le passé, c'était son amour qui avait valu à Toya d'être tué. Cette fois ce serait sa cruauté qui garderait Toya en vie. Il garderait le cristal loin d'Hyakuhei mais également loin de son frère car quiconque possédait le cristal serait la cible désignée d'Hyakuhei.

Kyou se détacha du coin le plus sombre de la chambre pour apparaître juste à côté de Kyoko pour se rendre compte qu'elle était encore dans le même état ou il l'avait laissée... endormie. Il pouvait percevoir le sortilège du sorcier qui l'empêchait de se réveiller. Il se rappelait ce qui s'était produit avant qu'elle ne tombe dans ce profond sommeil... le baiser.

En général, le baiser d'un vampire était suivi d'une mort certaine mais il n'avait pas voulu la tuer... il avait voulu la ramener à la vie. Quelle étrange notion.
Se penchant vers elle, il prit un bref moment pour

admirer sa tranquillité avant de la soulever dans ses bras. Il pouvait encore sentir l'odeur de son frère accrochée à sa peau et il sut qu'il devait l'éloigner de Toya avant que le passé ne se répète. Il se figea en prenant conscience d'un fait... il avait sentit son odeur à elle sur Toya le soir de sa mort.

Il entendit la fille gémir doucement alors qu'elle blottissait son visage contre son torse. Kyou garda son grondement pour lui afin d'essayer d'empêcher son cœur de glace de fondre. Il ne la tuerait pas s'il n'y était pas obligé, mais il irait en enfer plutôt que de la laisser entre des mains incapables.

Maudissant mentalement l'incompétence de ses protecteurs avec leur incapacité à mettre en place des barrières contre des créatures telles que lui-même, il se glissa dehors en passant gracieusement par la fenêtre ouverte. Au moment même ou il s'éleva avec elle dans les airs, il sentit sa respiration changer et sut qu'elle était en train de se réveiller.

Kyoko sentit le vent nocturne autour d'elle qui la sortait de son sommeil réparateur. Elle prit une inspiration avide comme si elle venait d'être ramenée à la vie. D'instinct, elle glissa les bras vers le haut pour enlacer avec le cou de Kyou en ouvrant ses yeux à la vérité.

*****

Kotaro bondit de rebord de fenêtre en rebord de fenêtre à une telle vitesse qu'à l'instant ou il sauta sur le toit de l'université, il atterrit directement en son milieu, les yeux baissés vers une des filles ayant été enlevées. Elle avait l'air si fragile et il était déjà trop tard.

Il eut un élan du cœur envers la jeune femme. Imaginer Kyoko dans la même situation lui causa un spasme douloureux dans la poitrine. Expulsant de son esprit l'image perturbante de Kyoko, se concentra sur la victime à ses pieds. À la façon dont elle était étendue, Kotaro pouvait dire qu'elle avait été jetée comme si elle n'était rien qu'une poupée de chiffon. On aurait dit que ses deux jambes étaient brisées et un de ses bras était retourné, formant un tel angle qu'il semblait être implanté vers l'arrière. C'était moitié moins dérangeant que le trou béant sur la partie latérale de son cou.

Il se pencha pour mieux voir... ses yeux bleu glacier s'ouvrant plus grand d'un seul coup car il comprenait ce qui était en train de se passer. Il pencha la tête de la fille sur le côté et regarda le sang s'écouler de sa bouche... Ce n'était pas son sang qui s'écoulait de ses lèvres et en travers de sa joue.

Dans l'heure qui suivait, à peu près, cette fille se réveillerait et ses os guériraient... elle ne serait plus rien qu'un démon de la nuit sans cervelle créé uniquement dans le but d'exécuter les ordres d'Hyakuhei... mais uniquement pour un petit moment.
Il pouvait voir que le vampire n'avait nulle intention de la garder en vie. Une fois que la fille aurait accompli les quatre volontés de ce démon, Hyakuhei l'abandonnerait afin qu'elle rôtisse au soleil. Il avait déjà vu cela se produire auparavant... il connaissait les

signes... cette fille était déjà condamnée.

— Maudit sois-tu, Hyakuhei ! hurla Kotaro, frustré.

Il agrippa la tête de la fille et ferma les yeux pour ne pas voir. Il fit une rotation jusqu'à ce qu'il entende craquer l'os et que la peau se déchire. Kotaro trébucha en reculant... il détestait ce qu'il venait juste de faire.

Ses dents s'allongèrent et ses yeux se mirent à luire alors qu'il ressentait la sinistre présence non loin de lui. Hyakuhei sortit de l'ombre, en regardant Kotaro.

— Je suppose que pour garder une meilleure opinion de toi même... tu appelleras ça un meurtre par compassion, il fit une esquisse de sourire trompeur.

— Mais nous connaissons la vérité, Lycan. Je pourrais bien fabriquer une armée pour te combattre si je le voulais. Les tuerais tu toutes comme tu viens de tuer cette jeune fille... comme tu as tué Yuuhi ?

Sa voix devint menaçante et sa phrase se termina dans un grondement.

Kotaro serra le poing, de rage, sachant que les paroles d'Hyakuhei étaient la vérité. Il tuerait chaque mort-vivant qu'Hyakuhei avait créé s'il savait qu'ils étaient en train de tuer des innocents.

— Tu l'as condamnée à mort lorsque tu l'as mordue, dit-il en retournant la faute au véritable responsable.

— Et en ce qui concerne Yuuhi, il t'attend en enfer.

Se dressant de toute sa hauteur, Kotaro se tourna vers son ennemi avec une étrange fureur calme flambant dans son regard bleu glacier.

— Tu n'obtiendras jamais ce que tu veux, Hyakuhei. Après avoir vécu si longtemps, tu es toujours seul... même tes enfants te haïssent.

Hyakuhei pouvait percevoir la puissance du Lycan lui faisant face. Sa haine pour ce bâtard revint à la surface tel un fantôme surgit du passé pour le provoquer.

— Haine... amour... la frontière est mince et aisée à franchir.

Crois-tu réellement que tu puisses m'empêcher d'obtenir ce que je veux cette fois... le cristal du cœur du gardien... et la fille qui deviendra la mère de mes enfants ?
Ses paroles prononcées par le démon lui faisant face firent éclater la colère de Kotaro.

— Tu ne poseras pas un doigt sur Kyoko ! Plus jamais ! rugit Kotaro en bondissant sur la silhouette vêtue de noir.

Hyakuhei scintilla comme s'il n'était qu'une illusion, s'élevant rapidement dans les airs afin d'esquiver l'attaque. Son attention avait soudain été attirée vers autre chose lorsqu'en inspirant il avait perçu le parfum porté par la brise nocturne.

— Notre chère Kyoko... oui... à présent même elle est en chemin pour venir à moi.

— Tu mens ! hurla Kotaro en colère puis il se figea en regardant l'expression dangereuse d'Hyakuhei se transformer en quelque chose de bien plus menaçant.

Un sourire des plus diaboliques éclaira le visage d'Hyakuhei.

— Ne le sens-tu pas ? À cet instant même... elle est dans les bras d'un vampire. Une fois qu'elle aura été transformée... la tueras-tu ? Pourras-tu t'y résoudre ?

Sa tête était inclinée sur le côté comme s'il écoutait les bruits de la nuit.

— On dirait que mes enfants commencent à se réveiller.

Kotaro écarquilla les yeux alors qu'Hyakuhei disparaissait. Il pouvait le sentir... des vampires nouveaux-nés hurlant leur retour à la vie un peu partout dans le campus.

****

Amni s'assit au milieu de sa chambre, par terre, adossé à son cercueil en train d'attendre... en train d'attendre il ne savait quoi. Il semblait que ce fut ça la malédiction du vampire... toujours être en train d'attendre une absolution qui ne devait jamais venir.

Il baissa la tête, laissant sa longue chevelure blonde recouvrir ses yeux d'un bleu doux... dissimulant la haine de ce qu'il était. Il n'avait pas besoin de se nourrir cette nuit alors il n'avait aucune intention de quitter sa chambre s'il n'y était pas forcé.

Tirant de sa poche un très vieux couteau avec un manche en os, Amni frotta ses doigts à travers la surface de la lame. Il regarda se former des gouttes de sang sur le bout de ses doigts. Cela avait été le couteau préféré de son père... son père mortel. L'homme qui, il s'en souvenait, l'avait même utilisé pour sculpter le cercueil derrière lui.

Il referma le couteau et le remit promptement dans sa poche pour le garder en sûreté lorsqu'il sentit une soudaine présence derrière lui qui n'avait pas été là la seconde précédente. Amni n'avait pas besoin de se retourner pour savoir qu'il s'agissait de son maître.

Le regard sombre d'Hyakuhei se porta sur l'exquis cercueil qui décorait le centre de la pièce. Une telle oeuvre d'art... il l'avait toujours pensé.

Sans jamais demander à quoi ils étaient destinés, le père d'Amni lui avait confectionné plusieurs cercueils au fil des cinquante années pendant lesquelles il avait vécu. Mais c'était l'enfant qui s'était trouvé là avec l'homme au cours de ses deux dernières visites qui avait attiré l'attention d'Hyakuhei.

Le garçon, Amni, aimait tant son père... même

enfant, Amni avait travaillé à ses côtés, sculptant des décorations sur les couvercles juste pour pouvoir rester auprès de son père bien-aimé. C'était durant sa dernière visite que le vieil homme avait scellé son destin, en posant trop de questions au goût d'Hyakuhei.

«Pourquoi ne venait-il récupérer les cercueils que la nuit... pourquoi n'avait-il pas l'air d'avoir vieilli pendant ces cinquante années ?»

Comme si l'homme avait trouvé lui-même les réponses à ses questions, il avait hurlé :

— Je ne fabriquerais plus aucun berceau pour les tombes de ceux que vous assassinez !
Hyakuhei avait faillit tuer le vieil homme sur le champ mais Amni s'était interposé entre eux avec tant de peur mêlée de courage dans ses yeux bleus... l'amour pour un père qui un jour prochain devrait mourir et le laisser seul au monde. Alors même qu'Hyakuhei écoutait, il pouvait entendre l'imperceptible déclin du cœur fatigué du vieil homme.

Conscient du fait que le père d'Amni n'allait guère durer plus longtemps, Hyakuhei avait tendu la main et avait attrapé le garçon, le faisant pivoter afin qu'il jette un dernier regard à son père avant de planter ses dents dans le cou du garçon.
Le garçon avait lutté contre lui mais sa faible force d'humain était dérisoire face à celle du vampire. Avant que la vie ne quitte complètement Amni, Hyakuhei avait proposé à son père un moyen de le sauver. Il se demandait si l'amour du père était aussi fort que celui

du fils.

Il dit à l'homme âgé que s'il voulait sauver Amni alors il lui fabriquerait le meilleur cercueil qu'il ait jamais fabriqué car Amni devrait dormir dedans chaque jour, mais qu'il vivrait la nuit.

s'il refusait de faire ce berceau de la mort alors son fils mourrait. Le choix avait été celui du père.

Avec la force de ses dernières heures, il avait sculpté une statue de bois à l'image d'Amni et en avait fait le couvercle du cercueil. Ces mains si aimantes avaient fait la preuve de l'amour du père pour son fils.

Ramenant brutalement son esprit dans le présent, Hyakuhei promena son regard du sarcophage au garçon, ni l'un ni l'autre ne changerait jamais ni ne vieillirait jamais. Il avait espéré que le garçon transfère cet amour qu'il portait à son père humain à ce père qui lui avait donné la vie éternelle. Mais Amni n'avait jamais cessé d'aimer son père humain... même au delà de la mort.

— Il est temps de récupérer tes nouveaux frères et sœurs, Amni. commanda Hyakuhei, percevant la mélancolie du garçon. Cela avait toujours été ainsi.

— Pourquoi ne demandes-tu pas à Yuuhi de le faire ? Il ne vit que pour satisfaire tes demandes de toutes façons, répondit Amni, toujours sans se retourner.

Il manqua de faire une grimace en entendant résonner la jalousie dans sa propre voix.

était-il jaloux de la relation entre Hyakuhei et Yuuhi ? Ou était-ce que leur relation lui rappelait une relation père-fils... créant un sentiment de manque chez lui ? Cela ne l'aurait pas surprit. Il avait ressentit le besoin du genre d'amour que son père humain lui avait donné et de voir cela paradé par Yuuhi et Hyakuhei chaque soir provoquait chez lui des sentiments qui remplissaient son cœur de culpabilité.

Amni écarquilla ses yeux bleus lorsqu'il fut tiré de ses pensées. Avant qu'il n'ai comprit ce qui lui arrivait, son corps était soulevé au dessus du cercueil et il frappait des pieds dans le vide... il regardait de ses yeux bleus remplis de terreur le visage déformé par la rage de son maître.

Pour tenter de se libérer, Amni attrapa les doigts d'Hyakuhei pour essayer de les enlever de sa gorge.

— Ils ont tué Yuuhi et tu vas aller le rejoindre si tu ne fais pas ce que je te dis. Est-ce que je me suis bien fait comprendre, là ?

La voix d'Hyakuhei était douce et froide à la fois. Ce n'était pas tant le fait que Yuuhi soit mort qui le secouait autant... c'était de savoir qui l'avait tué.

Le Lycan et lui étaient des créatures anciennes et même lui n'était pas certain de savoir qui d'entre eux était le plus ancien. Avec des créatures aussi âgées, il était question de puissance et il avait besoin de ses enfants et du Cristal du cœur du Gardien afin de contrebalancer cette puissance.

— Tu es mon fils, Amni. Il serait temps que tu t'en

rappelles au lieu de continuer à vivre dans le passé !

Hyakuhei frappa le cercueil du pied si fort qu'il vola à travers la pièce et éclata en heurtant le mur.

— Prouve moi ton dévouement maintenant ou je te remplacerais bientôt par des enfants de ma propre chair.

Voltigeant Amni à travers la pièce de façon à ce qu'il atterrisse sur ce qui demeurait de l'héritage de son père humain, il hurla :

— Je n'en ai rien à foutre de savoir ce que tu devras faire mais tu vas rassembler tes frères et sœurs !

Amni avait disparu avant que l'écho de la voix enragée n'ai cessé de vibrer dans l'air... laissant un parfum salé de larmes derrière lui.

Hyakuhei serra le poing dans une rage silencieuse en pensant à l'amour que ses enfants choisis lui refusaient. Leurs vies avaient pu continuer grâce à lui et c'était ainsi qu'ils le remerciaient. Yuuhi était le seul qui avait véritablement compris. Un grondement furieux naquit dans la profonde cavité caverneuse de son torse, vibrant dans le silence de la chambre. Ses émotions furent relâchées sous forme d'aura épaisse et tangible, menaçant d'éliminer l'air de la pièce.

Pendant trop longtemps il était resté calme, le temps de la vengeance était désormais venu. Il lécha ses lèvres avec anticipation, goûtant la saveur de sa revanche imminente comme une gâterie longtemps refusée. Sa chevelure noire glissa le long de sa peau pâle comme des serpents, lisse et brillante dans la faible lumière.

Le rouge, couleur de sang, s'estompa du coin de ses yeux et la chambre commença à trembler causant la chute de débris de pierre provenant des murs qui s'écroulaient avec la force d'un tremblement de terre. Le sol boisé commença à craquer et à se recourber comme une fleur tueuse ouvrant ses pétales à la vive lumière de la lune comme pour répondre à sa colère.

Les poutres de bois se fissurèrent et se brisèrent, tombant dans la pièce cachée en dessous. Il pouvait entendre le hurlement des voix féminines faisant écho au cœur des murs de pierre loin sous lui, se taisant au moment ou ses pieds quittèrent le sol et ou il descendit dans le harem vampire caché qu'il avait assemblé au cours du siècle dernier.

Il sourit, ses crocs scintillant dangereusement alors qu'il laissait son regard caresser son jardin des délices. Des douzaines de beautés fatales l'attendaient, chacune luttant pour s'attirer ses attentions avec des expressions et un language corporel sensuel, faisant appel à lui et à la soif de sang qui l'habitait. Il les avait protégées contre la mort solaire, les faisant baigner dans un confort pour lequel n'importe quel vampire serait prêt à tuer.

Pour Hyakuhei, elles n'étaient rien de plus que de jolies compagnes à charmer, à contenter et à nourrir à l'occasion. Elle avaient été cachées profondément sous terre pour une unique raison et à présent l'heure était venue. Ce soir, il allait utiliser son armée de mort-vivants dans un unique but, comme de la chair à canon.

Ce serait leur unique nuit de liberté, car au matin... Elles mourraient sans nul doute.

*****

Tasuki finit par placer la dernière assiette sèche à sa place dans le placard et remis le torchon sur la grille. Il pouvait à peine croire qu'il avait créé un tel désordre mais il avait le souvenir précis de l'avoir fait.

Lorsqu'il était entré... l'endroit avait des airs de scène de crime. Il soupira en pensant à toutes les boites de conserves et à tous les aliments qu'il avait jeté au sol en se demandant ce qui avait bien pu lui passer par l'esprit. Il n'avait jamais agit de la sorte auparavant... alors pourquoi maintenant ?

La chose la plus dégoûtante était le paquet ouvert qui avait contenu du steak. Il n'était pas certain de savoir pendant combien de temps c'était resté là mais le sang dans la boite s'était renversé sur le sol et une conserve de jus de tomate vide était juste à côté, le fond restant de son contenu en train de dégouliner sur le lino jadis propre.

Tasuki plissa le nez, sentant encore les odeurs persistantes et remplit à nouveau le seau espagnol, en ajoutant cette fois de l'eau de Javel. Il n'avait pas encore vraiment compris pourquoi l'odeur s'accrochait encore à ses narines, mais c'était le cas.

De plus, il était encore en colère contre Shinbe

pour son comportement despotique. Cela ne regardait nullement cet homme ce qui pouvait bien se passer entre Kyoko et lui. Pour qui se prenait-il de toutes façons... son gardien ou un truc du genre ? Il pouvait la protéger aussi bien que ce pervers.

La colère de Tasuki lui donna une autre poussée d'adrénaline, le poussant à travailler plus vite. Le balai-serpillière glissa à travers le sol aisément et il eut la sensation d'être en train de flotter au dessus du sol. Son visage se renfrogna et il baissa les yeux pour regarder ses pieds.

Il laissa échapper un petit cri et s'écrasa au sol. Sa mâchoire lui en tomba sous le coup du choc, son corps ne prenant même pas en compte l'impact de la chute. S'asseyant, il tenta de reprendre son souffle et étira ses pieds devant lui sur le sol. Pendant un moment... ils n'avaient même pas été en contact avec le sol.

Il perdit le fil de ses pensées lorsqu'il sentit que quelque chose était en train d'attirer son attention, comme si on l'appelait.

Il ne pouvait pas l'entendre mais il le sentait... quelque chose lui dit que s'il suivait cet appel, il la trouverait... Kyoko.

Fermant les yeux, Tasuki poussa un soupir à nouveau et tenta de repousser les images de Kyoko de son esprit mais c'était impossible... et il ne le souhaitait pas vraiment non plus. Se relevant, il rangea rapidement le seau et le balai-serpillière avant de se diriger à nouveau vers la sortie. Il voulait la voir... même si c'était le milieu de la nuit.

Tasuki hocha la tête comme pour répondre sans parler à quelqu'un alors qu'il levait les yeux vers l'obscurité.

Fourrant ses mains profondément dans ses poches, il descendit la rue sans avoir de réelle destination en tête.

*****

Un des potes flics de Kotaro retira les menottes à Yohji et le jeta dans une cellule bondée puis s'éloigna en riant.

— Kotaro te passe le bonsoir.

Yohji pouvait entendre les gars qui étaient déjà dans la cellule, rire de ce mauvais traitement. Il essuya le sang de sa lèvre à l'endroit ou il avait cogné le mur et revint vers les barreaux, ignorant ceux qui se trouvaient autour de lui. Il s'appuya contre les barreaux de la cellule, étonné de voir que ses blessures résultant du combat contre Toya étaient déjà en train de guérir.

Ce n'était pas tant que cette lavette lui ai réellement causé tellement de dommages.

Yohji sourit puis grimaça intérieurement au souvenir de l'agent de sécurité qui avait mis fin au combat.

— Si Kotaro ne s'en était pas mêlé, j'aurais arraché la tête de Toya.

— Salaud ! ajouta-t-il dans sa barbe alors qu'il frappait les barreaux afin de faire du bruit.

— Hey, les gars, regardez ça... Je crois qu'on a de la viande fraîche pour diner ce soir. On dirait que tu as passé une mauvaise soirée ce soir, petit à sa maman... c'est con mais ça ne va pas s'arranger.

Une voix rude s'élevait de derrière lui et Yohji se retourna pour regarder ses compagnons de cellule pour la première fois. Il se retrouva face à un large torse et dût lever les yeux pour regarder le visage laid qui allait avec.

Levant un sourcil agacé, il se demanda si c'était un genre de gang tout entier qu'on avait arrêté ou un truc du genre car chacun d'entre eux portait le même blouson de cuir noir avec un tee-shirt blanc en dessous. Il sourit en remarquant qu'ils possédaient tous le même petit tatouage juste sous l'œil gauche.
Ce n'était rien de plus qu'un gros point noir moche et stupide.

— Et bien, vous vous êtes marié les gars ou quoi ? provoqua Yohji à l'attention de celui qui lui avait parlé, pensant qu'il devait probablement être le chef des idiots.

— Je ne savais pas qu'il y avait des gangs d'homos dans cette ville. Mais de toutes façons, vous allez tous si bien ensemble. C'est quoi déjà ce qu'on dit ? Habilles-toi comme ta femme qui va au bar à motards ?

Il rigola très fort en voyant les regards vides que lui lancèrent la plupart d'entre eux.
Yohji pouvait sentir quelque chose de dangereux

en lui qui mourrait d'envie de s'exprimer. Il plaça les mains contre les barreaux derrière lui alors que le premier se jetait sur lui. Un sourire diabolique déforma ses lèvres alors qu'il se projeta en l'air en utilisant la force de ses bras. Il escalada les barreaux la tête en bas rapidement... laissant les hommes enragés se cogner dans les barres de fer la tête la première.

Lorsque les barres tremblèrent à cause de l'impact, Yohji utilisa ses pieds pour s'accrocher aux barreaux alors qu'il tendait les mains vers le plafond lisse. Il avait l'impression de planner ou quelque chose de similaire alors qu'il baissait les yeux vers le groupe d'hommes assommés. Le dos à présent collé contre le plafond, il traversa la pièce en rampant comme s'il était une simple araignée jusqu'à ce qu'il se retrouve directement au dessus du groupe compact.

Il les regarda, son sourire de plus en plus malveillant. Il en avait assez de perdre.

Léchant ses lèvres, il sentit frémir ses oreilles au son de leurs rythmes cardiaques accélérés. Ne pensant qu'au sang circulant dans leurs veines, il se mit à saliver par anticipation. Il leur sourit de toutes ses dents, dévoilant entièrement ses canines allongées, figeant leurs expressions de terreur instantanément.

Les gardes l'avaient jeté en cellule ici dans l'espoir que ça dégénère... il allait exaucer leur souhait.

Yohji se relâcha et atterrit sur eux. Il chercha d'abord le chef, plongeant ses ongles longs dans la gorge de l'homme avant de le mordre férocement au cou. Il sentit des doigts dans ses cheveux, des doigts qui tiraient sa tête en arrière et qui le forcèrent à arracher un morceau du cou du chef de gang.

C'était une chose impressionnante de voir jaillir le sang rouge vif de la blessure béante au rythme d'un cœur mourant. Yohji regarda avec une fascination morbide. Lâchant le chef, il se lécha les lèvres alors que l'immense homme s'écroulait.
Recrachant la chair, Yohji se retourna pour voir le reste de la bande qui se rapprochait. Les hommes savaient que dans une cellule si petite... c'était se battre ou mourir. C'était dommage mais ils étaient certains de mourir. En un clin d'œil, la main qui tenait encore ses cheveux fut coupée par ses griffes et il la voltigea de côté pour l'entendre frapper le sol avec un bruit à faire vomir.

Yohji ressentit quelque chose de similaire à un orgasme au creux de son ventre et il en voulait plus. Utilisant ses canines, ses griffes, et sa force brute, il ne prit pas longtemps à se retrouver seul survivant dans la cellule.

CHAPITRE 16

Les yeux de Shinbe brillèrent d'une lueur sauvage couleur améthyste alors qu'il regardait de l'autre côté de la pièce un de ses meilleurs amis qu'il n'avait pas revu depuis plus de mille ans. Les années manquées s'effacèrent... faisant fusionner deux vies en une seule.

Se souvenir de Kamui ramenait tout à la surface... y compris sa propre mort aux mains d'Hyakuhei. Il avait traversé les mers pour lui faire perdre sa trace mais la distance n'avait pas suffit... cela ne lui avait donné qu'un peu plus d'un an.
Effrayé à l'idée de se plonger dans ce souvenir un peu trop profondément, Shinbe le refoula. Il tira sur le col de sa chemise pour l'écarter pour révéler l'inhabituelle tâche de naissance de Kamui en forme de plume.

— On dirait que le cœur du Temps lui-même n'a pu nous séparer, ces paroles avaient quitté les lèvres dans un murmure.

Kamui écarquilla les yeux quelque peu en se demanda exactement de combien de vies passées Shinbe pouvait se rappeler. Décidé à ne pas poser la question, il se contenta de hocher la tête en guise de réponse.

— Certaines choses ne devraient pas être oubliées... par aucun des gardiens.

Pour la seconde fois en plus d'un millier d'années, Shinbe se sentit émerveillé alors que les ailes scintillantes surgissaient du dos de Kamui et qu'un vent circulaire commençait à souffler à l'intérieur de la pièce comme si Kamui se tenait debout au centre de quelque tempête invisible.

Kamui ferma ses yeux étincelants alors qu'il projetait des visions venues du passé à ceux qui avaient oublié depuis longtemps. Il était temps pour eux de toucher la froide main du destin.

*****

Le cœur de Toya se mit à battre fort alors que le passé et le présent s'entrechoquaient, le laissant essoufflé dans l'eau encore fumante. Il s'efforça de se relever sur des jambes caoutchouteuses et tâtonna pour fermer le robinet.
Attrapant le rideau de douche, il trébucha hors du bac, entraînant le rideau avec lui.
Se saisissant du lavabo afin de se stabiliser, Toya

leva les yeux vers le miroir, se voyant tel qu'il était pour la première fois.

— Le Cristal du cœur du Gardien, murmura-t-il à présent qu'il savait ce que cela signifiait.

— Kyoko le possède mais...

Il fronça les sourcils devant son reflet. Il pouvait le sentir. Il avait encore des pouvoirs... les même pouvoirs qu'il avait en tant que créature de la nuit mais sans les horribles effets secondaires. Il n'avait jamais eut besoin de sang... La lumière du jour ne lui faisait aucun mal.

Étrangement... Kyoko l'avait guéri. Mais comment... ils savaient tous deux que c'était impossible.. de plus, elle était morte avant lui, n'était-il pas vrai ?
Soudainement, des visions se mirent à brûler à travers lui, détaillant les évènements qui s'étaient produits après sa propre mort... après qu'il ait combattu Hyakuhei. Des visions de Kyou arrivant quelques secondes trop tard firent jaillir de nouvelles larmes de ses yeux et il pouvait entendre la promesse de vengeance contre Hyakuhei quitter les lèvres de son frère.

Le visage de Toya se détendit, alors qu'il se rappelait les mille ans de paix pendant lesquels il avait dormit aux côtés de Kyoko... les mains jointes aux siennes sous la terre sacrée. Voyant les trois hommes debout au dessus de sa tombe, il ressentit le véritable lien qui les unissait. Ouvrant à nouveau les yeux, Toya se sentit plus solide sur ses pieds qu'il ne l'avait été dans toute cette vie alors qu'il cherchait ses vêtements et qu'il commençait à se vêtir.

Le même besoin rampait à nouveau dans ses tripes... il fallait qu'il la sauve.

Toya regarda à nouveau vers le miroir, sentant la culpabilité l'envahir. Kyou n'était pas guéri et il l'était... ce n'était simplement pas juste. Furieux et frustré, il comprenait désormais un peu plus que par le passé.

Kyou était toujours en train d'essayer de le sauver d'Hyakuhei... c'était pour cela que Kyou l'avait laissé quand il était enfant. Puis une fois qu'il avait été transformé en vampire, Kyou l'avait de nouveau laissé, emportant l'attention d'Hyakuhei avec lui... tout cela pour sauver son petit frère.

Il comprenait désormais ce que Kyou avait voulu dire lorsqu'il lui avait dit de rester loin du Cristal du cœur du Gardien... qu'il était déjà mort une fois pour lui. Son grand frère était à nouveau en train de tenter de le protéger. Il écarquilla les yeux en se rappelant la menace lui enjoignant de rester éloigné de Kyoko.

— Non, murmura Toya alors qu'une peur irrationnelle s'infiltrait en lui par vagues. Se détournant du miroir, il se précipita hors de la salle de bain et dans la chambre, uniquement pour sentir ses veines se figer comme des rivières gelées.

Son lit était vide et Kyoko n'était plus là. Ses yeux se tâchèrent d'argent alors que sa chevelure flottait sur le côté, soufflée par la brise qui balayait la pièce. Il tourna brusquement et furieusement la tête pour constater que la fenêtre était grande ouverte.

****

Suki était couchée dans le lit de Shinbe entourée de chaleur et dans un profond sommeil. Ses lèvres légèrement écartées lorsque le rêve commença. Il paraissait si vrai... elle pouvait même sentir son cœur battre en frappant ses côtes comme un tambour de guerre à l'intérieur du rêve. Elle était dans les serres d'un vampire qui lui faisait penser à minuit.

Sa sombre chevelure tourbillonnait autour de lui comme quelque chose de sinistre et de vivant alors qu'elle tentait de lutter pour sa liberté mais ses yeux n'étaient pas sur les siens. Il regardait pas delà son épaule alors qu'il demandait, d'une voix rappelant la soie sur une peau de vierge,

— Es-tu prêt à échanger ta vie contre la sienne ?

Suki se tortilla frénétiquement d'avant en arrière jusqu'à ce qu'elle puisse voir qui se tenait derrière elle. Elle sentit son cœur se briser lorsque son regard rencontrer les globes familiers couleur améthyste. Elle pouvait voir les mèches bleutées dans sa longue chevelure d'encre se balancer dans la brise alors qu'il redressait les épaules, prêt qu'il était, à se battre. Son tee-shirt était déchiré et ses phalanges étaient blanches à force d'agripper son baton si fort. Il était couvert de bleus et de sang mais toujours si beau.

— Shinbe, non, murmura-t-elle dans le rêve.

— Je t'en prie, ne le fait pas.

Quelque chose lui dit qu'il ne s'agissait pas seulement d'un rêve mais plutôt que c'était un avertissement venu du passé... ses souvenirs se dévoilant afin qu'elle puisse de nouveau les voir. Elle regarda pleine de tristesse car elle savait qu'elle ne pouvait empêcher ce qui s'était déjà produit d'arriver.

L'homme sombre et mystérieux avait baissé vers elle des yeux si noirs qu'ils ressemblaient à deux tunnels sans fin. Il la repoussa, laissant Shinbe la rattraper avant la chute mais elle savait que c'était loin d'être terminé. Elle pouvait entendre la respiration laborieuse de Shinbe derrière elle alors qu'il l'enveloppait de ses bras dans un geste protecteur mais elle pouvait également entendre le rire le plus maléfique qu'elle ait jamais entendu.

Ses yeux cherchèrent un peu partout et elle vit apparaître des vampires comme s'ils venaient de se détacher de l'obscurité... Trop... Beaucoup trop. Dans le souvenir, elle avait pivoté dans ses bras et avait plongé ses yeux dans le regard améthyste luisant de son amant juste avant qu'il ne l'écrase contre lui.

Le visage à présent enfoui dans le creux de son cou, quelque chose de vif attira son regard juste sous la clavicule et elle remarqua une marque de naissance en forme de plume courbée. Elle brillait de la même couleur que ses yeux. Elle en approcha les lèvres alors que Shinbe prononçait des paroles qu'elle ne pouvait comprendre.

Ses lèvres entrèrent en contact avec la marque semblable à une plume et elle attira Shinbe un peu plus près de son petit corps. Elle sentit qu'il faisait de même et il baissa la tête de façon à avoir le visage enfoui dans ses cheveux. Ils savaient tous deux qu'ils n'avaient aucune chance.

Suki sentit les vampires se rapprocher, cherchant à les toucher avec des effleurements comme ceux de la peau contre le tissu. Fermant les yeux pour ne pas voir le moment ou ils seraient inévitablement arrachés l'un à l'autre, littéralement et métaphoriquement, elle entendit brusquement la voix de Shinbe, forte et fière à son oreille une dernière fois.

— Nous serons à nouveau ensembles, ma Suki. Dans la prochaine vie... rien ne nous séparera.

Suki cria lorsque les mains se saisirent d'eux et hurla lorsque leurs griffes et leurs dents commencèrent à lacérer sa peau. Elle n'ouvrit pas une seule fois les yeux car elle voulait que la dernière image dans son souvenir soit celle de Shinbe. Alors même qu'elle entendait, en dépit du bruit de sa chair en train d'être arrachée et de ses propres hurlements de douleur, la voix de Shinbe lui murmurant dans son dernier souffle, son amour éternel.

Les yeux de Suki s'ouvrirent d'un seul coups dans un sanglot tremblant et elle réalisa qu'elle tenait l'oreiller contre son visage et qu'elle l'avait enlacé tel un ours en peluche géant. Quelque l'avait réveillée, Dieu merci, mais à présent qu'elle était réveillée... tout ce qu'elle entendait était du silence. Suki cligna des yeux en comprenant que c'était exactement cela qui l'avait réveillée.

Le silence était si épais et lourd qu'il était à couper au couteau.
Elle pouvait sentir une brise près de son oreille et ressentit soudain l'irrépressible besoin de tirer la couverture par dessus sa tête et de se cacher. Se disant que c'était la faute au rêve qu'elle venait de faire, Suki resta allongée là pendant plusieurs secondes de plus avant de se retourner en roulant sur le dos. Pour tenter de se calmer après le réalisme du cauchemar, elle se mit à regarder le plafond avant de se mettre à trembler légèrement.

Une brise effleura son visage et elle tourna le regard vers la fenêtre. Se redressant en position assise, elle regarda la fenêtre ouverte, sachant qu'elle avait été bien fermée au moment ou elle s'était endormie. Le besoin de se terrer sous la couverture comme une enfant apeurée lui revint soudain multiplié par dix.

La chambre était baignée d'une douce lumière rougeâtre et elle regardait presque agressivement la lampe à lave qu'elle pensait responsable du supplément d'étrangeté dans l'atmosphère de la pièce. Avec un soupir frustré, Suki rejeta les couvertures afin d'aller fermer la fenêtre. C'est à cet instant que l'étrange sensation à peine perceptible revint et qu'elle comprit soudain qu'elle n'était pas seule.

Avant même qu'elle n'ai pu crier pour appeler

Shinbe à l'aide, une main glacée surgit de l'obscurité et vint se plaquer contre sa bouche et elle fut traînée hors du lit. Ses bras furent plaqués contre son corps mais cela ne l'empêcha pas de lancer des coups de pieds, pour la peine. Elle regarda le lit s'éloigner un peu plus et comprit qu'on était en train de la traîner vers la fenêtre.

Suki tenta de ne pas s'étouffer à cause de l'odeur du sang émanant de la main fermement plaquée contre sa bouche. Ce n'était pas seulement l'odeur du sang mais la puanteur du sang ancien qui lui donnait envie de vomir. Elle commença à lutter plus fort car elle savait que cette odeur était la dernière chose dont elle se rappelait à propos du rêve qu'elle venait de faire.

Elle lutta contre le bras autour d'elle et lança des coups de pieds avec l'énergie du désespoir, en hurlant contre la main qui lui recouvrait la bouche lorsqu'elle toucha la lampe, provoquant sa chute de la table de nuit. Elle tomba au sol avec un petit éclair alors que l'ampoule se brisait et que la porcelaine éclatait, laissant des éclats acérés partout.

*****

Toya arracha son attention à la fenêtre ouverte alors que son regard se posait de nouveau sur le lit vide... il serait resté juste à côté d'elle. C'était la deuxième fois qu'il l'avait quittée mais cette fois il allait tout arranger.

— Kyou, s'il te plait... rien de tout cela n'est sa

faute.

Il serra les poings en sentant sa puissance augmenter.

— C'est pas elle qui m'a tué... c'est elle qui m'a sauvé.

Kamui et Shinbe se levèrent tous deux alors que la porte de la chambre de Toya s'ouvrait si vite qu'elle sortit de ses gonds et alla valser dans le mur.

— Kyou a Kyoko ! furent les seules paroles de Toya alors qu'il faisait face à ses amis qu'il n'avait pas encore rencontré dans cette vie.

Kamui partit dans la chambre de Toya alors même que du verre se brisait dans la chambre de Shinbe.

— Suki ! hurla Shinbe alors qu'il se précipitait par dessus le dossier du canapé pour voir ce qui se passait.
Toya se tenait juste entre les deux chambres et il sentit une rafale de vent passer sur lui et pénétrer dans sa chambre puis une autre rafale de vent passa de l'autre côté et pénétra dans la chambre de Shinbe. Il prit le temps de lever au moins un sourcil. Il regarda Shinbe ouvrir la porte de sa chambre avec fracas et demeurer planté là, l'air perplexe.

L'unique pensée de Shinbe fut de rentrer dans la chambre en courant comme un fou pour sauver Suki... jusqu'à ce qu'il ralentisse à la vue des... hmm... filles. Un sourire délibéré se dessina sur ses lèvres :

— Mesdames...

Toya se tenait entre les deux chambres et voulait aider Shinbe mais il lui fallait courir après Kyou et Kyoko également en même temps. Il jeta un oeil dans sa chambre et vit que Kamui était déjàa parti à la poursuite de Kyou.

— Ce petit con n'a aucune idée de ce à quoi il s'attaque, gronda Toya en s'agrippant à l'encadrement de la porte, prêt à se propulser en avant pour se joindre à la chasse.
En entendant Shinbe dire «Mesdames», Toya ne put résister à la tentation de jeter un petit coup d'oeil alors qu'il entrait dans la chambre juste derrière lui. Là, se tenaient, et Toya les avaient comptées, une-deux-trois... quatre vampires femelles.
Ah oui, et Suki, dût-il se rappeler.

Shinbe demeura comme un con l'espace d'un instant devant ces quatre femelles attirantes dans la pièces avec Suki. Attirantes si on partait uniquement du cou vers le bas pour être plus précis Leurs visages étaient bien trop blancs et leurs lèvres bien trop rouges pour lui. C'était cette intention meurtrière dans le regard qui les avait si rapidement trahies... ça et leur puanteur.

L'une d'entre elles ne portait rien qu'un soutien-gorge de sport et un minuscule short indiquant qu'elle s'était trouvée dans un gymnase. Une autre portait une petite robe noire telle qu'on en porte pour aller en boîte de nuit. Les deux autres étaient habillées de façon plus conservatrice, en jeans, bien que l'une d'elle porte un chemisier transparent qui laissait voir un soutien noir.

Il avait toujours été porté sur les détails.

— Bonjour Mesdames, dit-il, d'une voix suave et calme. Il caressa Suki du regard, s'assurant qu'elle était encore indemne... sans morsure. Tentant de conserver l'attention de tous sur lui, il ajouta : Si j'avais su que tu comptait avoir des invitées, Suki, j'aurai préparé des en-cas. Je suis terriblement blessé que tu organises une soirée pyjama sans même songer à m'inviter.

Suki, qui pour l'heure ne portait rien de plus que son débardeur et des sous-vêtements, arrêta de se débattre l'espace d'un instant afin de lui lancer un regard noir, son grondement de frustration évident en dépit de la main pressée contre sa bouche. Toya regarda courageusement par dessus l'épaule de Shinbe à l'intérieur de la chambre avec un frisson interne à la vue des quatre femmes. Elles étaient attirantes mis à part qu'elles possédaient toutes de longs crocs et que leurs yeux n'étaient rien de moins que des bassins noirs sans fond complètement vides.

— Hey Shinbe, faudrait peut-être qu'on porte secours à Suki, déclara Toya d'un ton sarcastique.

— Peut-être que tu peux être le chevalier en armure de notre chère Kyoko. Je suis certain qu'elle voudra être secourue de ce vampire diablement beau qui l'a probablement en sa possession et qui a prévu de faire des choses complètement inimaginables et pourtant hautement plaisantes à son corps innocent,rétorqua Shinbe à son ami en lui adressant une grimace par dessus l'épaule.

Toya fit la gueule.Toya scowled. Ignorant soudain l'orgie de chair femelle dans la pièce, il hurla à Shinbe :

— Arrêtes de mêler Kyoko à tes fantasmes pervers, Shinbe. s'il te faut quelqu'un à ce point je t'achèterai une poupée gonflable qui ressemble à Suki.

Les deux hommes lancèrent un regard à Suki quand ils l'entendirent hurler sa colère envers eux.

— Récupères Kyoko, déclara Shinbe, toute trace d'humour ayant disparu.

— Je m'occupe de Suki.

— Ouais, je te laisse à ton rêve devenu réalité, s'exclama Toya exclaimed alors qu'il reculait pour quitter la pièce.

— Te faire fracasser par quatre femmes ; cinq si Suki se libère.

Avec un grondement sourd, il se détourna et partit vers sa propre chambre,qu'il quitta par la fenêtre à la façon dont Kyou avait emporté Kyoko, à sa connaissance.

*****

Kyoko ne dit mot, au début. Tout était tellement clair, désormais... comment avait-elle pu oublier ? De plus en plus de souvenirs lui revenaient un par un des recoins cachés du fond de son être alors qu'elle regardait la chevelure argent de Kyou flotter derrière eux dans la nuit. Il était tout ce dont Toya avait parlé et plus encore. Elle baissa les yeux vers l'immeuble de Toya alors qu'il s'éloignait de plus en plus et se demanda alors pourquoi Kyou n'était pas resté... où l'emmenait-il ? Relevant rapidement les yeux vers son visage... elle eut le souffle coupé l'espace d'un instant. Son regard avait l'air à la fois si fatigué et tellement en colère que cela lui brisait presque le cœur.

— Kyou, elle sourit tristement alors que son regard s'abaissait vers le sien comme s'il avait su qu'elle était éveillée et qu'il avait simplement attendu qu'elle reconnaisse sa présence.

Elle ne l'avait jamais vu par le passé mais en voyant ses yeux... elle l'aurait reconnu n'importe où.

— Toya et toi avez les même yeux magnifiques, murmura-t-elle.

Kyou ressentit la chaleur des larmes non versées s'accumuler derrière ses yeux et gonfler son torse de manière douloureuses. Oui, Toya et lui se ressemblaient en beaucoups de points. Il se demanda à quel point Kyoko et Toya étaient réellement proches par le passé pour qu'elle le connaisse si bien. Il tenta immédiatement de durcir son cœur.

— Ne fais pas l'erreur de croire que Toya et moi soyons pareils, l'avertit Kyou... où était-ce lui-même qu'il tentait d'avertir alors qu'il resserrait son emprise sur elle légèrement.

— Un vampire ne peux aimer... et encore moins aimer un humain, mentit-il.

Les lèvres de Kyoko se ramollirent quand elle entendit le mensonge mais pour elle cela sonnait plus comme une question alors elle y répondit avec la vérité :

— À quel point un vampire peut-il aimer ? Elle se mordilla la lèvre inférieure en cherchant les mots justes.

— Tu aimes ton frère avec plus de passion qu'aucun mortel ne pourra jamais ressentir et c'est seulement l'amour d'un frère. Je dirais que si tu a jamais vraiment aimé... alors cet amour serait une chose très dangereuse, Kyoko sourit lentement, sachant inexplicablement qu'elle avait raison.

Kyou fronça les sourcils lorsqu'il ressentit la chaleur de sa présomption pénétrer son esprit comme un fantôme du passé. Avant qu'il n'ai le temps de baisser la garde, Kyou ressentit l'équilibre du bien et du mal basculer. Il arracha son regard doré au sien alors qu'il percevait l'odeur de vampires nouveaux-nés qui se rapprochaient.

Ils ont été envoyés pour la récupérer, pensa-t-il furieux.

Cela ne faisait que confirmer son droit à l'emporter avant que l'ennemi ne le puisse. Kyou regarda avec curiosité alors que Kyoko semblait se tendre et lutter pour regarder en arrière vers l'appartement de Toya bien qu'il soit déjà hors de vue. Il sentit la panique se lever en elle lorsqu'elle remarqua qu'il ne faisait pas demi-tour.

— Qu'il en soit ainsi, murmura-t-il.

— Il nous faut rentrer ! Kyoko commença à se débattre entre ses bras mais il se contenta de resserrer son emprise sur elle. Perdant patience elle lui lança un regard noir.
— Kyou ! Ils ont besoin de nous... Toya a besoin de nous.

Voyant qu'il n'avait pas l'intention de la lâcher, elle se mit à frapper son torse pour tenter de se libérer de ses bras.

— Pourquoi te montres-tu si obstiné ? lui hurla Kyoko, elle aurait souhaité qu'il ne soit pas si costaud.

Plusieurs des injures favorites de Toya lui revinrent à travers son esprit comme une pensée sale dans un esprit clair.

— Putain de merde ! Elle serra son petit poing et le frappa une fois de plus, pour bien faire.

L'attrapant par le poignet, il la secoua rapidement

afin d'obtenir toute son attention.

— Non... ce ne sont que de faibles vampires. Ils ne représentent aucun danger pour Toya, contrairement à toi.

Kyou manqua de gronder dans son oreille alors qu'il percevait son pouvoir qui tentait de lui resister pour qu'il la lâche.

— Tu crois peut-être te rappeler le passé mais tu ne te rappelles que ce qui s'est produit jusqu'à ta propre mort... tu ne te rappelles pas la sienne !

Kamui les avait rattrapé juste à temps pour entendre la dispute entre Kyou et Kyoko.
Conscient que rien de bon ne sortirait de la situation si Kyou perdait le contrôle avec la prêtresse, Kamui décida de donner à Kyou ce qu'il voulait. Avec une poignée de tristesse, il jeta son sort vers elle mais également vers Kyou.

Il fronça les sourcils en constatant la capacité naturelle de Kyou à résister à de tels enchantements. C'était une des raisons pour laquelle Hyakuhei n'était jamais vraiment parvenu à le contrôler. La lueur dans le regard de Kamui s'intensifia et il dirigea une part plus importante de sa puissance vers Kyou. C'était le seul moyen que tout reprenne sa place... d'empêcher l'Histoire de se répéter.

Kyou saurai tout... y compris la vérité derrière la légende.

Kyoko ouvrit grand ses yeux émeraude alors qu'une pluie de poussière brillante multicolore les encerclait. Puis, comme attirés par un aimant invisible, les particules éblouissantes fusèrent dans leur direction si vite qu'elles laissèrent des traces derrières elles telles de minuscules comètes. Son regard choqué demeura posé sur le visage stupéfait de Kyou alors que l'enchantement pénétrait leurs deux esprits.

Les pupilles de Kyou se rétrécirent et il tenta de lutter contre les effets de cette magie familière. Il sentit à peine un léger toucher sur sa tempe et il lui sembla que cela le calmer l'espace d'un instant. Les images et les paroles pénétrèrent de force dans son esprit et il sourit intérieurement. Alors comme ça, l'immortel voulait si désespérément lui faire savoir quelque chose ? Il accepterait tout !

Les yeux de Kamui s'élargirent de choc et ce qu'on aurait pu décrire comme de la douleur mais ça ne faisait pas vraiment mal, pas tant que ça, alors que l'autre gardien tiraillait son âme. Il goba de l'air bruyamment lorsque Kyou lui lança un regard du coin de l'œil. Kamui savait que Kyou ne pouvait physiquement le voir mais se rendre ainsi compte que l'homme à la chevelure d'argent savait qu'il était là était tout simplement flippant.

Il poussa une exclamation lorsque le tiraillement commença à affecter l'effet du sort. Il pouvait littéralement sentir la magie être tirée hors de lui... son esprit était devenu brusquement un livre ouvert qu'il

n'aurait pu refermer même si sa vie en dépendait.
Soudain, Kamui tituba vers l'arrière, s'éloignant de
Kyou et attérrit sur son derrière. Il s'assit sur le sol,
tentant laborieusement de respirer, les yeux levés vers
Kyou avec un mélange de crainte et d'émerveillement.

J'ai été violenté par mon propre frère, se dit-il
morose.

Pourquoi ne puis-je trouver un univers où tu serai
en vérité sympa et heureux... pas juste louche, froid et
pétri de méchanceté ?

Kyoko sentit l'âme de Kamui brûler à travers ses
souvenirs à l'aide de souvenirs indicibles et des secrets
prévus pour n'être jamais révélés. Sa lèvre inférieure
frémit alors qu'elle regardait Shinbe qui tentait de
protéger Suki des démons d'Hyakuhei et échouer... en
fin de compte, perdant sa propre vie plus d'un millier
auparavant.

C'était tout... bien plus que ce qu'elle pouvait
encaisser et Kyoko ressentit quelque chose se réveiller
réellement en elle. Alors qu'elle ouvrait les yeux... son
âme ancienne en elle faisait de même. Elle fixa
aveuglément au devant d'elle mais tout ce qu'elle
pouvait voir était une vive lumière.

Une énorme puissance se composait en elle et elle
ne pouvait l'arrêter... et une partie d'elle ne le souhaitait
pas. Le niveau de puissance atteignit une hauteur
spectaculaire au point qu'elle ne puisse plus la contenir
. La lueur de sa vision continuait de s'intensifier et finit

par exploser. Tout ce qu'elle put ressentir fut le calme, comme au cœur d'une tempête. C'était tangible comme s'il s'était agit d'une couverture dans laquelle elle pouvait s'envelopper... La lueur dans les ténèbres.

Kamui fut projeté en arrière lorsque la lumière fit irruption devant lui. Il écarquilla les yeux alors que l'illumination augmentait jusqu'à former une sphère et il ressentit le besoin de fuir lorsqu'il entendit le grondement désorienté de Kyou. Un sourire léger déforma les coins de ses lèvres lorsqu'il remarqua combien la lueur s'était énormément renforcée en grandissant.

— C'est bien mieux, murmura-t-il.

Kyou leva un bras devant lui pour abriter ses yeux de la lumière qui les submergeait alors que la véritable puissance de Kyoko faisait surface. Il rugit de colère, sentant la fille échapper à son contrôle alors que la lumière continuait de l'inonder... lui dérobant ses forces.

Des larmes émergèrent des yeux de Kyoko et alors qu'elle absorbait de nouveau rapidement la lueur en son corps, libérant Kyou de son pouvoir sacré.

— Je me souviens !

Sa voix semblait brisée.

— Tout était ma faute ! s'écria-t-elle.

Alors même que Kyoko hurlait ses dernière paroles, une lueur inonda de nouveau la zone, laissant Kyou sans défense et lui faisant perdre complètement son emprise sur elle. Il la sentit lui glisser entre les doigts mais il ne pouvait toujours pas ouvrir les yeux. La lumière l'avait, apparemment, affaibli pour un moment.

Alors que Kyoko lui échappait, Kyou tomba en avant les mains au sol, à genoux, respirant difficilement en attendant que se lève ce brouillard non naturel de sa vue. Il pouvait entendre ses pas qui s'enfuyaient et ça l'effraya. Il lança la main droit devant lui mais ne put saisir que du vent car il était trop tard.

— Kyoko !

La voix de Kyou tremblait.

— Je comprends à présent.

Il grinça des dents alors qu'il levait le poing pour l'abattre de nouveau sur le trottoir car il savait qu'il était encore trop faible pour suivre.

— Mais tu n'aurais jamais dû me fuir, gronda-t-il car il savait qu'elle venait de se mettre en danger.

Kyou pouvait sentir ses forces lui revenir alors qu'il luttait pour redresser son corps fatal de toute sa hauteur.

— Quand je mettrai la main sur elle !, gronda-t-il

en regardant autour de lui dans l'obscurité.

— Quand tu mettras la main sur elle, tu feras quoi ?

Toya serra les poings le long de son corps alors qu'il s'arrêtait en un dérapage contrôlé juste derrière lui.

— Je te l'ai déjà dit une fois, bordel ! Reste éloigné de ma Kyoko ! Que tu sois mon frère ou non, tu peux retourner en enfer si tu n'es pas cap de la laisser tranquille !

Kyou manque de rouler les yeux en signe d'agacement avant de regarder ce frère qu'il avait finalement retrouvé.

— On pourra toujours régler ça par une bagarre quand on l'aura retrouvée.

— Qu'est-ce que t'as bien pu foutre pour la faire fuir ? hurla Toya mais en secret, il se demandait ce que Kyoko avait pu faire à Kyou... son frère semblait différent, de manière inexplicable.

Puis il comprit quelle était la différence... Il pouvait voir la peur dans le regard de son frère et ça l'effraya. Il baissa le ton pour murmurer agressivement :

— Tu lui as pas fais de mal, hein ?

Les yeux de Kyou s'adoucirent l'espace d'une

seconde alors qu'il regardait le ciel nocturne. Elle était là... la lune rouge proche de la terre. Il répondit à son frère... ressentant le plein effet de ses propres paroles :

— Ce n'est pas moi qui vais lui faire du mal.

Toya pris une inspiration alors que ses lèvres semblait s'amincir. Mais si Kyoko n'avait pas été blessée, alors pourquoi avait-elle fui et où diable avait-elle pu aller ? Il ferma les yeux, en tentant de la percevoir. Sous ses paupières, la couleur argent refit rapidement surface. Tout ce qu'il pouvait percevoir était le mal qui se rapprochait d'eux de toutes les directions.

Les paroles de son frère faisaient écho à ses propres pensées mais avec quelque chose de terrifiant en prime.

— Peux tu le sentir, mon frère ? demanda Kyou à voix basse.

— Hyakuhei a déchaîné la peste sur nous et Kyoko est dehors, seule.

Le souvenir de ce qui avait mal tourné la fois précédente se glissa dans son esprit et son cœur en provoquant une horrible pensée supplémentaire. Elle est partie à la recherche d'Hyakuhei toute seule !

Kyou commença à prendre le même chemin qu'elle avait emprunté mais Toya l'attrapa par le poignet pour le retenir avec une question sans réponse.

— Kyou... tu ne la laisseras pas faire, n'est-ce pas ?

Toya retenait son souffle alors que Kyou se retournait lentement.

— On pourra en parler plus tard..., déclara-t-il d'une voix douce, désireux de ne pas mentir à son frère.

— Elle était seule la première fois qu'elle a fait face à ce démon.

Son regard se durcit car il savait qu'il lui faudrait exposer Kyoko à un mortel péril . Son regard fusa de part et d'autre car il était conscient qu'il lui fallait se hâter.

— Le temps vient à manquer.

Toya perdit brutalement son souffle alors que les souvenirs lui revenaient une fois de plus de l'avoir perdue à cause de ce monstre la première fois. Il pouvait encore la revoir étendue dans son propre sang, une dague enfoncée profondément dans le cœur.

— Non ! Je ne peux pas la perdre de nouveau... je ne le permettrai pas !

Kyou grinça des dents alors qu'il attrapait son frère par la peau du cou. Il fut si rapide que Toya n'eut pas la moindre chance de pousser un cri ou de résister.

— Tu n'es pas le sacrifice, murmura Kyou tristement alors qu'il endormait son frère.

Alors que Toya glissait vers l'inconscience, Kyou l'allongea sur le sol.

— Tu es déjà mort une fois pour elle, Toya... c'est moi qui ne le permettrai pas.

*****

Yohji se tenait accroupi au centre de l'espace de trois mètres par trois et commença à se lécher les doigts recouverts de sang avec langueur.

L'entêtant murmure de paroles qu'il ne pouvait encore comprendre provenant de la fenêtre attira l'attention de Yohji, l'obligeant à lever les yeux dans cette direction. Quelque part dans un coin de sa tête il se demandait comment il pouvait entendre des voix alors que la fenêtre était perchée si haut par rapport au sol. Comme pour répondre à sa question, des marques d'ongles apparurent à travers la vitre sale ... puis elles disparurent.

Regardant par dessus son épaule une dernière fois en direction de la porte par laquelle le gardien avait disparu, Yohji bondit jusqu'à la fenêtre et fit un trou dans le vitre incassable avec le poing. Passant la main, il attrapa l'extérieur de la vitre et la tira du mur de pierre, puis il la balança derrière lui sur les cadavres. Il utilisas alors ses nouvelles forces afin d'écarter deux des barreaux.

Lorsqu'il y eut suffisamment d'espace, il se glissa par les barreaux et les remit en place alors même qu'il entendait le tintamarre des portes de l'unité cellulaire. Le regard rouge sang fixé sur la cellule par la fenêtre sans verre, il sourit lorsque l'officier leva la tête vers lui avec une expression d'effroi.

Lâchant les barreaux, Yohji se laissa tomber au sol avec un sourire mauvais alors que ses pieds frappaient le trottoir. Un tel impact lui aurait brisé les chevilles par le passé mais plus maintenant... Il se sentait indestructible. Il pouvait entendre les hurlements des gardiens alors qu'ils découvraient la petite surprise qu'il leur avait laissée à l'intérieur.

Amni se posa derrière Yohji et il regarda le nouveau vampire d'un air solennel alors qu'il percevait ses pouvoirs interdits pour la première fois. Il pouvait sentir la puanteur du sang en provenance de la pièce d'où le garçon venait tout juste de s'évader et ses pupilles rétrécirent. Il pouvait également entendre les cris des gardiens et les claquements des armes suivies des battements de leurs coeurs alors qu'ils se mettaient à la recherche du tueur.

Faisait-il partie de ces soit-disant enfants dont Hyakuhei avait annoncé qu'ils allaient le remplacer ? Ce garçon n'était rien qu'un meurtrier hors de contrôle.

Entendant un grondement sourd derrière lui, Yohji se retourna pour se trouver face à face avec un homme qui lévitait à plusieurs mètres dérrière lui. La peau pâle, et une longue chevelure blonde qui semblait vivante alors qu'elle flottait autour de lui dans la brise du soir, refusant de se poser autour du visage quasi angélique qui était calme et serein. Mais ce n'était pas ce qui était le plus stupéfiant et inhumain à propos de cet homme... c'était ses yeux. Ils avaient la plus étrange couleur d'une colère bleue.

Yohji laissa ses griffes encore ensanglantées s'allonger, il n'aimait pas l'attitude calme de ce gars qui le regardait comme s'il n'était rien. Comment osait-il le regarder avec un tel mépris ? Nul ne le regarderai plus jamais de la sorte.

Un sourire moqueur se dessina lentement sur ses lèvres alors qu'une chose devenait claire pour lui. Il pouvait désormais prendre qui il voulait, y compris Kyoko, et nul ne serait capable de l'arrêter.

— As-tu envie de devenir ma prochaine victime ?

Les yeux de Yohji s'assombrirent jusqu'à devenir noirs comme une nuit sans étoile alors qu'il lançait son défi.

— Victime ? Ne le sommes-nous pas tous ? fut la réplique glaciale d'Amni alors qu'il lévitait jusqu'au toit d'un bâtiment.?

Ce n'était pas sa faute si l'ignorant garçon s'était fait tuer avant qu'il puisse le ramener à Hyakuhei. Amni se dissimula derrière l'ombre de la nbuit car il savait ce qui attendait... douleur sans mort possible.

— ça lui apprendra., murmura-t-il en prenant cet arrière-goût de mélancolie dans sa propre voix.

Yohji s'avança, regardant alors que l'homme se posait sur le toit de la prison, se demandant ce qui était véritablement en train de se produire. Avant qu'il ne puisse dire mot, il entendit un claquement bruyant et sentit une douleur perçante trancher son épaule droite, faisant pivoter tout son corps.

*****

Kotaro essuya la sueur de son fron en se demandant s'il n'aurai pas préféré combattre cinq vampires mâles plutôt qu'une seule femelle. Les femelles semblaient enclines à viser directement la gorge au lieu de frapper ailleurs. Il attrapa une branche d'un petit arbre en faisant usage de ses longs ongles pour en faire un pieu aiguisé. Il avait déjà terminé avec la plupart des filles qu'Hyakuhei avait transformées au cours de la dernière heure écoulée mais au lieu de voir le calme revenir sur les lieux... il constatait que les choses n'avaient fait qu'empirer.

Celles qu'il croisait à présent étaient plus puissantes et bien plus dangereuses... plus âgées en terme de vie vampirique, pour certaines de quelques siècles plutôt que quelques jours ou décénnies.

Il demeura immobile un instant à l'écoute des bruits de la nuit afin de voir s'il pouvait détecter la prochaine lorsqu'il entendit des coups de feu au loin. Tournant brusquement la tête dans cette direction, il sut que les deux seules choses dans cette zone étaient la prison et le parc de la ville. Il écarquilla les yeux lorsqu'il perçut le parfum de Kyoko porté par la brise nocturne en provenance de cette même direction.

Kotaro pouvait sentir la méchanceté dans l'air. Serrant le pieu pointu fermement dans son poing, il fit volte-face et frappa la vampire directement au cœur et avait disparu avant qu'elle ne touche le sol.

CHAPITRE 17

Amni avait jeté un coup d'œil par la fenêtre brisée en se dirigeant vers le toit et avait vu le massacre à l'intérieur de la cellule de prison désormais ensanglantée. Il ne broncha même pas au son du premier coup de feu. Son visage perdit toute émotion alors qu'il regardait Yohji se tourner pour faire face aux forces de l'ordre venant en sens inverse. Une balle ne lui prendrait pas la vie mais Yohji pourrait ressentir chaque once de la douleur qu'elle apporterait.

Hyakuhei apparut hors de l'obscurité derrière Amni. Sa colère était toujours immense mais ce garçon le rendait perplexe. Était-ce la jalousie qui lui faisait apprécier la souffrance d'un des siens ? Ce soir n'était pas le bon soir pour faire de telles farces enfantines à son nouveau frère.

— Cela doit être un peu difficile de savoir qu'il n'est pas à vous, murmura Amni en sentant son maître juste derrière lui.

— Vous pensez avoir créé un fils mais vous n'avez créé qu'un autre monstre. Il ajouta silencieusement… tout comme Yuuhi.

Hyakuhei plaça son bras autour de l'épaule et du torse d'Amni, le tirant contre lui… le maintenant immobile d'une manière caressante.

— Tu as toujours été si tendre en ce qui concerne les humains, Amni, mais nous savons tous les deux que tu es tout autant un monstre que le reste d'entre nous.

Il baissa les yeux alors qu'une autre balle se frayait un chemin dans le corps de Yohji, faisant crier ce garçon stupide alors qu'il essayait de ne pas perdre pied. Les lèvres de Hyakuhei laissaient entrevoir un sourire des plus malsains.

— Seul un monstre peut rester là à regarder la souffrance d'un autre et s'en sentir satisfait.

Les yeux bleus tristes d'Amni se posèrent sur le visage de Yohji et il pu y voir la peur véritable … la douleur. Yohji avait cru qu'il était intouchable et imparable. C'était une leçon difficile à apprendre et tout à coup, Amni ne voulait plus être le professeur.

— Est-ce que tu iras le sauver, alors ? demanda la voix doucereuse d'Hyakuhei alors qu'il poussait Amni hors du bâtiment et droit dans la ligne de mire.

Amni se retourna alors qu'il tombait pour regarder celui qui l'avait poussé... celui qui l'avait toujours poussé au delà des limites pendant bien trop d'années. D'en haut, les yeux sombres et insensibles le regardaient s'éloigner de plus en plus. Il sortit de sa stupeur lorsque la première balle pénétra sa main et sortit de l'autre côté. Amni ralentit sa chute pour atterrir sur ses pieds.

Voyant les flics abasourdis le regarder, il leva sa main blessée pour qu'ils regardent le trou se refermer... ne laissant aucune trace prouvant que la blessure avait bien été là.

Yohji trébucha en se relevant quand il vit d'autres flics tourner au coin de la rue et partit dans l'autre direction maintenant que leur attention était sur l'homme qui venait de s'envoler du bâtiment comme pour les attaquer. Il reçut deux balles de plus dans le dos, mais en utilisant sa vitesse, il ne lui fallut guère longtemps pour dépasser la distance de leurs balles.

Une fois à la bordure du parc, Yohji tomba à genoux. Il s'était retenu jusque-là mais maintenant qu'il était en sécurité, il commença à arracher sa chemise. Le sang était partout et il avait l'impression qu'il avait encore des couteaux coincés à l'intérieur de lui qui se tordaient et se retournaient. Ça faisait un mal de chien.

Il ne put retenir le cri d'agonie qui lui échappa alors que la première balle se faufilait hors du trou qui avait l'air d'avoir salement amoché ses côtes pour tomber dans l'herbe en une éclaboussure cramoisie. Le vacarme du sang en mouvement dans ses oreilles le fit taire alors que les autres balles renaissaient violemment au monde d'où elles étaient venues.

Se baissant avec colère, Yohji attrapa la poignée de balles et les jeta dans les buissons pour les faire disparaître de sa vue. Ainsi, il pouvait encore être blessé, hein ? Il frotta sa main sur le sang encore frais de son torse avec un humour feint... ressentir la douleur et la mort étaient deux choses complètement différentes. Il était toujours en vie et il leur ferait payer pour lui avoir tiré dessus.

La prochaine fois, il les tuerait un par un quand ils ne s'y attendraient pas. Ils supplieraient la mort bien avant qu'il ne la leur donne. Il se lécha les lèvres, se sentant soudain affamé. L'instinct lui a dit qu'il avait besoin de reprendre des forces. Cette force était devenue sa drogue de choix, lui laissant une envie brûlante maintenant qu'elle était partie.

Yohji pouvait sentir le sang tout autour de lui mais c'était son propre sang et cela n'avait aucun intérêt pour lui. Tant de sang... comment tout cela pouvait-il provenir de l'intérieur d'une seule personne ? C'était étrange de se rendre compte que vos entrailles étaient maintenant à l'extérieur pour que l'on puisse les voir. Soudain désorienté et un peu effrayé par son propre sort, il voulut s'éloigner des preuves matérielles.

Il se leva mais chancela et serait tombé sans le petit arbre qui poussait à côté de lui. Il avait perdu beaucoup de sang et aurait besoin de se nourrir à nouveau, non seulement pour satisfaire l'envie dans son ventre mais aussi pour guérir son corps. Il ne se demandait même pas comment il savait cela, mais il pouvait sentir l'instinct de survie se manifester et avait décidé de le suivre.

Il leva un peu la tête quand il entendit quelqu'un l'appeler de loin. La voix lui semblait familière et il la connaissait bien, mais pour une raison inexplicable, il ne pouvait pas lui associer un visage. La voix résonnait trop fort comme si elle venait de l'intérieur d'un tunnel.

Il entendit des pas commencer à courir, se rapprochant de plus en plus. Une paire de mains l'attrapa par les épaules et Yohji réagit, repoussant l'agresseur de toutes ses forces. Un grognement de douleur fit écho à ses efforts mais l'agresseur ne s'éloigna pas complètement. Levant les yeux, Yohji fut surpris de voir le visage de son frère qui le regardait.

— Hé, mon frère, je t'ai cherché partout. Quelqu'un à la fac m'a dit que tu avais été arrêté, s'exclama Hitomi.

— Ensuite, je me rends au poste de police pour découvrir qu'une sorte de guerre se déroule juste à l'extérieur. Il s'est passé beaucoup de trucs bizarres ce soir. Et comment t'as fait pour finir avec tout ce sang sur toi ?

Yohji renifla et se redressa, fixant le sang encore visible sur sa chemise. — Tu ne devrais pas être ici tout seul, il regarda le frère qu'il avait toujours considéré comme un être tellement fort et sa voix s'attrista un instant.

— Tôt ou tard… ils te boiront.

Hitomi le regarda avec surprise.

— Je suis venu te chercher. Je n'ai entendu que des cris et des coups de feu depuis que j'ai commencé. Nous devrions rentrer à la maison.

La respiration de Yohji devenait difficile et il continuait à regarder le pouls sur le cou d'Hitomi. Il écarquilla les yeux quelque peu quand une pensée lui vint.

— Je ne leur donnerai pas la chance de boire ce qui est à moi.

Il sourit à son frère, ses crocs brillant au clair de lune.

— Q-Que se passe-t-il ?!?! bégaya Hitomi en reculant d'un pas.

Yohji gloussa.

— À ton avis, Hitomi ? demanda-t-il.

— N'as-tu jamais réfléchi à ce qui allait nous arriver en vieillissant ? Tout ce pour quoi nous avons travaillé ne signifiera rien parce que tout le monde meurt.

Hitomi sentit un frisson parcourir sa colonne vertébrale et fit un autre pas en arrière par rapport à son frère. Yohji avait toujours été mauvais mais pour la première fois de sa vie, il avait vraiment peur de son frère. Ce n'était pas le même Yohji avec lequel il avait grandi... quelque chose lui était arrivé. Ces crocs n'aidaient pas non plus la situation.

— Il t'est arrivé quoi ? chuchota Hitomi.

— N'aie pas peur Hitomi, l'apaisa Yohji.

— J'ai reçu un cadeau. Je n'ai plus à me soucier de la mort à présent. Je vivrai éternellement tant que je me nourrirai. Je peux aussi te faire ce cadeau. Essaies d'y réfléchir. Tu pourras enfin avoir n'importe quelle fille qui te plaît sans te soucier des conséquences. Personne ne songera plus jamais à ne pas te prendre au sérieux.

Hitomi hésita, sentant un peu d'espoir monter dans sa poitrine. Il avait toujours été considéré comme la risée de leur famille jusqu'à ce qu'il commence à faire du sport et à frapper jusqu'au sang quiconque se moquait de lui. Avant ça... Yohji avait toujours été celui prêt à risquer sa peau mais il en sortait toujours gagnant.

Quand ils avaient fini par être en âge d'aller au lycée, Yohji était devenu tout ce qu'Hitomi voulait être. Il avait toujours les filles, était capitaine de l'équipe de foot de l'école... il avait tout, à en croire Hitomi. Hitomi n'aurait jamais pu être jaloux de lui parce qu'il était toujours inclus. Partout où Yohji allait, Hitomi allait aussi ou ça aurait saigné.

Certaines nuits, Yohji le laissait avoir la fille après avoir terminé. Ses moments préférés étaient quand Yohji droguait le verre d'une jolie fille pour qu'il puisse l' avoir pour lui pendant que Yohji trouvait une autre fille prête à écarter les jambes.

— Que dis-tu, Hitomi ? demanda Yohji en interrompant le fil des pensées de son frère.

— Tu veux te joindre à moi et vivre pour toujours ?

Les yeux d'Hitomi s'écarquillèrent encore plus quand il comprit qu'une fois de plus que son frère voulait l'inclure. Il sourit à Yohji et hocha la tête.

— Tant que j'ai une chance avec cette fille Hogo une fois que tu l'auras eue.
Yohji sourit,

—Tout pour toi, mon frère.

Hitomi grogna quand Yohji le percuta et il cria de douleur quand il sentit les crocs s'enfoncer dans son cou. Il y eut un bruit amplifié de succion et Hitomi commença à paniquer quand il sentit quelque chose d'humide commencer à glisser sur sa peau, imbibant sa chemise.

Qu'était-il en train de lui arriver ? Il commença à se sentir affaibli et tomba lentement à genoux. Ses mains agrippèrent le dos de Yohji, les ongles émoussés s'enfonçant dans la chair faisant couler le sang. Lorsqu'il ouvrit la bouche pour crier, le seul bruit qu'il put faire ressemblait à un gargouillement. Son champ de vision se réduisait et des points noirs commençaient à danser devant ses yeux.

— Yohji, réussit-il à dire dans un murmure humide.

— Ne... ne me tue pas.

Des larmes tombèrent de ses yeux. Il comprit trop tard que son frère n'avait pas eu l'intention de l'inclure cette fois. Toutes ces fois où Yohji l'avait sauvé quand ils étaient enfants ne signifiaient rien. À part leurs parents, Yohji était le seul à faire attention à lui.

Son emprise sur Yohji se desserra lentement et il enroula ses bras autour de lui à la place. Il sourit, persuadé qu'il y avait une bonne raison pour laquelle Yohji le tuait. Une fois de plus, il le protégeait de quelque chose et il sentit une chaleur envahir son corps suivie d'une vague de froid. Fermant les yeux pour la dernière fois, il trouva la force de parler.

— Je t'aime, mon frère, murmura Hitomi.

Que Yohji l'ait entendu ou non, il ne le saurait jamais.

Les crocs de Yohji se rétractèrent et il s'écarta du cou d'Hitomi, en poussant un soupir de soulagement. Il pouvait sentir les impacts de balles commencer à se refermer et, même si c'était douloureux, ce n'était rien comparé à la douleur des balles qui sortaient de sa chair il y a peu de temps.

Il laissa le corps d'Hitomi retomber au sol et le fixa impassiblement. À sa grande surprise… il ne ressentit rien. Il avait passé la majeure partie de sa vie à laisser Hitomi le suivre et il l'aimait à en mourir. Il gloussa quand il réalisa qu'il avait en effet aimé son frère à mort dans tous les sens du terme.

Il se sentait beaucoup plus fort même s'il était loin d'être complètement guéri. Cela n'avait pas d'importance tant que ses forces étaient de retour pour le moment. En regardant Hitomi une fois de plus, il essaya de trouver la douleur d'avoir perdu son frère mais elle n'était pas là. Au lieu de cela, tout ce qu'il sentait était que sa faim était complètement assouvie.
Yohji se pencha et ouvrit les yeux morts d'Hitomi :

— On dirait que je ne voulais pas t'inclure en fin de compte.

Le vent tourna et il perçut l'odeur de la peur. Il leva des yeux rouge sang juste à temps pour voir Kyoko s'enfuir vers le parc. Ignorant le mort à ses pieds, Yohji se leva lentement avec la ferme intention de se fondre dans les ombres. Ses pupilles rétrécirent, il réalisa que les ombres cachaient déjà plus que de l'obscurité.
S'arrêtant un instant, il pris le temps de tout assimiler. Au cœur de la nuit, dans le parc, le mal avait pris vie. Un rassemblement venait de se former et il n'était pas sûr de savoir si les participants attendaient

Kyoko... ou la suivaient. Il avait attendu trop longtemps pour laisser les démons de la nuit la lui voler.

    Il se dirigea vers elle et poussa un grondement sourd lorsqu'il détecta deux cœurs qui battaient au lieu d'un.

*****

    Amni ne pouvait plus percevoir Yohji derrière lui. Celui qu'on l'avait envoyé sauver l'avait abandonné et il leva les yeux vers le toit une fois de plus, voyant qu'il était aussi désormais vide. Ils l'avaient tous deux laissé repousser les flics... seul... serait-il toujours seul ?

    Les sons autour de lui commencèrent à devenir plus forts et il détourna le visage de nouveau vers ceux qui tiraient toujours avec les armes. Ses cheveux blonds se balançaient au gré de ses mouvements et il aperçut du sang mêlé aux mèches blondes avant qu'elles ne retombent sur son épaule.

    Cela faisait si longtemps qu'il n'avait rien ressenti d'aussi vrai. Même si ce n'était que de la douleur... c'était réel. Profitant un instant de cette exquise douleur, Amni laissa son esprit s'interroger. Le sang qu'il avait volé à tant d'innocents... si tout cela quittait son corps, serait-il pardonné ? Il sentit les larmes de ces innombrables fois où il s'était refusé le droit de pleurer se rassembler dans ses yeux bleu glacier alors qu'il regardait les policiers abasourdis, seulement pour se rendre compte qu'ils baissaient leurs armes un par un.

Était-ce de la compassion qu'ils montraient à son égard ? Il ne voulait pas de leur miséricorde. S'ils n'avaient su ne serait-ce que la moitié des choses qu'il avait été forcé de faire pour son maître... ils ne s'arrêteraient pas. Il s'avança, voulant plus de punition. La mort était la seule chose qui pouvait le sauver. Ils devaient continuer à tirer. Pourquoi s'étaient-ils arrêtés ?

— Non ! Amni entendit ce cri terrible dans son esprit de manière si assourdissante qu'il ne savait pas s'il l'avait dit à voix haute ou non.

Kotaro fit un dérapage pour s'arrêter derrière les officiers témoins de la scène. Ses yeux scannèrent le vampire en face d'eux, il voyait plus de cinquante blessures mais malgré tout, blessé et ensanglanté, il ressemblait à un enfant. C'était les yeux du vampire qui les avaient fait arrêter de tirer. Ils brillaient comme des saphirs bleus recouverts de tristesse et Kotaro réalisa qu'il s'agissait d'un suicide, pas d'un meurtre.
Ce garçon voulait mourir.

Au moment même où la pensée dérangeante lui traversa l'esprit, Amni fit un pas menaçant en avant et Kotaro cria :

— Non ! en même temps qu'Amni ... mais pour deux raisons complètement différentes.

Pensant que la créature paranormale allait les attaquer, les flics effrayés recommencèrent à tirer et Amni sourit en tendant les bras, essayant de garder son équilibre aussi longtemps que possible. De chaudes larmes de douleur glissèrent sur son visage mais le doux sourire demeura. C'était le seul moyen …

Le paysage d'Amni changea lorsque quelque chose heurta son corps, soulevant ses pieds du sol. Alors que son corps tombait en avant, il se demanda vaguement pourquoi le sol ne se précipitait pas pour le saluer puis ses yeux se concentrèrent sur la traînée de sang qu'il laissait derrière lui. Était-ce mal pour un vampire de détester la vue du sang ?

Kotaro s'était précipité et avait attrapé le garçon si vite qu'il doutait que quiconque ait la moindre idée de ce qui s'était passé. Ils penseraient simplement que leur cible s'était volatilisée. Il pouvait entendre le bruit des balles ralentir avec quelques tirs tardifs probablement à cause de la confusion avant de se taire complètement.

Ralentissant maintenant qu'il avait sa cargaison hors de danger, Kotaro se retrouva debout sous un vieil arbre qui n'avait survécu à la ville que parce qu'il se trouvait à la lisière du parc. Pourquoi vouloir sauver un vampire après avoir passé la dernière heure à en tuer autant ? Il avait suivi son instinct pendant des années et chaque once d'instinct qu'il possédait lui avait crié de sauver le jeune suicidaire.

Ses narines se dilatèrent, humant le sang ancien et ses yeux s'écarquillèrent quand il pris conscience du fait que ce vampire était presque aussi vieux que Kyou… puis tout s'éclaira. C'était pour ça qu'il l'avait sauvé. Les mêmes yeux tristes que le frère aîné de Toya possédait,

Toya avait également possédé ce regard autrefois. Le simple dait d'être un vampire ne rendait pas une personne mauvaise, pas quand son cœur avait encore la volonté de combattre le mal. Toya et Kyou n'étaient pas méchants et l'instinct lui disait que ce garçon qu'il déposait maintenant dans l'herbe non plus.

Amni leva les yeux vers ceux d'un Lycan et sentit un étrange calme l'emporter sur la douleur de ses blessures… pour la première fois depuis longtemps, il ressentit de l'espoir. Serait-il enfin tué ? Son visage s'adoucit alors qu'il regardait son sauveur. Il pouvait sentir le sang de nombreux vampires qui avaient perdu leur immortalité à cause de celui-ci et savait qu'il regardait celui qui pourrait vraiment le tuer… celui qui pourrait le sauver des ténèbres et de la solitude.

— Quel est ton nom, mon garçon ? demanda Kotaro en l'appuyant doucement contre le tronc de l'arbre.

Amni sentit les larmes couler de ses cils alors qu'il sentait les balles bouger en lui. Son corps essayait de se purger des armes destructrices et il ferma les yeux seulement une seconde avant de sentir l'homme le secouer pour le sortir de son sommeil.

— Amni, répondit-il dans l'espoir de s'échapper à nouveau vers la mort.

— Es-tu capable de sentir si Hyakuhei est proche ? demanda Kotaro en remarquant la haine qui remplissait les yeux bleus du garçon alors que le nom de son maître était prononcé à haute voix.

— Si je vous le dis… le finirez-vous ? demanda Amni d'une voix brisée, se demandant pourquoi le Lycan ne l'avait pas encore tué.

Il était déjà si faible que ce serait une tâche facile à faire. Il inspira fortement alors qu'il sentait le sang ralentir dans ses veines et pousser les balles. Serrant les dents, il savait qu'il était en train de guérir et leva une main sur sa poitrine pour essayer d'empêcher plusieurs des plus dommageables de revenir vers la sortie.

Il pouvait encore sentir le sang de Yuuhi dans l'aura du Lycan. Levant la main et saisissant la chemise de Kotaro, il supplia presque :

— Tu as libéré Yuuhi… ne me donnerais-tu pas le même privilège ?

Kotaro secoua la tête en signe de déni alors qu'il reculait suffisamment pour qu'Amni soit forcé de le lâcher.

— Je n'ai pas libéré Yuuhi… Je l'ai envoyé en enfer.

Amni sentit un frisson parcourir sa colonne vertébrale et pendant une seconde, il ferma les yeux avec reconnaissance. Il avait toujours détesté la méchanceté de Yuuhi et était heureux qu'elle soit finalement effacée de ce monde.

Se relevant de toute sa hauteur, les poings de

Kotaro se serraient le long de son corps alors qu'il fixait le promeneur de la nuit peu informatif.

— J'enverrai Hyakuhei là-bas pour rejoindre Yuuhi dès que je l'aurai retrouvé.

Le parc devint un peu plus sombre, faisant Amni perdre son souffle comme si quelqu'un l'avait frappé dans son ventre déjà blessé. Il saisit la jambe de Kotaro avant que le Lycan ne puisse se détourner de lui.

— Tu te rends compte de ce que tu as fait ? Où nous as-tu amenés ? il regarda les ombres se déplacer vers le centre du parc.

— Ils sont ici et il arrive, les yeux d'Amni s'écarquillèrent frénétiquement alors qu'il cherchait un endroit où se cacher.

Des yeux bleu glacier fixaient les mêmes ténèbres alors qu'il inhalait l'air autour de lui. Sans se retourner pour regarder le garçon blessé, Kotaro murmura :

— Amni… tu m'as demandé si je voulais te libérer. Est-ce qu'être avec Hyakuhei et Yuuhi en l'enfer est ce que tu souhaites vraiment ?

Il s'éloigna en ajoutant :

— la mort n'est pas toujours la réponse.

*****

Shinbe observa les filles d'un air fatigué. Ses émotions défilaient de la colère à la frustration et ensuite il fut un peu perturbé quand ses belles paroles habituelles n'avait pas fonctionné sur les ravisseurs de Suki. Il avait été si absorbé par la situation fâcheuse de Suki qu'il avait perdu le fil de tout autre événement autour de lui. Il sursauta presque quand une voix résonna juste derrière lui.

Bien qu'apparaissant quelque peu ébouriffé, Kamui se tenait à nouveau derrière Shinbe comme s'il n'était jamais parti.

— Qu'est-ce qu'on attend… que leurs dents s'allongent ? demanda-t-il avec un sourire narquois.

Le sourire en coin quitta son visage et il regretta immédiatement ses paroles lorsque le vampire le plus proche lui grinça, montrant des crocs qui s'allongeaient effectivement.

— Moi et ma grande gueule, marmonna Kamui.

Les deux femelles les plus proches se glissèrent entre eux et celle qui luttait pour traîner Suki vers la fenêtre, leurs orteils traînant au sol comme si des ficelles de marionnettes les avaient soulevées. La quatrième vampire s'était glissée dehors par la fenêtre pour planer dans les airs, ses bras pâles et minces s'étirant vers l'intérieur pour saisir Suki.

— Wow ! Suki cria et commença à se débattre davantage lorsque le premier frôlement de doigts glacés rencontra sa peau la faisant frissonner.

— Dégage loin de moi, espèce de pétasse suceuse de sang ! s'exclama-t-elle en essayant de rester hors de portée du monstre planant. Ses luttes semblaient ne rien faire de plus que l'épuiser.

— Où crois-tu aller au juste avec la future mère de mes enfants ? gronda Shinbe en levant la main et en serrant fermement le poing.

Tous les sons quittèrent la pièce pendant un instant alors que les pouvoirs télékinésiques de Shinbe faisaient surface à la lumière de sa rage. La fenêtre surdimensionnée se referma avec un fracas retentissant, coupant les bras non intrus qui se tendaient vers Suki.

La femelle laissa échapper un cri surnaturel, sa tête pivotant violemment alors qu'elle s'éloignait de la fenêtre en agitant ses moignons.

Suki sentit son estomac se nouer lorsque le sang gicla des bras piégés à l'intérieur. Elle regarda avec horreur les appendices tomber sans vie sur le sol, les doigts tremblant de manière grotesque. La peau est devint noire et se ratatina comme dans une parodie de décomposition avant que des morceaux de chair ne commencent à tomber, se transformant en de minuscules araignées et se précipitant sur la moquette.

Les yeux de Suki s'écarquillèrent et ignorant complètement le fait que sa vie était en danger, elle cria à Shinbe.

— Mère de tes enfants ? Attends seulement que je sois libre espèce de sale pervers !

Elle balança son pied juste au moment où la vampire se tournait vers la fenêtre et la pièce pleine d'un bruit de verre brisé.

La brise se précipita à l'intérieur, ajoutant au son étrange des gouttes de pluie scintillantes. Les araignées convergèrent toutes et commencèrent une randonnée massive pour sortir par la fenêtre maintenant ouverte. Des brins brillants de fil apparurent de leurs abdomens capturant le vampire encore hurlant à l'extérieur. S'attachant aux moignons, elles commencèrent à se reformer.

— Merde, Suki, Shinbe lui lança un regard impassible.

— Est-ce que t'essaye de leur donner une porte de sortie ? De quel côté tu es enfin! Et j'en veux cinq.

— Cinq ? Cinq ! Suki hurla de rage.

— Il n'y a aucune chance que j'aie cinq de tes enfants. Je ne serai pas la faiseuse de bébés pieds nus et enceinte d'un pervers dont le seul but dans la vie est de tater le plus de culs possible.

— Mais ma chère Suki, déclara Shinbe avec un sourire très charmant.

— Ton cul sera le seul que je prendrai une fois que nous serons mariés.

La réplique de Suki fut interrompue lorsque le vampire qui la tenait captive plaça une main sur sa bouche, la longue griffe ressemblant à des ongles s'enfonçant dans la joue de Suki. Elle ne pu retenir le gémissement quand les ongles percèrent la peau mais pas assez pour la faire saigner.

— Assez parlé, grinça la rousse.

— Le maître a réclamé ta présence pour la fête.

L'attention de Shinbe revint sur les longs cheveux roux et le teint parfait devant lui. S'il n'y avait pas eu les yeux noirs et les crocs jaunes pointus, il l'aurait trouvée mignonne. Dommage qu'il sache la vérité. Elle était maintenant encore plus dangereuse et imprévisible, comme n'importe quelle femme pouvait l'être et il savait qu'il ne fallait pas jouer avec le dangereux et l'imprévisible.

Son expression se durcit quand il se remémora sa dernière vraie rencontre avec des créatures comme celles-ci… une douzaine de vies auparavant. Lui et son amour entourés une fois auparavant par des vampires, le souvenir le fit frissonner car il pouvait même se souvenir de la sensation de son corps déchiré. De la sueur coula sur son front et ses yeux s'assombrirent d'une teinte améthyste si sinistre qu'ils semblaient aussi noirs que ceux du vampire dans la pièce.

Kamui remarqua une chute soudaine de température à côté de lui et jeta un coup d'œil à son ami.

— Shinbe, murmura Kamui.

— Reste avec moi, mec.
Shinbe ne sembla pas l'entendre.

— Il a demandé ma présence pour sa petite fête, n'est-ce pas ? Souhaite-t-il nous tuer à nouveau, écraser à nouveau nos vies sous ses pieds ?

Shinbe secoua la tête, son regard ne quittant jamais la rouquine.

— Je ne pense pas.

Suki commença à donner des coups de pied plus forts et plus violents lorsqu'elle remarqua que le vampire à l'extérieur avait fini de se régénérer et était à nouveau en train de chercher à l'atteindre. De longs doigts froids réussirent à saisir son mollet. Elle était tellement paniquée qu'elle ne commença pas par songer à l'idée brillante d'utiliser le verre déchiqueté et brisé sur le cadre de la fenêtre pour les déloger… jusqu'à ce qu'elle ressente de la douleur.

Le souffle de Shinbe se bloqua dans sa gorge lorsqu'il entendit le souffle aigu de Suki et le ruban cramoisi grandissant coulant le long de sa cuisse. Malheureusement, Shinbe ne fut pas le seul à s'en apercevoir.

Les ravisseurs de Suki se tournèrent vers l'odeur de son sang avec un mélange inquiétant de sifflements et de ronronnements. Leurs dents brillaient dans la pénombre de la chambre et leurs yeux étaient sauvages de soif de sang.

Shinbe bondit en avant lorsque les femelles commencèrent à converger vers le sang offert à leurs faims insatiables mais Kamui attrapa rapidement Shinbe par la manche de sa chemise, le retenant et secoua la tête.

Shinbe s'arrêta devant la quantité de rage dans les yeux du jeune homme, se souvenant du pouvoir qui résidait derrière cette façade normalement joyeuse et badine.

Kamui tira Shinbe un peu derrière lui et leva la main, paume vers l'extérieur et murmura durement des mots que personne ne pouvait comprendre. Une lumière frémissante vacilla et plana à environ deux centimètres devant sa paume, devenant de plus en plus brillante. La lumière commença à tournoyer, s'aplatissant sous la forme d'une lame de scie circulaire gagnant en lumière et en taille au fur et à mesure qu'elle tournait.

Sans avertissement, la scie tourna vers le monstre le plus proche qui était resté silencieux et prêt à attaquer. Elle s'était accroupie jusqu'au sol et avait bondi vers eux avec l'intention de tuer ou au moins d'infliger des dégâts. Kamui laissa une expression furtive diaboliquement triomphante passer sur son visage lorsque la lame entra en contact avec son abdomen.

À son grand étonnement, la beauté maléfique leur adressa un sourire méchant alors que son corps se transformait en poussière permettant à la lame dangereuse de ne trancher que du vide avant que sa forme ne redevienne solide. Elle atterrit sur le sol, équilibrant son poids sur ses orteils et ses doigts… ressemblant à un animal sauvage mortel traquant sa proie.

Avec un rire tout aussi mauvais, elle fit grincer ses crocs et se leva.

Kamui grogna et ses yeux s'assombrirent dans des tons de rouge sang, de bleu profond et de violet, pétillant d'indignation et d'intention colérique. La lame en rotation s'arrêta net dans son élan puis lui revint si vite que tout le monde dans la pièce eut du mal à la voir.

Le rire mourut sur ses lèvres maléfiques quand elle sentit une pression s'enrouler autour de sa gorge et ses yeux noirs s'agrandirent. Sa tête s'inclina lentement sur le côté et son corps tomba au sol, disparaissant dans un nuage de poussière et de cendres. Sa tête roula sur le sol et s'arrêta aux pieds de Suki, les touchant presque avant qu'elle ne succombe au même sort.

Tout cela fit hurler Suki de dégoût et elle mordit dans la chair molle de la main lui recouvrant la bouche en même temps que le vampire qui planait à la fenêtre tirait sur sa jambe pour la rapprocher. Une longue langue sortit des lèvres déformées de la ravisseuse aux yeux rouges pour toucher la jambe de Suki dans ce qui ressemblait presqu'à une caresse d'amant pour goûter le sang.

— Assez !

L'enfer se déchaîna avec le cri de colère de Shinbe et Kamui fit un bond rapide en arrière sachant qu'il serait préférable qu'il reste à l'écart car cela allait devenir très compliqué. Tout ce qui n'était pas fixé dans la pièce se mit à trembler, même le sol vibra avec une puissance inédite.

Une aura d'améthyste profonde apparut autour de tout, du lit aux bijoux laissés sur la commode par Suki. Les autres fenêtres et miroirs se brisèrent brusquement, jonchant le sol de verre supplémentaire, tandis que certains éclats volaient à travers la pièce laissant derrière eux de profondes coupures sur les vampires.

Suki grimaça alors que du verre se dirigeait vers elle. Cependant, elle ne fut pas touchée car le verre semblait la contourner pour aller frapper la vampire qui la retenait captive. Son regard revint pour se poser sur son héros.

Le verre brisé sur le sol lévita au niveau des yeux et se tourna vers les trois vampires restants. L'aura autour du verre était bien plus puissante que les gros meubles et Kamui savait qu'elles venaient de jouer avec la mauvaise personne.

Suki était le centre du monde de Shinbe et il n'y avait aucune chance qu'il laisse quelqu'un lui faire du mal de quelque manière que ce soit et les laisser s'en sortir indemnes. Même jadis, il l'avait protégée avec tout ce qu'il avait et, une fois en colère, rien ne pouvait l'empêcher d'atteindre son objectif... garder Suki à ses côtés à tout prix.

Les yeux de Shinbe brillaient de toute sa puissance, illuminant la pièce déjà sombre d'un étrange éclat d'améthyste.

— Les sombres ténèbres et les arêtes aiguisées seront votre mort pour avoir osé goûter ce qui est à moi !

Kamui haussa un sourcil en se demandant pourquoi cela paraissait si pervers dans une situation aussi sérieuse. Voulant prendre part à l'action avant que la puissance de Shinbe n'explose, il disparut instantanément,, se rematérialisant devant Suki... surprenant non seulement Suki mais aussi les vampires.

Adressant un sourire presque diabolique à ravisseuse de Suki et au vampire toujours à la fenêtre, ses ailes jaillirent de son dos.

— Excusez-nous mesdames, sourit Kamui alors qu'il prenait Suki dans ses bras et l'enveloppait dans la protection de son pouvoir.

— Ferme les yeux, murmura-t-il à la jeune femme effrayée.

Shinbe remercia mentalement Kamui et sourit aux femmes surprises. Trop vite pour que quiconque, y compris lui-même, puisse les voir, les éclats de verre mortels fusèrent vers l'ennemi, visant leurs gorges. Il regarda avec une immense satisfaction quand leurs têtes roulèrent au sol mais io n'était pas préparé à leurs derniers cris ou à ce qui se passa ensuite... Leurs corps brûlèrent instantanément, mettant le feu à la pièce.

Levant ses bras devant son visage, Shinbe fouilla le brasier et soupira presque de soulagement quand il repéra les ailes multicolores scintillantes. Elles étaient enroulées autour des deux comme un cocon... les protégeant des flammes voleuses de vie.

— Kamui ! Sors Suki d'ici ! cria Shinbe alors qu'il se retirait de la chaleur torride.

Ses yeux s'écarquillèrent lorsque Kamui se releva avec Suki encore cachée sous ses ailes et qu'il commença à marcher vers lui. Il marcha à travers les flammes, les laissant lécher et effleurer sa peau, ses cheveux et ses ailes sans même une brûlure ou une tache.

Kamui souriait quand il entra dans le couloir et qu'il déplia ses ailes pour révéler une Suki très choquée et toute frissonnante.

— Je ne pouvais pas te laisser tout le plaisir, sourit-il en la tendant à un Shinbe très heureux.

Suki leva les yeux vers Shinbe, se souvenant de tout ce qu'ils avaient vécu par le passé. Au lieu d'être choquée ou effrayée par le pouvoir qu'elle venait de voir... cela ne faisait que la calmer. Elle l'épouserait un jour mais elle n'était pas encore prête à le laisser s'en tirer. Ses lèvres dessinèrent en un sourire secret alors qu'elle cachait son visage dans son bras puissant.

Elle le laissa la porter en bas pendant que Kamui éteignait le feu. Quelques instants plus tard, le jeune homme réapparut dans le salon avec un sourire éclatant sur le visage.

— Le feu est éteint, les fenêtres sont réparées et le miroir est remis en place ; sept ans la malheur n'est pas vraiment votre style. À présent, continua Kamui en s'appuyant contre le mur.

— Parlons de ma facture.

— Au diable ta facture ! gronda Suki avant de lancer à Shinbe un regard qui tue.

— Et si tu me racontais plutôt quand est-ce que j'ai accepté d'être ta femme ?

Shinbe déglutit et regarda vers Kamui pour obtenir de l'aide. Kamui sourit simplement, haussa les épaules et secoua la tête. Rapidement, Shinbe posa de nouveau son regard sur Suki et prit ses mains dans les siennes, les tenant contre son cœur.

— Pourquoi, tu ne t'en souviens-tu pas, Suki ? Tu as seulement accepté à ce moment-là, déclara Shinbe.

— Tu voulais que je te dise quand tu as accepté, si

j'avais su que ta capture probable par des vampires aurait affecté ta mémoire à ce point j'aurais...

— Shinbe, dit Suki avec douceur.

— Tais-toi... qu'on puisse aller sauver Kyoko.

CHAPITRE 18

Kyoko frissonna alors qu'elle courait pour sa vie. Elle pouvait encore entendre le cri de colère de Kyou hurlant son nom résonner non seulement dans sa tête mais aussi dans les rues désertes de la ville. Quelque chose avait dû l'empêcher de la suivre et quoi que ce fut… elle était reconnaissante pour l'aide.

Elle pouvait désormais comprendre pourquoi il était si furieux contre elle. C'était de sa faute si Toya était mort autrefois … et de sa faute si Hyakuhei était toujours en vie et parcourait la terre, la souillant de ses ténèbres. Mais bon sang, elle n'avait encore rien fait dans cette vie-ci. Maintenant, Kyou était là … fou de colère à cause de quelque chose qui s'était passé avant même qu'elle ne soit née et sur quoi elle n'avait aucun contrôle sur cette fois-ci. Mais maintenant, elle prenait le contrôle et était obligée et déterminée à arranger les choses.

La seule chose dont elle était sûre était que la dernière chose qu'elle voulait faire était de se faire à nouveau rattraper par lui, du moins pas tant qu'il était si en colère. Au fond, elle avait en fait peur qu'il essaie de l'arrêter, de lui faire promettre comme elle l'avait promis à Kotaro. Ils ne pouvaient pas se permettre ce genre de promesses maintenant.

Kyoko s'arrêta dans l'ombre d'une ruelle pour reprendre son souffle mais repris sa course quand elle eut l'impression que les ombres autour d'elle bougeaient. C'était une bonne chose qu'elle ne se soit pas retournée alors que les ténèbres sinistres se déversaient sur les murs comme de la gelée épaisse et se séparaient finalement de la surface, ressemblant presque à du velcro arraché. La goutte informe se glissa derrière la fille aux cheveux auburn, qui resta inconsciente du danger imminent derrière elle.,

Lentement, l'obscurité animée a commencé à prendre forme, apparaissant d'abord comme une chose rampante avant de se tenir debout et de prendre l'apparence de quelque chose qui marche.

Une petite fille à la peau pâle derrière des joues rouges rosées et des boucles de doigts glissa de la créature semblable à une ombre et sauta sur le trottoir, apparaissant et disparaissant au gré des faisceaux des lampadaires en gloussant comme si elle jouait simplement à cache-cache. Elle disparut dans les ténèbres d'où elle était venue, ne faisant plus qu'un avec elles avant de réapparaître.

Cela se produisit un certain nombre de fois, et chaque fois que la fille disparaissait lentement, son apparence changeait. À chaque sortie de l'ombre, elle devenait plus vieille et plus belle pour ensuite dépasser les limites de l'âge, devenant trop mince... sa chair s'effritait à cause des os blanchis et les vêtements qu'elle portait devenaient en lambeaux et fluides, d'apparence fantomatique.

Les gloussements ne s'arrêtèrent pas, mais Kyoko resta inconsciente de tout cela alors qu'elle continuait à courir.

*****

Kyou n'avait même pas regardé en arrière alors qu'il laissait son frère allongé à une distance sûre du soulèvement du mal, qui semblait se concentrer vers le centre de la ville. Il pouvait entendre l'appel mais cette fois cela ne l'affectait pas, comme cela l'aurait fait auparavant ... l'appel des enfants d' Hyakuhei.

Il aurait peut-être finalement accueilli leur chanson si Toya avait vécu. Mais au fil des siècles, cela n'avait servi qu'à le dégoûter. Maintenant, l'appel a été vu par lui comme rien de plus que leur propre funèbre. Un chant de deuil pour leur maître qu'il détruirait à tout prix pour avoir tué son frère... pas une fois, mais deux fois.

Il savait que le K.O. de Toya ne durerait pas très longtemps mais au moins il aurait une longueur d'avance. Les coins de sa bouche se retroussèrent légèrement en pensant à la réaction de Toya quand il se réveillerait. Ces pensées l'amenèrent à se souvenir de moments plus heureux où son frère était plus jeune et ne voulait rien de plus que de s'asseoir sur ses genoux et de s'endormir pendant les sorties tardives... c'était avant Hyakuhei et sa touche noire.

Ses pensées se firent plus sombres alors qu'il se concentrait sur la localisation du vampire ne voulant rien de plus que de reprendre ce que Hyakuhei avait volé... leurs vies.

Kyou s'arrêta de planer quand l'air autour de lui commença à grésiller de malveillance. Il tourna lentement sur place, ses cheveux argentés flottant avec ses mouvements, le faisant ressembler momentanément à un ange surpris.

— Tellement beau, murmura une voix familière à son oreille.

Kyou resta parfaitement immobile tandis que les bras de l'autre s'enroulaient amoureusement autour de lui par derrière. L'étreinte se resserra légèrement et Kyou la supporta, serrant les poings avec un dégoût contenu et un peu de peur. Il savait qu'en restant passif, l'ennemi deviendrait vaniteux et révélerait son plan.

Hyakuhei pressa son visage dans les cheveux de Kyou et inspira profondément. Ses yeux s'ouvrirent lentement et il fixa l'arrière de la tête de Kyou avec confusion. Son nez effleura la peau du cou de son favori... sentant le pouvoir qui s'y trouvait maintenant.

Le toucher de la fille l'avait-il changé à ce point ? Le rendant en quelque sorte plus fort ?

Le rouge commença à s'infiltrer dans ses yeux quand il trouva l'odeur de Toya qui persistait également. Le lien qu'il avait créé avec l'homme dans ses bras avait été terni. Son cœur noir battait plus vite alors que la colère commençait à s'installer dans son être même. Son ange avait-il décidé d'essayer à nouveau de le laisser endurer les ténèbres seul ? Il ne le permettrait pas.

— Tu ne briseras jamais notre lien ! grinça Hyakuhei avec colère, le serrant encore plus de ses bras.

— Ils pensent qu'ils peuvent encore te sauver de moi.

La voix de Kyou semblait imprégnée d'ennui,

— Et cela te dérange ?

La main gauche d'Hyakuhei fusa et se saisit de la mâchoire de Kyou, forçant la tête de l'homme aux cheveux argentés à s'incliner à un angle inconfortable, voire douloureux.

— Tu es à moi Kyou !

La voix de Hyakuhei sonnait avec colère désespérée.

— J'ai déployé tant d'efforts afin de t'amener de mon côté. Ce ne fut pas tâche facile de tuer ton père et de te persuader de te joindre à moi.

Il regarda la tempête se lever dans les yeux de Kyou avec cette nouvelle information. La haine ne fit qu'intensifier sa volonté alors que sa poigne se renforçait et il continua, voulant le punir.

— C'est ta faute si j'ai introduit ton frère rebelle dans ma clique. C'était pour te rendre heureux. Je n'irais jamais jusque-là pour n'importe qui. Tu étais censé être à moi la première fois que je t'ai vu monter ce cheval blanc au clair de lune à travers les champs.

— Exactement comme ton père. Tu n'étais qu'un enfant, ses yeux s'assombrirent vers une nuance plus sombre que de l'encre.

—... l'enfant de mon frère.

Les yeux de Kyou tourbillonnèrent de taches dorées et il laissa son oncle le retenir un instant de plus tandis que les questions qui le hantaient depuis aussi longtemps qu'il s'en souvenait tourbillonnaient follement dans son esprit. Sa respiration était devenue pénible alors qu'il essayait de contrôler sa colère assez longtemps pour demander :

— Même avant que tu ne nous transforme en ce que nous sommes maintenant... nous avons toujours été tenus à l'écart des humains autant que possible. Pourquoi ?

Les pupilles d'Hyakuhei rétrécirent jalousement alors qu'il se souvenait de la malédiction que le destin lui avait infligée.

— La lumière et les ténèbres sont issues de la même naissance... nous étions jumeaux... ton père et moi.

— Alors que j'étais banni, condamné à la nuit, il demeurait dans le royaume des deux ! Des pouvoirs furent attribués aux deux moitiés de la même âme. Il avait reçu le don de créer la vie... pour protéger la vie, alors qu'on m'avait infligé la malédiction de créer la mort... autorisé seulement à me tapir dans l'ombre !

La colère le quitta un instant alors que son étreinte se relâchait sur le menton de Kyou. Il passa doucement le pouce sur les lèvres parfaites de son captif alors qu'il réfléchissait avec mélancolie.

— Il adorait m'appeler son jeune frère alors que nous jouions tard dans la nuit. Au fur et à mesure que nous grandissions, ses pouvoirs aussi augmentaient. Il commença à comprendre exactement ce que j'étais... l'amour devient rapidement quelque chose de mauvais une fois qu'il est enlevé.

Hyakuhei regarda alors dans les yeux de Kyou, qui le regardait avec une étincelle de rage brillante.

— Alors il fut assez cruel pour te créer et il ne voulait pas partager ... des frères devraient toujours partager.

Kyou gronda alors qu'il tentait de se dégager le visage de la caresse qu'il n'avait pas consentie à son oncle. Tout cela n'était que mensonges ? Le secret de son père... Toya et lui n'étaient donc pas humains au départ ? Pourquoi ne lui a-t-on jamais parlé de cela ? Comment son père avait-il pu garder quelque chose d'aussi important sans en parler à ses enfants ?

Hyakuhei pouvait entendre les questions au plus profond de l'esprit de Kyou et y répondait simplement.

— Tu n'as jamais été humain... ton père n'était que le contraire de moi... et tout aussi puissant. Anges et démons sont une seule et même chose... la différence c'est qu'il y en un qui a une meilleure réputation.

Kyou ferma les yeux, comprenant soudain plus que ce qu'il avait cherché à savoir. Des frères... des jumeaux nés avec un seul destin... devenir des ennemis. Et si Toya et lui avaient été destinés au même sort ? Kyou endurcit son cœur en sachant qu'il ne pourrait jamais tuer Toya... même si le destin le demandait.

En ramenant son regard à Hyakuhei, il posa la dernière question en sachant que cela briserait la ligne insaisissable entre le bien et le mal.

— Pourquoi as-tu tué mon père... ton frère jumeau ?

— Il a tenté de te dissimuler à moi. Il savait que je

te voulais. Mon frère bien-aimé s'était détourné de moi... mais tu m'avais regardé avec tant de confiance ce soir-là dans ce champ. J'ai dû attendre, mais la patience l'a emporté et tu t'es épanoui en cette beauté que je tiens maintenant. Ses yeux s'éclairèrent d'une lueur de folie.

— La nuit où je suis venu pour toi... il était là, sa voix rengorgeait de jalousie et de haine.

Les yeux de Kyou s'écarquillèrent alors que sa respiration devenait faible. Il n'avait pas besoin d'entendre le reste de la confession... il ne voulait pas l'entendre. Grâce à ses facultés mentales, il pouvait tout voir. Il avait innocemment pris la main du meurtrier de son père et était devenu ce dont son père avait tenté de le protéger en perdant la vie.

Hyakuhei inclina la tête de Kyou plus loin vers l'arrière.

— J'ai tout fait pour toi et c'est comme ça que tu me remercies ? Tu me bannis de la même manière que ton père l'a fait ? Tu tournes le dos à l'amour que je t'ai offert... tu me trahis et me laisse errer seul dans les ténèbres ? Tu es tout aussi mauvais que j'ai jamais pu l'être ! Plus jamais tu ne me quittera !

Les yeux de Kyou s'écarquillèrent et il commença à lutter dans l'emprise de Hyakuhei. Leur combat les firent tomber au sol, atterrissant durement sur les pavés du trottoir. Le béton se fissura mais aucun des deux ne fut blessé. Hyakuhei roula, amenant Kyou sous lui, épinglant ses poignets au-dessus de sa tête.

— Est-ce que je t'ai mis en colère ? demanda Hyakuhei presque innocemment.

— Est-ce que le fait de savoir que j'ai assassiné ton père t'a amené là, Kyou ?

Il se pencha plus près de l'homme en difficulté et pressa presque ses lèvres contre son oreille.

— Tu veux me tuer, n'est-ce pas ? Tu veux que mon sang recouvre tes mains de délicieux jets chauds cramoisi. Tu es exactement comme moi... mauvais. Hyakuhei calma sa rage lorsqu'il sentit ses crocs s'allonger...

Le sang de Kyou avait toujours été le plus doux et il ne voulait qu'un échantillon.

— Ce sera parfait... notre propre petite famille, murmura Hyakuhei tandis que ses crocs effleuraient la peau douce du cou de Kyou.

— Toi, ma possession, mon trophée à exposer et à admirer, et la prêtresse... la mère de mes enfants. Peut-être que je t'accorderais même le privilège d'être son gardien personnel.

Hyakuhei s'arrêta un instant, les coins de ses lèvres se recourbant malicieusement,

— Oh mince, j'ai peur que cela ne fonctionne pas

car ma jalousie ne connaît pas de limites.

Les pupilles des yeux argentés rétrécissaient depuis l'ombre et brillaient de rage. Très lentement, rivalisant avec le silence de Kyou et Hyakuhei réunis, Toya glissa de l'ombre et se tint au-dessus du vampire qui plaquait son frère au sol.

Il avait entendu plus qu'il ne l'avait jamais voulu et sa colère monta lorsque les crocs de Hyakuhei continuèrent à tourmenter Kyou. C'était dégoûtant ce que le salopard avait fait à leur famille... à Kyoko. C'était suffisant pour faire Toya péter un câble et l'envoyer dans un abîme de rage.

Toya enroula rapidement son bras autour de la gorge de Hyakuhei dans une étreinte meurtrière pour l'empêcher de mordre la chair de Kyou. Avec une force qu'il ignorait posséder, il jeta le vampire perturbé loin d'eux pour atterrir au centre de la rue. Toya se positionna entre Kyou et Hyakuhei et écarta largement les bras lorsque le sombre vampire se releva.

— Désolé de te décevoir , dit Toya avec un sourire furieux sur son visage.

— Mais Kyou et Kyoko sont TOUS les deux à moi !

Le mot « deux » était fort et clair... laissant un léger écho derrière lui.

Kyou se releva et essaya de se tenir à côté de son

frère, mais Toya refusa de baisser les bras, voulant toujours le protéger.

Hyakuhei se moqua de sa démonstration théâtrale et se dépoussière paresseusement.

— Tellement possessif ... l'amour fraternel. Ce n'est rien d'autre qu'un mensonge.

Soudain, il leva ses yeux noirs vers le ciel, entendant l'appel de ses enfants. Il sourit méchamment avant de regarder les frères une fois de plus.

— Mon trésor, j'ai peur que ma future épouse ne m'attende. N'hésitez pas à vous joindre à nous pour la cérémonie.

Toya vit rouge quand Hyakuhei commença à s'élever dans les airs.

— Ne m'ignores pas putain de connard !

Kyou fusa en avant et retint Toya quand le démon sembla se désintégrer dans un nuage de poussière et flotter sur la brise. Alors que la poussière soufflait sur eux, les frères comprirent que ce n'était pas du tout de la poussière, mais un essaim de minuscules criquets avec l'enfer dans les yeux.

Toya s'arracha des bras costauds de Kyou et pivota pour lui faire face.

— Pourquoi diable m'as-tu arrêté ?

Kyou regarda son jeune frère.

— Arrête de faire le fou, Toya. Tu le sens pas ?!

— De quoi diable est-ce que tu parles maintenant ? rétorqua Toya mais il s'arrêta net quand il sentit de quoi Kyou parlait.

La sensation d'être enfermé était tout autour d'eux et, au loin, Toya pouvait entendre un cri étrange. Ça ressemblait presque à quelqu'un qui chante... beau, obsédant et indescriptiblement diabolique.

— Kyoko, murmura Toya, le nom quitta ses lèvres comme une prière aux dieux eux-mêmes.

— Ils étaient après elle. Soudain, il se retrouva accroché à Kyou alors que ses pieds quittait le sol.

— Qu'est ce que---?

— C'est moi qui conduis , déclara Kyou et il s'éleva dans les airs avec Toya.

— Comment ça, c'est toi qui conduis ? demanda Toya.

*****

Entendant des coups de feu rapides venant de sa gauche et rien de la droite, Kyoko s'éloigna du bruit en se demandant si toute la ville avait soudainement perdu la tête.

— Le parc ... tout simplement génial, elle souffla sur sa frange pour la balayer hors de ses yeux en sachant que cela pouvait être sans danger pour les familles pendant la journée, mais la nuit était une autre histoire.

Les parcelles d'arbres et les sentiers n'étaient pas très différents des bâtiments et des ruelles dangereux qui les entouraient.
Ses pas ralentirent puis s'arrêtent complètement quand elle remarqua que le parc était devenu calme comme un cimetière, à l'exception du bruit de l'eau douce qui se précipitait de la fontaine circulaire aux abord même de l'aire de jeux. Même les coups de feu au loin s'étaient arrêtés comme s'ils s'étaient simplement retrouvés à court de balles simultanément.

Choisissant le son apaisant au lieu du silence étrange, Kyoko boita vers la fontaine et leva les yeux pour se repérer. Son regard se posa sur la plus belle statue d'un ange qu'elle ait jamais vue. Un froncement de sourcils vint gâcher ses traits parce qu'elle n'avait jamais remarqué sa beauté auparavant, mais quelque chose à ce sujet lui donna une impression de sécurité.

Quelque part au plus profond de son esprit, elle savait que la seule chose qui n'allait pas avec la statue faite par l'homme était que les anges n'étaient pas femmes... c'étaient des hommes. Elle se mordit la lèvre inférieure en se demandant pourquoi elle l'avait toujours pensé.

Ses ailes étaient déployées comme en plein vol et les bras ouverts comme pour embrasser la lumière céleste. Les mains tournées vers le haut, les doigts pointant paresseusement vers le ciel. Kyoko ne pouvait pas dire si l'ange montait au ciel ou descendait sur la Terre. La petite fille effrayée en elle aimait penser qu'elle remontait au ciel pour échapper à l'enfer que cette nuit était devenue.

Boitant sur les deux derniers mètres, Kyoko s'appuya contre le bord de brique de la fontaine pour pouvoir se frotter le pied pendant un moment, utilisant sa main libre pour garder son équilibre sur le rebord. Jusqu'à ce moment-là, elle n'avait même pas réalisé qu'elle avait couru pieds nus tout ce temps.

À seulement quelques pâtés de maisons d'elle, Tasuki regarda la pleine lune et remarqua la teinte de rouge qui s'étalait sur sa surface, laissant un étrange halo autour d'elle. Il accéléra le pas alors qu'il prenait un raccourci à travers le parc de la ville en sachant qu'il pouvait se rendre sur le campus plus rapidement de cette façon. C'était de mauvais augure... les lunes rouges et les nuits sombres.

Kyoko frotta un peu trop fort la plante de son pied et grimaça lorsqu'elle sentit une ecchymose se former sous sa peau. Frottant alors moins fort, elle jeta un coup d'œil à l'eau et frissonna à nouveau lorsqu'elle vit le reflet de la lune rouge se balancer à sa surface. Elle lutta contre l'appréhension, car la lueur de la lune semblait colorer l'eau d'une teinte rougeâtre, lui donnant une impression de sang dilué.

Son regard se posa sur le reflet de l'ange et se figea. Il la regardait droit dans les yeux.

Elle entendit un son qu'elle ne pouvait décrire que comme une pierre qui s'étirait, s'effondrait presque, mais elle restait intacte. Très lentement, Kyoko leva la tête et fixa avec une fascination morbide l'ange qui n'était pas du tout un ange.

Non loin de là, Tasuki entendit le craquement du métal. Ses yeux se posèrent sur le tape-cul qui se dressait vacant au milieu de l'aire de jeux. Il s'arrêta à mi-course alors qu'il regardait ses extrémités se propulser vers le haut puis vers le bas comme si deux enfants étaient en train de jouer dessus. Mais… les assises en bois étaient vides. Et, à sa grande frayeur, il crut entendre des rires d'enfant sortir de cette chose.

Le manège commença à tourner lentement mais par saccades comme si quelqu'un était assis et le poussait avec une jambe, un peu comme font les enfants quand ils veulent gagner beaucoup de vitesse pour s' étourdir au point d'en tomber dès l'instant où ils tenteraient de se lever de l'engin.

Il fit quelques pas en arrière mais ça le fit buter dans le poteau de fer de la balançoire. Le contact avec le poteau le fit sursauter et il regarda autour de lui sans se souvenir comment il était allé si loin dans l'aire de jeux alors qu'il s'était tenu à l'extérieur quelques secondes auparavant.

Il sursauta presque qu'au point d'abandonner son

corps quand il entendit un autre rire tourmenté provenir de la balançoire la plus proche de lui. Son siège en caoutchouc s'inclinait comme si quelqu'un venait de s'y asseoir. Regardant directement jusqu'à la balançoire vide, ses yeux se concentrèrent plutôt sur la fontaine de l'autre côté de l'aire de jeux.

— Kyoko ? murmura-t-il juste au moment où le siège de la balançoire redevenait normal comme si quelqu'un venait de se lever.

Son sang se glaça alors qu'il regardait la statue angélique au-dessus de Kyoko commencer à bouger. Il s'écarquilla les yeux quand Kyoko leva les yeux et il vit son expression de frayeur.

La statue, autrefois belle et paisible, était devenue une parodie grotesque de la figure céleste qu'elle représentait. Les ailes tombaient avec deux grandes éclaboussures dans la fontaine et le visage était déformé en quelque chose de si hideux que cela donna à Tasuki mal aux yeux de le regarder.

Les joues étaient devenues maigres et la bouche s'ouvrit largement pour révéler un ensemble de très longs crocs. Les cheveux s'étaient déployés, dansant sauvagement autour du visage de l'ange comme si un vent fort le fouettait d'avant en arrière. Aux mains avaient poussées de très grandes griffes et elles dégoulinaient d'eau, faisant frissonner Tasuki lorsque la lumière de la lune tomba dessus, donnant l'impression de gouttes de sang.

Les doigts trop longs se courbèrent au bout des mains déformées alors qu'ils se tendaient vers Kyoko. Les yeux de la statue avaient changé du blanc serein de la pierre à un rouge éclatant qui rappelait à Tasuki les nombreux films d'horreur qu'il avait vus avec ses copains de campus et il rigola presque. Hollywood n'y connaissait foutrement rien.

Kyoko laissa son pied retomber au sol alors que son corps passait de la peur au choc et vice-versa. La statue qui, quelques instants auparavant, lui avait procuré ce sentiment de sécurité était devenue un cauchemar. Elle s'éloigna de la fontaine, son corps tremblant devant la statue qui avait pris vie en s'animant et elle faillit crier lorsqu'une paire de bras s'enroula autour d'elle par derrière.

Une main douce recouvrit sa bouche tandis qu'une voix familière murmurait à son oreille.

— Ne crie pas… ta peur ne fera que les exciter.

Tasuki abaissa sa main de ses lèvres en espérant qu'elle suivrait son conseil. Il ne savait pas pourquoi il en était ainsi et cela le troublait d'avoir une telle connaissance.
La statue devenue démon grinça et leur fit un sourire déformé, montrant ses longs crocs qui brillaient au clair de lune.

— Nous attendons le Maître.

— Tu attends notre putain de maître, entonna une

nouvelle voix.

— Je n'ai pas de telles réserves.

Yohji sortit de l'ombre, ignorant le cri surnaturel de la statue.

Ses vêtements normalement plutôt soignés étaient criblés d'impacts de balles et couverts de sang de la tête aux pieds. De profondes égratignures causées par des impacts de balles presque guéris ont entaché son visage, faisant briller ses yeux noirs de ferveur induite par la douleur. Du sang coulait sur sa joue depuis l'un de ses yeux, donnant l'impression de larmes et son sourire était sadique, à la limite du maniaque.

Yohji fixa Kyoko, son regard passionné balayant sa silhouette et il se lécha les lèvres. Ses cheveux auburn étaient ébouriffés et pendaient autour de son visage dans un désordre sexy. Il vit la façon dont ses joues étaient rouges à cause d'une combinaison de peur et de désir de fuite. Ses yeux étaient attirés par le pouls qu'il pouvait percevoir sous la peau de son long cou et il se passa la langue sur les crocs en signe d'appréciation.

Il fronça les sourcils en voyant la longue chemise qui lui cachait le haut de ses cuisses mais ses jambes étaient toujours longues et crémeuses et il se durcit rien qu'en pensant à elles enroulées autour de sa taille, de désir. Il avait décidé exactement ce qu'il voulait... elle.

Kyoko se tortilla sous son examen minutieux et se poussa encore plus dans les bras de Tasuki. Elle se sentait en sécurité dans l'étreinte de son ami mais en même temps, elle craignait pour sa sécurité. La façon dont Yohji la regardait la faisait se sentir sale. Il l'inspectait comme un morceau de viande au marché local.

Elle serra les poings, souhaitant qu'elle soit à la maison au lit avec la couverture enroulée si étroitement autour d'elle que personne ne pourrait plus jamais la regarder. Sa curiosité culmina soudain lorsque Yohji haussa un sourcil et pencha lentement la tête sur le côté. Si Tasuki n'avait pas par inadvertance tenu ses bras à ses côtés, elle aurait couvert sa poitrine là où Yohji regardait.

Les lèvres de Yohji se contractèrent et il leva ses yeux sombres vers les yeux émeraude de Kyoko.

— Autant j'aime ton tee-shirt Kyoko, autant je suis sûr que je peux te faire changer d'avis à ce sujet.

Kyoko baissa les yeux et pâlit quand elle lut ce que ça disait puis regarda de nouveau rapidement Yohji avec un embarras choqué.

Tasuki en avait également profité pour se pencher et lire les lettres et avait laissé sa bouche s'ouvrir sous le choc. Il repensa au club de danse et à la façon dont Kyoko avait dansé avec Suki cette nuit-là. Il gémit presque au souvenir avant de se ressaisir assez longtemps pour jeter un regard noir à Yohji, la rage obscurcissant ses pensées.

— Elle ne ferait jamais une chose pareille avec toi.

Yohji retourna le regard avec confiance.

— Tu serais surpris de ce que je peux faire faire à une femme avec ma langue, dit-il et il donna un petit coup de langue, tel un serpent, en direction de Kyoko, gloussant lorsque ses yeux expressifs s'élargirent et elle se tortilla.

La première réaction de Kyoko fut de reculer encore plus loin contre Tasuki et elle aurait souhaité qu'il ait une poche assez grande pour qu'elle puisse y sauter. Sa deuxième réaction fut de le protéger... son ami. Des yeux d'émeraude filèrent entre la créature meurtrière encore dans l'eau et le tyran de l'école mort-vivant... elle devait sortir Tasuki d'ici. Ne voyait-il pas à quel point il était en danger ?

— Tasuki, il faut fuir pendant que je les distrais, elle releva son menton tremblant d'un air de défi.

— C'est un super plan Kyoko, y a juste une ou deux petites choses que t'as compris de travers.

Les griffes de Tasuki s'allongèrent et ses yeux passèrent rapidement d'un brun chaud à l'améthyste lumineuse puis au rouge sang.

— Il n'y a aucun endroit où nous puissions fuir... nous sommes encerclés... et c'est toi qu'ils veulent, pas moi.

Avant qu'elle ne puisse voir qu'il était en train de se transformer, Tasuki la poussa derrière lui, ne voulant pas se voir source de sa frayeur. Elle avait besoin d'amis, de protecteurs, pas d'un ami qui pouvait potentiellement être un ennemi.

Kyoko sentit les duvets sur sa nuque se dresser et lentement, elle se retourna pour jeter un coup d'œil derrière elle. Tendant la main vers le haut, elle tapa Tasuki sur l'épaule,

— Ta… Tasu… elle abandonna, elle fila au devant de lui une fois de plus, serrant sa poitrine contre son torse et elle montra du doigt les vampires derrière lui.

— Des vampires…. des tas.

Voyant, qu'elle n'obtenait toujours pas de réaction, elle leva le regard vers son visage. Toute crainte de l'ennemi qui avançait lorsqu'elle constata que son ami n'était pas qui elle croyait.

— Tasuki ? elle commença à tendre les doigts pour atteindre ce visage qu'elle connaissait si bien mais Tasuki détourna la tête de manière à ce que ses yeux écarlates soient dissimulés par ses cheveux.

Son corps tremblait, que ce soit en réponse à sa lutte interne pour contenir le monstre en lui ou à cause de la tristesse refoulée… c'était difficile à dire.

— Je ne voulais pas que tu me vois comme ça, murmura Tasuki alors que ses yeux reprenaient une étrange teinte améthyste pour se mettre saigner de nouveau quand il entendit la voix sarcastique de Yohji désormais à seulement quelques mètres d'eux.

Quand le mort-vivant s'était-il rapproché ?

— Pauvre petit garçon à sa maman. Tu n'as aucun pouvoir lorsque tu choisis de le cacher. Un faiblard comme toi ne pourrait jamais la protéger de quelqu'un d'aussi fort que moi. Je parie que tu n'as même pas encore goûté au sang.

Ignorant l'éclair de colère dans les yeux de Tasuki, Yohji adressa la déclaration suivante à Kyoko.

— S'il ne s'est pas alimenté... alors il n'est que la moitié de l'homme que je suis. Avec un sourire sadique vint la lueur des longs crocs.

— Mais je parie qu'il a rêvé de toi Kyoko. À tout ce sang chaud que tu abrites dans ce petit corps. J'en ai l'eau à la bouche rien qu'à m'imaginer en train de te boire pendant que je m'enfonce en toi. Tu crierais pour moi et tu adorerais ça.

L'esprit de Tasuki remonta à la période où il était dans sa cuisine et avait aspiré tout le sang de la viande crue avant de réaliser ce qu'il avait fait. Était-ce à cela que Yohji faisait référence ? Si oui... alors il avait tellement tort. Seul le plus fort pourrait garder Kyoko à ses côtés et il serait damné s'il permettait à Yohji de respirer le même air que son ange aux cheveux auburn.

Maintenant que le dos de Kyoko était à nouveau tourné vers lui, il sourit à Yohji... ses dents tout aussi tranchantes et mortelles que celles de son ennemi.

— Je ne compterais pas là-dessus si j'étais toi. On t'as pas invité.

Yohji était soudain devant eux et Kyoko cria alors qu'elle était poussée hors de son chemin par Tasuki pour éviter que les mains griffues de Yohji ne l'atteignent et ne l'emportent. Elle retomba sur le sol et glissa sur l'herbe humide en grimacant à cause de la brûlure occasionnée à sa peau. Elle n'avait pas besoin de regarder pour savoir qu'elle était maintenant couverte de taches d'herbe et de sang.

Peut-il arriver quelque chose d'autre dans ce genre ce soir ? demanda-t-elle en silence.

Se relevant en prenant appui sur ses mains et sur ses genoux, elle leva les yeux vers un cauchemar de plus.

— Demandes et tu recevras, espèce de nigaude, va , s'agita Kyoko.

L'une des femelles vampires s'était rapprochée, grinçant méchamment et l'avait attaquée d'un geste circulaire de ses longs ongles en forme de griffes.

Kyoko rampa en reprenant appui sur son derrière et s'esquiva loin de la créature à l'air dangereux.

Quand la vampire n'avança pas mais se contenta de se tenir debout là de manière inquiétante, elle commença à se demander si c'était juste pour l'empêcher de s'enfuir. Elle ecarquilla les yeux en se demandant ce qu'elle attendait ou qui elle attendait. En regardant autour d'elle, elle gémit quand elle vit qu'ils étaient en effet encerclés de tous côtés par des créatures de la nuit.

Même si elle n'avait pas été terrifiée et inquiète pour Tasuki, elle n'aurait pas pu fuir. Il n'y avait nulle part où aller.

Kyoko se remit sur ses pieds, refermant la main autour d'un bâton gorgé d'eau. Elle savait que cela ne servirait probablement pas à grand chose, mais elle le tint agressivement devant elle comme si c'était le pieu anti-vampire le plus pointu et le plus fort du monde.

— Ne t'approche pas ou je te le ferai regretter, gronda-t-elle en essayant de paraître intimidante, mais elle perdit sa contenance quand l'une des mégères caqueta à son intention.

Ce même vampire caquetant apparu soudain devant elle et lui arracha l'arme de la main.

Kyoko gémit et serra les paupières pendant une seconde en souhaitant vraiment que Kotaro soit là. Il la sauverait. Entendant le tintamare des combats furieux quelque part au-dessus d'elle, elle ouvrit à nouveau les yeux à la recherche de Yohji et Tasuki. Elle se couvrit la bouche de ses mains lorsque Yohji balança un coup de pied au visage de Tasuki, l'envoyant au sol écrasant le même vampire qui la harcelait.

Le vampire cria et enfonça ses griffes dans la chair de Tasuki, réussissant à verser plus de sang. L'homme aux cheveux foncés ne put retenir le cri angoissant et sentit soudainement son corps s'envoler à nouveau, cette fois il atterrit violemment sur le flanc loin du vampire fou.

Kyoko paniqua et tendit la main vers un autre bâton dans l'angle extérieur de son champ de vision. Elle le saisit d'une main ferme sans remarquer l'énergie bleue électrique qui l'entourait. Sans y réfléchir à deux fois, elle plongea le bâton directement dans la poitrine du vampire, mais recula immédiatement lorsque du sang gicla de la blessure. Kyoko regarda sa main avec confusion en sachant que cela n'aurait jamais dû fonctionner, puis retourna au vampire alors qu'il tremblait et criait.

Très lentement, le vampire commença à se transformer en poussière, hurlant jusqu'à ce qu'il n'ait plus de bouche avec laquelle crier.

Elle entendit le bruissement de l'herbe et regarda autour d'elle les autres vampires qui l'encerclaient encore. Grinçant des dents devant l'expression de rage sur leurs visages, elle ressentit soudainement le besoin absurde de s'excuser d'avoir tué l'un d'entre eux. Avant qu'elle ne puisse ouvrir la bouche pour dire quoi que ce soit, l'un des démons commença à frissonner et à se contorsionner. Son corps sombra lentement jusqu'au sol, laissant seulement la longue robe blanche qu'il avait portée.

— Cette fois, j'y suis pour rien , précisa Kyoko à qui voulait l'entendre puis elle hoqueta, horrifiée lorsque la robe commença à se déplacer seule, s'agitant comme si quelque chose étaient sous elle.

Elle courut loin quand des millions d'araignées minuscules apparurent soudainement, fourmillant par dessus la robe blanche et disparaissant dans les arbres au delà.

— Des araignées ... pourquoi faut-il toujours que ce soit des araignées ?

Est-ce que tout et tout le monde dans l'univers savait que c'était son point faible ?

Elle fronça les sourcils, se demandant pourquoi elle était inquiète. Après tout, ils s'étaient éloignés d'elle… ou étaient-ils partis vers quelqu'un d'autre ? Kyoko sut alors que quelque chose était sur le point de tourner horriblement mal… comme si ce n'était pas déjà le cas.

Tasuki sentit le sang se déverser de sa bouche et de son nez mais ne resssentit aucunevsorte de véritable douleur. Au lieu de cela, il sentit une sorte de picotement sur son visage sans réaliser qu'il était train de guérir mais il sut que le saignement s'était arrêté aussi rapidement qu'il avait commencé. Il fut de nouveau debout en un instant mais ce fut seulement pour rencontrer seulement de nouveau le poing de

Yohji.

Sa tête claqua en arrière et le sang vola encore mais il ne tomba pas cette fois. Très lentement sa tête se remit en place et il fit une rotation de son cou, souriant d'un air affecté quand il entendit les os craquer en reprenant leur place.

— À mon tour ! déclara Tasuki doucement juste avant de léviter jusqu'à ce que son aine soit au niveau des yeux avec Yohji.

Tournoyant sur lui-même, Tasuki laissa son pied voler. Le talon de sa chaussure entra en contact avec la joue de Yohji.
La tête de Yohji bascula sur le côté avec un craquement écœurant et son corps fut voltigé loin du sol, tournoya dans les airs avant d'atterrir violemment sur le ventre.

Tasuki se laissa glisser au sol et leva les mains comme pour les examiner. Ses yeux ensanglantés d'une nuance plus lumineuse du rouge, rougeoyèrent de manière mauvaise dans l'obscurité. Le vent s'était mis à souffler plus fort petit à petit, fouettant furieusement de sa sombre chevelure les contours de son visage. Les griffes qu'il avait aux mains s'allongèrent avant qu'il n'ait adressé une grimace à Yohji, le bout d'un croc dépassant entre ses lèvres.

Poursuivant son chemin jusqu'au vampire tombé, Tasuki appuya le pied sur l'arrière de la tête de Yohji, poussant son visage plus profondément dans la terre humide.

— Tu prétendais être le chouchou de ses dames, déclara Tasuki, un brin provocateur en se penchant légèrement au dessus de lui.

— Tu dis que tu sais donner du plaisir à une femme. Je me demande à quel distance une femme te laisserait l'approcher si j'épluchais la peau de ton visage. ses lèvres s'amincissaient alors qu'il ajoutait avec colère :

— Kyoko ne veut pas de toi de toute façon.

Le moment de jubilation de Tasuki pris fin brusquement lorsque Yohji se remit soudainement sur pieds. Le mouvement déséquilibra Tasuki et le fit trébucher de quelques pas en arrière. Yohji enroula les mains autour du cou de Tasuki et lui enfonça ses griffes sous la peau, ronronnant presque quand il sentit le sang contre sa paume.

— Mon visage n'est pas ce qui retient leur attention, gronda Yohji, une expression d'anticipation allègre sur le visage.

Il frappa brusquement Tasuki dans l'entrejambe de son genou et ri sous cape quand l'autre homme tomba à ses genoux.

— C'est ma bite, ce qu'une tapette comme toi n'a aucun moyen de savoir.

— Tasuki… Kyoko ne put se retenir, sachant que

Yohji le tuerait si l'opportunité lui était donnée.

Entendant son exclamation, Yohji tourna la tête et lui sourit avec malice. Cela aurait presque pu être sensuel s'il n'y avait eu les dégâts causés par Tasuki et les balles un peu plus tôt. Ses plaies étaient en train de cicatriser mais pas à la vitesse observée sur celles de Tasuki. Peu importe, il ne perdrait pas contre cette mauviette.

— Ne t'inquiète pas pour lui Kyoko, il ne serait jamais capable de te saigner comme tu dois l'être, dit-il alors que ses mains continuaient à serrer la gorge de Tasuki.

— D'ailleurs, il sera mort avant l'aube.

Tasuki avait les mains sur celles de Yohji, essayant les détacher de son cou. Le rouge dans ses yeux n'avait pas reculé et les paroles de Yohji à Kyoko ne semblaient qu'alimenter sa rage. Cependant, son processus de pensée s'est arrêté lorsque deux des femelles apparurent de chaque côté de Yohji. L'une pressait ses courbes contre le flanc droit de Yohji, caressant son torse à travers son tee-shirt abîmé tandis que l'autre à sa gauche se penchait sur la pointe des pieds pour lécher le sang qui coulait de sa joue.

Le sourire narquois de Yohji s'intensifia à l'expression choquée de Tasuki.

— Tu vois, Tasuki, ronronna-t-il.

— Même les femmes mortes me désirent.

Kyoko a entendit les os du cou de Tasuki commencer à grincer sous la pression et sut à ce moment-là qu'elle devait s'échapper et trouver de l'aide. Peu importait à quel point Tasuki était fort, il était largement en infériorité numérique puisqu'il lui semblait que les vampires femelles avaient choisi un camps … le mauvais camps.

Elle plissa le nez, elle ne voulait pas d'elles de leur côté à Tasuki et elle de toute façon. Mais, si elle partait il y avait une chance que les autres suceurs de sang la suivent et laissent Tasuki tranquille. Avec un peu de chance, Yohji suivrait aussi.

Sans même avoir besoin de feindre la frayeur, elle saisit sa chance. S'éloignant du combat tel un tourbillon, Kyoko se precipita vers sa gauche. Exactement comme elle l'avait prédit, les vampires suivirent.

Kyoko pris brusquement une autre direction à sa droite, en se souvenant que Toya lui avait raconté comment on pouvait feinter dans un match de foot pour marquer un but. Ce qu'elle ne donnerait pas pour être à l'un de ces matchs de foot en ce moment avec Toya, en sécurité sans soucis, hormis le prochain examen.

Toya, où es-tu ? hurla-t-elle intérieurement.

Elle avait presque atteint la petite rangée d'arbres lorsque deux des vampires les plus hideux apparurent devant elle. Un cri lui déchira la gorge et elle s' arrêta, glissant vers le sol pour atterrir sur les fesses. Elle commença à se relever quand encore plus de vampires apparurent autour d'elle, prononçant des paroles qu'elle ne pouvait pas comprendre.

    Elle gémit de nouveau et grimaça mentalement à la façon dont elle s'était montrée si pathétique et effrayé. Ils se rapprochèrent d'elle et il lui sembla que plus ils devenaient proches, plus ils devenaient laids. Elle s'écarta à leur approche et commença à trembler quand ils tentèrent de l'atteindre. Elle ressentit brusquement l'irrépressible besoin de se couvrir quand leurs mains s'arrêtèrent à proximité de sa peau et planèrent au au dessus d'elle.

    Kyoko a souhait ardemment que le soleil se lève ainsi, soit ils partiraient tous ou elle se réveillerait de nouveau dans son appartement en hurlant mais avec le soulagement de savoir qu'il s'agissait uniquement d'un cauchemar. Elle ferma les yeux fort en se concentrant sur Kotaro et Toya, souhaitant que l'un ou les deux soient là pour les aider.

    Les deux vampires qui s'étaient accrochées à Yohji quelques instants auparavant se tenaient désormais dans le cercle, c'étaient leurs mains qui étaient les plus proches. Celle qui avait léché la joue de Yohji effleura accidentellement la peau de la cuisse de Kyoko et siffla quand le bout de son doigt commença à fumer. Elle s'arracha d'un coup sec au contact de Kyoko, la dévisageant avec rage.

    — Elle est destinée au contact du maître uniquement, chuchota l'une.

— Lui seul possède ce privilège.

Le regard de Tasuki se détourna quand il entendit Kyoko crier et il écarquilla les yeux quand il vit les vampires l'entourer en petit groupe. Relâchant son emprise sur les mains de Yohji autour de son cou, il trancha le ventre de ce dernier, créant une large entaille et obligeant l'autre garçon à le libérer. Yohji se courba en avant et Tasuki lui mis un coup de boule.

Yohji laissa échapper un bruit qui ressemblait à un cri surpris et il porta les mains à son front. Lui rendant la pareille, Tasuki lui donna un coup de pied dans l'entrejambe et de ses griffes, lui taillada le visage, le mutilant davantage. Il voltigea Yohji au sol avec un bruit sourd et se précipita vers Kyoko.

Les autres vampires semblèrent glisser à la hâte hors de sa trajectoire au lieu de tenter de l'arrêter. Il commençait à être nerveux, se demandant où leur soi-disant maître pouvait bien se cacher. Pourquoi n'était-il pas encore ici encore s'il voulait Kyoko à ce point ? Tasuki tourna en cercle autour de Kyoko, dévisageant tous ceux dont il jugeait qu'ils étaient trop près.

— Laissez-la tranquille ! gronda Tasuki, son unique préoccupation était de garder Kyoko à l'abri d'eux.

Puisque les femelles à l'air mauvais gardaient leur distance comme si elles se contentaient d'attendre, il se retourna et tendit la main à Kyoko, ses griffes ayant soudainement disparues et ses yeux brunissaient de nouveau avec seulement une légere bordure d'améthyste. Elle lui adressa un petit sourire de soulagement et leva la main pour la placer dans la sienne.

    Kyoko le regarda dans les yeux et senti son estomac se contracter quand elle a vit les faibles lumières du parc reflété dans ses yeux, illuminant une belle nuance d'améthyste. C'était des moments comme celui-ci qu'elle pensait à Tasuki comme quelque chose de plus qu'un ami, mais savait que cela ne pourrait jamais être. C'était également dans des moments comme celui-ci qu'il lui rappelait tellement Shinbe… un gentleman, les mains baladeuses en moins.

    Yohji leva la tête et se redressa légèrement, les yeux à la recherche de son ennemi. Il découvrit ses crocs dans sa colère quand il vit Taķusi tendre le bras pour s'emparer de la main de Kyoko. Le regard affectueux qui fut échangé entre eux lui fit bouillir les sangs.

    — Comment oses-tu ! ragea-t-il les poings devenus serrés.

    Il se souleva du sol en courant droit vers le couple. Il était le seul que Kyoko regarderait de cette façon… il s'en assurerait.

    Juste au moment où Tasuki commençait à l'attirer dans son étreinte, Kyoko détecta un mouvement du coin de l'œil et hurla à nouveau lorsque Yohji percuta Tasuki, l'envoyant dans le cercle des vampires.

Tasuki fut étourdi pendant un moment et à peine avait-il eut le temps de récupérer qu'il fut repoussé sans cérémonie pour atterrir face contre terre aux pieds de Yohji. Son esprit était encore sous le choc du moment de bonheur que Kyoko et lui venaient de partager. Le fait qu'il ait été interrompu avait fait resurgir sa colère à la surface.

— Vraiment pathétique, ricana Yohji.

— Tu serais incapable de te battre pour te libérer d'un sac en papier mouillé. Tu ne piges toujours pas le pouvoir qui nous a été donné. Le besoin de dominer les autres en est la source et toi t'es pas taillé pour. Tu es né mauviette et tu demeureras mauviette. Peut-être que le tee-shirt de Kyoko avait raison. Elle aime les chattes et visiblement t'en es une.

Tasuki se redressa sur ses genoux et se stabilisa en prenant appui sur ses cuisses à l'aide de ses mains. Sa longue frange dissimulait son expression alors qu'il sentait croître sa colère et sa puissance. Il releva paresseusement la tête et ouvrit ses yeux cerclés d'améthyste à moitié pour regarder d'un air quasi fatigué Yohji.

— Tu te plantes, murmura Tasuki.

— Il y a toujours une lueur... même dans un cœur de ténèbres. Je suis peut-être une tapette à tes yeux mais je sais au moins ça.

Tasuki fut soudain debout, les yeux luisants d'une combinaison tourbillonnante de rouge sang et d'améthyste. Son poing rencontra de nouveau le visage de Yohji et l'envoya valser contre un arbre qui manqua se renverser sous la violence de l'impact.

— Tu ne seras jamais la moitié de l'homme que je suis et tu ne poseras jamais un de tes doigts de pervers sur Kyoko !

La voix de Tasuki était aussi ferme que le coup furieux qu'il venait de donner.

Toujours en mouvement, Yohji fit un salto et, utilisant ses pieds, rebondit sur l'arbre, faisant trembler les feuilles et les branches jusqu'à les faire tomber. Un sourire apparut à nouveau sur son visage quand il vit que Tasuki croyait qu'il avait frappé l'arbre plutôt que de l'utiliser comme une fronde. Il revint à la charge avec le double de la force contre Tasuki qui se tenait pieds écartés pour se préparer à l'attaque.

CHAPITRE 19

L'air de la nuit trembla lorsqu'ils entrèrent en collision, faisant résonner le bruit dans toute la région. Kyoko jeta un coup d'œil en arrière juste à temps pour voir Tasuki et Yohji tourner l'un autour de l'autre avant de se déplacer à une vitesse fulgurante, les mains et les griffes tendues vers la gorge l'un de l'autre… les pieds quittant le sol en même temps.

Ils tournoyèrent dans les airs, les jambes en arrière ce qui leur donna momentanément l'aspect de marionnettes sur des ficelles et Kyoko se demanda s'ils étaient en effet manipulés par quelqu'un.

Le spectacle de ces deux là avec leurs mains autour de leurs gorges respectives comme indice d'un combat mortel n'était rien comparée à ce qui déroulait au-dessus d'eux. Kyoko ouvrit les yeux plus grands et laissa retomber sa mâchoire, bouche grande ouverte tant elle était autant terrifiée que fascinée. Un nombre grandissant de vampires de toutes formes et de toutes tailles était en train d'arriver. On aurait dit que tous les promeneurs de la nuit étaient en train de courir sur la cime des arbres pour finir par se laisser tomber silencieusement au sol tout autour d'eux.

Pour ajouter à sa terreur il y avait une vague d'araignées qui les avait rejoint, rampant sur la terre, les pierres et sur d'autres vampires avant de converger finalement vers le desous de la robe blanche abandonnée qui avait été laissée vide quelques instants auparavant. Le vêtement sembla tressaillir et finit par se remplir alors qu'une vampire femelle reprenait forme à partir des minuscules arachnides.

Kyoko pouvait sentir le mal tout autour d'elle mais ce mal était si réel… s'en était suffocant. C'était presque comme si le mal dans l'air avant n'avait été qu'un aperçu des choses à venir.
Son regard se tourna vers le sol et se posa sur les pieds de quelqu'un qui se tenait très près d'elle. Ses yeux remontaient lentement un corps dont un dieu serait jaloux. Il était parfait à tous points de vue... de longues jambes et des cuisses qui rencontraient une taille effilée. Une peau pâle qui avait l'air presque blanche contre la chemise noire boutonnée qui se trouvait dessus.
Kyoko se demanda si le reste de sa peau était aussi pâle et se mit à rougir furieusement. elle se mit à bafouiller en voyant son visage empreint de colère Si Satan existait, c'est ce à quoi il aurait ressemblé... après tout, n'était-il pas le plus beau de tous ?

Un visage d'ange qui semblait être sculpté dans le marbre, ne montrant aucune émotion un léger amusement entouré de longs cheveux noirs qui flottaient dans la brise encore en train de prendre des forces et qui soufflait autour d'eux. Il était mauvais, il était sadique et il était beau... une combinaison très dangereuse.

Elle savait le moindre doute que c'était Hyakuhei. Ses souvenirs étaient encore un peu vagues mais elle se souvenait de la peur associée à son visage. Elle se souvenait aussi du grave cliquetis sensuel de sa voix et de la façon dont cette voix pouvait prendre le contrôle de n'importe qui, les plaçant sous son contrôle. Elle se sentait déjà attirée par lui et cela lui donnait envie de fuir.

Comment quelqu'un d'aussi beau peut-il être si mauvais ?

Elle réfléchit avant de se ramener une fois de plus à la réalité. Elle commença immédiatement à reculer à quatre pattes pour créer une certaine distance entre eux, mais s'arrêta rapidement, ressentant les sueurs froides qui était comme un signal d'alarme quand il parla.

—Tu préfères leur servir de repas plutôt que de venir avec moi, Kyoko ?

Il lui tendit la main.

— Tu n'es pas obligée de mourir... cette fois-ci.

Kyoko se tordit le coup pour avoir la tête dans la

bonne direction pour voir ce qu'il avait voulu dire et elle tressaillit quand elle vit tous vampires qui avançaient. Son esprit s'affola et elle se demanda si elle aurait une chance de s'en sortir d'une manière ou d'une autre. N'était-ce pas ce qu'elle attendait ? Se donner à Hyakuhei cette fois au lieu de prendre la sortie des lâches ?

Elle tourna son regard effrayé vers l'ange des ténèbres et commença à lever la main pour accepter la sienne. Ce n'était pas comme si elle abandonnait, hein ? N'était-ce pas la seule façon de gagner ? Pouvait-elle faire confiance à une légende alors qu'elle ne savait même pas si elle mentait ? Elle cligna des yeux dans l'incertitude seulement pour voir la colère passer sur son beau visage alors qu'il était projeté en arrière par une main invisible.

— Kyoko ! cria Shinbe alors qu'il baissait sa main encore rougeoyante et qu'il courait vers elle, suivi de Kamui et Suki.

*****

Kyou s'étonna de cet étrange sentiment alors qu'il transportait Toya au-dessus de la ville. L'étrangeté était qu'il pouvait sentir le changement dans l'air autour d'eux... comme s'il provenait d'ailes invisibles.

Toya se sentit soudain comme un enfant à nouveau accroché à son frère aîné, mais c'était ça ou se retrouver au sol. Il jeta un coup d'œil vers le bas et il déglutit. Faisant fi de ce sentiment troublant, il regarda devant lui et vit où Kyou allait. Il écarquilla brièvement les yeux quand il aperçut ses amis encerclés par l'ennemi.

Il semblait qu'Hyakuhei avait rassemblé une horde de sangsues dans le peu de temps qu'il avait fallu à Toya pour renaître. Son propre sang se mit à bouillir et il commença à se débattre dans l'étreinte de son frère. Le simple souvenir de ce qui lui était arrivé il y avait plus de mille ans suffisait à faire monter son adrénaline jusque dans la zone de danger.

— Qu'espères-tu gagner en luttant ? demanda Kyou stoïquement en sachant que Toya n'avait pas encore détecté la présence d'Hyakuhei au milieu du chaos en dessous. Son regard se concentra sur le meurtrier de son frère puis se déplaça précipitamment vers la fille qui se trouvait de l'autre côté de la clairière.

— Kyoko est là-bas, espèce de connard ! râla Toya.

— Laisse-moi partir, je dois l'aider.
Kyou regarda le profil de Toya et s'arrêta dans les airs directement au-dessus des autres. Sachant que les vampires les plus faibles n'avaient aucune chance contre eux, il décida que ce serait le meilleur endroit pour son petit frère pour le moment.

— Tu veux tellement les rejoindre, gronda Kyou et changea sa façon de tenir Toya pour pour tenir son cadet par la peau du cou.

— Alors vas-y... puisque tu y tiens.

Kyou jeta Toya loin de lui dans un groupe de vampires qui avançaient. Toya atterrit avec ce qui aurait tout aussi bien pu être un cri de surprise que de victoire au milieu d'eux, sa chute amortie par les corps de trois d'entre eux.

Il eut un sourire narquois et baissa les yeux vers ses matelas de fortune.

— Bonne journée, enculés !

Il décida rapidement que le son qu'il préférait au monde était le cri des vampires qui meurent.

*****

Kotaro galopa à travers le parc, sa vitesse inhumaine donnant l'illusion à quiconque observait qu'un amas de couleurs floues se déplaçais sur fond d'obscurité. Pendant un bref instant, il sentit le vent passer dans ses cheveux et claquer contre son corps… le repousser comme s'il essayait de l'empêcher d'atteindre sa destination.

Une seule sensation dominait les autres… la sensation de sa femme à proximité. Cela donna de la puissance à sa fuite en avant et il avait cette sensation d'avoir la présence d'une entité très maléfique devant lui… Hyakuhei. Le démon était à portée de Kyoko et Kotaro courut comme il n'avait jamais couru auparavant. S'il ne se dépêchait pas, soit Kyoko mourrait une fois de plus, soit elle serait influencée par les mensonges et les mauvaises intentions du démon.

Il ne prêta aucune attention aux statues dans le parc alors que leurs têtes tournaient… leurs yeux suivant chacun de ses mouvements.

Il arriva au bord de la clairière et regarda l'espace d'un instant le chaos devant lui. La première chose qu'il vit fut Hyakuhei voler en arrière à travers la clairière et haussa un sourcil devant l'étrangeté de la scène. Il vit ensuite Toya tomber du ciel et crier quelque chose qui ressemblait à «passez une bonne journée». De plus, deux vampires, qu'il reconnaissait comme étant des étudiants de la fac, se battaient à mort, se précipitant mutuellement dans les arbres, le sol et les poings l'un de l'autre.

Si la situation n'était pas aussi grave, il aurait juré qu'il regardait une de ces étranges émissions de comédie britannique à la télévision. Il eut l'envie soudaine de trouver celui qui avait envoyé Hyakuhei voler afin de pouvoir lui serrer la main. Les yeux bleu glacier de Kotaro se dirigèrent vers la direction opposée pour atterrir sur Kyoko.

Son regard était encore posé sur Hyakuhei mais ce fut ce qui se trouvait derrière elle qui attira l'attention de Kotaro. Sans une autre pensée, il se précipita à travers le groupe de vampires se rapprochant d'elle en utilisant ses griffes pour les déchirer.

— Je ne peux pas te laisser seule une minute, pas vrai ? lui demanda Kotaro alors qu'il démembrait les démons.

Les yeux émeraude de Kyoko s'illuminèrent alors que Kotaro venait à son secours. Elle voulait le serrer dans ses bras si fort mais détourna rapidement les yeux alors que des morceaux de corps s'envolaient et que des cris stridents lui donnaient la chair de poule. Elle leva les yeux quand tout ce qui parvint à ses oreilles fut une respiration bruyante juste à côté d'elle. Elle entrouvrit la bouche quand elle vit Kotaro couvert de sang et tenant un bras coupé dans la main gauche.

Elle fit un rapide examen de son apparence et sentit son estomac se nouer avant de se relâcher. Ses yeux bleus étaient trop brillants… perçants. Ses mains étaient maintenant comme des griffes dangereuses et ses crocs acérés se serraient alors qu'il grognait contre tout vampire qui s'approchait trop près. Ceux qui passèrent outre connurent une fin rapide.

Kyoko leva les yeux vers lui, posant la question qui lui traversait l'esprit.

— Pourquoi tu ne me l'a pas dit plus tôt ?

— J'espérais qu'il n'y aurait jamais de raison, s'exclama Kotaro avant d'utiliser ses griffes pour décapiter un autre vampire.

Du coin de l'œil, il la vit sourire du même sourire qu'elle lui avait adressé des siècles auparavant lorsqu'il l'avait protégée pour la première fois. Bon sang, cette femme était trop tolérante parfois, mais dans ce cas… il en était content.

Voyant plus de sangsues assoiffées se diriger vers eux, il attrapa Kyoko par la taille et la tira près de lui.

— Cela s'est déjà produit jadis, déglutit Kyoko alors qu'elle levait les yeux vers Kotaro comme si elle lui demandait ce qu'elle était censée faire.

Se souvenant de la promesse qu'elle lui avait faite

la dernière fois, elle regarda rapidement Hyakuhei presque avec envie alors qu'elle murmurait,

— ... la légende. Cette fois... pas de promesses. gronda Kotaro et il l'attrapa par les épaules. Il l'obligea brutalement à se retourner pour lui faire face.

—Non Kyoko, cette fois tu vivras !

En regardant autour de lui, il chercha l'endroit le plus sûr au milieu de cette bataille et sourit une fois de plus quand il trouva le coin parfait.

— Il est temps de créer notre propre légende appelée «Hyakuhei meurt».

Lâchant le bras mutilé qu'il avait encore dans sa main gauche, il ramassa Kyoko comme on porte une mariée et se précipita vers Shinbe, Suki et Kamui en évitant les attaques des serviteurs d'Hyakuhei. ça ressemblait bien à Hyakuhei d'envoyer une horde de démons sans cervelle se battre pour lui alors qu'il se tenait à une distance de sécurité en train de regarder.

Finalement, Kotaro plaça les pieds de Kyoko sur le sol et les trois autres lui tournèrent immédiatement le dos, la protégeant de tous ceux qui voudraient l'enlever. Maintenant qu'il sentait qu'elle était plus en sécurité, il posa la question qui le rongeait...

— Où diable as-tu trouvé ce tee-shirt Kyoko ?

Kyoko fronça les sourcils en entendant la question

et regarda chacun de ses amis à tour de rôle puis s'arrêta quand elle surprit Shinbe qui détournait rapidement le regard avec un sourire coupable.

— Alors c'était toi, Shinbe, cria Kyoko et elle lui lança son regard le plus maussade.

— Pourquoi m'as-tu donné ce t-shirt ? demanda-t-elle.

Shinbe la regarda et pencha légèrement la tête sur le côté.

— C'est quoi le problème ?

Kyoko rougit, comme une tomate.

— Je n'aime pas... sa voix s'abaissa à un murmure horrifié, «les chattes,» termina-t-elle.

— Mais Kyoko chérie, je ne t'ai pas mis ça sur le dos, Suki l'a fait.

— Suki ! gémit Kyoko.

Suki lança un regard noir à Shinbe avec dégoût.

— C'est toi qui as décidé de le lui mettre.

— Suki, future mère de mes enfants, tu n'avais pas à le lui mettre, déclara Shinbe.

—Je n'avais rien d'autre à lui mettre. cria Suki.

—Bien sûr que si, répondit Shinbe.

— Tu aurais pu enlever le tien et le lui mettre. Ou tu aurais pu faire encore mieux et la laisser nue.

Son commentaire lui valut un coup violent à la tête.

— Je n'allais pas courir dans ta maison avec rien d'autre sur moi que mon short et je n'allais certainement pas la laisser dans le lit de Toya ne portant rien d'autre que son costume de naissance, glapit Suki.

Shinbe leva un sourcil.

— Tu ne portais pas de soutien-gorge ?

— Est-ce que vous allez finir par vous taire tous les trois ? demanda Toya en les rejoignant.

— Je ne sais pas quoi dire pour le haut Kyoko.

Il lui fit un clin d'œil par-dessus son épaule,

— mais mon boxer est vraiment mignon sur toi. Regardant autour de lui tous les vampires, il continua :

— Au cas où vous ne l'auriez pas remarqué, bande d'idiots, nous sommes entourés de suceurs de sang, d'humains stupides et d'un homme-loup qui a un sérieux problème.
Kotaro grogna, n'aimant pas le fait que Kyoko porte le boxer de Toya.

— Oui, abruti d'humain te va parfaitement, rétorqua-t-il.

Ignorant Kotaro, Toya se rapprocha de Shinbe.

— Hé, et si on faisait quelque chose, là ?

— Faire quelque chose ?

Shinbe recula alors que l'une des vampires les plus mauvaises se léchait les lèvres en le regardant.

Toya haussa les épaules,

— Bien sûr… tu es l'homme à femmes.

Il sourit devant l'expression impassible de Shinbe. Shinbe est resté immobile pendant quelques secondes avant de se précipiter derrière Toya en criant:

— Sauve-moi ! Il sourit quand Toya tourna la tête et le fixa dangereusement.

— Ce n'est pas ce que je voulais dire, crétin ! cria Toya.

— Tu as dit de faire quelque chose, s'exclama Shinbe avant de crier quand quelqu'un lui asséna un violent coup à l'arrière de la tête. Il se retourna et regarda Kamui avec surprise et douleur.

— Couillon ! marmonna Kamui.

Kyoko respirait plus facilement sachant que Toya et Kotaro étaient là… la protégeant, mais en même temps voulait leur mettre à tous les deux une pichenette sur la tête parce qu'ils se chamaillaient.

Elle tourna en rond en voyant Shinbe et Suki. Son cœur battit douloureusement parce qu'ils s'étaient de nouveau mis en danger et elle posa un regard honteux au sol sachant que c'était de sa faute. L'envie de marcher vers eux, de leur taper sur l'épaule et de leur dire de rentrer chez eux était forte… ils n'avaient pas leur place ici.

Kyoko pouvait sentir l'engourdissement du choc s'installer dans son esprit alors qu'elle les regardait tuer des vampires qui essayaient de s'approcher trop près du cercle qu'ils avaient formé autour d'elle. Mais dans sa psyché, elle pouvait voir les vampires du passé tuer ses amis… est-ce que cela se reproduirait ?

Elle détourna les yeux, ne voulant pas voir la vérité et remarqua que tout était devenu silencieux et bougeait comme au ralenti…

Alors c'est comme ça, le choc,

Kyoko fronça les sourcils en remarquant qu'un son devenait plus fort. Elle pouvait l'entendre si près et si percutant. Elle mit une main sur son cœur réalisant que c'était ça le son… et cela ressemblait à de la peur.

Ses yeux émeraude s'écarquillèrent lorsqu'elle remarqua une ombre vacillante sur l'herbe. Elle vit ce qui semblait être des ailes d'ange voleter doucement, s'étendre un peu avant de se replier près du corps puis de disparaître tout simplement. Son regard suivit la ligne de l'ombre jusqu'à son propriétaire et elle pencha la tête sur le côté. Un garçon qui semblait avoir à peu près son âge se tenait là, lui tournant le dos... mais il n'avait pas d'ailes.

Son regard redescendit vers l'herbe et observa le miroitement de l'ombre qui restait, s'attendant à revoir les ailes. Elle n'avait pas besoin de voir son visage pour connaître son nom.

— Kamui, murmura-t-elle sachant qu'il était plus qu'un simple garçon... tellement plus.

Elle ne put s'empêcher de sourire avec douceur lentement lorsqu'il lui jeta un coup d'œil avec ces yeux pétillants. Son expression se changea rapidement en une expression de curiosité et il avait l'air de vouloir lui dire quelque chose mais son attention revint au combat lorsqu'une entaille apparut sur son bras comme un ruban rouge. Le rouge était une couleur si solitaire... et elle voulait désespérément en arrêter la propagation.

Elle était entourée de ses amis et eux, à leur tour, étaient entourés de démons. Son expression se durcit alors qu'elle tournait son attention vers Hyakuhei au loin. Elle avait chaud et froid en même temps que son regard se fixait sur les yeux d'encre noire. Ces mêmes yeux la fixèrent une fois de plus avec voracité pure.

Elle pouvait le sentir et l'entendre l'appeler, essayant de l'attirer jusqu'à lui mentalement et physiquement. Il se tenait là en dehors de la bataille, attendant... attendant qu'elle bouge. Tout comme la dernière fois, il avait envoyé une armée se battre mais ce n'était pas pour qu'il puisse gagner... ce n'était qu'une distraction pour les autres. Il se fichait que ses amis meurent ou que ses sbires se transforment en poussière. Être mauvais c'est un avantage quand on ne suit aucune règle et qu'on ne fait que dire des mensonges.

    Kyoko frissonna alors qu'un mélange de dégoût et de nostalgie l'envahissait… avec des souvenirs de la première fois qu'elle l'avait rencontré il y avait plus de mille ans. Elle pouvait se souvenir de la sensation de son appel d'alors, même si elle l'avait ignoré. Il avait été très séduisant mais d'une manière charmante, la dupant complètement tout en la plaçant sous son emprise.
    Sans l'ingérence de Toya et Kotaro, personne n'aurait pu prédire à quel point cette rencontre serait devenue dangereuse. Pourtant, pendant les quelques instants où elle lui avait parlé, elle se souvenait avoir ressenti une solitude sous-jacente. Peut-être que cette fois… elle lui poserait la question.

    Ses yeux brillaient toujours de tristesse mais maintenant elle était mêlée d'appétit, non seulement pour elle mais aussi pour le pouvoir du cristal. Elle se souvint à quel point il pouvait devenir mauvais quand on lui refusait quelque chose. Un lent sourire se dessina sur ses lèvres parfaites, donnant envie à Kyoko de s'éloigner de lui. Elle connaissait ce regard… ses amis étaient dans un terrible danger.

    Il n'est pas nécessaire qu'ils meurent ma chère.

    La voix résonnait comme de la soie noire.

    Kyoko hoqueta en entendant la voix dans sa tête et

elle enroula ses bras autour de son buste, se sentant soudainement très vulnérable. Elle jeta un coup d'œil aux autres voyant qu'ils se battaient toujours et sut qu'elle était la seule capable de l'entendre.

Comment ? demanda-t-elle silencieusement.

Hyakuhei gloussa doucement, provoquant des picotements sur sa peau avec la chair de poule… ce n'était pas une sensation désagréable.

Comme je l'ai dit avant Kyoko, tu es à moi.

Kyoko regarda avec tristesse ses amis en essayant de trouver une consolation en leur présence. Cela faisait un moment qu'elle n'avait pas pu entendre les bruits de la bataille et cela la fit se sentir si seule.

Ils ne comptent pas, murmura Hyakuhei.

Viens à mes côtés et je retirerai mon armée. Ne veux-tu pas les sauver ?

La femme aux cheveux auburn le regarda avec une expression de deuil.

Comment puis-je savoir que tu tiendras ta promesse ?

Elle pouvait sentir son monde s'accélérer et se concentrer alors que son regard à lui devenait meurtrier.

Malheureusement, tu ne le peux pas. Cependant…

refuse-moi et je ferai revivre à tes camarades leur mort. Je me souviens encore du goût du sang de Shinbe et de sa bien-aimée, Suki... oui, un mets si délicieux.

La tête de Kyoko se retourna brutalement lorsque les sons réapparurent dans son environnement. Elle entendit Shinbe grogner de surprise. Suki et lui portaient soudain le poids de l'ennemi attaquant. S'ils en tuaient deux, quatre semblaient prendre leur place. Elle pouvait ressentir chaque once de leur peur alors qu'ils luttaient pour se protéger l'un l'autre.
Et qu'en est-il de ton bien-aimée Toya ? demanda Hyakuhei.

En fait, j'ai eu le plaisir de le tuer moi-même. Il était si beau dans la mort. Le laisseras-tu retourner à la tombe ?

— Hé ! Qu'est-ce que... cria Toya, captant son attention alors qu'il était tiré vers le bas.

Kyoko sentit ses yeux brûler quand Toya fut presque envahi par les vampires. Leurs longues griffes s'enfonçaient férocement dans la peau de ses bras et de ses jambes. Si Kotaro n'avait pas été là pour aider, il aurait été rapidement maîtrisé.

Hyakuhei gloussa audiblement, détournant brièvement l'attention de Kotaro du combat alors qu'il aidait Toya à se remettre sur pied. Ses yeux bleu glacier se fermèrent à demi alors qu'il suivait la direction du regard d'Hyakuhei et vit qu'il était directement dirigé vers Kyoko.

Son cœur s'arrêta l'espace d'un bref moment lorsqu'il remarqua à quel point elle était devenue pâle. Il cria son nom mais elle ne réagit pas. C'était comme si elle ne l'avait même pas entendu. Une colère réprimée tapissait son visage délicat alors qu'elle partait en direction de Hyakuhei et Kotaro sut pourquoi elle ne pouvait pas l'entendre… elle ne pouvait entendre qu'Hyakuhei.

Kotaro utilisa sa vitesse pour l'attraper et la tirer de nouveau vers le cercle pour briser l'emprise que le démon avait sur elle.

— Ne l'écoute pas Kyoko.

La panique s'exprima dans sa voix alors que plusieurs vampires l'attaquaient, lui faisant perdre son emprise sur elle.

— Il ment Kyoko ! Ne lui cède pas.

Kyoko cligna des yeux alors qu'elle détournait son attention d'Hyakuhei seulement pour voir une ombre se faufiler dans l'herbe et prendre forme juste devant elle. Elle écarquilla de nouveau les yeux quand l'ombre resta juste là pendant un instant… fantomatique.

Une rafale de vent l'envoya à la dérive mais non sans laisser derrière elle un vampire des plus hideux avec une peau si pâle qu'elle était en fait bleue par endroits. Ses iris étaient rouges de sa soif de sang alors que sa bouche s'ouvrait, montrant des crocs si longs que

Kyoko eût l'impression de regarder dans les mâchoires d'un tigre à dents de sabre. Des mains se levèrent pour la saisir avec des doigts trop longs et munis de griffes noires.

Kyoko sursauta comme si elle se remettait soudain du choc dans lequel elle avait été plongée lorsqu'une main traversa le démon par derrière. Elle regarda avec une fascination morbide les doigts sortir de sa poitrine qui s'ouvrait, révélant le cœur du démon dans sa paume.
Avec un cri d'agonie, le vampire implosa un vide de poussière aspirée. Les lèvres de Kyoko s'entrouvrirent de crainte alors que la poussière se dissipait et que Kotaro redevenait nettement visible... il semblait plus grand que nature.

Il lui tourna rapidement le dos pour s'assurer que rien d'autre n'avait surgi pour attaquer.

— Tu vas bien ? chuchota Kotaro par-dessus son épaule alors qu'il reculait contre elle.

— Je vais bien maintenant, dit Kyoko, glissant ses bras autour de lui et posant sa joue contre son dos solide.

Elle était contente que Kotaro lui bloque la vue sur Hyakuhei mais au fond d'elle-même, elle savait qu'elle ne pourrait pas se cacher longtemps. Même maintenant, elle pouvait sentir sa colère grandir en lui et la peur lui fit serrer les bras autour du Lycan dont elle était tombée amoureuse... pas une mais deux fois.

Kotaro sentit la chaleur l'envelopper et effleura ses doigts avec les siens. Elle écarta un peu les doigts, les laissant se coller aux siens en flêche avant de se refermer fermement sur ses phalanges. Le Lycan se sentait entier à présent que sa femme, son amour, était à ses côtés. Son moment de bonheur éphémère fut complété d'amusement lorsqu'il entendit Toya grogner contre eux et il serra plus fort les bras de Kyoko autour de lui. Le moment ne dura pas longtemps car l'enfer semblait se déchaîner.

Au-dessus d'eux, une autre bataille faisait rage. Yohji sentit le poing de Tasuki se connecter à sa mâchoire, forçant son visage sur le côté. Il se baissa juste à temps pour éviter un autre coup de poing et enfouit ses griffes dans l'abdomen de Tasuki avant de les arracher et d'emporter un peu de chair avec elles.

Souriant, Yohji jeta un coup regard du coin de l'œil et se figea. Tournant la tête très lentement, il vit Kyoko enrouler ses bras autour de l'agent de sécurité comme s'il pouvait la sauver de lui.

— Je ne pense pas, grogna Yohji.

Tasuki lança un regard noir à Yohji lorsque l'attention du bâtard se retourna vers Kyoko. Son erreur avait été d'oublier ce qui se passait autour de lui. Utilisant cette rage, Tasuki lui donna un coup de pied dans les côtes aussi fort qu'il le pouvait, espérant briser Yohji en deux.

Réfléchissant vite, Yohji attrapa le pied de Tasuki

et lança un regard noir à son prétendu frère d'armes. C'en était un autre qui pensait qu'il méritait Kyoko plus que lui. Il allait changer ça tout de suite.

— Tu veux tellement la protéger ? cria Yohji. Puis d'un coup de pied bien placé et énervé sur le côté de la tête, il envoya Tasuki directement dans la terre battue juste à côté du cercle de protecteurs de Kyoko.

— Alors pourquoi ne les rejoindrais-tu pas ?
Des lumières explosèrent derrière les paupières de Tasuki alors qu'il se fonçait vers le sol et atterrissait avec encore plus de force, ce qui mit fin au combat. Il ne put même pas relever la tête quand les lumières s'évanouirent.

Avec Tasuki momentanément à hors de combat, Yohji continua à planer au-dessus d'eux. Ses griffes atteignaient des longueurs obscènes et ses yeux saignaient d'un rouge cramoisi, les faisant briller comme des phares rouges flamboyants dans la nuit. Ce qui restait de son côté humain avait maintenant disparu, enfoui sous les ténèbres que le maître avait nourries en lui.

Il eut un sourire narquois en sachant que les ténèbres avaient toujours été là, mais maintenant elles faisaient partie de lui… le rongeant de l'intérieur là où elles pouvaient faire le plus de dégâts. En tant qu'humain, il réalisa à quel point il avait été faible. Maintenant, il se délectait de sa nouvelle force.

Ses yeux fixèrent sur la prêtresse et il serra les poings, les griffes s'enfonçant dans sa peau le faisant saigner encore plus. Yohji hurla de rage, le son traversant le parc et la ville. Les fenêtres de toute la métropole environnante se brisèrent brutalement et la lumière vacilla avant de s'éteindre complètement. Les ampoules cassées des réverbères du parc bourdonnaient et créaient des étincelles avec des fils sous tension pendants, créant un environnement encore plus dangereux.

Kyoko cria et enfouit son visage dans le dos de Kotaro, se couvrant la tête de ses bras lorsque des étincelles tombèrent sur eux. À ce moment-là, l'enfer se déchaîna et les vampires environnants déferlèrent sur le groupe. Des cris inhumains remplissaient la nuit se mêlant au chant de mort et de destruction de Yohji.

Hyakuhei se tenait à distance, les bras croisés sur sa poitrine et appuyé contre un lampadaire étincelant complètement à l'aise. Les coins de ses lèvres se retroussèrent légèrement devant la puissance affichée par l'un de ses nouveaux enfants.

Oui, celui-ci avait finalement compris le vrai sens des ténèbres bien qu'elles soient encore sauvages et indomptées. Hyakuhei leva une de ses mains vers ses doux cheveux noirs, y passant ses doigts dans un geste sensuel inconscient. Yohji était devenu un avec les ténèbres de son cœur, embrassant la créature qu'il était devenu sans aucune réserve… un peu comme Yuuhi l'avait fait.

Hyakuhei décida qu'il aimerait enseigner à ce Yohji les subtilités de la méchanceté. Cependant, il devrait d'abord s'assurer que le garçon sache à qui appartenait Kyoko.

Kotaro garda son dos en direction de Kyoko, se défaisant presque de son emprise sur lui pendant qu'il combattait l'assaut. Du sang gicla partout lorsqu'il enfoui sa main griffue dans la cavité thoracique de l'un d'eux, lui arrachant le cœur d'une main et coupant la tête de l'autre avec son autre main.

Toya se retrouva pressé contre le Lycan, se battant également à mains nues. La nécessité de protéger Kyoko était au premier plan dans son esprit. Il ne laisserait jamais rien lui arriver et il neigerait en enfer avant qu'il ne laisse un gars dont la fourrure faisait office de cerveau l'avoir. Une fois cela terminé, il emmènerait Kyoko et la cacherait dans un endroit très sûr où personne n'essaierait plus jamais de la blesser.

Shinbe avait eu recours non seulement au combat physique, mais avait également utilisé ses pouvoirs de télékinésie inactifs depuis longtemps pour lancer des pierres sur les vampires vers l'arrière de la foule. Plus d'un d'entre eux connut une fin rapide, le crâne brisé par l'impact. Tant qu'ils ne se relevaient pas, ça lui convenait parfaitement.

Suki suivait davantage l'exemple de Kotaro et empalait ses victimes avec la pointe qu'elle avait attachée à sa main avant d'arracher les cœurs de leur poitrine. Elle était trempée de sang et devait continuellement essuyer son visage avec son bras pour dégager le liquide cramoisi de ses yeux. Elle fronça les sourcils quand elle réalisa qu'elle commençait à manquer d'endroits propres pour le faire.

Kamui se tenait entre Suki et Toya, transformant les vampires en poussière utilisant vague après vague d'énergie. Si quelqu'un avait eu assez de temps pour observer, ils auraient vu ses explosions vaciller de temps en temps, passant de taches multicolores à une nuance sombre de gris scintillant avec sa colère.

Il s'arrêta quand un démon se matérialisa à partir du sol, alors que la terre jaillissait comme un volcan bouillonnant. La créature de l'enfer sortit de terre et lui sourit avec des crocs scintillant dans le clair de lune pâle.

Kamui le regarda alors que le sentiment de mort l'entourait et il sut que c'était le plus vieux péché d'Hyakuhei... le démon était femelle bien que l'on ne puisse plus le dire juste en regardant ce qui subsistait de sa chair pourrie qui refusait de tomber.

Quand elle parla, sa voix résonna comme un le grattage sec d'une surface dure par manque d'utilisation et la poussière s'échappait de ses lèvres.

— Tu te bats en vain immortel. Tu connais la vérité, alors pourquoi ne pas te tourner et la sauver maintenant... en la tuant de tes propres mains ?

Kamui sentit des frissons courir vers le haut de sa colonne vertébrale et ses yeux brillaient d'une multitude de couleurs.

— Comment oses-tu !

Sa voix était douce avec une intonation assassine. Le pouvoir de gardien qu'il détenait dans son corps immortel frémissait de vie, chassant la mort qui cherchait à l'étrangler. Levant les bras, il lui fit face, les paumes vers l'extérieur avant de serrer les poings fermement.

Le vampire le regarda tranquillement avant d'écarquiller les yeux et elle leva les mains vers sa propre gorge. Le sang commença à tremper son long vêtement blanc au niveau des épaules, s'écoulant vers le sol pour s'accumuler autour de ses pieds. Elle ouvrit la bouche pour crier mais sa voix avait disparu. Lentement, son corps se désintégra en une douce pluie de poussière qui tomba silencieusement sur la terre d'où elle s'était levée.

Kamui baissa les bras et le regard imprégné d'une haine brûlante,

— Jamais.

Shinbe remarqua que le nombre de vampires commençaient à diminuer et se demanda brièvement pourquoi. Sortis de nulle part, deux vampires tombèrent du ciel pour se poser sur le sol juste à côté de lui.
— Mais qu'est-ce que... ? il haussa un sourcil alors qu'ils se dissolvaient en poussière qui tourbillonnait dans le vent, se dispersant dans l'oubli.

Il releva immédiatement les yeux et repéra Kyou dans les airs, combattant d'en haut et gardant toutes les attaques aériennes à distance.

— Remercions les dieux qu'il soit de notre côté, sourit Shinbe avant que son attention ne soit attirée vers le sol qui avait soudainement pris vie avec des araignées et tout ce qui courait en cachette ou qui rampait.

— Eh bien, ça ne donnera jamais rien de bon, se plaignit-il, bien que personne ne lui prête attention.

Saisissant une opportunité, Shinbe tendit la main et attrapa Tasuki par le bras. N'utilisant que sa télékinésie pour continuer la bataille, il traîna le garçon inconscient à l'intérieur de leur cercle de protection. Entendant Tasuki gémir et lutter contre lui, Shinbe jeta un coup d'œil au jeune homme. Il ouvrit grand les yeux alors que Tasuki secouait la tête et faisait un effort pour se relever.
Leurs yeux se rencontrent... des iris d'améthyste lui rendaient son regard depuis le visage du garçon. Shinbe frissonna et eut des sueurs froides, se sentant comme si quelqu'un venait de marcher sur sa tombe. Quelque chose lui dit qu'il y avait autre chose en Tasuki que ce qu'il avait jamais imaginé et d'une manière ou d'une autre... il était directement lié à lui.

Toya sourit en arrachant la tête d'un autre vampire.

— Trente ! s'exclama-t-il.

— Ah ça, c'est bien toi... te vanter de ton nombre de victoires au milieu d'une situation de vie ou de mort, grogna Kotaro en glissant ses griffes sur une gorge de vampire pâle.

— Tu ne peux pas suivre, cria Toya et il en tua un autre.

— Trente-et-un !

Kotaro retourna son sourire narquois,

— Je pense que c'est l'inverse, mauviette.

Kotaro arracha le bras d'un vampire qui essayait d'atteindre Kyoko avant d'écraser son crâne à mains nues.

— Quarante-sept.

Toya serra les dents et tendit la main vers un autre vampire, n'attendant même pas qu'ils se rapprochent.

— Tu sais quoi Kotaro ? Va te faire foutre !

Kotaro le regarda un instant avant de secouer la tête, :

—Non.

Kyou résista à l'envie de rouler des yeux devant ce comportement puéril. Il oubliait sans arrêt qu'à bien des égards, Toya était encore très immature. Son impétuosité et son entêtement étaient ce qui faisait de Toya ce qu'il était et il pouvait dire que le Lycan appréciait cette amitié empreinte de rivalité entre eux. Il regarda la fille à côté de son frère et remarqua que son attention n'était pas sur la bagarre autour d'elle… mais concentrée sur elle-même.

Kyoko voulait crier pour que tout s'arrête mais elle

savait que personne ne l'écouterait. Elle ferma ses yeux effrayés et se concentra, espérant qu'elle pourrait à nouveau attirer l'attention d'Hyakuhei et conclure un pacte avec le diable… pour ainsi dire. Le seul problème était qu'elle ne savait pas quoi lui dire.

Les lèvres d'Hyakuhei esquissèrent un sourire corrompu lorsqu'il l'entendit l'appeler. Le son de sa voix était fort et clair dans sa tête, surpassant la fureur de la guerre entre eux.

Je t'attendais.

Elle s'agrippa fermement au dos de la chemise de Kotaro pour ne pas tomber. Elle le serra plus fort alors que sa colère augmentait. Ce qu'il avait dit ressemblait plus à une menace qu'à de la tendresse.

Pour quelle raison voudrais-je venir à toi alors même que tu tentes de tuer mes amis ?

Elle put entendre ses propres mots résonner à son esprit.

Regarde autour de toi, Kyoko… murmura Hyakuhei d'un ton séducteur.

Ce sont eux qui se battent… ils croient que je t'ai déjà tuée une première fois. Que feraient-ils s'ils savaient la vérité ?

La Vérité ?

Kyoko fronça les sourcils, elle refusait de le comprendre... elle refusait d'admettre... elle-même ne connaissait pas la vérité derrière la légende.

Quelle vérité ?

Sa voix devint rude et colérique,

Que je ne t'ai pas tuée. C'est ta propre main qui a plongé le poignard profondément dans ton cœur afin de refuser aux destinées leur dû. Mais nous connaissons tous deux la vérité. Tu l'a fait à la demande de ton amant démon, le Lycan. Ne crois-tu pas qu'il savait ce qui aller arriver ? Il désirait ce pouvoir qui est en toi, et s'il ne pouvait se l'approprier alors il te préférait morte !

Kyoko ouvrit les yeux pour voir sa main encore agrippée au dos de la chemise de Kotaro. Je serai morte de toutes façons ! Sa lèvre inférieure trembla mais elle refusa de la laisser faire.

Hyakuhei fredonna doucement.

Non, ça c'est uniquement ce qu'il t'a raconté. Attention à ceux en qui tu places ta confiance, Kyoko. Pourquoi penses-tu que le Lycan est resté avec toi si longtemps ? Il ne te protège pas... il protège la légende qu'il veut pour lui-même. Chacun d'entre eux est inconsciemment attiré par le cristal... tu n'es que le réceptacle.

Kyoko laissa sa main glisser de la chemise de

Kotaro et elle trébucha en arrière, manquant de tomber. Elle jeta un coup d'œil vers le ciel en voyant la lune sanglante en écoutant la voix d'Hyakuhei. Ses paroles maudites étaient un acte de séduction délibéré.

C'est vrai ma prêtresse... expire pour que je puisse te respire. Je viens pour toi.

Non ! cria Kyoko mentalement.

Tu mens... Kotaro ne ferait jamais ça !

Hyakuhei ricana doucement dans l'écho de son esprit, le son la submergeait comme une douce caresse.

Pourquoi, étant ce qu'il est, ne voudrait-il pas devenir plus puissant ? N'est-il pas un démon tout comme moi ? Il utilise ton cœur contre toi, mon amour.

Kyoko le regarda par-dessus l'épaule de Kotaro.

Tout comme toi !

Ah, mais il y a une différence... Je n'ai jamais menti sur mes intentions. Tu sais ce que j'ai toujours voulu depuis le début. Je veux la puissance du cristal et je te veux à mes côtés.

Son sourire s'assombrit en sentant sa confusion grandir.

Kotaro n'a été honnête concernant ses intentions qu'après avoir appris l'existence du cristal en toi. Je n'ai aucune raison de mentir. La vérité est beaucoup trop divertissante.

    Kyoko se tenait au milieu de ses amis et regardait autour d'elle le chaos alors que des larmes commençaient à couler de ses yeux. Dans les recoins les plus profonds de son esprit, où Hyakuhei ne pouvait l'atteindre... elle savait que ses paroles étaient fausses et destinées à la garder dans la confusion. Elle ne voulait pas laisser cela se produire et elle refusa de paniquer comme elle l'avait fait auparavant.

    Elle remarqua que Toya regardait au-dessus d'eux alors qu'il essayait de se battre et Kyoko suivit son regard en se demandant pourquoi. Un éclair d'argent au-dessus d'elle attira son attention et elle sourit quand Kyou rencontra son regard.

    Hyakuhei sourit méchamment quand son attention le quitta.

    Qu'il en soit ainsi.

    Kyou plissa les paupières alors que Kyoko reculait au centre même du cercle en dessous de lui. Même à cette distance... il pouvait sentir le sel de ses larmes. Il s'arrêta dans les airs quand leurs yeux se rencontrèrent et son souffle le quitta alors qu'il entendait sa voix mélancolique.

    Kyou... Toya voulait que tu aies quelque chose... quelque chose qui t'as manqué et auquel tu aspirais. Quelque chose qui pourtant ne t'a jamais quitté.

Il n'eut pas le temps de comprendre ce qu'elle voulait dire lorsqu'une lumière brillante éclata dans son esprit, lui donnant mal à la tête avec une intensité de douleur qu'il n'avait jamais connu. C'était comme si quelque chose lui avait été arraché avant de lui revenir précipitamment pour le remplir de nouveau. Heureusement, la douleur atroce s'estompa rapidement et il gémit par la suite. Quand sa vue revint, il vit la fille lui sourire doucement puis détourner le regard.

Kyoko avait l'impression que de nombreux échos d'elle-même venaient de s'abattre sur elle et elle se sentit instable et épuisée à cause de cela. Elle prit une profonde inspiration en tremblant lorsque le champ de bataille commença à se balancer devant ses yeux et ce fut tout ce qu'elle put faire pour garder son équilibre alors qu'elle attendait que la faiblesse soudaine passe.

Ravalant son urgente envie de crier, elle essaya de regarder autour d'elle. La multitude de monstres se pressait plus près du groupe mais à chaque fois que son cœur battait, elle voyait double. Ensuite, sa vision se redressait d'elle-même alors que les images dédoublées se réunissaient pour redevenir double avec son prochain battement de cœur.

Désireux de savoir ce qu'elle lui avait fait, Kyou commença à descendre à ses côtés mais fut rapidement bloqué par plusieurs des serviteurs d'Hyakuhei s'élevant de la terre pour le rencontrer dans les airs. Ils semblent être d'humeur frénétique prêts à tuer ou être tués. Il savait que tout cela faisait partie du plan élaboré d'Hyakuhei, mais que pouvait-il avoir prévu ? Il essaya d'y réfléchir en se demandant ce que Hyakuhei espérerait gagner en l'attirant un peu plus loin.

    Kyou ressentit soudain une traction dans ses tripes et massacra à la hâte les démons attaquants, se retournant pour faire face à la bataille en dessous. Celui qui s'appelait Yohji était resté silencieux depuis son cri de rage, regardant simplement le combat. Maintenant, il semblait se préparer à quelque chose et Kyou pouvait sentir la méchanceté derrière cela.

CHAPITRE 20

Yohji avait plané au-dessus de tout dans un état second... observant Kyoko. Son corps réagissait étrangement avec elle. Il pouvait sentir l'homme au bord de la bagarre essayer de provoquer ses mouvements mais il n'était pas d'humeur à obéir à quelqu'un d'autre. Il avait le pouvoir maintenant et n'avait pas l'intention de jouer selon les règles de quiconque sauf les siennes.

La voix sombre dans sa tête voulait Kyoko mais l'envie de la vider devenait de plus en plus forte et couvrait la voix. L'idée de boire son sang était excitante, rendant son corps dur et prêt. Il prendrait son innocence puis enfouirait ses crocs dans son beau cou juste au moment où son orgasme atteignait son apogée. Il ne s'intéresserait plus beaucoup à elle après ça... si elle survivait.

Quand il en aurait fini avec elle, elle ne serait plus

qu'une coquille, ne valant pas son temps. Cela lui montrerait à ce putain d'agent de sécurité avec son air de bad boy débutant. Et Toya ? Oh Toya ne savait même pas ce qui l'attendait… Yohji prévoyait déjà comment le tuer sans mettre fin à l'amusement trop rapidement.

 Sa décision prise, Yohji s'élança comme une balle ne devenant rien d'autre qu'une tache floue au milieu de la bataille. Un sourire narquois apparut sur son visage. Il avait une vierge à dépuceler et il ne pouvait pas le faire avec tout le monde qui le regardait. Mais encore une fois, qui allait oser lui dire qu'il ne pouvait pas ?

 Les yeux de Kyou s'arrondirent lorsque Yohji descendit et il plongea rapidement après lui pour le poursuivre. Les vampires nouvellement nés étaient souvent les plus dangereux, utilisant tout leur pouvoir à la fois au lieu de le conserver comme les vampires plus âgés avaient sagement appris à le faire. Il connaissait l'expression sur le visage du garçon et savait ce qui allait arriver.

 D'autres vampires jaillirent du sol et gênèrent soudain son vol. Ils s'accrochèrent à ses bras et à ses jambes, l'empêchant d'arrêter Yohji. Kyou ouvrit la bouche pour crier un avertissement mais de nombreuses mains recouvraient ses lèvres pour arrêter sa voix. Luttant avec une force renouvelée, il combattit ses agresseurs avec détermination pour arrêter ce qui, il en était sûr, allait se produire.

 La nausée lui monta aux tripes tandis que l'odeur de chair en décomposition l'entourait. Ils étaient même en train d'essayer de lui enfoncer leurs dents et de se battre entre eux comme s'il était leur seul repas après la famine. Ce n'était pas étonnant que les créatures dégagent une odeur si forte, Hyakuhei refusait manifestement de les laisser se nourrir. Cela expliquerait également leur soif de sang dans la bataille au sol.

    Hyakuhei utilisait la prêtresse et ses camarades comme appât pour son armée. La faim et les ordres de leur maître étaient les seules choses qui les poussaient en avant. Si l'un d'eux s'était nourri récemment, les affamés auraient pu dîner sur les morts et reprendre des forces. Cette conclusion n'a servi qu'à énerver Kyou plus encore.

    Le point de pulsation du cou de Kyou commença à brûler mais il l' ignora, voulant seulement sauver Kyoko et son frère d'une mort certaine. De la lumière jaillit de part et d'autres de lui alors que des ailes jaillissaient avec colère, brûlant plus fort que le soleil. Les vampires qui le retenaient crièrent et chutèrent, tombant sur la terre comme d'énormes boules de feu, avant d'atterrir sur d'autres vampires et de les emmener en enfer avec eux.

    La lumière recula vers lui et Kyou plana seul dans le ciel. La lumière qui avait brûlé si chaudement flamboyait maintenant d'un feu doré qui fut rapidement absorbé par lui alors que ses ailes disparaissaient. Au point de pulsation de son cou, purgeant le baiser sombre avec lequel Hyakuhei l'avait maudit, se trouvait un symbole en forme de plume qui restait brillante d'une énergie dorée.

Le pouvoir qu'il ressentait était presque un réveil. Il était soudain conscient de tout ce dont il était capable… et bien plus encore.

Était-ce ce qu'était son père ? Est-ce ce à quoi il était destiné ? Kyou repoussa ces pensées au fond de son esprit et plongea à nouveau vers Yohji qui se rapprochait rapidement de la lueur que ce monde sombre tentait d'éteindre.

Kyoko essayait toujours de reprendre le contrôle de son corps quand des mains la saisirent soudainement par les épaules et la tirèrent vers le haut. Elle ne pouvait pas contrôler le cri qui s'échappait de sa gorge et donna des coups de pieds frénétiques essayant d'obtenir de celui qui la détenait, sa liberté. Des bras s'enroulèrent autour d'elle, plaquant les siens contre ses flancs et elle regarda Yohji par-dessus son épaule.

— Je pense qu'il est temps que toi et moi apprenions enfin à nous connaître, ronronna Yohji à son oreille.

Kyoko luttait dans son étau en essayant de trouver la force de le combattre.

— Continue de bouger mon petit ange, murmura Yohji.

— Tu sais à quel point ça m'excite.

Tasuki venait juste de reprendre son souffle quand il entendit Kyoko crier. Il leva son regard vers le haut juste au moment où Yohji attrapait Kyoko et filait droit dans le ciel avec elle. C'en était vraiment assez, il avait supporté tout ce qu'il pouvait supporter de ce connard de fuck boy et avait décidé sur-le-champ d'y mettre un terme… définitivement.

Utilisant le sol comme un tremplin, Tasuki s'éleva dans les airs et attrapa l'ange aux cheveux auburn dans les bras de Yohji.

— Si je me souviens bien, tu te battais contre moi, gronda Tasuki alors que ses ongles se transformaient en griffes assassines et il les balança le long du bras de Yohji en espérant qu'il la libérerait.

Yohji sourit et serra Kyoko plus fort en refusant de lâcher prise et Tasuki pressa le devant de son corps contre celui de Kyoko pour éviter de l'écraser. Elle était maintenant coincée entre eux et il baissa les yeux sur son visage baigné de larmes. Ce fut la goutte d'eau. Personne ne pouvait faire pleurer Kyoko… pas pendant qu'elle était dans ses bras.

— Tu devrais vraiment t'acheter une vie ! gronda Tasuki.

— Ou mieux encore, poursuivit-il alors que sa main fusait pour aller s'incruster dans le torse de Yohji avec un bruit à vomir.

Il sourit en voyant l'expression choquée sur le visage de son opposant et il serra le cœur dans sa main avant de le retirer lentement.

— Et si tu te contentais de mourir ! conclut Tasuki par un cri et il arracha le cœur froid et mort du corps de Yohji.

Il le tint un moment, ne quittant jamais le visage de Yohji des yeux avant de réduire l'organe en bouillie.
L'emprise de Yohji se relâcha, alors que son expression de choc devint un élément permanent sur son visage. Ses lèvres étaient entrouvertes comme pour dire quelque chose mais les mots ne trouvèrent jamais la sortie alors qu'il s'effondrait sur la terre dans une pluie de poussière.

Tasuki garda Kyoko dans ses bras et la tint contre lui, pressant son visage contre son torse pour qu'elle n'assiste pas à la fin de Yohji, bien qu'il la regardât avec satisfaction.
C'était la première fois que Kyoko se sentait en sécurité depuis que la bataille avait commencé et elle enroula ses bras autour de lui. Elle savait qu'elle était encore si faible que si Tasuki ne s'était pas accroché à elle comme il le faisait… elle serait tombée.

— Tasuki, elle pleura réalisant ce qu'il était et elle savait que c'était entièrement de sa faute… d'une certaine façon.

— Je suis désolée ! Je suis vraiment désolée.

Elle releva la tête et regarda celui qui était l'un de ses plus chers et plus anciens amis.

— Que t'ai-je fait ?

Il voulût essuyer les larmes de ses yeux et tout arranger pour elle mais au fond de lui… Tasuki savait qu'il manquait de temps.

— C'est peut-être pas le moment parfait pour te dire ça, Kyoko, mais je le dois, avant que quoi que ce soit d'autre ne nous arrive à toi ou à moi.

Tasuki lui pris le visage de sa main propre et souri chaudement alors que ses yeux rougeoyaient d'une lueur améthyste des plus belles.

— Je t'aime, Kyoko. Je t'ai toujours aimé et je t'aimerai toujours... même s'il me faut pour cela te suivre jusque dans un prochain cycle de vie.

Il baissa la tête et posa un doux baiser sur ses lèvres douces en sachant qu'il n'aurait plus jamais l'occasion de le faire... pas dans ce monde.

Kyou gronda quand Tasuki embrassa sa prêtresse, mais au moment même où il fusa en avant pour l'arracher à elle, une force invisible le jeta en arrière et le tint à distance. Son corps se figea sur place, refusant de bouger et il perçut le pouvoir familier d'Hyakuhei. Ses yeux dorés s'écarquillèrent d'horreur et sa voix cala dans sa gorge. Il était impuissant et ne pouvait rien faire d'autre que regarder ce qui se passerait ensuite.

Tasuki ouvrit grand les yeux et il émit un grognement de surprise quand une douleur indescriptible lui transperça le dos. En même temps, il sentit une chaleur extrême sortir des lèvres de Kyoko et passer en lui et tout ce qu'il pouvait voir était de la lumière... et bien plus encore. Il avait eu raison en parlant de la suivre dans sa prochaine vie. Il l'avait déjà fait tant de fois.

Kyoko éloigna ses lèvres de celles du garçon au moment même où la lumière s'estompait. Levant les yeux vers son visage, elle vit sa bouche s'ouvrir et se refermer avant qu'un filet de sang ne tombe d'un coin de ses lèvres. Elle sentit quelque chose bouger contre son ventre et baissant les yeux elle se mît à hurler quand une paire de mains déchira le corps de Tasuki, le fendant en deux. Elle se sentit tomber avant qu'une autre paire de bras ne remplace ceux de Tasuki et elle poussa un gémissement de peur.

Là, la portant dans ses bras, le bel ange de la mort lui-même.

— Hyakuhei, murmura-t-elle avant de baisser le regard, à la recherche de Tasuki.

Son cœur battit plus fort dans sa poitrine quand elle ne vit que la moitié supérieure du corps de Tasuki gisant sur le sol près de ses amis... comme un présage de ce qu'ils allaient devenir de tous. Son sang tachait la terre déjà trempée de rouge d'une nuance encore plus profonde de rubis.

La respiration de Kyoko commença à devenir difficile et des larmes d'angoisse lui remplirent les yeux, faisant de sa vision une expérience similaire à de la nage. Elle cria à nouveau, cette fois le son était saturé d'un profond chagrin,

— TASUKI !

Elle tendit le bras vers ses restes, ne voulant rien de plus que d'être à ses côtés. Elle n'en avait que faire qu'il soit désormais déchiré en deux, même à cette distance, elle pouvait voir son corps qui tentait encore de respirer.

— Laissez-moi aller à lui !

Elle pleura quand elle fut brutalement remise à place et elle résista à l'emprise d'Hyakuhei de toute la force qu'il lui restait.

— Il n'est pas mort. Il est vivant ! Il est vivant !

Quand Hyakuhei ase contenta seulement de rire doucement et de la serrer plus fort, elle se résolut à frapper sur son torse de ses petits poings, avec cris et aux coups de pied... le priant de la libérer. Elle regardé de nouveau vers le bas vers son ami et sanglota quand les yeux de Tasuki rencontrèrent les siens. La main restante de Tasuki bougea, se soulevant légèrement comme pour essayer de l'atteindre mais elle retomba encore au sol.

Le regard d'Hyakuhei passa de Kyoko à Kyou qui se tenait à l'extérieur de la barrière qu'il avait érigée pour ne pas être interrompu. Il avait la prêtresse dans ses bras et son favori était dehors, essayant de se frayer un chemin vers eux. Que Kyou le veuille ou non, ils seraient une famille... complète et entière.

    Shinbe haleta de douleur et plaça une main sur son torse à l'emplacement du cœur lorsque Tasuki s'écrasa au sol à côté de lui. Tombant à genoux, il perdit toute sa concentration et ses attaques télékinésiques s'affaiblirent avant de s'arrêter complètement. Il sentit la bile monter dans sa gorge à l'instant où ses yeux améthyste rencontrèrent ceux de Tasuki.

    C'était comme si, une nouvelle fois, il vivait sa propre mort. La douleur était impossible à ignorer et elle lui serra le cœur avec des sursauts, ajoutant à sa douleur. Shinbe regarda Tasuki relever les yeux vers Kyoko dans les bras d'Hyakuhei et tenter de lever la main en guise d'adieu mais il n'avait pas la force de la maintenir levée.
    Shinbe tendit la main et attrapa celle de Tasuki sans se rendre compte qu'il avait des larmes qui coulaient sur ses joues. Tasuki ne mourrait pas seul... Shinbe y veillerait.

    À leur insu, une barrière de couleurs scintillantes apparut autour d'eux, les protégeant contre de nouvelles attaques. Shinbe regarda la lumière améthyste déclinante des yeux de Tasuki et hocha la tête en comprenant ce que Kyoko avait signifié pour le jeune homme.
    Tasuki serra légèrement la main de Shinbe et sourit calmement,

    — ne comprends-tu pas... elle attend de l'autre côté... nous attend toujours. Sur cette dernière pensée,

Tasuki laissa ce monde s'éloigner de lui et il n'eût pas de crainte alors qu'il renaissait dans le suivant.

Shinbe manqua de nouveau d'air lorsqu'une secousse percuta son corps à travers leurs mains liées. C'était comme si son âme était complète, comme s'il lui avait manqué quelque chose toute sa vie durant. Il sut alors quel avait été son destin dans cette vie depuis le début et son pouvoir grandissait avec cette information. Kyoko avait fait un cadeau à Tasuki et avec la mort de ce dernier, le cadeau lui avait été transmis à lui… son porteur légitime.

Lâchant la main du garçon, Shinbe se leva et fixa son regard sur Hyakuhei puis sur Kyoko. Il grimaça face aux larmes sur son visage et sentit la fureur monter du plus profond de son être. Personne ne faisait pleurer Kyoko.
La rage de Shinbe dépassa toutes les limites de la retenue et son pouvoir commença à se développer au plus profond de lui. Son âme complète pris place au premier plan et le vent autour de lui commença à se plier… succombant à sa volonté. L'énergie psychique tourbillonnait autour de lui, créant une hélice de pouvoir qui continuait de croître.

Ses cheveux claquaient autour de son visage, s'élevant droit dans les airs à mesure que la puissance augmentait. Ses mains se mirent à briller d'une vive lueur améthyste. Il laissa échapper un cri de colère et le dos de sa chemise se déchira, révélant une belle paire d'ailes améthyste. Un sceau de plumes apparut sur le point de pulsation de son cou, qui brillait avec la même puissance que ses ailes.

D'une puissante poussée, les ailes le portèrent dans les airs sur une trajectoire de collision avec Hyakuhei. Son visage était déformé par un mélange de haine envers Hyakuhei et d'amour pour sa prêtresse. Il sourit quand Hyakuhei le regarda avec une expression de surprise.

Shinbe étendit son bras pour franchir la barrière et la fit voler en éclats comme une vitre. Son vol ne fut pas ralenti et il frappa de son autre poing en même temps libérant une puissante explosion d'énergie psychique qui envoya Hyakuhei dégringoler à travers les airs. Au même moment où Shinbe se connectait à Hyakuhei, Kyoko le repoussa, se dégageant de son emprise et obtint finalement sa libération, mais elle commença à chuter vers le sol.

Shinbe se précipita pour aller la sauver mais vit Kyou plonger après Kyoko et il savait qu'elle serait entre de bonnes mains. Il reporta toute son attention sur Hyakuhei et se prépara à l'attaquer à nouveau. Cette fois, il était préparé à recevoir tout ce que Hyakuhei leur balancerait... cette fois, ils gagneraient.

Kyou plongea sous Kyoko et alors qu'il était toujours dans son mouvement de descente, il l'arracha des airs. Ralentissant sa chute, il regarda son visage choqué. Elle avait l'air si fatiguée et ses joues étaient pâles... était-ce à cause de ce qu'elle lui avait fait ? Avait-elle ee manière inexplicable offert le même cadeau au sorcier ?

Kyoko sentit le monde s'effondrer sous elle lorsque

les bras de Hyakuhei disparurent. Elle tenta faiblement de s'accrocher à l'air, sentant la peur monter dans sa gorge laissant derrière elle un horrible goût d'effroi. Une autre paire de bras apparut autour d'elle, arrêtant la chute et elle haleta de surprise. Le monde se redressa soudain et elle lutta contre l'évanouissement imminent.

Kyoko n'arrivait pas à se concentrer et commença à paniquer. Elle perdait rapidement le contrôle de la situation et se demandait si elle l'avait déjà eu pour commencer. Les bras la tenant se resserrèrent et elle évita le regard noir de Kyou qui lui brûlait le haut de la tête. Elle pouvait sentir à quel point la colère montait en lui et se dit que cela devait être lié au fait qu'il devait la sauver. Pour le moment, elle n'aurait pas eu la force de se frayer un chemin hors d'un sac en papier mouillé… et encore moins de le combattre.

Kyou fronça les sourcils quand il sentit le cœur de Kyoko s'accélérer et son emprise sur elle se resserra. Pourquoi avait-elle peur ? Croyait-elle vraiment qu'il lui ferait du mal ? Ses pensées s'assombrirent, il se demanda si elle s'éloignerait de lui de la même manière qu'elle l'avait fait avec Hyakuhei. Ses yeux dorés se refermèrent à demi car il ne souhaitait pas être comparé au démon qu'elle fuyait.

Cela le mettait en colère qu'elle le craigne de cette manière et il combattit l'envie d'émettre un grondement d'agacement. Il décida que cela n'avait pas d'importance qu'elle le craigne ou non… peut-être que c'était même pour le mieux qu'elle sache qui avait le dessus entre eux deux. Ce ne serait pas la première fois qu'il percevait cette émotion particulière chez elle. Au lieu de cela, il se concentra sur ce qu'elle lui avait fait… sans sa permission.

— Que m'as-tu fais ? demanda froidement Kyou en fixant ses yeux émeraude.

Kyoko commença à baisser les yeux mais il la secoua légèrement pour ramener de nouveau son attention sur lui. Elle ne savait pas comment répondre à cette question et elle refusait d'inventer quelque chose pour le satisfaire.

— Je… je ne suis pas vraiment sûr de ce que j'ai fait. J'lai simplement fait.

Kyou pouvait dire qu'elle disait la vérité avec sa réponse inutile et il relacha quelque peu la pression de ses doigts pour ne pas la blesser.

— C'est compréhensible que tu ne contrôles pas encore complètement tes capacités. Que les dieux nous viennent en aide si ça arrive.

— Qu'est-ce que ça veut dire au juste ? demanda Kyoko avec curiosité.

Il n'était pas juste qu'il en sache plus sur elle qu'elle-même… mais elle n'avait pas le cran de lui dire ça.

— Tu es instable, l'informa Kyou.

— Et j'aimerai vraiment voir demain... comme le voudrai le reste du monde.

Ses yeux se radoucirent l'espace d'un instant comme il les abaissait vers la terre.
Kyou se posa de nouveau au milieu de la bataille sanglante à côté de ses camarades et poussa presque Kyoko vers Kotaro.

— Je crois que tu avais perdu quelque chose. Il y en a qui devraient mieux prendre soins de leurs affaires. Cependant, continua Kyou et il prit Kyoko par l'épaule comme pour la tirer de nouveau vers lui.

— Si tu es incapable de la protéger... alors peut-être devrais-je la prendre comme je l'ai fait par le passé.

Kotaro avait tendu le bras et attrapé la main de Kyoko quand ces paroles quittèrent les lèvres de Kyou comme une menace bien placée qu'elles étaient véritablement. Il plaqua abruptement la fille affaiblie contre son torse. Son grondement fut rejoint par celui de Toya... La déclaration de Kyou apportant plus d'une image indésirable au centre de leurs esprits.

Kyou ne prêta aucune attention au mécontentement, souriant mentalement avec l'amusement. Au lieu de cela, il se retourna et voltigea le poing dans la face du vampire le plus proche. Retirant sa main, il regarda, agacé, le sang et la vase qui la couvrait maintenant. Il eut presque un sourire affecté quand il détecta la colère d'Hyakuhei, qui se voyait refuser la prêtresse une fois de plus.

Les vampires attaquants s'exaspéraient comme ils sentaient la fureur de leur maître et se rassemblaient plus étroitement, se gênant mutuellement dans l'accomplissement de leur tâche... leur enlever Kyoko.

Toya avait la sensation de n'être plus rien qu'une machine à tuer, assassinant tout ce qui l'approchait à quelques mètres. Il avaient un allié de moins et il regarda autour ne voyant pas son ami absent puis quelque chose dans ses tripes l'incita à lever les yeux. Il dû y regarder à deux fois lorsqu'il vit Shinbe échanger des coups avec Hyakuhei dans le ciel, demeurant presque bouche bée devant les belles ailes d'améthyste qui avaient poussé dans le dos de Shinbe.

Sur ma vie ? il réfléchit silencieusement et oublia momentanément qu'il était au milieu d'un bain de sang.

Alors qu'il tentait de digérer cette nouvelle information, une douleur cuisante se déplaça dans son bras presque immédiatement remplacée par un sentiment accru d'euphorie. Il voulut attraper son bras et à la place, sa main rencontra une tête de cheveux secs et semblables à de la paille. Un vampire avait réussi à s'approcher de lui, enfonçant ses crocs dans son bras.

— Je ne suis pas un putain de coussin à épingles, bon sang ! cria-t-il.

Prenant les cheveux d'un poing serré, il éloigna la créature de lui... grimaçant à cause de la chair qui l'accompagna et il jeta le démon suceur de sang sur l'herbe. Il contorsionna son corps sur le côté juste à temps pour éviter un autre ensemble de griffes déterminées à le tuer. Un faisceau d'énergie coloré jaillit au-dessus de son épaule et dans la bouche ouverte du vampire, lui faisant exploser la tête.

— Waouh ... c'était plutôt cool !

Toya jeta un coup d'œil en arrière et sourit à Kamui qui baissa la main. Se rapprochant de quelques pas de l'immortel, il cria pour se faire entendre dans le vacarme de la bataille.

— Hey Rainbow Boy, savais-tu que Shinbe pouvait voler ?

Kamui sourit, Je lui avait toujours dit qu'il était assez cool pour un homme blanc. Quand il entendit Toya faire hein ? son sourire s'approfondit. Tournant la tête pour s'adresser à Toya, il écarquilla grand les yeux lorsque le poing de Toya vint droit vers lui.

— Baisse-toi, crétin ! hurla Toya.

Kamui fit ce qu'exigeait Toya, ne prenant pas la peine de poser des questions et soudain il sentit quelque chose d'humide et collant sur son dos. Relevant la tête et la tournant pour voir par dessus son épaule, son visage fut déformé par le dégoût quand il a vit la traction de la main de Toya s'extraire de la cavité dans la cage thoracique désormais vide du vampire attaquant.

— Merci, grogna Kamui et il se tint debout,

s'étranglant presque à cause du sang qui couvrait maintenant son dos.

Il se tortilla un peu en essayant de se débarrasser de la sensation mais elle demeura. Kamui recula pour resserrer le cercle qu'ils avaient formé autour de Kyoko et ressentit un peu de soulagement lorsque son dos rencontra le sien.

— Tu vas bien ? demanda Kamui en sachant qu'elle n'allait pas bien.

Kyoko hocha la tête, puis réalisa qu'il ne la regardait pas, alors elle répondit verbalement.

— Je vais bien, mentit-elle,

— Je veux juste que tout ça se termine.

Kamui était mentalement d'accord avec elle. Son front se plissa alors qu'il se concentrait sur la bataille en sachant qu'ils devaient trouver un moyen de vaincre leur ennemi et rapidement. Il pouvait sentir la force de Kyoko diminuer lentement... elle aurait besoin de se reposer et bientôt. Elle avait déjà utilisé ses pouvoirs trois fois maintenant, même s'il doutait qu'elle s'en rende compte. Si ses pouvoirs refaisaient surface... il ne pensait pas que son corps y survivrait.

Ce dont ils avaient besoin, c'était d'un miracle; pour ramener Hyakuhei au sol où il était le plus vulnérable et le combattre les yeux dans les yeux. Son armée de morts-vivants n'était qu'une distraction, quelque chose qu'il avait mis au monde pour trouver leurs faiblesses afin qu'elles puissent être exploitées. Cependant, la seule faiblesse que Kamui voyait en chacun d'eux était celle qu'ils essayaient de protéger... Kyoko. Ses yeux scintillants revinrent au combat dans les airs.

Hyakuhei glissa en arrière, se tenant facilement hors de portée des explosions psychiques de Shinbe. Le sorcier le traqua avec un feu obsessionnel dans ses yeux d'améthyste. Hyakuhei dût admettre que si Shinbe avait été beau auparavant, les ailes sur son dos le faisaient paraître angélique. Mêlé à la colère sur son visage, le sorcier ressuscité était vraiment un spectacle magnifique.

Il ressenti que quelque chose ressemblant à des remords que la beauté améthyste n'aie été jamais conviée à le rejoindre dans les ténèbres… il aurait été un supplément fascinant.

— Espères-tu réellement me vaincre, mon garçon ? Je t'ai détruit jadis… aurais-tu oublié la fille que tu tentais de protéger de moi il y a bien longtemps ? Je te propose ceci… rejoignez moi et mon règne de ténèbres. Ne fais qu'un avec ma famille et je promets de ne pas faire de mal à ta précieux Suki.

— Allez vous faire foutre, toi et la chauve-souris sur le dos de laquelle tu es arrivé ! gronda Shinbe.

— Tu as essayé de nous détruire, mais tu ne peux pas détruire nos âmes. Dans ton ignorance, tu as oublié que les gardiens peuvent renaître avec tous les souvenirs de leurs vies passées intacts... ou se pourrait-il que tu aies encore l'impression que nous sommes humains ?

L'expression de Hyakuhei s'assombrit :

— Ne m'insulte pas sorcier. Si tu refuses de te joindre à moi, alors je détruirai une fois de plus tout ce qui t'es cher.

Shinbe s'arrêta en plein air, envahi d'une soudaine inquiétude. Baissant rapidement les yeux vers le lieu où se trouvait Suki, il vit des ombres converger vers elle et prendre forme alors que plusieurs vampires l'attaquaient en même temps. Alors qu'elle était entraînée vers le bas, Shinbe se sentit craquer. Il savait que cela ne changerait absolument rien d'essayer de l'atteindre à temps, alors il concentra tout son pouvoir directement sur Hyakuhei et le frappa.

Kamui tréssaillit au moment où il entendit la voix de Shinbe fort dans sa tête.

— Kamui ! Sauve Suki !

hurla Kyoko a crié quand les choses se mirent à dégénérer juste sous ses yeux. Les créatures de la nuit étaient partout, bondissant en avant et planant dans les airs tels les fantômes d'une maison hantée. Les portes de l'enfer s'étaient ouvertes et Suki était directement en face. Kyoko se précipita en avant le bras tendu comme pour éloigner Suki d'eux lorsqu'elle fut brusquement repoussée contre Toya.

Kamui apparut, l'expression sombre sur son visage fit frissonner Kyoko. Elle ne l'avait jamais vu comme ça auparavant, d'aussi loin qu'elle se souvienne. Il n'était pas censé ressembler à ça. Kyoko luttait contre Toya car elle voulait aider Suki mais elle s'immobilisa quand sa voix calme l'apaisa.

— Ne bouge pas Kyoko, murmura Toya dans le creux de son oreille.

— Fais-moi confiance et regarde… tu vas adorer ça. Lorsqu'il la sentit se détendre contre lui, Toya prit le temps de la serrer doucement dans ses bras.

L'avoir dans ses bras était une sensation merveilleusement bonne et il aurait souhaité encore une fois pouvoir l'éloigner de tout. Ses yeux pourtant, ne quittèrent jamais la silhouette de Kamui alors que l'immortel s'avançait vers Suki.

Kotaro gronda presque devant la façon dont Toya tenait Kyoko de manière si possessive. Sans la bataille qui se déroulait autour d'eux, il aurait arraché Kyoko des mains de Toya. L'envie était forte mais la priorité était claire… d'abord, gagner la bataille et ENSUITE emmener Kyoko.

Kamui était tout simplement énervé. Cela avait assez duré et il n'allait pas reculer comme le faiblard qu'Hyakuhei voyait en lui. Il ferma les yeux un instant et quand il les ouvrit, une poussière multicolore tourbillonna autour de lui, se rassemblant dans son dos et formant des ailes que même un ange envierait. Elles frissonnèrent un peu, remuant légèrement l'air et faisant ébouriffer les douces plumes.

    Plaçant ses mains ensemble, Kamui regarda l'ennemi converger vers Suki. Ses lèvres commencèrent à remuer, aucun son ne venant d'elles au début. Lentement, sa voix monta en volume jusqu'à ce que son chant commence à noyer tous les autres sons.
    Kyou regardait Kamui se diriger ves l'engeance infernale et l'humain piégé sous eux. Il avait une très bonne idée de ce qui se passerait une fois que l'immortel serait vraiment en colère.

    Les yeux de Suki s'écarquillèrent lorsque les démons se rapprochèrent soudain d'elle. Elle serra les dents quand les griffes de ceux qu'elle ne pouvait pas tuer à temps commencèrent à lui creuser la peau... l'arrachant et laissant derrière elles de profondes entailles. Le sang coulait comme des ruisseaux le long de son corps, la rendant presque malade. Si elle ne faisait pas quelque chose, elle mourrait tout simplement pour cause d'hémorragie ... s'ils ne décidaient pas de commencer à la boire. Quoi qu'il en soit, elle était morte.

    Ils la submergèrent, la tirant sous eux au sol. She kicked and jerked and, in a moment of clarity, she realized she was screaming. Des visions de sa mort précédente lui traversèrent l'esprit et elle a lutta contre l'envie irrépressible de fermer les yeux. Elle n'allait pas mourir sans au moins voir Shinbe... il serait la dernière chose qu'elle verrait quoi qu'il arrive. Elle sentit la panique monter dans sa gorge lui coupant la voix. Le poids massif sur elle étouffait sa capacité à respirer, rendant la peur encore pire. Ils l'écrasaient de leur poids et elle pouvait sentir leurs crocs danser sur sa peau en attendant de percer sa chair.

C'était comme si son cauchemar était redevenu réalité. Toutes ces années à grandir en ayant le même rêve encore et encore, sans fin, pour maintenant le voir se réaliser. Puis, à travers la douleur, elle entendit une voix chanter dans une langue qu'elle ne pouvait pas comprendre. Son corps commença à se réchauffer et elle eut l'impression d'avoir de la fièvre... la chaleur rayonnait de sa peau et elle se demanda brièvement si elle était sur le point de prendre feu spontanément.

La chaleur et la pression de ces corps sur elle lui rendaient impossible une inspiration de plus et elle sut que ce serait bientôt la fin. L'obscurité dansait le long des limites de sa vision et ses yeux brûlaient car elle savait qu'elle ne pouvait toujours pas voir Shinbe. Soudain, elle put voir de nouveau et le poids au-dessus d'elle disparut. La chaleur était devenue intolérable mais ça ne lui faisait aucun mal. Elle était entourée de flammes de tous les côtés et des cris qui n'étaient pas les siens résonnaient à ses oreilles.

Suki leva un peu la tête et vit que les flammes autour d'elle étaient les vampires qui l'avaient maintenue immobilisée. Ils hurlaient, griffant leur propre peau et certains fuyaient, essayant d'échapper à leur mort. Les flammes ne firent que les suivre, ne s'éteignant pas jusqu'à ce qu'il ne reste que des cendres. De la poussière rouge et chaude flottait autour d'elle comme des étincelles de feu de camp alors qu'elle inhalait avidement le doux oxygène dans ses poumons en manque.

La poussière s'immobilisa et elle écarquilla les yeux lorsque Kamui lui apparût plus nettement. Il se pencha légèrement vers elle et tendit la main. Elle accepta l'offre et fut doucement relevée. Elle ne pouvait pas contrôler le sourire soulagé qu'elle adressait à l'immortel.

— Merci ! chuchota-t-elle directement de tout son cœur.

— C'est la deuxième fois au cours des deux dernières heures que tu me sauves.

Kamui rougit en passant une main dans ses cheveux violets. Il avait sauvé de nombreuses personnes auparavant, mais il choisissait généralement de rester invisible et ne recevait donc jamais d'éloges pour cela.

— Je te l'avais dit, murmura Toya à l'oreille de Kyoko.

— Une chose dont je me souviens à propos de lui… faut pas l'énerver. Sans quoi c'est parfaitement possible d'aller se coucher et de se réveiller le lendemain matin sans sourcils, cheveux tressés et vêtu d'une robe.

Kamui sourit par-dessus son épaule en direction de

Toya.

— Tu te rappelles de ça, toi ?

Toya se renfrogna et mentit.

— Non, je ne m'en souviens pas.

Kamui tira Suki devant lui comme un bouclier.

— Attention, j'ai une Suki et elle est dangereuse.

Ils mirent un terme à leurs plaisanteries lorsque des plumes d'améthyste se mirent à flotter jusqu'à au sol autour d'eux, faisant se lever tous les regards vers le ciel.

— SHINBE ! cria Suki.

Hyakuhei tenait Shinbe en un étranglement avec un bras autour du cou du sorcier et de son autre main il avait saisi l'aile droite… tirant comme pour l'arracher du dos de Shinbe. Shinbe avait une main autour du poignet droit de Hyakuhei tandis que l'autre essayait de contraindre le bras à lâcher son cou.

— Il semble que ta femme soit encore en vie, murmura Hyakuhei.

— Est-ce que je dois réessayer ?

Shinbe inclina la tête en avant avant de la rejeter en arrière avec violence, frappant Hyakuhei entre les yeux et le forçant à lâcher prise. Shinbe fila en avant avant de se retourner pour faire face au démon. Suki était en sécurité et il n'allait pas laisser à Hyakuhei une autre occasion de la lui enlever.

Hyakuhei secoua légèrement la tête et félicita silencieusement le sorcier. Apparemment, dans cette vie, Shinbe avait appris quelques petites choses dans l'art de ce qu'ils appelaient les combats de rue. Il avait soudainement présenté un nouveau défi qui fit sourire Hyakuhei en signe d'appréciation.

Sa réflexion fut de courte durée lorsqu'un petit globe compact d'énergie psychique le frappa au milieu du ventre, le forçant à s'incliner. Ses yeux s'élargirent lorsqu'il ressentit une véritable douleur et il grogna sous le choc. Cela l'envoya valdinguer dans le ciel sans but, ce qui ne fit que le mettre en colère.

Se redressant rapidement, il bondit en avant et attrapa Shinbe par les poignets alors que le sorcier venait à nouveau vers lui. Leur bataille était brusquement devenue une démonstration de force brute.

— Tu n'as aucun véritable moyen de me vaincre de cette manière, déclara Hyakuhei.
— Ma puissance et ma force surpassent de loin les tiennes.

Shinbe luttait contre la puissance que possédait Hyakuhei. Dans un dernier effort pour le repousser de nouveau, Shinbe concentra le pouvoir qu'il avait entre ses mains. Hyakuhei lui adressa un sourire narquois et soudain les rôles s'inversèrent. La puissance de Shinbe fit un ricochet sur Hyakuhei et lui revint tel un boomerang. Shinbe poussa un cri de surprise alors qu'il volait soudain en arrière, fonçant vers le sol à une vitesse vertigineuse.

Suki et Kyoko demeurèrent sans voix lorsque le corps de Shinbe heurta le bloc de marbre qui était resté intact jusqu'à présent. La lueur améthyste de son pouvoir continua de briller pendant un moment dans la poussière et les décombres avant de s'estomper complètement.

Kyoko se retrouva soudain dans l'étreinte de Kotaro lorsque Toya trébucha en arrière, perdant son emprise sur elle. Il les fit tourner pour la protéger des débris volants et serra légèrement les bras. Elle leva les yeux vers le regard bleu vif de Kotaro et vit le doux sourire sur son visage.

— Salut ma belle, murmura-t-il.

CHAPITRE 21

Ignorant le danger, Suki courut vers le bloc tout en évitant les vampires. Elle s'arrêta lorsque Shinbe sortit lentement du nuage de poussière en trébuchant et en agitant la main devant lui tout en secouant la tête pour retirer la terre de ses cheveux. Ses ailes avaient disparu et il sourit sans enthousiasme à Suki.

— Ça fait mal, déclara-t-il d'un ton fade.

Suki courut vers lui et sa paume ouverte rencontra sa joue.

— Ne fais plus jamais ça Shinbe, cria-t-elle avant d'enrouler ses bras autour de lui et de sangloter sur son torse.

Shinbe rayonna joyeusement :

— Ma chère Suki, cela signifie-t-il que tu seras la

mère de mes enfants ?

— Ne fais plus jamais ça, répéta Suki et le serra plus fort.

— Il te faut être en vie pour les engendrer.

Elle se pencha en arrière suffisamment pour le frapper faiblement au torse.

— Couillon.

— Je suppose que nous pouvons considérer cela comme un oui, déclara Kamui puis il se pencha vers l'oreille de Kyou :

— Encore bienvenue, murmura-t-il.

Kyou resta silencieux et fixa Kyoko toujours dans les bras du Lycan. Il comprenait ce qu'il fallait faire et espérait qu'elle comprendrait pourquoi. C'était un gros risque mais il fallait le prendre. Une fois de plus, il perdrait son frère mais les destinées avaient parlé depuis longtemps... d'où la bataille dans laquelle ils étaient engagés maintenant. S'ils évitaient d'aborder la vraie raison pour laquelle ils avaient tous été réunis... cette guerre ne continuerait que dans la prochaine vie.

La prêtresse devait accomplir son destin et accomplir l'ancienne prophétie, sinon les ténèbres régneraient pour toujours et tout serait perdu. Il ne pouvait pas permettre que cela se reproduise, quel que soit le résultat.

Kyoko jeta un œil par dessus l'épaule de Kotaro au nuage de poussière qui disparaissait lentement dans le vent. Elle ouvrit grand les yeux lorsqu'une belle statue d'une jeune fille agenouillée dans l'herbe, les mains tendues, fut révélée. Elle frissonna en regardant bien le visage de la statue. C'était elle… dans les moindres détails. Elle s'éloigna des bras de Kotaro et fit quelques pas tremblants vers elle, levant la main comme pour toucher le marbre blanc mais quelqu'un lui attrapa le bras et l'arrêta.

Elle regarda en arrière et vit que Kamui avait été celui qui l'avait freinée. Elle faillit exiger qu'il la laisse partir, mais l'expression sereine de son visage éloigna cette pensée. Il avait l'air ravi comme si quelque chose qu'il avait attendu se réalisait enfin. Il y avait aussi une lueur de soulagement dans ses yeux qui lui fit reprendre son souffle.

Hyakuhei descendit lentement au sol, ses yeux rouges brillants de fascination. Il continua de la fixer et, pour la première fois de sa longue vie, ressentit le besoin de se mettre à genoux devant la statue. Révérencieux était le seul mot auquel il pouvait penser pour le moment et il ressentit une légère jalousie de ne pas être le seul à la regarder.

La jeune fille était la personnification de la beauté et il pouvait sentir le pouvoir émanant du marbre… le même pouvoir qu'il désirait obtenir de Kyoko. Il ne manqua pas la ressemblance entre la statue et sa belle prêtresse. C'était son présage… le signe que Kyoko était en effet le bon choix pour devenir sienne.

— C'est ça ton pouvoir Kyoko, ronronna

Hyakuhei, donnant la suprématie à sa voix.

— Viens à moi et je peux te rendre plus puissante que tu ne peux l'imaginer. Nous pourrions gouverner ce monde ensemble et les ténèbres seront notre terrain de jeu. Tu serais pour toujours à mes côtés… Je ne te laisserais pas faire face seule, termina-t-il avec un sourire malicieux sachant que ses paroles auraient un effet intéressant sur ses protecteurs.

— Ne t'avise pas de lui parler ! gronda Toya, sa vision débordant d'images d'Hyakuhei allongé sur le sol, mort et ensanglanté.

— Ne la regarde même pas.

Hyakuhei sourit en laissant son regard sombre dériver vers Toya.

— Je crains que tu n'aies pas voix au chapitre, Toya. Kyoko était destinée à recevoir mon baiser et je le lui accorderai avec plaisir. Son unique utilité était de ne faire qu'un avec moi et de devenir la mère de mes enfants. Son pouvoir me rendra plus fort et en retour je lui accorderai mes attentions comme récompense bien méritée. Elle est née de nouveau pour être à moi… pas à toi.

Kyou se dressait entre Hyakuhei et les défenseurs de Kyoko. Il savait ce qui devait être fait et ce qu'il était sur le point de faire pourrait suffire à lui faire perdre à nouveau son frère mais c'était inévitable. Il devint flou aux yeux des autres en se déplaçant, poussant au passage le Lycan loin de Kyoko et tirant la prêtresse contre lui, le bras enroulé autour de sa taille tandis que son autre main était autour de sa gorge.

— Pardonne-moi, murmura-t-il juste assez fort pour qu'elle l'entende.

Kyoko ferma les yeux laissant les larmes s'écouler :

— Je comprends.

— Tu fous quoi là, Kyou ? cria Toya.

Les regard de Kyou était absent alors qu'il regardait Toya tout en s'éloignant d'eux… utilisant Kyoko comme bouclier.

— Ce qui aurait dû être fait il y a mille ans déjà. La prêtresse est la clé de la prophétie et ne peut pas y échapper cette fois.

— Kyou, tu fais le jeu d'Hyakuhei, s'exclama Shinbe en essayant de retenir Suki.

— Tu ignores l'étendue du pouvoir qu'il obtiendra en la possédant.

— Toi aussi, sorcier, répondit doucement Kyou.

Kamui déglutit et la tristesse brillait dans ses yeux. Il voulait soudain éloigner Kyoko de Kyou et le combattre jusqu'au bout. En fin de compte, malgré tout, il savait que c'était ainsi que les choses étaient censées être.

Et ça commence, murmura-t-il silencieusement.

Kyou continua à s'éloigner d'eux jusqu'à ce qu'il se tienne aux côtés de Hyakuhei mais sans abandonner son emprise sur Kyoko. Cela le dégoûtait, ce qu'il était en train de faire... retourner à la créature qui a tué son père et son frère. Remettre la jeune femme dans ses bras au démon était déchirant. Pour la première fois de sa longue vie, Kyou pria pour ne pas être en train de se tromper de décision.

— Alors tu reviens vers moi, déclara doucement Hyakuhei, se penchant pour frotter le nez contre les cheveux argentés de Kyou avant de tendre doucement la main et de tourner le visage de Kyoko vers le sien.

— Et tu ne viens pas les mains vides. Ça me plaît !

Kyou abaissa la tête jusqu'à ce que sa bouche repose à côté de l'oreille de Kyoko tandis que Hyakuhei pressait doucement ses lèvres contre celles de Kyoko. Il voulait murmurer des mots d'espoir mais ce n'était pas sa façon de faire. Il ne pouvait que se tenir avec elle et lui offrir un réconfort silencieux. Elle détenait le moyen d'arrêter Hyakuhei une fois pour trouve comment s'en servir.

Cependant, pour ce faire, elle devait affronter le diable lui-même. Ses insécurités seraient sa chute et à moins qu'elle ne les libère... son pouvoir deviendrait incontrôlable et la mangerait de l'intérieur. Même maintenant, il pouvait voir que cela la tuait à petit feu.

Son regard se posa brièvement sur la statue et il comprit soudain. Le Cristal du Cœur du Gardien était la clé… C'était ça son contrôle. Il s'était trompé ! Ce moment d'illumination fut perdu lorsque la voix de Toya s'immisça dans ses pensées.

— Maudit traître ! cria Toya.

— Je suppose que tout ce qui nous dit que nous sommes à nouveau frères n'était qu'un tas de conneries.

— Peut-être, en effet, répondit froidement Kyou en se demandant s'il venait de sceller leurs destins à tous.

Toya inclina la tête pour que sa frange soit au-dessus de ses yeux et ses poings étaient si serrés qu'ils tremblaient. Soudain, il se précipita en avant, ses yeux brillant d'une lumière surnaturelle. Son visage était tiré dans un masque tordu de rage. Il avait encore une fois échoué à sauver Kyou et Kyoko… la pensée même lui serrait le cœur. Une fois de plus, tout ce qu'il avait fait n'avait servi à rien.

— Toya, non ! héla Kotaro et il courut vers lui sachant ce qui allait arriver.

L'aura de Toya s'enflamma dangereusement et heurta le Lycan. Kotaro fut brusquement renvoyé sur Kamui, renversant véritablement l'immortel.

— Merde, se plaignit Kotaro.

— J'avais oublié que cet abruti pouvait faire ça.

— Ouais, ton cerveau avait toujours tendance à s'éteindre quand Kyoko avait des ennuis, marmonna Kamui.

— Maintenant, fais-moi une faveur et descends, tu es lourd. Et au cas où tu ne l'aurais pas remarqué, Toya est sur le point de faire de se conduire en parfait idiot… encore une fois.

Toya grogna et se précipita sur Hyakuhei, qui était toujours en train de flatter Kyoko. Ses doigts s'enroulèrent comme des griffes et son monde se rétrécit. Il n'avait que deux pensées à l'esprit, sauver Kyoko et tuer Hyakuhei dans la foulée. Soudain, il ne put plus respirer et il hoqueta quand son air fut coupé. Une main s'était enroulée autour de son cou et il était maintenu au dessus du sol, les pieds donnant des coups de pied dans les airs. Il essaya de se dégager de la forte emprise mais elle tint bon.

— N'as-tu donc rien appris de la première fois où je t'ai tué ? demanda Hyakuhei d'une voix basse et dangereuse avant de tourner ses yeux rouges vers Toya.

Il sourit diaboliquement avant de lui faire l'honneur d'une expression légèrement plus douce.

— Ou serait-ce que tu as choisi de retourner auprès de ton maître ? Il pencha la tête sur le côté avant de la secouer.

— Non, ça ne pourrait pas coller. Comme j'en ai informé ton frère, ma jalousie ne connaît pas de limites. Tu ne durerais pas une semaine.

— Pas question que je revienne un jour vers toi ! cracha Toya en s'étouffant.

Il jeta un regard à Kyou et vit l'intention de tuer dans les yeux de son frère. Kyou avait l'air si calme alors que Kyoko tremblait de manière incontrôlable entre ses bras… Toya vit rouge.

— Rends Kyoko ! Elle est à moi et a toujours été à moi. Je ne te permettrai pas de l'emmener.

— Je crains de devoir te corriger, dit Hyakuhei.

— Je ne l'ai pas emportée. Tu devrais peut-être me remercier de lui avoir accordé cette faveur et d'avoir laissé la pauvre chérie se tuer il y a si longtemps. Elle possède tant de secrets, trop pour un être si pur, termina-t-il en jetant un regard complice à Kyoko.

— Putain de menteur ! cria Toya.

Hyakuhei se retourna vers Toya et laissa un coin de sa bouche sensuelle se soulever dans ce qui aurait pu être un ricanement alors que l'expression montrait un léger dégoût.

— Dis-moi mon enfant, t'ai-je déjà menti ?

demanda Hyakuhei.

Il se lécha les lèvres devant la délicatesse qu'il était sur le point de s'offrir. Oui, trahison du cœur accompagnée de larmes et de haine cela donnerait une excellente saveur en bouche.

— Elle ne s'est pas suicidée ! Tu l'as tuée... Les yeux argentés de Toya devinrent dorés alors qu'il regardait lentement Kyoko et prenait conscience de son air coupable.

— ... N'est-ce pas ?

La lèvre inférieure de Kyoko trembla alors qu'elle se rappelait exactement ce qui s'était passé cette nuit-là il y avait si longtemps. Hyakuhei voulait plus que son pouvoir... il l'avait voulue, elle. Quelques heures seulement avant la fin, elle avait fait l'amour avec Kotaro et était devenue sienne. Hyakuhei avait senti cela à la fragrance de sa peau et l'avait narguée en sachant que le Lycan mourrait de sa main à elle une fois qu'elle serait transformée, devenue sa compagne pour l'éternité.

Hyakuhei savait que Kotaro ne lui ferait jamais de mal, qu'elle ait été transformée ou non. Le Lycan aurait laissé sa compagne le tuer sans lever le petit doigt pour l'arrêter. C'était l'une des nombreuses raisons pour lesquelles elle s'était suicidée.

— Tu ne comprends pas... je n'avais pas le choix,

murmura-t-elle en passant des yeux dorés de Toya à ceux de Kotaro les suppliant de comprendre.

Les yeux bleu glacier de Kotaro s'élargirent quand il entendit la confession et il put voir son chagrin alors qu'elle tournait son regard vers le sien. Il secoua la tête sachant ce qu'elle pensait.

— Je n'ai jamais voulu que tu te tues Kyoko. Jamais ! Nous aurions trouvé un moyen de le battre sans te perdre.

Toya gronda soudain, sentant que la faute devrait reposer sur la tête de Kotaro.
Hyakuhei sourit,
— Tu vois mon cher garçon… ta mort n'a servi à rien. Vengeance contre moi pour quelque chose que je n'ai pas fait. Tu devrais me remercier de t'avoir sauvé d'elle. ça aurait été elle, la responsable de ta destruction… pas moi.

— Ferme ta putain de gueule ! cria Toya.

— Kyoko n'est pas un monstre sans cœur. Je ne te remercierais jamais d'avoir fait ça.

— Ah non ? demanda Hyakuhei d'un ton sardonique.

— Peut-être devrais-je changer l'image que tu as de ta femme parfaite et te dire à qui elle appartient.

Toya fit une pause aux paroles d'Hyakuhei et arrêta

de se débattre, son visage affichant sa confusion.

— Que veux-tu dire ?

Hyakuhei rit doucement.

— Bien sûr que tu ne peux pas le savoir, n'est-ce pas ? On ne te l'a jamais dit car la fille est morte avant de pouvoir te dire la vérité.

— NON ! cria Kamui, sachant ce qui allait se passer et se précipita tête baissée sur Hyakuhei.

Il poussa un cri inhumain lorsque son corps entra en contact avec une puissante barrière. Des paillettes multicolores tourbillonnaient autour de lui, tentant de protéger son corps de la puissance noire de l'obstacle. L'électricité dansa sur sa silhouette avant qu'il ne soit projeté loin d'eux.

Kamui glissa sur l'herbe détrempée de sang en gémissant douloureusement. — Ne l'écoute pas Toya, supplia l'immortel calmement, incapable de bouger.

— Il déforme tout… même la vérité.

Toya s'était retourné juste à temps pour voir Kamui s'envoler et avait entendu son appel murmuré mais l'avait ignoré.

— Allez, accouche ! exigea Toya, ne se souciant pas de savoir que c'était l'énnemi qu'il écoutait.

Il voulait… non… il avait besoin de savoir ce que Kamui ne voulait pas qu'il entende.

— La fille a donné son innocence au Lycan avant sa mort, déclara Hyakuhei avec un sourire diabolique.

— Elle a refusé ton amour… ton existence même. Sa vie, son innocence, son amour sont allés à celui que tu as décidé de soutenir dans un effort pour la protéger.

Le visage de Toya se décomposa sous le choc et il regarda Kyoko, son expression frisant la douleur physique.

Hyakuhei le laissa retomber comme un sac poubelle.
Toya atterrit sur le sol en regardant toujours Kyoko avec le cœur brisé visible dans ses yeux.

— Non ! Le mot le quitta comme s'il avait reçu un coup de pied dans l'estomac.

Kyoko essaya de dire quelque chose mais Kyou lui plaça la main sur la bouche et resserra son étreinte. Il voulait entendre le reste. Les secrets ne perdaient leur saveur de pouvoir qu'après avoir été révélés.
Hyakuhei s'agenouilla à côté de Toya, repoussant les mèches noires et argentées de son visage. Il inspira profondément, savourant le goût du tourment de Toya et sentit ce qui restait de son cœur se réchauffer quand il vit des larmes non versées se rassembler dans les yeux dorés de ce dernier. ça semblait le bon moment pour enfoncer encore plus profondément le couteau

dans la plaie.

— Les Lycans s'accouplent pour l'éternité Toya, continua Hyakuhei, chuchotant maintenant dans son oreille.

— Si sa compagne meurt, le Lycan la traquera et la suivra jusqu'à ce qu'ils soient réunis dans la prochaine vie. Il s'assure que leur amour, cracha Hyakuhei au mot suivant,

— continue. Même si l'autre ne se souvient pas du lien et n'en veut pas, le Lycan la pliera à sa volonté jusqu'à ce qu'elle ne puisse plus le combattre.

Toya hoqueta face à une telle horreur et de sa main saisit le devant de sa chemise sur son cœur. La pression était trop forte et il sentit quelque chose en lui commencer à s'étirer au-delà de ses limites.
Son esprit rejouait les images des fois où il avait vu Kyoko et Kotaro ensemble par le passé. Tout s'expliquait… mais pourquoi Kyoko ne le lui avait-elle pas dit avant ? Mieux encore, pourquoi n'avait-il pas su cela à propos de Kotaro ? Le Lycan avait pris Kyoko, lui asservissant son âme pour toujours. Il gémit quand il se sentit perdre le contrôle de plus en plus.

— C'est pourquoi elle t'a rejeté à chaque fois et continuera de le faire, l'informa Hyakuhei.

— Le Lycan le sait et l'utilise pour te narguer, te rappelant ce que tu n'auras jamais malgré tous tes efforts. Il te l'a volée et maintenant… il préférerait qu'elle meure plutôt qu'elle soit avec toi.

    Kyoko sentit ses genoux se dérober à cause de la douleur dans sa poitrine et elle s'appuya contre Kyou pour se stabiliser. Hyakuhei déformait les mots et elle le savait mais l'expression sur le visage de Toya était suffisante pour savoir que le mal avait déjà été fait. Elle tomba à genoux lorsque Kyou la relâcha, glissant devant son corps.

    Les yeux de Toya passèrent de l'or à l'argent puis au rouge rubis alors que sa fureur faisait surface. Il ne pouvait pas le contrôler. Il s'éloigna du véritable ennemi et se leva. Ses yeux rouge sang fixaient Kotaro avec une intention mortelle.
    Le silence régna pour le moment tandis que Toya et Kotaro commençaient à se fixer mutuellement. Les yeux de Toya étaient remplis de rage tandis que Kotaro lui rendait son regard avec une intense empathie. C'était un regard que Toya n'était pas prêt à accepter.

    — Ne me dévisagez pas comme ça ! cria Toya et il se prépara à attaquer Kotaro… son allié.

    Kyou s'éloigna de la forme agenouillée de Kyoko et plaqua Toya au sol. Toya hurla de manière incohérente, se sentant spolié de sa vengeance. Il enfonça ses doigts dans le sol en essayant de s'éloigner de son frère. Il refusait de reculer cette fois. Il comprit qu'il aurait dû tuer Kotaro quand il en avait l'occasion. C'était Kyoko qui l'avait arrêté… il aurait dû le savoir.

    Hyakuhei se plaça derrière Kyoko tandis que ses

serviteurs restants, qui étaient restés silencieux ces derniers instants, formaient une barrière physique entre lui, Kyoko et les autres. Il tendit la main, enroula son bras autour d'elle pour la ramener contre lui et lui caressa sa joue douce avec les doigts de son autre main.

Kyoko frissonna au contact d'Hyakuhei mais ne put s'éloigner de lui. Elle ne pouvait rien faire d'autre qu'écouter, n'ayant pas la force de se boucher les oreilles ou de parler pour calmer la rage de Toya.

— Putain de fils de pute ! cria Toya à Kotaro, sa voix maintenant grave et grinçante… grognant presque à l'intention du Lycan.

— Tu me l'as prise.

— Elle a choisi, Toya, s'exclama Kotaro ne voulant pas blesser son ami mais ne pouvant pas le laisser continuer à croire aux demi-vérités révélées par Hyakuhei.

— Ce n'était pas une décision qu'elle a prise à la légère. Kyoko t'aimait...

— C'est vrai, le coupa Toya essayant toujours de se frayer un chemin à travers l'herbe tout en combattant la forte emprise de Kyou.

— Elle m'aimait, MOI ! Elle me voulait, MOI ! Elle aurait été à moi mais tu l'as prise. L'as-tu prise contre sa volonté en sachant ce qui se passerait dans la prochaine vie ?

Les yeux bleus de Kotaro devinrent cramoisis et il tomba dans une position accroupie comme un animal sauvage prêt à attaquer. ...

— Et elle t'aime encore connard ! continua Kotaro comme si Toya ne l'avait jamais interrompu.

Il se creusa la tête en essayant de trouver un moyen de se faire entendre d'un Toya désemparé. Cette situation s'envenimait rapidement et ils devaient la maîtriser.

Kyou avait beaucoup de mal à garder son emprise sur Toya. Son frère était furieux et il comprenait pourquoi. Kyoko avait été le point lumineux de son monde et savoir qu'il ne l'aurait jamais maintenant le déchirait. Cependant, malgré le fait que les Lycan s'accouplait pour toute la vie, Kotaro était un gardien et n'aurait jamais forcé sa prêtresse.

Hyakuhei avait jugé bon de donner à Toya le pire des scénarios de telles situations. Toya ne voulait pas voir ça. Il voulait seulement voir que Kotaro lui avait pris Kyoko.

— Calme-toi, mon frère ! grogna Kyou, perdant presque son emprise sur Toya.

Toya grogna contre le traître sur son dos et essaya de le pousser sur ses mains et ses genoux. La force de Kyou l'emportait de loin sur la sienne et il tomba sur le côté, plaquant son bras droit sous lui. Avec un sursaut de force, Toya heurta Kyou entre les yeux de son coude gauche, le faisant tomber avec un grognement.

Kyou tomba sur le dos et sentit le poids s'installer à peu près sur lui. Toya avait chevauché sa taille et attrapé une poignée de sa chemise.

— Tu penses toujours que je vais être gentil après que tu aies juste remis Kyoko à Hyakuhei ? Même pas en rêve !

Il fit rage face à son frère levant le poing en l'air avant de s'écraser sur lui avec tant de colère que le son résonna fort et clair dans toute la clairière.

— Je te déteste !

Kyou regarda son petit frère en voyant toujours l'enfant à l'intérieur et la crise de colère qui l'accompagnait. Peut-être qu'il faudrait encore quelques vies à Toya pour grandir. Faisant peu de cas du coup qui aurait tué un homme normal, il attrapa rapidement son frère et roula avec lui au sol jusqu'à ce qu'il soit au-dessus.
Saisissant ses mains, Kyou les poussa dans la terre au niveau de la tête de Toya et grogna :

— C'est ce que les destinées voulaient la première fois, Toya. Si tu défies le destin, tu perds le droit à une vraie fin... Kyoko le sait !

— Une vraie fin ? demanda Toya avec incrédulité.

— Tu sais quoi des vraies fins, putain de merde ? T'as jamais aimé ni eu besoin de personne.

Kyou regarda Toya avant de jeter un coup d'œil en direction de Kyoko.

— C'est là que tu te trompes mon frère, car je vous ai aimé tous les deux plusieurs fois.

Toya s'immobilisa en reconnaissant la vérité dans le regard de Kyou et une fois de plus, il sentit son cœur se briser.

Hyakuhei demeura agenouillé derrière Kyoko en observant la méfiance qu'il avait si soigneusement implantée chez ceux qui avaient toujours essayé de protéger la fille dans ses bras.

Une si délicieuse méfiance, se dit-il.

Se penchant plus près de l'oreille de Kyoko, il laissa son souffle lui caresser le cou et flotter sur sa joue, riant doucement quand il la sentit frissonner à nouveau.

— Vois ce que tu as fait avec tes actions égoïstes ? Si seulement tu étais venue me voir depuis le début, rien de tout cela ne serait arrivé et ils le savent. Rien ne sera plus jamais pareil entre eux et tu sauras toujours que tu en es responsable.

— Pourtant ils ont raison... tu as besoin d'être sauvée, ses yeux s'assombrissent de façon attrayante, il faut qu'on te sauve d'eux.

Kyoko inspira plus fort quand elle sentit ses lèvres

passer de manière fugace sur l'arc de son cou et elle changea brusquement la position de son visage pour regarder dans ses yeux d'encre. La dernière fois qu'elle avait fait cela, elle avait eu un couteau à plonger dans son propre cœur... ça avait était le seul moyen de les arrêter, elle et lui-même. Cette fois, elle n'avait pas une telle arme.

— Vais-je mourir ? demanda-t-elle tristement en regardant ses amis, s'arrêtant sur Kotaro avant que sa vision ne soit embuée de larmes non versées.

L'espace d'un instant suspendu dans le temps, l'expression d'Hyakuhei s'adoucit. Les lignes malveillantes qui semblaient être une partie permanente de sa façade disparurent, laissant derrière elles quelque chose qui semblait humain. Il y avait de la chaleur et de la stabilité dans son regard et il la tint plus près avant de répondre.

— Tu étais destinée à être mienne Kyoko. Je ne permettrai jamais qu'une mort permanente te touche.

Quand il sourit, la douceur de son visage disparut.

— Tu ne pourras pas m'échapper si facilement.

Inclinant la tête sur le côté, il détourna doucement son visage du sien et posa sa main sur sa bouche. Il aurait soudain souhaité être devant le miroir des âmes qui pendaient au-dessus de son lieu de repos afin de pouvoir regarder ses crocs s'enfoncer dans sa peau. Décidant qu'ils auraient l'éternité pour rejouer cette scène, il ouvrit la bouche et toucha sa chair de ses pointes acérées. Quand Kyoko gémit contre sa main, il sentit son entrejambe durcir et plongea ses crocs dans son cou.

    La puissance chaude lui remplissait la bouche et il ronronnait d'extase. Jamais de sa vie il n'avait goûté une telle ambroisie. Il ferma les yeux et savoura... il ne fallut pas longtemps avant que ses plans minutieusement formés ne se concrétisent. Elle était à lui... enfin.

    Kyoko s'effondra contre lui et il contempla les ténèbres se formant dans les coins de son regard. Elle gardait les yeux ouverts en essayant de trouver ses amis et se demandait sans véritable raison s'il lui avait menti et si ce serait la dernière chose qu'elle verrait jamais.

    Le côté rationnel de son cerveau lui disait qu'elle devrait être en train de crier, mais en même temps, elle ne le voulait pas. La douleur initiale de sa pénétration avait disparu et avait été remplacée par la chaleur du désir qui secouait tout son corps. Elle roula la tête sur le côté encore plus, ressentant le besoin qu'il aille plus profondément dans sa chair. Son regard porta au-delà des vampires jusqu'à ceux qu'elle aimait.
    Elle cligna des yeux en voyant leurs lèvres bouger et leurs expressions de colère, mais tout était muet. Son ouïe l'avait quittée dans un silence divin et elle se demandait combien de temps il faudrait avant que sa vue ne suive... la laissant dans la noirceur de l'au-delà.

    Toya hoqueta bruyamment.

— Non ! murmura-t-il et s'éloigna sauvagement de Kyou.

— KYOKO !

Il courut jusqu'à la barrière des morts-vivants pour se trouver de nouveau confronté à la forte retenue de Kyou autour de lui, lui épinglant les bras sur les flancs.

— Il faut que ça arrive ! s'exclama Kyou avec insistance.

— Il n'y a rien qu'on puisse faire.

Toya se débattit dabs les bras de son frère.

— Bien sûr que si. Au diable tout ça !

Kamui et Shinbe retenaient Kotaro. Il montrait les dents face à la scène qui se déroulait devant eux.

— Lâche-moi, putain de merde ! hurla Kotaro, luttant de toutes ses forces.

Kamui sentit des larmes couler sur ses joues. Kyou avait raison, il n'y avait rien qu'ils puissent faire. Il était temps que le monde se redresse et c'était le seul moyen.
Suki avait pris du recul en regardant toute la scène et avait senti quelque chose craquer en elle lorsque Hyakuhei enfonça ses crocs dans sa meilleure amie. Pourquoi personne ne faisait rien ? Leurs deux combattants les plus puissants étaient retenus et tout ce

discours sur les destinées et les destins était troublant. Comme tout le monde était occupé, Suki décida de prendre les choses en main.

Shinbe vit Suki bouger du coin de l'œil et relâcha l'emprise qu'il avait sur Kotaro. Il plaqua son amour au sol et s'accrocha à elle. Par les dieux, quand était-elle devenue si forte ?

— Suki, arrête, dit doucement Shinbe.

Suki le regarda tristement et secoua la tête.

— Pourquoi personne ne l'aide ?

— Nous devons lui faire confiance, répondit Shinbe.

La lèvre inférieure de Suki trembla,

— C'est notre amie Shinbe. Nous sommes la seule famille qu'elle a vraiment ici. Qui en a quoi que ce soit à cirer de savoir si le destin ou quoi que ce soit d'autre ? Nous avons promis de l'aider à traverser cette épreuve et nous ne faisons rien d'autre que de rester là et de laisser faire. Pourquoi diable nous battons-nous si c'est pour finir simplement par la remettre à l'ennemi pour apaiser les destinées ?

— Il était temps que quelqu'un voie les choses à ma façon ! s'exclama Kotaro et il redoubla d'efforts contre Kamui.

Kamui sentit son emprise sur Kotaro s'affaiblir et il tomba soudain en avant lorsqu'il n'eut plus le poids du Lycan pour faire contrepoids. En levant les yeux, il regarda Kotaro se précipiter tête baissée vers la barrière, prêt à tout déchiqueter sur son passage. Kotaro était sur le point de libérer tout le potentiel qu'il avait en lui et Kamui se demanda s'il n'avait pas inconsciemment libéré son ami de longue date afin de sauver celle qui les maintenait tous ensemble.

— Qu'avons-nous fait ? murmura Kamui en se demandant qui avait raison et qui avait tort.

Les yeux de Kyoko s'écarquillèrent légèrement lorsque Kotaro fonça dans la barricade que les vampires avaient formée entre eux. Elle sentit des larmes lui monter aux yeux et couler le long de ses joues quand il tendit la main vers elle. Elle pouvait dire qu'il criait son nom, mais elle ne pouvait pas l'entendre.

Cela lui rappela Tasuki la façon dont il avait essayé de lui tendre la main alors que la force lui manquait. Cette fois... c'était elle qui n'avait pas la force de tendre la main à celui qu'elle aimait. Sa lèvre inférieure trembla quand elle comprit que c'était la dernière chose qu'elle verrait jamais alors que sa vision s'assombrissait. Elle avait lutté pour garder les yeux ouverts mais c'était trop. Une dernière larme s'échappa alors que ses paupières se refermaient lentement.

CHAPITRE 22

Hyakuhei soupira de contentement en sentant son pouvoir couler en lui. Il retira ses crocs et inspira bruyamment, laissant sa tête pencher en arrière. Il leva les yeux vers les étoiles et les regarda comme s'il les voyait pour la première fois. L'énergie augmenta soudainement et il entendit le dos de sa chemise se déchirer. Des plumes noires voletaient autour de lui et il vit une magnifique paire d'ailes noires s'enrouler autour d'eux.

Il la prit dans ses bras et lui prit le visage entre les mains, embrassant ses larmes. Ses yeux rubis explorèrent son visage à la manière de la caresse d'un amant à sa maîtresse. Il pouvait entendre son cœur ralentir et sut qu'il l'avait presque emmenée trop loin. Il lui avait promis qu'elle ne lui échapperait pas dans la mort une fois de plus… une promesse qu'il avait l'intention de tenir.

Les muscles de ses mâchoires se tendaient alors qu'il se mordait la langue violemment... faisant couler son sang de vie. Ses lèvres descendirent contre les siennes, les forçant à s'ouvrir pour un baiser profond... le baiser des ténèbres.

Toya regarda Hyakuhei enlever ses crocs et ses yeux se rétrécirent lorsque les ailes noires émergeaient de son dos. Le ténébreux abaissa lentement la tête pour embrasser Kyoko et même l'air autour de Toya s'emplit d'une grandissante colère comme s'il percevait sa fureur et s'en nourrissait.

— Comment oses-tu ! gronda Toya bruyamment.

C'était déjà bien assez de l'avoir perdue au profit de Kotaro sans même l'avoir su, mais voir Hyakuhei la lui prendre était suffisant pour lui enlever la dernière once de raison qu'il lui restait. Dans ses yeux, les trois couleurs tourbillonnaient en pleine confusion comme si elles contenaient toutes des personnalités différentes qui se battaient pour prendre le dessus.

L'énergie traversa le corps de Toya, obligeant Kyou à le libérer. Toya tomba à quatre pattes, à bout de souffle. Ses doigts s'enfoncèrent dans la terre alors qu'il ne s'accrochait qu'à une seule pensée... Kyoko. Se plaquant les mains au visage, il poussa un cri qui aurait pu briser la terre entière. Son tee-shirt fut complètement mis en lambeaux qui pendaient de son corps par un éclat de lumière si brillant que, l'espace d'un instant... la nuit devint jour.

La lumière s'éloigna de lui en une vague puissante,

aplatissant l'herbe et incinérant tous les vampires qui avaient la malchance de se trouver trop près, les transformant en poussière avant même qu'ils ne puissent hurler. Alors que la lumière continuait de s'éloigner de lui, des ailes d'argent furieuses apparurent dans son sillage.

Shinbe et Suki furent renversés et manquèrent entrer en collision avec un arbre mais Kamui les rattrapa avant l'impact. Shinbe s'affaissa contre Kamui, reposant de tout son poids contre l'immortel tandis que Suki se reposait contre lui.

— Depuis quand est-il capable de faire ça ? demanda Shinbe en essayant de reprendre le souffle qui lui avait été coupé.

Les lèvres de Kamui s'entrouvrirent alors que Toya levait la tête et il remarqua la couleur de ses yeux… de l'argent pur. L'immortel déglutit soudain en comprenant.

— Il a toujours eu le pouvoir mais ne l'a jamais su. C'est elle qui a fait ça… Kyoko ne lui a pas donné ce pouvoir tout à l'heure… il l'avait déjà après avoir passé plus de mille ans dans la tombe avec elle. Elle le lui a donné en premier.

— Comment ? chuchota Shinbe en regardant les cendres flotter devant lui à cause de l'explosion provoquée par Toya.

— Elle était morte… ils l'étaient tous les deux.

Le regard de Kamui se déplaça jusqu'à Kyoko qui était encore dans les bras d'Hyakuhei et il murmura,

— Elle l'aimait à ce point là... elle l'a toujours aimé. Même la mort ne pouvait l'empêcher de l'aimer.

Il regarda ensuite Shinbe et Suki avec une expression agacée.

— Maintenant, lâchez-moi.

Shinbe s'éloigna de Kamui avec Suki dans les bras. Suki était restée silencieuse pendant l'explosion de Toya, regardant avec admiration ce qui s'était passé. Toya était encore agenouillé sur le sol, ses ailes argentées déployées lui rappelant les nombreuses statues d'anges présentes dans le parc. Elle n'avait aucun souvenir d'avoir jamais vu Toya aussi beau et féroce que maintenant.

Kyou avait tenu bon derrière Toya, chevauchant stoïquement la vague d'énergie. Ses yeux s'animèrent lorsqu'il vit que la barricade des vampires avait été brisée. C'était leur chance... il était temps d'en finir. Avec une vitesse incroyable, Kyou fusa à travers l'ouverture et percuta Hyakuhei.

Hyakuhei vit Kyou arriver et déplaça Kyoko sur le côté, la laissant tomber au sol. Il fit face à l'attaque de Kyou et enfonça ses pieds dans la terre pour arrêter l'élan. Kyou fut choqué quand Hyakuhei ne bougea pas d'un pouce. Au contraire, il sentit le vampire le repousser... l'obligeant lentement à reculer.

Les pieds de Kyou s'enfoncèrent pour tenter de freiner l'avancée d'Hyakuhei afin de pouvoir rester près de Kyoko. Deux rainures profondes apparurent dans le sol là où Hyakuhei l'avait repoussé.

Alors que la véritable bataille commençait, une goutte solitaire du sang d'Hyakuhei coula du coin de la bouche de Kyoko et ses yeux s'entrouvrirent. Si quelqu'un avait prêté attention, il aurait vu ses iris passer de l'émeraude au noir d'encre avant de se refermer une fois de plus. Elle essaya de continuer à respirer mais sentit tout en elle s'arrêter… voler le souffle de ses poumons et les battements de son qui avait résonné si fort à ses oreilles un instant auparavant étaient désormais silence.

Toya se releva lentement, ses yeux argentés brillant de fureur. Le maelström en lui se libérait de ses entraves et il fixa Hyakuhei en train de se battre avec Kyou. En aucun cas, son frère ne serait capable de tuer ce monstre seul. Ils tueraient Hyakuhei ensemble… comme cela aurait dû être fait il y a si longtemps.

— Hé ! héla Toya en direction des autres.

— Gardez ces poupées de chiffon laides, aux dents pointues occupées… moi, j'ai un corps à briser.

— Ah, bien sûr, cria Shinbe d'un ton sarcastique en regardant les esclaves vampires restants.

— Qu'est-ce que c'est, cent contre quatre ? Comment tu veux qu'on fasse ça ?

— On va égaliser les chances, déclara Suki.

Shinbe soupira :

— Il me laisse toujours faire le ménage après lui. La dernière fois, il a laissé son boxer pendu au ventilateur du plafond. Maintenant que j'y pense… c'est le même que porte Kyoko.

Suki faillit rire jusqu'à ce qu'elle jette un coup d'œil et elle vit Kyoko allongée sur le sol là où Hyakuhei l'avait laissée.

— Oh mon dieu, murmura-t-elle en se demandant à quoi ils s'étaient attendu. Elle se retourna vers Shinbe avec de la colère dans les yeux.

— Pourquoi ? Pourquoi l'as-tu laissé l'avoir ? Pour ça ?

Shinbe commença à trembler quand il aperçut leur amie sur le sol complètement inerte.

— C'est impossible ! Il secoua la tête en signe de déni.

— Il n'y a rien dans la légende parlant de sa mort… sa voix se brisa alors qu'il chancelait. L'avaient-ils envoyée par erreur à sa mort ?

Kamui se tourna soudain vers Kyoko.

— Non ! le mot lui arracha une lourde angoisse.

Il ne pouvait pas le sentir. Sa force vitale... elle avait disparu.

Kotaro entendit l'exclamation murmurée de Kamui et agrippa son torse. C'était comme si quelqu'un avait déchiré son âme en deux. Ses yeux brillaient de terreur lorsqu'il vit sa compagne étendue sur la terre froide. Il était figé sur place, incapable de bouger ou de comprendre ce qu'il voyait. Ces mêmes sentiments le poussèrent à l'action et il repoussa les vampires loin de lui, passant à côté de Kamui si vite qu'il ressemblait à une image floue.

Il se mit à genoux à côté d'elle et la tira sur ses genoux. Sa tête retomba en arrière et il la trouva molle lorsqu'il l'écrasa contre lui. Son visage devenait de plus en plus pâle chaque seconde et il se sentait impuissant à arrêter le processus.

— Non, Kyoko ! Respire... respire s'il te plaît... pour moi, bébé, s'il te plaît.. pour l'amour du ciel, respire.

Il la tira vers lui, posant un doux baiser sur ses lèvres bleues, puis reposant sa tête sur son épaule et lui frottant le dos.

— Ne me laisse pas Kyoko ... Je ne peux pas revivre ça... respire bon sang !

Kamui glissa la main sur la traînée sans fin de larmes qui coulait sur ses propres joues et regarda par-delà le chagrin de Kotaro vers la statue de la jeune fille.

Tout ça n'avait-il donc servi à rien ?

— Pourquoi ? cria-t-il en passant devant les deux se trouvant par terre, sa colère se concentrant à présent sur la jeune fille.

— C'est ça que tu voulais ? Était-ce ça ton magnifique plan pour lequel nous avons attendu plus de mille ans ?

Sa respiration est difficile et il se sentit sur le point de craquer.

— Tu sais quoi ? Tous les univers peuvent embrasser mon cul ! J'ai attendu mille ans pour voir l'histoire se répéter. Et si réduisais ton cul de marbre en poussière pour que tu puisses dire aux destinées ce que je pense de leur plan stupide ?

Il trébucha en reculant d'un pas au moment où le cristal apparut dans les mains tendues de la jeune fille comme en réponse à son coup de gueule.
Kamui, frustré, donna un coup de pied dans la poussière.

— Allez tous au diable ! C'est MAINTENANT que tu te décides à faire quelque chose. J'aurais peut-être dû te menacer il y a longtemps !

Il tressaillit alors que la foudre frappait le sol entre lui et la statue de la jeune fille, le faisant trébucher en arrière et atterrir sur son derrière.

— Vachement intelligent.

Il se réprimanda, espérant qu'il n'avait pas énervé le portail temporel.

Kotaro berça Kyoko d'avant en arrière, des larmes lui tombaient des yeux. Il continuait à la supplier, sachant qu'elle était partie mais il refusait de l'accepter. Il fit remonter sa main à l'arrière de sa tête, lui passant la main dans les cheveux, lui tenant la tête sur son épaule... elle avait cessé de respirer pendant trop longtemps.

— Aidez-moi... il leva ses yeux bleu glace vers un dieu, quel qu'il soit, qui aurait pitié.

— S'il vous plaît, ne me faites pas la perdre à nouveau !

Kamui se retourna quand il entendit Kotaro implorer à l'aide, mais ce sur quoi son regard tomba le refroidit jusqu'à l'os. Il était derrière Kotaro et avec la position dans laquelle le Lycan tenait Kyoko... il pouvait voir son visage alors que l'homme la berçait. Elle avait les yeux ouverts, le regardant directement... des yeux noirs mortels à seulement quelques centimètres des sens. Kamui remua les lèvres mais rien ne sortit. Le vide des yeux de Kyoko le terrifiait.

Un sentiment de calme prit soudain le dessus et Kamui leva les yeux vers la statue. Le cristal dans les mains de la jeune fille clignotait doucement comme s'il lui faisait signe. Se relevant, il s'approcha de la statue comme dans un rêve. Tendant la main, il prit doucement le cristal entre deux doigts avant de le bercer dans sa paume.

Il ne comprenait ni pourquoi ni comment, mais le cristal lui disait quoi faire. Se détournant de la statue, il regarda Kyoko une fois de plus, n'ayant plus peur des ténèbres dans ses yeux.

Kotaro, ignorant ce changement de situation, lança un dernier appel aux cieux. — Je ne veux pas être ici sans elle. Prenez-moi à la place... Je l'aime trop. Sa voix n'était qu'un murmure alors qu'il sentait ce qui restait de son espoir se muer en désespoir. Ses yeux baignés de larmes s'écarquillèrent lorsque Kamui apparut devant lui avec une expression étrange et plaça un cristal brillant dans sa main.

Avant qu'il ne puisse demander à l'immortel « pourquoi », Kamui partit prendre part à la bataille qui faisait encore rage autour d'eux.

Kotaro vit ce qui se passait autour de lui. Toya et Kyou rendaient coup pour coup à Hyakuhei. Il ne put s'empêcher de remarquer la façon dont les ailes de Toya et Hyakuhei semblaient s'affronter. Ils étaient lumière et ténèbres, les deux faces d'une même médaille. Kamui, Shinbe et Suki combattaient les morts-vivants, les tenant à distance, loin de Kyoko et de lui-même.

Il baissa de nouveau les yeux vers le haut du crâne de Kyoko et serra son corps contre lui. Il ne voulait plus se battre... sa raison de lutter avait disparu. La seule chose qu'il pouvait faire maintenant était de la faire reposer correctement et s'il restait de la sympathie en ce monde froid et sombre, alors il aurait le droit de s'allonger à côté d'elle... pour toujours.

Nous serons ensemble dans la mort.

Les mots résonnèrent à son esprit d'un chagrin plus fort que ce qu'il pouvait supporter.

Il est peut-être temps pour nous deux... de nous reposer, simplement.

Kotaro accrocha un bras sous ses jambes et commença à se mettre debout, mais il s'immobilisa quand il perçut le mouvement de Kyoko. Ce n'était rien de plus qu'un petit roulement de la tête mais ce fut assez pour le faire sursauter et le faire arrêter. Il ouvrit complètement ses yeux de cobalt et prit une profonde inspiration quand brusquement, des ongles en forme de griffes commencèrent à creuser sa peau sans relâche... on le maintenait en place.

Il sentit une peur glacée monter en lui alors que ses lèvres entraient en contact avec son cou, lui provoquant une éruption de sueur instantanée sur le front. Il lui tira la tête en arrière suffisamment pour pouvoir la regarder dans les yeux et ce qu'il vit lui brisa l'âme. Elle était devenue l'un d'entre eux... il l'avait perdue pour toujours cette fois-ci.

Il pouvait déjà sentir le sang couler le long de ses bras là où les griffes s'étaient enfoncées dans sa chair et il voulut pleurer... non pas à cause de la douleur, mais parce que ça c'était pas elle. C'était le démon qu'Hyakuhei avait placé en elle. Ses iris étaient des noyaux d'ébène sans fond et ses lèvres étaient encore bleues, ce qui rendait la peau cendrée autour d'eux encore plus pâle.

Kotaro se sentait engourdi alors qu'il fermait les yeux, ne voulant pas voir ce qu'elle était devenue et ramena lentement son visage à ce qu'elle voulait. C'était peut-être la réponse à sa prière... ce ne serait que justice que ce soit elle qui le tue parce que c'était de sa faute.

— On peux se reposer maintenant, Kyoko ? S'il te plaît... on peux se reposer ?

Ces paroles d'une douceur envoûtante venaient directement de son âme torturée.
Il la tenait avec amour, prétendant qu'il s'agissait encore de son innocente Kyoko. C'est ce qu'il désirait plus que tout. Son corps trembla alors que les visions d'une vie avec elle envahissaient son esprit. S'il faisait semblant assez longtemps, il le croirait et elle ne le quitterait plus jamais.

Alors que ses dents s'enfonçaient en lui avec la même avidité que celle d'un nouveau-né pour le lait de sa mère, Kotaro la serra dans ses bras. Cela n'avait plus aucune importance... s'il l'avait perdue, alors il ne voulais pas rester. Qu'importait de savoir s'ils gagnaient la bataille car il avait déjà perdu la guerre... si Kyoko était morte, il mourrait et irait la traquer, même s'il devait suivre son âme en enfer pour le faire.

Son corps bougeait en rythme alors qu'elle buvait

la vie en lui et tout ce qu'il pouvait faire était de verser des larmes silencieuses de douleur profonde. Au moins de cette façon, il ferait toujours partie d'elle. Une image mentale d'Amni s'immisca derrière les paupières fermées de Kotaro et il se souvint de ce qu'il avait dit moins d'une heure auparavant au vampire suicidaire. Le garçon avait voulu mourir mais il avait empêché que cela se produise.

Il avait empêché Amni d'abandonner, mais c'était différent... n'est-ce pas ?

Kotaro serra encore plus fort les paupières quand il sentit la faim monter en lui. Son menton reposait sur l'épaule de Kyoko dans une défaite totale. Son front se plissa lorsqu'il fronça les sourcils et il ouvrit la main en voyant le cristal brillant que Kamui lui avait donné reposer dans sa paume. Il regardait, la vision altérée par les larmes alors que ces dernières coulaient... s'écrasant sur le cristal et disparaissant comme si elles étaient aspirées par la gemme.

Il remarqua que les doigts enroulés autour d'elle devenaient rapidement des griffes mortelles pointues. Le Lycan en son âme n'allait pas le laisser mourir si facilement. L'instinct de survie commençait à se manifester, lui insufflant la volonté de riposter. Ce même instinct le força à tourner le visage vers la courbe de son cou. S'il la laissait continuer, le côté Lycan de sa nature savait que ce serait la fin de son existence. La vie qu'il chérissait tant serait lentement aspirée hors de lui.

La faim qui le rongeait exigeait d'être apaisée. Elle

faisait ressortir le démon en lui et il ne pouvait pas l'arrêter.

Les yeux bleu glace de Kotaro se mirent à voir de manière plus précise et les petits sons qu'elle faisait pendant qu'elle se nourrissait étaient assourdissants. Il laissa échapper un grognement primitif contre sa peau. Les petits crocs qui étaient généralement imperceptibles grandissaient alors qu'il se rapprochait de son cou. à ce stade, leurs âmes s'étaient nourries l'une de l'autre depuis si longtemps, se dévorant l'une l'autre... cette fois, était-ce si différent ?

Ses dents s'enfoncèrent dans sa chair et il reprit ce qu'elle lui prenait. Il pouvait percevoir la saveur du démon en elle, mais il s'en fichait car ils se nourrissaient des forces vitales de l'autre. Le démon de Kyoko n'était pas le seul démon dans ce cercle de sang et les yeux de Kotaro s'ouvrirent grand quand il réalisa qu'il percevait aussi la puissance... Hyakuhei ne lui avait pas tout enlevé.

Sa main s'enroula encore plus fermement autour du cristal encore en son creux. Sa prise était si forte que les facettes de la gemme creusèrent sa main et commencèrent à piquer. Le mélange de douleur, de puissance et d'angoisse combiné à son sang qui frappait si fort juste sous sa peau était en train de lui faire perdre la tête.

Le cristal se brisa brusquement dans sa main et il grogna à cause des petites piqûres d'épingle acérées s'enfonçant dans sa peau. Les tessons percèrent la main de Kotaro et forcèrent le passage pour pénétrer son corps, entrant dans sa ses veines et voyageant à travers lui. Il ignora la douleur et enfonça ses crocs plus profondément dans son cou… buvant plus intensément qu'avant.

La puissance du cristal explosa à travers lui, lui faisant manquer d'air alors que le cou de Kyoko était encore contre sa bouche. Il reserra les bras autour de son aimée, l'écrasant presque contre lui. La douleur devint si intense qu'il était impossible de continuer à l'ignorer. Il s'inclina vers l'avant, repoussant Kyoko jusqu'à se retrouver presque allongé sur elle. Il arracha ses crocs de son cou alors qu'il rejetait la tête en arrière et il hurla.

Des ailes bleu glacier émergèrent de son dos dans une explosion d'étincelles qui faisaient un peu penser à de minuscules feux d'artifice. La lumière surgit d'eux, entourant Kotaro et Kyoko d'un doux halo bleu, leur donnant l'air de deux anges déchus.

L'air lui-même prit vie, étincelant de puissance alors que le halo devenait plus lumineux. Les vampires qui les entouraient toujours commencèrent à s'illuminer du même bleu vibrant couleur glacier, ce qui les fit s'immobilier dans la confusion. Chacun des présents les regarda se transformer lentement en poussière, poussière qui fut ramassée par la brise tourbillonnante. Les cendres brillèrent de cette même énergie bleue avant d'être balayées au loin dans une belle vision qui leur rappelaut les bourrasques de neige en hiver.

Le temps sembla s'arrêter lorsque le halo fut ramené en Kyoko qui était encore dans les bras de

Kotaro, ce qui la força à le libérer de ses crocs. La lueur bleue demeura stable l'espace d'un instant au-dessus de sa peau avant de se mettre à palpitater au même rythme que son cœur qui battait de nouveau à présent.
L'énergie purificatrice augmenta à travers elle, et elle poussa un cri alors qu'elle nettoyait les ténèbres de son âme.

    Lentement la palpitation se calma, laissant derrière elle un semblant de bourrasques de neige bleue glacier avant de disparaître entièrement. Kyoko ferma les yeux et prit son premier souffle depuis ce qui lui avait paru des siècles.

    Kotaro poussa un soupir de soulagement et ressentit une irresistible envie de pleurer en sachant que sa bien-aimée était vivante une fois de plus et n'était plus possédée par le démon qui s'était déchaîné sur son âme pure. Le Lycan ouvrit la main quand il ressentit la sensation d'avoir des aiguilles piquant sa peau, ayant l'impression que sa main s'était endormie.

    Dépliant les doigts, il vit les tessons se retirer de sa peau et réformer le cristal complet une fois de plus. Devant ses yeux, le cristal disparut et il cligna des yeux, confus.
    Le souffle de Kamui attira son attention sur l'immortel et le Lycan le vit regarder ouvertement la statue. Kotaro fronça à nouveau les sourcils lorsqu'il repéra le cristal qui reposait maintenant dans les mains tendues de la jeune fille. Cependant, il était maintenant d'un noir d'encre… à l'intérieur on voyait nager ce qui ne pouvait être décrit que comme les larmes des

damnés.

Kyoko releva lentement la tête du cou de Kotaro, se souvenant de tout ce qu'elle venait de faire. Elle n'avait pas pu s'en empêcher et elle avait honte. C'était presque comme si elle avait été une observatrice et que quelqu'un d'autre avait pris possession de son corps. Elle n'avait ressenti aucune culpabilité ni remords pour ses actions… elle était en effet devenue corrompue. C'est pourquoi elle s'était suicidée jadis… sachant ce qui se passerait si elle ne le faisait pas.

Maintenant que c'était arrivé, tout ce qu'elle voulait, c'était hurler. Elle se sentait toute petite et insignifiante et par hasard leva les yeux vers le visage de Kotaro. L'impression de disgrâce s'amplifia et rapidement elle détourna le regard, incapable de le supporter. Elle retint ses larmes quand Kotaro la relâcha et se leva après un unique coup d'œil rapide vers elle… rendant sa trahison encore plus palpable.

Hyakuhei fit un pas en arrière et regarda avec un choc évident les événements qui se déroulaient. Ses ailes noires s'enroulèrent de plus près autour de lui comme pour le protéger, laissant ses longs cheveux noirs tourbillonner librement. Que s'était-il passé ? Il vit le joyeau dans la main du Lycan et sut instantanément que le salopard l'avait utilisé. Le halo du pouvoir avait détruit ses esclaves jusqu'au dernier, le laissant continuer la bataille seul.

La puissance de Kyoko remplissait encore son être… au moins il lui restait ça. Cependant, sa prêtresse semblait différente... vivante. Ses pupilles noires rétrécirent devant cette interférence dans ses plans.

Kotaro glissa les mains le long des bras de Kyoko et serra doucement, lui disant silencieusement de rester sur place. Son regard se concentra sur Hyakuhei et il montra les dents dans un geste sauvage, ne souhaitant rien de moins que le mettre en pièces. Comment ce démon osait-il essayer de tuer Kyoko ? Ne connaissait-il pas le prix à payer pour une telle transgression ? De plus, il avait le culot de tenter ça juste devant lui... le connard avait définitivement une envie de mourir que Kotaro était plus qu'heureux de satisfaire. Kotaro baissa les yeux sur le sommet du crâne incliné de Kyoko et déposa un doux baiser dans ses cheveux auburn. Il n'avait vu ses yeux qu'une seconde... la tristesse et la douleur qui y subsistaient étaient suffisantes pour lui rappeler que la bataille n'était pas encore terminée. Elle ne le serait pas avant qu'Hyakuhei ne soit complètement rayé de ce monde. Le démon ne l'avait pas uniquement tuée.... il l'avait tuée deux fois et il ne lui serait pas permis d'avoir une troisième occasion.

Se remettant lentement sur ses pieds, Kotaro leva son regard bleu glacier sur le visage d'Hyakuhei. Dans ces globes régnait une tempête d'une rage et d'un pouvoir inimaginables... et elle prenait des proportions obscènes. Il contourna Kyoko, la frôlant de ses douces ailes alors qu'il passait à côté de sa silhouette agenouillée comme pour la rassurer silencieusement. Il était temps d'en finir.

— Vous avez deux choix, avertit Kotaro à

l'attention de ses amis.

— Soit vous m'aidez à me battre, soit vous restez à l'écart.

Toya se retourna vers Hyakuhei, son regard s'intensifiant. Ses poings étaient serrés et sa peau brillait de sueur de la bataille. Kyou se tenait à ses côtés n'ayant jamais perdu de vue son ancien maître. Les crimes commis par Hyakuhei étaient suffisamment odieux, mais tenter de tuer Kyoko en était un pour lequel aucune punition n'était suffisante.

Shinbe et Kamui se tenaient de l'autre côté de Toya, prêts à mettre un terme à ce cauchemar. Suki avait pris son poste à côté de Kyoko pour lui offrir une protection supplémentaire. Kotaro s'interposa entre elles et prit une profonde inspiration.
Pour la première fois en ce monde, les cinq gardiens du Cristal du cœur du Gardien se tenaient côte à côte. Leur objectif était le même sous tous les aspects… protéger le cristal et la prêtresse. Leurs ailes apparurent simultanément, miroitant au clair de lune.

Suki en eut le souffle coupé et tomba à genoux dans l'herbe incapable de demeurer debout en présence de quelque chose d'aussi magnifique. Kyoko leva la tête et cligna des yeux avec admiration… elle n'avait jamais rien vu d'aussi beau.
Hyakuhei les regarda tour à tour, confiant. Il sentit le pouvoir qu'il avait pris à Kyoko couler dans ses veines et laissa ses paupières retomber à moitié. Un sourire narquois apparut sur son visage et il relâcha sa

position.

— Alors, tu cherches encore à protéger Kyoko malgré son acte égoïste ? demanda-t-il.

— Peu nous importe pourquoi c'est arrivé, répondit Shinbe.

— Ce qui compte, c'est que nous soyons tous ici maintenant. Tu as perdu ton emprise sur Kyoko et plus jamais tu ne la posséderas de cette manière.

Le regard d'Hyakuhei revint à la jeune femme agenouillée derrière eux. Ses yeux brillaient d'effroi et de tristesse. Ses oreilles sensibles captaient le bruit sourd de son rythme cardiaque rapide et de sa respiration laborieuse. L'expression confiante sur son visage disparut et se transforma en rage. Elle lui appartenait depuis la nuit des temps… bien avant que ces gardiens ne soient créés avec fracas. Comment osaient-ils agir comme si c'était lui qui la volait ?

À cet instant, les cinq gardiens attaquèrent, se déplaçant de manière synchronisée comme s'ils l'avaient déjà fait… L'Armageddon était enfin arrivé. Hyakuhei souleva légèrement ses bras de ses flancs, paumes vers le haut. La pleine puissance du cristal qu'il avait pris à Kyoko couplée aux ténèbres avec lesquelles il était né fusionnèrent, créant un vortex furieux d'une force incroyable.

Les gardiens chargèrent tête baissée dans une explosion si intense qu'elle les projeta tous au sol avec une puissance de choc. Ils luttèrent pour tenter de se relever, mais la décharge qu'Hyakuhei leur avait lancée les maintenaient immobiles et affaiblis. Suki se dressa devant Kyoko, prête à combattre le démon, n'ayant cure de savoir si elle avait une véritable chance de s'en sortir.

— Reste en arrière, avertit Suki.

Hyakuhei rit d'une manière sinistre avant de lever la main et de la balayer sur le côté dans un mouvement fluide. Suki vola à travers la clairière et abima un arbre avant d'atterrir violemment sur le sol. Elle gémit de douleur et ne se releva pas.

— Suki ! hurla Shinbe et il lutta contre sa propre faiblesse pour tenter de ramper jusqu'à elle.

Kyoko regarda Hyakuhei avec de grands yeux et commença à s'éloigner en rampant à son approche. Il avait soudain l'air plus grand que nature et cela l'effrayait. Comment avait-il pu les battre tous les cinq en même temps ? Lui avait-elle donné ce pouvoir ? Était-ce juste une chose de plus pour laquelle elle serait toujours blâmée ? Elle était déjà si faible... elle ne pouvait pas le combattre seule ! La lèvre inférieure de Kyoko tremblait alors qu'elle le regardait.

Sa démarche était calme, mais son visage était animé d'une joie sadique. Sa prêtresse était peut-être de nouveau pure, mais il pourrait facilement rectifier cela. Kotaro était celui qui avait fait ça... ce qu'il avait voulu empêcher dès le départ.

— Pourquoi 'éloignes-tu de moi, Kyoko ? demanda Hyakuhei, de sa voix basse et sensuelle.

— Ton compagnon, ajouta-t-il.

— Non, tu n'es pas mon compagnon ... tu n'es rien d'autre que mon ennemi, murmura Kyoko tout en reculant.

Hyakuhei lui adressa un sourire condescendant alors que ses yeux rouge sang se fixaient sur elle.

— Tu n'as pas l'air tellement sûre de toi. Tu as goûté aux ténèbres et maintenant tu en veux plus.

Kyoko secoua la tête en signe de déni tandis que des larmes roulaient sur ses joues.

— Tu as tort... Je n'ai jamais voulu devenir ça. Je ne voulais pas devenir un démon. Je voulais...

— C'est ça la clé, ma belle prêtresse... tu voulais. Une telle innocence est toujours sujette à la tentation, surtout si elle provient des ténèbres. Savoir que tu peux être si aisément contaminée ne fait qu'augmenter mon désir pour toi.

Il tendit la main tout en continuant à marcher vers elle.

— Reviens à moi et je te donnerai ce désir... te corromprai avec toutes les tentations qui existent et te regarderai te tordre d'extase.

Toya tenta de se redresser mais il était encore faible suite à l'attaque d'Hyakuhei. Kyou et Kotaro luttaient également, sans succès. Même Shinbe était trop faible pour se déplacer jusqu'à de Suki, ce qui les laissait tous impuissants à faire autre chose que de regarder Hyakuhei se rapprocher de Kyoko.

— Éloigne-toi d'elle, bâtard, râla Toya alors qu'il s'efforçait de se dresser sur des bras instables.

— Comment comptes-tu m'arrêter ? lui demanda Hyakuhei sans détourner le regard de la silhouette fuyante de Kyoko.

— Toi-même, tu dois admettre que la corrompre serait délicieux.

Kotaro gronda contre Hyakuhei en essayant de prendre le contrôle de son corps.

— Elle n'est pas à toi ! gronda-t-il.

— Si tu poses une autre main sur elle, je trouverai un moyen de te tuer deux fois.

Hyakuhei rit à nouveau :

— Comme c'est pittoresque. J'attends ta tentative, Lycan. Pendant que tu contemples un tel acte... Je vais récupérer ce qui a toujours été mien.

Kyoko hoqueta quand Hyakuhei accéléra son

rythme. Trouvant la force qu'elle n'avait pas conscience de posséder, elle se leva mais glissa de nouveau sur l'herbe qui était devenue lisse avec de la rosée et le sang. Elle tomba fort sur les fesses et se précipita en reculant, émettant un petit bruit de surprise lorsque son dos entra en contact avec la statue de la jeune fille. Elle se plaça rapidement derrière elle, voulant mettre quelque chose entre elle et cette beauté maléfique.

Le cristal dans les mains de la jeune fille clignotait sombrement, écartant l'attention d'Hyakuhei de la jeune femme. Ses pupilles rétrécirent en se fixant sur la gemme, l'étudiant de manière minutieuse. Les ténèbres tourbillonnaient maintenant à la manière d'une invitation dans ses profondeurs... la douce nuance de bleu d'autrefois ayant disparu. Dans sa forme cristalline, des larmes tourbillonnantes noires l'appelaient... les larmes des damnés.

Il s'arrêta devant la jeune fille, son regard passant maintenant de Kyoko au visage de la statue dont l'apparence avait la même image. Il n'y avait aucune différence même dans les détails, une litérale image miroir. Un autre éclair doux ramena son regard sur le cristal et il baissa les yeux vers les mains tendues s'émerveillant de la vision.
    La jeune fille lui rendait-elle le cristal, sachant qu'il lui avait toujours appartenu de droit ?

Incapable de résister à l'attrait de celui-ci, Hyakuhei s'agenouilla devant la jeune fille et tendit la main vers le cristal.
    Kyoko hoqueta silencieusement et regarda avec

terreur Hyakuhei tendre lentement la main vers le cristal. Ses lèvres s'entrouvrirent quand elle vit Kotaro, Toya et les autres commencer à bouger. Le pouvoir de Hyakuhei s'était-il suffisamment affaibli pour les libérer ?

Ses yeux émeraude s'illuminèrent lorsque les mains de Hyakuhei s'enroulèrent doucement autour des mains de la jeune fille, touchant la pierre précieuse avec le soin qu'y aurait mis un amant. Le cristal prit soudain une nuance de bleu flamboyant et Kyoko reporta son regard sur les yeux noirs lorsque la zone s'éclaira comme le soleil en plein midi.

Le visage de Hyakuhei se contorsionna en une grimace de douleur. Il baissa la tête et serra les dents alors que ses terminaisons nerveuses hurlaient de douleur et qu'il luttait pour reprendre son souffle.

Kyoko se redressa et recula quand des ombres sombres et fantomatiques commencèrent à sortir de lui pour pénétrer dans le cristal.
Hyakuhei tenta de lâcher le cristal mais il s'accrochait à lui, refusant de le lâcher. Ses yeux prirent la couleur du sang fraîchement versé et il grogna. Incapable de supporter la torture plus longtemps, il rejeta la tête en arrière et hurla.

L'attention de Kyoko fut attirée par ses ailes lorsqu'elle les vit s'ouvrir complètement, lui donnant l'apparence d'un ange déchu furieux. Les pointes de ses ailes noires devinrent grises, puis argentées, avant de devenir complètement blanches alors que les ténèbres étaient extirpées de lui. Plume par plume, elles changeaient jusqu'à ce que les ailes de Hyakuhei soient du blanc le plus brillant qu'elle ait jamais vu. La lumière vive réfléchie par elles créa un spectre de couleurs brisées... presque de nature opale.

Les ténèbres disparurent lentement de son expression, ainsi que toute trace de douleur. Kyoko cligna des yeux lorsque ses yeux rouge sang passèrent du rouge au noir puis au brun le plus beau et le plus séduisant qu'elle ait jamais vu. L'éclat de la rage s'est également estompé de son expression et sa peau s'était adoucie, lissant les lignes dures qui avaient été imperceptibles jusqu'à présent.

Ces magnifiques yeux bruns rencontrèrent les siens et elle vit une telle paix au fond d'eux qu'elle eut envie de pleurer pour lui.

Un craquement brisa le moment de tranquillité et Kyoko hoqueta. En commençant par le bout de ses ailes, il se transformait en pierre... comme la jeune fille. Cela le consuma lentement dans le sillage des ténèbres qui avaient été extirpées de son cœur. La pierre remonta le long de son corps et il abaissa le regard vers la jeune fille.

Son visage fut la dernière chose à changer et Kyoko ressentit soudain du chagrin dans son cœur. Sans son noyau de ténèbres pour l'alimenter, elle avait vu le véritable homme derrière le masque de rage et de haine... créant en une part de son cœur le souhait d'avoir pu le connaître sous son vrai jour.

Kyoko contourna la jeune fille et le fixa un moment avant de tendre la main pour toucher son visage serein. Était-il vraiment parti… ou simplement emprisonné là ? Une main se referma soudainement autour de son poignet et le tint fermement mais doucement.

CHAPITRE 23

Toya avait été lent à bouger lorsque la lumière l'avait temporairement aveuglé. Au fur et à mesure que cela s'estompait, il dut y regarder à deux fois pour s'assurer que ce qu'il voyait était réel. Hyakuhei s'était transformé en pierre avec ses mains en coupe autour du cristal dans les mains de la jeune fille.

Il trébucha en se remettant sur ses pieds et arriva aux côtés de Kyoko en un temps record quand il vit ses doigts se tendre pour toucher la forme immobile de Hyakuhei. Il s'en fichait que le salopard soit une statue maintenant, il voulait qu'aucune partie d'elle ne le touche. Elle touchait presque sa joue quand Toya l'atteignit et lui saisit le poignet.

— Non, murmura-t-il avec un calme forcé.

Kyoko poussa un cri de surprise lorsque la main sur son poignet la tira en arrière puis la fit tourner si vite qu'elle en fut étourdie. Elle leva les yeux vers le regard doré inquiet de Toya avec curiosité, se demandant pourquoi il l'avait éloignée.

— Fais pas ça, Kyoko… je ne veux pas que tu le touches, répondit Toya à sa question non posée. Il sentit son cœur s'emballer de soulagement maintenant qu'elle était dans ses bras… c'était enfin fini.

— Pourquoi ? murmura Kyoko.

— Parce que c'est la même chose que si lui, il te touche.

Toya baissa son front pour le poser contre le sien et prit une profonde inspiration.

— C'est seulement qu'il faut pas…

Il ferma les yeux pour ne pas montrer de faiblesse mais il pouvait les sentir là… les larmes qu'il avait retenues quand il l'avait crue morte.

Kyoko se recula un peu quand elle sentit quelque chose d'humide frapper sa joue et glisser le long de son visage. Ses yeux émeraude s'écarquillèrent quand elle réalisa que c'était Toya qui pleurait et pas elle. Elle tendit la main et passa doucement le bout de son doigt sur sa joue, essuyant l'une de ses larmes.

Toya laissa ses épaules s'affaisser à ce seul contact tandis que d'autres larmes coulaient de ses yeux fermés.

— Je vais pas... s'il te plaît, ne pleure pas, murmura-t-elle.

Toya expira en tremblant et l'embrassa. Il enfouit son visage dans les cheveux auburn qui étaient tombés sur son épaule pour cacher sa faiblesse. Il avait eu tort d'attaquer Kotaro quelques instants auparavant. S'il avait réussi, alors le Lycan n'aurait pas pu être là pour la sauver. Il aurait dû savoir qu'il n'était pas bon d'écouter le démon en lui. Pour le moment, il était plutôt content de tenir Kyoko et espérait qu'il n'aurait jamais à la laisser partir.

Kotaro se tenait à quelques mètres d'eux, avait la sensation de s'immiscer dans un moment très privé. Toya et Kyoko avaient toujours eu une sorte de lien spécial et, même si cela le rendait jaloux, il devait aussi admettre que c'était très réel. Il voulait voir par lui-même si Kyoko le reconnaîtrait mais pour l'instant, il semblait que Toya était le centre de son monde.

Il se retourna ne voulant pas en être témoin. Son cœur lui faisait mal comme jamais auparavant et il combattit l'envie de céder à ses instincts de Lycan mais il ne le voulait pas. Il pleurerait plus tard quand personne ne serait présent pour en être témoin.

Kamui s'avança à côté de Kotaro faisant face à Toya et Kyoko. Il pouvait voir que Kotaro souffrait de ce qui se passait mais il ne trouvait rien à dire de mal face à ce dont ils étaient maintenant témoins.
— Il l'aime aussi... tu sais, dit doucement Kamui et sourit quand Toya commença à examiner Kyoko pour

localiser d'éventuelles blessures.

— Ces deux-là ont vécu tellement de choses ensemble et leur étrange lien d'amitié n'a pas de limites, mais ce n'est pas lui qui l'a sauvée, Kamui jeta un coup d'œil sur le profil de Kotaro.

— Tu étais le seul qui aurait pu la ramener… ce qui se passe à partir de maintenant dépend de toi. Il est temps pour nous de choisir notre propre destin et de réécrire les légendes d'autrefois.

— Ouais, murmura Kotaro. Il est temps de recommencer à zéro.

Shinbe était arrivé aux côtés de Suki et l'avait aidée à se relever. Il lui prit le visage entre ses mains et l'embrassa tendrement.

— Tu vas bien ? demanda-t-il.

Suki le regarda d'un air vide, incapable de comprendre comment il pouvait se montrer chevaleresque. à ce point

— Euh… je vais bien, un peu mal mais ça va, répondit-elle.

Un couinement indigné s'échappa de ses lèvres juste avant que sa main n'entre en contact avec le visage de Shinbe, le renversant.

— Tu ne pouvais tout simplement pas garder tes

mains ailleurs que sur mon cul... hein ? demanda-t-elle.

Shinbe étendu les bras en croix sur le dos, les yeux levés vers elle et sa position intimidante, sourit d'un air maladroit.

— Mais je devais m'assurer que tout était encore intact, Suki chérie.

Suki grogna avant de se retourner et de s'éloigner. Shinbe se remit debout, la suivant de près, implorant son pardon.

— Je ne faisais que vérifier si t'avais des bleus... Je te le jure !

— Et si j'avais eu un bleu là, t'aurais fait quoi ?

Suki se retourna brusquement et Shinbe manqua d'entrer en collision avec elle grâce à sa soudaine volte-face. Shinbe lui adressa un lent sourire trompeusement gênant et répondit à sa question.

— Ben quoi Suki chérie... Je l'aurais embrassé et il se serait envolé.

Kyou laissa un bref sourire apparaître sur son visage en regardant son frère. L'expression s'estompa cependant. Il savait que les choses étaient loin d'être réglées entre Kyoko et le Lycan. Il soupira mentalement et tourna son attention vers l'horizon. Laisse-les agir comme des imbéciles pour le moment... ils finiront par se reprendre.

Le son d'un lourd halètement et de jurons murmurés brisa le moment de tension et tout le monde leva les yeux juste à temps pour voir Hoto et Toki émerger des arbres en courant.

— Nous sommes là. dit Hoto à voix haute.

— Et nous avons ramené des renforts, sourit Toki et il étendit la main par-dessus son épaule, tirant un énorme lance-flammes en vue.

— Ils me rappellent quelque chose, debout là comme ça, mais je ne sais plus vraiment quoi, déclara Kamui.

En effet, Toki et Hoto avaient un air familier. Ils étaient vêtus de combinaisons gris foncé et avaient tellement de puissance de feu avec eux qu'ils en étaient presque voûtés. Le visage de Shinbe s'illumina et il sourit,

— Qui vas-tu appeler ?

— SOS Fantômes ! s'exclama Suki.

— Mais pourquoi le lance-flammes ?

— Quel est l'idiot qui a inventé le lance-flammes de toute façon ? demanda Toya avec Kyoko toujours dans ses bras.

— C'est à se demander à quoi il pensait, bordel.

Kotaro lança un regard impassible à Hoto et Toki avant d'éclater de rire. Il n'avait pas pu s'en empêcher. C'était la chose la plus drôle qu'il ait vue depuis longtemps.

Kyoko entendit Kotaro rire et lui jeta un coup d'œil mais il s'était déjà détourné d'elle. Elle ne le blâmait pas après tout ce qu'elle avait fait. Elle pouvait voir le sang tacher son dos à cause de la morsure qu'elle lui avait infligée. Quand son cauchemar prendrait-il fin ?

— Kyoko ! héla Suki avant de courir vers elle.

Kyoko sourit quand Suki tenta de la serrer dans ses bras. Shinbe les rejoignit bientôt mais aucun des deux ne put la serrer dans ses bras car Toya faisait obstacle. Le couple se regarda, ils haussèrent les épaules et se lancèrent dans un calin groupé qui comprenait également Toya. Toya leur lança un regard noir mais endura l'étreinte avec un soupir agacé.

La combinaison de l'étreinte à quatre fit trébucher un peu le petit groupe et Shinbe saisit cette nouvelle occasion pour montrer son affection pour Suki.

Kyoko couina quand les bras de Toya se resserrèrent autour d'elle et elle leva les yeux vers son visage et fronça les sourcils. L'expression qu'il avait n'était pas très heureuse ; tout au moins il semblait… extrêmement énervé.

— Par tout ce qui est saint, grogna Toya.

— Y a intérêt que ce soit la main de Kyoko sur mon cul.

Shinbe recula rapidement en quittant l'étreinte mais ne put éviter la petite tape sur le dessus de la tête que lui donna Kyoko.

— Malade, va ! murmura-t-elle.

Suki baissa finalement les yeux vers les vêtements maculés de sang de Kyoko et sourit.

— Hey Kyoko, allons te ramener à la maison pour que tu puisses retirer ces vêtements et passer quelque chose de normal.

Le sourire de Kyoko vacilla un instant et elle se pencha un peu plus dans l'étreinte de Toya quand elle ressentit une vague de vertige.

— Oui, aller à la maison semble vraiment ce que j'ai entendu de mieux comme suggestion, là tout-de-suite.

Toya pouvait voir à quel point elle était faible à cause de ce sourire et la souleva doucement comme on porte une mariée dans ses bras.

— Alors allons-y !

Il jeta un coup d'œil par-dessus son épaule à Kyou qui regardait toujours l'horizon.

— Tu viens ? lui demanda-t-il.

Kyou ne réagit pas au début… regardant toujours le ciel nocturne et Toya attendit en se demandant s'il avait vraiment récupéré son frère ou si Kyou allait simplement disparaître. Il sentit une contraction dans sa poitrine à cette pensée et pria pour que cela ne se produise pas.

— Je vais rester encore un moment, murmura Kyou puis il tourna ses yeux dorés vers ceux de son frère.

— Demain, je te montrerai ta nouvelle maison.

Il eut un sourire des plus secrets sachant qu'il avait assez d'argent pour donner à son frère tout ce qu'il pouvait demander. Son regard se retourna vers le ciel et il attendit. Le soleil se montrerait bientôt et il prévoyait d'être là quand il le ferait.

Le soleil pointait tout juste à l'horizon, peignant le ciel de ses couleurs d'or, de bleu profond, de violet et d'orange quand Kyoko retourna dans son salon, douchée, en bâillant. Son corps lui faisait toujours mal et elle tendit la main pour toucher le bandage sur son cou, grimaçant légèrement car ça piquait encore.

Elle sourit à Shinbe et Suki qui se disputaient la télécommande. Suki avait immobilisé Shinbe le visage contre les coussins du canapé alors que Shinbe, lui, tenait la «main de Dieu» comme il l'appelait, juste hors de sa portée.

Kyoko ne pouvait s'empêcher de se rappeler la nuit où Kotaro lui avait demandé si elle voulait rester à la maison et regarder des films. Si elle avait dit à Suki qu'elle n'irait pas avec elle pour la soirée entre filles mais resterait plutôt avec Kotaro… les choses seraient-elles maintenant différentes ? Il y avait de bonnes raisons de croire qu'alors, Kotaro ne l'aurait pas détestée, Tasuki serait encore en vie et tout ce dont elle aurait à s'inquiéter était le prochain semestre à l'université.

Son regard chercha Kotaro parmi ses amis rassemblés, mais il n'était pas là. Même après les horribles événements qui avaient eu lieu, elle avait espéré qu'il serait là pour se réjouir de leur victoire. Au lieu de cela, elle vit Toya debout devant la fenêtre ouverte regardant l'horizon… la même fenêtre depuis laquelle elle était tombée. Il regardait à des millions de kilomètres alors qu'elle s'approchait pour le rejoindre.
Debout dans un silence confortable, ils regardèrent le reste de l'aube se dérouler dans le ciel jusqu'à ce que le soleil se soit levé à mi-chemin au-dessus de l'horizon. Lorsqu'il lui glissa à nouveau son bras autour de la taille, elle posa la tête sur son épaule et soupira.

— Est-ce que tu te sens mieux, Kyoko ? demanda Toya doucement et il sentit le calme autour de lui tel une couverture chaude.

Il savait. Qu'elle s'était affaiblie la nuit dernière. Mais il pouvait le sentir... Tout irait bien à présent. Et si elle pouvait le lui accorder il s'assurerait que les choses demeurent ainsi. Il ne la quitterait plus jamais.

Toya avait encore du mal à croire que c'était véritablement terminé. La première fois, ils avaient misérablement échoué. Et le résultat avait été leurs morts à Kyoko et à lui. Cela l'effrayait encore qu'elle se soit tuée afin d'échapper à Hiyakuhei mais elle l'avait fait pour de bonnes raisons. Il pouvait tout comprendre à présent.... En l'absence de quiconque pouvant la protéger du démon, elle serait morte de toute façon.

Il avait passé suffisamment de temps avec Kyoko dans sa vie. Et dans la précédente, pour savoir qu'elle souffrait. Il fallut toute sa volonté pour ne pas aller chercher cet imbécile de lycan et lui enfoncer une Mercedes dans le cul pour être parti sans même avoir jeté un regard en direction de Kyoko. Secouant la tête légèrement. Il gronda pour lui-même car il se sentait en vérité triste pour cet abruti.

Kyoko, hocha la tête d'un air ensommeillé et se frotta les yeux d'une main. Puis cligna plusieurs fois les yeux en essayant de se concentrer. Toya ne put s'empêcher de sourire face à l'apparence enfantine qu'elle avait en faisant ce geste. Même avec toute la puissance qu'elle possédait, elle lui paraissait encore innocente et fragile.

— J'ai l'impression d'être resté éveillé pendant des jours.

Elle regarda par la fenêtre, se demandant où kotaro pouvait être. Puis elle sentit ses yeux qui tentaient de se refermer. Elle tenta de lutter contre le sommeil car elle voulait attendre. Attendre quoi ? Elle n'en était pas sûr. Tout était terminé. Mais elle se sentait si incomplète... Et si tordu. Toya lui semblait si fort et si sécurisant alors même qu'elle se penchait un peu plus contre lui, ne souhaitant rien d'autre à cet instant que de se recroqueviller dans sa chaleur.

Toya se pencha sur elle et lui baisa le haut de la tête.

— Repose toi seulement Kyoko. Je suis là. Tu en as assez fait.

Kyoko se laissa glisser légèrement et Toya resserra son étreinte autour de sa taille. Accrochant son bras sous ses cuisses, il la souleva aisément contre son torse et baissa les yeux vers elle l'espace d'un instant. Il ne pouvait s'en empêcher... sa Kyoko était une femme si extraordinaire. Elle détenait la plus forte des volontés et le plus grand cœur qu'il avait jamais rencontré. Son âme l'appelait et il aurait fait n'importe quoi pour rester auprès d'elle... même mourir.

Avec un soupir léger, Toya l'emporta à travers l'appartement jusqu'à sa chambre en écoutant sa respiration forte... elle était déjà. Profondément endormie. La sentir si proche de lui était suffisant pour qu'il veuille une fois de plus la cacher aux yeux du monde... Il ne la méritait pas. Il garda le regard fixé droit devant, ignorant Suki et Shinbe qui s'était arrêtés dans leur bataille royale pour la télécommande afin de regarder se dérouler les événements.

Suki se leva et se tortilla pour pouvoir mieux regarder par delà le dossier du canapé alors que Toya emportait silencieusement Kyoko en les dépassant. Elle sentit Shinbe se déplacer sous elle. Elle se retourna afin de pouvoir baisser les yeux vers lui, s'attendant à le voir encore face contre les coussins. Au lieu de ça, il était désormais couché sur le dos sous elle.

— Elle s'est endormie aussi vite ?

— Tu es sûr que ça ira pour elle, demanda Suki alors qu'elle tentait d'ignorer la vision de cette beauté mâle étalée sous elle.

Shinbe hocha la tête, satisfait du rougissement qui apparaissait sur ses joues.

— Elle, n'a pas dormi depuis un bail. Et je ne peux pas la blâmer mais maintenant que Toya la surveille...

Il haussa les épaules.

— ... Elle lui fait tellement confiance qu'elle est capable de baisser sa garde suffisamment pour pouvoir se reposer.

Shinbe baisse les yeux vers le point ou son corps et celui de sous qui se touchaient et une lueur malicieuse se fit jour dans son regard. Entrelaçant ses doigts derrière sa tête. Il soupira de contentement.

— Tu sais, qu'est ce qui manque dans ce tableau, ma chère Suki ?

Suki déglutit. Et secoua la tête.

— Non ? Quoi ?

— Nous portons bien trop de vêtements.

Les yeux améthyste, pétillaient avec intention. Suki bafouilla avec indignation et se dépêcha de quitter son siège sur Shinbe qui désormais, gloussait. Il se redressa et s'assit rapidement. Il attrapa par la taille, l'attirant contre lui. Après environ deux minutes, Suki se calma et se blottit contre son flanc.

— Tu es un tel pervers, marmonna t-elle.

En réponse, Shinbe tendit le bras et tira la petite couverture qui était sur le dossier du canapé. Après l'avoir enroulée autour d'eux, il s'inclina en arrière et posa les pieds sur la table basse.

— Moi aussi je t'aime Suki, murmura-t-il en la câlinant d'un peu plus près.

Suki se contenta de gémir doucement et poussa son visage dans le creux de son cou. Shinbe fit un grand sourire et plongea entre les coussins pour obtenir sa récompense... La télécommande de la TV. Il alluma l'appareil et commença à zapper. Ah... Que c'était bon d'être le roi. Son règne ne devait pas durer longtemps, cependant, car il s'endormit bientôt avec Suki encore blottie dans ses bras.

Dans la pâle lueur de l'aube, à l'insu de tous ceux qui se trouvaient à l'étage, une silhouette solitaire était appuyée contre le même arbre qu'il avait utilisé pour tuer l'enfant démon, Yuuhi. Kotaro avait souhaité se joindre aux autres dans l'appartement de Kyoko pour fêter ça mais il s'était arrêté lorsqu'il l'avait vue. Elle est là, postée à la fenêtre. Sa vision excellente lui avait permis d'épier chacun de leurs mouvements. et son cœur se brisait de nouveau.

Ses ongles pointus firent couler le sang alors qu'il creusait dans ses paumes lorsqu'il vit Toya poser un baiser sur la tête de Kyoko puis la soulever et disparaître de la fenêtre. Sa respiration devint difficile quand, un instant plus tard la lumière de sa chambre s'alluma. La lumière s'était estompée en descendant de la fenêtre, mettant en relief ses yeux bleus désespérés. Il pressa la main contre son torse en tentant de supprimer la douleur de son cœur. Son corps tremblait et luttait contre le désir de s'élancer à travers la vitre de Kyoko et de l'emmener loin de Toya. Ce n'était pas juste. Il était celui qui l'avait attendue pendant un millier d'années. Il ferma les yeux fort et secoua la tête. Non ! Elle avait pris sa décision. Elle n'avait pas besoin de lui, ni envie de lui. Ça n'avait jamais été le cas. Prenant une grande inspiration il regarda de nouveau vers la fenêtre de sa chambre et déglutit lorsque la lumière s'éteignit.

— T'as pas intérêt à lui faire du mal ! murmura

Kotaro ne remarquant pas la larme solitaire qui s'écoulait le long de sa joue.

— Je ne t'avais jamais pris pour un lâcheur, lança Kamui.

Kotaro leva les yeux vers l'arbre renversé. Il vit Kamui, assis sur le tronc abattu.

— Je ne lâche rien. Elle a décidé.

Kamui, lui, lança un regard mauvais.

— Il est devenu quoi, le mec sûr de lui, l'emmerdeur qui gueule partout
«Kyoko, c'est ma femme. et vous pouvez tous aller vous faire foutre !» ? T'as abandonné et pour être honnête, je ne pense pas avoir jamais été aussi dégoûté.

Kotaro gronda en direction de l'immortel alors même que Kamui, disparaissait dans un violent tourbillon de poussière multicolore. Mais pour qui diable se prenait il, pour Dieu ? Avec un soupir. Kotaro s'appuya de nouveau sur l'arbre tombé et enfonça les mains dans ses poches. Peut être que le marmot avait raison. Peut être qu'il abandonné un peu trop facilement.

Son front se plissa quand il fronça les sourcils et une détermination toute nouvelle brilla dans son regard. Il parlerait à Kyoko. Et par tous les enfers, elle allait l'écouter. Son regard se posa de nouveau sur la fenêtre et il attendit.

Toya plaça doucement Kyoko dans son lit et tira les couvertures par-dessus elle. Il regarda tout autour de lui dans la pièce, se rappelant que, il y avait seulement quelques nuits, il avait dormi dans ce même les avec elle. Il ne pouvait se rappeler quand il avait déjà si bien dormi. Ses yeux dorés se posèrent sur la fenêtre alors qu'il se demandait ce qu'avait bien pu penser Kyou lorsqu'il l'avait vu pour la première fois. Cela avait il été un choc de reconnaissance, d'émotions ravivées sans, aucune explication ?

Son regard retourna à la porte et il se rappela l'avoir vu ouverte brutalement lorsque Kotaro l'avait jeté dehors après l'avoir trouvée endormie près de Kyoko. Kotaro n'avait aucun droit d'agir de la sorte, comme s'il avait enfreint une quelconque règle. Kotaro n'était pas accouplé à Kyoko dans cette vie, alors elle était libre de prendre ses propres décisions. Son regard argenté désormais furieux, se tourna de nouveau vers Kyoko lorsqu'elle bougea dans le lit

— Kotaro, murmura Kyoko, alors que les rêves tourmentait son sommeil.

Toya inclina la tête, laissant sa frange noire, méchée d'argent tomber pour dissimuler ses yeux alors qu'ils redevenaient des bassins d'or. Mais ou diable était Kotaro ? Si le lycan l'aimais tant que cela, alors pourquoi n'était il pas venu la chercher ? Toya retourna vers le lit, et s'assit auprès d'elle, heureux de pouvoir la regarder dormir. Sa chevelure auburn s'étalait sur l'oreiller et son visage était encore très pâle.

Ses cils sombres s'agitaient alors qu'elle rêvait. Ce qui lui fit se demander quel était le contenu de ses rêves. Toya poursuivit son escalade et s'appuya contre la tête de lit à ses côtés. Il était hors de question que qui que ce soit le fasse partir maintenant. C'était probablement sa dernière chance de s'étendre à côté d'elle, et il allait en profiter.

Allongeant les doigts, il les passa à travers sa chevelure soyeuse. Alors qu'il la regardait. s'installer dans un état de sommeil plus profond, il était évident qu'elle avait besoin de lui et qu'elle savait qu'il était là avec elle. Et il soupira, émerveillée devant un tel lien. Tout ce qu'il avait voulu était qu'elle soit heureuse, même si. c'était Kotaro à qui elle le devait. Mais elle lui appartenait, merde ! Il avait traversé beaucoup de moments difficiles avec elle et il ne voulait pas abandonner tout ça. Il ne voulait pas l'abandonner.

— Kotaro, murmura Kyoko de nouveau.

Et elle roula vers Toya, enveloppant sa taille de son bras et le tirant contre elle,

— T'en vas pas...

Toya ferma les yeux et laissa sa tête retomber contre le mur. Il voulait râler et s'agiter... exprimer sa colère et sa frustration. Il pressa ses lèvres l'une contre l'autre et respira profondément par le nez. Kyoko avait pris sa décision bien qu'elle n'en ait pas encore conscience. Il l'avait perdue.

— Si jamais tu lui fais du mal, gronda Toya et il se laissa glisser sur le lit jusqu'à ce qu'il se retrouve allongé à côté d'elle.

Il lui déplaça la tête avec précaution jusqu'à son torse et la serra plus fort. Les mèches de ses cheveux glissèrent entre ses doigts comme des fils de la plus fine des soies.

— Si jamais tu lui fais du mal, alors je la prendrais et je ne te la rendrais jamais, promit-il.

*****

Kotaro fit les cents pas devant la porte de l'appartement de Kyoko, s'arrêtant plusieurs fois avec l'intention de frapper avant de laisser retomber sa main et de recommencer à marcher.

En temps normal, il aurait simplement annoncé sa présence en tapant à la porte et en ouvrant la porte lui-même avant de héler pour faire savoir qu'il arrivait. Cependant, son niveau habituel d'assurance l'avait abandonné... un coup majeur. Ses peurs les plus profondes ne cessaient de se manifester, ce qui le faisait douter de chacune des actions qu'il envisageait.

Et si elle ne voulait pas le voir ?

Il avait attendu et veillé tout le jour que les autres s'en aillent et il savait que ce sera là son unique chance de pouvoir lui parler seul à seul... car ils n'allaient pas la laisser seule longtemps. Sa patience commençait à l'affecter profondément, le rendant quelque peu irritable envers lui-même. La jalousie avait montré son horrible visage plus d'une fois ce jour là, en particulier quand il avait entendu des rires flotter dans l'air par ses fenêtres ouvertes.

Il aurait voulu être là avec eux, serrant Kyoko de manière possessive et célébrant ce jour avec eux. À trop de reprises, il s'était empêché de faire irruption et d'exiger le départ de tout le monde. La simple pensée que Toya soit si proche d'elle, en train de la toucher... de la tenir... le rendait vert de jalousie et il gronda sa frustration.

Kotaro fixa le sol d'un air mauvais et serra les dents.

Mais qu'est-ce qui va pas chez moi ?, demanda-t-il en silence.

Il avait regarder Kamui s'en aller le premier. L'immortel était passé pour prendre de ses nouvelles un peu plus tôt et était resté plusieurs heures. Kotaro n'avait pas raté le regard légèrement irrité que lui avait lancé Kamui alors qu'il s'éloignait dans la rue. Ça lui avait donné envie de le frapper jusqu'à lui faire perdre connaissance, ce qui ne fit qu'aggraver sa frustration.

Kamui avait une très bonne raison de se comporter de la sorte et cela n'arrangeait en rien l'estime de soi de Kotaro. Ajouté à cela le fait que Kamui ait su où chercher pour le trouver, il se mit à gronder. Cette petite merde avait directement regardé vers sa cachette de l'autre côté de la rue et Kotara se rappelait avoir voulu lui faire un doigt.

Toya était parti avec Kyou moins d'une heure auparavant. Kotaro ne put s'empêcher de remarque le sourire sur le visage de Toya. Mais en vérité, il ne pouvait même pas lui en vouloir... Il avait tout ce qu'il pouvait raisonnablement désirer. Il avait retrouvé son frère et avait Kyoko à ses côtés.

— Veinard, va !, fulmina Kotaro.

Il avait laissé échapper un soupir de soulagement lorsque Shinbe et Suki avait fini par partir. Il avait couru de l'autre côté de la rue jusqu'à la porte de Kyoko, prêt à frapper mais ne put se résoudre à le faire, d'où son tourment actuel.

À présent qu'elle était enfin seule... qu'allait-il bien pouvoir lui dire ? Croyait-elle réellement qu'il lui avait demandé de se tuer par le passé uniquement pour empêcher que qui que ce soit d'autre ne la touche ? Il fixa la porte d'un regard intense, n'aimant pas l'idée qu'elle puisse croire une telle chose à son sujet.
Il préférait la voir heureuse, même si ce devait être avec Toya... tant qu'elle était en vie.

Kotaro cessa de faire les cents pas suffisamment longtemps pour ravaler cette horrible pensée et le goût amer qui allait avec. Ce qu'il avait ou n'avait pas vu la nuit dernière aurait été suffisant pour qu'il s'étouffe. Il serra les dents en tentant de faire barrage à ces images de Kyoko serrée et protégée par Toya.

Cette seule pensée l'assommait au plus profond de son être. Il comprit qu'il détesterait bel et bien Toya si jamais Kyoko devait le choisir.

OK... peut-être que d'une certaine manière, Hyakuhei avait eut raison concernant ce qu'il avait si cruellement mis en avant.

— Non ! gronda Kotaro dans un murmure.

— Je ne la poursuivrai pas jusqu'au bout du monde.

Ses yeux étincelaient d'une leur bleu glacier alors qu'il comprenait que ça aussi c'était un mensonge... Ne l'avait-il pas poursuivie depuis qu'il l'avait retrouvée ? Il s'était arrangé pour se trouver sur son passage à la moindre opportunité imaginable afin qu'elle n'aie d'autre choix que de le remarquer.
Il passa la main à travers sa chevelure ébouriffée par le vent et soupira. Elle avait véritablement raison de ne pas se fier à lui.
Furieux de ses propres pensées d'auto-dénigrement et de l'absence de l'ordinaire bonne opinion qu'il avait de lui-même, Kotaro leva la main et frappa à la porte. Il s'arrêta brusquement et ôta la main de la porte comme si cette dernière l'avait brûlé. Il fronça les sourcils, choqué et il regarda sa propre main... avait-il frappé si fort ? Avait-il toujours frappé aussi fort ? Pas étonnant que Kyoko prenne toujours autant de temps à venir ouvrir.

Il serra ses lèvres l'une contre l'autre, se demandant en silence s'il était en train de perdre la tête.

Kyoko venait de passer sa chemise de nuit et de tirer le drap et la couverture sur le lit, prête à se glisser dedans pour oublier le monde pendant quelques heures lorsqu'on frappa violemment à la porte, si violemment que l'écho traversa tout l'appartement. Le bruit la fit sursauter quasiment au point de lui faire quitter son propre corps et elle crut entendre les cadres accrochés au mur du salon s'entrechoquer.

Elle se mit debout près du lit, le regard perdu dans l'espace... tentée d'ignorer la frappe exigeante. La dernière chose au monde qu'elle voulait là tout de suite était d'aller ouvrir cette porte. Elle s'était sentie malheureuse toute la journée mais elle avait réussi à sauver la face en refusant de pleurer devant tout le monde. Ils étaient si heureux de la défaite d'Hyakuhei qu'elle se sentie affreuse de ne pas partager cette joie.

Elle avait été entourée de visages joyeux toute la journée mais elle ne s'était jamais sentie aussi seule de toute sa vie. Elle avait mal aux joues d'avoir tant fait semblant de sourire tout au long de la journée mais elle savait qu'à un moment ou un autre la nature forcée de ce sourire avait dû se voir. Même Toya avait été d'humeur joviale mais Kyoko l'avait surpris en train de l'observer de temps à autre tout le jour. Elle avait l'impression qu'il savait la vérité mais il ne lui avait rien dit... pour l'instant.

Avec un profond soupir, elle quitta le sanctuaire de sa chambre et se traîna à travers le salon. Elle se dirigea vers la porte à petits pas timides et tendit la porte vers la poignée. Elle avait la main posée dessus et faillit ouvrir la porte avant de se figer et de la lâcher. Lentement, elle commença à reculer en secouant la tête.

Si elle demeurait silencieuse, qui que ce soit la penserait couchée et s'en irait, pas vrai ?
Elle avait retenu ses larmes tout le jour et ne se croyait pas capable de survivre plus longtemps sans les laisser couler et elle se refusait à pleurer devant quiconque. Elle était en train de perdre le contrôle de ses émotions et elle sut que si elle ouvrait la porte, peu importait qui c'était... elle se mettrait à pleurer. Personne ne comprendrai que la seule personne qu'elle aurait voulu voir était en colère contre elle au point de ne pas vouloir poser les yeux sur elle.

Il ne lui avait même pas laissé une chance de dire qu'elle était désolée de ce qu'elle lui avait fait. Il ne l'avait même pas regardée et ça lui faisait mal plus que tout. Elle se rappelait de chaque instant dégoûtant... alors qu'elle enfonçaient ses griffes et ses crocs en lui... suçant la vie qu'il portait. Pas étonnant qu'il soit fâché... elle ne méritait aucune bonté de sa part.
Les larmes coulèrent de ses yeux émeraude comme des rivières de diamant et elle se détourna de la porte pour s'enfuir vers la sécurité de sa chambre. Quiconque se trouvait à la porte devrait revenir plus tard. Elle voulait être seule afin de pouvoir s'endormir en pleurant et rêver d'un homme aux beaux yeux bleu... d'un homme qui ne pourrait jamais lui pardonner.

Kotaro pris une profonde inspiration lorsqu'il entendit ses pas se rapprocher de la porte. Son parfum l'encercla à travers l'entrée et il ferma les yeux alors qu'une tranquillité l'envahissait par vagues paisibles. Mais alors, son parfum fut soudain mêlé de crainte et il entendit son cœur se mettre à battre plus vite. Ses pas s'éloignaient lentement de lui et il lutta contre la pulsion qui l'invitait à crier son nom... à lui demander de ne pas s'en aller. Savait-elle que c'était lui ? Était-ce pour cela qu'elle refusait d'ouvrir la porte ? Il pressa son front contre la porte froide puis se redressa lorsqu'il sentit l'odeur des larmes et l'entendit s'enfuir vers une autre pièce. Une porte se referma au loin et il grinça des dents puis secoua la tête.

— Je ne crois pas, gronda Kotaro en tendant la main vers la porte et en tournant la poignée, n'ayant que faire du fait qu'elle soit verrouillée.

Il sentit la serrure se briser et il poussa la porte pour révéler une pièce désormais vide. Tentant de contrôler sa rage, il referma silencieusement la porte derrière lui et tira le second verrou.

Peut-être qu'Hyakuhei avait bel et bien eut raison après tout mais à ce stade il s'en foutait. Elle allait l'écouter qu'elle le veuille ou non.

CHAPITRE 24

Kyoko renifla quand elle entendit quelqu'un entrer et essuya rapidement ses larmes pensant que c'était Toya. Elle se tenait au pied de son lit et tournait le dos à la porte essayant de cacher le fait qu'elle avait pleuré. Ses épaules se voûtèrent légèrement lorsque la porte de la chambre s'ouvrit et que son visiteur ne dit mot.

— S'il te plaît, vas-t'en. Je suis fatiguée et je veux me reposer, dit-elle doucement en maudissant le fait que sa voix trahissait les larmes.

Kotaro s'était dirigé vers l'arrière de l'appartement et avait vu la lumière briller sous la porte de la chambre de Kyoko. L'ouvrant lentement, il vit sa belle silhouette debout devant son lit, lui tournant le dos. À ses mots murmurés, il se tint dans un silence angoissé, ayant l'impression que son cœur se répandait sur le sol. Elle le congédiait, ne voulant même pas entendre ce qu'il avait à dire.

Il grogna profondément dans sa poitrine et réduisit la distance entre eux.

Kyoko entendit le grondement et frissonna... ce n'était pas Toya. Elle se retourna, sa chemise de nuit s'évasant légèrement autour de ses mollets et tomba nez à nez avec un Kotaro très en colère. Ils étaient si proches qu'ils se touchaient presque et Kyoko recula devant le feu intense dans ses yeux bleus. La peur l'envahit et elle recula de plusieurs pas en haletant lorsqu'elle sentit le mur froid à travers sa fine robe de soie.

Son regard fusa autour de lui à la recherche d'une issue mais Kotaro était à portée d'elle de toute façon. C'était exactement comme elle l'avait craint... il était en colère contre elle. Elle secoua la tête, non :
elle ne voulait pas faire ça maintenant.

Son cœur ne pouvait supporter le rejet.

Kotaro la regarda s'adosser au mur et secouer la tête en signe de refus. Les muscles de sa mâchoire se contractèrent alors qu'il se précipitait en avant, claquant sa paume contre le mur à côté de sa tête pour l'empêcher de s'échapper. Maintenant qu'il était à quelques centimètres de son visage, elle n'aurait d'autre choix que de le supporter jusqu'à ce qu'il ait fini.

Il demeura silencieux pendant un moment alors qu'il regardait son souffle rauque jouer dans sa frange. Son regard s'abaissa sur le sien et sur les larmes qui y subsistaient encore, maintenant mêlées d'effroi. En toutes ces occasions où ils avaient passé du temps ensemble dans cette vie... jamais elle n'avait eu peur de lui.

— Est-ce que tu me crains tellement ? demanda

Kotaro en essayant en vain d'écarter la colère de sa voix.

Il ne voulait pas la perdre et s'il devait se battre pour ce qu'il voulait... qu'il en soit ainsi. Il lui ferait une guerre qu'elle n'avait aucune chance de gagner.

Elle ne l'avait jamais vu agir de cette façon et sa respiration s'accélérait. S'il n'y avait pas eu le fait qu'il était si en colère, elle aurait en fait cru qu'il était presque aussi tourmenté qu'elle.

Kyoko baissa les yeux sur le côté de son cou, voyant les dégâts qu'elle avait si rageusement causés la nuit précédente. Il n'avait pas encore complètement guéri et elle se demandait s'il le ferait un jour. Les larmes menaçaient de couler à nouveau et elle détourna le regard avec culpabilité, souhaitant qu'il la laisse simplement seule avec sa misère.

Kotaro se retint de libérer ses propres larmes lorsqu'elle détourna le regard de lui. Était-elle si déçue que sa simple vue lui retournait l'estomac ?

— Regarde-moi Kyoko ! ses paroles murmurées semblaient furieuses même à ses propres oreilles.

Il voulait tendre la main et la ramener à la raison en la secouant un peu mais il s'arrêta. S'il la touchait avant de dire ce qu'il était venu lui dire, elle ne l'entendrait jamais et finirait probablement par le haïr pour cela. Cependant, il n'allait pas la laisser l'abandonner maintenant qu'elle n'avait plus besoin de lui. Ne comptait-il plus ?

Le regard de Kyoko remonta le long de son bras mais s'arrêta sur son épaule, elle ne pouvait tout simplement pas se résoudre à le regarder en face. Son regard s'égara un peu sur son bras et elle vit les marques qu'elle avait laissées avec ses griffes là où elle s'était enfoncée dans sa peau. Elle avait fait ça pour le maintenir immobile... comme un animal avec une nouvelle proie fraîchement tuée.

Elle entendit le grondement sourd que Kotaro lui lança, sachant qu'il voulait qu'elle regarde son visage mais elle ne pouvait aller aussi loin. La douleur qu'elle avait dû lui causer alors qu'il n'avait rien fait d'autre que la protéger pendant non pas une, mais deux vies, aurait rendu n'importe qui livide. Quelle horrible façon de le remercier.

Il ne devrait pas être près d'elle même si c'était ce qu'elle voulait. Elle voulait... elle voulait que les choses redeviennent telles qu'elles étaient. Hyakuhei avait dit que son désir était ce qui l'avait damnée... et il avait raison.

— Je suis désolée, murmura-t-elle d'une voix brisée.

Elle ne s'était jamais sentie aussi lâche qu'en ce moment. Tout ce qu'elle voulait, c'était le fuir parce que ça faisait trop mal d'être avec lui et de savoir qu'elle ne pouvait pas l'avoir. Maintenant que le vrai démon était parti... il était devenu son démon, un démon qu'elle ne pouvait pas affronter. S'il partait maintenant... elle craignait d'arrêter de respirer mais s'il restait... elle s'étranglerait à chaque respiration.

Kotaro sentit ses épaules s'affaisser et le souffle qu'il retenait le quitter. Essayait-elle de lui dire qu'elle ne l'aimait pas ? Il se sentit soudain si lourd... comme si le poids du monde reposait sur ses épaules.

— Tu n'as rien à te reprocher, Kyoko. Nous avons repoussé le démon et c'est tout ce qui compte… n'est-ce pas ?

Il ne voulait pas l'entendre dire qu'elle était désolée de ne pas l'aimer.
Kyoko essaya de ravaler la douleur dans sa voix alors qu'elle regardait droit devant elle, son torse.

— T'as raison... c'est tout ce qui compte.

Elle plaça ses paumes contre son torse et essaya de le dépasser alors que la première larme glissait le long de sa joue mais il ne bougea pas. Sa colère s'enflamma soudainement alors que des nuages d'orage se formaient dans ses yeux. Pourquoi était-il si cruel ? Juste pour lui compliquer la tâche ? Elle se poussa contre lui en se demandant quels autres tourments il avait prévu pour elle.

— Ce n'est pas tout ce qui compte.

Sa voix était à nouveau dure alors qu'il refusait de lui donner ce qu'elle voulait… sa liberté. Il ferma les yeux une seconde en serrant les dents. Il pouvait encore sentir ses mains sur son torse essayant de le repousser et cela le tuait. Ses yeux s'ouvrirent brusquement et il saisit ses deux poignets dans une prise ferme et les pressa contre le mur.

— Que fais-tu ? Kyoko se débattit, essayant de

s'éloigner de lui.

— Laisse-moi !

Les yeux bleu glacier de Kotaro se plissèrent alors qu'il éliminait la dernière distance qui les séparait et plaçait sa cuisse entre ses jambes pour la maintenir immobile. Ses lèvres s'entrouvrirent et il inspira fortement quand il réalisa ce qu'il avait fait mais il refusa de bouger. Il se pencha en avant jusqu'à ce que son front repose contre le mur juste au-dessus de son oreille. Au moins, elle avait cessé d'essayer de le repousser.

Les lèvres de Kyoko s'entrouvrirent quand elle sentit sa forte cuisse glisser entre les siennes. Tant il était plus grand qu'elle... elle dû se mettre sur la pointe des pieds, essayant de l'empêcher de toucher son centre mais c'était impossible. Elle sentit la chaleur naître entre ses jambes à cause de la pression et monter tout droit le long de son corps pour colorer ses joues d'un rose chaud. Avait-il la moindre idée de ce qu'il lui faisait ?

Kotaro n'avait pas répondu à sa question parce qu'il ne savait pas s'il le pouvait. Pour le moment, c'était tout ce qu'il pouvait faire pour tenter de garder sa respiration sous contrôle et il échouait... misérablement. Elle tirait sur ses mains, essayant de se maintenir en hauteur mais il pouvait percevoir la chaleur contre sa cuisse et il pouvait sentir son désir.

Il ne la laisserait pas lui mentir... pas à propos de

ça. Elle ne pouvait pas nier qu'elle le voulait toujours même s'il l'avait déçue. Il rapprocha ses lèvres de son oreille en pressant sa cuisse contre elle.

Kyoko gémit lorsque la chaleur la traversa, envoyant des étincelles de feu dans toutes les directions pour s'écraser entre ses jambes avec une intensité brûlante. Ses pieds perdirent leur rigidité et elle redescendit brutalement au sol, ce qui la fit inspirer à demi puis s'arrêter de respirer avec un sifflement.

— Kotaro s'il te plait, elle serra les dents puis se débattit pour inspirer.

Pourquoi était-il cruel au point de lui donner un avant-goût de ce qu'elle n'aurait jamais ? Elle jeta son poids contre lui, essayant de le repousser mais le seul effet de cette manoeuvre fut différent de ce qu'elle espérait alors que sa cuisse glissait contre sa chaleur la faisant frissonner. Il était pressé contre elle, la poussant contre le mur... la gardant prisonnière.

— S'il me plait quoi, Kyoko ? murmura-t-il d'un air séducteur alors que ses yeux bleus s'assombrissaient de passion.

Il bougea contre elle en rythme, fixant un tempo qui, il l'espérait, la pousserait à bout.
— S'il me plaît, de te laisser partir ?

Les muscles de sa mâchoire se contractèrent alors qu'il sentait la brûlure.

— Je ne veux pas... je ne peux pas.

Il trembla en frottant sa cuisse contre son essence. Il lui donnerait envie de lui même si ce n'était que pour un moment.

Elle ne pouvait s'en empêcher alors qu'elle se pressait contre lui. C'était comme si elle se noyait dans le feu liquide et la confusion. Elle le voulait... et c'était de sa faute pour avoir fait ça... l'obliger à le désirer de la même manière qu'elle l'avait désiré il y avait plus de mille ans. Il l'avait séduite alors et elle l'avait laissé faire.

— Mais je... elle fut interrompue lorsqu'il rapprocha rapidement son visage et la transperça de son regard incandescent.

Ses yeux étaient de la couleur des flammes bleues et Kyoko se mordit la lèvre inférieure alors qu'il continuait à bouger contre elle.

— Pourquoi fais-tu ça après tout ce qui s'est passé la nuit dernière... et il y a plus de mille ans ? Tu devrais me détester.

Kotaro se figea dans la confusion. La détester ? Pourquoi la détesterait-il ? Pensait-elle que ce serait plus facile s'il la détestait... plus facile pour elle de s'éloigner de lui ? Oh non, il ne rendrait pas les choses faciles du tout.

— Pourquoi je fais ceci, Kyoko ? Tu n'es pas au

courant ? Hyakuhei avait raison sur une chose… une seule. Je t'aime tellement que je ne pense pas que je pourrais jamais volontairement te laisser partir… même si tu devais me détester pour ça.

Il avait l'impression qu'il venait de se damner avec cette confession et resserra sa prise sur elle par peur.
Les yeux de Kyoko étaient brillants alors qu'elle regardait dans les siens, voyant la confusion se briser comme de minuscules feux d'artifices bleus.

— Mais, je ne te déteste pas… Je pensais que tu étais en colère contre moi parce que je t'ai trahi.

Kotaro inspira fort, il n'aimait pas le son de ce mot… trahi.

— Comment m'as-tu trahie ?

Le visage de Toya passa brièvement devant ses yeux et il repoussa l'image avec colère.
— Je me souviens, Kotaro, j'ai essayé de te tuer. Je t'ai mordu. murmura-t-elle en détournant les yeux de honte.

— Je peux encore en sentir le goût et ça me hante.

Kotaro relâcha lentement ses mains et tendit les paumes vers elle. Prenant son menton en coupe, il ramena ses yeux vers les siens.

— À mon tour, je t'ai mordu en retour… tu te souviens ? Et tu as raison, je peux encore sentir ton goût. Même à ce moment là, je voulais être en toi.

Il passa doucement son doigt le long de son cou en regardant les frissons suivre dans son sillage.

— Ça a dû faire tellement mal… Je suis désolé Kyoko, et je comprends à quel point tu dois me détester. Je n'ai jamais eu l'intention de te faire du mal. je t'aime beaucoup trop.

Il remarqua les larmes silencieuses qui coulaient sur ses joues et son regard revint au sien.
Elle secoua lentement la tête :

— Ne sais-tu pas ce qui serait arrivé si tu ne m'avais pas mordue ? C'est toi qui m'as sauvé… c'est toi qui étais la lueur dans les ténèbres. Pas moi.

Levant la main, elle plaça sa paume contre le côté de son visage.

— Tu m'as tirée d'un endroit très sombre et froid parce que tu m'aimais et tu l'as fait alors même que j'essayais de te tuer.

— Non, Kotaro plaça sa main sur la sienne mais elle le fit taire en pressant un doigt sur ses lèvres.

— Il faut que je te dise quelque chose. Quand je me suis suicidée il y a si longtemps, c'était pour m'empêcher de faire la même chose que j'ai fait la nuit dernière. Je ne voulais pas devenir un démon et te faire du mal. je t'aime beaucoup trop.

Kyoko inspira alors que des larmes coulaient librement sur ses joues chaudes. Tout cela n'avait été qu'un malentendu. Il avait été aussi malheureux qu'elle depuis vingt-quatre heures.

Kotaro n'avait pas besoin d'entendre un mot de plus car les paroles qu'il avait voulu entendre résonnaient encore et encore dans son esprit. Elle l'aimait et c'était tout ce qui comptait. C'était la seule chose qui avait jamais compté. Il s'était seulement attendu qu'elle puisse le voir.

Alors qu'elle retirait ses doigts de ses lèvres, Kyoko haleta lorsqu'il captura l'une d'entre elles entre ses dents et la mordit avec espièglerie avec un grognement sourd. Elle retira sa main de surprise et le regarda avec de grands yeux émeraude. Son regard se baissa brièvement sur ses lèvres parfaites et elle inspira rapidement lorsqu'elles descendirent sur les siennes après plus de mille ans d'attente et de désir.

Kotaro récupéra ses mains et les ramena contre le mur mais cette fois avec une passion débridée. Leurs doigts se croisèrent et Kyoko ferma les yeux de plaisir. C'est ce dont elle avait rêvé pendant si longtemps… seulement elle ne savait pas que certains de ces rêves étaient en fait des souvenirs. Cette nuit il y avait si longtemps, ils avaient fait l'amour comme s'ils devaient mourir le lendemain… et la mort avait frappé juste après.

Kotaro prit sa lèvre inférieure entre les siennes et la suça doucement, la faisant s'écarter pour lui. Quand elle le fit, il approfondit le baiser, savourant sa saveur. C'était comme s'ils essayaient à nouveau de se dévorer alors qu'elle l'embrassait en retour avec autant de fièvre.

Rassemblant ses mains au-dessus de sa tête, il prit ses deux petits poignets dans une de ses grandes mains… les retenant là prisonniers. De sa main libre, il caressa lentement son bras dans un mouvement descendant, sans s'arrêter alors qu'il continuait le long de sa côte et sur sa hanche. Il prit son temps pour soulever la chemise de nuit jusqu'à ce que ses doigts effleurent la chair douce de sa cuisse.

Il toucha le haut de sa cuisse et glissa sa main autour de l'arrière de sa jambe, s'approchant de toucher son essence. Il sourit presque en plein baiser quand il la sentit se tortiller contre lui. Il s'efforça à renoncer à la possession de ses lèvres pour pouvoir voir son visage et sentit son ego monter en flèche quand il remarqua que ses yeux étaient maintenant fermés et ses lèvres entrouvertes alors qu'elle se concentrait sur ses mouvements.

— Ouvre les yeux, Kyoko, murmura Kotaro d'un ton séducteur, laissant sa main voyager à l'intérieur de sa cuisse puis commencer à remonter à un rythme lent et taquin.

Lorsque ses yeux embrumés de passion s'ouvrirent et se concentrèrent sur lui, il bougea, déplaçant sa jambe pour écarter la sienne alors qu'il levait sa main et la serrait fort entre ses cuisses.

Kyoko cria et Kotaro se réappropria rapidement ses lèvres, aspirant son cri et le savourant comme un homme affamé ferait d'un festin. Son majeur trouva le pli au centre de sa culotte et il le frotta avec plus de pression. Ses hanches suivaient ses mouvements… elles devenaient accroc au rythme et en redemandaient.

Lorsque Kotaro recula de nouveau, ses lèvres étaient roses et gonflées par leur baiser, ses joues leur correspondaient presque en teinte. Par les dieux, elle était belle mais ce qui l'avait presque achevé c'était ses yeux… jamais il ne se souvenait d'avoir vu une nuance d'émeraude aussi vibrante avec des étincelles d'argent.

Kyoko n'en pouvait plus et tira contre les mains de Kotaro, voulant le toucher comme il la touchait.

Cette fois, il la relâcha volontairement, lui laissant la liberté qu'elle désirait sachant qu'elle ne le fuirait pas maintenant. Sa passion s'enflamma encore plus lorsqu'il sentit ses mains se frayer un chemin sous sa chemise et laisser des caresses de papillon sur sa peau.
Il gronda presque et poussa jusqu'à s'installer complètement entre ses cuisses et il lui souleva les pieds du sol. Sa main glissa sur ses fesses, il la souleva encore plus alors qu'il la portait et gémit lorsqu'elle enroula fermement ses jambes autour de sa taille, le dos toujours appuyé contre le mur.

Kyoko avait à nouveau fermé les yeux pour pouvoir simplement ressentir. Elle haleta quand sa main effleura le renflement de sa poitrine avant de se refermer sur la pointe resserrée.

Cette fois, Kotaro gronda et leur baiser s'emballa

sur un tempo presque sauvage. Il pouvait sentir son désir croissant faire ressortir son côté plus primitif... le poussant à prendre possession de sa compagne. Incapable de se retenir plus longtemps, il attrapa le bord de sa culotte, la lui arracha et la jeta de côté.

Il gémit sourdement et fort dans sa bouche, respirant fortement par le nez. Ses jambes se resserrèrent autour de sa taille et il la sentit se balancer contre lui. Kotaro rompit le baiser, son grognement sortant d'un mélange de plaisir douloureux. Son essence se pressait contre sa dureté lancinante, déchiquetant chaque once de contrôle qu'il possédait. Il poussa plus fort contre sa mollesse, sa voix lui parvenant maintenant en gémissements et chuchotements.

— Je te veux, souffla-t-il contre ses lèvres,
— Tellement fort.

Kyoko passa ses bras autour de lui et passa ses doigts dans ses cheveux soyeux avant de s'accrocher à une poignée. Son souffle était rapide et irrégulier dans son oreille, la chatouillant délicieusement. Kotaro leva la tête et la regarda avec une expression qu'elle ne pouvait décrire que comme confiante et possessive.

Et soudain elle comprit que c'était ce à quoi il était censé ressembler... c'était l'une des choses qu'elle aimait tant chez lui. Tant qu'il la regardait comme ça pour toujours, elle s'en fichait.

Kotaro eut un sourire narquois en regardant ses yeux aux paupières lourdes et ses lèvres gonflées et boudeuses. Ses cheveux étaient en désordre et on aurait dit qu'elle venait d'être ravagée. Ouais, il était responsable de ça et il en était fier aussi... S'il avait son mot à dire à ce sujet, elle ressemblerait toujours à ça. Son attente était enfin terminée. Cela avait duré plus de mille ans et il n'allait pas attendre un instant de plus.

Il perdit presque son sang-froid quand elle leva sa main au-dessus de sa tête et appuya sa paume contre le mur. Ses doigts glissèrent contre la surface plane essayant de trouver un appui pour qu'elle puisse pousser vers le bas contre lui. Un gémissement accompagnait maintenant chaque halètement tandis que son corps se frottait et se balançait sensuellement contre le sien. Ses cheveux jouaient contre le mur quand elle tourna la tête sur le côté.

Kotaro pouvait dire qu'elle était proche. Il avait trouvé le petit paquet de nerfs avec son majeur et l'avait massé sans relâche. Sachant qu'elle n'était qu'à quelques secondes de sa libération, il gémit quand elle se serra plus fort contre lui et s'immobilisa. Son jean était devenu très serré et il ne savait pas combien de temps il pourrait retenir le désir d'être au plus profond d'elle… mais d'abord il voulait la regarder jouir pour lui.

— Lâche-toi, Kyoko, murmura-t-il, ne quittant jamais son visage des yeux.
— Laisse-moi te regarder.

Les yeux de Kyoko se fermèrent et elle se cambra contre lui en criant lorsque ses paroles séductrices firent craquer quelque chose en elle et l'enfonça dans une spirale en vagues intenses.

Kotaro sentit le côté dominant de son âme relever la tête et la regarder alors que ses yeux restaient fermés et qu'elle ne le regardait pas. Il voulait qu'elle le voie… savoir qui lui apportait une telle satisfaction… qui la possédait.

— Regarde-moi Kyoko ! il grogna d'une voix grave et s'empara de son menton tournant son visage vers le sien.

— Ouvre les yeux pour voir qui te possède.

Kyoko gémit encore en sentant les répliques s'abattre sur son corps.

— Maintenant, ordonna Kotaro d'une voix rauque.
— Je veux voir tes yeux ouverts et que tu me regardes.

Quand une rougeur plus profonde s'éleva pour teinter ses joues, il laissa sa voix s'adoucir,
— Toujours si timide… as-tu peur ? demanda-t-il en glissant son doigt sur son humidité puis en caressant son entrée.

— Je vais te rappeler la différence entre la faim et la peur.

Kyoko inspira une nouvelle fois et ouvrit les yeux.

Kotaro saisit sa chance et glissa son doigt profondément en elle alors que son pouce massait à nouveau l'endroit qui la faisait se contracter et se tordre contre lui. Kyoko revint, cette fois incapable de détourner le regard de lui alors qu'elle le faisait. Le saphir se heurta violemment à l'émeraude et Kotaro descendit sur ses lèvres comme un homme possédé, avalant chacun de ses cris tout en la poussant à lui en donner plus.

— ça c'est ma femme, gémit-il contre ses lèvres avant de lui toucher les hanches et de presser son érection lancinante contre sa chaleur.

Il la tint en place et s'éloigna du mur tout en forçant son corps à continuer de bouger contre lui. Il se tourna lentement vers le lit et fit quelques pas jusque là, voulant l'avoir sous lui.

L'allongeant sur les draps de coton doux, il n'arrêta jamais la douce torture qu'il infligeait à son corps réactif. Il inspira difficilement quand les mains de Kyoko s'emparèrent soudainement de sa chemise et la déchirent, envoyant des boutons sauter à travers la pièce. Les attaches heurtèrent les murs, faisant de minuscules craquements qui l'excitèrent encore plus.

Il continua à frotter ses hanches contre elle pendant qu'il enlevait ce qui restait de sa chemise et l'envoyait voler. Il se mit à genoux et dégrafa rapidement son jean avant d'essayer de se lever du lit. Kyoko essaya de le suivre mais il la pressa contre le lit.

— Ne t'inquiète pas ma beauté, je ne vais pas loin, murmura Kotaro et se pencha pour lui donner un baiser fugace.

Kyoko se mordit la lèvre inférieure et regarda pendant qu'il ouvrait lentement la fermeture éclair de son pantalon et le faisait descendre le long de ses jambes. Une chaleur délicieuse parcourut son corps lorsqu'elle le vit enfin tout entier alors qu'il tendait la main, tirant le lien qui retenait ses cheveux et les laissant retomber sur ses épaules.

Elle déglutit mais ne put détacher ses yeux de son corps semblable à celui d'Adonis. Il était si beau qu'elle voulait le boire à fond pour que personne d'autre ne puisse jamais l'enlever.

Kotaro ne put conserver l'expression arrogante sur son visage alors qu'elle l'admirait. Il leva un peu le menton et pencha la tête sur le côté quand son regard s'arrêta sur un certain point de son anatomie et qu'elle oublia de respirer. Décidant de la sauver une fois de plus, il plaça un genou sur le lit et rampa lentement le long de son corps jusqu'à ce qu'il l'entoure à nouveau.

Levant la main, il tira sur la fine ficelle en haut de sa chemise de nuit juste au-dessus de sa poitrine. Kyoko soupira de contentement et envoya la tête en arrière, lui donnant silencieusement la permission.

Soigneusement, Kotaro passa une griffe acérée sur sa chemise de nuit soyeuse en grognant à nouveau lorsqu'elle cambra le dos, poussant inconsciemment ses seins plus près de lui comme un sacrifice. Sa langue poussa contre l'arrière de ses dents car il voulait lécher chaque centimètre de son corps avec. La chemise de nuit fut finalement fendue et son souffle s'accéléra lorsque la soie ne tomba pas. Elle s'accrochait aux courbes de son corps, le taquinant avec la peau délicieuse qui pointait à l'horizon... le narguant avec sa douceur.

Kyoko leva les yeux vers lui et serra les draps sous elle avec ses mains aux jointures blanches. Elle prit une profonde inspiration puis se frotta contre la cuisse qui s'était enroulée juste à l'arrière entre ses jambes.

Kotaro inspira profondément puis s'efforça de déchirer le reste de la chemise de nuit pour l'arracher à son corps. Savourant la vue, il plaça sa paume sur les muscles saillants de son ventre et caressa lentement en remontant jusqu'à sa poitrine.

Kyoko ne pouvait pas contrôler sa réaction à sa proximité et son corps commença à se tordre contre le lit. Ils haletaient tous les deux quand Kotaro s'allongea sur elle, leurs poitrines se pressant l'une contre l'autre.
— Tu as l'air si délicieuse, dit-il doucement.
— Ça me donne envie de goûter tout de toi.

Le souffle de Kyoko se bloqua dans sa gorge lorsque Kotaro lui donna un baiser fugace avant de passer ses lèvres et sa langue le long de son cou jusqu'à sa clavicule. Lorsqu'il atteignit ses seins, il prit son temps, prêtant généreusement attention à chaque pic ferme avant de redescendre. Il mordilla la peau de son ventre doucement, faisant frissonner Kyoko de surprise.

Kotaro écarta doucement ses jambes alors qu'il s'installait entre elles et déposait un baiser papillon sur l'intérieur de sa cuisse. Il regarda de nouveau le haut de son corps en la regardant le regarder.

Elle pouvait sentir son souffle frôler la zone sensible et souleva inconsciemment ses hanches du lit.

— Je me souviens encore de la saveur de ta passion, murmura Kotaro d'une voix rauque et il baissa la tête pour la goûter avec un long coup de langue appuyé… sans jamais rompre le contact visuel.

La tête de Kyoko retomba sur le lit avec un cri étranglé et elle fit une tentative timide pour s'éloigner de la sensation accablante. Il l'embrassait de la même manière qu'il avait pris ses lèvres et peu importe combien elle bougeait, sa bouche suivrait, faisant trembler son corps et se balancer contre lui.

Elle était devenue sa prisonnière volontaire et il le savait. C'était comme si elle avait franchi la ligne dans une torture sensuelle alors qu'elle se tendait et soulevait ses hanches du lit… criant son nom quand une vague de minuscules explosions la balaya. Ayant besoin de quelque chose à quoi s'accrocher, ses mains s'étaient une fois de plus enfoncées dans ses cheveux incroyablement doux et tiraient doucement dessus.

Kotaro se mit lentement à genoux, ses doigts prenant la place de sa langue, gardant son corps comprimé de désir. Il lui détacha la main de ses cheveux alors qu'il se levait et sentit de la fierté quand elle agrippa les draps et gémit. Le Lycan la regarda avec des yeux à demi baissés l'observant se tordre sous la pression de ses doigts.

— Kotaro... s'il te plait ! elle supplia et ouvrit les yeux.

Incapable de se refuser à elle ou de se la refuser plus longtemps, Kotaro pressa ses lèvres contre son nombril puis glissa le long de son corps jusqu'à ce que sa dureté gonflée soit pressée contre son entrée chaude. Là, il s'arrêta et essaya de respirer pour contrôler son envie de s'abattre en elle.

Regardant dans ses yeux émeraude, il retira tendrement ses mains des couvertures du lit et lia leurs doigts ensemble avant de les presser contre le matelas. Il regarda ses lèvres s'écarter alors qu'il pressait vers son cocon serré et il entendit sa respiration s'accélérer lui rappelant que c'était sa première fois dans cette vie, même s'il pouvait encore se souvenir de chaque détail de la dernière fois qu'il l'avait prise.

Il avait pensé aller en douceur avec elle mais alors qu'il avançait, sa compression l'entoura et le serra, rendant son expression douloureuse. Il ferma les yeux et respira difficilement, les dents serrées. Ses bras commencèrent à trembler sous son poids alors qu'il luttait contre lui-même sachant trop tard... qu'il ne pourrait pas s'arrêter même s'il le voulait. La chaleur de son corps commençait à le consumer et le rapprochait de la libération... il ne pouvait pas le permettre.

Ouvrant ses yeux bleu glacier, il captura ses lèvres avec une féroce possessivité et avec une poussée rapide, brisa son lien de sang.

Kyoko cria dans ce baiser et tira sur ses mains essayant d'obtenir sa libération afin qu'elle puisse se pousser vers la tête de lit loin de l'épaisse pression venant de lui à l'intérieur d'elle.

Son souffle se bloqua dans sa gorge et il fit un bruit étranglé quand elle se tortilla et faillit grogner alors qu'il la tenait immobile sous lui jusqu'à ce qu'elle se calme suffisamment pour lui rendre à nouveau son baiser.

Kyoko sentit des vagues de chaleur se répandre effaçant la douleur soudaine qu'elle avait ressentie et fléchit instinctivement ses hanches contre lui pour tester la théorie. Aimant les résultats, elle s'appuya contre lui puis se balança en appréciant la sensation érotique de son mouvement à l'intérieur d'elle.

Kotaro grinça dans le baiser, étonné de la rapidité avec laquelle elle avait pris le contrôle. Elle avait été une amante si passionnée il y a plus de mille ans et il n'était pas déçu de voir que certaines choses ne changeaient jamais. Une fois de plus son côté Lycan voulait la dominer… lui rappeler qui était le mâle.

S'élevant au-dessus d'elle, il baissa son regard pour qu'il puisse voir sa réaction alors qu'il reculait puis poussait vers l'avant, s'enfouissant plus profondément. Il la regarda se cambrer contre le lit, gémissant érotiquement. Avec des poussées lentes et régulières, il bougeait au même rythme qui l'avait poussée à bout la dernière fois… il ne l'oublierait jamais. Il s'arrêta presque de respirer quand ses lèvres s'entrouvrirent et son visage devint rouge… elle était à couper le souffle.

— Je t'ai attendu ici… si longtemps, murmura-t-il alors qu'un feu bleu éclairait ses yeux.
La chaleur qui était là juste un instant auparavant revint telle une vengeance, faisant fermer les yeux à Kyoko et la faisant gémir quand il fit claquer ses hanches en elle, berçant son corps avec le sien.

Se sentir en elle après avoir attendu plus de mille ans que c'était le paradis en soi et il ne voulait pas y mettre fin rapidement. Mais de la sensation d'être entouré par elle, pressé par elle, simplement, il est venu à la conclusion rapide qu'il ne durerait pas aussi longtemps qu'il l'aurait souhaité pour cette première fois. Rassemblant ce qu'il lui restait de volonté, il commença à l'enfoncer avec des poussées contrôlées, l'envoyant par-dessus bord encore et encore.

Ses yeux bleus brillaient alors qu'il la regardait se tordre sous lui d'extase, son nom sur ses lèvres et savait qu'il n'aurait pas survécu sans elle… il ne l'aurait pas voulu non plus. Il ralentit quand il la sentit se contracter autour de lui, le suçant de l'intérieur.
Il ne voulait pas abandonner cette sensation pour l'instant et commença à pomper plus vite et plus fort en elle. Il savait qu'elle pouvait le supporter et continuer à se battre contre lui pour en avoir plus. Il avait éveillé en elle une passion qui pouvait rivaliser avec la sienne.

Kotaro la sentit essayer de suivre son rythme et avec un grognement méchant, il accéléra à nouveau ses mouvements, la laissant s'accrocher à lui et le chevaucher, la brûlant avec son corps, la marquant pour toujours.

Il poussa plus vite dans son corps mou incapable de détourner le regard alors que ses sens lycan captaient chaque image, odeur et même goût qui l'envahissaient. Quand elle gémit, il ralentit pour qu'elle puisse l'égaler mais quand elle commença à essayer de contrôler le rythme… il le lui refusa encore une fois. Il lui fit l'amour durement et passionnément, changeant constamment de vitesse pour qu'elle n'ait d'autre choix que de s'accrocher à lui encore plus fort.

Il n'en pouvait plus quand ses murs se resserraient douloureusement autour de lui, le faisant cambrer son corps. Jetant sa tête en arrière, ses sons de libération rejoignirent les siens alors que sa semence remplissait son ventre… pulsant au rythme de leurs battements de cœur.

Kotaro tomba en avant, se rattrapant juste à temps avant d'écraser son amour. Ouvrant ses yeux bleu glacier, il la regarda et sut que Hyakuhei avait raison… il ne l'aurait jamais abandonnée… à personne.

*****

La nuit était devenue venteuse comme c'était souvent le cas à la fin de l'automne. La lune était suspendue grasse et paresseuse dans le ciel, répandant sa douce lueur sur la terre. Des feuilles de couleur cramoisies flottaient à travers le parc de la ville comme pour rappeler tous les vampires qui avaient péri la nuit précédente.

Les petites créatures de la nuit étaient silencieuses alors qu'un vampire solitaire sortait de l'obscurité pour entrer dans la lumière de la presque pleine lune. Son visage n'avait aucune expression alors qu'il se dirigeait vers la statue qui ornait maintenant le centre du parc. De son poste d'observation, il pouvait voir le visage de la jeune fille et s'émerveillait des traits tranquilles. Son regard la caressa tandis qu'il suivait ses bras tendus jusqu'aux doigts qui touchaient les siens.

Le vampire passa un bras autour de sa poitrine encore blessée. Amni savait qu'il guérissait parce que la douleur diminuait mais elle tardait à le quitter car il ne s'était nourri que de petits animaux. Pour le moment, c'était le seul réconfort qu'il avait… il n'aurait plus jamais à se nourrir des humains maintenant que Hyakuhei était parti.

Il savait qu'il ne serait plus jamais le même s'il ne voyait pas le visage de l'ange gardien qui touchait la jeune fille et il força ses pieds à bouger. Alors qu'il contournait l'une des ailes déployées, il garda ses yeux bleus doux sur la jeune fille jusqu'à ce qu'il sache qu'il avait une vue dégagée. Il devait s'assurer que c'était le démon figé dans le temps… pour apaiser ses propres cauchemars.

Les yeux bleus d'Amni s'emplirent de larmes alors qu'il tournait lentement la tête vers Hyakuhei. Ce n'était pas le démon qu'il regardait… c'était ce qui était venu avant le démon. Il leva le bras et l'essuya sur son visage alors que la tristesse le submergeait. La gentillesse qui montrait dans l'expression de Hyakuhei… il ne l'avait jamais vue.

S'il avait été avec cet homme au lieu du démon qui l'avait arraché des bras de son père, alors il aurait pu avoir une chance d'être heureux. Aussi vieux qu'il était, il se sentait soudain comme un enfant qui avait été exilé de chez lui et qui était désormais perdu.

Amni regarda autour de lui presque confus puis de nouveau vers la statue d'un air accusateur.

— Vous avez trouvé votre paix… mais que me reste-t-il ?

C'était comme si les ténèbres autour de lui se rapprochaient, l'enfermant dans sa solitude.

— Tu as fait de moi un démon et un esclave… puis tu me laisses seul dans le noir ?

Il tomba à genoux alors que ses épaules tremblaient.

— Qu'est-ce qui te donne le droit d'être libre quand c'est moi qui l'ai suppliée ? demanda-t-il et baissa la tête laissant ses cheveux blonds tomber devant son visage pour masquer sa douleur.

— Pourquoi suis-je banni de l'amour et de la lumière alors que c'est tout ce que j'ai toujours voulu ? Je l'aurais même accepté de ta part si tu l'avais offert. Ses tons étouffés étaient maintenant pleins de mélancolie.

Alors qu'Amni fixait le sol dur dans sa misère, une lumière bleue translucide commença à se former entre les mains de la jeune fille et les mains qui touchaient les siennes. Alors qu'elle devenait plus brillante, Amni remarqua la teinte bleu électrique qui éclairait l'herbe et il leva lentement les yeux pour regarder avec émerveillement le cristal en forme de larme qui s'était formé à quelques centimètres de son visage.

Il pouvait sentir la chaleur et le réconfort venant de la pierre et c'était la première fois qu'il sentait la chaleur toucher sa peau froide depuis plus de mille ans. Il avait oublié cette sensation bien qu'il l'ait désirée. Son regard se tourna vers le visage de la jeune fille puis se tourna vers la forme de Hyakuhei alors que la lumière bleue dansait à travers le marbre hanté. Avec une peur presque enfantine, il reporta son regard sur le cristal espérant contre tout espoir qu'il l'emporterait avec lui.

Lentement tendus, ses doigts tremblaient en se demandant si la mort serait douloureuse ou s'il disparaîtrait ou même se transformerait en pierre comme son maître l'avait fait.

Avant que ses doigts n'entrent en contact, un éclair lumineux balaya sa vision et il fut projeté en arrière pour atterrir dans l'herbe. Amni ouvrit les yeux en voyant que tout était à nouveau sombre et il y avait un bruit assourdissant dans ses oreilles battant en rythme. Il inspira alors que le son continuait et il pleura ouvertement. Son cœur... Il battait. Le cristal ne lui avait pas accordé la mort mais lui avait accordé la vie à la place.

Les larmes continuaient de couler sur ses joues pendant qu'il se relevait. Les essuyant avec ses doigts tremblants, Amni s'éloigna de quelques pas de la statue. Ses doux yeux bleus étaient vivants et ses lèvres esquissèrent un sourire enfantin alors qu'il regardait autour de lui dans l'aire de jeux, désireux de le dire à quelqu'un. Voyant qu'il était toujours seul, il se retourna rapidement et s'éloigna, prêt à commencer la nouvelle vie qu'on venait de lui accorder.

Kamui s'assit sur une branche de l'énorme arbre près de la statue de la jeune fille en observant la guérison d'Amni. Il sourit alors que le garçon se levait du sol en pleurant.

— Il n'y a plus de raison de pleurer, murmura-t-il doucement alors que ses yeux brillaient.

Il demeura dans sa cachette jusqu'à ce qu'Amni quitte le parc, puis glissa de l'arbre et se dirigea vers les statues.

— Il ira bien. Ses yeux suivaient la direction qu'avait prise Amni.

— Il a tout l'argent que tu as laissé derrière toi et le bâtiment dans lequel vous viviez. Il sourit en jetant un coup d'œil à Hyakuhei.

— Même en tant que démon… son cœur était pur. Je suis content que tu ne lui aie jamais retiré ça.

Au fond de lui, Kamui se demandait ce qui avait empêché Hyakuhei de briser le garçon.

En se rapprochant du Cœur du Temps, les yeux scintillants de Kamui passèrent de Hyakuhei à la jeune fille.

— Vous en avez assez fait, murmura-t-il alors que des ailes multicolores se déployaient autour de lui.

Ses lèvres bougeaient, scandant des mots qui n'avaient aucun sens dans la langue d'aujourd'hui mais qui étaient compris par Le Cœur du Temps.

Le Cristal du Cœur du Gardien réapparut dans les mains de la jeune fille, brillant d'un bleu pur. Kamui tendit la main et passa ses doigts dessus.

— Toutes les fins ont un nouveau départ.

L'air autour de lui tourbillonnait dans une douce brise, soulevant et jouant avec ses cheveux. Un vortex de poussière scintillante apparut, s'enroulant autour des statues. Pendant un instant, Hyakuhei et la jeune fille scintillèrent comme des milliers de joyaux. Au moment où les premières lueurs de l'aube commençaient à éclairer le ciel, les statues s'évanouirent, ne laissant aucune trace de leur présence.

ÉPILOGUE

Quelque part à travers Le Cœur du Temps, une jeune fille aux cheveux auburn et aux yeux émeraude couru dans l'obscurité. Son souffle brûlait dans ses poumons alors qu'elle tentait de distancer ses poursuivants. Elle savait que si elle vacillait, les démons l'attraperaient et peut-être la tueraient.

Elle avait regardé avec horreur depuis sa cachette à la lisière de la forêt alors que le reste de son village avait été détruit et pour autant qu'elle sache... elle était la seule survivante. Elle pouvait encore sentir la fumée des maisons en feu flottant dans la brise et cela la rendait malade.

L'espoir s'épanouit dans sa poitrine lorsqu'elle vit une formation rocheuse devant elle avec une petite ouverture qui semblait juste assez grande pour qu'elle puisse s'y glisser. Ses mains, ses bras et ses jambes furent écorchés alors qu'elle rampait à travers l'ouverture irrégulière, priant pour être suffisamment en sécurité pour se cacher jusqu'à l'aube. Les démons disparaissaient à l'aube… c'était comme ça.

Elle ne pouvait plus courir et elle tenta de ralentir sa respiration pour ne pas être détectée. Entendant des pas, elle rampa plus profondément dans la roche pour s'éloigner des démons. Devant, elle remarqua une douce lumière bleue venant de l'intérieur de la grotte étroite. C'était réconfortant et elle se sentait en sécurité. Voulant se rapprocher de la lumière, elle rampa vers elle, se retrouvant à l'embouchure d'une ouverture et grimpa rapidement pour trouver une immense caverne.

Les formations humides qui pendaient du plafond rocheux et des murs étincelaient et reflétaient la lumière bleue comme des diamants brisés. Elle se leva et haleta lorsque son regard se posa immédiatement sur les statues de marbre blanc au centre de la grotte. Ses yeux s'illuminèrent de curiosité alors qu'elle se rapprochait d'eux.

Un ange et une fille qui se touchaient les mains… on aurait dit qu'elle tendait quelque chose à l'ange mais ce n'était pas la partie la plus étonnante. La fille lui ressemblait exactement.

Se tournant vers l'ange, son souffle se coupa quand elle vit à quel point il était vraiment beau. Son expression était d'une sérénité totale… quelque chose qu'elle n'avait pas connu depuis que les démons étaient apparus dans son monde. Il avait l'air fort, puissant et gentil. Avec un soupir de nostalgie, elle tendit la main pour toucher la joue de l'ange souhaitant qu'il soit en vie et puisse la sauver des monstres à l'extérieur.

Elle sourit tristement en touchant le marbre froid… rien de plus qu'un conte de fées qu'elle avait imaginé. Juste au moment où ses doigts quittèrent la pierre froide, celle-ci devint douce et dans une rafale de plumes noires, l'ange hurla d'agonie. Il se leva et déploya ses ailes, frôlant presque le plafond avec.

L'ange se tourna alors vers elle avec des yeux rouges furieux avant de sourire méchamment. Kyoko gémit et recula, trébuchant sur ses propres pieds. Elle est tombée en arrière, se heurtant la tête sur un petit rocher et s'était assommée.

Hyakuhei gloussa face à la jeune femme allongée sur le sol avant de s'agenouiller à côté d'elle. Il passa son doigt autour d'une longue boucle auburn et l'enleva de son visage.

— Toutes les fins ont un nouveau départ en effet, murmura-t-il.

###

***

Assurez-vous de ne pas rater les autres livres de la série «Les Liens du sang»

Moon Dance
"Les liens du sang Livre 1"
Résumé :

La vie d'Envy était super. Un frère super, un petit ami super, et le meilleur boulot qu'une fille pouvait demander... Barmaid dans un des clubs les plus en vogue de la ville. Du moins ça avait été super jusqu'à ce qu'elle reçoive un appel d'une de ses meilleures amies à propos de son petit ami qui était en plein limbo vertical sur la piste de danse du Moon Dance. Sa décision d'avoir une confrontation avec lui déclenche une suite d'évènements qui lui fera connaître un dangereux monde paranormal dissimulé sous le brouhaha quotidien. Un monde ou les gens peuvent se transformer en Jaguars, ou de véritables vampires parcourent les rues, et ou les anges déchus marchent parmi nous.

Devon est un jaguar-garou, un peu mal dégrossi et un des copropriétaires du Moon Dance. Son monde est incliné sur son axe lorsqu'il espionne une rusée rousse à l'allure renversante qui danse dans son club, armée d'un cœur cynique et d'un Taser. Avec la guerre des vampires qui fait rage autour d'eux, Devon jure de faire sienne cette femme... et il se battra comme un diable pour l'avoir.

Night Light
"Série Les liens du sang, Livre 2"
Résumé :

    Quinn Wilder avait regardé avec les yeux affamés d'un couguar depuis le jour de sa naissance.
    Lorsqu'elle entra dans l'adolescence, la tentation d'en prendre possession pour en faire sa compagne avait rapidement créé une division entre lui et ses frères trop protecteurs. Lorsque leurs pères s'étaient entre-tués dans une bataille, les liens entre les deux familles avaient été rompus et elle avait été mise hors de sa portée, en sûreté. La surveillant à distance, Quinn trouve des aspects positifs à cette guerre des vampires le jour ou elle oublie qu'elle doit rester à l'écart.
    Kat Santos n'avait pas revu le propriétaire du Night Light depuis des années. Du moins, jusqu'à ce que Quinn décide soudainement de la kidnapper et de l'accuser de l'avoir piégé pour lui faire porter le chapeau dans l'affaire des meurtres vampires. Comprenant que leur ennemi les manipule, les deux familles unissent leurs forces afin de mettre fin au règne de terreur des vampires sur leur ville. Alors que la guerre souterraine prend de l'ampleur, il en va de même pour les flammes du désir lorsque ce qui avait débuté comme un kidnapping se transforme rapidement en un dangereux jeu de séduction.

Des Choses Dangereuses
"Série Les liens du sang, Livre 3"
Résumé :

Tout le monde prétend qu'il y a deux chemins différents dans la vie, mais pour Jewel Scott, il semblait que chacun d'eux était pavé de grands dangers. L'un menait à Anthony, un loup-garou psychopathe et meurtrier qui était à la tête de la mafia locale et également son fiancé... en dépit de sa volonté. L'autre route menait vers Steven, un couguar-garou qu'elle avait assommé avec une batte de baseball lors de leur première rencontre. Il s'était vengé en l'enlevant et en faisant d'elle sa compagne.

Steven Wilder était tombé sous le charme de cette tentatrice porteuse de batte de tant de façons qu'il ne s'était pas contenté de tomber à ses pieds... il voulait la garder. Découvrir qu'elle était promise à la mafia lui avait donné une bonne raison de la kidnapper et d'en faire sa compagne... pour sa propre protection, bien entendu.

Anthony Valachi était devenu obsédé par Jewel lorsqu'elle était à peine plus qu'une enfant et sous le règne de la mafia, il avait obtenu le contrôle sur sa future épouse. Si quiconque pensait pouvoir la lui voler c'était une erreur... Une erreur fatale.

Incandescence
"Série Les liens du sang, Livre 4"
Résumé

    Alicia Wilder en a marre d'être mise à l'écart du monde par ses frères trop protecteurs. Essayer de prouver qu'elle peut gérer la guerre des vampires lui vaut d'être attaquée, mordue, embrassé, prise pour cible de tirs, et assez étrangement, de vivre avec trois vampires très sexy, dont l'un est responsable d'avoir déclencher la guerre des vampires pour commencer. Lorsqu'elle se retrouve sur le point d'être une métamorphe en chaleur, Alicia comprend que son filet de sécurité pourrait causer sa perte.

    Damon avait emménagé avec ses frères pour une unique raison... la fille qui l'avait poursuivi et laissé pour mort habitait là et se trouvait sous protection vampire. Lorsqu'ils se retrouvent à sauver la vie d'Alicia à plusieurs reprises, Damon décide qu'il faut que quelqu'un la fasse rester tranquille avant que la petite chatte ne finisse par trouver un moyen de lui échapper, en se faisant tuer. La jalousie devient un jeu dangereux lorsqu'elle entre en incandescence et commence à attirer bien plus que de simples monstres.

Le Lien du Sang
"Série Les liens du sang, Livre 5"
Résumé :

Le sortilège de sang brisé, Kane creusa son chemin vers la surface et se mit à chercher l'âme sœur qui l'avait libéré, uniquement pour se rendre compte qu'elle avait disparu. N'ayant plus rien à perdre, la vengeance en tête, il déclencha une guerre. La dernière chose à laquelle il s'attendait était de retrouver son insaisissable âme sœur sur la route pavée de destruction qu'il avait causée. Devenant rapidement obsédé, il regarde lorsqu'elle n'y prend pas garde, écoute lorsqu'il n'y a pas été invité, et suit chacun de ses faits et gestes... et le démon qui le hante sait qu'elle est son point faible. Afin de la protéger, Kane jure de l'obliger à le détester, même si pour cela il doit se joindre au démon. Mais comment peut il la protéger du son plus grand ennemie parmi tous, lorsque cet ennemi c'est lui-même ?

De Sombres Flammes
"Série Les liens du sang, Livre 6"
Résumé :

Alors même que la guerre des vampires évolue vers une guerre démoniaque complète, Zachary se retrouve avec la responsabilité d'une belle nécromancienne qui est connectée à un moment sombre de son passé. Il avait regardé sa mère franchir la mince frontière et marcher droit vers les bras d'un démon. C'était son rôle de s'assurer que Tiara ne choisirait pas le même chemin de luxure... à moins qu'il ne mène vers lui. A présent, avec l'approche imminente des démons, la dernière chose à laquelle il s'attendait était que Tiara leur soit apparentée. Lorsque les colères s'élèvent et que les secrets demeurent dans l'ombre, la jalousie devient un jeu dangereux. On aurait du la prévenir que lorsqu'on joue avec le feu, tôt ou tard on se brûle.

Le Sang Souillé
"Série Les liens du sang, Livre 7"
Résumé :

Conclure un pacte avec un démon c'est être lié par obligation, même lorsqu'on ignore que la personne est en fait un démon. Tournant ce fait à son avantage, Zachary brisa la règle sacrée et offrit délibérément un pacte à Tiara. Il deviendrait son seul et unique amant jusqu'à ce qu'elle trouve un véritable compagnon... ce qu'il avait l'intention de l'empêcher de trouver jamais. Scellant le pacte, son coté obscur émerge lorsque Tiara le fuit, pensait qu'elle est désormais sur la liste de cibles de l'EPP à cause de son sang souillé. Zachary combat le feu par le feu lorsqu'il la surprend se cachant dans les bras de l'ennemi.

L'Ombre de la Mort
"Série Les liens du sang, Livre 8"
Résumé :

Au cœur de la Guerre des Démons, rien ne va de soi, comme elle précipite les destinées de ceux qui y sont mêlés vers une des plus dangereuses et attirantes formes de chaos. Un homme s'aperçoit que des inconnus peuvent se télescoper dans le noir pour un moment de passion aveuglante, uniquement pour être séparés par la main glacée du destin, sans même avoir un nom pour aider dans sa quête pour la retrouver. Un autre homme se rendra compte que lorsque l'Ombre de la Mort devient harceleur, le plus séducteur des ennemis peut rapidement devenir son meilleur allié... même contre son gré. Est-il possible que le cœur d'une âme sœur puisse empêcher les deux hommes qui l'aiment de s'entre-tuer ?

Sanctuaire
"Série Les liens du sang, Livre 9"
Résumé :

Michael est celui dont tout le monde attend qu'il garde son calme dans les situations les plus dangereuses... mais ils comprennent vite que ceux qui sont calmes sont ceux dont il faut le plus se méfier. Son pouvoir et sa colère deviennent rapidement hors de contrôle, lorsqu'il développe une obsession pour une fille qui ne cesse de caresser sa passion, uniquement pour disparaître avant qu'il n'ai pu savoir quoi que ce soit sur elle. A chaque fois qu'il la goûte, son obsession glisse un peu plus rapidement vers l'addiction.

Aurora est liée bien malgré elle à Samuel, un ancien et puissant démon, qui épie encore chacun de ses gestes. Conserver sa liberté signifie qu'elle doit toujours garder une longueur d'avance sur le démon possessif. Lorsqu'elle se retrouve attirée par un amant aux yeux d'améthyste, elle comprend rapidement que sa passion pour cet inconnu est en train de mener Samuel directement à elle et à l'homme qu'elle veut protéger.

Samuel jure de faire tout et n'importe quoi afin qu'Aurora lui demeure liée et à ses côtés. Dans son besoin d'obtenir de force l'obéissance d'Aurora, il attise par mégarde les flammes d'un pouvoir qu'il n'a aucune chance de pouvoir éteindre... la fureur justifiée d'un Dieu Soleil.

De Sang Las
"Série Les liens du sang, Livre 10"
Résumé

Étant un loup-garou, Jade avait toujours eu l'impression que tout les mâles Alphas n'étaient rien de plus que des égotistes, des tortionnaires machos et meurtriers qui utilisaient les membres de la meute comme rien de plus que des marche-pieds vers le sommet. Elle aurait du savoir. Son frère, son fiancé, et sont kidnappeur étaient tous des Alphas de la pire espèce. Ayant toutes les preuves lui permettant de savoir à quel point les Alphas étaient mauvais, Jade s'était jurée de ne jamais se fier à aucun loup-garou d'aucune sorte... et de ne jamais tomber amoureuse d'un tel être. Elle lutte pour tenir cette promesse lorsqu'elle est secourue par un Alpha blond aux yeux bleus avec un corps de Dieu Grecque. Peu importe la force avec laquelle elle lutte, Jade craint que cet Alpha soit celui qui la fasse perdre.

L'Emprise écarlate
"Série Les liens du sang, Livre 11"
Résumé :

Michael comprend que parfois le sang de puissants immortels ne peut être mélangé même lorsqu'ils sont des âmes sœur dans la chaleur de la passion. Une marque faite par l'amant est un symbole de possession brute mais pour Michael cette minuscule goutte de sang sur sa langue se révèle être sa chute. Le sang des Déchus est faussement séducteur pour un Dieu Soleil et la montée de pouvoir que Michael ressent est très addictive. Afin de protéger Aurora de lui-même, Michael commence à pourchasser les plus puissants démons de la ville afin de satisfaire ses sombres envies. Alors que le sang noir coule dans ses veines, Michael s'égare dans l'ivresse du pouvoir et devient aussi dangereux que les démons qu'il pourchasse.

Désir Fatal
"Série Les liens du sang, Livre 12"
Résumé :

Se mêler au monde souterrain d'un réseau de voleurs détenu par des démons avait été simple... c'est leur échapper une fois qu'ils avaient décidé de la supprimer qui posait des difficultés à Lacey. Lorsque son partenaire décède uniquement pour lui laisser un peu d'avance, elle ne permet pas que son sacrifice ait été vain et prend la fuite comme si elle avait une horde de démons était à ses trousses... et ils le sont. Comment aurait-elle pu se douter que la route de l'évasion la mènerait tout droit au cœur d'une guerre de démons et dans les bras d'un sexy inconnu qui était bien plus puissant que son pire cauchemar ?

Ren pensa qu'il avait choppé un petit voleur, uniquement pour réaliser que sous les couches de vêtements masculins et de poussière se cachait la plus désirable tentatrice qu'il ai jamais vue. Comprenant qu'elle a été marquée de la marque du démon et qu'elle semble animée d'un désir de mourir, Ren décide rapidement que la seule façon de la garder en vie est de ne pas la quitter des yeux. Si les démons étaient assez suicidaires pour penser qu'il allait l'éloigner de lui, il exaucerait leur désir de mort.

Pluie de Sang
Série "Les Liens du Sang ,Livre 13"
Résumé :

L'essence de Sang est un mystère qui possède bien des significations. Le Sang est porteur de vie... mais s'il est versé, il peut être destructeur de vie en un clin d'œil. La légende dit que le Sang est également le lien qui unit les âmes sœurs... même si une de ces âmes s'est brisée. Les colères et moralités de la L.A. Paranormal sont mises à l'épreuve lorsque l'innocence d'où qu'elle vienne est menacée. C'est ainsi qu'on leur rappelle que tous les démons ne sont pas le mal... parfois même les démons ont besoin d'être sauvés des choses qui véritablement se glissent dans la nuit. Pendant des révélations baignées de mort, de renaissance et d'acceptation de l'inévitable, une nouvelle arme est forgée par la chute de la Pluie de Sang.

*****

Assurez-vous de ne pas rater les autres livres de la série
«Le Cristal du Cœur du Gardien»

Le Cœur du Temps
Série "Le Cristal du Cœur du Gardien", Livre 1
Résumé :

Chaque fois que le cristal était apparu, ses gardiens s'étaient toujours tenu prêts à le défendre contre tous ceux qui voudraient l'utiliser à des fins égoïstes. L'identité de ces gardiens demeure inchangée et leur amour conserve sa férocité peu importe le monde ou la dimension considérée.

Une fille se dresse au milieu de ces anciens gardiens en tant qu'objet de leurs affections. Elle porte en elle le pouvoir du cristal lui-même. Elle est porteuse du cristal et source de son pouvoir. Il est souvent malaisé de distinguer la protection du cristal et la protection de la prêtresse contre les autres gardiens.

C'est de ce vin que s'enivre le Cœur des ténèbres. C'est en cela que réside l'opportunité d'affaiblir les gardiens du cristal et de les rendre vulnérables aux attaques. L'obscurité désire le pouvoir du cristal ainsi que la fille comme un homme désirerait une femme, ce qui provoque l'entrée dans un autre monde ou les ténèbres dominent au Cœur du monde de lumière.

Ne Jamais Défier le Cœur
Série "Le Cristal du Cœur du Gardien, Livre 2
Résumé :

Une jeune fille née un millier d'années dans le futur mets accidentellement les pieds au Cœur d'une terre frappée par la guerre, portant avec elle l'unique chose qui puisse guérir ou détruire leur terre, un cristal sacré qu'on nomme le Cristal du Cœur du Gardien. Alors que cinq frères sont attirés vers elle et deviennent ses protecteurs, la bataille du bien contre le mal se transforme en bataille des cœurs.

à présent que le cristal a été brisé et que l'ennemi se rapproche, la dernière chose à laquelle ils s'attendaient était qu'un sortilège les monte les uns contre les autres. Alors que les colères bouillonnent et que les secrets demeurent enfouis, la jalousie devient un jeu dangereux entre les cinq frères. Lorsque la possession devient obsession, les frères pourront-ils empêcher l'ennemi de s'emparer de la seule personne qu'ils tentent tous de protéger ?

Une Lueur au Cœur des Ténèbres
Série "Le Cristal du Cœur du Gardien, Livre 4"
Résumé :

Pour Kyoko, les créatures mythiques sont de ces choses qu'on peut louer et regarder un samedi soir avec ses amis. Lorsqu'un mystérieux harceleur s'attelle à transformer les ombres autour d'elle en coins sombres aux arêtes effilées et mortelles, est-il encore possible pour elle d'échapper au passé ? Les ténèbres se sont à nouveau abattues sur le monde et les gardiens attendaient la résurrection.

Même si on est persuadé qu'ils sont des créatures de légende, dans cette réalité ils sont bien plus réels que les gens ne l'imaginent. C'est uniquement lorsque la lune est haut dans le ciel que ces créatures, ces gardiens, bataillent contre le mal qui cherche à prendre le pouvoir sur le monde et la fille qui détient l'ultime pouvoir... la lueur au cœur des ténèbres.

La Possession d'un Gardien
Série "Le Cristal du Cœur du Gardien, Livre 5"
Résumé :

Kyoko se retrouve au milieu d'une bataille sans âge entre les puissants Gardiens et les ultimes Gardiens qui sont devenus les ennemis... un seigneur démon, qui détient le pouvoir de les détruire tous. Des secrets demeurent dissimulés et de véritables cœurs sont cachés sous des couches de glace et de méchanceté. Une fois de plus, la bataille du bien contre le mal devient floue... projetant les destinées de ceux qui sont concernés vers une des plus dangereuse et plus séduisante forme de chaos.

Lorsque l'ennemi montre son Cœur et que l'allié devient sans Cœur, ces puissants immortels luttent contre leurs propres cœurs autant que les uns contre les autres afin de protéger la prêtresse. Elle est au centre de leur monde et chaque Gardien cherche à faire d'elle ce qu'elle était destinée à devenir... la possession d'un Gardien.

Le Vampire Jumeau
Série "Le Cristal du Cœur du Gardien, Livre 6"
Résumé :

Kyoko était née pour combattre les démons et elle pensait connaître toutes les règles jusqu'à ce qu'elle devienne amie avec un vampire de sang-mêlé et soit séduite accidentellement par son maître. Comprenant que l'ennemi avait un Cœur, Kyoko vit les frontières entre le bien et le mal devenir floues, la laissant dans un état de confusion et dans un énorme danger.

Ayant à présent un maître vampire obsédé surveillant chacun de ses gestes et son frère jumeau qui déclenchait une guerre vampire, Kyoko est encore plus attirée vers l'unique chose qu'elle était supposée détruire.

L'Ange aux Ailes de Jais
Série "Le Cristal du Cœur du Gardien, Livre 7"
Résumé :

Certaines légendes le décrivent tel un dieu, alors que d'autres disent qu`il est le diable qui cherche à tuer les dieux afin d`obtenir sa liberté. Elles lui ont donné un nom : Darious. Son plan ? Renvoyer chaque démon dans la fosse. Son arme ? La fureur qui grondait en lui. Sauver les hommes qui l`évitaient comme la plus dangereuse des pestes. Darious était abasourdi de se trouver face à un regard émeraude dépourvu de peur résolument tourné vers lui.

Kyoko n'avait pas la moindre idée qu`un seul regard de braise pouvait constituer une tentation pour un dieu et enflammer sa passion qui n'avait jusque là connu que furie. Entourée des gardiens qui l`aiment et la protègent, il y en a-t`il un seul qui puisse résister face à l`ange aux ailes de jais ou aux démons qui ont envahit la ville en silence ?

Kyoko comprends combien il est dur de fuir Darious alors qu'il est bien plus rapide qu`elle ne l`est.

Les Cœurs Damnés
"Série "Le Cristal du Cœur du Gardien, Livre 8"
Résumé :

Les frères gardiens sont des immortels très possessifs lorsqu'il s'agit de protéger Kyoko de Hyakuhei, des démons, et parfois d'elle-même. Mais quand cela va-t-il trop loin ? Si les frères apprenaient qu'ils devaient s'entre-tuer juste pour être près d'elle, le feraient-ils ?

Si cela devait leur permettre de l'aimer, ils le feraient sans hésiter. Leur mort sera-t-elle suffisante pour tenir Kyoko à l'abri du seigneur démon, Hyakuhei, qui l'aime depuis et pour toute l'éternité ?

Parfois même le sang n'est pas assez lorsque Kyoko ne respecte pas les règles de leurs cœurs damnés.

*****

Assurez-vous de ne pas rater les autres livres de la série «Obsessions»

Ces Liens qui Nous Unissent
Série "Obsession, Livre 1"
Résumé :

Sanctuary est un lieu de villégiature isolé et vaste dissimulé au sommet de sa propre montagne privée. Angel Hart a grandit dans le complexe appartenant à la famille, constamment protégée du monde réel. Entourée des trois hommes qu'elle aimait le plus, jusqu'au divorce de ses parents qui devait l'éloigner d'eux, Angel avait mené une vie protégée et pleine de privilèges. Deux années plus tard, elle rentre chez elle pour une visite et amène avec elle son nouveau petit ami.

Soudainement, Angel se retrouve l'objet de l'affection de plusieurs personnes et elles n'ont nulle intention de la laisser jamais quitter Sanctuary de nouveau. Les obsessions secrètes peuvent se transformer en un jeu fatal de possession, lorsque les hommes qui l'aiment deviennent les personnes les plus dangereuses de la montagne.

*****

À propos de l'auteur

Amy Blankenship, épouse et mère de trois enfants, demeure en Caroline du Nord. Elle a toujours ressenti le besoin d'écrire.

Après avoir compris qu'il y avait des histoires qui avaient besoin d'être partagées, Amy décida qu'il était temps de commencer à faire de son rêve une réalité. Inspirée par sa passion des romans d'amour et des phénomènes surnaturels, Amy a fait se rejoindre ses deux passe-temps favoris afin de donner vie à ses histoires fantastiques d'amour surnaturel.

Visitez le site officiel d'Amy et devenez membre en créant un compte sur

http://www.amyblankenship.webs.com/

Regina K. Melton résides dans le magnifique Sud-Ouest de la Floride, où se trouve certaines des plus belles plages du monde. La majeure partie de son adolescence et de sa vie d'adulte a été consacrée à l'écriture, avec le soucis constant de devenir un meilleur écrivain. Après être devenue très amie avec Amy Blankenship quelques années auparavant, Regina est devenue sa partenaire. Elle collabore avec Amy en apportant des idées pour les livres et gérant les courriels des fans.